MARK BARNES
Echos der Vergangenheit

MARK BARNES

ECHOS DER VERGANGENHEIT

Roman

Aus dem Englischen
von Waltraud Horbas

blanvalet

Die amerikanische Originalausgabe erschien unter dem Titel
»The Echoes of Empire 1: The Garden of Stones«
bei Amazon Digital Services, Las Vegas.

MIX
Papier aus verantwortungsvollen Quellen
FSC
www.fsc.org
FSC® C014496

Verlagsgruppe Random House FSC® N001967
Das für dieses Buch verwendete FSC®-zertifizierte Papier
Holmen Book Cream liefert Holmen Paper, Hallstavik, Schweden.

1. Auflage
Deutsche Erstausgabe Mai 2014

Umschlaggestaltung und -illustration: © Isabelle Hirtz, Inckraft
Redaktion: Catherine Beck
HK · Herstellung: sam
Satz: Mediengestaltung Vornehm GmbH, München
Druck und Einband: GGP Media GmbH, Pößneck
Printed in Germany
ISBN 978-3-442-26984-6

www.blanvalet.de

Kapitel 1

»Warum erfinden wir das Monster als Metapher? Wir müssten nichts weiter tun, als unsere eigene Grausamkeit zu bezeugen, um das wahre Gesicht des Bösen zu erkennen.« Aus Die Dunkelheit draußen *von Sedefke, Erfinder, Entdecker und Philosoph, im 751. Jahr des Erwachten Imperiums*

Spätsommer, 309. Tag im 495. Jahr der Shrīanischen Föderation

»Sterben wir heute?«, fragte Shar mit kehliger Stimme. Die Kriegssängerin mit den scharf geschnittenen Gesichtszügen blickte über das Schlachtfeld, aufmerksam wie ein Falke.

»Das habe ich nicht vor«, murmelte Indris.

Trümmer, allesamt Zeugnisse der Gewalt, übersäten das goldene Gras am Bernsteinsee. Hier hatten die Krieger mit Rüstungen und Waffen, auf denen sich das Sonnenlicht kräuselte, das Chaos entfesselt. Am Himmel über ihnen zeigten sich unzählige Punkte, die zackigen Schatten der Aasvögel. Neben den dunklen Schemen der Windfregatten, die in perlmuttartigem Licht flackerten, wirkten sie winzig.

»Morgen vielleicht?«

»Dann bleibt uns noch eine Nacht für ein wüstes Gelage? Gut. Ich könnte was zu trinken vertragen und einen Mann zum Spielen. Heute war nicht gerade einer unserer besten Tage.«

»Tut mir leid, wenn dir der kleine Krieg hier ungelegen kommt«, sagte Indris gedehnt. »Nächstes Mal werde ich dich nach deinen Plänen fragen, bevor ich mich in die Schlacht stürze.«

»Das würdest du tun? Wie nett von dir, mein Lieber.« Shar kratzte getrocknetes Blut von ihrem gläsernen Schuppenpanzer. »Schade, dass Hayden und Omen nicht hier sind.«

»Ich hoffe, sie sind längst weit weg.«

Indris hatte gewusst, dass es ein Fehler gewesen war, zu lange in Amnon abzuwarten. Doch der Mann, den Indris zu schützen geschworen hatte, hatte sich geweigert, seinen Stammsitz zu verlassen. ›*Die Wahrheit wird ans Licht kommen*‹, hatte Far-rad-din behauptet. Indris knirschte vor Unzufriedenheit mit den Zähnen. Nur jemand, der wirklich unschuldig war an den Verbrechen, derer er angeklagt wurde, konnte einer derartigen Selbsttäuschung erliegen. Far-rad-din hatte viel riskiert; er wurde des Hochverrats beschuldigt, des Handels mit verbotenen Relikten und der Aushebung einer Rebellenarmee gegen die rechtmäßige Regierung. Es sah so aus, als würde er alles verlieren. Das Mindeste, was Indris tun konnte, war, dafür zu sorgen, dass er wenigstens sein Leben behielt. Deshalb stand er am Rande des Schlachtfelds statt mittendrin. Far-rad-din wollte Indris in seiner Nähe wissen, nur für alle Fälle. Wäre der Mann nicht sein Schwiegervater gewesen, hätte nichts in der Welt Indris dazu gebracht, Zeuge von Far-rad-dins Untergang zu werden.

Indris wandte sich um und betrachtete Shar, die sich auf ihr langes Glasschwert stützte. Wie Far-rad-din war sie eine Seethe und gehörte damit einer im Niedergang begriffenen Rasse an, die auch als Windmeister bekannt war. Sie war so groß wie Indris, mit markanten Gesichtszügen und langen Gliedmaßen. Ihre Haut glich Porzellan, beschattet von blassblauen Hornschuppen um die Augen, am Haaransatz und den Fingernägeln. Sie hatte lange, spitz zulaufende Ohren, und der flache Nasenrücken war von einer schwachen

Regenbogenpatina überzogen, die schimmerte wie Öl auf Wasser. Geschmeidige Federn ersetzten die Haare – fein wie Seidenstränge. Die Augen hatten die Farbe von Zitrinen, ihre Pupillen wirkten durch das fehlende Weiß beinahe verstörend groß. Ihre vollen Lippen waren von einem tiefen Blau und wie so oft zu einem Lächeln verzogen. Sie spürte seinen forschenden Blick und wandte sich ihm zu.

»Was?«, fragte sie.

»Nichts«, antwortete er, selbst erstaunt, dass die Traurigkeit aus seiner Stimme nicht herauszuhören war. Indris hatte in zahllosen Kämpfen viele Freunde verloren, und trotzdem konnte er den Gedanken nicht ertragen, auch Shar zu verlieren – nach allem, was sie gemeinsam durchgemacht hatten. »Wir können immer noch davonkommen, wenn wir Far-raddin und seinen Erben hier rausbringen.«

»Viel Glück dabei«, murmelte sie.

Der Kriegsmagier begutachtete die vielfarbigen Banner der Hohen Häuser und Hundert Familien, die schlaff und teilnahmslos in der stickigen Luft hingen. Die Sonne überzog die langen Sommergräser am Bernsteinsee mit gleißendem Licht. Sie schwankten in der flimmernden Hitze und gaben dem festen Grund das Aussehen bewegten goldenen Wassers. Im Osten, jenseits des Flusses Anqorat, schimmerte das Marschland der Rōmarq wie ein blauer Spiegel, zart durchsetzt vom Grüngrau des Schilfs und den sich bruchstückhaft im Wasser spiegelnden Wolken.

Die von den Hohen Häusern zusammengestellten Armeen und ihre Verbündeten säumten die Hügel östlich der vom Wind gewellten Grasflächen am Bernsteinsee. Es waren Avān – seine eigenen Leute. Wie Menschen und doch anders, einige tausend Jahre zuvor von den Seethe geschaffen. Als Diener, nicht als Usurpatoren. In ihren kunstvollen Rüstungen aus bronzebeschlagenem Stahl, mit den langen, gebogenen Schwertern, Speeren, Schilden und Halbmondäxten wirkten sie wahrhaft furchteinflößend.

Der Tag hatte sich anders entwickelt als erwartet. Eigentlich hätte der Kampf zwischen zwei Champions ausgetragen werden sollen. Der Gewinner hätte den Ausgang entschieden. Indris hatte sich freiwillig gemeldet, um für Far-rad-din zu kämpfen. Er war zuversichtlich gewesen, dass er jeden Gegner, der gegen ihn aufgestellt wurde, besiegt hätte, ohne ihn töten zu müssen. Aber einigen Mitgliedern der Hohen Häuser widerstrebte es, alles auf einen einzigen Kampf zu setzen. Als die erste Welle der Avān-Armee über das Feld gedonnert war, waren Hörner erschollen und hatten mit ihrem Klang die Luft zerrissen. Iphyri, riesige Männer mit den Köpfen, Beinen und Schweifen von Pferden, waren im Galopp nach vorne gestürmt. Leder ächzte. Metallene Brustpanzer klirrten. Augen rollten. Sie waren in die vordersten Frontlinien von Far-rad-din und seiner Seethe gestoßen und hatten alles um sich verwüstet.

Die Ordnung konnte nicht wiederhergestellt werden. Als erst der Geruch von Blut in der Luft hing, gab es kein Zurück mehr. Von da an war der Tag im Chaos versunken.

Die Waffen blitzten in der Sonne. Das grelle Licht versengte das Auge, als es von den glänzenden Schilden zurückgeworfen wurde, von Bruststücken und Helmen mit ihren Büscheln aus langem, gefärbtem Rosshaar, Federn und metallenem Helmschmuck. Krieger strömten in komplexen Formationen heran. Sie erinnerten an farbige Tinte, die in stürmischem Gewässer herumgewirbelt wurde. Pfeile sirrten wie Mücken durch die Luft. Der Tumult hatte eine einzige, machtvolle Stimme: ein Grollen, wie der Bass des Donners. Er hallte, rollte, dröhnte, ließ nicht nach, sondern bildete einen Kontrapunkt zum Kreischen des Metalls, den Schmerzensschreien und Kriegsgesängen. Indris atmete den beißenden Duft erhitzten Metalls ein. Es roch nach Schweiß und der Süße des zerdrückten Grases, dazu nach Urin. Der Kupfergeschmack von Blut lag in der Luft.

Zahlenmäßig unterlegen, hatten die unheimlichen Seethe, die Indris kommandierte, den ganzen Tag der Übermacht des Feinds getrotzt. Mit ihren feinen Federn, der pastellfarbenen Haut und den Juwelenaugen hatten die Seethe in der gleißenden Helligkeit ihres Zorns geleuchtet. Wunderschön, alterslos und praktisch unsterblich. Ihre Drachenglasrüstungen blinkten in strahlenden Farben, ihre Waffen und Schilde sangen. Kriegertruppen der Seethe – die ebenso Künstler, Tänzer, Musiker, Akrobaten und Schauspieler wie auch Mörder waren – schlängelten sich in Formationen voran, die nur sie selbst zu verstehen schienen. Sie verschwanden außer Sicht, tauchten verblüffend weit entfernt wieder auf, um zu töten und gleich darauf wieder zu verschwinden. Ein weiblicher Ritter der Seethe sprang, flog beinahe, und landete mitten unter feindlichen Soldaten, die sie mit finsterem Lachen fällte. Die Drachenglashelme der Seethe veränderten ihre Form, wechselten von grinsenden Totenköpfen zu manisch lachenden Gesichtern oder dem sorgenvollen Antlitz schöner junger Mädchen, auf deren Wangen diamantene Tränen schimmerten. Reiter auf geflügelten Drachen schossen herab, um die Gegner mit Pfeilfeuer unter Beschuss zu nehmen. Regenbogenfarbene Reptilien mit Skorpionschwänzen und bunten Glasflügeln rissen Krieger vom Boden und nahmen sie mit in die Lüfte, nur um sie dann wieder zur Erde stürzen zu lassen. Wurde ein geflügelter Drache vom Himmel geschossen, pflügte er im Sterben noch tiefe Furchen, indem sein Giftstachel durch die Reihen der Soldaten fuhr.

Kriegsdichter beider Armeen hielten nacheinander Ausschau. Herausforderungen für Einzelkämpfe erklangen, denn so war es Sitte bei der kriegerischen Elite. Kleine Kreise öffneten sich in der größeren Schlacht, als die exzentrischen Kriegsdichter aufeinandertrafen, kämpften und starben. Bei Mondaufgang würden Lieder vom Glanz ihres Lebens erzählen.

Ein feindlicher Kriegsdichter mit rubinrotem Kristallschuppenpanzer und rotgoldenem Helm brachte Verwüstung über das Schlachtfeld. Indris bewunderte seine Technik, die an Perfektion grenzte. Seine gebogene Klinge, die mittlerweile mehr blutrot als rotgolden war, flog in komplizierten Mustern umher und brachte Tod, wo sie auch niederfuhr.

Möglicherweise ebenso gefährlich wie die Kriegsdichter waren die Tau-se, das tödliche Löwenvolk aus Taumarq, mit ihren langen Krummsäbeln, Speeren und schweren Bogen aus glänzendem Horn. Ihr Gebrüll war ohrenbetäubend, ihr Aussehen furchterregend. Glücksmünzen, die in ihre Mähnen geflochten waren, funkelten und glänzten, während das Blut von den kunstvoll gearbeiteten Rüstungen tropfte.

Drei Ritter des Gelehrtenordens der Sēq zogen über den Himmel, gekleidet in ihre jahrhundertealte, rabenschwarze Tracht. Seine einstigen Waffenbrüder. Indris hörte das Summen ihres Gesangs, während sie die Disentropie – die reine Macht der Schöpfung – zu komplexen Formeln woben. Die Kraft der Disentropie verwandelte ihre Körper in Laternen. Sie entfesselten geometrische Formen der Macht: Kugeln, Kreisbögen und Linien, die die Reihen der Seethe lichteten. Die ruhmreichen Tage der Sēq waren Vergangenheit, doch die Übriggebliebenen waren noch immer gefährlich. Indris beobachtete, wie sich einer der Sēq-Ritter in Krämpfen wand. Sein Körper zitterte, zweifellos, weil er zu viel Disentropie kanalisiert hatte. Indris hätte schwören können, dass sich der Gelehrte übergab, als er vom Himmel stürzte, um in der frenetischen Masse zu verschwinden.

Obwohl sich die Seethe anstrengten, hatte Indris keinen Zweifel daran, wie die Schlacht enden würde. Die Niederlage war von Anfang an beinahe unvermeidlich gewesen, sosehr sich Far-rad-din auch um einen anderen Ausgang bemühte. Belamandris und seine Elitekämpfer – Seite an Seite mit den schwer gepanzerten Iphyri – kosteten die Seethe erschreckend viele Leben. Mit jedem Tod eines Seethe rückte der Feind näher, um Far-rad-din zu ergreifen – wenn der Monarch nicht endlich floh.

Indris wandte der Schlacht den Rücken zu; Shar blieb an seiner Seite. Sie rannten zu Far-rad-din und seinem Sohn Ran-jar-din, die nebeneinanderstanden, geschützt von ihrer königlichen Wache mit den Falkenhelmen. Als sich Indris näherte, wandten die großen Seethe-Wachen die mit Hakenschnäbeln verzierten Helme in seine Richtung. Ihre gefiederten Umhänge hingen matt in der heißen, feuchten Brise.

»Du bist am Ende«, sagte Indris ohne weitere Vorrede zu Far-rad-din. Shars Augen weiteten sich bei seinem nachlässigen Ton. »Du und Ran, ihr müsst weg von hier.«

»Ist das die Art, wie der legendäre drachenäugige Indris Krieg führt?« Ran fegte eine Schale mit getrockneten smaragdfarbenen Lotusblüten von dem kleinen Lagertisch. Das Feuer des Zorns ließ seine Saphiraugen flackern. »Warum haben wir dir vertraut? Ich habe bereits eine Schwester verloren, weil …«

»Das ist nicht gerecht, und das weißt du auch!«, schnappte Indris. Er fühlte die Wucht der Anklage in seiner Brust. »Das hier war niemals unser Krieg. Euer Stolz hat euch hierhergebracht, und ich hoffe nur, euer Selbsterhaltungstrieb bringt euch jetzt auch wieder fort. Wenn ihr tot seid, werdet ihr niemandem mehr nützen. Flieht jetzt. Kämpft ein andermal.«

Ran zog eine Handbreit seines langen Glasschwerts. »Ich sollte …«

»Indris hat recht.« Far-rad-dins Amethystaugen blickten traurig, das Licht in ihnen war beinahe erloschen. Er war ein älterer Seethe mit einem geschmeidigen Federkleid aus langen blaugrünen Federn. »Wir hatten gehofft, einen Krieg vermeiden zu können; aber jemand hatte andere Pläne. Indris, Shar, werdet ihr und eure Krieger mit uns kommen?«

»Dafür ist es zu spät«, murmelte Indris. Er warf einen Seitenblick zu Shar, die zustimmend nickte. »Die Stellung wird in etwa einer Stunde überrannt werden. Ihr geht, wir decken euren Rückzug. Folgt dem Plan, und wir stoßen zu euch, sobald wir können.«

»Ich gehe nicht«, zischte Ran. Er hob seinen Speer vom Tisch auf, dessen lange, schlanke Spitze leuchtete wie glühender Topas. Mit starrer Miene gab der junge Erbe seiner eigenen Wache einen Wink, deren gläserne Helme sich kurz trübten und dann in grinsende Schädel mit brennenden Augen verwandelten. Der Erbe beugte ein Knie vor seinem Vater und erhob sich dann wieder. »Ich werde die Ehre unseres Hohen Hauses wiederherstellen, entweder durch mein Blut oder meinen Sieg. Man wird sich an uns erinnern, Vater.«

»Du wirst nichts dergleichen tun!«, donnerte Far-rad-din. Seine Haut und die Augen flackerten kurz auf. »Indris … der Mann deiner Schwester … wird alles Notwendige erledigen. Lass deine Wache antreten. Wir ziehen uns in die Rōmarq zurück, wie geplant.«

Ran-jar-din fletschte die Zähne und warf Indris einen vernichtenden Blick zu. Die Umrisse Ran-jar-dins und seiner Kriegerkompanie wurden durchscheinend und verschwanden, während sie sich ohne ein weiteres Wort ins Schlachtgewühl stürzten.

Indris gestattete Far-rad-din keinen weiteren Aufschub. Augenblicke später überquerte der Rahn das düstere, verschlammte Wasser des Anqorat. Far-rad-din hielt im Morast am weit entfernten Ufer einen Moment inne, dann ging er mit seiner königlichen Wache davon.

Als sein Schwiegervater endlich den Rückzug angetreten hatte, sammelte Indris eine Phalanx von Seethe am Ostufer des Anqorat. Kurz darauf traf die Armee der Hohen Häuser auf sie. Indris' Speer warf ein flackerndes Licht auf das Muster aus Halb-Hexagonen, das ins Mittelteil seines runden Schilds geritzt war. Er benutzte den Schild ebenso als Waffe wie auch zur Verteidigung. In seinen Augen brannte die Disentropie. Seine Stimme brauste über den Lärm hinweg, kreischte und summte. Worte der Macht schalteten seine Gegner aus. Ein Schwarm gelbweißer Schmetterlinge, gesponnen aus Licht, umflimmerte ihn. Wenn man sie berührte, explodierten sie in winzigen Detonationen, die seine Gegner taumeln ließen. Neben ihm stand Shar, konzentriert und tödlich, und setzte ihr Kriegssänger-Lied ein, um die Herzen ihrer Kameraden zu stärken, während sich ihre Feinde duckten, schauderten oder wegen der plötzlichen Furcht, die sie überkam, zur Flucht wandten.

Indris musste einfach nur Zeit schinden und sich selbst als Zielscheibe so interessant wie möglich machen, während Far-rad-din westwärts in die Rōmarq floh.

In Indris' Geist schwirrten Zahlen umher, während er die Kraft berechnete, die er für den Aufbau einer Abstraktionsabwehr brauchte. Schichten aus rotierender Magie bildeten sich um ihn und alle, die in seiner Nähe standen. Innerhalb dieses Bereichs färbte sich das Licht gelblich, die Geräusche klangen gedämpft. Kurz darauf lag der Geruch nach Blitzgewittern in der Luft. Indris spähte durch den sepiafarbenen Dunst. Die Abstraktionsabwehr brach das Bild der Welt jenseits der Schichten; es war, als würde man durch fließendes Wasser blicken. Trotzdem war die Sicht noch klar genug, sodass er die Gefahr, in der sie schwebten, nicht fehldeutete. Die Schläge des Feinds hämmerten gegen das geometrische Rätsel seiner Verteidigungsschichten. Sie griffen mit

Pfeilen, Schwertern, Äxten und Disentropie an, und die Abwehrschichten kräuselten sich, als würde man Steine in einen Teich werfen. Seine Abwehr würde einem derartigen Beschuss nicht lange standhalten, aber das musste sie auch nicht.

Etwa eine halbe Stunde später begannen die äußeren Schichten zu reißen, dann drifteten sie in Partikeln schmutzigen Lichts fort. Die nächste Schicht folgte fünfzehn Minuten später. Indris stellte sich dem Unvermeidlichen, nickte den Seethe zu und veranlasste sie damit, das unmarkierte blaue Fähnchen zu heben. Ihr Zeichen der Kapitulation.

Statt seine Feinde weiter wütend zu machen, zerlegte Indris die Reste der Abwehr mithilfe seiner Gedanken. Abermals strömte ungefiltertes Licht herab. Feindliche Soldaten drängten heran, blutverschmierte Speere, Schwerter, Äxte und Keulen ragten wie ein Dickicht aus Waffen vor ihm auf.

Offiziere in den rotschwarzen Rüstungen des Hohen Hauses Erebus kamen auf von Schweiß und Blut gezeichneten Hirschen herangeritten und erzwangen sich einen Weg durch das Gewimmel.

»Ich bin *Daimahjin* Indris«, sagte der Kriegsmagier, während er vortrat, die Hände nach beiden Seiten in einer Geste des Friedens ausgebreitet.

Daimahjin. Krieger und Magier. Gelehrter. Aus der höchsten Gesellschaftskaste der Avān. Indris wollte, dass sie zweimal darüber nachdachten, bevor sie ihm oder seinen Begleitern etwas zuleide taten. »Ich ergebe mich Rahn Näsarat fa Ariskander, Gebieter des Wandels, gemäß dem Code und Regelwerk des Teshri für einen gerechten Krieg. Wir werden friedlich mit euch gehen. Es gibt keinen Anlass für weitere Gewalt.«

Die Offiziere trennten die Gefangenen wortlos. Als Shar entwaffnet und weggeführt wurde, sah sie Indris stirnrunzelnd an. Ein Offizier aus Erebus mit einer Handvoll Iphyri an der Seite kam näher und ragte bedrohlich über Indris auf, während sich sein Gesicht vor kaum unterdrückter Abscheu rötete.

Bevor er noch irgendetwas sagen konnte, landete die schwielige Faust eines Iphyris auf Indris' Schädel.

Einst hatte sich Indris geschworen, sich nie wieder in die mörderische Politik Shrīans verwickeln zu lassen – und doch war er jetzt hier. Für den Fall, dass er für seine Rolle bei Far-rad-dins angeblichem Verrat nicht hingerichtet wurde, würde er dafür sorgen, dass er in Zukunft in diesem Punkt sein Wort hielt. Die meisten, die für Far-rad-din gekämpft hatten, waren Seethe, die in seinen Diensten einen Eid geleistet hatten: Mitstreiter, die sich entschlossen hatten, ihren Rahn nicht zu verlassen. Als Söldner und Kriegsmagier hätte Indris jederzeit den Dienst bei Far-rad-din quittieren können. Als sein Schwiegersohn jedoch, getrieben von Schuldgefühlen, die gleichermaßen real wie eingebildet waren, hatte er keine andere Wahl gehabt.

Indris blickte aus den Fenstern seines Gefängnisses. Er blinzelte gegen das blendende Licht der untergehenden Sonne an, deren Strahlen sich auf den bronzebeschlagenen Kuppeln der Schreine am Ufer spiegelten und die kristallinen Türme der frei stehenden Seethe-Schulen beleuchteten. Nach seiner Kapitulation am Bernsteinsee war er halb bewusstlos ins obere Stockwerk einer verlassenen Villa in Seenähe geschleift worden. Im Laufe der letzten beiden Tage hatte er zugesehen, wie viele seiner Kameraden in den Hof gezerrt worden waren. Keine Spur von Shar – noch nicht. Angehörige der mittleren Kaste, meist gemeine Soldaten, waren mit harter Gleichgültigkeit und mitleidloser Effizienz enthauptet worden. Die Knechte aus der niederen Kaste – und jene der Mittelkaste, deren Leben für erhaltenswert befunden worden war – wurden aufgeteilt und Aufsehern übergeben, um in den Dienst gezwungen zu werden. Die oberen Kasten, vermögende Landbesitzer, Ritter oder andere Edelleute, wurden mit Strängen aus gelber Seide erdrosselt. Dann warf man ihre Leichen auf Wagen, als wären sie Kleinholz. Vom Morgengrauen bis in die Abenddämmerung wurden Gefangene in den Innenhofgarten gebracht. Sie wurden schnell verurteilt, ohne Rücksicht auf ihre Kastenzugehörigkeit oder darauf, ob sie Avān, Seethe oder Menschen waren. Die einzige Konstante war das Wappen der Offiziere, Wachen und Henker: ein schwarzer Hengst auf blutigem Grund. Es war das Wahrzeichen des Hohen Hauses Erebus.

Seine Kapitulation vor Ariskander als Gebieter des Wandels hätte ausreichen sollen, um seine Sicherheit und die seiner Kameraden zu garantieren. Dass die Streitkräfte von Erebus die Regeln der Kapitulation und Auslösung so brutal missachten würden, hatte er nicht erwartet.

Was Indris auch versucht hatte, es gab keine Fluchtmöglichkeit. Seine Handgelenke und die Kehle waren mit Bändern aus salzgeschmiedetem Stahl umschlossen, der Blasen in seine Haut brannte. Der Stahl war während des Schmiedevorgangs in Salz getaucht worden und wirkte wie Gift gegen seine mystischen Kräfte. Er staute den Disentropiefluss in seinem Körper und sandte Fieberschauer über seine Haut, schmerzhafte Nadelstiche, die sein Rückgrat hinunterliefen. Selbst das Kerzenlicht war zu grell für seine überempfindlichen Augen, und sein Schädel dröhnte so stark, dass ihm übel wurde. Tage nach der Schlacht am Bernsteinsee zuckten seine Gliedmaßen noch immer – eine Reaktion auf die Flut der Disentropie, die er umgeleitet hatte. Die Gedankenstürme waren vorübergegangen, doch im Mund spürte er noch immer den Geschmack von Galle. Seine Haut stank nach abgestandenem Schweiß und Erbrochenem.

Schreie ertönten aus dem Hof unter ihm und dazu der wiederholte dumpfe Aufschlag von Klingen, die auf Nacken trafen. Das verzweifelte Keuchen der Strangulierten. Das Wehklagen, wenn Fesseln um Hand- und Fußgelenke gelegt und Freiheit gegen Knechtschaft eingetauscht wurde.

Indris lehnte sich gegen die Wand und sah zu den violett und gelb gefärbten Wolken auf; er fragte sich, ob sie wohl das Letzte waren, was er jemals sehen würde. Bald würden seine Wärter auftauchen und ihm erneut die vorhersehbaren Fragen stellen, deren Beantwortung er verweigern würde. Irgendwann würden sie sein Schweigen leid sein und wieder versuchen, ihn durch immer einfallsreichere Methoden zum Sprechen zu bringen. Geborgen in der Bastion seines Geists hatte er von dem Schmerz gewusst und ihn anerkannt. Er hatte ihn verpackt und weggesperrt, sodass er sich nur in jenen kurzen Momenten zeigen konnte, in denen er seine Selbstkontrolle aufgab. Sie wollten, dass er Far-rad-din verriet, aber Indris hatte den Folterern bisher nur eine versteinerte Miene gezeigt.

Müder als jemals zuvor fokussierte Indris abermals seinen Geist. Er musste siegen oder bei dem Versuch sterben. Wie die Gelehrten der Zienni sagten: *Das Scheitern besteht nicht im Sturz, sondern darin, dass man nicht versucht, wieder auf die Füße zu kommen und den nächsten Schritt zu tun.* Disentropie, die Macht der Schöpfung, die von allen lebendigen Wesen erzeugt wurde, strömte und wirbelte um ihn herum. Er konnte sie fühlen; es war wie eine Verdichtung der Luft, die über seine Haut streifte. In den ruhigen Zonen seines Geists spürte er die tröstliche Wärme seiner Disentropischen Färbung, die Korona um seine Seele, die durch ihn und um ihn herum floss und ohne die einengenden Fesseln in einem reißenden Strom aus ihm herausfließen würde.

Die Grundformeln der Untergeordneten Gesänge flackerten in seinem Geist auf. Ursachen und Wirkungen wurden berechnet, abgeschätzt und verworfen, um brauchbareren Hypothesen Platz zu machen. Die unterschiedlichen Geheimen Gesänge waren auf dem Prinzip der Kausalität aufgebaut, dem Wissen, dass eine Sache zu einer vorhersagbaren anderen führte. Obwohl sein Geist von den Auswirkungen des salzgeschmiedeten Stahls in seinem Blut getrübt war, gaben sich die Lösungen allmählich zu erkennen.

Zufrieden damit, die gesuchte Antwort gefunden zu haben, konzentrierte sich Indris und …

Der Schmerz durchbohrte ihn vom Schädel bis in die Tiefen seiner Wirbelsäule. Der Geschmack nach Galle stieg in ihm auf und sickerte ätzend aus seinem Mund, der sich in einem unwillkürlichen Schmerzenslaut geöffnet hatte. Seine Handgelenke und der Hals brannten, wo der Stahl die Haut berührte. Schwer atmend fiel Indris gegen die Wand zurück. Die Formeln vereinfachten sich zu einer nutzlosen Abstraktion und lösten sich dann auf.

Trotz der Schmerzen beruhigte er seinen Geist und führte den Trancezustand herbei, den die Sēq-Gelehrten den *Baum der Möglichkeiten* nannten. Fragen stiegen in ihm auf, Fragen nach dem *Wie* und *Warum,* die zu weiteren Fragen führten, bis sich die Möglichkeiten auf die Wahrscheinlichkeit von Erfolg oder Scheitern reduziert hatten. Im Kopf spielte er Szenario um Szenario durch. Fluchtmöglichkeiten. Befreiungen. Verhandlungen. Begnadigungen. Indris lächelte bitter. Als ehemaliger Ritter des Gelehrtenordens der Sēq war ihm beigebracht worden, dass der einsame Tod die einzige Gewissheit war. Doch es zu wissen, war etwas anderes, als sich der Tatsache wirklich zu stellen.

Er war zu müde zum Denken. Für einen Moment schloss Indris die Augen, wo Erinnerungen an einen Krieg, den er lieber vergessen hätte, über die dunkle Leinwand seiner Lider flimmerten.

Beim Rasseln eines Schlüssels fuhr sein Kopf hoch. Die hölzerne Intarsientür öffnete sich beinahe lautlos. Argwöhnisch beäugte er seine Besucher. Der erste Mann, der eintrat, war riesig und muskulös, die nackten Arme und der Nacken waren übersät mit Hautbildern. Seine Tunika spannte über der breiten Brust, und die Beine ragten wie knorrige Baumstämme unter seinem Kilt hervor. Ihm folgte ein kleinerer, älterer Mann in einem schmutzigen Leinenmantel; die linke Hand war ersetzt durch einen Haken aus dunklem Metall. Thufan, Corajidins General der *Kherife* und Führer des Geheimdiensts, mit seinem riesenhaften Sohn Armal. Sie waren Corajidins Gesetzeshüter. Gerüchten zufolge spottete Thufan über seinen Eid als *Kherife*, der ihn verpflichtete, sowohl das Gesetz als auch das Recht zu schützen. Einen Geheimdienstler und Gesetzeshüter in einer Person zu vereinen, war, als würde man einem Trunkenbold den Schlüssel zu einer Brauerei anvertrauen. Er hatte zu viele Informationen, zu viel Einfluss, und das führte zwangsläufig andere in die Tragödie.

Die nächsten Eintretenden waren leicht zu identifizieren. Belamandris' Kettenpanzer aus rubinroten Kristallschuppen und das *Amenesqa* – sein langes, gebogenes Schwert in der rubinfarbenen Scheide – wiesen ihn aus. Die anderen beiden Männer in roter und schwarzer Seide waren vermutlich Corajidin und sein Erbe Kasraman. Hinter ihnen folgten fünf Iphyri. Sie waren so groß, dass ihre Pferdeköpfe beinahe die hohe Decke berührten. Als sie sich niederließen, klapperten ihre Hufe auf den alten Steinfliesen. Ihre Rüstungen knarzten, Metallharnische klirrten. Mit den riesigen Händen umklammerten sie Äxte mit hakenförmigen Klingen.

Beim Anblick Corajidins runzelte Indris die Stirn. Der Mann war offensichtlich sehr krank, unter einer Schweißschicht wirkte die Haut wächsern. Zwischen rotblonden

Locken klebten dem älteren Mann ergrauende Strähnen am Kopf. Sein Gesicht wirkte verhärmt und dumpf. Der gebeugte Rahn von Erebus rang die Hände, als würden sie schmerzen.

Lächelnd hob Indris die gefesselten Handgelenke. »Ich gehe davon aus, dass sich der Irrtum geklärt hat und ich jetzt freigelassen werde?«

»Wo ist Far-rad-din?« Thufan schlug Indris seitlich an den Kopf.

Der Schlag hallte in Indris' Schädel wider. Thufans Atem roch so stark nach Fäulnis und Rum, dass er zusammenzuckte.

Er starrte den alten Schurken an. »Wo ist Ariskander? Ich habe mich Rahn Ariskander als Gebieter des Wandels ergeben. Ich bin sein Gefangener. Ein Näsarat würde mit einem Erebus noch nicht einmal Höflichkeiten austauschen, ganz zu schweigen von einem Gefangenen, der auch noch ein Familienmitglied ist.«

Thufan hustete, ein feuchtes Rasseln, das sich von der Brust bis zur Kehle zog. Er spie vor Indris' Füße. »Sie haben dich zum Trocknen draußen hängen lassen. Dein Onkel hat dich aufgegeben. Und jetzt: Wo ist Far-rad-din?«

»Far-rad-din? Habt ihr in der Rōmarq nachgesehen?«, fragte Indris hilfsbereit. »Als ich ihn das letzte Mal gesehen habe, ist er ungefähr in die Richtung geflohen. Und jetzt bringt mich zu Ariskander.«

Thufan legte seinen Haken an Indris' Kehle. »Du stirbst so oder so. Entweder auf die leichte oder auf die harte Tour; es ist deine Entscheidung.«

Indris fühlte, wie sich die Hitze hinter seinem linken Auge aufbaute, die unwillkürliche Konzentration der Disentropie. Übelkeit stieg in ihm auf. Er blinzelte langsam, um sich zu beruhigen. Als er die Augen wieder öffnete, fing er Thufans Blick ein. »Wie wär's mit gar nicht?«

»Ich habe dem Teshri schon vor Jahren geraten, deine Hinrichtung zu befehlen«, erklärte Corajidin gedehnt. Betrübt schüttelte er den Kopf. »Aber die damalige Regierung war zu weich. Dann habe ich selbst Meuchelmörder ausgesandt, aber sie sind nicht zurückgekehrt. Ich habe es schon einmal gesagt, und ich stehe dazu, denn es ist die Wahrheit: Der Gelehrtenorden der Sēq war zu nachsichtig mit dir. Mal ehrlich, wer entlässt einen Ritter der Gelehrten aus dem Dienst? Es war deine Pflicht, im Dienst zu sterben, und nicht, das Gelernte einfach mitzunehmen, um dein eigenes Vermögen zu machen. Jetzt hat dich die Vergangenheit eingeholt.«

»Sieh den Tatsachen ins Auge.« Kasraman hatte die sanfte Stimme erhoben, um sich Gehör zu verschaffen. »Du warst einst ein Sēq. Zweifellos hast du versucht zu entkommen und bist gescheitert. Hast du es mit deinem kostbaren Baum der Möglichkeiten versucht? Sicher hast du errechnet, dass es keinen Ausweg gibt, oder?«

»Hast du nicht irgendein Zaubermittel, um ihn zum Reden zu bringen?«, fragte Armal Kasraman. Der Berg von einem Mann blickte nervös zur Tür. »Wir haben nicht viel …«

»Meine Fähigkeiten sollten nicht in der Öffentlichkeit diskutiert werden, Armal.« Kasraman lächelte dünn und zeigte die Spitzen seiner Fänge, während er eine Hand hob, um sich Gehör zu verschaffen. »Davon abgesehen hindert der salzgeschmiedete Stahl mich ebenso wie ihn an jeder Form von Magie. Und ich würde ihm die Fesseln nicht abnehmen lassen, solange er am Leben ist. Es würde nicht gut für uns ausgehen, oder, Indris?«

Indris entblößte seine Fänge und verzog die Lippen zu einem Lächeln. »Das kann ich dir versprechen.«

»Das bringt uns nicht weiter«, knirschte Thufan. Er wandte sich an Corajidin. »Wir müssen das Urteil an ihm vollstrecken, und …«

»Urteil?« Indris trat von der Wand weg. Thufan stand ihm am nächsten. Vielleicht könnte er den mageren Hühnerhals des alten Mannes brechen, bevor ihn die anderen daran hindern konnten? Als Nächstes müsste er Corajidin töten. Indris bezweifelte, dass er in seinem Zustand auch noch einen Dritten schaffen würde. Er bewegte die Hand. »Jedem Gefangenen steht ein Prozess zu.«

Corajidin deutete mit zitterndem Finger auf ihn. »Du bist ein Verräter an der Krone, und …«

»Tritt zurück, Thufan, wenn du am Leben bleiben willst«, sagte Belamandris gelassen. »Unser Freund hier ist fast in Reichweite. Du stehst ein wenig ungünstig.«

Thufan erbleichte und trat dann zurück. Er sah Indris misstrauisch an.

Indris schenkte Belamandris ein falsches Lächeln der Dankbarkeit.

»Ich habe als Söldner gekämpft, nicht als Prinz. Unser Gesetzeskodex …«

»Wenn wir ihn woanders hinbringen, könntest du ihn dann foltern, um an die Informationen zu kommen?«, fragte Kasraman Thufan.

»Vielleicht«, brummte der kleine Mann. »Aber ich bezweifle es. Er wurde von den Sēq trainiert. Sie sind nicht leicht zu brechen.«

»Hier gibt es zu viele Zeugen, wir können ihn nicht wegbringen«, befand Belamandris. Seine Hand senkte sich auf das Heft seines *Amenesqa*. »Wenn ihr ihn nicht befragen werdet, dann lasst den Mann wenigstens um sein Leben kämpfen.«

»Er wird dich umbringen«, erwiderte Kasraman trocken. Belamandris schnaubte.

»Ich kann euch nichts erzählen, was ich nicht weiß«, log Indris mit zusammengebissenen Zähnen. Er zerrte an seinen Fesseln. »Denkt darüber nach. Wenn ihr mich tötet …«

»Wenn er uns nicht erzählt, wo Far-rad-din ist, hat es keinen Sinn, noch länger zu warten. Armal?« Corajidin winkte mit der Hand in Indris' Richtung.

Als sich der große Mann vor Indris aufbaute, war sein Ausdruck sowohl traurig als auch sanft. Seine Faust war nicht mehr als ein verschwommener Umriss, der Indris so hart seitlich am Kopf traf, dass er benommen gegen die Wand krachte. Armal legte die massiven Hände um Indris' Kehle und drückte zu. »Tut mir leid, dass ich das nicht auf angemessene Art erledigen kann.«

In seinem geschwächten Zustand konnte Indris wenig gegen Armals Stärke ausrichten. Er versuchte, den Mann mit dem Knie zu rammen, aber erfolglos. Der salzgeschmiedete Stahl schwächte ihn. Indris' Schläge trafen auf Muskelschichten, die sich wie Stein anfühlten. Er suchte nach dem richtigen Gesang in seinem Geist, doch die Strangulation verhinderte jeden klaren Gedanken.

Die Dunkelheit begann sich langsam um ihn auszubreiten, als die Tür plötzlich aufflog. Armal lockerte seinen Griff und entfernte sich, um sich neben seinen Vater zu stellen. Indris, der kaum noch mitbekam, was um ihn herum vorging, sank auf die Knie und schnappte nach Luft. Durch schmutzige, wirre Locken sah er nach oben.

Die Iphyri stampften mit den Hufen. Ihre Nüstern waren geweitet, und Indris konnte das Licht in ihren Augen glitzern sehen. Die Hefte ihrer Äxte knarrten, so fest hielten sie sie umklammert. Schweiß glänzte auf ihrem schwarzen, rotbraunen und rötlich grauen Fell. Sie schnaubten und wichen zurück. Schwerer Pferdegeruch hing in der Luft.

Etwa ein Dutzend Tau-se in den blaugoldenen Rüstungen der Löwengarde hatte den Raum betreten. In einer Mischung aus einstudierter Langeweile und katzenhafter Neugier blickten sich die Tau-se, deren geflochtene Mähnen im Licht schimmerten, im Raum um, während ihre Gesichter völlig unbewegt blieben. Obwohl ihre Hände auf den Waffen ruhten, hatten sie sie noch nicht gezogen. Indris hatte Tause kämpfen sehen und kannte ihre Reflexe, daher wusste er, dass die Löwengarde nicht im Nachteil war.

Zwei Männer traten hervor; der erste war Ariskanders Erbe Nehrun. Seine Augen waren mit Kohlestift geschminkt, und auf der Stirn prangte der Phönix von Näsarat in blauer und gelber Tinte. Seine Rüstung war eine makellose Ausführung aus glänzendem Gold und emaillierten blauen Platten, die völlig makellos wirkten; Indris bezweifelte, dass sie jemals mit Staub, geschweige denn Blut in Berührung gekommen waren. Herrisch hob Nehrun das Kinn.

An seiner Seite befand sich ein großer Mann, älter und hagerer. Er war weniger herausgeputzt, und sein Kriegsschmuck zeigte den Minimalismus eines Veteranen. Ariskanders Gesicht war hager, sein graumeliertes Haar zu einem Pferdeschwanz gebunden, der Bart sorgfältig gestutzt. Seine Augen waren groß und so dunkel, dass sie schwarz wirkten, und sie glitzerten vor Klugheit und Mitgefühl. Ariskander schenkte Indris ein verhaltenes Lächeln – die einzige Art, wie er überhaupt zu lächeln verstand.

Zwei Mitglieder der Löwengarde durchquerten den Raum. Sie nahmen Indris bei den Armen und zogen ihn auf die Füße. Die Iphyri stampften nervös mit den Hufen, obwohl Corajidin sie anfuhr, sie sollten sich ruhig verhalten.

»Diesmal habt Ihr Eure Befugnisse weit überschritten, Corajidin«, sagte Ariskander scharf, während er die Löwengarde mit einer Geste anwies, Indris aus dem Raum zu bringen.

»Ariskander!«, knurrte Corajidin. Speichelblasen traten auf seine Lippen. »Euer Einflussbereich endet hier.«

»Ich bin der Gebieter des Wandels.« Ariskander lächelte

kalt. »Meine Befugnisse wurden mir sowohl vom Teshri zugewiesen – der diesen albernen Krieg genehmigt hat – als auch durch den Asrahn und die Volkssprecherin, die von uns gewählt wurden. Und dann ist da noch der Gelehrtenmarschall; sie ist sehr interessiert zu erfahren, warum einer ihrer Gelehrten …«

»Er hat den Sēq-Orden verlassen«, wandte Kasraman sachlich ein.

»Niemand verlässt jemals wirklich die Sēq«, versuchte Indris trotz seiner Schmerzen zu witzeln. »Sie fordern immer ihren Blutzoll.«

Ariskander hielt Indris' Augen mit den Daumen offen und betrachtete ihn stirnrunzelnd. Dann wanderte sein Blick hinüber zu Corajidin. »Wenn Ihr möchtet, könnt Ihr Eure Einwände mit dem Gelehrtenmarschall persönlich klären. Ich würde allerdings eher davon abraten. Femensetri ist weder für ihre Geduld noch für ihre Nachsicht bekannt.«

»Ihr werdet es noch bedauern, dass Ihr mir in die Quere gekommen seid!«, knirschte Corajidin.

»Eure übrigen Gefangenen werden ebenfalls freigelassen«, informierte Ariskander Corajidin, der rot angelaufen war. »Es ist noch nicht entschieden, ob formell Anklage gegen Euch erhoben wird.«

»Versucht es ruhig«, erwiderte Corajidin mit zusammengebissenen Zähnen. »Ihr werdet schon sehen, wie weit Ihr damit kommt.«

Ariskander gab der Löwengarde einen Wink, die daraufhin Indris in Gewahrsam nahm. Nehrun führte sie durch die Villa und in den großen Innenhof. In der Luft hing der Geruch nach vergossenem Blut. Indris wurde in einen Wagen mit Ariskander und Nehrun gesetzt und die Tür hinter ihnen verschlossen. Beide Männer rümpften die Nase wegen Indris' Geruch, aber niemand sprach. Nehrun starrte Indris finster an, als wäre er ein Ärgernis. Ariskanders Augen blieben halb geschlossen; er war tief in Gedanken versunken.

Der Wagen ratterte die Straße entlang, begleitet von der Löwengarde, die zu Fuß nebenherlief. Straßen, die von Sandstein- und Marmorgebäuden mit Kuppeldächern gesäumt waren, wurden von terrassierten Hügeln abgelöst. Hier hatten die Seethe ihre kristallenen Horste errichtet. Kristallvillen schimmerten in Weiß, Blau und Rosa in den Abendschatten, Lichtsplitter in der hereinbrechenden Nacht. Das Gefolge passierte einen altertümlichen Torbogen. Die in Stein gehauenen Vögel, Weinreben und Blätter waren über die Jahrhunderte von Wind und Regen glatt geschliffen worden. Dann ging es durch die Zephirgärten, wo der Wind durch blassblaue Blüten flüsterte. Indris wurde aus dem Wagen geholt und die weitläufige Biegung des Turmfalkengleitwegs entlanggeführt. Wo die Stufen in einer Kurve um den Wolkenberg führten, erinnerten sie an die Federn eines großen Flügels.

Auf dem Gipfel des Wolkenbergs ragten Splitter aus saphirfarbenem und grauem Bergkristall in den Himmel – der Hai Ardin, Far-rad-dins Zufluchtsort. Von hier aus erblickte er unter sich die Stadt Amnon, die sich über niedrige Hügel und in von Bächen durchzogenen Tälern ausdehnte. Eine kühle Brise wehte vom Marmormeer her; die zarte Berührung war eine willkommene Erfrischung in der herrschenden Hitze. In der Luft lag der Geruch nach Salz, aber auch nach Gardenien, Lavendel und Kiefernnadeln aus den vielen Parkanlagen Amnons, die in Strandnähe angelegt waren. Über dem Stimmengewirr der Stadt waren die traurigen Schreie der Seemöwen zu hören.

Wie üblich bei den Bauwerken der Seethe, gab es weder Außenmauern noch Türen im Hai Ardin. Kristallsänger hatten den wachsenden Formationen die scheinbar zufälligen

Stufen, Gemächer und schrägen Säulen abgeschmeichelt. In einigen Bereichen öffneten sich die hohen, als Halbkreisgewölbe angelegten Decken des Hai Ardin dem Himmel. *Ilhen*-Kristalle schimmerten wie gezackte Kerzenflammen, festgefroren in der Zeit.

»Bringt ihn zu den Bädern«, befahl Ariskander zweien aus der Löwengarde. »Ich werde mich um saubere Kleidung kümmern. Leider könnt ihr die Fesseln um Hals und Handgelenke noch nicht abnehmen. Lasst niemanden mit ihm sprechen, bis ich zurück bin.«

Die beiden Tau-se neigten die Köpfe, dann brachten sie Indris zu den Bädern, wobei sie ihn halb führten und halb trugen.

Badewannen aus Alabaster standen in den Bädern verteilt. Dampf trieb träge durch die feuchtwarme Luft. Das leise Tröpfeln von Wasser hallte durch den höhlenartigen Raum mit seinem Mosaikfußboden, der von *Ilhen*-Kristallen erleuchtet wurde. In der Luft hing der intensive Duft nach Lavendel und Rosmarin, und Indris begann zu dösen, sobald das heiße Wasser seine schmutzige Haut, die verfilzten Haare und schmerzenden Muskeln umfloss. Eine Dienerin in kurzer Tunika schrubbte ihm den Schmutz von der Haut, wusch und spülte sein Haar, bis das Wasser klar an ihm herunterfloss. Sie massierte Öle in seine Haut und Kopfhaut ein. Als ihre Finger die harten Knoten in seinen Muskeln fanden, die Blutergüsse und Schnitte in seiner Haut, zuckte Indris vor Schmerz zusammen.

Er war sich nicht sicher, wann die Dienerin wieder aufgehört hatte. Verschwommen erinnerte er sich daran, dass das Wasser in der Wanne gewechselt worden war. Dann herrschte nur noch wohlige, dampfende Stille. Als das Wasser schließlich kalt geworden war, spürte er plötzlich, wie ihn jemand anstarrte. Indris schlug die Augen auf und sah Ariskander,

der neben ihm saß, während zwei gewaltige Mitglieder der Löwengarde über ihm aufragten.

»Diesmal war es knapp«, setzte Ariskander an. Er riss ein faustgroßes, mit Speck- und Käsestückchen gelb und braun gesprenkeltes Stück Brot ab. »Du hattest Glück, dass wir dich noch rechtzeitig gefunden haben.«

Indris hob die gefesselten Handgelenke und machte sich nicht die Mühe, seine Schmerzen zu verbergen. »Hättest du etwas dagegen, mir die endlich abzunehmen?«

»Warum bist du hier?«, fragte Ariskander. »Du solltest Far-rad-din und seine Familie aus Amnon herausbringen, bevor unsere Armee die Stadt erreicht. Bei der Liebe unserer Vorfahren, ich habe das Vorrücken der Armee lange genug hinausgezögert!«

»Äh … meine Fesseln?«

»Ich kann sie nicht entfernen lassen. Noch nicht. Wirst du mir jetzt erzählen, warum …«

»Far-rad-din hat sich geweigert zu fliehen«, sagte Indris gereizt. Das Wasser schlug in Wellen gegen die elfenbeinfarbenen Wände der Wanne. »Glaubst du wirklich, ich wollte noch freiwillig dort bleiben, als die Kämpfe begonnen hatten? Als schlimmstes Szenario war geplant, die Sache durch einen Einzelkampf auszutragen. Heilige Vorfahren am Spieß, was ist passiert?«

»Fluch nicht!«, wies ihn Ariskander zurecht. »Du bist Far-rad-dins Schwiegersohn! Ich hatte angenommen, wenn er überhaupt auf irgendjemanden hört, dann auf dich. Sein Sohn war bei weitem zu stolz.«

»Und du bist mein Onkel. Wie viel Aufmerksamkeit schenkst du mir denn?«, grinste Indris.

»Offenbar nicht genug.« Ariskander lachte leise in sich hinein.

»Wie geht es jetzt weiter?«

»Du bist noch nicht frei. Die anderen werden wissen wollen, wohin Far-rad-din gegangen ist. Vor allem Corajidin kann es gar nicht erwarten, Far-rad-din in die Finger zu bekommen; er ist der letzte Monarch der Seethe in Shrīan. Ich bin mir ziemlich sicher, dass er ihrem Einfluss ein für alle Mal ein Ende setzen will.«

»Corajidin!« Indris schnaubte. »Er steckt selbst bis zum Hals mit drin. Er wollte Far-rad-din aus dem Weg haben und überredete den Teshri, einem Krieg zuzustimmen, um sein Ziel zu erreichen.«

»Das ist eine schwere Anschuldigung. Kannst du sie beweisen?«

Indris dachte noch darüber nach, wie viel er von dem Wenigen erzählen sollte, das er wusste, als sich eine Löwenwache näherte. Ariskander und Indris wurden vom Asrahn erwartet. Ariskander wies auf einen kleinen Stapel Kleidungsstücke. Indris erkannte die verblassten Schwarz- und Brauntöne, es waren seine eigenen. Rasch zog er sich an, wobei er kaum auf die komplizierte Reihenfolge der Kleider-*Sende* achtete, die von seiner Kaste verlangt wurde. Minuten später führte ihn die Löwengarde durch das Hai Ardin, durch lange Korridore mit Kristallwänden und kühlen Quarzböden. Bald darauf wurde er in einen überfüllten Raum geführt.

All die großen Namen Shrīans in ihren traditionellen Schichten aus bestickter Seide waren versammelt: Tuniken unter knielangen Jacken mit hohen Krägen, lockere Hosen, geschmeidige Lederstiefel mit nach oben gerichteten Spitzen, Kapuzenroben in den Farben der Hohen Häuser und der Hundert Familien, die in Shrīan herrschten. Stimmengewirr drang auf ihn ein. Der Lärm von Kelchen, die unter Trinksprüchen aneinandergeschlagen wurden, Servierplatten, die auf den Tischen klapperten, das metallische Klirren von Sonesette-Saiten. Der Lärm versetzte Indris unvermittelt zurück ins Chaos der Schlacht. Er sah die offenen Münder, die geweiteten Augen. Hörte den Lärm der Explosionen. Hinter seinem linken Auge begann es schmerzhaft zu pochen, während er von Erinnerungen erschüttert wurde.

»Indris? Fehlt dir was?« In Shars Stimme lag der Klang des Winde, der durch Blätter streicht. »Allerdings riechst du gut.«

»Wo warst du?«

»Sie haben mich in Ketten gelegt und wollten mich gerade hinrichten, als die Löwengarde mich rausgeholt hat.« Mit schmalen Juwelenaugen musterte sie ihn von Kopf bis Fuß. »Was ist mit dir passiert? Wie fühlst du dich?«

»Mir geht's ausgezeichnet«, log Indris, als sich Shar-ferrayn gegen ihn lehnte und ihre Stirn sanft an seine Schulter legte. »Allerdings hat man mir in den letzten paar Tagen ein paar Schläge zu viel auf den Schädel verpasst, glaube ich. Wie sehe ich aus?«

»Wie niedergetrampelter Müll«, erwiderte sie mit einem besorgten Lächeln.

»Warum fragst du dann überhaupt?«

»Ich mache nur ein bisschen Konversation.« Shar sah sich im Raum um. »Uns erwartet nichts Gutes, oder? Was passiert jetzt?«

»Keine Ahnung. Hast du Hayden oder Omen gesehen?«, fragte Indris. Shar schüttelte den Kopf, und er fluchte leise. »Wir hätten Amnon verlassen sollen, sobald wir wussten, aus welcher Richtung der Wind weht. Dann hätten wir dieses verfluchte Chaos vermieden. Es wäre nicht das erste Mal gewesen, dass ich einen Adligen zu seinem eigenen Besten entführt hätte.«

»Wobei wir immer sehr viel Spaß hatten«, grinste Shar. »Aber das wäre nicht deine Art, Indris. Du hast eine Vorliebe für verlorene Fälle, und meistens sind sie die richtigen.«

Indris wies mit dem Kinn auf die Menge. »Ich glaube, da wären die anderer Meinung.«

»Far-rad-din war unschuldig an …«

»Sie sind die Sieger. Sie werden die Geschichte schreiben. Unbequeme Wahrheiten werden bald vergessen. Trotzdem, wir haben überlebt.«

»Mal wieder«, murmelte sie. »Viele meiner Leute hatten weniger Glück.«

»Es sind auch meine Leute, Shar.« Sie lächelte ihn an. »Na ja, jedenfalls zur Hälfte.«

»Und welche Hälfte wäre das?« Sie musterte Indris in seiner fleckigen, abgetragenen braun-schwarzen Kleidung von Kopf bis Fuß. »Die lumpige?«

»Ich ziehe den Ausdruck ›bequem‹ vor«, erwiderte Indris grinsend.

»Natürlich. Mit einer von uns verheiratet zu sein, bedeutet noch lange nicht, dass du ein Seethe bist. Du siehst nicht einmal wie einer aus; eher wie ein reinblütiger Avān.«

Indris kämpfte seine Kopfschmerzen nieder. Wenn nur Ariskander seine Fesseln entfernt hätte. Dem Ausdruck in den Augen der Leute nach zu schließen – es waren allesamt Angehörige der oberen Kasten –, war Indris hier vermutlich kaum sicherer als zuvor in den Fängen von Corajidin.

Eine Frau löste sich aus dem Gedränge. Es war Roshana, Nehruns jüngere Schwester, eine hübsche Frau mit kantigem Kiefer und eckigen Schultern. Sie gehörte zu Ariskanders Marschall-Strategen und war eine Soldatin von beträchtlichem Ansehen. Mit langen Schritten durchquerte sie den Raum und erreichte Indris und Shar. Nehrun folgte ihr langsam und mit finsterer Miene.

Er sah Indris herablassend an. »Glückwunsch zu deiner Heimkehr, Cousin«, sagte er höhnisch. »Es hat dir wohl nicht gereicht, dass du nur dich selbst blamierst; musstest du auch noch unseren Familiennamen mit hineinziehen? Maladûr Gaol ist noch viel zu gut für Leute deiner Sorte.«

»Angeblich soll es dort ganz nett sein«, lächelte Indris.

Roshana kicherte leise.

»Vielleicht bekomme ich ja ein Zimmer mit Blick aufs Marmormeer?«

Nehrun trat vor, bis er nur noch wenige Zentimeter von Indris' Gesicht entfernt stand. »Du verdienst den Tod!«

»Du bist ein tapferer kleiner Mann, wenn dein Vater nicht in Hörweite ist, oder? Als Ariskander vorhin dabei war, hattest du nicht den Mumm, so mit mir zu reden.« Indris beugte sich nach vorne zu seinem Cousin und überwand so die letzten Zentimeter Distanz. Er starrte Nehrun in die Augen. Der Erbe wich zurück und wandte den Blick ab. »Also … ist es dir gut ergangen, Nehrun?«

Nehrun verzog verächtlich den Mund, wich aber weiter mit gesenktem Blick zurück.

»Ich habe gehört, dass du in der Schlacht warst«, sagte Roshana unvermittelt; ihre Stimme war überraschend tief. »Stimmt es, was sie erzählen?«

»Wenn es etwas Schlechtes ist, vermutlich ja.«

»Sie sagen, ihr beide …«, nun sah sie auch Shar an, »… habt für Far-rad-din gekämpft. Ihr wart doch bestimmt nicht so töricht, oder? Habt ihr ernsthaft geglaubt, ihr könntet gewinnen?«

»Du weißt, was man sagt. Es geht weniger ums Gewinnen, sondern darum, dass man hinterher ungestraft davonkommt. Außerdem war niemals geplant, dass es so weit kommt.« Indris blickte sich nervös um. Viele der im Raum Versammelten blickten in ihre Richtung, und ihre Mienen waren weder amüsiert noch freundlich. »Rosha, du solltest nicht …«

»Und los geht's«, murmelte Shar, als Feyassin hereingeeilt

kamen. Die Unterhaltungen gerieten erst ins Stocken und verstummten dann.

Vashne trat ein, flankiert von seinen Leibwachen in weißen Rüstungen. Der Herrscher der Avān hatte die freundliche Haltung eines Mannes, der seine Freizeit mit der Pflege von Blumen und Lesen verbrachte. Er hatte große, gefühlvolle Augen, die von überwältigendem Weitblick waren. Seine formelle Kleidung bestand aus violetter und schwarzer Seide, mit goldenen Blütenstickereien um die Ärmel. Er trug weder Rüstung noch Waffen. Ein Reif aus schwarzem Leder, in den winzige Stahlbarren geknotet waren, umgab seine Stirn.

Als Vashne näher trat, sanken die Versammelten auf die Knie. Gesichter wurden auf den kalten, harten Boden gepresst, Hände mit den Handflächen nach oben ausgestreckt. Indris und Shar taten es ihnen gleich. Auf ein freundliches Wort hin setzten sich alle wieder zurück auf ihre Fersen.

Die einzige Person, die nicht auf die Knie ging, war Femensetri, Gelehrtenmarschall und Sēq-Meister. »Sturmbringerin« wurde die Beraterin und Vertraute des Asrahns von manchen genannt. Femensetris großer, sichelförmiger Stock lag in ihrer Armbeuge. Sie war in ihren Kapuzenumhang und eine schwarze Soutane mit einer Reihe pechschwarzer Knöpfe von der Kehle bis zur Leiste gehüllt. Der Rumpf war mit abgenutzten Lederbändern und eisernen Schnallen verschnürt; sie erinnerte Indris an einen Drachen mit zusammengeklappten Flügeln. Es war allerdings ein ungerechter Vergleich, denn Femensetri war eine bemerkenswerte Frau. Ihre alterslosen Gesichtszüge mit den blau-grün-schwarzen Augen waren sowohl entstellt als auch aufgewertet durch den Seelenstein, der ihre Stirn durchlöcherte: ein lichtloser Makel, eine Abwesenheit auf olivfarbener Haut.

Während er sie betrachtete, spürte Indris die dunkle Aura aus Energie, die sie knisternd umgab. Es war die Disentropische Färbung, die sie für jeden, der die Zeichen erkannte, als Gelehrte kennzeichnete.

Vashne blickte nachdenklich zu Corajidin und seinem Gefolge, die gerade eintrafen. Als er Ariskander sah, runzelte er die Stirn. Der Asrahn ließ den Blick ein paar Sekunden zu lange auf Nehrun ruhen, bevor er weiterwanderte. Als Vashnes enttäuschter Blick an ihm hängen blieb, kribbelte Indris' Rückgrat.

»Jedermann bis auf die Näsarat, die Erebus, Ziaire vom Perlenhaus und der Volkssprecherin können gehen«, befahl Vashne.

Die anderen Adligen sahen sich einen Moment lang an, ehe sie sich erhoben und den Raum verließen. Indris konnte ihr Gemurmel die Korridore entlanghallen hören, während sie sich entfernten.

Er beobachtete, wie sich die Näsarat- und Erebus-Lager an entgegengesetzten Seiten des Raums sammelten. Dazwischen stand Rahn Nazarafine aus dem Hohen Haus Sûn. Die gesetzte Volkssprecherin, die runden Wangen apfelrot vor guter Laune und mit Augen wie glänzende braune Nüsse, war die gewählte Regierungschefin des Teshri. Neben ihr stand eine selbstsichere Frau, schön wie die Kunst, die das Leben imitiert. Widerspenstiges rußschwarzes Haar war über einem ovalen Gesicht mit zart geformten Zügen hochgesteckt. Ihre grünen Augen bildeten einen leuchtenden Kontrast zu ihrer kaffeebraunen Haut, die sich ihrerseits auffällig von ihrer eng anliegenden, perlmuttfarbenen Robe mit den weiten, bestickten Ärmeln abhob. Abschätzend sah sie zu Indris und Shar herüber.

Vashnes Kiefermuskeln arbeiteten, während er sich im Raum umblickte. »Ariskander? Habt Ihr diejenigen gefunden, nach denen wir gesucht haben?«

Ariskander nickte. »Alle, die noch am Leben waren. Ich habe Euch die Gefangenen gebracht, nach denen Ihr gefragt habt. *Pah* Näsarat fa Amonindris – Prinz des Hohen Hauses Näsarat. Einstiger Ritter und General des Gelehrtenordens der Sēq und ehemaliger Befehlshaber der *Nahdi,* der Kompanie der Unsterblichen Gefährten. Die andere ist Shar-ferrayn, eine Kriegssängerin und Letzte der Rayn-ma-Truppe.«

Vashne nickte dankend, während er vor Indris trat. »Wir beide kennen uns.« Er blickte auf die aufgeplatzten Blasen an Indris' Handgelenken, dort, wo die Fesseln aus salzgeschmiedetem Stahl angebracht waren. Vashnes Gesichtsausdruck zeigte Sorge. »Die brauchen wir nicht, oder?«

»Vashne …«, knirschte Corajidin.

»Volkssprecherin? Gebieter des Wandels?« Vashne sah Nazarafine und Ariskander an. »Habt Ihr irgendwelche Einwände, wenn wir diesem Mann die Fesseln entfernen?«

»Das könnt Ihr nicht ernst meinen!«, versetzte Corajidin scharf.

»Keinerlei Einwände, Asrahn.« Nazarafines Lächeln erreichte nicht ihre Augen, während sie Corajidin mit Blicken maß. »Ich spreche sowohl für Ariskander als auch für mich selbst, wenn ich sage, dass wir uns glücklich schätzen, einige der Gefangenen gerettet zu haben, deren Begnadigung Ihr bewilligt hattet.«

Als die Sturmbringerin vortrat, hörte man knarzendes Leder und Wolle rascheln. Sie nahm einen Schlüssel aus den Falten ihrer Soutane und schloss Indris' Fesseln auf. Klappernd fiel der salzgeschmiedete Stahl zu Boden, woraufhin der Gelehrtenmarschall ihm einen Fußtritt gab, der die Fesseln quer durch den Raum beförderte.

Indris unterdrückte einen Seufzer der Erleichterung. Die Schmerzen verschwanden beinahe sofort. Innerhalb weniger Momente fühlte er, wie die Auswirkungen des konzentrierten schwarzen Steinsalzes nachließen. Er blickte den Asrahn an, der das mit seiner Freilassung verbundene Risiko zweifellos kannte. Indris verneigte sich zum Dank.

»Indris.« Vashne sah ihn an, obwohl die Worte an die übrigen Anwesenden im Raum gerichtet waren. »Ein Held unseres Volkes.«

»Asrahn«, Corajidin senkte den Kopf Richtung Boden. »Dieser Mann ...«

»Hat viel für uns getan.«

»Trotzdem ist er ein Verräter, der in den Diensten eines Verräters stand! Wir müssen ...«

»Er soll seine Waffen und anderen Habseligkeiten zurückbekommen.« Der Asrahn sah Indris mit hartem Blick an. »Und seine Gefährtin ebenfalls. Dankbarkeit ist eine mächtige Währung, wertvoller als Gold oder Edelsteine. Stimmt Ihr mir da nicht zu?«

»Danke.« Indris fühlte, wie sich sein Magen zusammenzog.

»Ich vertraue darauf, dass meine Großzügigkeit nicht unangebracht ist, und erwarte, dass Ihr Euch daran erinnert, sollte ich jemals nach Euch verlangen müssen.«

Indris erlaubte sich einen tiefen Atemzug. Die Aussicht auf Tod oder Gefangenschaft ließ ihn langsam aus ihren Klauen.

»In was hast du uns jetzt wieder hineinmanövriert?«, murmelte Shar.

»Ich?«

»Du.«

Mit Femensetri in seinem Schatten schritt Vashne zurück in die Mitte des Raums. Er starrte Corajidin an. »Was, im Namen der gesegneten Vorfahren, habt Ihr Euch dabei gedacht? Die Angelegenheit sollte friedlich geregelt werden, mit so wenig Blutvergießen wie möglich! Machen Euch Eure Vorurteile so blind?«

Corajidin wölbte geringschätzig eine Augenbraue. Indris bemerkte, dass die Haut des Mannes von einem schimmernden Schweißfilm überzogen war. »Far-rad-din war im Begriff, eine Armee aufzustellen. Er befand sich in Gesprächen mit den Himmelsreichen der Seethe und deren Truppen. Außerdem verkaufte er Relikte, die er aus der Rōmarq gestohlen hatte – Relikte, für deren Schutz er verantwortlich war! Aber selbst wenn man all das außer Acht lässt: Die Seethe haben uns angegriffen, Vashne. Meine Truppen haben richtig gehandelt, sie haben sich verteidigt.«

»Die Seethe glaubten, dass dieser Kampf durch einen *Hamesaad* entschieden werden würde«, sagte Indris. »Unter gar keinen Umständen hätten sie mit Feindseligkeiten begonnen. Was die Anschuldigungen gegen Far-rad-din betrifft … sie sind Blödsinn. Der Teshri hätte wissen müssen, dass er besser nicht auf Fanatiker hören sollte.«

»Der Verräter spricht, obwohl er längst seinen letzten Atemzug hätte tun sollen«, schnappte Corajidin. Er musterte Indris anklagend, doch der zuckte nur gleichgültig die Schultern. »Der Grund, aus dem wir hierhergekommen sind, war …«

»Darauf zu achten, dass nicht mehr Gewalt ausgeübt wird als nötig«, unterbrach ihn Ariskander. »Als Gebieter des Wandels, der vom Teshri ernannt wurde, war es mein Vorrecht, die Bedingungen und den Zusammenhang festzulegen. Die Angelegenheit sollte nie in einen verfluchten Krieg ausarten!«

»Es war das, was es von Anfang an sein sollte«, erwiderte Kasraman mit einem eleganten Schulterzucken. »Hochgestellte Persönlichkeiten aus ganz Shrīan sind hierhergekommen, um die letzte Bastion der Seethe in einer von Avān regierten Nation zu beseitigen. Ich denke, uns war allen klar, wie die Sache ausgehen würde, sobald wir uns ins Feld begeben.«

»Meine Kurtisanen haben Zugang zu Informationen, die sowohl dem Asrahn als auch dem Teshri von Nutzen sind«, sagte Ziaire. Ihre Stimme war ebenso schön wie ihre Gestalt. »Männer und Frauen, deren Verlangen gestillt wurde, lieben es, in Kissen und Haut zu flüstern. Wir hören viele Dinge. Doch über Far-rad-dins angeblichen Verrat wurde erstaunlich wenig geflüstert, eigentlich gar nichts. Das finde ich seltsam – Ihr nicht?«

»Das *Hamesaad* wurde über Jahrhunderte angewandt, um einen Konflikt beizulegen«, fügte Ariskander hinzu. »Corajidin, war es nicht Eure Tochter Mariam, die uns vertreten sollte? Ich hoffe, diese Tatsache hat nicht …«

»Wir wurden angegriffen«, beharrte Corajidin, allerdings weniger vehement. »Far-rad-din hat seine Unschuld zu keinem Zeitpunkt bewiesen. Es war richtig, ihn zu entmachten.«

Und deine illegalen Ausgrabungen in der Rōmarq, die Far-rad-din aufdeckte, hatten nichts damit zu tun, oder?, dachte Indris. *Wonach suchst du, alter Fuchs? Und noch viel interessanter: Was hast du im Dreck und Morast verlorener Imperien aufgespürt?*

»Wir müssen Far-rad-din finden.« Ziaire verschränkte die Hände in den weiten Ärmeln ihres seidenen Übergewands.

»Die Marschen der Rōmarq sind heimtückisch«, warf Femensetri ein und blickte zum Asrahn. »Man verliert seinen Weg dort nur zu leicht. Jeden, den wir dorthin schicken würden, um ihn zu suchen, wäre von Fenlingen, Moorpuppenspielern, Dholen und mögen unsere Vorfahren wissen was noch bedroht.«

»Ich werde gehen«, bot Belamandris an und trat vor. Das Licht des *Ilhen*-Kristalls schimmerte auf dem goldenen Kopf des eleganten jungen Kriegsdichters. Er sah seinen Vater an. »Gib mir eine Kompanie Iphyri mit, und ich werde Far-rad-din finden und ihn zurückbringen.«

»Lebend?«, fragte Ziaire, und Femensetri gluckste leise.

»Ich beglückwünsche dich zu deiner Tapferkeit, Belamandris; allerdings musst du entschuldigen, wenn ich deine Motive in Zweifel ziehe. Immerhin war es das Hohe Haus Erebus, das uns in diese Lage gebracht hat.«

»In mehr als einer Hinsicht«, murmelte Ariskander. Er schürzte die Lippen und blickte zu Nehrun, und sein Ausdruck verfinsterte sich. Dann sah er wieder Indris an. »Vashne, mit Eurer Erlaubnis werde ich eine Kompanie der Löwengarde und Indris mitnehmen. Das sollte ausreichen, wenn wir vorsichtig sind.«

»Ich denke nicht …«, wehrte Indris ab.

Shars Augen wurden groß vor Sorge.

Vashne wischte Indris' Einwand mit einer Handbewegung beiseite. »Ich weiß Euer Angebot zu schätzen, Ariskander, aber ich brauche Euch hier, um Amnon in Eurer Funktion als Gebieter des Wandels zu regieren, bis …«

»Vashne, Asrahn.« Corajidin versteifte sich, und seine Miene verriet, wie zornig er war.

»Corajidin?«

»Bei allem Respekt, Ihr braucht jemanden, der diese Stadt und Präfektur wieder unter Kontrolle bekommt. Ich bin Herrscher des einzigen Hohen Hauses, das über die nötige militärische Stärke für eine derartige Aufgabe verfügt.«

»Er hat recht, Asrahn«, warf Nehrun schwach ein.

Indris' Kopf fuhr herum, er starrte Nehrun fassungslos an. Rosha sah aus, als wollte sie ihren Bruder umbringen. Ariskander warf seinem Erben einen finsteren Blick zu. »Obwohl ich meinen Vater liebe und respektiere, bin ich doch der Ansicht, dass Amnon im Moment eine strenge Hand braucht. Mein Vater hat lediglich zwei Kompanien der Löwengarde mitgebracht, und die Phönix-Armee verfügt nur über wenig mehr Leute. Selbst mit meiner persönlichen Wachkompanie und Roshas Weißpferd-Kataphrakten haben wir trotzdem nur etwa achthundert Soldaten. Rahn Corajidin, wie stark ist die derzeitige Kampfkraft Eurer Armee?

»Nehrun! Bist du verrückt?«, zischte Rosha. »Wie kannst du …«

»Mit meinen Erebus-Truppen stehen mir etwa fünfzehntausend Mann zur Verfügung.« Corajidin lächelte schadenfroh. »Rahn Kadarin fe Narseh hat mir außerdem mit weiteren dreitausend der Sarat ausgeholfen, ihre schwere Elite-Infanterie.«

»Das reicht!« Vashne hob die Hand. »Ich benötige einen erfahrenen Mann, der die Ordnung wiederherstellen kann – keine Armee, um Leute zu bedrohen, die sowieso schon um ihr Leben fürchten. Ariskander, ich brauche Euch hier, nicht da draußen. Wir können es uns nicht leisten, dass Ihr Euer Leben auf der Suche nach Eurem Freund riskiert.«

»Wie Ihr meint«, erwiderte Ariskander friedfertig. »Ich werde noch heute Abend mit den notwendigen Vorbereitungen beginnen. Ich kann Oberst Ekko mit der Ersten Kompanie der Löwengarde schicken. Ritter Ekko ist vertrauenswürdig.«

»Also gut.« Vashnes Lächeln wirkte gezwungen. Er sah Indris und Shar an. »Wir alle haben anstrengende Tage hinter uns. Warum gesellen wir uns nicht zu unseren Gästen und ehren die Leben all jener, die wir am Bernsteinsee verloren haben?«

Er erhob sich und verließ den Raum mit Ziaire auf der einen und Femensetri auf der anderen Seite. Auf dem Weg nach draußen grinste Belamandris in Indris' Richtung und flüsterte Kasraman etwas zu, woraufhin die beiden Brüder zu lachen begannen. Corajidins Gesicht war gerötet, er verließ den Raum mit steifen Schritten. Indris sah, wie die Adern an seiner Stirn hervortraten.

Indris musste guten Willen zeigen und an den abendlichen

Feierlichkeiten teilnehmen. Lotuswein würde in Strömen fließen. Essen, das für ein komplettes Dorf gereicht hätte, würde verschwendet, und Worte gesprochen, bereut, erinnert werden. *Sende*, das strenge Regelwerk der Avān, würde verlangen, dass die Ehre durch Blutvergießen wiederhergestellt wurde.

Indris machte sich wenig aus diesen Posen. Er war nur froh, dass er am Leben war.

Später in der Nacht tanzte Indris den *Flamenon* mit einer Frau, die ihn an sonnengetränkte Strände erinnerte. Sie hatte große, meerfarbene Augen in dunklen Augenhöhlen und Haare in der Farbe der Wellen, wenn sie sich am Ufer brechen. Sie bewegte sich mit der Kraft und Geschmeidigkeit eines Kriegsdichters, und ihre Hände waren schwielig und muskulös. Ihr träges Lächeln entblößte die Spitzen ihrer weißen Fänge. Ihre Haut war glatt und honigfarben und ihr Haar mit Henna, Honig und Milch parfümiert.

Indris hatte sie schon zuvor auf dem ausgelassenen Fest gesehen. Er hatte beobachtet, wie sie geredet und gelacht und getanzt hatte, wenn sie nicht gerade dunklen Alkohol aus Kristallgläsern trank. Doch von Zeit zu Zeit ertappten sie sich dabei, wie sie einander beobachteten, sich näher und näher und noch näher kamen …

Nach dem Tanz fanden sie sich in den Gärten wieder. Seit langer Zeit hatte er kein derartiges Verlangen mehr verspürt. Sie sprachen nicht miteinander. Schuld kämpfte mit Lust und wurde irgendwann von der Hitze ihres Kusses und der Sicherheit ihrer Berührungen überwältigt. Ihr Lachen vibrierte über die Haut an seiner Kehle, als sie die Knöpfe von seiner alten, abgetragenen Jacke riss. Sie benutzte ihr langes, gebogenes Messer, um die Schnüre seiner Tunika aufzuschneiden, sodass die Haut darunter sichtbar wurde.

Dann küsste sie seine Körperbemalungen und die Brandzeichen auf seinen Armen. Ihre Hände wanderten, ihre Münder neckten, spielten, drängten wortlos … Ihr Atem schmeckte nach Mandarinen.

Ihre Körper vereinigten sich, und sie gaben sich ihren Sinnen, dem Überschwang, dem Taumel hin. Es gab keine Reue, kein Bedauern, keine Selbstbeherrschung mehr.

Er wusste nicht, wer wen benutzt hatte. Als er erwachte, war sie fort.

Kapitel 2

»Nichts erfüllt die Luft so sehr mit dem Rauch der Beerdigungs-Scheiterhaufen wie Loyalität.« Redensart der Soldaten

312. Tag im 495. Jahr der Shrīanischen Föderation

Die Luft roch nach gebratenem Fleisch, nach Leder, poliertem Stahl und Schweiß. Mariam konnte das Rauschen des nahen Marmormeers hören, das in kleinen Wellen gegen die Sand- und Kiesufer schlug. Aus den Zelten drang das Murmeln von Gesprächen, dröhnendes Schnarchen, gelegentliches Lachen und das Singen der Soldaten. Man hörte die herzzerreißenden, atemlosen Bambustöne einer Kahiflöte, die Basstöne einer Theorbe oder die komplexen Akkorde einer Langhalssonesette.

Die geraden Straßen im Lager ihres Vaters waren von eisernen Dreifüßen gesäumt, von denen Laternen an Ketten baumelten. Rotschwarze Banner mit dem wilden Hengst des Hohen Hauses Erebus flatterten an hohen Masten. Vor den Offizierszelten ihres Vaters waren an geschnitzten Masten stilisierte Hengstköpfe aus emaillierter Bronze und Onyx, Granat, Obsidian oder Rotgold befestigt. Nachtfalter tanzten um die hellen Punkte rötlichen Lichts. Sie flatterten, torkelten herab, stießen mit ihren Köpfen gegen das getönte Glas. Der Wind drehte und brachte den Duft nach Zitronellgrasöl mit sich, das zur Abwehr gegen die Mückenschwärme aus den Marschen benutzt wurde.

Mari erreichte eine grasbewachsene Düne. Von ihrem Aussichtspunkt aus sah sie den Nebel der Morgendämmerung über Amnon, wie er hell über dem Delta des Anqorat schimmerte. Der westliche Himmel war von Sternen gesprenkelt, die erst spät schlafen gingen. Eln, der von weißen Schleiern umhüllte blaugrüne Mond, balancierte am Horizont wie eine von Grünspan überzogene Kupfermünze. Er sandte Strahlen aus Jadelicht über die bewegte Oberfläche des Marmormeers und tauchte die aus dem Wasser ragenden Ruinen der Seethe in gespenstisches Licht.

Ein Morgen in Amnon war herrlich, selbst wenn sie in der Nacht zuvor mehr getrunken hatte, als gut für sie war. Und dann war da noch der namenlose Liebhaber, der ihre Nervenenden entflammt hatte. Ein Mann der Widersprüche: stark wie ein Soldat und dennoch sanft und einfühlsam wie ein Dichter. Er war wundervoll gewesen. Gefühlvolle, hellbraune Augen, das linke orange getönt im Laternenlicht, unter einem Gewirr aus ungekämmten dunklen Locken, mit hellen, von der Sonne ausgebleichten Streifen. Seine großen, harten Hände waren sicher und sanft über ihre Haut gewandert. Arme und Schultern waren mit Hautbildern geschmückt gewesen, mit rituellen Narben und Brandzeichen. Ein weit gereister Mann, ein professioneller Abenteurer. Er hatte ihr Bedürfnis verstanden und ihre Vereinigung nicht mit ungeschickten oder überhaupt irgendwelchen Worten belastet. Sie hatte ihn nicht nach seinem Namen gefragt und er sie nicht nach ihrem. Jetzt bedauerte sie, nicht zu wissen, wer er war. Wie sollte sie ihn wiederfinden?

Während sie lächelnd weiterging, ließ sie ihre Gedanken schweifen, und ungefragt kamen ihr die Worte in den Sinn.

Es war eine Nacht, wie geschaffen für die Liebe, und du weißt, ich liebe es zu lieben.

Verloren in deinen Augen, in der Weite des Meers, ertrank ich im Glück.
In unserem Tiefenrausch, in den Untiefen der Nacht, fühlten wir nichts als den Zauber unserer Berührung.

Mari hatte mittlerweile begriffen, warum so viele Leute in der alten Stadt Schutz suchten. Far-rad-din hatte den Leuten einen Neubeginn versprochen. Geschichten, Fehler und die Vergangenheit konnten fortgewaschen werden. Ironischerweise hatte der Reiz, den die Stadt ausübte, auch zu ihrem Untergang geführt. Zu viele fürchteten den Monarchen, zu dem Far-rad-din hätte werden können. Für ihren Vater war es verhältnismäßig leicht gewesen, diese Ängste zu schüren und Nutzen aus ihnen zu ziehen.

Die Rōmarq war übersät von den Ruinen und alten Schätzen der drei vorangegangenen Imperien. Die Tatsache, dass er Herrscher einer Präfektur so nahe bei der Rōmarq war, hatte wie ein Mühlstein um Far-rad-dins Hals gehangen. Es war unvermeidlich gewesen, dass irgendwann jemand versuchen würde, ihn zu vernichten, um Zugang zu den Schätzen der Vergangenheit zu erhalten. Das Wissen, dass dieser unvermeidliche Jemand ihr Vater war, hinterließ einen bitteren Geschmack in Maris Mund.

Und die Frage, ob Far-rad-din tatsächlich ein Verräter war? Es war nicht an ihr, das zu entscheiden. Corajidin hatte seine Gründe, aus denen er Far-rad-din vom Thron stoßen wollte. Wie weit würde jemand gehen, um das eigene Leben zu retten? Mari kannte ihren Vater gut. Er würde seinen drohenden Tod nicht kampflos akzeptieren.

Eine Einheit Iphyri in purpurfarbenem Stahl und Leder stampfte vorüber. Die Pferde-Männer waren Jahrhunderte zuvor von Gelehrten des Hauses Erebus erschaffen worden, bevor die Torque-Spindeln aufgehört hatten zu arbeiten. Auf ihre Art waren sie schön, mit breitem Brustumfang, muskelbepackt und stark. Klug genug, um Befehle zu befolgen, doch ohne Streben nach Unabhängigkeit und ohne das Verlangen, ihre Herren betrügen zu wollen. Die Iphyri wandten den Blick in ihre Richtung. Sie waren Schrot für die Kriegsmühle. Schnell, wenn es ums Töten ging. Furchtlos und gehorsam bis in den Tod.

Mari nickte den Geschöpfen ihres Vaters zu, die sich vor ihr verneigten, fühlte sich jedoch wie eine Heuchlerin. Ihre Stellung bei den Feyassin – der Leibwache des Ashrans – hatte sie ursprünglich angenommen, um Vashne ausspionieren zu können und vielleicht ein klein wenig nachlässig in ihren Pflichten zu sein, wenn sich die Gelegenheit ergab und ihr Staatsoberhaupt in Schwierigkeiten geriet. Doch im Dienst des Asrahn hatte Mari einen Platz für sich entdeckt, mit dem sie nicht gerechnet hatte. Hier gab es Ehre, Aufrichtigkeit und Stolz, Dankbarkeit und Respekt. Obwohl ihr Vater verzweifelt an ihr festhielt und die Einflussnahme des Hohen Hauses Erebus immer weiter vorantrieb, konnte sich Mari durch ihren Posten manchmal den Ansprüchen ihres Hauses entziehen. Feyassin heirateten nicht. Sie setzten nicht ihre Körper ein, um politische Bündnisse zu schmieden. Als Feyassin war sie mehr als nur eine Wertmünze für ihre Familie.

Der Pavillon ihres Vaters befand sich auf einer hohen Düne. Hier fuhr der Wind seufzend durch die hohen Gräser, die büschelweise im Sand wuchsen. Mari duckte sich und schritt durch den Eingang des Pavillons, vorbei an den Wachen; es waren Schwertmeister der Anlūki, die unter dem Befehl ihres Bruders Belamandris standen. Banner hingen an hölzernen Gestellen und warfen lange Schatten. Lackierte Holzgitter stabilisierten die Wände, und Bahnen aus reich bestickter Seide unterteilten den Pavillon in unterschiedliche Bereiche, um die Illusion von Privatsphäre zu erschaffen.

Corajidin und seine Frau Yashamin, Belam und Thufan saßen auf Feldstühlen um einen niedrigen Tisch. Armal, Thufans von Hautbildern übersäter Hüne von einem Sohn, stand hinter seinem Vater. Als Mari eintrat, erhellte sich seine Miene, dann wurde er rot. Ihre Haut kribbelte, als sie Wolfram erblickte, der in den Schatten lauerte. Er hielt den Kopf geneigt, das Gesicht verborgen unter langen grauen Haaren und dem verfilzten Bart. Der Stock, auf den sich der Angothische Hexer stützte, schien ebenso gekrümmt und gebrechlich zu sein wie der Mann, dem er Halt geben sollte. Er bestand aus unterschiedlichen Holzsplittern, die mit Lederstreifen zusammengebunden waren, Bronzebändern und verbogenen alten Sargnägeln. Einst war er stark gewesen, doch nun war der Mensch nicht mehr als eine welke Hülle, die von ihren Begierden verzehrt wurde. In seinem Schatten lauerte der Lehrling des Hexers, Brede. Sie hatte blaue Augen, helle Haut und wirres blondes Haar. Einst war sie eine schöne Frau gewesen. Das Halsband verriet, dass sie ebenso Besitztum wie auch Schülerin war.

Mari fühlte, wie Wolfram sie mit den Augen verzehrte. Sie war an bewundernde Blicke gewöhnt, doch bei Wolfram fühlte sie sich beinahe benutzt. Farouk, ein entfernter armer Cousin und Adjutant ihres Vaters, brütete sonnengebräunt und mit vernarbtem Gesicht am Eingang des Pavillons. Mari bemerkte die Kälte seines Blicks, wenn er auf Armal ruhte. Von ihrem anderen Bruder Kasra war keine Spur zu sehen.

Als sie Nehrun erblickte, blieb Mari überrascht stehen. Sowohl seine Miene als auch das Gesicht ihres Vaters war starr, die Augen schmal. Der Näsarat in seinen goldenen und dunkelblauen Seidengewändern erinnerte Mari mehr an einen Pfau als an den Phönix seines Hauses. Die Art, wie Belam das Heft seines Schwerts streichelte, verriet ihr, dass er den Prinzen am liebsten umgebracht hätte. Nehrun warf ihr einen kurzen Blick zu, als sie eintrat.

»Ich will, was mir versprochen wurde«, knirschte Nehrun.

»Dein Vater ist noch am Leben«, erwiderte Corajidin gereizt. »Wie kannst du Rahn werden, wenn er es ist?«

»Ausflüchte«, hielt Nehrun dagegen. »Ich hatte Euch gewarnt, als Faradin Eure Ausgrabungen in der Rōmarq entdeckt hatte. Ich habe sogar den Teshri angelogen und ihnen von einer Schiffsladung mit Relikten erzählt, die wir abgefangen hätten, angeblich von Far-rad-din gesandt. Alle Briefe, die Far-rad-din an meinen Vater schickte, habe ich abgefangen, damit er nichts von deinen Unternehmungen hier erfährt. Wenn ich nicht gewesen wäre, würdet Ihr jetzt versuchen, mit einem gelben Seidenband um den Hals zu atmen! Es wird Zeit, dass Ihr Euren Teil der Abmachung einhaltet.«

»Ruhig, Welpe«, knurrte Corajidin. »Komm nicht hierher und kläff mich an. Du wirst bekommen, was dir versprochen wurde, sobald ich es dir geben kann.«

»Ihr solltet meinen Vater auf dem Schlachtfeld töten lassen! Ihr habt mir mein Erbe versprochen!« Nehrun blieb beharrlich, doch Mari bemerkte das Zittern in seiner Stimme. »Ihr braucht Verbündete im Teshri, um zu bekommen, was Ihr wollt. Und ich will das, was mir rechtmäßig zusteht.«

»Ich glaube nicht, dass ein verhätschelter kleiner Junge wie du auch nur die leiseste Ahnung hat, was ich will.« Corajidin sah Nehrun geringschätzig an. »Wenn dein Vater tot ist, reden wir über das Begleichen von Schulden.«

»Ich könnte unsere Vereinbarung öffentlich machen«, sagte Nehrun schnell, außerstande, seine Verzweiflung zu verbergen.

»Das glaube ich nicht.« Corajidin wedelte geringschätzig mit der Hand. »Selbst wenn man dich nicht einsperrt oder du deine Glaubwürdigkeit nicht völlig verlierst, müsstest du immer noch Ariskander selbst umbringen. Und ich glaube nicht, dass du den Mumm und die Kraft hast, es bis zum Ende durchzuziehen.«

»Aber …«

Belams Finger liebkosten den Knauf seines *Amenesqa*. Nehruns Augen wurden schmal, während sein Blick zur Tür des Pavillons schnellte. Der Witwenmacher lächelte, als er sagte: »Bist du sicher, dass dies hier der geeignete Ort ist, um Sprüche zu klopfen, Nehrun?«

»Ihr könnt es leugnen, solange Ihr wollt, Rahn Corajidin. Aber ich teile Eure Vision. Ich weiß, Ihr wollt höchster Monarch der Avān werden, und ich kann Euch dabei helfen. Die Näsarat werden unter meiner Herrschaft eine andere Macht werden. Denkt an meine Worte!« Nehrun warf Belam einen letzten Blick zu, dann eilte er ohne ein weiteres Wort aus dem Pavillon.

»Eine andere Macht?«, wiederholte Wolfram in seinem klangvollen Tenor, der in Anbetracht dieses körperlichen Wracks völlig unpassend wirkte. »Das hoffe ich. Ariskander ist bei weitem zu respekteinflößend. Wenigstens ist Nehrun unerfahren genug, um sich manipulieren zu lassen.«

»Hattest du einen produktiven Morgen, Vater?«, unterbrach ihn Mari.

»Wo warst du?« Corajidin musterte Mari von Kopf bis Fuß und runzelte missbilligend die Stirn. »Bist du betrunken?«

»Nein«, sagte sie. »Obwohl ich glaube, dass ich noch nie in meinem Leben so verkatert war. Wo ist Kasra?«

»Natürlich warst du das schon«, grinste Belam. Er reichte ihr eine Tasse starken Kaffee.

Armal trat vor und neigte den Kopf. Dann löffelte er Zimt und Honig in ihre Tasse. »Unser werter Bruder ist in die Rōmarq aufgebrochen. Er spielt lieber mit seinem magischen

Spielzeug und wühlt im Morast alter Städte, als in einem Krieg zu kämpfen.«

»Kasraman wird eines Tages euer Rahn sein«, erinnerte sie Corajidin. »Vielleicht auch mehr, wenn wir unsere Pläne verwirklichen können. Er kennt seine Pflicht seinem Haus gegenüber: so viele Relikte wie möglich aus den Ruinen der Rōmarq zu schaffen, und zwar so schnell wie möglich. Er glaubt, wir werden schon bald Entdeckungen machen, die für unser Volk von großem Nutzen sein werden.«

»Aber erst, nachdem sie unserem Hohen Haus von Nutzen waren, oder?« Mari nahm den Kaffee mit aufrichtiger Dankbarkeit an, nippte und stöhnte genussvoll auf. Sie wandte sich an ihren Vater, der sie missbilligend beobachtete. »Du hast nach mir verlangt?«

»Das ist schon ein paar Stunden her.« Er blickte griesgrämig drein. »Der Asrahn hat unserem Haus nicht die Gelegenheit gegeben, Amnon zu regieren, was ein unerwarteter Rückschlag ist. Ich hatte gehofft, wir hätten das Recht hierzubleiben. Zweifellos werden Ariskander und Nazarafine Vashne zu überzeugen versuchen, die Armeen zu entlassen und uns alle nach Hause zu schicken. Ich habe das halbe Land bestochen, um einen Krieg anzufangen; ich werde nicht zulassen, dass man mir jetzt meinen Lohn vorenthält. Mari, hast du noch irgendetwas über Vashnes Pläne gehört?«

»Nicht mehr, als du sowieso schon weißt«, erwiderte Mari. Ariskander und Vashne hatten sich hinter verschlossenen Türen unterhalten, wofür sie dankbar war. Sie konnte Vashne nicht betrügen, wenn sie keine Informationen von Wert hatte. Nehrun schien da weniger Skrupel zu haben.

»Wolfram hat sich geirrt.« Thufan zog an seiner Pfeife. Er starrte Corajidin durch eine Wolke aus beißendem gelben Rauch an. »Seinen Orakelsprüchen nach solltet Ihr Amnon regieren, sobald Ihr in den Krieg gezogen seid.«

»Er hat gesagt, ich würde das Volk von Avān regieren!«, knurrte Corajidin.

»Zur rechten Zeit, so lautete das Orakel, *könntet* Ihr der Herrscher von Shrīan sein«, erinnerte sie Wolfram. Seine Augen glitzerten im Schatten. »Ihr wart derjenige, der meine Worte so gedeutet hat, dass Ihr nach sechshundert Jahren der erste Erwachte Herrscher werden würdet. Alles zu seiner Zeit. Es wird geschehen wie prophezeit, immer vorausgesetzt, wir wechseln nicht den Kurs.«

»Aber zu welchem Preis?«, warf Armal ein. Die anderen starrten ihn an, obwohl Mari seine Worte nicht überraschten. »Zwar sehe ich sehr wohl, wie viel wir erreicht haben, aber es ist doch sicher …«

»Wir? Als ich das letzte Mal nachgesehen habe, Armal«, Farouks Stimme war wie ein Rasiermesser, »gehörte die Familie Charamin noch nicht zum Hohen Haus Erebus.«

»Erinnerst du mich wieder daran, wo mein Platz ist, Farouk?« Die Muskeln in Armals Schultern und Armen arbeiteten, als er seine Daumen in die Schärpe an seiner Taille hakte. »Das Gleiche könnte man von dir behaupten. Der Adjutant Seiner Majestät? Ein aufgeblasener Diener aus einer armen …«

»Ruhe«, fauchte Corajidin, und beide Männer verstummten. »Denkt daran, wer ihr seid und an wessen Tisch ihr willkommen seid … solange ihr noch willkommen *seid*. Farouk, ich habe deiner Mutter in meiner Großzügigkeit angeboten, dich in meine Dienste zu nehmen, damit etwas anderes als ein Gauner oder Vagabund aus dir werden kann. Lass es mich nicht bereuen«, fuhr er fort.

»Ihr beide dient einem der mächtigsten Häuser der Avān. Habt die Güte und verhaltet euch entsprechend.« Yashamin war Mitte dreißig, halb so alt wie ihr Mann und nur ein Jahr älter als Mari. Einst war sie eine der respektiertesten und erfolgreichsten *Mehoureh* – eine Goldgefährtin – Shrīans im Perlenhaus gewesen, bevor Corajidin ihren Vertrag aufgekauft hatte. Yasha musterte Mari mit einem Anflug von Verzweiflung; es war der Versuch, eine Frau zu bemuttern, die ihre Schwester hätte sein können. »Was hast du mit deinen Haaren angestellt? Und wie nennst du … das?« Yasha in ihrer eleganten langen Seidentunika, mit Kilt und goldenen Sandalen, deutete auf Maris Kleidung.

Mari fuhr sich durch das verstrubbelte Haar, um es noch ein wenig mehr durcheinanderzubringen. Sie sah auf ihre Tunika hinab, die mit kleinen sechseckigen Plättchen bestückt war, auf ihren Wildlederkilt und die Stiefel mit den nach oben gebogenen Spitzen und unzähligen Stahlnieten. »Leder und Metall sind für einen Kriegsdichter zweckmäßiger als Seide oder Satin. Obwohl die wiederum zweifellos sehr passend sind für das, was du tust … was auch immer es ist.«

»Beim Erebus! Kann denn hier keiner höflich bleiben?« Corajidin tat erzürnt, kam herüber, um seine Tochter zu umarmen, und küsste sie auf die Stirn. Seine Haut fühlte sich klamm an, und unter dem Duft der Ziegenmilchseife nahm Mari den schalen Geruch von Fieberschweiß wahr. Sie lehnte sich zurück, um ihren Vater anzusehen, doch er wandte sich ab. »In wenigen Wochen wird sich der Teshri versammeln, um den neuen Asrahn für die nächsten fünf Jahre zu wählen. Wenn ich zum Asrahn gewählt werde, erwarte ich von allen, die in meinen Diensten stehen, dass sie ihre Pflicht tun. Es wird für uns der Beginn von etwas Größerem werden.«

»Far-rad-din ist keine Bedrohung mehr.« In seinem Kettenpanzer aus rubinroten Kristallschuppen saß Belam kerzengerade da. Seine Augen waren der Mode entsprechend mit Kohlestift geschminkt. »Nach der Schlacht am Bernsteinsee ist die Stellung des Hohen Hauses Erebus stärker denn je; wir können die Macht ergreifen.«

Corajidin nickte. »Was wir zu großen Teilen dir zu verdanken haben, Belamandris – und du, Mariam? Ein Kind hat sich als Kriegsheld hervorgetan, und das andere hat das Leben des Asrahns gerettet.« Resigniert lächelnd schüttelte er den Kopf, doch seine nächsten Worte waren nur zum Teil scherzhaft gemeint. »Es wäre praktisch gewesen, wenn Vashne im Kampf gefallen wäre – als unser geliebter Asrahn, den wir alle in guter Erinnerung behalten werden. Pass auf, dass dein Urteil nicht durch den Umgang mit den Feyassin getrübt wird, Mariam. Du bist mein Spion in Vashnes innerstem Kreis, sonst nichts.«

»Gute Arbeit, Mari«, neckte sie Belam.

Sie schlug ihm so hart gegen die Brust, dass er aufstöhnte. Dann schubste Mari ihren Bruder, der die Couch völlig mit Beschlag belegte. Belam grummelte gutmütig, bewegte sich jedoch schließlich und machte Platz, als Mari ihn mit der Hüfte anstupste.

»Ich vermute, du hältst an deinem Plan fest?«, fragte Mari. Sie hörte die Missbilligung in ihrer Stimme und verfluchte sich selbst dafür, dass sie so leicht durchschaubar war. »Bei deiner angegriffenen Gesundheit ist das vielleicht nicht der beste Zeitpunkt. Außerdem wird im Moment gerade ziemlich genau untersucht, was hier beim Sturz Far-rad-dins eigentlich passiert ist.«

»Wir haben viel Zeit und Geld in unser Projekt in der Rōmarq gesteckt.« Corajidin setzte sich langsam, mit zitternden Gliedern. »Gar nicht zu reden von unserer Einflussnahme auf die nächste Abstimmung bei der Versammlung des Hochadels.«

»Vater«, Mari lehnte sich vor und legte ihm eine Hand aufs Knie, »du bist ein kranker Mann. Du solltest dich ausruhen.«

Wolfram humpelte mit knarzenden Knien nach vorne, wobei sein Stock bei jedem Schritt dumpf gegen den Teppich schlug. »Die Seele deines Vaters vergiftet ihn langsam, und wir haben nicht die leiseste Ahnung, warum. In keiner der geheimen Abhandlungen, auf die wir Zugriff haben, wird ein Heilmittel erwähnt. Sie befassen sich nicht mit dem Erwachen eines Rahns, der von den Avān abstammt.«

»Bist du sicher, dass es mit seinem Erwachen zu tun hat?«, fragte Mari stirnrunzelnd. »*Der Rahn ist eins mit der Seele des Landes, so wie die Seele des Landes eins ist mit dem Rahn.* Die Verbindung meines Vaters mit der Quelle sollte dazu dienen, ihm Macht und Zugang zu den Erinnerungen seiner Vorfahren zu verleihen; sie soll ihn nicht umbringen!«

»Es ist frustrierend, ich weiß«, murmelte Wolfram. »Wir arbeiten so hart wir können, um ein Heilmittel zu finden.«

»Es gibt einen Präzedenzfall«, mischte sich Brede ein. Ihr angothischer Akzent war im Vergleich zu Wolframs beinahe akzentfreier Aussprache auffallend stark, durchsetzt von langen Vokalen und gerollten »R«. »Dein Vater ist nicht der Erste, der von seinen Kräften vergiftet wird.«

»Deshalb gehen wir zurück zur Quelle«, fuhr Wolfram fort. »Wir versuchen, Sedefkes Arbeiten zu finden; schließlich war er derjenige, der den gesamten Prozess des Erwachens entdeckt und beschrieben hat. Es ist bekannt, dass er in der Rōmarq lebte, bevor ihre Städte überflutet wurden. Wenn wir seine älteren Arbeiten finden können, wie beispielsweise *Die Erwachte Seele, Einheit von Gedanke und Geist* oder *Schöpferische Absicht*, dann stoßen wir vielleicht auf die Antworten, die wir benötigen.«

»Und all die geheimen Waffen, die vermutlich in den Marschen zurückgelassen wurden, haben mit eurer Entscheidung nichts zu tun?«, fragte Mari, bedauerte ihre Worte aber sofort. Die Augen ihres Vaters wurden schmal vor Missfallen. Er rang die Hände, die ihn offensichtlich schmerzten, und begann leise und unverständlich vor sich hin zu murmeln. Mari fühlte, wie der Angothische Hexer sie unter den verfilzten Haaren hervor ansah, doch sie widerstand dem Drang, sich abzuwenden.

»Es ist mein Schicksal, Shrīan zu regieren«, erklärte Corajidin mit Augen, die vor Fieber und Leidenschaft glühten. »Wolframs Orakel sagen voraus, dass ich das Hohe Haus Erebus zur Macht führen werde. Dass ich der Retter unseres Volkes bin. Wenn ich das erreichen will, muss ich Stärke zeigen. Ich darf nicht sterben ...«

»Oder abgelenkt werden.« Thufan sog an seiner Pfeife und produzierte eine stinkende Rauchwolke.

Mari wedelte mit der Hand, um den Rauch zu vertreiben, und starrte den alten *Kherife* mit der Hakenhand an.

»Wir müssen Far-rad-din finden und ihn und seine Verbündeten töten.«

»Diesen verfluchten Indris eingeschlossen!«, knurrte Wolfram. »Ich habe den Verdacht, dass er es war, der herausgefunden hat, was wir in der Rōmarq taten; vermutlich hat er Far-rad-din davon berichtet. Wir müssen ihn zum Schweigen bringen, bevor er irgendjemandem erzählen kann, was er weiß. Und Ariskander auch.«

»Ich werde Ariskander für Euch töten, mein Rahn«, versprach Farouk. Als er die Kiefer anspannte, gerieten die Narben in seinem Gesicht in Bewegung. »Den Rahn Näsarat zu töten, würde meinen Namen ...«

»Alles zu seiner Zeit, Farouk.« Corajidin lächelte grimmig. »Solche Dinge müssen geplant werden. Wenn wir anfangen, mit den Murad-dar und *Nahdi* wegen eines Kriegs der Langen Messer zu verhandeln, müssen wir auch in der Lage sein, das Ganze in die richtige Richtung zu lenken.«

Maris Gesichtsausdruck verfinsterte sich. Die Kriege der Langen Messer – oder *Ajamensût* – waren sanktionierte Kriege im Kleinformat, wie die höheren Kasten der Avān sie bevorzugten. Manchmal nannte man sie auch die Kriege der Meuchelmörder – der Aggressor konnte glaubhaft abstreiten, dass er in die Sache verwickelt war, da seine Hände nie direkt mit Blut in Berührung gekommen waren. Die bevorzugten Handlanger waren Meuchelmörder wie die Murad-dar, die sich in Mar Jihara im Norden eingenistet hatten, oder bewährte Söldner. Entbehrliche Armeen ohne Anschluss, die keinerlei Verpflichtungen kannten bis auf das Geld, mit dem sie angeheuert worden waren. Ihre Frage, ob ihr Vater auch die Waffen aus den Ruinen der Marschen holen wollte, hatte sich damit erübrigt.

Sie wollte gerade eine entsprechende Bemerkung machen, als ein helles Lachen sie aus dem Konzept brachte. Die anderen wandten sich ebenfalls nach der Quelle der Heiterkeit um. Yasha saß dicht bei Belam und amüsierte sich über irgendeine Witzelei. Die beiden waren von derselben Art, schön, parfümiert und mit Juwelen geschmückt, dazu die Haare geölt und in Locken gelegt. In Samt gehüllte Rasierklingen.

»Belamandris hat mir gerade erzählt, dass er heiraten will, Mariam.« Belam schüttelte hinter dem Rücken seiner Stiefmutter den Kopf und führte in einer eindrucksvollen Pantomime vor, wie er sich selbst erwürgte. Mari unterdrückte ein Lächeln.

»Tatsächlich?«, erwiderte sie mit geheucheltem Interesse. »Wen hast du denn diesmal im Auge, Belam? Hast du nicht schon alle Frauen von Bedeutung verführt und verlassen?« *Deine eigene Stiefmutter eingeschlossen, wenn man den Gerüchten glauben darf.*

Belam lehnte sich in seinem Stuhl zurück. »Ich glaube, in Sachen Zuneigung sind wir beide gleich großzügig.«

»Belamandris und heiraten?«, unterbrach sie ihr Vater. »Ich werde mit Vashne sprechen. Seine Tochter Vahineh wäre eine ideale Partie.«

»Vahineh sieht aus wie ein Schuh. Außerdem liest sie zu viel. Nehruns Schwester Roshana ist ganz anders.« Als Corajidin schnaubte und Thufan sein bellendes, falsches Lachen hören ließ, runzelte Belamandris die Stirn. »Ernsthaft, ich wüsste nicht, warum …«

»Nein!« Corajidin durchschnitt die Luft mit der Hand. »Alles, was ich besitze, wird dein Bruder Kasraman erben, wenn die Zeit gekommen ist. Du musst also deinen eigenen Weg gehen. Und dazu gehört, dass du eine Braut findest, die deine Position und dein Vermögen sichert. Die Näsarats können keins von beidem.«

»Roshana ist nicht nur schön, sie hat auch Charakter«, sann Armal. Er blickte Mari an. »Natürlich ist sie weder so schön noch so talentiert wie Pah Mariam.«

»Was hat der Rahn noch gesagt? Darüber, dass wir nicht vergessen sollen, wo unser Platz ist, Armal?«, knirschte Farouk. »Auch du musst eine Braut wählen, die deiner Stellung entspricht. Setz deine Ziele nicht zu hoch an.«

Der riesige Armal blickte auf Farouk herab und zuckte dann die breiten Schultern.

»Es war eine lange Nacht.« Belam streckte sich und beugte sich nach vorn, um Yasha zu küssen, eine Berührung der Lippen, die eine Spur länger dauerte, als der Anstand erlaubte. »Heute wird eine Jagd veranstaltet, und ich wollte schon immer gegen einen geflügelten Drachen antreten. Aber erst brauche ich ein bisschen Schlaf. Meine Augen fühlen sich an, als wären sie mit der Hälfte des Sandstrands gefüllt.«

»Vergiss die Jagd«, sagte Corajidin. »Wir brechen heute noch zu einer Reise in die Marschen auf. Halt dich bereit.«

Belam nickte und verließ mit mürrischer Miene das Zelt.

»Du musst ebenfalls an deine Zukunft denken, Mari.« Ihr Vater kam zu ihr herüber und legte Mari die Hand auf die Schulter. Überrascht spürte sie sein leichtes Zittern. »Wolfram kam vor beinahe zwei Jahren zu mir und erzählte mir, ich würde der Herrscher über Amnon und die Rōmarq werden. Es wäre eine Erleichterung für mich, wenn ich wüsste, dass auch du deinen Weg machst. Wie wäre es mit einer Heirat – vielleicht mit einem Verbündeten unseres Hauses?«

»Da ist niemand in Sicht, Vater.« Ihre Gedanken verweilten kurz bei dem namenlosen Liebhaber der letzten Nacht. Eine Liebelei, nicht mehr, egal welche mädchenhafte Verblendung sie im Nachhall der Leidenschaft auch fühlen mochte. Mari musterte ihren Vater. Nie hatte sie den Eindruck gehabt, er würde alt aussehen. Bis heute. Für einen Avān war er immer noch jung, obwohl es ihr im ungewissen Licht der Laternen so schien, als wäre da mehr Grau in seinen Haaren. Die Falten in den sehr dunklen Schatten um seine Augen hatten sich vertieft. Seine Stirn war zerfurcht – tiefe Schluchten, die mit zu vielen Gedanken angefüllt waren, mit zu vielen Sorgen und der Dunkelheit seiner Machenschaften. »Bitte denk noch mal darüber nach. Ist jetzt wirklich der richtige Zeitpunkt für deine ehrgeizigen Pläne? Du bist krank! Du solltest besser auf dich aufpassen.«

»Meine Krankheit und mein Schicksal scheinen miteinander verwoben zu sein, Mariam.« Ihr Vater umklammerte ihre trockenen Hände mit feuchtem Griff. »In den großen Zeiten des Erwachten Imperiums regierten die Dynastien der Erebus die halbe Welt.«

»Bis ihnen die eigene Macht zu Kopf stieg«, erinnerte ihn Wolfram. »Eure Vorfahren waren Mahj – Erwachte Herrscher –, bis sie feierlich dem Tod überantwortet wurden.«

»Von den Näsarat, die den Jadethron auf unsere Kosten zurückgewannen!« Corajidin schlug sich mit der Faust in die Handfläche. »Selbst jetzt, sechshundert Jahre nach dem vermeintlichen Sturz des Erwachten Imperiums, sitzt noch immer eine Näsarat als Mahj auf dem Jadethron in Mediin.

Doch diesmal werden wir nicht scheitern. Deine Orakel haben es mir versprochen!«

»Orakel versprechen nie etwas, obgleich ich einiges von dem, was Ihr sagt, gesehen habe«, stimmte Wolfram zögernd zu. »Je weiter die Zukunft noch entfernt liegt, desto schwieriger ist es, sie sicher zu deuten. Ich habe Euch davor gewarnt, Euch zu sehr auf die Strömungen der Zukunft zu verlassen. Ihr wäret nicht der Erste, der darin ertrinkt.«

»Noch wäre ich der Erste, der sie zu lenken versteht.« Corajidin nahm Yasha bei der Hand, zog sie auf die Füße und flüsterte ihr etwas zu. Seine Hand streifte über ihre Brüste, glitt weiter zur Hüfte und kam schließlich auf ihrem Gesäß zur Ruhe. Er sah die anderen im Pavillon an. »Aber jetzt gibt es andere Angelegenheiten, mit denen ich zu ringen habe.«

In einer Geste gespielter Resignation hob Mari die Hände. Als sie den Pavillon verließ, befand sich Wolfram nur einen steifbeinigen Schritt hinter ihr, gefolgt von Brede. Die anderen entfernten sich über die langen Straßen zwischen den Zelten. Nur Farouk blieb vor dem Zelt stehen und starrte auf Armals Rücken, als der Hüne und sein Vater davongingen, um sich schlafen zu legen.

»Wolfram?«, fragte Mari.

Der größere Mann blieb abrupt stehen, ebenso wie Brede, die Mari mit ihren großen blauen Augen ansah, sodass für einen kurzen Moment ihre Schönheit wieder erkennbar wurde.

Mari trat näher, damit sie niemand belauschen konnte. »Du sagst, du hast einiges von den Dingen gesehen, von denen mein Vater sprach.«

»Es ist, als würde man die Brandung im Dunst sehen. Unmöglich zu sagen, wo die Gischt endet und der Dunst beginnt.«

»Was hast du ihm erzählt?« Mari nahm sich vor, auch weiterhin außer Reichweite dieses Mannes zu bleiben.

Wolframs Stimme war glatt, wie Seide auf der Haut eines Liebhabers. »Orakel denken nicht in den Mustern der Sterblichen. Manchmal sind die Visionen schwierig zu deuten, oder doppeldeutig …«

»Könntest du einfach meine Frage beantworten?«

»Natürlich, warum nicht? Ich habe deinem Vater gesagt, dass seine Kinder niemals auf dem Thron sitzen werden. Außerdem habe ich ihm erzählt, obwohl er nichts davon wissen wollte, dass ein Dreifach Erwachter König über die Avān herrschen würde. Er vergisst, dass eure Leute immer noch eine Mahj haben! Shrīan mag sich von der Schattenherrscherin abgewandt haben, aber meines Wissens hält sie sich noch immer für die Herrscherin der Avān – auch wenn sie sich in den letzten sechs Jahrhunderten nicht aus Mediin fortbewegt hat.«

Mari fühlte, wie ihr Herz einen Satz machte. »Ein Dreifach Erwachter König? Wie, im Namen der Vorfahren, soll das gehen? Ein Rahn erwacht immer nur ein Mal: sobald sein Vorgänger stirbt. Was denkt sich Vater nur?«

Wolfram wandte ihr sein verschattetes Gesicht zu. Sein Atem roch nach Nelken und Rum. »Er hat es sich in den Kopf gesetzt, über euer Volk zu herrschen, Mädchen. Er sieht die Rōmarq vor allem als einen Ort vergessener Waffen, verlorener Weisheit und dem Versteck von Sedefkes Geschriebenem. Dein Vater glaubt, im Hier und Jetzt läge der Schlüssel zu seinem Erfolg verborgen. Und zu seinem Überleben. Der drohende Tod ist eine machtvolle Motivation. Oftmals lässt sie keinen Raum mehr für irgendetwas anderes.«

»Und wird er Erfolg haben?«

Als Wolfram auf seinen steifen Beinen davonhumpelte, fühlte Mari das Lächeln unter seinem langen Bart.

Kapitel 3

»Hass ist ein Hunger, der niemals gestillt werden kann.« Aus den Maximen der Nilvedic

312. Tag im 495. Jahr der Shrīanischen Föderation

Die von avānischer Hand gebaute Windbarke wirkte nicht so ausgefallen wie die stilisierten, vogelförmigen Himmelsklipper der Seethe; sie erinnerte mehr an ein ozeantaugliches Schiff ohne Masten oder Segel. Der Bootsrumpf war ein abgeflachter Sichelmond aus lackiertem Holz, mit getönten Glasfenstern bei den Kabinen an Bug und Heck.

In einem Loch in der Mitte des Kiels ragte eine kreiselnde Disentropie-Spule in die Höhe wie ein Pilz. Der obere Teil der Spule bestand aus einem kunstvoll gearbeiteten Schwungrad aus Bronze, Messing und Gold, das am Rand mit silbernen Kugeln von der Größe einer Männerfaust bestückt war. Milchiges Licht wirbelte um die Speichen, wo sich die reine und ungezähmte Disentropie in eine Windhose im Miniaturformat verwandelte, die von innen beleuchtet wurde. Bug und Heck waren übersät von den silbern funkelnden Zähnen der Sturmzahnräder. Corajidin erinnerten sie an einen umgedrehten Tellerstapel: ein großes Zahnrad über einer Reihe weiterer drehbarer Zahnräder, von denen jedes kleiner war als das darüberliegende. Lichtbögen entsprangen dem leuchtenden Metall. Die sich drehenden Sturmräder brummten und fauchten. Als er sich näherte, fühlte er die Energie, die von den Rädern ausging. Sie waren stark genug, um die Windbarke aufsteigen und schnell durch die Lüfte fliegen zu lassen.

Corajidin bestieg das Schiff, auf dem sich sein Sohn an der komplexen Anordnung von Hebeln und Rädern zu schaffen machte. Belamandris saß in einem wettergegerbten Pilotensitz, umgeben von aufragenden Steuerungsvorrichtungen aus poliertem Messing und Holz. Sie sahen aus wie eine auf dem Rücken gelandete Riesenspinne. Sein Sohn hatte den Groll darüber, dass er auf seinen Jagdausflug hatte verzichten müssen, schnell verdrängt – zu groß war sein Vergnügen daran, das Flugschiff steuern zu dürfen. Wolfram humpelte mit knarzenden Beinen an Bord, und sein Stock schlug bei jedem Schritt dumpf aufs Deck. Die Wachen wiesen dem alten Hexer eine breite Schlafkoje zu. Kurz darauf erhob sich das Fahrzeug brummend und fauchend vom Boden. Die Luft knisterte. Corajidin fühlte das schwache Prickeln auf der Haut, und die feinen Härchen auf seinen Armen richteten sich auf. Mit wachsender Geschwindigkeit entfernte sich die Windbarke von Amnon, über die wirbelnde Weite des verschlammten Anqorat hinweg und in die Rōmarq.

Während die Windbarke im Tiefflug über die Marschen hinwegjagte, in denen das Wasser zwischen braunen Gewächsen und Steinen leise strömte und Tümpel bildete, blinzelte Corajidin in Richtung der zahllosen Lebewesen, die im Moor lebten. Von seiner Kabine aus beobachtete er durch die gläsernen Wände, wie Kormorane aufflogen, als die Windbarke näher kam. Nussbraune Fischer und Jäger stakten mit ihren flachen Booten voran, den Blick konzentriert auf die spiegelnden Gewässer gerichtet. Angh-Hunde, skelettähnliche Aasfresser, rissen an dem ausgedörrten Gerippe eines Wasserbüffels, der zweifellos von einem größeren Tier zu Fall gebracht worden war: einem Nebelriedlöwen, oder vielleicht auch von Fenlingen, die man von ihrer Beute vertrieben hatte. Er beobachtete, wie ein gewaltiges Crocodylus aus dem Wasser schoss, um nach einem braungrauen Moorteufel zu schnappen. Als das Crocodylus angriff, riss der bärenartige Teufel den roten Schlund auf. Allerdings verpasste Corajidin den Kampf, da die Windbarke ihren Kurs änderte.

Drei Flugstunden später begannen sich Steinformationen in den Marschen abzuzeichnen: die Umrisse einer schwarzen Steinmauer und ein Dach, das unter dem Gewicht geborstener Terrakottaziegel zusammengesackt war. Altersgraue Zypressen neigten ihre Häupter und drängten mit ihren dicken Wurzeln Steinfliesen und eingestürzte Mauern in die Höhe. Als die Umrisse schwarzer Türme im Laubwerk auftauchten, leistete Corajidin seinem Sohn Gesellschaft. Aufrecht ragten die Türme neben den Ruinen aus Sandstein und Holz in die Höhe, die sie lauernd umgaben.

Belamandris beugte sich über die Steuerung. Irgendwo unterhalb seiner Füße ertönte ein dumpfer Schlag, dann glitten krabbenähnliche Beine aus dem Bootsrumpf. Als das Gewicht des Boots auf den Beinen zum Tragen kam, federte die Windbarke leicht, und das Licht wurde schwächer, während sich der Drehimpuls der Sturmräder verlangsamte und schließlich ganz stoppte. Die Disentropie-Spule schwirrte noch einen Augenblick, bis auch sie zur Ruhe kam. Corajidin sehnte sich verzweifelt nach einem Becher Wein, um den metallischen Geschmack in seinem Mund loszuwerden.

Brede tauchte in einer Allee aus dunklen Steinsäulen auf. Sie war mit der anderen Windbarke angereist, die kurz nach der Morgendämmerung gestartet war, und hatte Kasraman bei den Vorbereitungen für Corajidins Ankunft geholfen. Ihre Augen waren groß und schimmerten unwahrscheinlich blau unter ihrem aschblonden Haar. Ihre breiten Wangen und das spitze Kinn verliehen ihr ein irreführend elfenhaftes, unschuldiges Aussehen. Unter ihrer Kapuzenrobe, den Kniehosen und großen Stiefeln verbarg sich der Körper einer Kurtisane, allerdings waren ihre Gesichtszüge zu hohl und damit nicht so anziehend, wie sie hätten sein können. Ein angothischer *Kindjal* – ein Säbel mit geradem Rücken und gebogener Klinge – hing an ihrer Hüfte.

Als sich Wolfram näherte, fiel Brede auf ein Knie. Der Angothische Hexer legte ihr besitzergreifend eine Hand auf den Kopf, eine Berührung, die teils Segnung, teils Liebkosung war. Brede sah voll Hingabe zu ihrem Herrn auf. »Bitte folge mir, Meister.«

»Welche Fortschritte habt ihr gemacht?«, fragte Corajidin. Etwas Bedrohliches ging von diesen Ruinen aus, das ihm gar nicht gefiel. Die feuchte Luft machte das Atmen schwer. »Weißt du, was dieser Ort einmal dargestellt hat?«

»Nein, großer Rahn. Diese Ruinen wurden über einen langen Zeitraum bewohnt«, erwiderte sie. »Einiges von dem, was wir gefunden haben, datiert aus …«

»Was ist mit Sedefkes Bibliothek?« Corajidin konnte die Begierde in seiner Stimme nicht unterdrücken. »Oder eine Schicksalsmaschine vielleicht? Irgendetwas muss es hier doch geben, das die Mühe lohnt.«

»Wir wissen nicht mit Sicherheit, dass sich Sedefkes Bibliothek hier befunden hat. Es gab viele Städte in der Rōmarq, bevor der Landstrich überflutet wurde, und wir sind nicht die Ersten, die in den Ruinen herumstöbern. Die Zeitmeister – die Rōm – sind verschwunden und haben wenig hinterlassen, was wir begreifen. Die Avān, die hier siedelten, waren achtsamer mit ihren Hinterlassenschaften. Aber wir haben noch keine Spuren von Sedefke gefunden. Bis jetzt.«

Sie führte sie durch ein kompliziertes Labyrinth aus Steinmauern und mit Kopfstein gepflasterten Pfaden, die von Gras, Weinreben und Baumwurzeln überwachsen waren.

Farouk schritt voran, direkt hinter Brede, und hielt das Heft seines Schwerts umklammert. Die anderen Mitglieder aus Belamandris' Kompanie Anlūki trabten in leichtfüßiger Formation neben Corajidin und Wolfram her. Bei jedem Schrei, Ruf, Heulen und Scharren fuhren die Leibwächter zusammen. Nur Belamandris schien wirklich entspannt zu bleiben.

»Seht euch vor«, warnte Brede, als sie einen langen, schwach beleuchteten Weg betraten, der zwischen zahlreichen schwarzen Steingebäuden hindurchführte. Das Licht am anderen Ende war ein solider Barren aus blendendem Weiß. »Unsere … Verbündeten … sind manchmal schwer einzuschätzen.«

»Was lauert hier sonst noch?« Belamandris sah sich interessiert um.

»Wir haben eine Vereinbarung mit den Fenlingen«, lächelte Brede. Corajidin bemerkte betroffen, wie anziehend diese Frau sein konnte, wenn sie sich bewegte. »Obwohl sie widerspenstig sein können und es schwierig ist, mit ihnen zu kommunizieren. Ihre Anführer, die *Shamen*, sind ziemlich korrupt. Wir haben sie mit Gefangenen aus der Schlacht am Bernsteinsee gefüttert. Die Fenlinge haben ganz offensichtlich eine Vorliebe für Fleisch.«

»Was mich an etwas anderes erinnert.« Corajidin rieb sich die Schläfen, um den stechenden Schmerz in seinem Kopf zu lindern. »Nehrun hat mich gewarnt, dass Ariskander seinen Tau-se den Befehl gegeben hat, auf der Suche nach Far-raddin die Rōmarq zu durchkämmen. Ich weiß, welchen Weg sie nehmen werden. Wenn die Fenlinge sie komplett vernichten, können keine Nachrichten von Far-rad-din oder unseren Aktivitäten hier jemals zu Ariskander durchdringen.«

»Das lässt sich leicht bewerkstelligen.« Wolfram grinste wölfisch. »Brede?«

»Ich stehe zu deiner Verfügung, Meister«, antwortete sie

ehrerbietig. »Ich werde die Kriegergruppen der Fenlinge so schnell wie möglich aussenden.«

Als sie sich tiefer in die Ruinen hineinbegaben, hörte Corajidin, wie eine der Wachen einen unterdrückten Fluch ausstieß. Er folgte dem Blick des Mannes und bemerkte zahlreiche menschenähnliche Gestalten. Es waren Frauen mit scharfen Gesichtszügen und langen, verfilzten Locken, die mit dem Kopf nach unten von hölzernen Balken hingen und sich mit weißen, klauenartigen Füßen festklammerten. Ihre Arme, an denen ledrige Flügel wuchsen, waren um die Körper geschlungen. Eine von ihnen hing so tief, dass Corajidin ihre blutrote Iris sehen konnte, als sie die großen Augen mit den dunklen Lidern öffnete. Sie starrte die Gruppe mit leichtem Stirnrunzeln an, während sie vorübergingen.

»Riedfrauen«, erklärte Brede ungefragt. »Tagsüber bewegen sie sich normalerweise nicht, aber wenn sie aufgescheucht werden, sind sie gefährlich. Sollten die Fenlinge nicht mit den Tau-se fertigwerden, schicke ich sie heute Nacht los.«

Den Rest des Wegs legten sie schweigend zurück. Als sie den verwinkelten Ruinengang hinter sich ließen, seufzte Corajidin vor Erleichterung. Der Angothische Lehrling führte sie durch weite, weiß gepflasterte Straßen, über graue Steinbrücken und durch verwilderte Gärten und Parks, um die sich schon lange niemand mehr kümmerte. Am anderen Ende eines langen, schmalen Gartenstreifens mit einem Teich, der von violetten Lilien erstickt wurde, führte eine Treppe mit geborstenen Stufen empor. Das Geräusch von Hacken, Gehämmer und Stimmen hallte durch die verfallenen Straßen. In der Luft hing das Summen der Moskitos. Ein Geruch nach getrocknetem Schlamm, klammem Gras und nassem Fell stieg Corajidin in die Nase.

Als sie am Ende der Stufen anlangten, konnten sie sehen,

wie weit die Arbeiten bereits fortgeschritten waren. Gefangene, die lediglich ein paar Stofffetzen am Leib trugen und mit Seilen um die Hüften angebunden waren, hämmerten und gruben im stinkenden Wasser. Blutegel hingen an ihren Körpern wie glitzernde schwarze Narben. Es waren Frauen, Männer und Kinder darunter. Ältere Personen, Menschen und Avān. Alle, die man hatte auftreiben können oder die niemand vermisste, leistete unter den wachsamen Blicken hartgesottener Offiziere des Hauses Erebus Knochenarbeit. Allerdings ohne ihre üblichen Rüstungen, denn für Beobachter sollten sie nicht erkennbar sein.

»Wo sind die Fenlinge?«, fragte Belam. »Sollten sie nicht für uns arbeiten?«

»Tagsüber arbeiten sie drinnen, Pah Belamandris«, erwiderte Brede mit nervösem Lächeln. »Wir mussten ziemlich schnell feststellen, dass ihnen das Sonnenlicht nicht guttut. Deshalb arbeiten sie im Untergrund, in den Tunneln, oder nachts außerhalb. Ihre Krieger sind robuster, deshalb setzen wir sie ein, wann immer wir sie benötigen.«

»Was ist mit den Relikten?«, drängte Corajidin. »Kannst du mir zeigen, was ihr gefunden habt?«

»Würdet Ihr mir bitte folgen? Pah Kasraman erwartet uns.«

Corajidin erteilte seiner Wache den Befehl zurückzubleiben. Belamandris und Wolfram gesellten sich zu ihm, während er Brede durch einen Säulengang aus schwarzem Marmor folgte, der von blassen Orchideen gesprenkelt war. Die Überreste uralter Türme aus Sandstein, Granit und Diorit ragten zwischen dem dunklen, klaustrophobischen Blätterdach der nahen Bäume in die Höhe. Die Geräusche wurden gedämpft, das Atmen erschwert. Er fühlte sich, als würde er versuchen, durch Melasse zu laufen, während die Luft um ihn immer dichter wurde und ihn umschloss. Corajidin sah sich um und stellte fest, dass sich die anderen ähnlich unbehaglich fühlten.

Brede führte sie in eine Kammer, deren hohe Decke in der Düsternis verschwand. Hin und wieder flammten dort oben schwache Lichter auf, wie das Aufflackern von Blitzen in den Tiefen einer Gewitterwolke. Es gab Anzeichen von Bewegung in den hohen Schatten, von Maschinen, die noch arbeiteten, obwohl die Wesen, die sie geschaffen hatten, keine Verwendung mehr für sie hatten. Hunderte Säulen ragten in die Höhe. Sie bestanden aus einer verstaubten weißen Steinart, die an Marmor erinnerte, jedoch von einem schimmernden grauweißen Dunst umgeben war. Alles wirkte leicht verschwommen, als wäre das Gebäude selbst irgendwie flüchtig und kurzlebig. In der Mitte des Raums drehte sich eine Reihe konzentrischer Stahlringe, deren Oberflächen mit Bögen, Linien und Kreisen gekennzeichnet waren. Alle paar Minuten bildeten sich neue Muster.

Stücke aus Metall, Holz, Kristall und Stein übersäten den Boden und die zahllosen Platten auf Bockgestellen in der Kammer. Erebus-Soldaten bürsteten vorsichtig den Schmutz von den Fundstücken. Einige Gegenstände erkannte Corajidin: uralte Luftdruck-Sturmgewehre und Pistolen; Nahkampfwaffen unterschiedlicher Generationen, meist von den Avān, obwohl es auch andere, exotischere gab, dazu Rüstungen, Kristallplatten, die mit eingravierten Buchstaben übersät waren, Papierrollen, Bücher, Statuen und Schmuckwaren. Aber da war noch mehr – Dinge, die er nicht einordnen konnte. Gigantische Räder aus geschwärztem Metall. Skelettartige Gestelle, wie Knochen, die in unmögliche Formen geschmolzen waren. Kugeln aus glühendem Glas ruhten auf kunstvollen Metallständern. Es gab glänzende Schädel und ein funkelndes Drahtmodell, in dem Wirbel aus feinem Nebel schwebten – Bilder, die beinahe Gestalt annahmen, sich jedoch kurz vorher wieder auflösten.

Kasraman neigte den Kopf, als sein Vater eintrat, und lächelte dann Belam und den anderen zu. »Willkommen in … wie auch immer dieser Platz einmal geheißen hat.«

»Hier gibt es eine ganze Menge aufzunehmen«, gab Corajidin zu, während er den Kopf in den Nacken legte, um nach oben zu blicken. »Das stammt aber nicht von unseren Vorfahren, oder?«

»Ich bezweifle es«, erwiderte Kasraman lächelnd. »Weder von unseren Vorfahren noch von den Seethe. Mittlerweile konnten wir ein paar der Dinge bestimmen, die wir gefunden haben, aber einsetzen können wir noch nichts davon.«

»Gibt es irgendetwas, das ihr Sedefke zuordnen könnt?«, fragte Corajidin ungeduldig.

»Einiges ist auf Hochavān geschrieben, der Hofsprache des Erwachten Imperiums. In der gleichen Sprache ist auch das Arkanum der Sēq – das *Fayaadahat* – abgefasst. Manches stammt auch von den Seethe; für die Übersetzungen werden wir länger brauchen, und für andere Schriften sogar noch länger. Sie sind in Sprachen geschrieben, die ich nicht einmal erkenne.«

»Wir glauben, dass das hier …«, Wolfram deutete auf ein Set ineinander verschlungener Kristallspiralen, »eine Torque-Spindel sein könnte; allerdings scheinen ein paar Teile zu fehlen.«

»Außerdem habe ich den Verdacht, dass einer der Gegenstände, auf die wir gestoßen sind, eine Schicksalsmaschine sein könnte«, sagte Kasraman beinahe ehrfürchtig. »Wir haben keine Ahnung, ob sie noch funktioniert.«

»Also, bis jetzt nichts Brauchbares?« Corajidin machte sich nicht die Mühe, seinen Ärger zu verbergen.

»Rahn Corajidin, es gibt noch ganze Abschnitte in dieser

Stadt, die unter Schutzzaubern verborgen liegen und vermutlich jahrtausendealt sind«, erklärte Brede. »Sie sind sehr anspruchsvoll und anders als alle Zauber, die wir kennen.«

»Reißt sie nieder!«, knurrte Corajidin. »Man hätte es nicht so aufwändig versteckt, wenn es nicht wertvoll wäre.«

»Wir haben bereits fast fünfzig Fenlinge verloren, als sie versehentlich in einen der Schutzzauber gestolpert sind. Außerdem ungefähr zehn Knechte.«

»Was ist mit ihnen passiert?«

»Sie … sind gealtert«, sagte Kasraman zögernd, als wäre er nicht ganz sicher, ob er die richtige Bezeichnung gefunden hatte. »Den Lauten nach zu schließen, die sie beim Sterben von sich gegeben haben, muss es qualvoll gewesen sein. Wir haben nicht noch mehr Leben verschwendet, da das Ergebnis klar schien.«

»Habt ihr auch irgendwelche guten Nachrichten?« Corajidin kämpfte darum, seinen Tonfall gemessen zu halten. Kasraman und Brede sahen beschämt zur Seite.

Knurrend wandte sich Corajidin von ihnen ab und ging hinaus. Die anderen folgten ihm und stoppten abrupt, als er innehielt. Corajidin durchbohrte Kasraman, Wolfram und Brede mit Blicken.

»Sucht weiter«, knurrte er mit zusammengebissenen Zähnen. »Es ist mir egal, was ihr dafür tun müsst oder wie viele Leben es kostet. Findet etwas, damit die ganze Angelegenheit hier nicht völlig umsonst war.«

»Vater …«, setzte Kasraman an.

»Ich sterbe!«, zischte Corajidin. »Ich brauche Antworten, Sohn, keine Entschuldigungen!«

»Wenn Sedefkes Arbeiten nicht hier sind, müssen wir uns etwas anderes überlegen.« Belamandris stupste mit der großen Zehe ins lange Gras.

»Es gibt Alternativen.« Brede sah unter ihren schmutzigen

blonden Haaren zu Wolfram auf, mit schmalen Augen, die Lippen zu einem dünnen Lächeln verzogen.

Corajidin sah sie an. »Alternativen?«

»Wenn wir Sedefkes Originalarbeiten nicht finden können.« Wolframs Hand ruhte auf seinem Messergriff. Der Griff war aus altem Horn gefertigt und schwarz von getrocknetem Blut, das in jeden Spalt und jede Ritze gedrungen war. Das Gesicht des Hexers lag im Schatten, und seine schöne Stimme klang düster. »Wir könnten das gesuchte Wissen der Seele eines anderen Erwachten Rahns entreißen. Ich spreche von jemandem, der die Erinnerungen all seiner Vorfahren in sich trägt, bis zurück zum ersten Erwachen.«

Corajidin lächelte den Hexer an. Nur einer kam in Frage, und Corajidin hasste ihn.

Ariskander.

Kapitel 4

»Liebe stirbt schrittweise. Die Trittspuren der Furcht, der Abneigung, des Ärgers und der Verachtung töten die Liebe nach und nach. Sie verwelkt. Sie wird trüb. Sie vergeht einfach, wenn sie vergiftet, krank und tödlich verwundet ist, sodass keine Macht sie mehr zu heilen vermag.« Nashari fe Dar-ya, Kurtisane und Dichterin des Sussain *in Mediin, im 7. Jahr des Schattenimperiums*

312. Tag im 495. Jahr der Shrīanischen Föderation

Es war spät am Nachmittag. Barouq, ein am Meer gelegenes Viertel von Amnon, in dem sich viele Gelehrte, Freidenker und Veteranen niedergelassen hatten, pulsierte vor Farbe und Bewegung. Der Duft nach gebratenem Zicklein, heißem Honigbrot, gegrilltem Riesenseebarsch, Paprika, Zitronen und Knoblauch wurde von einer leichten Brise durchs Viertel getragen. Langhaarige Katzen mit großen Ohren faulenzten zusammengerollt in der Sonne und lagen sorglos auf den Foren und in den Innenhöfen mit ihren Feigenbäumen und Apfelblüten herum. Alabasterspringbrunnen plätscherten. Kakadus kreischten. Das Stimmengewirr einer ganzen Handvoll Nationen, die aus Regionen jenseits der Grenzen Shrīans kamen, hallte durch die gewundenen Gassen. Hier gab es Tanisier mit brauner Haut und dunklen Augen, die in leuchtend bunte Jacken und lange Kilts gekleidet waren. Sie sprachen schnell und mit melodischen Stimmen. Ygranier lachten trotz der Hitze leichtherzig und schwitzten in ihren Wämsern mit den hohen Krägen, den Kniehosen und Stiefeln. Imrianer mit olivenfarbener Haut und kurzen Haaren trugen strenge Tuniken, die mit geometrischen Mustern gesäumt waren, und unterhielten sich hochtrabend und gebildet. Selbst einige mürrisch dreinblickende Angothen mit geflochtenen Haaren traf man vereinzelt in der Menge an. Die Gesichter der Männer wurden zum Teil von ihren langen Schnurr- und Vollbärten verdeckt. Sie wirkten angriffslustig, kriegerisch und verdächtig in ihrer eisenbeschlagenen Lederkleidung und den glänzenden Kettenhemden.

Kleine Gruppen, die zu den Hundert Familien gehörten, beäugten sich. Jene, die dem Hohen Haus Näsarat die Treue hielten, trugen stolz den blaugoldenen Phönix ihrer Herren zur Schau. Erebus-Anhänger mit ihrem rot-schwarzen Hengstwappen tranken zu schnell, lachten zu laut und fummelten ständig an den Griffen ihrer Schwerter und Messer herum.

Indris wandte sich von dem kunstvoll gearbeiteten hölzernen Sichtschutz ab, der seinen Balkon abschirmte. Die Residenz war ein Geschenk Far-rad-dins gewesen, doch Indris hatte sich in den vergangenen Jahren nur selten hier aufgehalten. Das Haus war ein verschlungenes Labyrinth aus Räumen, Fluren und Treppen und blickte auf einen stillen Innenhofgarten, von dem nur wenige Menschen wussten, dass es ihn überhaupt gab. Er liebte das alte Gebäude mit seinen hohen, gewölbten Decken, den Böden aus poliertem Holz und glasierten Mosaikkacheln. Die Hälfte der Residenz hatte er für seinen privaten Gebrauch bestimmt. Der Rest des weitläufigen Gebäudes war zugänglich gemacht und in gut ausgestattete Suiten und einen Salon für die Fackelscheingesellschaft der Forscher, Erfinder und Abenteurer verwandelt worden.

Es tat gut, unter Freunden zu sein. Indris war überglücklich gewesen, als er in die Residenz zurückgekehrt war und festgestellt hatte, dass seine Freunde Hayden Goode und

Sassomon-Omen dort bereits auf ihn warteten. Die beiden, Indris und Shar hatten sich in den frühen Morgenstunden getroffen und noch stundenlang geredet. Hayden und Omen waren zu spät gekommen, um in der Schlacht am Bernsteinsee noch irgendwie von Nutzen sein zu können. Also hatten sie seither stattdessen Amnons Einwohnern geholfen, zu einem normalen Alltag zurückzukehren, und nach Neuigkeiten über Indris und Shar geforscht.

Sie hatten um einen langen Tisch gesessen, der aus einer halb versunkenen atreanischen Kriegsgaleere stammte. Hayden war gerade mit der Reinigung seines langläufigen Sturmgewehrs fertig geworden. Der Mensch, der einst Viehhändler gewesen und dann zum Abenteurer geworden war, trug enge Hirschlederkleidung. Die zum Pagenkopf geschnittenen Haare schimmerten metallisch im Licht. Sein Gesicht war hager, gezeichnet vom Alter, und die Wangen waren eingefallen, wodurch die lange Nase und die tiefliegenden Augen noch stärker betont wurden.

Omen stand reglos auf dem Balkon, der zum umschlossenen Garten hinausging. Drei große Katzen rieben sich an seinen Beinen; die schnurrenden Tiere wurden durch die starken Strömungen der Disentropie angezogen. Der gesamte künstliche Körper des Geisterritters war aus eingepassten Stücken lackierten Holzes gefertigt. Die Handwerksmeister aus Mediin hatten den Körper minutiös nachgestaltet, bis hin zu den Fingergelenken seiner geschnitzten Hände und den Scheibchen aus getöntem Glas, die die Fingernägel darstellen sollten. Grünblaue Strahlen flackerten durch die feinen Risse in Omens schmaler Brust – das verräterische Glühen seines Geistergefäßes aus Jade. Nur sein Gesicht war unbearbeitet. Es war nicht mehr als ein haarloser Block in Kopfform mit leichten Einbuchtungen links und rechts von der Nase, dort, wo seine Augen hätten sein sollen.

Obwohl Indris glücklich war, seine Freunde wieder um sich zu haben, hörte er doch nur mit halbem Ohr zu. Seine Gedanken weilten noch bei der unwiderstehlichen Frau, mit der er die Nacht verbracht hatte. Er erinnerte sich an die gegenseitige Verführung und Hingabe, an seine Gefühle, die zwischen Schuld und Erleichterung geschwankt hatten. Es war über ein Jahr her, seit er die Gesellschaft einer Frau gesucht hatte. Die Erinnerungen an die vergangene Nacht waren bittersüß.

Ein Schatten über ihren Köpfen verdunkelte die Sonne. Indris sah durch den durchbrochenen Sichtschutz und erkannte den Bootskörper eines Himmelsklippers, der aufs Meer hinausflog. Wie die meisten Schiffe der Seethe erinnerte seine Form an einen Vogel. Der Bootskörper und die breiten Flügel waren aus lackiertem, liebevoll poliertem blaugrauen Holz gefertigt. In den Flügeln und dem keilförmigen Schwanz drehten sich silberne und kristallene Sturmräder. Licht flackerte und funkelte auf den rotierenden Scheiben. Ein leises Summen war zu hören, während der Himmelsklipper vorüberzog und sich langsam von Amnon entfernte. Sie hatten nicht nur eine Stadt, sondern auch einen Monarchen verloren.

Indris blickte über das Marmormeer, wo die Überreste versunkener Gebäude, Ruinen aus Marmor und durchscheinendem Kristall einsam in den seichten Gewässern Wache standen. Er sah die Gipfel hoher Hügel, die sich in Inseln verwandelt hatten. Er kannte das Gefühl der Sehnsucht, das in einem aufstieg, wenn man die Seeadler beobachtete, wie sie über den Kristalltürmen der alten Stadt Nashrandi und Tan-li-Arhen von den Regenbogentürmen kreisten. Vom Deck eines Himmelsklippers aus hatte er die ausgeblichenen Linien der Straßen und die verschwommenen Umrisse von Gebäuden im Wasser gesehen. Es war diese Farbveränderung, dieses Ausbleichen gewesen, das dem Meer seinen Namen gegeben hatte: das Marmormeer.

»Ein Lied für deine Gedanken.« Shar schlängelte sich neben ihn auf die Couch, deren hohe, verschnörkelte Seitenlehnen vom Alter glattgescheuert waren. Die Kriegssängerin begann, ihre Sonesette zu stimmen. Das Nachmittagslicht hob den Regenbogenschimmer auf ihrem Nasenrücken noch stärker hervor und schien die Schatten der Hornschuppen um ihre Augen und auf der Stirn zu vertiefen.

»Welchen Zweck hat es zu bleiben?«, fragte Indris grüblerisch. »Was hält einen noch hier?«

Shar sah von ihrem Instrument auf und folgte seinem Blick in Richtung Himmelsklipper. »Meinst du sie oder uns?«

»Beides.«

»Ich habe mich bereits daran gewöhnt, Orte zu verlassen.«

»Und sie verließen ihr Land, das in Tränen ertrank, für jene fernen Ufer bar jeder Furcht«, intonierte Omen mit klangvoller Stimme. »Ich kann sie hören, wisst ihr. Das Geflüster jener, die am Rande der Seelenquellen weilen. Manche sind angsterfüllt – sie möchten bleiben, wissen jedoch nicht, wie.«

»Dann hoffe ich, dass sie ihren Weg finden.« Hayden prüfte die drehbare Munitionstrommel seines Sturmgewehrs. »Nicht allen behagt dieses Gerede von Geistern und Untoten – Nomaden, wie ihr Avān sie nennt.«

»Der Tod umgibt uns bereits seit Jahren, Freund Hayden«, erwiderte Omen. »Ich traf den meinen schon vor Jahrhunderten, entschied jedoch, dass ich noch nicht alles erlebt hatte, was es in der Welt gab. Mein Volk mag mich und andere meiner Art Häretiker nennen, und doch hängen sie ebenso sehr am Leben wie ich. Eines Tages wirst du vor einer ähnlichen Wahl stehen.«

»O nein!«, lachte Hayden. »Verbrennt meinen Körper und werft die Asche in den Wind, wenn es so weit ist.«

Omen und Hayden hatten ihre Gründe gehabt, weshalb sie ein Abenteurerleben weit entfernt von zu Hause führen wollten. Mit Shar war das etwas anderes. Die Rayn-ma-Truppe, ihre ausgedehnte Familie, war in zahllosen Söldnerschlachten ausgelöscht worden. Indris und Shar hatten jahrelang versucht, etwas über Überlebende der Rayn-ma herauszufinden, doch ohne Erfolg. Obwohl sich Shar nie beschwert hatte, fragte sich Indris nicht zum ersten Mal, ob er seiner Freundin gegenüber richtig handelte.

»Shar, du bist jetzt eine reiche Frau.«

Shars Augen verengten sich zu goldenen Schlitzen.

»Du könntest versuchen, das Himmelsreich deiner Familie zu finden. Bei deinem Ruf würde jede der Regionen …«

»Irgendwann vielleicht, aber nicht jetzt. Wenn es hier um Schuldgefühle geht …«

»Denn dergestalt ist die Bürde der Moral, Mann des Geistes«, erklärte Omen philosophisch. »Indris ist durchwoben von Schuld und gefangen in einem Netz aus Bedauern. Nie hat er sich damit abgefunden, wenn er Freunde verlor. Sein Instinkt bringt ihn dazu, ja zu sagen, wenn er nein sagen sollte.«

»Das heißt, wir verlassen Amnon, stimmt's?« Shar fuhr fort, ihre Sonesette zu stimmen. »Wohin gehen wir?«

»Ich habe an Ankha gedacht.« Er wusste, dass es keinen Zweck hatte, mit ihr zu streiten. Es war so wirkungsvoll, als würde man einem Sturm Einhalt gebieten wollen. »Oder Faroza. Tanjipé vielleicht? Irgendwohin, nur nicht bleiben. Dieses Mal sind wir zu knapp davongekommen.«

»Keine Einwände von meiner Seite.« Hayden legte sein Gewehr beiseite und nahm einige Schriftrollen, die auf dem Tisch lagen. »Wir haben Angebote, bezahlte Aufträge von deinen Geisterfreunden, von *Nahdi*-Kompanien in Ygran und Tanis. Es gibt sogar eine Expedition in den Norden, zu den Graten.«

»Die Drachen? Lieber nicht. Ich habe mir etwas Entspannteres vorgestellt«, erklärte Indris ironisch. »Wir haben Geld genug, warum also nicht einfach das Leben genießen?«

»Wie wär's mit den Schwimmenden Palästen von Masripur?«, schlug Shar mit einem boshaften Lächeln vor. Masripur, eine tanisische Stadt an den nördlichen Ufern des Marmormeers, war für ihre Freizügigkeit bekannt. Beinahe alles konnte dort gekauft werden, wenn nur der Preis stimmte. Unter den *Nahdi* war die Stadt sehr beliebt, denn hier gab es immer Bedarf an Söldnern, mit Aufträgen in aller Welt. Die Händler in Masripur, die sich am Krieg bereicherten, gehörten zu den wohlhabendsten Leuten im südöstlichen Īa.

»Was ist mit Ariskander?«, fragte Shar.

»Was soll mit ihm sein?«, erwiderte Indris. »Er wird genug damit zu tun haben, die Ordnung in Amnon wiederherzustellen. Er braucht zusätzlich zu seinen Problemen nicht auch noch mich.«

Shar nagte mit ihren scharfen Zähnen an der Unterlippe, ein weißes Schimmern auf blauem Hintergrund. »Und Far-rad-din?«

»Wir haben für Far-rad-din getan, was wir konnten. Er hat uns hierhergeholt, damit wir die Rōmarq auskundschaften und ihm berichten, was wir dort gefunden haben. Er weiß über die Grabräuber in den Marschen genauso viel wie wir.«

»Das ist alles, was er für dich war? Dein Auftraggeber?« Sie stupste ihm mit spitzem Finger in die Rippen, und Indris stieß einen kurzen Schmerzensschrei aus. »Geschieht dir recht! Far-rad-din ist mehr als das! Sonst wären wir geflohen, statt am Bernsteinsee für ihn zu kämpfen.«

»Um Himmels willen …« Als die anderen ihn ansahen, runzelte Indris die Stirn. »Was denn? Das war das Mindeste, was ich Far-rad-din schuldig war.«

»Weil er geholfen hat, dich großzuziehen, oder weil du seine Tochter geheiratet hast und sie …«

Bei der Erwähnung von Anj-el-din fühlte Indris den alten Schmerz. Ihr Schicksal glich den alten Fragen, die die Sēq-Meister ihren Schülern stellten, um die Geheimnisse der Vergangenheit ans Licht zu bringen. *Wer war Anj-el-din, und wohin ist sie gegangen?* Er kämpfte die Melancholie nieder, denn er wusste, dass sie sich sonst in ihm breitmachen würde. »Die Berater des Teshri wollten Far-rad-din entmachten. Sowohl die Avān als auch die Menschen erinnern sich nur zu gut daran, wie es ist, unter der Knechtschaft der Seethe und ihres Blütenimperiums zu leben. Wir haben gekämpft, um Far-rad-din eine Überlebenschance zu geben. Hätte er die Möglichkeit zur Flucht genutzt, als ich ihm dazu geraten habe, hätten wir es leichter gehabt.«

»Du solltest wenigstens einer weiteren Person erzählen, was du entdeckt hast.« Omen griff nach unten, um vorsichtig die Katze zu entfernen, die begonnen hatte, ihre Krallen an seinem Holzbein zu wetzen. »Schatzjäger in der Rōmarq! Far-rad-din hat sich sehr bemüht, das Schmuggeln von Relikten zu unterbinden. Wer weiß schon, welche unerfreulichen Dinge aus dem Morast gezogen wurden?«

»Wenn du mit uns gekommen wärest, wüsstest du es jetzt vielleicht«, erklärte Indris sachlich.

»All das Wasser und der Schlamm …«, seufzte Omen. »Die Feuchtigkeit hätte sich in meinen Beinen ablagern und Holzfäule verursachen können. Höchst lästig.«

»Und ich kann den Ort einfach nicht ausstehen.« Hayden zuckte die Schultern. »Wahrscheinlich würde überhaupt niemand, der noch richtig im Kopf ist, seinen Fuß dort reinsetzen. Aber Shar hat recht; die Sache mit den Schatzjägern ist übel – wir sollten das Ganze nicht auf sich beruhen lassen. Manchmal höre ich euer Gerede über diese alten Orte. Du hast selbst gesagt, dass nichts Gutes dabei rauskommt, wenn die Leute mit dem Zeug herumspielen, das die Zeitmeister oder die Seethe - oder auch die Avān – auf der Höhe ihrer Macht dort haben herumliegen lassen.«

Indris trat zu Omen, der in der Tür zum Balkon stand. Der Garten unter ihnen war still. Ein älterer Mann hatte sich in die Sonne gelegt, den Rücken an einen blühenden Apfelbaum gelehnt. Sein Kopf rollte nach vorn, die Hand ruhte im Schoß, und das Buch, das er gelesen hatte, lag aufgeschlagen im üppigen Gras. Violette und goldene Lotusblüten wuchsen an den Ufern eines trüben Teichs, der von einem kleinen Springbrunnen versorgt wurde. Sie wirkten zu lebendig, ihre Farben zu leuchtend in dem gestreiften Licht, das durch die durchbrochene Alabasterbeschirmung an der Wand drang. Die Seethe verehrten Lotusblüten. Sie dienten den unterschiedlichsten Zwecken, wurden in der Küche, in der Medizin, als Betäubungsmittel, in spirituellen und mystischen Bereichen eingesetzt. Für die Seethe waren die Blüten der Lotusblume eine Delikatesse, und sie hatten einen so hohen Stellenwert, dass sie dem großen Blütenimperium sogar ihren Namen gegeben hatten. Katzen schlichen herum, spielten oder scheuchten die Karpfen im Teich mit ihren Tatzen auf. Sie wandten die dreieckigen Gesichter in seine Richtung, die Augen halb geschlossen vor Vergnügen, die Schwänze grüßend erhoben. Überall, wo er auch hinging … Katzen. Die sensiblen Tiere spürten Indris' Gegenwart in den kleinen Wellen seiner Disentropischen Färbung. Katzen waren stärker auf die schöpferischen Kräfte der Disentropie eingestimmt als die meisten anderen Tiere. Es war, als könnten sie die Wärme der schöpferischen Kraft fühlen, die alles Lebendige durchströmte.

»Viele glauben, Far-rad-din wäre ein Verräter«, sagte Indris leise, während er in den Garten hinausstarrte. *Ich werde diesen Ort vermissen*, dachte er. *Anj und ich haben so viele gute Erinnerungen an unsere Zeit hier …* »Manche halten uns noch immer für verdächtig, und Ariskander kann uns nicht ewig beschützen. Corajidin will wissen, wo sich Far-rad-din aufhält. Er hätte keinesfalls alle seine Gefangenen getötet, nicht, wenn man noch Geheimnisse aus ihnen herausschneiden konnte. Wenn irgendeiner von Far-rad-dins Leuten erzählt hat, was er weiß, könnte die Spur direkt zu uns führen. Glaubst du, es wäre ein großes Problem für ihn, eine Handvoll begnadigter Söldner zu entführen?«

»Ich erinnere mich noch gut an die Faszination, die die Rōmarq auf unsere Leute ausübte«, intonierte Omen. »Seit langer Zeit war sie eine Verlockung für alle, die nach den Werken der Älteren und Weiseren suchten. Und dennoch führte es immer zu Leid. Mit ihren brackigen Wassern, den überfluteten Städten, ihren Erinnerungen an Sonnenlicht und Lachen ist sie kein bekömmlicher Ort. Nein, die Rōmarq hütet ihre Geheimnisse, sosehr die Leute auch versuchen, sie ihr zu entreißen.«

»Wir haben getan, worum wir gebeten wurden, und sogar noch mehr«, murmelte Indris. »Es ist Zeit weiterzuziehen.«

Trotz ihrer Vorbehalte gegen die Seethe waren sich Avān und die Menschen des Erfindungsreichtums sowohl ihrer einstigen Meister als auch derer bewusst, die vor ihnen gewesen waren. Die avānische Geschichte berichtete von drei großen Imperien: dem Haiyt-Imperium der Zeitmeister, bekannt unter dem Namen Rōm, von dem manche behaupteten, es hätte Īa zehntausend Jahre lang beherrscht; dem Blütenimperium der Seethe, das viertausend Jahre gedauert hatte, was wahrscheinlicher klang; und dem Imperium der Avān, regiert von seinen erschreckend machtvollen Erwachten Herrschern, das ein Jahrtausend bestand, bis die Menschen es zerstörten. Eine Sache hatten alle drei Imperien gemeinsam: die Rōmarq.

Doch es war Fiandahariat, einer der mutmaßlichen Wohnsitze des großen avānischen Mystikers Sedefke, von dem Indris befürchtete, dass er entdeckt worden war. In all den Jahren hatten die Sēq ihn nicht finden können. Hatten nie die Chance gehabt, ihn so zu säubern, dass er keine Versuchung mehr für andere darstellte. Es blieb also ein potenzieller Tresor der Geschichte des Haiyt-Imperiums und des frühen Imperiums der Erwachten. Relikte, Texte, Waffen … Niemand wusste, was dort alles verborgen lag. Doch Indris und Shar hatten festgestellt, dass es in den Ruinen vor Aktivität nur so wimmelte, und dies Far-rad-din berichtet.

Indris sah die Enttäuschung in Shars Miene, erkannte sie an der Art, wie sie den Hals ihrer Sonesette umklammert hielt. Er hoffte nur, dass es nicht sein Hals war, an den sie dabei dachte.

»Shar, Amnon wurde besetzt. Selbst wenn Ariskander gutwillig ist, andere werden es nicht sein. Glaube mir, jeder, der die Stadt jetzt verlassen kann, sollte das auch tun.« Indris deutete nach Südwesten. »Die Rōmarq liegt nur ein paar Kilometer entfernt. Glaubst du wirklich, Corajidin wird sich die Gelegenheit entgehen lassen? Er wird versuchen, so viel wie möglich auszugraben, und das so schnell es geht, jetzt, da Far-rad-din verschwunden ist. Es gibt noch andere, und die sind besser für das ausgerüstet, was jetzt geschehen wird. Wir müssen darauf vertrauen, dass Ariskander und Vashne das Richtige tun.«

Shars Miene wurde grimmig. »Also soll alles umsonst gewesen sein? Bitte erzähl *irgendjemandem* von den Grabräubern in der Rōmarq. Vielleicht war Far-rad-din ja gar nicht in der Lage, Asrahn Vashne zu berichten, was er wusste.«

»Shar hat recht, Indris«, nickte Hayden. »Ich schätze, wir sollten mehr Leuten erzählen, was wir gesehen haben.«

»Es stimmt.« Indris blinzelte, als sich das Licht auf Omens

polierten Metallrippen spiegelte und ihn blendete. »Welchen Sinn hätte die Unternehmung sonst gehabt?«

»In Ordnung, ich werde es Ariskander erzählen.« Indris unterwarf sich den moralischen Argumenten seiner Freunde, wie so oft. »Können wir danach abreisen?«

»Du weißt, dass ich recht habe«, sagte Shar. Sie küsste ihn auf die Wange. »Warum hörst du nicht gleich auf mich? Auf lange Sicht spart dir das Zeit und Ärger.«

»Ich weiß; du erinnerst mich ja nur zu gern daran.«

Die Fackelscheingesellschaft brachte Gleichgesinnte zusammen, die nach Wissen um seiner Schönheit willen forschten. Mehr als zwanzig Teilnehmer standen in ernsthafte Diskussionen vertieft oder saßen ungezwungen auf gepolsterten Stühlen im Salon, der von Indris' privaten Gemächern getrennt lag. Die Flügel der Deckenventilatoren bewegten sich langsam. Papierrollen, die zwischen Glasplatten gepresst waren, hingen in Ketten von der Decke. Auf jeder der Rollen waren Handschriften oder Illustrationen zu sehen. Manche der Erfindungen waren leicht zu erkennen: die Disentropie-Spule, ein Zylinder, der von pilzförmigen Kappen aus ineinandergreifenden Zahnrädern bedeckt war. Das geisterhafte Netz des Windwebstuhls, ein Segel, aus Luft gewoben. Die breite, flache Schale des fliegenden Gelehrtenwagens, obwohl in modernen Zeiten nur noch wenige existierten. Die Verknüpfungsschale, die es Leuten erlaubte, über weite Entfernungen miteinander zu sprechen, und außerdem der Stahlrahmen und die Glasscheiben des Seherfensters. Es gab sogar die Illustration eines Chaosstuhls, eine Erfindung Sedefkes aus seinen kriegerischen Jahren. Man erzählte sich, Indris' Mutter hätte eine Kopie der *Erwachten Seele* besessen, Sedefkes Abhandlung darüber, wie er die ersten Monarchen der Avān und die Gelehrten zum Verständnis und der

Beherrschung der Quelle geführt hatte – dem Ursprung von Īas Bewusstsein und seiner tiefen Quellen reiner Disentropie. Wenn das der Fall war, hatte Indris zumindest nie etwas davon gesehen.

Als er ein raues Lachen hörte, wandte er sich um. Femensetri stand neben dem großen, frühzeitig ergrauten Erfinder und Künstler Gulenn. Vor beinahe zwei Jahrzehnten hatte Gulenn das Porträtglas erfunden, eine Vorrichtung, um die Bilder von Personen und Dingen in *Serill*-Scheiben – dem aus Drachenfeuer gebrannten Glas der Seethe – dauerhaft aufzubewahren. Neben Gulenn befand sich sein neuestes Projekt, eine Version des Porträtglases, das bewegte Bilder zeigen konnte. Staunend betrachtete Indris das Gerassel der Räder, Mechanismen und sich drehenden Walzen aus Kristallscheiben, die die flackernden Bilder von Gulenns Sohn beim Spielen im Garten an die Wand projizierten.

Die Bilder erinnerten Indris an glücklichere Zeiten, in denen er fälschlicherweise geglaubt hatte, dass er den Klauen des Aufruhrs entkommen war. Obwohl das Leben hart und gefährlich gewesen war, hatte es ihn nicht gekümmert. Heimzukommen zu dem Lächeln der Frau, die er liebte, hatte das Bedauern über die zeitweilige Trennung fortgewaschen. Und auch über die Zeiten, in denen er knietief im Schlamm gestanden hatte, mit dem Blut von Freunden und Feinden an den Händen. Das Leben war nicht perfekt gewesen, das war es nie – aber doch für lange Zeit gut. Sowohl er als auch Anj hatten sich ihren Sēq-Meistern widersetzt, als sie heirateten. Entgegen der Anordnungen hatten sie sich verliebt. Die Meister hatten Indris gewarnt, dass nichts Gutes daraus entstehen würde – sie hatten gesagt, es würde mindestens mit gebrochenen Herzen enden. Als seine Gedanken zu seiner namenlosen Geliebten der letzten Nacht wanderten, stiegen erneut Schuldgefühle in ihm auf, doch er kämpfte sie nieder. Anj war schon so lange fort – sie würde niemals zurückkehren.

»Wir leben wirklich im Zeitalter der Erfindungen«, sagte Ziaire mit ihrer tiefen Altstimme.

Indris blinzelte und tauchte aus seiner Träumerei auf. In ihren Schichten aus perlmutterartig schimmernder, weißer und elfenbeinfarbener Seide sah Ziaire großartig aus. Sie schenkte Shar ein strahlendes Lächeln, die zurückgrinste. »Ich störe doch nicht?«

»Natürlich nicht.« Indris bot ihr einen Stuhl an. Femensetri sah Indris an und hob das Kinn zum Gruß. Er verneigte sich andeutungsweise vor seiner einstigen Lehrerin. Sowohl Shar als auch Ziaire beobachteten das Ganze mit ironischem Grinsen.

»Du musst dich gefreut haben, Femensetri nach so langer Zeit wiederzusehen.« Ziaire strich sorgfältig die Falten ihres Kilts glatt. »Sie spricht oft von dir, und das meist freundlich. Ich habe das Gefühl, ich würde dich ganz genau kennen.«

»Zehn Jahre sind eine lange Zeit, um einen Groll aufrechtzuerhalten.« Indris zuckte mit den Schultern. Die Vorstellung, dass die berühmte Kurtisane ihn so genau kennen sollte, war irgendwie erschreckend.

»Indris, sie ist nicht die Frau, die du einst gekannt hast. Du bist nicht mehr ihr Schüler.«

»Bitte.« Indris hob die Hand. »Mit diesem Kapitel meines Lebens habe ich abgeschlossen. Mit viel Glück kann ich Amnon verlassen, ohne alte Wunden aufzureißen. Lassen wir die Narben in Ruhe, in Ordnung?«

»Wie du wünschst.« Als eine Dienerin eine dampfende Eisenkanne abstellte, lehnte sich Ziaire zurück. Den Kannen folgten blaugrün glasierte Tontassen, und er roch den erfrischenden Duft von Apfeltee.

Wortlos setzte sich Femensetri neben Ziaire – es waren zwei

bemerkenswerte Frauen, so unterschiedlich wie das Schwarz und Weiß, das sie trugen. Der Gelehrtenmarschall goss sich selbst Tee ein. Mit schwachem Lächeln schenkte Shar Indris, Ziaire und sich selbst ein, und sie tranken schweigend. Indris fühlte die Wärme des Tees in seinem Magen, die weitersickerte, um seine Gliedmaßen zu durchströmen. Mit dem parfümierten Teedampf in der Nase überkam ihn allmählich Wohlbehagen.

»Was für ein Spiel spielt Nehrun?« Femensetri beäugte Indris über den Rand ihrer Tasse hinweg, der Seelenstein nicht mehr als ein schwarz facettiertes Nichts in ihrer Stirn. »Warum, im Namen aller Vorfahren, hat er angefangen, sich hinter Corajidin zu stellen? Was für ein Schwachkopf!«

»Warum fragt Ihr ihn nicht?«, erwiderte Indris vernünftigerweise.

»Du solltest wissen, wie das läuft.« Indris schnaubte zur Antwort, und Femensetri wies mit dem Finger auf ihn. Die Geste wirkte nur halb ernst, aber warnend. »Sei still, du. Erkennt der junge Hahn nicht die gefährlichen Gewässer, in denen er zu schwimmen versucht? Er muss den Verstand benutzen, den seine Eltern ihm mitgegeben haben. Mir graut jetzt schon vor dem Tag, an dem er der Rahn Näsarat wird. Der dumme Junge weiß nicht zu schätzen, was er einmal erbt. Seit Tausenden von Jahren kenne ich Leute seiner Art. Es wird in Tränen enden, so oder so, wenn er nicht schlauer wird.«

»Ich habe bemerkt, dass er nicht begeistert von dem Vorschlag war, sich als Freiwilliger für eine Suche nach Far-raddin in der Rōmarq zu melden.« Ziaire grinste böse über den Rand ihrer Teetasse hinweg.

Indris runzelte die Stirn. In den Gräsern, dem Schilf und Holz und den tiefen Becken der Marschen lebten viele unreine Dinge. Als die Fluten kamen und die Städte der

Seethe sauber gespült worden waren, war nicht alles getötet worden, das hätte sterben sollen. Der Legende nach war eine der Torque-Mühlen – die Anlagen, mit denen die Seethe neues Leben aus den Strängen von altem geschaffen hatten – in die Feuchtgebiete gestürzt und hatte kreiselnd alles durcheinandergewirbelt und verändert, was in seine Nähe geraten war. »Während der Schlacht sind eine ganze Menge Fenlinge am Westufer des Anqorat aufgetaucht. Far-rad-din wusste, dass er besiegt war; seine Flucht in die Marschen war ein kalkuliertes Risiko. Wir hatten nicht erwartet, dass irgendjemand es eilig haben würde, ihm zu folgen.«

»Nur jemand, der sehr verzweifelt ist, würde zu einem Stamm Fenlinge fliehen«, sann Ziaire. »Aber ich begreife noch immer nicht, warum sich Nehrun auf Corajidins Seite stellt.«

»Weil er ein ehrgeiziger kleiner Scheißhaufen ist«, murmelte Femensetri.

»Far-rad-dins Weggang wird eine Tragödie auslösen.« Shar rieb eine Feder, die mit ihrem Kleid verflochten war, und warf sie dann weg, um das Unheil in ihren Worten zu bannen. »Vieles in Amnon wird allmählich verschwinden, wenn sich keine behutsame Hand kümmert.«

»Das ist der Punkt, zweifellos.« Femensetri kratzte sich. »Ich habe versucht, in die Rōmarq zu spähen, um ihn zu finden, aber dort draußen sind so viele disentropische Gegenströmungen, Wellen und Senken, dass man unmöglich etwas erkennen kann. Es ist ein verfluchter Disentropie-Eintopf.«

»Shar hat recht. Leid wird auf Far-rad-dins Verschwinden folgen, obwohl Ariskander die einzig logische Wahl ist, um in der Zwischenzeit zu herrschen.« Ziaire sah Indris mit ihren tiefen grünen Augen an. »Sowohl Ariskander als auch der Asrahn brauchen Männer mit deinen Fähigkeiten.«

»Der Asrahn und die Sēq haben lange Zeit Nutzen aus

meinen Diensten gezogen«, erwiderte Indris. »Und trotzdem hat man mich – das eine Mal, als die Regierung oder der Orden ihre Dankbarkeit für meine vorangegangenen Dienste hätten beweisen können, das eine Mal, als ich ihre Hilfe brauchte – beinahe zwei Jahre in den Sklavenbergwerken von Sorochel schmoren lassen, als ich von unseren Feinden gefangen genommen worden war. Vergebt mir, wenn ich nicht überschäume vor Entgegenkommen. Die einzig gute Sache daran war, dass Shar und ich gemeinsam flohen. Ihre Freundschaft und Loyalität sind die beiden Dinge auf der Welt, die ich niemals in Frage stelle. Im Gegensatz zu meinem Vertrauen zu den Adligen, Bürokraten und meinem einstigen Lehrer.«

»Du gestattest deinen Gefühlen, dein Urteil zu trüben und deine Pflichten deinem Volk gegenüber zu vernachlässigen, nachdem Vashne dich begnadigt hat?«, fragte Femensetri bitter. »Das habe ich dich nicht gelehrt, Junge.«

»Habt Ihr die Sklaverei am eigenen Leib erlebt?« Indris drehte die Tasse in seinen Händen und beobachtete aufmerksam, wie der Bodensatz des Tees gegen die Glasur wirbelte. Das Leben als Ritter des Gelehrtenordens war nicht einfach gewesen. Zunächst hatte es Licht, Lachen und Freude gegeben, doch im Laufe der Jahre hatten sich Schmerz und Entsetzen gehäuft. Sie hatten Revolten begonnen und Kriege beendet, im Dunkeln gemordet und den Tod von Feinden und zu vielen Freunden erlebt. Es hatte Morgen in Sorochel gegeben, an denen es ihm leidtat, dass er die Nacht überlebt hatte. Er erinnerte sich an das ätzende Brennen der salzgeschmiedeten Fesseln, die es ihm unmöglich gemacht hatten, klar zu denken und sich zu befreien. Als er entkommen war, quälten ihn noch immer die Erinnerungen an das, was danach gekommen war. Er hob den Kopf, um Femensetri anzusehen. »Wenn nicht, dann wisst Ihr nicht, wovon Ihr redet. Davon abgesehen gibt es noch andere Gründe, weshalb ich nicht länger hierbleiben will.«

»Deine Frau?« Ziaire sah ihn mitfühlend an. »Hast du je herausgefunden, was … es tut mir leid, Indris. Gab es denn gar nichts, was dir während deines Dienstes für dein Land lohnend erschien?«

»Ich habe es aufgegeben, unwahrscheinliche Lösungen für unmögliche Probleme zu finden, die noch dazu andere Leute verursacht haben.« Indris schüttelte den Kopf. »Der Asrahn und der Teshri brachten Krieg vor die Haustür unschuldiger Leute. Ariskander hat versucht, es zu beenden, und dazu gratuliere ich ihm. Aber vielleicht müssen diejenigen, die Shrīan regieren, endlich lernen, mit den Konsequenzen ihres Handelns zu leben.«

»Indris!« Femensetri griff nach seinem Handgelenk. »Vielleicht hast du das Recht …«

»Vielleicht?« Indris befreite seinen Arm aus Femensetris Griff und erhob sich.

»Bitte!«, flehte Ziaire die beiden an. »Diese Angelegenheit ist größer als …«

»Es ist immer größer als die Wesen, die darunter leiden, nicht wahr?« Mit erhobenen Händen wich er zurück. »Es sind so viele Leute, dass es abstrakt wird, dieses Buchführen über Leben. Aber ich erinnere mich an die Gesichter und die Namen derjenigen, die ich leiden sah. Immer gab es jemanden, der sie vermissen würde. Jemanden, der sie liebte. All die Leute, die ich … mir fällt gerade etwas ein, das ich dringend erledigen muss. Ihr seid eingeladen, so lange zu bleiben, wie ihr möchtet, aber ihr werdet entschuldigen, wenn ich euch nicht hinausbegleite?«

Indris versuchte, den Salon so ruhig wie möglich zu verlassen, damit niemand die Risse sah, die sich über der Maske seines Kummers gebildet hatten.

Femensetri fand Indris in der hohen Kammer, die er in vergangenen Tagen mit Anj-el-din geteilt hatte. Far-rad-din war großzügig gewesen, als er ihnen das große Gebäude geschenkt hatte, doch es war Anj gewesen, die wirklich ein Zuhause für sie beide daraus gemacht hatte. Oder mehr für sie, wenn Indris ehrlich war. Er war so viele Male abgereist und wiedergekommen, dass er sich manchmal wie ein Fremder gefühlt hatte. So als wäre der Ort, an dem Anj und er lebten, mehr ein Haus als ein Zuhause.

Er stand vor einer Reihe von Porträtgläsern. Vorsichtig wischte er die Staubschicht mit dem Ärmel fort. Die meisten Porträts hatten Momentaufnahmen von Anj eingefangen: Anj, wie sie lachte, ihre scharfen Eckzähne ein helles Flackern zwischen dunkelblauen Lippen. Anj, wie sie sich spielerisch hinter der Masse aus blauen und grauen und weißen Federn versteckte, die weich wie Seide waren, so ungebärdig wie der Sturm, an den sie ihn oft erinnerte. Anj, wie sie tanzte, die Geschmeidigkeit ihrer Bewegungen selbst in der Stille des Porträts erkennbar. Es gab nur wenige Bilder, auf denen sie zusammen zu sehen waren, und noch weniger von ihm allein. Sie zeigten ihn allesamt im Profil, oder wenn er sich gerade von demjenigen wegdrehte, der versucht hatte, sein Bild einzufangen. Anj hatte einmal gesagt, entweder aus Stolz oder Leidenschaft oder in ihrem Sommersturmzorn, dass er sich immer wegdrehte. Immer zum Horizont blickte, oder dorthin, wo die nächsten Schwierigkeiten warteten, um dann sein Leben bei dem Versuch zu riskieren, sie zu beheben.

Auch Anj war Gelehrte gewesen, doch ihr war es leichter gefallen, loszulassen und sich um der Liebe willen in einem einfachen Leben zurechtzufinden.

»Als ich heimkam, war es früh am Morgen«, begann er, ohne aufzusehen. »Es regnete, und ich erinnere mich noch, dass ich dachte, wie schön es sein würde, sie gleich in den Armen zu halten. Ich war so lange in Sorochel gewesen … jedenfalls wollte ich ihr sagen, dass ich sie nie wieder allein lassen würde. Ich dachte, ich würde sie auf dem Balkon singen hören. Sie liebte das. Ich habe überall nachgesehen, habe die Lampen angemacht, aber es war niemand da. Nur Echos und Staub.«

»Indris, sie ist jetzt seit über zwei Jahren verschwunden.«

»Ich werde der Vergangenheit nicht nachtrauern, Femensetri.« Indris nahm sein Lieblingsfoto von Anj auf. Sie hatte es niemals wirklich gemocht, doch Indris' Meinung nach war es das treffendste Bild von ihr. Man sah Anj, wie sie in ein Tagebuch schrieb, die langen Beine ausgestreckt. Sie trug Hosen, von denen sie schwor, es wären verdreckte Kniehosen, und ihre Lieblingsstiefel. Sie biss sich mit unwahrscheinlich weißen Zähnen auf die Lippe. Federn lockten sich um ihren Finger. Sie war die fesselndste Frau gewesen, die er je getroffen hatte. »Sie ist fort, wie so viele andere auch. Und ich weiß, es gibt keine Möglichkeit, sie zurückzuholen.«

»Warum quälst du dich dann?« Die Sturmbringerin lehnte sich gegen die Wand; ihr nachtschwarzer Seelenstein pulsierte wie ein Herzschlag. »Du wusstest …«

»Lasst es«, sagte er warnend. Blitzartig wanderten seine Gedanken zu seiner Geliebten von letzter Nacht. Sie war so anders gewesen, so viel erdnaher und erklärbarer als Anj. Und doch war auch sie eine Geschichte, die noch nicht erzählt worden war.

»Glaubst du deshalb, du musst Amnon verlassen?« Femensetri gestikulierte mit ihrem Stock im Zimmer herum. Die sensenförmige Klinge an der Spitze loderte, ein Schillern, das die Schatten zusammendrängte und faltete, bis sie kaum mehr waren als feine Linien. »Hier sind keine Nomaden, die dich foltern werden, Indris.«

»Bis auf die, die bei mir sind, meinst du.« Er räusperte sich, bevor er weitersprach. »Sie war der Grund …«

»… warum du jedem den Rücken gekehrt hast, der von dir abhängig war?«

»Lasst es!«, fuhr er sie an. »Anj war abhängig von mir. Farrad-din war abhängig von mir, denn er musste darauf vertrauen, dass ich seine einzige Tochter glücklich mache, dass wir eine gemeinsame Zukunft haben, und zwar so, wir wir wollten. Ich habe meine Schulden zurückgezahlt, so gut ich konnte. Und lasst uns nicht davon anfangen, wer wen zuerst im Stich gelassen hat, in Ordnung?«

»Du hast sie nicht umgebracht, Indris.« Femensetri seufzte. Sie massierte ihre gerade Nase mit Daumen und Zeigefinger, die Augen geschlossen. »Sie ist … ich wollte sagen, sie hat ihren Weg gewählt, so wie wir alle. Niemand hat sie gezwungen …«

»Nach mir zu suchen?« Indris starrte Femensetri mit gerunzelten Brauen an. »Wolltet Ihr das gerade sagen? Dass ich sie nicht dazu gezwungen habe, nach mir zu suchen? Dass ich nicht der Grund für ihre Vernichtung war? Oder wolltet Ihr sagen, dass das alles nicht passiert wäre, wenn ich da gewesen wäre oder getan hätte, was Ihr von mir verlangt habt?«

»Aber ist es denn nicht so?« Sie stützte sich auf ihren Stab und lehnte sich vor. Ihre opalfarbenen Augen leuchteten. »Willst du denn ehrlich behaupten, du wärest nicht der Stein gewesen, der die Wellen ihres Tuns verursacht hat?«

Indris fühlte sich, als hätte sie ihn geschlagen. »Ich kann nicht glauben, dass …«

»Glaub, was du willst. Das tust du sowieso immer.« Femensetri wandte sich ab und schritt zur offenen Tür. Als sie die Schwelle erreichte, hielt sie inne und sah über die Schulter auf ihren einstigen Schüler. »Eines Tages wirst du erkennen, dass du nicht der Einzige bist, der für seine Handlungen verantwortlich ist, Indris. Hattest du nicht zuvor von Konsequenzen gesprochen? Vielleicht solltest du endlich an all das Gute denken, das du getan hast, statt dauernd darüber zu grübeln, was eine andere Person aus Liebe zu dir getan hat. So tragisch der Ausgang auch gewesen sein mag.«

»Ist sie wirklich tot, Femensetri?« Schuldgefühle wegen der vergangenen Nacht gruben sich ihren Weg an die Oberfläche. »Man hat sie noch immer nicht gefunden.«

»Dein Leiden ist ein geringes, wenn erst alles gesagt und vollbracht ist.« Femensetri sah ihn mit schmalen Augen an. »Obwohl ich dich ebenso sehr liebe wie bedaure wegen des Schmerzes, den du fühlst, ist doch schon viel Schlimmeres in der Welt geschehen, das nicht besungen wurde. Was die Frage betrifft, ob sie tot ist oder nicht – sie ist nicht hier. Spielt die Natur ihres Schicksals wirklich eine Rolle, wenn es euch beiden bestimmt war, getrennt zu werden?«

Kapitel 5

»Die Zwänge von heute können sich zur Katastrophe von morgen entwickeln.« Mattis Sendri, Imrianischer Gesandter des Eisernen Bündnisses, im 388. Jahr der Shrīanischen Föderation

313. Tag im 495. Jahr der Shrīanischen Föderation

»Far-rad-dins Abwesenheit ist zu einer Bürde geworden. Viele, die ihm gegenüber loyal gesinnt sind und Amnon in Gang hielten, verlassen die Stadt. Wenn das so weitergeht, wird aus Amnon eine Barackenstadt für unsere Armee.« Asrahn Vashne stand mit dem Rücken zum Wohnzimmer im Hai Ardin. Mari musste sein Gesicht nicht sehen, um zu wissen, wie er sich fühlte. Sie sah die Anspannung in seinen Schultern und im Rücken. Daniush, Hamejin und Vahineh, die Erben des Asrahns, standen still neben ihrem Vater. Hinter ihrer Kriegsmaske beobachtete Mari, wie sie Indris in seinen Kleidern aus verblassten Schwarz- und Brauntönen anstarrten.

Ariskander und Nehrun standen beieinander. *Sie sind wie Tag und Nacht,* dachte sie. Ganz offensichtlich hatte Ariskander nicht geschlafen, und aus seinem hohen Pferdeschwanz hatten sich einige Haarsträhnen gelöst. Er hatte seinen Kapuzenumhang abgelegt, die blaue Jacke mit dem goldenen Phönix auf der Brust war zerknittert. Nehrun neben ihm sah dagegen makellos aus: eher hübsch als attraktiv und gepflegt bis in die Fingerspitzen.

Der Asrahn schien ganz in die Betrachtung der feinen Farbnuancen des Feuergartens vertieft zu sein. Rot, orange, gelb und weiß blühende Schilfgräser wuchsen in Beeten aus terrakottafarbenem Kieselstein und weißem Sand. Der Garten duftete nicht. Seine Schönheit lag im Rauschen des Winds, der durch die hohen, trockenen Gräser fuhr, und in der Illusion des Feuers, die von den wogenden Blüten erschaffen wurde.

»Es ist bedauerlich, Vashne, aber was sonst könnten wir tun?« Ariskanders Stimme war heiser vor Erschöpfung. »Femensetri hat versucht, in die Rōmarq zu spähen, ist aber gescheitert. Vor drei Nächten habe ich Ekko und die Hälfte meiner Löwengarde über den Anqorat geschickt, um Far-rad-din zu folgen. Ich möchte dir nicht vorschlagen, dass du Corajidin um Hilfe bittest. Wenn diese Leute Far-rad-din aufspüren, so bezweifle ich, dass er uns lebend übergeben wird.«

»Was ist mit dir, Nehrun?«, fragte Vashne. »Würdest du wieder in die Rōmarq gehen?«

»Verzeihung?« Nehrun klang aufrichtig entsetzt. »Ich hatte seit meinem letzten Streifzug über den Fluss noch kaum Zeit, ein Bad zu nehmen und meine Kleidung zu wechseln. Zwölf Männer habe ich bisher im Kampf gegen die von den Vorfahren verfluchten Fenlinge verloren. Weitere zehn werden vielleicht an ihren Verletzungen sterben. Davon abgesehen glaube ich, ich bin dir in der Stadt von größerem Nutzen. Immerhin werden die Entscheidungen hier getroffen.«

Für Mari klang er mehr wie ein bockiger Vierzehnjähriger als wie ein ausgewachsener Vierzigjähriger. Ein Mann, der den eigenen Vater betrogen hatte, weil das Versprechen von Macht ihn lockte.

»Werde erwachsen, Nehrun«, sagte Vashne kopfschüttelnd. »Du bist einer unserer zukünftigen Anführer und solltest wenigstens versuchen, dich wie einer zu benehmen. Es wird in der Zukunft Sekundenbruchteile geben, in denen sich Leben in Tod verwandelt und in denen du Entscheidungen treffen musst. Wenn du das nicht kannst, wirst du Shrīans Politik nicht lange überleben.«

Nehrun zitterte vor Zorn. Mari und eine Gruppe Feyassin hatte Nehrun erwartet, als er von seiner Aufklärungsexpedition in der Rōmarq zurückgekehrt war. Der Suchtrupp war auf riesigen Hirschen geritten, und die schnellfüßigen Tiere hatten vor Anstrengung gezittert. Nehrun war reizbar gewesen, als sie die Hirsche gezügelt hatten, und seine feinen Gesichtszüge waren verschmiert von Schweiß, Schmutz und Blut. Seine Schwester Roshana hatte in ihrer schlammbespritzten Rüstung erschöpft ausgesehen. Ihr Köcher hing leer an ihrem Sattel, die Arme waren blutig bis zu den Ellbogen. Eine schlammbespritzte Bandage war um ihren Oberschenkel gebunden. Mari hatte Nehrun genug Zeit gegeben, um sich zu waschen und umzuziehen, dann hatte sie den sauertöpfisch dreinblickenden Erben zu seinem wartenden Vater und dem Asrahn geleitet.

Während sie Nehrun durch die offenen Korridore, die Hallen mit den gewölbten Decken und die singenden Kristallsplitter des Hai Ardin führte, nahm sich Mari Zeit, die Feinsinnigkeit der Seethe zu bewundern, die all dies geschaffen hatten. Die Seethe nahmen die Schönheit in allen Dingen wahr. Selbst der Krieg war für sie eine Kunstform, eine Darbietung in Eleganz und Leidenschaft, Zerstörung und Blutrausch. Sie hatten ein Atrium passiert, in dem Sturmfalken, geschmeidige graue und weiße Raubvögel, auf zerklüfteten Formationen aus grünem Stein hockten. Im Zentrum des Atriums standen sechs Statuen von Älteren der Seethe Rücken an Rücken. Ihre breiten Flügel berührten sich, sodass sie wie eine kunstvolle Säule wirkten. Und ihre Gesichtszüge mit der scharfen Nase, den hohen Wangenknochen, dem spitz zulaufenden Kinn und schrägen Augen waren vogelähnlich. Wenn sie ehrlich war, so erinnerte nur wenig am Äußeren der Avān an ihre Schöpfer. Die Avān sahen beinahe genauso aus wie Menschen. Nein, der Einfluss der Seethe war eher auf geistiger Ebene spürbar. Im Benehmen.

Wie ihre Macher liebten die Avān den Reiz des Jagens und Tötens. In ihren frühen Jahren waren die Avān-Stämme Kannibalen gewesen. Das Töten und Verspeisen des Feinds galt als große Ehre, denn so lebte der verehrte Tote in den Lebenden weiter. Obwohl sich die Zeiten und Sitten geändert hatten, waren die Avān noch nicht allzu weit von ihren gewalttätigen Ursprüngen entfernt.

Die Seethe hatten die Avān als Kriegsvolk geschaffen – *ihr* Kriegsvolk. Die ersten Avān wurden in Torque-Spindeln gemacht, aus Teilen von Menschen, Seethe und Stücken von wer weiß was noch. Die Spindeln verwoben die Lebenskraft und das bloße Fleisch unterschiedlicher Kreaturen oder anderer Organismen nach eigenen Vorstellungen zu neuem Leben. Die Avān waren nicht die ersten Lebewesen gewesen, die in Torque-Spindeln entstanden waren, aber sie waren die erlesensten. Gewaltige Torque-Mühlen, Fabriken, in denen eine Unmenge an Spindeln Tausende von Leben produziert hatten, arbeiteten Tag und Nacht. Die Avān aber waren diejenigen, welche die Seethe über alle anderen stellten; als Wahrer von Recht und Ordnung im Blütenimperium. Zunächst waren sie als *Tarmendi* – als Friedenshüter – eingesetzt worden, um dafür zu sorgen, dass die uralten Fehden zwischen Menschen und Seethe friedlich beigelegt wurden. Im Laufe der Zeit kümmerten sich die Monarchen der Seethe immer weniger darum, was die Avān in ihrem Namen taten oder was die Menschen darüber dachten. Schließlich richteten sich die Gedanken der Avān auf Eroberung, während die

Seethe auf den betäubenden Blüten ihrer heiligen Lotusblumen kauten.

Als die Avān das Blütenimperium zu Fall brachten, zerstörten sie alle Torque-Mühlen, die sie finden konnten. Die Seethe waren hochgeistige Wesen. Sie konnten Unrecht vergessen. Derlei Dinge wurden im Laufe der Zeit immer abstrakter, kaum mehr als Stoff für Debatten. Weder die Menschen noch die Avān waren so veranlagt. Sie hegten Groll, gingen in ihm auf und schwelgten in ihm, bis das Alter ein passendes Gehäuse für längst vergangene Feindschaften geschmiedet hatte. Aus diesem Grund hatten die Berater des Teshri nicht lange nachdenken müssen, als sie zustimmten, gegen Far-rad-din in den Krieg zu ziehen.

Mari hatte der kristallinen Schönheit des Hai Ardin mehr Aufmerksamkeit geschenkt als Nehruns unaufhörlichem Gejammer, und so war sie nicht darauf vorbereitet gewesen, einen Mann zu sehen, den wiederzusehen sie nicht erwartet hatte: ihren geheimnisvollen Liebhaber. Bei seinem Anblick hatte es ihr den Atem verschlagen, und ein noch tieferer Schauder hatte sie erfasst, als sie seinen Namen hörte: Näsarat fa Amonindris. Drachenauge Indris. Sie wusste, sie sollte eigentlich Scham empfinden bei dem Gedanken, dass sie sich einem Abkömmling der Näsarat hingegeben hatte, aber sie konnte nicht. Seit ihrer gemeinsamen Nacht hatte sie ihn nicht wiedergesehen, hatte nicht gewusst, wie sie ihn finden sollte. Jetzt, mit nur fünf Metern Abstand zwischen ihnen, hätte es ebenso gut ein ganzer Ozean sein können. Sie wollte ihre Kriegsmaske abnehmen, um ihre Anwesenheit zu verraten und eine Reaktion von ihm zu provozieren. Stattdessen bewahrte sie Haltung und beobachtete ihn aus dem Augenwinkel.

Sich allein vorzustellen, dass sie und er sich bei einem *Hamesaad* hätten töten sollen! Der Gedanke, gegen einen

Daimahjin zu kämpfen, erregte und erschreckte sie zugleich. Aber ein Kampf gegen Drachenauge Indris? Selbst wenn er sie besiegt hätte, hätte man Maris Namen für Jahrhunderte gesungen.

»Es ist jetzt vier Tage her, seit Far-rad-din verschwunden ist.« Vashnes Schritte raschelten, während er auf dem roten und weißen Sand hin- und herschritt, die Hände auf dem Rücken. »Von den zehn Suchtrupps, die wir losgeschickt haben, sind sechs nicht zurückgekehrt.«

»Ich bitte um Entschuldigung, Vashne. Wir haben getan, was wir konnten.« Nehruns Stimme zitterte. Er räusperte sich, um mit festerer Stimme fortzufahren: »Die Feuchtgebiete sind voller Fenlinge. Sie haben sich zu Rudeln zusammengerottet ...«

»Zu Stämmen«, murmelte Indris, während er seinen Daumennagel begutachtete. »Die Fenlinge jagen und kämpfen in Stämmen, die von einem *Shamen* angeführt werden. Nicht in Rudeln.«

»Rudel von Fenlingen«, wiederholte Nehrun streitlustig. »Ich habe noch nie einen vergleichbaren Ort erlebt. Sie waren in der Überzahl, wir mussten fliehen.«

»Hast du irgendwelche Spuren von Far-rad-din gefunden?«, fragte Ariskander geduldig.

»Nein.« Nehrun atmete tief ein. »Haben die anderen irgendwelche Spuren entdeckt?«

Du hoffst nein, nicht wahr, Nehrun?, dachte Mari. *Du willst dich noch weiter bei meinem Vater einschmeicheln. Wenn du nur wüsstest, welches Schicksal Corajidins Werkzeuge erwartet, wenn er keinen Gebrauch mehr für sie hat.* Doch obwohl sie die gefühllose Missachtung ihres Vaters für alles, das nicht länger seinem Zweck diente, kannte, konnte Mari doch kein Mitgefühl für Nehrun aufbringen. Der Mann hatte seinen Weg gewählt, und der führte vermutlich in sein Grab.

Vashne sah Nehrun durchdringend an, bevor er den Blick auf Indris ruhen ließ. »Warum hast du Far-rad-din gedient?«

»Ich würde das lieber unter vier Augen besprechen, Asrahn, wenn es Euch nichts ausmacht.«

»Jetzt ist nicht der Moment für Zurückhaltung, Indris.«

»Wie Ihr wünscht. Aber je weniger Ohren hören, was ich zu sagen habe, desto besser. Meine Kameraden und ich wurden hierhergeholt, weil wir Far-rad-din bei der Suche nach den Händlern unterstützen sollten, die verbotene Relikte aus der Rōmarq schmuggelten«, erklärte Indris. »Far-rad-din hatte bereits einige der Schlüsselfiguren verhaftet, die mit den Relikten handelten, und war im Begriff, die Lieferanten zu fassen, doch wir wollten mehr über ihre Aktivitäten herausfinden. Er hat die Gesetze befolgt, die der Teshri erlassen hat: Der aktive Handel mit verbotenen Relikten ist ein Kapitalverbrechen. Far-rad-din hat deine Interessen geschützt, Asrahn; er hat sich nicht über sie hinweggesetzt.«

»Far-rad-din hat etwas in der Art angedeutet, aber ich war überrascht, dass er mir nicht mehr darüber erzählt hat«, sann Ariskander. »Ich habe den Verdacht, dass einige seiner Nachrichten abgefangen wurden, um zu verhindern, dass zu viele Fragen gestellt werden. Far-rad-din war in Sorge, was andere da draußen ausgraben würden – und was die Ungeheuer in den Sümpfen mit den Dingen anstellen könnten, die sie in die Finger bekommen.«

»Mit Recht«, nickte Indris. »Er war auch besorgt wegen der Konsequenzen für ihn, wenn die Verbrecher erst annehmen mussten, er wäre ihnen auf der Spur.«

»Ich nehme an, du weißt, was in den Sümpfen lebt?«, fragte Daniush.

»Zum Teil, ja. Ich glaube nicht, dass irgendjemand wirklich alles weiß, was es über die Rōmarq zu wissen gibt.« Indris fuhr fort und erklärte, wie die Seethe die Rōmarq besiedelt hatten, nachdem das Haiyt-Imperium der Zeitmeister geendet hatte. Als die Seethe-Nation See-an-way vom ersten Gelehrtenkönig des Erwachten Imperiums versenkt worden und das Marmormeer entstanden war, verwandelte sich die Rōmarq in ein praktisch unbewohnbares Marschland. Einige der größten Torque-Mühlen befanden sich in der Rōmarq, ebenso wie der mit Hexenfeuer betriebene Schmiedeofen von Hemenat und das Ar-Mahjef. Viele der Mondwesen – oder Monster – bildeten sich, als die noch bestehenden Torque-Mühlen in die Sümpfe stürzten. In den folgenden Jahrhunderten krochen Riedfrauen, Maleganger, Dhole aus den stinkenden Gewässern. Die Rōmarq, einst auf dem Höhepunkt der Zivilisation, wurde zu einem der gefährlichsten Orte auf Īa. Alle, die dort existierten – oder auch nur in der Nähe lebten –, waren hartgesotten und störrisch, um überleben zu können.

»Wie steht es mit geflügelten Drachen?« Daniush klang seinem Vater so ähnlich, dass es einen Moment dauerte, bis Mari erkannte, von wo die Frage gekommen war. »Oder Drachenschmetterlingen? Oder diesen kleinen Wolfsbär-Wesen, die sich manche Leute als Haustiere halten?«

»Sie sind auf natürlichem Weg entstanden«, lächelte Indris. »Das Tier, das Ihr meint, ist unter dem Namen Sumpfteufel bekannt. Sie eignen sich nicht als Haustiere. Selbst nach Generationen fern der Wildnis reicht schon eine verpasste Mahlzeit, damit sie wieder verwildern.«

»Und was genau sind die Fenlinge?«, fragte Vahineh. Ihr langes Gesicht war ernst.

Belam hatte recht, dachte Mari; die Prinzessin sah tatsächlich ein bisschen wie ein Schuh aus.

»Warum bereiten sie uns solche Probleme?«

Mari schob sich näher heran. In der Präfektur von Erebus gab es praktisch keine Monster. Indris nahm ein abgegriffenes Tagebuch aus der Tasche und überflog die Seiten, bis er gefunden hatte, was er suchte. Der Gelehrte reichte Vahineh das Buch, die es ihren Brüdern zeigte.

»Das sind meine Notizen und Zeichnungen über die Fenlinge. Die Fenlinge entstanden in den Torque-Mühlen, und zwar nach den Avān, den Tau-se und anderen. Sie sind die letzten lebenden Skulpturen der Seethe. Die Gelehrten der Sēq haben keine Ahnung, warum sie gemacht wurden, nur die Gewissheit, dass die Fenlinge hätten zerstört werden sollen.« Mari fühlte leise Sorge in sich aufsteigen, wenn sie nur an sie dachte. »Soweit wir wissen, sind die Fenlinge eine Mischung aus Avān und riesigen, Werkzeuge benutzenden Ratten. Sie sind völlig amoralisch und töten unterschiedslos. Sie zerren ihre Feinde vom Schlachtfeld, um sie zu verspeisen, oft bei lebendigem Leib. Sie fressen ihre Artgenossen, und ihre Fortpflanzungsfähigkeit ist ungeheuerlich. Sie sind Krankheitsüberträger, leiden aber nicht unter den Krankheiten, mit denen sie andere infizieren. Statt irgendetwas selbst herzustellen, stehlen sie, was sie brauchen, oder tauschen ihr Diebesgut ein. Sie haben *Shaman*, die Hexern ähnlicher sind als Gelehrten. Die Vorstellung von Ehre, Liebe oder Zuneigung scheint ihnen fremd zu sein, allerdings gibt es da noch sehr viel, das wir nicht wissen oder verstehen. Wären sie besser organisiert, könnten die Fenlinge zweifellos eine beachtliche Armee aufstellen.«

»Gibt es viele Fenlinge?«, fragte Vahineh vorsichtig.

»Sie sind mehr als wir.« Indris zuckte die Schultern. »Sie sind von einer abergläubischen Angst vor den Seethe besessen. Ich glaube, nur Far-rad-din und seine Fliegende Jagd haben sie so lange kontrolliert.«

»Fliegende Jagd?« Vahineh sah von Indris' Buch auf.

»Drachenreiter der Seethe«, erklärte Indris. »Sie flogen in die Rōmarq und übten Vergeltung an Fenlingstämmen, wenn sie irgendeinen von Far-rad-dins Vasallen überfallen hatten. Yamir Siamak von der Familie Bey und seine Moorritter waren ähnlich … überzeugend.«

»Indris?«, platzte Hamejin heraus. »Ist die Waffe, die du da trägst, die Gestaltwandlerin?«

Mari sah den Prinzen leicht überrascht an, ebenso wie sein Vater und seine Geschwister. Hamejin war Mitte zwanzig, benahm sich jedoch in der Gegenwart des berühmten Gelehrten und Abenteurers wie ein Schuljunge. Maris Blick wanderte zu der Waffe, die über Indris' Rücken geschlungen war. Sie kannte die Geschichten über Indris und Gestaltwandlerin. Bis sie am Bernsteinsee gesehen hatte, wozu er fähig war, hatte sie sie allerdings als Fantasien abgetan. Das war nun anders.

Indris griff nach oben und ließ die Fingerspitzen einer Hand auf ihrem Griff ruhen. Mari hörte, wie die Waffe sanft murmelte, beinahe schnurrte. Ihre schwarze Scheide aus *Kirion* – Sternenstahl – war von einem öligen Schimmer überzogen, rot oder blau, je nachdem, wie das Licht einfiel. Sie war so lang wie ein *Amenesqa* und damit etwas länger als einen Meter, und wie alle traditionellen shrīanischen Waffen gebogen. Klinge und Griff hatten die gleiche Länge.

»Eine der Prüfungen, die man bestehen muss, wenn man Ritter des Gelehrtenordens der Sēq werden will, besteht darin, deine *Kajesqa* – deine Seelenklinge – zu schmieden. Sie sind alle so unterschiedlich wie diejenigen, die sie geschmiedet haben, und dennoch haben sie gewisse Eigenschaften gemeinsam.«

»Stimmt es, dass sie tatsächlich ihre Form verändern kann?«, fragte Daniush. Indris nahm höflich das Tagebuch aus Vahinehs Händen. »Ich glaube, der Asrahn wartet mit dringenderen Fragen.«

»Allerdings.« Aus Vashnes Stimme war die Ungeduld

herauszuhören. »Gab es einen bestimmten Grund, weshalb du mich veranlasst hast, dass ich meine Feyassin losschicke, um dich hierherzubringen?«

»Es kann ziemlich ermüdend sein, wenn so viel Macht zur Schau gestellt werden muss.« Wenn Indris über die plötzliche Frage des Asrahns überrascht war, so konnte Mari es zumindest nicht erkennen. »Gab es einen bestimmten Grund, weshalb Ihr Euch die Mühe gemacht habt, sie loszuschicken?«

»Wie kannst du es wagen? Ich habe dir das Leben geschenkt!« Vashnes Stimme hallte durch den Raum. Seine drei Kinder, ebenso Nehrun, wurden blass. Ariskander presste seinen Nasenrücken mit Daumen und Zeigefinger zusammen. Indris hob die Brauen, offensichtlich unbeeindruckt von dem Ausbruch. »Ich bin der Asrahn, und ich verlange Respekt.«

»Und ich bin Gelehrter, Asrahn. Es war nicht an Euch, mir das Leben zu geben oder zu nehmen. Ich respektiere Euch und bin Euch für Eure Gnade dankbar, aber muss ich Euch daran erinnern, dass ich mich vor niemandem verneige, außer vor den Meistern der Sēq oder der Mahj in Mediin?«

Bevor sie wusste, was sie tat, war Mari schon auf halbem Wege zu Indris. Wie konnte er es wagen? Wie von selbst hatte sich ihre Hand zur Faust geballt. Kraft floss von den Knöcheln durch die Waden, die Schenkel, Hüften und Oberkörper, in ihre Arme, und …

Indris' linkes Auge brannte. Erst hellbraun, dann rot, dann in einem gelb gesprenkelten Orange, als wäre das Auge von Flammen erfüllt. Ein Kreis aus Buchstaben in einer unbekannten Sprache, mit Feuer geschrieben, flackerte für einen Moment um seine Pupille auf. Licht umgab ihn wie ein Nimbus, ein Perlmuttglanz, der den Rest seiner Gestalt in ein Schattenbild verwandelte. Furcht durchdrang sie und ließ sie einen Augenblick innehalten, nur einen Herzschlag lang. Dann ging sie weiter und war befriedigt, als sich Indris' Augen vor Überraschung leicht weiteten.

»Zurück!«, donnerte Oberstritter Chelapa mit ihrer Exerzierplatzstimme.

Mari hielt inne und balancierte auf ihren Fußballen.

»Zurück auf deine Position, Feyassin! Sofort!«

Mari verneigte sich vor dem Asrahn, dann vor ihrem befehlshabenden Offizier, und kehrte auf ihren Posten zurück. Ihr Mund war trocken, aber nicht aus Angst. Angst war eine gesunde, natürliche Reaktion, etwas, dem man sich hingab, statt sich davon vernichten zu lassen. Nein, sie war überrascht von dem Ausmaß an Zorn, das sie bei Indris' Herabsetzung des Asrahns gefühlt hatte. Es war der gleiche Impuls, der sie dazu getrieben hatte, den Asrahn während der Schlacht am Bernsteinsee zu verteidigen. Es war der Instinkt eines Feyassin, nicht der eines Verschwörers.

Vashne warf Mari einen irritierten Blick zu, doch seine nächsten Worte richteten sich an Ariskander. »Was Ihr noch wissen solltet: Einer aus Eurer Löwengarde ist heute wieder in der Stadt aufgetaucht.«

»Was hat er gesagt?«, stieß Nehrun schnell hervor.

»Oberstritter Ekko ist schwer verwundet.« Maris Stimme hallte hinter ihrer Kriegsmaske.

Ariskander schloss die Augen und lächelte erleichtert. »Ich vermute, Far-rad-din war nicht bei ihm? Wird Ekko überleben?«

»Nein, er war allein. Ich glaube, er wird sich von seinen Wunden erholen«, fügte Mari hinzu. »Bei einem Avān oder einem Menschen hätte ich meine Zweifel. Aber ein Tau-se?« Sie zuckte die Schultern. Mari hatte Tau-se-Soldaten gesehen, die mit den entsetzlichsten Wunden weitergekämpft hatten und dann aus der Schlacht marschiert waren, als wäre es das Normalste von der Welt, von vier oder fünf Pfeilen durchbohrt zu sein. »Ekko war fest entschlossen, mit seinen Neuigkeiten zu uns zurückzukommen. Er hat darum gebeten, mit Euch sprechen zu können. Oder mit Indris.« *Aber nicht mit Nehrun,* fügte sie im Geiste hinzu.

»Ich werde mit ihm sprechen, aber können wir ihm trauen?«, fragte Nehrun skeptisch. »Wir haben keine Ahnung, was dort draußen passiert oder warum er zurückgekehrt ist, ohne seinen Auftrag ausgeführt zu haben!«

»Die Tau-se lügen nicht«, schnaubte Indris. »Sie sind gar nicht dazu imstande. Ekko wird einen guten Grund gehabt haben, weshalb er ohne Far-rad-din zurückgekehrt ist.«

»Wenn Ekko Neuigkeiten hat«, versetzte Vashne aufmerksam, »möchte ich sie hören.«

»Unsere Bemühungen hier waren nicht völlig vergeblich, Vashne«, wechselte Ariskander das Thema. Er sprach kurz über Entlastungen, die er mit dem örtlichen Gewerbe und den Einwohnern aus den oberen Kasten, die noch geblieben waren – Seethe, Avān und Menschen – ausgehandelt hatte. Die Leute schienen sich damit abzufinden, dass sie warten mussten, denn Vashne galt als ein Mann, der Wort hielt. »Doch es gibt andere Angelegenheiten, mit denen wir uns befassen sollten. Jeden Tag gehen Berichte über Interessenskonflikte zwischen den Hohen Häusern und den Hundert Familien ein. Wir sollten die Leute heimschicken, Vashne, bevor sie anfangen, ihren persönlichen Kleinkrieg auf den Straßen auszutragen.«

Doch es waren nicht nur die unterschiedlichen Interessensgruppen, die für Ärger sorgten. Wegelagerer bedrohten den Handelsverkehr auf den Straßen in der Nähe von Amnon. Es hatte Gefechte mit Fenlingen nahe der Armeelager gegeben, außerhalb der Stadtmauern. Arbeitskräfte und Vorräte waren verschwunden. Geschichten von gesichteten Riedfrauen hatte Panik unter den Soldaten ausgelöst. Es gab sogar einen Bericht über einen Maleganger – einem Moorpuppenspieler –, der auf die Brust einer Soldatin gekrabbelt war und versucht hatte, sie im Schlaf zu erdrosseln. Er war vernichtet worden, bevor er die Frau hatte töten können. Glücklicherweise hatte er aus ihrem Körper keine bösartige Marionette machen können, deren einziges Ziel es war, Zwietracht zu säen. Sich so nahe bei der Rōmarq aufzuhalten, hatte alle Albträume der Kindheit zum Leben erweckt. Betrübt hörte sich Vashne die Berichte an.

»Die Erebus könnten die Bereiche der Rōmarq, die sich in der Nähe der Stadt befinden, von Monstern befreien«, sagte Nehrun und kniff nachdenklich die Augen zusammen. »Wer weiß, vielleicht finden sie ja auch irgendeine Spur von Far-rad-din, die wir übersehen haben.«

Ariskander schüttelte den Kopf und brachte damit seinen Sohn zum Schweigen. »Corajidin verfolgt eigene Absichten. Niemand kann sagen, was er tun wird, wenn er erst einmal die Erlaubnis erhalten hat, seine Leute in die Sümpfe zu schicken.«

»Aber …«

»Nehrun, lass es gut sein!« Ariskanders Kiefer spannten sich. »Wir haben genug Arbeit, auch ohne das Haus Erebus überwachen zu müssen. Je länger wir hierbleiben, desto länger ist unsere eigene Präfektur führerlos.«

»Würde es Euch helfen, Freund, wenn ich Amnon einstweilen an Corajidin übergebe?«, fragte Vashne ruhig.

Aus dem Augenwinkel beobachtete Mari Nehruns Reaktion. Vashnes Vorschlag hätte ihn erschrecken sollen, doch stattdessen sah sie nur durchtriebenen Triumph in seinen Augen, der hastig unterdrückt wurde.

»Eine andere Möglichkeit seht Ihr nicht?«, fragte Indris. »Ich hätte gedacht, dass … eigentlich jeder geeigneter wäre, Amnon zu regieren, bis Far-rad-dins Unschuld erwiesen ist.«

»Du stellst die Entscheidungen deines Asrahns in Frage?« Nehrun rang nach Luft. »Du solltest dich daran erinnern, wo dein Platz …«

»Irgendjemand muss es tun.« Indris neigte den Kopf vor Vashne. »Können wir Ariskander nicht mehr Zeit geben? Mein Onkel und Far-rad-din waren jahrelang zwei unserer loyalsten Anhänger. Sie verdienen unser Vertrauen.«

Vashne sah Indris nachdenklich an. »Ariskander, Nehrun … würdet Ihr Indris und mich bitte entschuldigen?«

Ariskander legte Indris für einen Moment die Hand auf die Schulter, bevor er den Raum verließ. Nehrun wirkte wie vom Donner gerührt. Er holte Luft, um etwas zu sagen. Dann hielt er für einen Moment den Atem an. Mari beobachtete, wie Nehrun die Lippen befeuchtete und schließlich nervös schluckte. Er warf Indris einen mörderischen Blick zu, dann verbeugte er sich tief vor dem Asrahn, machte er auf dem Absatz kehrt und verließ steif die Kammer.

»Du und dein Cousin, ihr kommt immer noch nicht gut miteinander aus?«, fragte Vashne, als Nehruns Schritte verhallt waren.

»Unser Verhältnis ist … anspruchsvoll«, befand Indris nachdenklich. »Dabei könnte es eine Art von Beziehung sein, in der wir uns gegenseitig respektieren, obwohl wir unterschiedliche Ansichten haben.«

»Tatsächlich?« Der Asrahn machte den anderen ein Zeichen, ihm nach draußen in den Feuergarten zu folgen. Die Feyassin nahmen ihre Position um Vashne und seine Kinder ein. Mari ging hinter Indris, so nahe, dass sie ihn fast berühren konnte.

Indris nickte, sagte aber trocken: »Nein. Er kann meiner Mutter nicht verzeihen, dass sie mit einem Seethe zusammen war, oder dass ich Far-rad-dins Tochter geheiratet habe. Ich kann weder seinen Rassismus noch seine Kleinlichkeit und

Oberflächlichkeit tolerieren. Und ich bezweifle, dass sich an unseren Gefühlen etwas ändern wird. Seit er Corajidins Buch *Unser offenbartes Schicksal* gelesen hat, ist er nicht mehr derselbe.«

Vashne hatte auf einer Kristallbank Platz genommen und lehnte sich nun zurück, das Gesicht der Sonne zugewandt. Mari bemerkte die tiefen Linien im Gesicht des Mannes. Sie gaben ihm einen Anstrich von Weisheit. Vashne und ihr Vater waren sich in vielerlei Hinsicht so ähnlich und dennoch so unterschiedlich, wenn es um die Ausübung von Macht ging. Ihr Vater betrachtete sein Erwachen als angestammtes, von den Ahnen zugestandenes Recht. In den Monaten, in denen sie Vashne gedient hatte, war es ihr vorgekommen, als hätte der Asrahn ebenso viel Ehrfurcht wie Respekt vor seiner eigenen Macht.

»Ich muss eine Entscheidung treffen«, fuhr Vashne fort. »Amnon braucht einen Statthalter, bevor ich die Armeen nach Hause schicke. Es muss jemand sein, dem ich trauen kann, der aber auch Amnon unter Kontrolle hat. Ich hatte bereits endlose Treffen mit ausländischen Abgesandten, denen ich garantieren musste, dass eine Avān-Armee an den Ufern des Marmormeers kein Auftakt zu einem Krieg ist.«

»Ich verstehe.« Indris klang frustriert. »Ich bitte Euch, andere Möglichkeiten in Erwägung zu ziehen. Corajidin ist ein intelligenter und fähiger Mann, aber nicht unbedingt ein rechtschaffener. Gesteht Ariskander die Zeit zu, die er benötigt. Far-rad-din ist irgendwo da draußen.«

»Wie lange? Eine weitere Woche? Einen Monat?«, fragte Vashne geradeheraus. »Und wozu? Far-rad-din ist fort. Wir müssen an die Zukunft denken. Ariskander kann nicht für immer hierbleiben.«

»Dann ernennt jemand anderen zum Statthalter. Beinahe jeder wäre geeigneter als Corajidin, bis auf Nehrun vielleicht.«

»Weißt du, dass Ariskander Nehrun nicht zu seinem Erben ernennen will?«

»Was?«, fragte Indris scharf.

Mari erstarrte. Ihr Vater hatte sich in dem Glauben mit Nehrun eingelassen, dass der Mann der nächste Rahn Näsarat werden würde. Sonst hätte sich Corajidin gar nicht mit ihm abgegeben.

»Nehrun weiß es nicht, oder?«, flüsterte Indris.

»Ariskander hat die Entscheidung erst wenige Tage vor der Schlacht getroffen.« Vashne sah Indris scharfsinnig an. »Er vertraute sich einigen Wenigen an, erzählte uns, wen er zum Erben bestimmt hatte, und wir haben aus vollem Herzen zugestimmt.«

»Roshana würde einen guten Rahn abgeben«, sagte Indris zerstreut. »Ebenso wie ihr jüngerer Bruder Tajaddin.«

»Das glaube ich auch«, lächelte Vashne. »Aber auch das wird Far-rad-din nicht zurückbringen. Du hattest recht mit deiner Bemerkung, er hätte die Ungeheuer der Rōmarq erfolgreich in Schach gehalten. Far-rad-din hatte sich mit einigen Seethe-Truppen verbündet, die ihn unterstützten. Was aber noch wichtiger war: Far-rad-din war der Einzige, der uns in unseren zahlreichen diplomatischen Verhandlungen mit den Himmelsreichen der Seethe unterstützte. Sein Verschwinden wird mehr Probleme verursachen, als vielen bewusst ist.«

»Warum habt Ihr dann zugestimmt, gegen ihn in den Krieg zu ziehen?«, fragte Indris ungläubig.

»Ein kalkuliertes Risiko«, gestand Vashne, »das uns teuer zu stehen kommen wird. Du weißt, dass wir niemals vorhatten, tatsächlich Krieg zu führen! Warum, glaubst du, wurde Ariskander als Gebieter des Wandels ausgesucht? Es war der einzige Weg, um den Zorn der oberen Kasten wegen des angeblichen Verrats Far-rad-dins zu beschwichtigen und gleichzeitig die Kontrolle über den Ausgang zu behalten. Wir hätten nur mehr Zeit gebraucht, um dem Teshri zu beweisen, dass Far-rad-din unschuldig war. Ich hätte wissen müssen, dass Corajidin die Regeln für seine Zwecke ändern würde.«

Der ältere Mann lehnte sich zurück und fuhr sich mit den Händen übers Gesicht. Einen Moment lang blinzelte er ins helle Sonnenlicht. Als er wieder sprach, wandte er sich ebenso an den leeren Raum vor sich wie an Indris. »Und trotzdem muss ich darüber nachdenken, Far-rad-dins Hohes Haus aufzulösen, damit die Meister der Sēq einen neuen Rahn erwecken können. Ich brauche jemanden mit einer Armee, der den Frieden wahren kann. Far-rad-din hat mir nichts zurückgelassen.«

»Bei allem Respekt, Ihr habt ihm kaum eine andere Wahl gelassen«, erklärte Indris. »Ihr hattet Alternativen.«

»Nicht mit dem Teshri im Kreuz, der nach Blut schreit. Corajidin will, dass die Armeen hier stationiert bleiben.« Vashne runzelte die Stirn. »Warum …«

Mari bemerkte den Kummer in Indris' Miene, als er den Kopf schüttelte. »Ich bin nicht hier, um Euch Ratschläge zu erteilen. Ich kann nur annehmen, dass Ihr mich hierher habt bringen lassen, weil Ihr auf meine Hilfe gehofft habt. Aber ich habe meine Meinung nicht geändert. Amnon gehört zu den Orten, an denen ich mich wirklich nicht aufhalten will.«

»Ich verstehe, dass dieser Ort voll bitterer Erinnerungen für dich ist. Du warst der Krone einst von großem Nutzen, mein Freund«, sann Vashne.

Ein Schauder lief Maris Rückgrat entlang. In ihrer gesamten Zeit mit Vashne hatte sie vielleicht gerade ein Dutzend Mal gehört, wie der Mann einen anderen als »Freund« bezeichnet hatte. Der Asrahn verwendete das Wort sparsam, und es hatte immer eine Bedeutung. Dass er Indris zu diesem illustren Kreis zählte, bedeutete, dass der *Daimahjin* stärkere Bande hatte, als selbst ihr Vater ahnte.

»Ich habe Shrīan gern gedient, solange das mein vorherbestimmter Weg *war*«, betonte Indris. »Die Sēq haben mich aus dem Dienst entlassen.«

»Was nicht mehr als einer Handvoll je passiert ist«, befand Vashne leichthin. »Ein Leben als *Daimahjin* unterscheidet sich sicher vom Leben eines Sēq-Ritters.«

»Es gibt wenig in meinem alten Leben, dem ich nachtrauern würde, und meine Schulden habe ich dem Orden längst zurückgezahlt.« Indris sah Vashne direkt an.

Maris Herz flog Indris zu. Beide waren sie Leibeigene von Herren, denen sie entfliehen wollten. Der einzige Unterschied war, dass Indris sein Ziel erreicht hatte, und sie nicht. Gebannt starrte Mari auf Indris' Hände. Kraftvoll, gebräunt, beinahe haarlos, die Haut schwielig und von kräftigen Adern durchzogen. Sie wollte sie festhalten, seine Handflächen küssen, sie über ihren Körper führen, damit er sie erforschte, ein neu entdecktes Land. Als er wieder sprach, klang seine Stimme nachdenklich, beinahe distanziert. »Die Sēq haben mir beigebracht, wie man überlebt. Wie ich mich der Dunkelheit stelle, obwohl ich nicht in ihr sehen kann. Sie lehrten mich den Terror, wie ich mit ihm umgehen, ihn einsetzen kann. Sie lehrten mich, dass Liebe ebenso sehr eine Stärke wie eine Schwäche sein kann. Ich verstand, dass es ein Gleichgewicht geben muss zwischen bedingungsloser Liebe für die Massen und der uneingeschränkten, voreingenommenen, fesselnden Liebe für ein Individuum. Und dass weder das Gestern noch das Morgen existiert, weil alles im Jetzt geschieht, und dass alle Dinge diesen einen Moment teilen. Vor allem aber haben sie mir beigebracht, dass die Welt mit all ihren Wundern auf Gesetzen beruht, die befolgt werden müssen, aber gebeugt werden können. Nichts ist je wirklich unmöglich, wenn jemand über den Willen, die Bildung und die Intelligenz verfügt, um es zu erreichen.«

»Und doch, obwohl sie dir alles beigebracht haben, hast du noch immer das Gefühl, du schuldest ihnen oder deinen Leuten nichts?« Ein Ausdruck leiser Enttäuschung lag auf Vashnes Gesicht.

»Alles?«, sann Indris. »In all den Jahren mit den Sēq haben sie mir niemals beigebracht, wie man lebt. Das bringe ich mir immer noch selbst bei. Was sie gelehrt haben, war das Beobachten und Beurteilen. Wie man entscheidet, wie man handelt. Ich glaube übrigens, Nehrun führt etwas im Schilde. Ich werde meine Leute auf ihn ansetzen, damit sie herausfinden, was er vorhat.«

Eine Seethe-Heilerin lächelte Mari zu. Ihre Augen waren von dem tiefen Indigoblau eines klaren Abends, ihre feinen Federn rot und golden und gelb wie der Morgen. Vorsichtig flocht sie die Schicksalsmünzen wieder in Ekkos Mähne, nachdem sie das Blut aus seinem verfilzten Fell gewaschen hatte. Die Brust des Tau-se hob und senkte sich langsam.

Blumen- und Kräuterbeete umgaben den sandigen Boden um die Heilerlauben. Ein Duft nach Lavendel, Rosmarin und Jasmin lag in der leichten Meeresbrise. Bunte Vögel trällerten auf Ästen. Das Zirpen der Zikaden in der Ferne wirkte beinahe hypnotisch. Wasser strömte glitzernd einen kleinen Wasserfall hinab in einen Teich, der mit fetten blauen und grünen Fischen gefüllt war. Der Wind klang wie der Ozean, während er durch die Kiefern fuhr. Kleine goldene Frösche mit Augen wie glänzende Jet-Perlen saßen auf runden Seerosenblättern. Eine große Flusskatze, die einem Luchs ähnelte und schokoladenbraun und grau geflammt war, lag zusammengerollt am Fußende von Ekkos Bett. Als sich Mari und Indris näherten, öffnete Ekko die Augen. Das Tier hob die Nase, um an Indris' Hand zu schnüffeln, und rieb dann das Gesicht zufrieden an seiner Handfläche.

»Ah … die Feyassin, die mich gefunden hat, und Drachenauge Indris«, brummte Ekko.

Mari sah, wie Indris bei dem Namen zusammenzuckte. Der Tau-se mit dem bernsteinfarbenen Fell hatte große haselnussgoldene Augen. Die Pupillen waren im gleißenden Licht des Nachmittags zu schmalen Schlitzen verengt. Ekko sah Mari an. »Ich habe dir noch zu danken für dein rechtzeitiges Eingreifen. Ich hätte mich wohl noch mehr verspätet, wärest du nicht zufällig vorbeigekommen.«

»Keine Ursache«, gab Mari lächelnd zurück. »Nach all der Mühe, die du auf dich genommen hast, um hierherzukommen, war das doch das Mindeste.«

Ekkos Lachen klang wie eine Kreuzung aus Donner und einer Steinlawine. Als er versuchte sich aufzusetzen, wurden seine Augen schmal vor Schmerz. Die Seethe-Heilerin schnalzte missbilligend mit der Zunge und half dem Löwenmann, sich zurechtzusetzen.

»Hast du Neuigkeiten über Far-rad-din?«, fragte Indris höflich, während er sich auf einer schmale Couch neben Ekkos Bett niederließ.

»Leider nein.« Ekko schüttelte den großen, zottigen Kopf. »Obwohl das nicht bedeutet, dass ich keine Geschichte zu erzählen habe. Hör zu …«

Mari lehnte mit dem Rücken an der Wand. Sie hatte gehofft, dass ihr kommandierender Offizier sie auffordern würde, Indris zu begleiten, nicht zuletzt, weil Mari mehr über Ekkos Erlebnisse hören wollte. Der Tau-se wusste möglicherweise etwas, das die Pläne ihres Vaters untergraben könnte. In diesem Fall war es an Mari zu entscheiden, ob sie den ehrgeizigen Plänen ihres Vaters so loyal gegenüberstand, dass sie den angesehenen Tau-se-Helden töten würde. Sie hoffte aufrichtig, dass es nicht zu einer solchen Entscheidung kommen würde – ob sie den Mut hatte, nichts zu unternehmen und so die Bestrafung ihres Vaters zu riskieren, wusste sie nicht.

Ekko begann seine Erzählung mit dem Hinweis, dass sich eine der weiblichen Sēq-Ritter – Ekko wusste ihren Namen nicht – unterwegs ebenfalls zu ihnen gesellt hatte. Sie war verwirrt und offensichtlich stark geschwächt von den Nachwirkungen der Schlacht am Bernsteinsee.

»Das ist verständlich«, sagte Indris. »Es gibt nur ein gewisses Maß an Disentropie, das ein Gelehrter nutzen und kanalisieren kann, bevor die Entropie beginnt, uns aufzulösen …«

»Entropie?«, fragte Mari. Sie hatte noch nie Gelegenheit gehabt, einem Gelehrten Fragen über seine Künste zu stellen. Tatsächlich hatte sie auch nie wissen wollen, was Wolfram wirklich tat. Mari vermutete, es war so ungesund und unsauber, dass selbst der Bericht darüber sie beflecken würde. Bei Indris, dachte sie, wäre das vielleicht etwas anderes.

»Das Gegenteil von Disentropie. Entropie ist die Geschwindigkeit, mit der Dinge verfallen, während Disentropie die Energie darstellt, die von allen Lebewesen erzeugt und genutzt wird«, erklärte Indris. »Wir nennen die Sammlung unserer Fähigkeiten plus unserer Wahrnehmung der mystischen Elemente in der Welt das *Qefri*. Unglücklicherweise beschleunigt die Verwendung größerer Mengen disentropischer Energie den Verfall der umgebenden Dinge, die Körper der Gelehrten und Hexer eingeschlossen. Unsere Körper überhitzen und sind schließlich zu angegriffen, um noch gut heilen zu können. Kurz gesagt, sie nutzen sich schneller ab, so als würden die unterschiedlichen Teile eines Körpers verschieden schnell altern. Das ist der Grund, weshalb man Gelehrte in Rollstühlen oder mit Krücken sieht. Einige sind blind oder lahm. Nach einigen Kämpfen in den Krisenstädten an der Tanis-Manté-Grenze hatte ich so starke Kopfschmerzen, dass ich für Stunden im Bett bleiben musste.

Selbst der schwächste Lichtstrahl war wie ein Dorn, der mir durchs Gehirn getrieben wurde. Und dann sind da noch die Anfälle und die Geistesstürme. Deshalb sind die meisten Gelehrten in so gutem physischem Zustand – unsere Körper müssen den enormen Stress aushalten, dem sie ausgesetzt werden. Aber tut mir leid, Ekko. Ich habe dich unterbrochen; bitte erzähl weiter.«

Ariskander hatte Nehrun gebeten, die Suchaktion zu leiten, doch der junge Adlige hatte sich entschuldigt. In Anbetracht der rassistischen Tendenzen Nehruns war der Tau-se nicht wirklich traurig deswegen. Als die Löwengarde den Anqorat überschritt und sich auf den Weg in die Rōmarq machte, war es tiefe Nacht. Die Spuren, die Far-rad-dins Truppen hinterlassen hatten, waren leicht zu verfolgen gewesen, und doch hatten sie sich nach einem Kilometer aufgeteilt. Dann noch einmal, und noch einmal, bis sich beide Kompanien Far-rad-dins in unterschiedliche Gruppen aufgesplittert hatte. Far-rad-din konnte bei jeder von ihnen sein.

»Und welcher seid ihr gefolgt?«, unterbrach ihn Indris.

»Der Fährte mit den meisten Fußspuren«, erwiderte Ekko, als wäre das offensichtlich. »Far-rad-din wird immer von seinen Weißen Falken begleitet. Seine Leibwache zählt beinahe fünfzig Mann. Er würde sie weder aufteilen, noch würden sie sich freiwillig von ihrem Rahn trennen. Wir vermuten, er hatte außerdem eine Truppe oder mehr von den Schattenmimen der Seethe bei sich, deshalb mussten wir uns auch noch vor den Tricks der Meuchelmörder in Acht nehmen.«

Ekko und seine Leute hatten die Spuren Far-rad-dins den ganzen Abend lang verfolgt. Der Sonnenuntergang kam in den Marschen früh, und bis zum Mondaufgang dauerte es noch Stunden. Die Helligkeit der Nacht war genug gewesen für die Tau-se. Ekko hatte eine Gruppe von fünf Tau-se abgestellt, um die Nachhut zu bilden, denn er hatte einige wenige

Verfolger hinter sich gespürt. Drei weitere Gruppen hatten sich um sie herum formiert, an der Spitze und den Seiten.

Die Marschen waren still gewesen, bis auf die Geräusche der Verfolger. Weder Insekten noch andere Tiere gaben einen Laut von sich. Die Stunden verstrichen zermürbend langsam, während die Tau-se zu Fuß liefen und die Gelehrte der Sēq auf ihrem Kriegshirschen nebenherritt. Von Zeit zu Zeit flackerten Sumpflichter auf und schwebten zwischen den Riedgräsern, Bäumen und Sträuchern. Es war beinahe drei Stunden nach Mondaufgang und etwa sechs Stunden, nachdem sie den Anqorat überquert hatten, als sie die ersten Anzeichen eines neuen Schlachtfelds entdeckten.

Zehn Seethe-Ritter, die Gesichter von grausam aussehenden Pfeilen durchbohrt, lagen tot und halb versunken im blutigen Wasser. Sie waren in die weißen Mäntel von Farrad-dins Leibwache gehüllt. Mehr als viermal so viele Fenlingkörper lagen in der Nähe. Die kannibalistischen Rattenmänner hielten ihre groben Speere und schlecht gepflegten Schwerter oder Äxte noch immer fest umklammert.

Ekko wurde still. Mari sah ihn an und fühlte Mitleid für den verwundeten Soldaten in sich aufsteigen. Sie bemerkte seinen abwehrenden Blick, obwohl der Rest seines Gesichts in die typische Teilnahmslosigkeit de Tau-se gehüllt war.

»Hast du schon einmal gegen die Fenlinge gekämpft, Amonindris?«

»Bitte, Ekko … nur Indris. Und ja«, Mari glaubte, einen Schauder wahrzunehmen, der seinen Körper durchlief, »ich habe gegen die Fenlinge gekämpft.«

»Sie sind widerwärtig. Schlimmer als Kannibalen, denn sie essen alles und jeden. Weißt du, dass sie ihre Feinde bei lebendigem Leib auffressen? Die Nacht ist ihr Zuhause. Sie essen, trinken, atmen in ihr. In ihren Nestern wohnen Hunderte von Fenlingen, und jedes Männchen, Weibchen und

Kind ist zum Kampf bereit, denn so ist das Wesen des Rattenvolks. Warum die Seethe …«

»Far-rad-din?«, fragte Indris.

Ekko nickte. »Far-rad-din war geflohen. Es war unmöglich, ihn im Dunklen aufzuspüren. Wir Tau-se kennen den Geruch der Seethe, aber da bewegte sich noch etwas anderes in der Dunkelheit. Im tiefen Gewässer, in den Schatten. Etwas, bei dem sich mir das Fell sträubte.

Die Sonne ging auf, und der Tag zog sich in die Länge. Irgendwann erreichten wir die Ruinen einer alten Stadt. Sie waren in eine Vertiefung in den Marschen gesunken, und die Jahre hatten sie mit Gras und Schmutz überdeckt. Die riesigen Stämme verkümmerter Bäume ragten auf, die vermutlich geflohen wären, hätten sie ihre Wurzeln aus der Erde ziehen können. Säulen und Pfeiler aus facettiertem schwarzem Stein waren zu sehen. Zerborstene Treppen kletterten zu Pforten hinauf, die ins Nirgendwo führten. Es gab Statuen, deren Gesichter längst verwittert waren und die dennoch hochmütig und streng wirkten. Als würden sie alles sehen und es als bedeutungslos beurteilen. Ich sah Kuppeln aus oxidierter Bronze, aus Marmor und den schartigen Splittern längst zerbrochenen Glases. Auf einem der Gebäude wuchsen Blumen, die krank wirkten: Sie hatten schwarze, rasiermesserscharfe Blüten mit einer violetten Frucht, die einer Traube ähnelte, aber nach Gift roch. Es gab merkwürdige geometrische Formen, die nach den Sternen zu greifen schienen, jetzt jedoch verkrüppelt und zerbrochen waren. In der Mitte war ein Platz, ein Garten, schon lange verwildert, und ein Bauwerk aus schwarzem Blattmetall, in denen es Sterne regnete. Noch immer warf es einen Schatten, der schwärzer war als schwarz, als würde er von einer anderen Sonne als der Rest von uns erleuchtet. Wir fühlten, dass irgendetwas nicht stimmte, doch da war es schon zu spät.«

»Was ist passiert?«, fragte Indris leise.

»Fenlinge, Hunderte von ihnen. Ein brodelndes Nest aus grauem, schwarzem und braunem Fell. Ihre Augen leuchteten wie die üblen Lampen ihrer Seelen, und sie griffen ohne Gnade an.«

Ekko sah weg. Seine Schnurrhaare zuckten erregt, obwohl seine übrige Miene unbewegt blieb. »Wir waren in arger Bedrängnis und haben uns einen Weg zu einer Stelle erkämpft, die besser zu verteidigen war. Als ich in ein Fenlingnest fiel, wurde ich von den anderen getrennt.« Der Löwenmann verstummte, und ein Ausdruck des Grauens trat in seine Augen. »Ich habe überlebt, fand aber keinerlei Spuren meines Trupps, daher kehrte ich zurück, um zu berichten, was ich wusste.«

»Was berichten?«

Der Tau-se knetete seine Hände, dann begann er, die weiße Decke über seinem Schoß zu glätten. Er lächelte, wobei er eindrucksvolle Fänge enthüllte. »Ich glaube ich weiß, wer sich in der Rōmarq herumtreibt.«

Mari schloss die Augen. Das Geheimnis ihres Vaters würde also doch noch enthüllt werden.

Kapitel 6

»Unsere Schwächen sind die Hebel unserer Misserfolge.« Miandharmin, Gelehrter der Nilvedic am Elfenbeinhof von Tanis, Vierte Siandartha-Dynastie (169. Jahr der Shrīanischen Föderation)

314. Tag im 495. Jahr der Shrīanischen Föderation

Corajidin sank tief in die Polster der Couch und entspannte sich. Die von Wolframs Trank herrührende Mattigkeit strömte langsam durch seinen Körper und unterdrückte die Schmerzen, wobei er aber bei klarem Bewusstsein blieb. Innerhalb einer Stunde würden viele seiner Symptome abgeklungen sein, wenngleich es nur eine Linderung, keine Heilung war.

Die Stimmen seiner Vorfahren, die einst so deutlich gewesen waren, bildeten nun ein misstönendes Krächzen und Summen in seinen Ohren.

Donner grollte, und dunkle, regenschwere Wolken quälten sich über den Nachmittagshimmel. Dann stürzte das Wasser vom Firmament. In den Räumen der Villa, die er in der angesehensten Straße in Amnon für sich in Anspruch genommen hatte, war die Luft schwer und feucht. In der Huq am'a Zharsi – der Straße der Goldenen – lebten Amnons wohlhabendste und einflussreichste Bürger. Türen mit Fliegengitter aus vergilbtem Alabaster öffneten sich in den grünen Innenhof. Keine Brise war zu spüren, obwohl die Seidenpaneele der Fächer vor- und zurückschwangen, um die drückend feuchte Luft etwas zu lindern. Die Seide seiner knielangen

Jacke und seines Kilts klebte ihm am Körper, doch seine Füße in den goldenen Sandalen waren kalt.

Es ermüdete ihn, Belamandris zuzusehen, wie der mit seiner gebündelten Energie von einem Ende des Raums zum anderen schritt. Die Bewegungen seines Sohns waren so sparsam und kontrolliert, dass es wirkte, als würde er über den Mosaikboden gleiten. Mariam legte den Kopf in den Nacken, um ihren Bruder unter gesenkten Brauen zu mustern. Sie saß zusammengesunken da, in einer kurzen scharlachroten Tunika, mit nackten Beinen und barfuß. Thufan hockte zusammengekauert auf einem Polster, während sein riesiger Sohn Armal Mariam mit melancholischem Blick beobachtete. Corajidin starrte den großen Mann finster an. Schweiß tropfte von den Stoppeln auf seinem Kopf und rann ihm über die groben Gesichtszüge. Nur Farouk schien sich nicht an der Hitze zu stören und wirkte in seiner Uniform mit der scharlachroten Borte und den Auszeichnungen völlig korrekt.

»Ich dachte, du würdest die Vorteile sehen, wenn Ariskander die Bürde der Verantwortung für Amnon trägt.« Yashamins Tonfall war beschwichtigend. Sie trug eine durchscheinende Robe, die die schlanken Umrisse ihres Körpers eher akzentuierte als verbarg. »Es gibt dir die Möglichkeit, dich auf das zu konzentrieren, was du eigentlich willst: die Schätze der Rōmarq.«

»Ich wollte aber auch Far-rad-dins verfluchte Schatzkammer!«

»Da ist nichts drin«, sagte Mariam leise. Ihre Augen waren geschlossen. »Far-rad-din hat es geschafft, beinahe alles von Wert aus der Stadt zu schmuggeln. Die Kassetten sind leer.«

»In der Zwischenzeit«, Belamandris hörte kurz damit auf, unruhig auf und ab zu laufen, »kostet uns unsere Armee ein Vermögen, während sie am Rand der Rōmarq lagert. Jeden Tag verlieren wir Soldaten. Wir können unsere Patrouillen nicht losschicken. Sobald sie sich weiter als einen Bogenschuss von unserem Lager entfernen, werden sie angegriffen. Das Herumsitzen tut uns überhaupt nicht gut.«

»Bei unserem derzeitigen Tempo«, Farouks Stimme war so mürrisch wie seine Miene, »müssen wir entweder wieder nach Hause gehen oder die Ungeheuer der Rōmarq mit Krieg überziehen, während wir versuchen, unsere Kassetten zu füllen. Es muss noch andere Orte geben als die, die wir entdeckt haben.«

»Wir können nicht gehen«, sagte Corajidin. »Ich brauche mehr Geld, um einige Mitglieder des Teshri zu bestechen. Süßer Erebus, mir kommt es manchmal vor, als würde sich der Preis bei jeder neuen Person, die ich kaufen muss, noch weiter erhöhen.«

»Hast du noch nicht genug Leute bestochen, um zu gewährleisten, dass du der nächste Asrahn wirst?«, fragte Mariam bissig. »Du solltest den Schaden begrenzt halten und nach Hause gehen, bevor deine gesetzwidrigen Ausgrabungen aufgedeckt werden.«

»Im Moment sind wir sicher. Was die Bestechungen angeht: Es schadet nie, sich vollständig abzusichern«, befand Corajidin grimmig. »Ich habe bereits zu viel ausgegeben, um jetzt noch irgendetwas dem Zufall zu überlassen. Wegen der Bestechungsgelder, um den Krieg hier anzuzetteln, der Kosten für die Armee und der gekauften Stimmen musste ich mir Mittel von den Geldverleihern der Händlerzunft leihen.«

Yaşhamin verzog angewidert den Mund. Die ehemalige Kurtisane rieb sich über die Arme, als wollte sie etwas fortwischen. »Ich erinnere mich nur zu gut an diese widernatürlichen Blutsauger! Sie haben alles Gold von Īa, aber der gesamte Stand ist keine Kupfermünze wert. Die Dinge, die sie verlangt haben …«

»Die Rōmarq zu befrieden, um unsere Kosten auszugleichen, wird nicht gerade einfacher, wenn der Asrahn uns befiehlt, die Armee nach Hause zu schicken.« Belamandris goss seiner Schwester eine Schale Wein ein. Er war mit Wasser verdünnt. »Mari, hat Vashne noch irgendetwas über seine Pläne gesagt?«

»Nein.« Corajidin nahm missbilligend das Zögern in der Stimme seiner Tochter wahr. In letzter Zeit schien ein Konflikt in ihr zu toben, und sie zögerte, sich seinem Willen zu beugen. »Der Asrahn wird die Armeen bald auflösen, vorausgesetzt, Ariskander schafft es, wenigstens ansatzweise den Frieden wiederherzustellen. Der einzige Konflikt in der Stadt, von dem wir hören, geht von den unterschiedlichen Interessensgruppen der Avān aus.«

»Das spielt kaum eine Rolle.« Yashamin sah ihren Mann mit dunklen, schwerlidrigen Augen an, die mit Kohlestift geschminkt waren. »Obwohl es gut und schön ist, wenn wir Hoffnung aus den Prophezeiungen und Orakeln schöpfen, habe ich schon zuvor darauf gedrängt, dass man manchmal seine eigenen Träume verwirklichen muss. Du kannst oberster Herrscher unserer Leute werden, auch ohne dass Wolfram dir mit seinen Orakeln Gift ins Ohr träufelt …«

»Oder du kannst nach Hause zurückkehren, bevor man deine Machenschaften aufdeckt, und versuchen, wieder gesund zu werden«, murmelte Mariam. Sie sah ihren Vater mit halb geschlossenen Augen an, die von langen blonden Wimpern eingerahmt waren.

»Kasra glaubt, dass er eine Torque-Spindel entdeckt hat«, sagte Belamandris. »Wenn er sie wieder instand setzen kann, können wir eine beliebig große Armee aufstellen. Denk nur daran, welche Dienste uns die Iphyri geleistet haben. Stell dir vor, was für eine Art von neuen Kriegern wir schaffen und ausbilden könnten!«

»Und wenn sich dir irgendjemand entgegenstellt«, Yashamins Gesichtsausdruck war selbstzufrieden, »nun, Far-rad-din ist nicht der einzige Monarch, der auf der Strecke bleiben kann. *Jahirojin* ist eine altehrwürdige Tradition. Wir brauchen keine Torque-Spindel, oder die Armeen, die sie herstellen kann, um an die Macht zu gelangen.«

»Ich vergieße das Blut eines jeden, Ihr braucht es nur zu befehlen, Herr«, erbot sich der narbengesichtige Farouk.

»Daran hege ich keinen Zweifel, Neffe.« Corajidin hob die Hände, um die anderen zu beschwichtigen. Als sich der Schmerz in Schultern und Rücken meldete, zuckte er zusammen. Wolframs Tränke waren nicht mehr so wirkungsvoll wie früher. »Aber eins nach dem anderen. Vashne hat bereits das Maximum seiner Regierungszeit erreicht, drei Amtszeiten. Nach fünfzehn Jahren wird Shrīan einen neuen Herrscher bekommen. Wir müssen nichts erzwingen, das sich ohnehin ganz natürlich fügen wird.«

»Und Ariskander?« Thufan räusperte sich laut und keuchte in der Hitze.

»Er sollte am Bernsteinsee sterben«, knurrte Corajidin. »Ich habe vor, diesen Fehler so bald wie möglich wiedergutzumachen. Von meinem Hass auf die Näsarat einmal abgesehen, brauche ich einfach mehr Imperialisten in einflussreichen Positionen. Kadarin fe Narseh gehört zu uns. Vashne ist neutral. Aber Ariskander, Nazarafine vom Hohen Haus Sûn und Far-rad-din stehen alle hinter der Föderation. Wir werden Vashne so unter Druck setzen, dass er keine andere Wahl hat, als einen Ersatz für Far-rad-din zu bestimmen. Selbst wenn er die Sache verzögert, seine Amtszeit als Asrahn ist beinahe vorüber. Die Entscheidung wird von seinem Nachfolger getroffen werden … und der bin ich.«

»Zwei dafür. Zwei dagegen. Eine neutrale Stimme. Ein Sitz ist nicht besetzt«, rasselte Thufan herunter. »Ihr könntet es tatsächlich schaffen.«

»Streicht Ariskander von der Liste«, sagte Farouk grinsend. »Nehrun, diese kleine Schlange, hat sich bereits zu uns bekannt.«

»Und wenn das Gleichgewicht der Kräfte stimmt«, Yashamin schnurrte beinahe, »wird das Volk der Avān in einem Zweiten Erwachten Imperium zusammenfinden! Überleg doch nur! Die Welt könnte wieder uns gehören.«

»Ja«, nickte Corajidin. »Aber erst, nachdem die Näsarat vernichtet sind!«

Die Spaltung der Avān lag nun schon beinahe sechshundert Jahre zurück. Als die Menschheit dem Erwachten Imperium den Krieg erklärt hatte, hatten sich die Hohen Häuser und Familien zusammengeschlossen, um ihr Reich zu verteidigen. Fast dreißig Jahre lang hatten das Eiserne Bündnis der Menschen und das Imperium unaufhörlich gegeneinander gekämpft. Die Menschen waren zahlreicher, aber die Avān hatten die Vorteile ihrer fliegenden Schiffe, eine größere Schlagkraft und die Reihen der Gelehrten, die verlässlicher waren als die Hexen und Hexer, die für beide Seiten kämpften. Lange Zeit lebten Avān und Menschen im Krieg. Eins nach dem anderen gerieten die Länder des Imperiums unter die Kontrolle der Menschen, bis nur noch Tanis, Ygran, Shrīan und Pashrea übrig waren.

Näsarat fe Malde-ran, Mahj des Erwachten Imperiums, fürchtete, ihr Volk würde gestürzt werden. Sie setzte ihre enormen Kräfte ein, um die avānischen Toten von der Seelenquelle zurückzuholen, und verwandelte viele der Leute aus Pashrea in Nomaden. Es war Malde-ran selbst, die unabsichtlich das Erwachte Imperium zu Fall brachte. Indem sie ihre Untergebenen des ewigen Friedens und der Zufriedenheit in der Seelenquelle beraubte, hatte sie sie um die Hoffnung auf ein Leben nach dem Tode im Kreise der geliebten Familie betrogen. Von dem Tag an war sie als Schattenherrscherin bekannt. Selbst jetzt noch regierte sie ihre unsterbliche Nation von der Geisterstadt Mediin aus, jenseits des Mar Siliin – des Mondgebirges – im Süden.

Die Shrīanische Föderation war von den sechs überlebenden Hohen Häusern und deren Anhängern gebildet worden. Es dauerte beinahe ein weiteres Jahrzehnt, bis der Teshri entstanden war, und dann noch mal vier Jahre, bis der erste Asrahn gekrönt wurde. Das Eiserne Bündnis der Menschen, die noch unter der Last ihrer eigenen Toten schwankten, ließen die Avān in Ruhe, solange sie sich von ihrem Imperium und dessen unsterblicher Schattenherrscherin abwandten.

Corajidin schauderte bei dem Gedanken daran, wie sehr sein geliebtes Volk hatte schrumpfen müssen, um die Ängste der anderen zu beschwichtigen. Diese Staatsgewalt, die als Ausschuss regierte, hatte den Avān die Kraft geraubt, ihrer offensichtlichen Bestimmung zu folgen: zu herrschen. Die Avān waren von den Seethe geschaffen worden, um ihren Gesetzen Geltung zu verschaffen und Frieden zu bringen, sei es nun durch Unterwerfung oder Kompromisse.

Noch immer waren die Avān stark und geschickt. *Sende,* das komplexe alte Regelwerk, das die Kasten, Gesetze und Sitten der Gesellschaft festlegte, hatte eine tiefere Bedeutung bekommen. Die politische Philosophie des *Yûqari,* die »geschickte Klinge« aus Irreführung, Betrug und Strategie, war ebenso sehr zur Kunstform wie zur Waffe der oberen Kasten geworden. Dem *Yûqari* entstammte die Idee, personenbezogene Kriege zu führen, in denen die Kämpfe zwischen einer Handvoll Elitesoldaten ausgetragen wurden. Die Folgen waren manchmal an Bedingungen geknüpfte Freilassungen, manchmal der Tod. Derartige Kriege waren mittlerweile ein fester Bestandteil der Gesellschaft. Das *Jahirojin* wurde zur präzisesten Methode, um Auseinandersetzungen in der oberen Gesellschaftsschicht beizulegen. Warum sollte man überhaupt in den Krieg ziehen, wenn die Ermordung eines einzigen Schlüsselnamens auch zum erwünschten Ziel führte? Die Schulen der Kriegsdichter, die Sekten der Meuchelmörder und *Nahdi* waren wie gemacht für diese Zwecke. Immer vorausgesetzt, man hielt sich an die Vorschriften, wurde diese Form der gezielten Gewalt dem Gesetz nach ebenso betrachtet wie ein Krieg. Ein Todesfall, der sich im Verlaufe eines *Jahirojins* ergab, wurde nicht als Mord gewertet.

Corajidin kaute auf seinem Fingerknöchel, während er in den Garten im Innenhof hinaussah. Wenn der Zeitpunkt gekommen war, würde er einen *Jahirojin* gegen Ariskander anmelden. Er hatte das Dokument schon geschrieben und brauchte nur noch einen Gelehrten, um es zu bezeugen. Leider kam man an Gelehrte gar nicht so leicht heran, und die Sēq und das Hohe Haus Erebus blickten auf eine langjährige Feindschaft zurück. Als Hexer war Wolfram ihnen ein Dorn im Auge. Der uralte Mensch sollte sich noch nicht einmal in Shrīan aufhalten, geschweige denn etwas so Heikles wie ein *Jahirojin* befürworten.

»Was Ariskander betrifft«, fragte Mariam, »ist es denn klug, Shrīan einen weiteren seiner Rahns zu nehmen? Vor allem gerade jetzt?«

»Lockern sich da gerade irgendwelche Blutsbande bei dir, Mari?«, entgegnete Belamandris.

»Ich habe nie behauptet, dass es klug wäre.« Corajidin leerte sein Weinglas mit großen Schlucken und schenkte sich sofort nach. Er verdünnte ihn nicht mit Wasser, wie es sonst Brauch war, wenn man schon tagsüber trank. Der Wein half ihm, die leichte Beklemmung zu lindern, die er immer nach der Einnahme von Wolframs Gebräu fühlte.

Mariam kam herüber und setzte sich neben ihn. »Ich frage mich, ob du auch so schnell beschlossen hättest, ihn zu töten, wenn er kein Näsarat wäre.«

»Das stimmt«, gab Corajidin zu. »Die Orakel haben mich mit Visionen des Erfolgs gesegnet, Mariam. Wäre es nicht mein Platz und meine Rolle, hier und jetzt zu tun, was ich tue, hätten sie meinen Weg nicht bestätigt. Wenn es Ariskander bestimmt ist zu überleben, so wird ihn zweifellos sein eigenes Schicksal beschützen.«

»Versteck deine Interessen nicht hinter irgendeinem Ruf des Schicksals. Die Armeen sind deinetwegen hier, nicht zum Wohl unserer Leute, wie du uns gern glauben machen möchtest.«

»Wenn du nur die Augen aufmachen würdest, so könntest du sehen, dass es ein und dasselbe ist«, sagte Yashamin ruhig. »Wenn dein Vater findet, was er sucht, wird es den Preis wert sein. Deine Haltung macht mir Sorgen, Mariam. Vielleicht solltest du den Dienst beim Asrahn lieber bald quittieren? Du könntest deine eigene Militärkompanie bekommen, wie Belamandris und seine Anlūki.«

»Hunderte hochrangige Krieger würden Schlange stehen für die Chance, bei dir zu dienen, Mari«, stimmte Belamandris zu.

»Ich würde mich sofort für den Dienst verpflichten«, erklärte Armal lächelnd.

»Daran habe ich keinen Zweifel«, murmelte Farouk. »Obwohl der Dienst, den du …«

»Mariam nützt mir da am besten, wo sie jetzt ist. Jedenfalls im Moment.« Corajidin tätschelte Maris Hand. Er wollte gerade fortfahren, als Wolfram hereinhumpelte. Der Hexer roch nach modrigem Streu und Aas. Die Säume seiner Robe und die alten, rissigen Stiefel waren schlammverkrustet. »Wolfram? Wo warst du, in Erebus' Namen?«

Wolfram wandte den zottigen Kopf in Corajidins Richtung. »Anderswo, um zu tun, was getan werden musste. Doch jetzt bin ich hier, großer Rahn.«

Sie versammelten sich um einen großen runden Tisch, dessen Platte aus Obstbaumholz mit Mustern und Messingbeschlägen verziert war. Karten und Schriftrollen wurden entrollt, auf denen Namensreihen aufgelistet waren.

Die *Yamir,* die Anführer der Hundert Familien, waren ehrgeizig. Die meisten von ihnen waren weder wohlhabend noch einflussreich genug, um im Rang aufzusteigen, wenn sie nicht unterstützt wurden oder das Wohlwollen eines Hohen Hauses hatten. Noch immer gab es Familien, die loyal zu den Hohen Häusern hielten, die sie förderten und unterstützten. Soweit Yashamin das einschätzen konnte, waren sie nicht genug, um eine Bedrohung für sie darzustellen. Als Corajidin auf die lange Liste mit Namen blickte, die geködert worden waren, um seinen Aufstieg zu befürworten, fühlte er leise Erregung in sich aufsteigen.

Corajidin füllte erneut seinen Weinbecher. Er hatte bereits mehr Wein getrunken, als gut für ihn war. Eine leichte Brise bewegte die Luft, wie ein dünner Löffel in einer viel zu großen, dampfenden Suppenschüssel. Er stand unter dem seidenen Fächer, der mit Pfauen und farbenprächtigen Blumen bemalt war. Es war eine Erleichterung, den Luftzug zu spüren. Wenn der Sturm nur endlich losbrechen würde.

Von ihnen allen hatte ihn Yashamin am meisten überrascht. Corajidin wusste, dass das Perlenhaus seine Kurtisanen gut ausbildete. Ihre Gesellschafterinnen wurden in Geschichte, Musik, Kunst, Philosophie und Literatur ebenso geschult wie in der Meisterschaft der Verführung und den Liebeskünsten. Doch Yashamin hatte besondere Scharfsinnigkeit und Talent für Strategie bewiesen. Obwohl Corajidin Yashamins Possen gern unterstützte, musste er sich manchmal selbst daran erinnern, wo ihre Ideen endeten und seine begannen.

Als Yashamin seine vertraglich zugesicherte Konkubine

wurde, hatte Corajidin ihr die Pflichten eines Haushofmeisters und Seneschalls übertragen. Sie hatte sich als begabte Organisatorin erwiesen, deutlich talentierter als seine Ehefrauen. So hatten sich die Schätze des Hohen Hauses Erebus unter ihrer Aufsicht erstaunlich gemehrt. Yashamin hatte auch klug investiert, indem sie die Gunst einer ganzen Reihe von Familien erworben hatte, ebenso wie von vielen Mitgliedern der Händlerzunft und zahlreicher Veteranen der *Nahdi*-Kompanien. All diese Verbindungen würden ihnen von Nutzen sein.

Wenn Corajidin erst Asrahn war, hatte Yashamin erklärt, dann würde es ihnen deutlich leichter fallen, den Teshri von den Vorteilen einer Reform zu überzeugen. Die Waffen und das Wissen, die sie aus der Rōmarq beziehen wollten, sowie die Möglichkeit, eine Armee von Wesen aus einer Torque-Spindel aufzustellen, würde den Erebus einen Vorteil an die Hand geben, über den keines der anderen Häuser seit den frühen Jahren des Erwachten Imperiums verfügte. So konnte Corajidin die Führerschaft Shrīans vereinen und ein Zweites Erwachtes Imperium am fünfhundertsten Jahrestag der Shrīanischen Föderation ausrufen. Shrīan musste ein zu schwieriges Ziel für das Eiserne Bündnis der Menschen werden, um es anzugreifen. Es wäre der Beginn einer neuen Dynastie. Der Erebus-Dynastie.

»Tanis wird von avānischen Adligen regiert, allerdings sind sie keine Erwachten«, sagte Belamandris. »Sie könnten in den Krisenstädten unsere Hilfe brauchen. Damit könnten wir uns ihre Unterstützung erkaufen, als das erste Königreich, das sich dem neuen Imperium anschließt.«

»Zu gegebener Zeit«, nickte Corajidin. »Im Moment haben sie noch die Hilfe zahlreicher *Nahdi*-Kompanien. Wenn sich daran etwas ändert, werden wir einschreiten, um zu helfen. Bis dahin müssen wir unsere eigenen Angelegenheiten regeln. Wir werden Pashrea bezwingen und die Schattenherrscherin entmachten müssen, bevor wir uns um die ferneren Ziele kümmern.«

»Leichter gesagt als getan«, murmelte Belamandris. »Die Nomaden, Geisterritter und andere Unsterbliche Krieger und Mystiker aus Pashrea werden nicht so einfach zu bezwingen sein.«

Corajidin bemerkte aus den Augenwinkeln, wie sich etwas bewegte. Das Aufblitzen weißer Roben. Ein flüchtiger Eindruck von Purpur und Gold. Soldaten huschten aus dem Weg, als sich die Feyassin und der Asrahn durch den Innenhofgarten dem Wohnzimmer näherten. Corajidin zischte den anderen eine Warnung zu, die hastig die Schriftrollen, Pergamente, Karten und Bücher einsammelten, um sie in eine nahe stehende Kiste zu werfen. Mari nahm ihr Schwert an sich, das in der Scheide steckte, und hakte die Scheide an dem Ring in ihrem Gürtel ein. Corajidin beobachtete seine Tochter, als sie davonschlüpfte, und fragte sich, wie schuldig sie sich fühlen mochte, dass sie nicht in der Gegenwart ihrer Familie gesehen werden wollte, wenn der Asrahn kam.

Kurz nachdem er eingetreten war, bat Vashne Corajidin, allein mit ihm sprechen zu können, und die anderen verschwanden ohne weiteren Kommentar in den Gärten.

Corajidin bot Vashne einen Becher Wein an, der höflich angenommen wurde. »Was führt Euch zu mir, Vashne?«

»Darf ich?« Vashne wies auf einen der Stühle. Corajidin nickte und nahm dann gegenüber Platz. Vashne hielt den Blick auf den Wein in seinen Händen gerichtet. Seine Lippen waren zu einer schmalen Linie zusammengepresst.

»Ariskander war vor etwa einer Stunde bei mir.« Vashne sah auf, und seine Augen wirkten in dem schöngeistigen Gesicht groß und dunkel. »Er sagt, er hätte Beweise, was die Quelle der Anschuldigungen betrifft, die gegen Far-raddin erhoben wurden. Oberstritter Ekko, der die Suche nach

Far-rad-din leitete, hat Ariskander die Identität der Händler enthüllt, die die verbotenen Relikte aus der Rōmarq schmuggeln. Er will sich an den Gebietermarschall in Avānweh wenden, um eine formelle Untersuchung einzuleiten. Wir werden die Angelegenheit heute Abend in einer Notfallsitzung des Teshri besprechen.«

Corajidin versuchte, eine ausdruckslose Miene zu bewahren. Heute Abend? Verfluchter Ariskander! Mochten seine quäkenden Vorfahren seiner unsterblichen Seele für immer den Rücken kehren. Wenn sie Corajidins Bemühungen in der Rōmarq entdeckt hatten, war er gezwungen, Wolframs Rückzugsstrategie anzuwenden. Der Angothische Hexer hatte Corajidin gewarnt, dass dies geschehen könnte, und seine Lösung war so einfach wie skrupellos. Keine Überlebenden, keine Zeugen. Es wäre eine teure Aktion mit hohen Verlusten, aber immer noch besser, als vor ein Gebietertribunal gezerrt und für schuldig befunden zu werden, um dann entweder lebenslang in Maladûr eingekerkert oder hingerichtet zu werden. Er fühlte schon die Bahnen aus gelber Seide, die sich um seine Kehle schlangen. Wie sie ihn einschnürten. Erdrückten. Das Leben aus ihm herausquetschten, indem sie ihm jeden süßen Atemzug verwehrten. Wolfram und Brede würden jede Spur eines Beweises vernichten, dass das Hohe Haus Erebus jemals einen Fuß in die Rōmarq gesetzt hatte …

»Femensetri hat ebenfalls Nachrichten von der Kanzlei erhalten«, fuhr Vashne fort. »Es wurden Beobachtungen gemacht, die Far-rad-dins plötzliches Verschwinden betreffen. Es fehlen Beweise, dass er etwas Ungesetzliches getan hat; außerdem erscheint der Wechsel der Machtverhältnisse zu drastisch. Wir haben viele Leben am Bernsteinsee verloren, darunter einige der Anführer der Hundert Familien.«

»Also führt Euch das ängstliche Getuschel einiger verstaubter Bürokraten hierher, Vashne?«

Das Lächeln des Asrahns wirkte leicht zerknirscht. Die Kanzlei umfasste unterschiedliche Minister, die nicht nur im Teshri saßen, sondern die einflussreichen Ministerien innerhalb der Regierung kontrollierten. Sie hatten Corajidins Bestechungsversuchen stur widerstanden. Er rutschte auf seinem Stuhl herum und füllte erneut seinen Weinbecher, um Zeit zu gewinnen und sich seine nächsten Worte zu überlegen. »Ich würde mir nicht allzu viele Sorgen darüber machen, was sie zu sagen haben. Ihr könnt nicht noch einmal gewählt werden. Genießt die Atempause; sollen die Probleme einem anderen Falten in die Stirn graben.«

Der Asrahn lachte, doch es klang bitter. Er rieb sich über das Gesicht. »Ich wurde auch von den Abgesandten des Eisernen Bündnisses bedrängt. Die Botschafter aus Atrea, Imri, Jiom, Manté, Angoth und den Resten von Orē sind wegen der Anwesenheit unserer Armeen hier besorgt. Corajidin, sie werden einen Krieg beginnen, wenn wir sie provozieren. Jetzt ist nicht der richtige Zeitpunkt, um unsere Fänge zu zeigen: Die Menschen lassen sich nicht so leicht einschüchtern.«

Lass sie nur kommen!, dachte er. *Sollen sie unsere Zähne spüren, wenn wir sie ihnen in die Kehlen schlagen!* »Wir haben … wie viele? Etwa dreißigtausend Soldaten, die angeheuerten *Nahdi*-Kompanien eingeschlossen? Das lässt sich kaum als Armee bezeichnen, die gegen die vereinte Stärke von sechs menschlichen Nationen kämpfen würde.«

»Es ist das erste Mal seit beinahe fünfhundert Jahren, dass wir eine derartige Armee aufgestellt haben. Unsere Vorfahren haben das Blütenimperium mit weniger Leuten gestürzt, Corajidin, und die Führer des Eisernen Bündnisses wissen das. Sie wissen auch, dass diese Armee hier vor Ort nur ein Bruchteil unserer Kräfte ist.«

»Wie ich schon sagte, über diese Probleme wird sich bald

ein anderer den Kopf zerbrechen müssen. Wenn den Menschen nicht gefällt, was hier oder sonst wo auf Īa passiert, dann sollen sie dorthin zurückkehren, wo sie hergekommen sind.«

»Die Menschen – die Sternengeborenen – hätten die Seethe beinahe besiegt und das Blütenimperium zu Fall gebracht, bevor wir überhaupt erschaffen wurden. Das solltet Ihr nie vergessen.« Vashnes Lächeln verschwand. »Mein Freund, die Kanzlei hat die Volkssprecherin darüber in Kenntnis gesetzt, dass sie einen Änderungsantrag der Verfassung bei der Shrīanischen Föderation eingereicht haben.«

»Ein Änderungsantrag?«, fragte Corajidin. »Davon habe ich nichts gehört.«

»Durch den Antrag soll ermöglicht werden, dass ein Asrahn in Zeiten der Krise mehr als dreimal gewählt werden darf.«

Corajidin lachte und leerte seinen Wein in einem Zug. Als er sich einen weiteren Becher einschenkte, zitterten seine Hände, und dunkelrote Flüssigkeit spritzte über den Tisch wie wässriges Blut. »Das sind gute Neuigkeiten für mich. Es ist ja allgemein bekannt, dass ich zum nächsten Asrahn gewählt werde.«

»Ariskander ist beliebt und einflussreich«, konterte Vashne mit scharfem Blick. »Mein Freund, es gab Gerüchte über Euch, über Grabräuber in der Rōmarq und Schmuggel. Eure Pläne sind nicht so undurchsichtig, wie Ihr vielleicht glaubt. Ihr solltet vorsichtig sein.«

Corajidin verbarg seinen Gesichtsausdruck hinter dem Weinbecher. Wie viel wussten Vashne oder Ariskander tatsächlich? »Es gibt keine logischere und realistischere Wahl als mich, um den Posten des Asrahns zu besetzen.«

»So verleiht uns aus maßlosem Stolz geborenes Selbstvertrauen Flügel und lässt uns in die Höhe aufsteigen, um desto tiefer zu

fallen«, zitierte Vashne. Er griff in die Falten seiner Robe und zog ein langes, gebogenes Bündel heraus, das in Stoff gehüllt war. Seine Fingerspitzen ruhten noch einen Moment auf dem Gegenstand, als wäre ein Teil von ihm noch nicht bereit, sich davon zu trennen. »Ich habe ein Geschenk für Euch. Es ist etwas, das einst Eurem Hohen Haus gehörte. Ich gebe es Euch jetzt im Geiste der Freundschaft, der Zusammenarbeit und der Vaterlandsliebe, die Ihr so tief empfindet.«

Verwirrt streckte Corajidin die Hand aus, um Vashnes Geschenk entgegenzunehmen. Als er sich erhob, seufzte Vashne. Für einen Moment ragte er über Corajidin auf, eine dunkle Silhouette vor dem Hintergrund der weißen Decke über ihnen.

Vashne hatte wieder zu sprechen begonnen, und seine Stimme war so leise, zwingend und kontrolliert wie immer. Bar jeglicher Gefühle. Corajidin hörte die Worte, und jedes senkte sich auf ihn herab wie Felsbrocken auf das Hügelgrab seiner Hoffnungen.

Er betrachtete seine Reflexion im Spiegel. Sein Gesicht war gerötet und hob sich von dem weißen Haar an seinen Schläfen ab. Hinter seinen Augäpfeln hatte sich Druck aufgebaut, als würde zu viel Blut in seinem Gehirn zirkulieren. Er beobachtete, wie sein Mund einen Schwall Schimpfwörter ausspuckte.

Nur Yashamin wagte es, sich ihm zu nähern. Sie liebkoste und besänftigte ihn, wie ein Viehtreiber einen rasenden Hengst beruhigen würde.

»Was ist passiert?«, fragte Mariam Belamandris, als sie zurückkam.

Ihr Bruder zuckte ratlos die Schultern.

Thufan kam mit einem Becher Wein herbeigeeilt. »Bleib mir vom Leib!«, knurrte Corajidin. Er schlug Thufan den

Becher aus der Hand, der mit solcher Wucht gegen die Nase des Hakenmannes schlug, dass sie zu bluten begann. Reflexartig griff Armal mit seiner riesigen Hand nach dem langen, gebogenen Dolch an seiner Hüfte.

Farouk sprang vor und zog sein eigenes Messer mit einem Flüstern von Stahl auf Seide. Das Stilett war lang, die Klinge geschwärzt. Armal schlug mit seiner breiten Hand auf Farouks Handgelenk. Die Faust, die darauf folgte, traf Farouks Kiefer. Farouk taumelte und fiel auf die Knie. Er warf Armal einen mörderischen Blick zu. Seine Haut hob sich schwarz von den Narben und dem Weiß der gebleckten Zähne ab.

Belamandris der Witwenmacher trat dazwischen. Er schlug Armals Hand von seinem Dolch weg und versenkte den Ellbogen im Unterleib des großen Mannes. Armal tänzelte zurück, gefolgt vom Witwenmacher, der Armal mit der Schulter rammte. Der tätowierte Mann zog die Klinge, doch Belamandris wackelte drohend mit dem Finger, und Armal war klug genug zu erstarren. Der Witwenmacher warf Farouk einen warnenden Blick zu, als der mit seinem Messer vorwärtskrabbelte. Farouk hielt inne und steckte seine Klinge mit einem unterdrückten Fluch wieder weg.

Yashamin schenkte einen weiteren Becher Wein ein, drückte ihn Corajidin in die Hände und führte den Becher an seine Lippen. Mit hämmerndem Schädel nahm Corajidin wahr, wie Yashamin seinen Handrücken mit dem Daumen streichelte, beobachtete, wie sie die Venen und Muskelstränge mit einer kreisenden, verheißungsvollen Liebkosung bearbeitete. Corajidin nahm einen großen Schluck Wein und dann noch einen. Er leerte den Becher und gab ihn seiner Frau zurück, während er ungläubig den Kopf schüttelte.

»Was hat er gesagt?« Yashamin führte Corajidin zur Couch und setzte sich zu seinen Füßen. Ein Arm kroch nach oben in seinen Schoß, der andere ruhte auf seinem Oberschenkel. Sie war dafür ausgebildet worden, die vorletzte Gefährtin in der höchsten Kaste zu sein: teils Gemahlin, teils Vertraute, Freundin, Gewissen und Hure.

»Die Kanzlei ...«, setzte Corajidin an und atmete tief und schaudernd ein. »Vashne.« Er spie das Wort beinahe aus. »Die Kanzlei ist der Meinung, dass ein Wechsel in der Führung im Moment unklug wäre. Sie haben vor, Vashnes Herrschaft als Asrahn zu verlängern. Eine Notabstimmung des Teshri wird heute Abend im Tyr-Jahavān einberufen.«

»Eine weitere Fünfjahresfrist?«, knurrte Yashamin, und ihre makellosen Züge verzerrten sich ein paar Herzschläge lang. »Wie können sie ...«

»Vielleicht sogar auf unbestimmte Zeit!«, zischte er.

»In dem Fall wird der Asrahn bestimmt die Armeen auflösen und die Rahns und *Yamire* in ihre Länder zurückschicken«, grübelte Armal. »Und Ariskander wird in Amnon bleiben.«

»Diese Unternehmung könnte uns finanziell vernichten.« Belamandris schritt im Zimmer auf und ab. »Wir müssen auf jeden Fall mehr Leute in die Rōmarq ...«

»Den Weg hat uns dieser verfluchte Ariskander ebenfalls versperrt!« Corajidin hörte die Verzweiflung in seiner Stimme, während ihm das Blut durch den Schädel rauschte.

Thufan klopfte mit dem Pfeifenkopf gegen seinen Haken. »Haben wir genug Einfluss auf den Teshri, um ...«

»Die Kanzlei kontrolliert die Ministerien, und die haben wiederum starken Einfluss auf den Teshri.« Mariam tränkte ein Stück Stoff mit Wasser, wrang es aus und brachte es Corajidin.

Er nahm es dankbar an, erleichtert über die Kühlung, während er sich das Gesicht abwischte und Mariam zuhörte. Corajidin nahm die Erleichterung in ihrer Stimme wahr. »Sie würden Vater das Leben sehr schwer machen, wenn er entgegen der Befehle des Asrahns handelt. Ein taktischer Rückzug wäre jetzt das Beste.«

»Du!« Yashamin starrte Wolfram unheilvoll an. »Du mit deinen Lumpen und deinem Monstergestank! Es war deine Stimme, die uns zu diesem Kurs geraten hat. Es war dein Geflüster im Dunkel. Allein das Geld, das wir für Bestechungen ausgegeben haben. Die Dinge, die wir getan haben … deine Hexerei wird uns womöglich vernichten.«

»Haltet Euch mit Euren giftigen Bemerkungen zurück, Weib«, sagte Wolfram geringschätzig.

Yashamin richtete sich auf, die Augen zu Schlitzen verengt.

»Hebt es für jemanden auf, der Euch fürchtet oder sich für Euren Groll interessiert. Ich habe Euch zu nichts überredet. Dennoch kann niemand sein Schicksal leugnen: Die Geschicke, von denen ich gesprochen habe, sind wahr. Jetzt liegt ein Stein in unserem Weg, nichts weiter.«

»Willst du damit sagen, ich werde noch immer der Vater des neuen Imperiums?«, fragte Corajidin, hörte das Beben in seiner Stimme und zuckte zusammen.

»Ein tapferer und mächtiger Mann vermag sein Schicksal zu ändern.« Yashamins Miene wurde berechnend. »Stimmt es nicht, Hexer?«

»Das Schicksal ist wie eine Seite, die nur halb gefüllt wurde. Es kann noch darauf geschrieben werden. Man kann den Verlauf einer Geschichte ändern.« Corajidin fühlte die Ausflüchte in den Worten des Angothischen Hexers.

»Aber …«, setzte Armal an. »Sicher ist es jetzt zu spät?«

»Wie könnte es zu spät sein«, fragte Farouk mit eiserner Vernunft, »wenn etwas noch nicht geschehen ist?«

»All die Bestechungen, Drohungen und Versprechen werden zu nichts führen«, erklärte Mariam nüchtern. »Ist das denn wirklich so schlimm?«

»Vielleicht hat Mari recht.« Belamandris trat vor und stellte sich neben seinen Vater. Corajidin sah zu seinem Sohn auf und versuchte zu verbergen, wie schwer ihm das Atmen fiel. »Es gibt uns mehr …«

Yashamin sprang auf die Füße und schlug Belamandris ins Gesicht. Bleierne Stille senkte sich über den Raum. Corajidin sah den roten Abdruck von Yashamins Hand auf Belamandris' Wange. Belamandris' linker Fuß glitt zurück, seine Hand griff reflexartig nach dem Schwert.

Mariam schoss vor und stellte sich zwischen die beiden.

»Ich werde nicht … wir werden nicht warten!«, schrie Yashamin.

Corajidin stand auf und nahm seine junge Frau in die Arme. Behutsam küsste er ihre tiefschwarzen Locken.

»Wir werden unser Schicksal selbst bestimmen, so wie der Hexer gesagt hat!«

»Und was schlagt Ihr vor?«, stichelte Wolfram.

Yashamin stellte sich auf die Zehenspitzen, um ihren Mann zu küssen. Angemessen zunächst, doch dann entwickelte sich der Kuss zu etwas Hitzigerem. Er wurde tief und ungestüm, beinahe ruchlos. Yashamins Pupillen waren geweitet, verdeckten beinahe vollständig ihre honigfarbene Iris. Sie blickte die anderen über die Schulter an, mit einem Ausdruck, den sie schon früher eingesetzt hatte, um ihre Ziele durchzusetzen.

»Wie ich zuvor schon sagte, Far-rad-din ist nicht der einzige Monarch, der auf der Strecke bleiben kann. *Jahirojin* ist eine altehrwürdige Tradition, die die höheren Kasten kennen und verstehen.« Yashamin nahm Corajidins Hände in die eigenen und führte sie an ihre Lippen. In ihrer Stimme schwang der Wahnsinn mit, den nur wenige andere Dinge außer der Liebe erwecken können. »Auch für einen Mord ist da Raum, vor allem, wenn es heißt: sie oder wir.«

Corajidin starrte hinaus zur Sonne, die am fernen Horizont des Marmormeers balancierte und die Geisterstädte in zerklüftete Silhouetten vor dem Hintergrund des Himmels verwandelte. Er hielt Vashnes Geschenk in der Hand: ein *Krysesqa,* ein gebogenes Messer aus der Zeit des Blütenimperiums. Sein Griff und die Scheide waren reich verziert, Rotgold auf geschwärztem Horn und Stahl.

»Was sollen wir tun, Mariam?«, fragte Corajidin müde, als seine Tochter zu ihm kam. Er drehte das Messer in den Händen. »Asrahn zu werden, ist eine Sache, einen Asrahn zu ermorden, allerdings eine ganz andere. Selbst die Aussicht darauf, Ariskander ermorden zu dürfen, schmeckt ein bisschen nach Asche. Was wird die Geschichte über mich zu sagen haben?«

»Bei allem Respekt, Vater, es war dein und Yashas Ehrgeiz, der uns hierhergebracht hat.« Mariam lehnte sich gegen eine Bronzesäule, die Teil eines Pavillons war. »So wie ich das sehe, kannst du entweder Ariskander töten – und den Asrahn, was ich bei meiner Ehre verhindern müsste. Oder du kannst abreisen. Ich zögere, uns in einen Bürgerkrieg zu stürzen. Und genau das wird in dem folgenden Machtvakuum passieren. Es ist besser abzuwarten.«

»Wusstest du, was Ekko Ariskander erzählt hat?« Corajidin bemerkte, dass er den Atem anhielt, während er auf die Antwort wartete.

»Ich würde mir mehr Sorgen über das machen, was Indris Vashne erzählt hat.«

»Deine Mutter sagt …«

»Meine Mutter ist tot«, erwiderte Mariam rundheraus. »Das sind die Vorstellungen und Pläne deiner Frau.«

»Ab wann wurde das alles eigentlich so kompliziert? Am Anfang schien es so einfach zu sein. Alles war am richtigen Platz, und ich musste einfach nur abwarten. Dann hat meine

Krankheit alles verändert. Du weißt, dass ich nicht überleben werde, wenn ich nicht herausfinde, was mich langsam tötet.«

»Was wirst du tun?«

Beinahe eine Stunde lang hatten sie über den Mord an Ariskander und dem Asrahn diskutiert. Bei dem Gedanken, Vashne zu töten, war Corajidin aufrichtig entsetzt gewesen. Der Mann war ein Freund, sofern das bei einem politischen Rivalen überhaupt möglich war. Belamandris, Armal und natürlich Mariam hatten seine Vorbehalte geteilt. Thufan und Farouk blieben still, doch Thufan hatte als Erster genickt, als Yashamin erneut über die Notwendigkeit sprach, Ariskander und Vashne zu töten. Als Reaktion auf Corajidins Zögern wurde Yashamin bissig.

»Wo ist das legendäre Feuer der Männer von Erebus?«, höhnte sie. »Männer, deren Vorfahren Herrscher töteten, um ihre Ziele zu erreichen? Sind euch die Eier geschrumpft, jetzt, wo ihr tatsächlich vor der Notwendigkeit steht, euch die Hände blutig zu machen?«

»Du glaubst, das wäre so einfach?« Corajidin fühlte sich, als würde sein Kopf unter dem Druck zerbersten, trotz Wolframs Trank.

»Es gibt nur wenige Dinge, die einfacher sind, als ein Leben zu nehmen.« Yashamin stand vor ihm, die Hände so fest zu Fäusten geballt, dass ihre Knöchel weiß hervortraten. Ihr ganzer Körper schien vor Leidenschaft zu vibrieren. Sie fasste ihn am Kinn. »Wenn ich glauben würde, ich könnte sie verführen, würde ich meinen Körper an alle beide verkaufen, Ariskander und Vashne. Und dann würde ich ihnen das Herz herausschneiden!«

»Yash …«

»Ich würde es für dich tun, Jidi!«, erklärte sie. »Ich würde es für den Mann tun, den ich liebe!«

Wütend nahm Mariam das Messer, das Vashne Corajidin gegeben hatte, und warf es in Richtung Yashamin. Die metallische Scheide klirrte über den Mosaikboden, und dann senkte sich Stille über den Raum, während alle auf das Messer sahen, das neben Yashamins bloßen Füßen zum Liegen gekommen war. Die späte Nachmittagssonne schimmerte auf den goldenen Ringen an ihren Zehen und den Perlenschnüren um ihre schlanken Knöchel. Verglichen mit dem Schatten des Dolchs leuchteten sie seltsam hell.

»Dann mach doch!« Mariam zeigte auf Yashamin, ihre Stimme war ganz ruhig. »Reden kannst du gut, Yasha. Lass uns doch mal Taten sehen.«

»Das reicht!« Corajidin hob das Messer auf.

Yashamin warf Mariam einen giftigen Blick zu.

Voll morbider Faszination starrte Corajidin auf das Messer in seiner Hand.

»Du weißt, dass es keinen anderen Weg gibt, Jidi!«, drängte Yashamin.

Mariam sah Corajidin verzweifelt an, was ihm das Atmen noch schwerer machte, und Belamandris trommelte beunruhigt auf seinem Schwertgriff herum.

Yashamin schlug vor, schnell und leise zu Werke zu gehen. Es war keine Zeit mehr, um Meuchelmörder zu beauftragen. Dieser Mord würde noch in der gleichen Nacht von Erebus-Händen verübt werden müssen, vor der Sitzung des Teshri und ehe ihre Verschwörung allgemein bekannt wurde. Sie drängte sie, wie Führer zu denken, den Informationsfluss zu lenken.

Corajidin sah den Ausdruck des Entsetzens in Mariams Gesicht, als Yashamin sie bat – nein, anwies – ihrer Pflicht, den Asrahn zu schützen, nicht nachzukommen. Mariam verließ den Raum, die Fäuste geballt, den Kopf gesenkt. Corajidin blickte ihr nach, und es zerriss ihm das Herz, seine Tochter so zu sehen. Die Qual, die er in ihren Augen wahrgenommen hatte, verstand er selbst nur zu gut. Er hatte nie einen Herrschermord geplant.

Und so war er hinaus aufs Dach gegangen, wo die Luft etwas kühler war, um nachzudenken. Dort hatte ihn Mariam schließlich gefunden.

»Vashne hat mir das heute gegeben«, sagte Corajidin. Er war wie versteinert von dem Messer in seinen Händen. »Das war die Klinge Erebus, die erste in unserer Linie, mit der Vane-ro-men verteidigt werden sollte, der letzte Herrscher des Blütenimperiums. Damals waren wir Avān unseren Monarchen gegenüber loyal. Bevor wir sie betrogen, um ein eigenes Imperium zu gründen.«

»Warum hat er sie dir gegeben? Was weiß er?«

Corajidin zog das Messer, das zischend aus der Scheide fuhr. Die gebogene Klinge war aus *Kirion* geschmiedet, aus Sternenstahl, und mit Silber verziert. Die Schneide war geschwärzt und vom Griff bis zur Spitze leicht gewellt. »Ich habe keine Ahnung, wie viel er weiß. Vashne ist ein kluger Mann und eine vornehmere Seele als ich, aber nicht weniger ehrgeizig. Wir verstehen uns recht gut. Wie ironisch, dass die gleiche Waffe und das gleiche Geschlecht, die einen Herrscher verteidigt haben, den Asrahn töten soll, der es zum Geschenk gemacht hat.«

»Ich kann da nicht mitmachen, Vater. Schon jetzt sollte ich auf dem Weg zum Asrahn sein, um ihn zu warnen.«

»Und doch bist du noch hier.«

»Ich bin hier mit dir, weil sonst niemand da ist. Tu es nicht. Deinetwegen, wegen deiner Familie, meinetwegen. Bitte …«

»Wenn es dämmert, wird das Hohe Haus Erebus entweder Shrīan regieren oder zu Rebellen erklärt werden – oder tot sein. Ich brauche dich, Mariam. Obwohl ich es lieber anders handhaben würde, obwohl ich mir Alternativen wünschte, sehe ich keinen anderen Weg.«

»Es muss einen geben. Finde ihn.« Sie lehnte den Kopf gegen seine Schulter. »Ich weiß, dass du es kannst.«

»Ich bin in dieser Sache nur Beauftragter des Schicksals«, flüsterte er.

»Die alten Wege sind raue Wege.« Mariam drehte ihn sanft an den Schultern zu sich herum. »Die Fehden und Blutflüche der königlichen Kaste sind mächtig. Wenn du damit anfängst, wird es nicht bei Ariskander und Vashne enden.«

»Ich weiß.« Die Abendschatten verdichteten sich in den Falten und Abständen zwischen seinen Fingern, bis sie so dunkel wirkten wie Blut. »Aber ich habe nicht mehr jahrelang Zeit, Mariam. Wir haben mit hohem Einsatz gespielt, und wir können es uns nicht leisten zu verlieren.«

»Und ebenso wenig kann Shrīan es sich leisten, dich gewinnen zu lassen. Far-rad-din ist bereits verloren. Bitte füge nicht auch noch Ariskander und Vashne zu dem Tribut hinzu. Es sind gute Männer. Weise Männer.«

»Und das bin ich nicht?« Er lächelte seine Tochter an, obwohl sie ihm einen finsteren Blick zuwarf.

»Das habe ich nicht behauptet. Zwischen den Erebus und den anderen Hohen Häusern liegen Welten. Die Erbschaft aus Schuld und Ehre, Rache und Verlust, die dir auf der Seele liegt, wiegt schwerer als bei den meisten. Ich habe dich nie um deine Bürde beneidet, Vater, aber sie entschuldigt nicht alles.«

»Dann wirst du eine Wahl treffen müssen, Mariam. Du kannst dich auf die Seite von Ariskander und eines Asrahns schlagen, der im Begriff ist, gestürzt zu werden, oder du kannst deinem Vater, deinem Haus und deiner Zukunft gegenüber loyal bleiben.« Er legte ihr die Hände auf die Schultern. Sie fühlten sich schwer an, als würden sie das Gewicht von Verbrechen, echten und imaginierten, in sich tragen. Er küsste sie auf die Stirn. »Um unser beider Schicksal willen, wähle bitte weise.«

»Das könntest du für mich tun?« Corajidin starrte Nehrun an, der kaum mehr war als eine verschwommene Silhouette gegen die gleißende Helligkeit der Fenster.

»Wenn möglich, werde ich Ekko töten, bevor er irgendjemandem erzählen kann, was er weiß«, murmelte Nehrun, ohne sich umzuwenden. Der elegante Prinz hob die Hand zum Fensterglas, als wollte er die Sonne berühren. »Wenn nicht, dann habe ich Euch wenigstens mitgeteilt, wann und wo sie heute Abend sein werden. Es ist immer praktisch, einen Notfallplan zu haben.«

»Und du wirst mich bei meinem Ziel unterstützen, Amnon zu regieren, obwohl ich deinen Vater töte?«

»Meine Triebfeder ist mehr der Ehrgeiz, weniger die Moral«, erwiderte Nehrun. »Gebt mir, was ich haben will, und Ihr werdet feststellen, dass mein Loyalitätsbegriff sehr dehnbar ist. Als Rahn Näsarat werde ich dabei helfen, das Land in die Richtung zu führen, in die es meiner Meinung nach gehen sollte. Alles, was Ihr tun müsst, ist, meinen Vater zu töten. Dann habt Ihr meine Unterstützung.«

»Du sagst es: Alles, was ich tun muss, ist die Ermordung eines Mannes.« Corajidin sah auf das Langmesser in seinem Schoß hinab. »Es scheint der richtige Moment dafür zu sein.«

Kapitel 7

»Unser ganzes Leben lang unterliegen wir Veränderungen. Wir machen Fehler. Wir stürzen und stehen wieder auf. Freunde treten in unser Leben und verlassen es wieder. Die einzige feste Größe, von der Geburt bis in den Tod und ins Jenseits, ist die Familie.«
Aus: Die Unvergänglichkeit der Abstammung *von Tamari fa Saroush, Philosoph des Erwachten Imperiums*

314. Tag im 495. Jahr der Shrīanischen Föderation

Ekko schlief, wie schon den Großteil des Nachmittags über. Seethe in blauen Roben versorgten die vielen Kranken und Verwundeten. Besucher kamen, um nach ihren Freunden und Angehörigen zu sehen, und blieben, um sich zu unterhalten, still beieinanderzusitzen oder schicksalsergeben Worte des Abschieds zu flüstern.

Indris hatte sich die Zeit genommen, sein Tagebuch durchzublättern. Bald schon verlor er sich in den Schriften und Zeichnungen. Indris liebte die Beschaffenheit des Papiers, das aus dem Schilfgras des Flusses Faladin in der Nähe von Narsis hergestellt wurde. Der Ebenholzgriff des Tuschepinsels lag gut in seinen Händen. Die Tinte glitzerte in den Rillen und Mulden auf den feinen Borsten. Er würde seine Funde aus der Rōmarq kopieren, damit Ariskander selbst entscheiden konnte, wie er weiter verfahren wollte. Indris würde Ariskander den Brief zukommen lassen, bevor er noch heute Abend Amnon verließ.

Er hatte beinahe hundert Patienten im Heilergarten gezählt. Dreißig von ihnen würden den Garten vermutlich nicht mehr verlassen. Er wusste, dass es noch mehr solcher Orte in Amnon gab, ebenso wie in den Armeelagern. Wie bei jeder Schlacht war auch die am Bernsteinsee nicht ohne Kosten an Leib und Leben geblieben. Beinahe ebenso schlimm waren die darauffolgenden Kämpfe der unterschiedlichen Interessensgruppen verlaufen. Zwischen den Anhängern der Näsarat und Erebus gab es keine Freundschaft, und Gewalttaten waren unvermeidlich gewesen.

Die Avān empfanden Trauer, aber keine Bitterkeit dem Tod gegenüber. Keinen Groll und keine Entrüstung, außer vielleicht Rachegedanken, wenn irgendjemand für ein vorzeitiges oder ehrloses Ende verantwortlich gemacht werden konnte. Wenn ein Avān starb, so wurde sein Geist freigegeben, um sich zu den Ahnen an die Seelenquelle zu gesellen. Wenn sich der Schleier von den Illusionen des Fleisches hob, wenn der Geist die Wahrheit der Welt erkannte, unbeeinträchtigt von Ehrgeiz, Zorn oder Angst, dann wurde man von jenen willkommen geheißen, die schon lange zuvor gegangen waren. Der Tod war ein Neubeginn, so wie jedes Ende ein Anfang war. Mehr ein Wiedersehen als ein Lebewohl. Im Tod trieb ein Avān in einem Meer aus Erinnerungen, aus Wissen und bedingungsloser Liebe. Jeder Avān wuchs in der Gewissheit auf, dass der Tod nichts Schlechtes war; die Art, wie jemand starb, aber möglicherweise schon.

Indris erinnerte sich kaum daran, wie er während seines Trainings mit den Sēq gestorben war. Das war üblich unter den Sēq, die sich zum Dienst verpflichtet hatten. Im Tod und in der Wiederbelebung erlangte man wieder das Wissen, wie man mit den Toten kommunizierte. Daraufhin konnte der Betroffene, falls nötig, als Totensprecher arbeiten und zwischen den flüchtigen Schatten der Nomaden und Sterblichen vermitteln, die ihren Rat suchten. Er erinnerte sich nur an wenig von dem, was er am Rande der Quelle gesehen hatte. Meist waren es flüchtige Eindrücke, zersplitterte Bilder von Gesichtern und das Flüstern von Stimmen, die klangen, als würde man im wirbelnden Schaum der Brandung Tausenden Unterhaltungen lauschen. In dieser Welt schienen die Farben so viel klarer zu sein als in ihrer Wirklichkeit hier. Er hatte noch genug Erinnerungen, um zu wissen, dass er eines Tages glücklich in den Tod hinüberwandern würde.

Seine Gedanken wurden durch den eintretenden Hayden unterbrochen. Mit besorgter Miene lehnte sich der Mensch auf sein langläufiges Sturmgewehr. Der alte Viehtreiber war einer der besten militärischen Waldläufer, die Indris je untergekommen waren. Das Alter mochte dem Mann ein wenig seiner Stärke beraubt und seine Reflexe verlangsamt haben. Dennoch war Hayden Goode ein unübertroffener Fährtensucher, Spion und Späher. Deshalb hatte Indris ihn gebeten, Nehrun zu folgen. Was Hayden zu erzählen hatte, verstärkte nur Indris' Zweifel, statt ihn zu beruhigen.

»Er hat sich mit Corajidin getroffen?« Indris kaute auf seinem Schreibpinsel herum.

»Ein ziemlich zwielichtiger Geselle, dein Cousin«, befand Hayden gedehnt. »Er war heute Morgen ein paar Stunden mit Ariskander unterwegs, also habe ich mir seine Zimmer angesehen. Nehrun hat Kopien von einem ganzen Packen Briefen, die Far-rad-din an Ariskander geschrieben hat. Allerdings nichts von Corajidin, was aber auch keine Überraschung ist.«

»Noch etwas?«

»Ich bin ihm den Rest des Tages durch Amnon gefolgt. Er wollte gerade Corajidin einen Besuch abstatten, als Vashne und seine Wachen auftauchten.« Hayden grinste, und sein Schnurrbart sträubte sich. »Hab noch nie im Leben jemanden gesehen, der sich so unscheinbar machen kann. Nehrun ist zu stolz, um sich richtig zu verbergen. Trotzdem glaube ich, Vashne hat ihn nicht gesehen. Nehrun ist dann später hineingegangen, nachdem Vashne wieder weg war. Ich habe vor, Nehrun festzunageln. Was wirst du tun?«

Indris nahm einen tiefen Atemzug und atmete dann langsam wieder aus. »Ich könnte die Wahrheit aus ihm herauszwingen. Oder ein Körpernetz aktivieren und ein bisschen in seinen Erinnerungen fischen. Oder, noch besser, ich überlasse die ganze Angelegenheit Ariskander. Ich schicke meinem Onkel alle meine Notizen über unsere Entdeckungen in der Rōmarq und füge noch hinzu, was wir über Nehrun herausgefunden haben.«

»Du willst es also zum Problem deines Onkels machen?«, fragte Hayden missbilligend.

»Ja, Hayden«, erwiderte Indris geduldig, aber verärgert über Haydens Tonfall, »ich mache es zum Problem meines Onkels.«

Hayden murmelte vor sich hin, während er ging. Indris hoffte, nun etwas Zeit zum Nachdenken zu haben, doch bald darauf nahm Shar den Platz des alten Viehtreibers ein.

Sie umarmte ihn stumm, dann setzte sie sich mit ihrer Sonesette auf eine breite Couch, deren gepolsterte Lehnen sich nach außen bogen wie die Flügel einer Möwe. Sie hatte ihre langen Federn in der Farbe der Morgenröte mit einer Schnur zusammengebunden. Als sie den Kopf bewegte, klingelten die Metallglöckchen an den Enden, was ihr ein Lächeln entlockte. Sie sprachen über Belanglosigkeiten, um seine Unruhe zu bezwingen. Er erzählte ihr, was Hayden ihm von Nehruns Aktivitäten berichtet hatte. Schließlich neigte Shar den Kopf zur Seite und wandte sich ihrer Sonesette zu. Das Licht schien auf die Regenbogenpatina auf ihrer Nase. Sie sah ihn mit ihren juwelengelben Augen an. *Alles zu seiner Zeit,* sagte ihr Gesichtsausdruck. Indris lächelte, dann fuhr er fort zu schreiben, während sie ihre geliebte Musik spielte.

Die metallischen Töne der Sonesette, die sanften Rhythmen und der Klang ihrer kehligen, leicht atemlosen Stimme beruhigten ihn. Er hörte auf zu schreiben und lauschte. Indris liebte den Klang der Seethe-Stimmen. Sie waren wie das sanfte Summen des Winds im hohen Gras. Die Sprachmelodie, der Rhythmus, der leicht unwirkliche Klang ihrer Stimmen – es war, als würden sie rückwärtssprechen. Ein Kriegssänger der Seethe konnte allein durch den Klang seiner Stimme die Sorgen und Ängste seiner Truppengefährten beruhigen. Er konnte die Ruhe eines Soldaten beschwören und halten oder die Herzen der Feinde beim Anblick der Seethe verzagen lassen, wenn sie so hoch und anmutig sprangen und sich in den Tumult stürzten. Oder er konnte seine Stimme einsetzen, um Friede und Freude zu verbreiten.

Für meinen Traum vom Ruhm
Ließ die Liebste ich zurück,
Verkaufte meine Klinge
für eine Handvoll Silberringe.

Heimatlos zieh ich durchs Land.
Auf meinen langen weiten Wegen
Ruft mich der Wind mit ihrer Stimme
Und der Fluss mit ihrem Klang.

Seh ihr Gesicht im Flammenschein.
Leb für sie, für sie allein.
Rosengleich erscheint sie mir,
zur Sonnenneige zart erblüht.

Mir träumt vom Tod, dem einsamen Pfad.
Ich heb den Blick zu den Himmeln weit.
Nach Hause, zur Liebsten, die Sehnsucht mich zieht,
Beende die Reise, längst ist's an der Zeit.

Shar beendete das Lied mit einem sanften Tusch, dann spielte sie ein schwieriges Instrumentalstück. Indris fühlte, wie er sich langsam entspannte. Er war fertig mit dem Schreiben und wandte seine Aufmerksamkeit nun den Seiten von *Moral, Schönheit und Perfektion* zu. Es war ein uraltes Manuskript, ein Relikt, von dem nur wenige Kopien angefertigt worden waren und noch weniger die Jahrhunderte überdauert hatten. Immer wieder erfüllte es ihn mit Trauer, dass gerade das Wissen in Konflikten geopfert wurde. Es lag so viel Hass, so viel Angst in dem Verlangen, die Erinnerung an das Gewesene zu zerstören. Worte waren wahrhaft unschuldig, doch selbst die Weisesten konnten wie die Narren die Geschichte ermorden und die Lektionen der Vergangenheit begraben. Der Autor von *Moral, Schönheit und Perfektion*, Trenado ele Corido, war einer der ausgezeichnetsten Gelehrten Ygrans gewesen. Ein Avān, der vor dem Sturz des Erwachten Imperiums versucht hatte, die Kluft zwischen Menschen und Avān zu überbrücken. Seine gesammelten Werke waren alle zerstört worden, doch Indris hatte eine einzelne, vom Wasser beschädigte Ausgabe von *Moral, Schönheit und Perfektion* in den Ruinen von Nankhor gefunden, einer der Krisenstädte an der Grenze zwischen Tanis und Manté. Er schätzte den Wälzer sehr; er war eine Abhandlung über Idealismus und den Sieg der individuellen Vorstellungskraft über die sklavische Imitation von niederen Gefühlen. Es half ihm, sich auf die wichtigen Dinge zu besinnen. Obwohl er versucht gewesen war, Ekko seinem Schicksal zu überlassen, hatte Trenados Güte Indris zum Einlenken veranlasst.

Es war offensichtlich, dass Shrīan an einem Scheideweg stand. Die unterschiedlichen Interessensgruppen verbrachten den Großteil ihrer Zeit damit, ihren Einfluss in den Herrscherkreisen zu verstärken. Shrīan war einst in Anlehnung an die Gelehrtengesetze regiert worden. Der Orden der Sēq war der ursprüngliche Gesetzeshüter gewesen, seine Bibliothekare, Mönche, Ritter und Meister waren die Vorkämpfer und Hirten des Volkes gewesen, lange bevor die Ämter des *Kherife* und des Gebieters oder die Kriegsdichterschulen entstanden waren. Doch wie immer, wenn es um Macht ging, hatte es den Verdacht der Bestechlichkeit gegeben. Indris' Ansicht nach hätten die Anschuldigungen durchaus wahr sein können. Auch Gelehrte waren nicht immun gegen niedrige Beweggründe.

Es war zum Streitpunkt geworden. Die Gelehrtenkriege – sie lagen nun dreihundert Jahre zurück – waren zu einer Jahrhunderte dauernden Auseinandersetzung zwischen Gelehrten und Hexern geworden. Als sich der Staub, den die beinahe apokalyptische Zerstörung aufgewirbelt hatte, wieder gelegt hatte, hatten sich die Leute von ihren Schäfern abgewandt, die sie so lange Zeit so weise beschützt hatten. Sie begannen ihre eigenen Gesetze zu machen. Die Hexer waren vertrieben worden und heute nicht viel mehr als Geheimgesellschaften. Obwohl die Gelehrten blieben, war ihre Autorität deutlich in Frage gestellt worden.

Die Gelehrten hatten den Leuten weiter gedient, doch diese verstanden sie nicht, und ihre Zahl hatte sich stark reduziert. Von früher Jugend an wurden sie darauf vorbereitet, das Wohl der Allgemeinheit ihren eigenen Bedürfnissen überzuordnen.

Ruhelos wanderte Indris zum Rand der Gartenterrasse. Amnon war in Laternenlicht getaucht. Alles war friedlich, dank Ariskander und seines Respekts für das, was Far-rad-din aus Amnon gemacht hatte. Die laue Nacht verlieh der Stadt eine Sanftmut, die im Widerspruch zu den Spannungen dort draußen stand. Über seinem Kopf schien die blaugrün-weiße Murmel von Eln inmitten Tausender Sterne, die über den schwarzsamtenen Himmel verteilt waren. Im Süden schimmerte der gekräuselte Nebel des Ahnenschleiers am Firmament. Er tauchte den Himmel in ein geisterhaft oranges, gelbes und weißes Licht. Auf der einen Seite war er gekrümmt, wie eine Kapuze, dunkel bis auf den gewaltigen blauen Stern, der als das Ahnenauge bekannt war. Einige Kilometer entfernt an den Ufern des Anqorat-Flussdeltas stiegen im Westen silberblaue Lichter in den Himmel, als sich ein weiterer Himmelsklipper der Seethe in die Lüfte erhob. Vor ein paar Stunden hatte er zugesehen, wie Ströme der Seethe die Küstenstraße in Richtung Nordosten genommen hatten. Zweifellos wollten sie durch das ferne Narsis-Tor nach Ygran fliehen. Obwohl Ariskander den Frieden gewahrt hatte, waren sie Far-rad-dins wegen nach Amnon gekommen. Vielleicht würden sie von Oragon im Palatinat Navaar freundlicher aufgenommen werden. Die ehemalige Söldnernation hatte es sich zum Ziel gemacht, über Fragen der Rasse hinwegzusehen und sich auf die Werte des Herzens und des Geists zu konzentrieren. Andere würden in Richtung Tanis oder Darmatien das Meer überqueren und einige in die Himmelsreiche zurückkehren. Indris hoffte, sie fänden ihr Glück.

»Heute Nacht ist es so weit«, sagte er über die Schulter hinweg.

»Wir brechen also wirklich auf? Trotz allem, was wir wissen?« Shar kam und stellte sich neben ihn. Er lächelte über die schier endlose Geduld, die sie für ihn aufbrachte. Shar-fer-rayn, die Letzte ihrer Truppe. Eine Prinzessin ohne Volk.

»Vielleicht ja auch gerade wegen allem, was wir wissen. Ist die *Hure* klar zum Abheben?« Die *Hure* war ihre Windgaleere, ein weiteres Geschenk von Far-rad-din. Shar hatte sie mit einem entzückten Lächeln getauft, um sich über die Tatsache lustig zu machen, dass sich ein Prinz und eine Prinzessin als *Nahdi* verkauften.

»Du bist der Gelehrte, sag du's mir«, erwiderte sie achselzuckend. Offensichtlich missbilligte sie seine Entscheidung. »Hattest du nicht Ärger mit einem der Sturmräder?«

»Ich habe es repariert. Glaube ich.«

»Dann sind wir bis auf die Vorräte startklar.« Shar wandte sich um, um ihn mit ihren durchdringend gelben Augen anzusehen, in denen keinerlei Weiß zu erkennen war. »So bist du nicht, Indris. Du hast selbst gesagt, Shrīan muss milder werden. Was geschieht, wenn Ariskander nach Hause geht?«

»Daran kann ich auch nichts ändern, Shar.«

»Warum regierst du nicht selbst?« Sie meinte es ernst. »Du warst bereits Statthalter an Orten, die wir verteidigt haben. In den Krisenstädten.«

Indris dankte Ekko im Stillen, als dieser erwachte und sich streckte. Er gähnte, blinzelte träge und zupfte an den Verbänden um Rumpf und Kopf. Als er zögernd an seinen Krallenfingern schnüffelte, mussten Indris und Shar lächeln. Ekko rümpfte missbilligend die Nase über den medizinischen Geruch, dann rollte er sich ein und schloss die Augen.

»Es wird sich herumgesprochen haben, dass er hier ist.« Müde rieb sich Indris die Augen. »Wenn ich Corajidin wäre, würde ich nicht wollen, dass Ekko irgendjemandem erzählt, was er weiß.«

»Du befürchtest einen Anschlag auf sein Leben.« Das war keine Frage; zweifellos hatte auch Shar die Möglichkeit in Betracht gezogen.

»Allerdings. Zumindest würde ich so vorgehen, wenn ich ein Geheimnis wahren wollte.«

Indris und Shar kehrten an Ekkos Seite zurück und setzten sich in einvernehmlichem Schweigen hin. Sie lehnte sich in ihrem Stuhl zurück und verschränkte die langen Beine in ihren hohen Zehenstiefeln. Ihre Haut schimmerte von einem inneren Leuchten, allerdings schwach, wie eine flackernde Kerze. Abwesend trommelte sie mit ihrem dunklen Fingernagel gegen den Griff von Tragödie, ihrem Schwert aus blau gefärbtem *Serill*. Doch Indris wusste, dass sie ihre Umgebung noch immer genau wahrnahm. Trotz ihres leeren Gesichtsausdrucks war ihm klar, dass sie jedes Geräusch, jede Bewegung um sich registrierte. Ihre langen, spitz zulaufenden Ohren zuckten von Zeit zu Zeit. Die Augen öffneten sich zu gelben Halbmonden, dann schlossen sie sich wieder, wenn das, was sie alarmiert hatte, vorübergegangen war.

Es war beinahe eine Stunde vergangen, als Shar den Kopf schief legte. Indris musste nicht erst fragen. Die Kriegssängerin lauschte für ein paar Augenblicke, dann nickte sie Indris zu. Die beiden erhoben sich aus ihren Stühlen und positionierten sich in den windbewegten Schatten von Ekkos Laube. Keiner von beiden gab auch nur einen Laut von sich, während Shar die Finger hob, um sechs Leute zu signalisieren. Er zuckte die Schultern. Keine große Sache.

Indris sah hinüber zu Ekko. Er lag da, die Augen so weit geschlossen, dass nur Schlitze zu sehen waren. Ekko streckte die mächtigen Klauen seiner Hand aus und ließ sie ins Fell gleiten.

Mehrere Augenblicke verstrichen, in denen kaum ein Laut zu hören war bis auf das leise Seufzen des Winds, der durch die Laube strich. *Ilhen*, Diademe aus Sternenlicht, die in Kristall eingefangen waren, klingelten in den Bäumen wie Windspiele.

Dann bewegte sich etwas in den Schatten, und das Schlurfen von Stiefeln auf dem sandigen Pfad erklang.

Zwei Schatten schlichen in die Laube.

Shar schoss nach vorn und schlug nach einem der Umrisse, ein bösartiger Schlag über die Schläfe mit der flachen Seite ihres Schwerts. Sie drehte sich, tauchte weg, schoss wieder empor. Mit der Ferse schlug sie den anderen Umriss nieder, dessen Kopf nach hinten gerissen wurde. Ihr Ellbogen folgte und traf die ungeschützte Kehle. Keuchend ging die Gestalt zu Boden.

Indris war nur einen Wimpernschlag langsamer. Er stürzte leichtfüßig heraus und stand vor einem hastig gezogenen Schwert. Er streckte die Hand aus, legte die Innenfläche auf das Gesicht des Mannes und flüsterte den Ersten Schlafbann. Die Knie des Kriegers gaben nach, als der Schlaf ihn übermannte, niedergestreckt von einem einzigen Wort.

Der Kriegsmagier sprang vor, Formeln flackerten durch seinen Geist. Er sah, wie die Disentropische Färbung seine Hände umgab. In seinem Mund formte sich der Tiefe Ruf …

»Warte!«, schrie eine vertraute Stimme. Doch es war zu spät; Indris ließ dem Tiefen Ruf freien Lauf.

Seine Stimme dröhnte, kürzer und schärfer als Donner. Er richtete den Ruf nach unten, und der Sand zu seinen Füßen explodierte. Er fühlte die Kraftwelle, wie sie über seine Schienbeine rollte. Sein Ziel wimmerte in erbärmlicher Angst. Der Ammoniakgeruch von Urin hing in der Luft. Indris trat rasch von der sich ausbreitenden Pfütze zurück.

Es war Nehrun, der mit bleichem Gesicht dastand, die Hand auf dem Griff seines ummantelten Schwerts. Rosha stand mit gezogener Waffe neben ihm. Indris' Cousins starrten entsetzt auf ihre Leibwachen. Drei von ihnen waren bewusstlos, die vierte stand nur unsicher auf den Beinen.

»Was tust du da?« Die Angst machte Nehrun kühn, die Scham wütend. »Ich sollte dich exekutieren lassen!«

»Lass es, Nehrun«, murmelte Rosha.

Indris schnaubte. Er wandte seinen Cousins den Rücken zu und kehrte zu seinem Sitzplatz in Ekkos Laube zurück. Shar lehnte sich gegen die Wand, die Arme vor der Brust verschränkt.

»Indris!«, würgte Nehrun hervor. »Dreh mir nicht den Rücken zu.«

»Sei leise«, murmelte Indris. Er verstaute Buch und Tagebuch in der Tasche und schlang sie sich über den Rücken. »Hier gibt es Leute, die gern schlafen würden.«

»Wie kannst du es wagen ...« Mit einem Blick brachte Indris Nehrun zum Schweigen. Nehrun zitterte in ohnmächtigem Zorn. »Warum hast du uns angegriffen?«

Indris' Kopf schwirrte noch immer, Formeln klirrten im Käfig seines Gehirns und versuchten verzweifelt zu entkommen. Glücklicherweise hatte er nichts zu Anstrengendes unternommen, hatte keins der Großen Worte eingesetzt, oder den Großen Gesang. Nur ungern erinnerte er sich an die Geistesstürme, die dem Gebrauch solcher Macht folgen konnten: Übelkeit, Kopfschmerzen, Schwindel, Zittern und eine erhöhte Empfindlichkeit für Licht und Lärm. Manchmal auch Katatonie, und in ganz extremen Fällen folgte der Tod.

»Hör auf, dich aufzuplustern. Wir warten hier seit Stunden.« Indris sah zu Shar hinüber. »Gehen wir?«

Zur Antwort packte sie ihre Sonesette in den glänzend polierten Holzkasten.

»Was meinst du mit gehen?« Nehrun klang fassungslos.

»Ekko ist euer Mann, ich gebe also den Auftrag, ihn zu bewachen, an dich und Rosha weiter.« Indris schlug seinem Cousin auf die Schulter. »Ich bin froh, dass wir Gelegenheit hatten, uns auszutauschen, Nehrun. Wir sollten das mal wieder tun, vielleicht in zehn Jahren oder so. Rosha? Es ist mir immer ein Vergnügen.«

Nehrun griff nach Indris' Arm, als der den Raum verlassen wollte. Indris ließ den Blick auf Nehruns Hand ruhen, und sein Cousin ließ sofort los. »Du kannst jetzt nicht gehen, Indris. Heute Nacht wurde eine Notfallsitzung des Teshri einberufen. Sie versammeln sich beim Tyr-Jahavān, wenn der Mond am höchsten steht.« Nehrun rieb sich nervös die Hände. »Vater und Asrahn Vashne haben sich heute Nachmittag mit der Volkssprecherin beraten. Sie brauchen Ekko; er soll den anderen erzählen, was er in der Rōmarq gesehen hat. Du sollst ihn hinbringen.«

»Ich diene nicht dem Hohen Haus Näsarat.« Indris' Stimme klang ausdruckslos.

»Wir waren früher einmal Freunde, wir beide.« Nehrun leckte sich über die Lippen, wo der Schweiß begonnen hatte, sich in kleinen Tröpfchen aufzureihen. Verstohlen sah er sich um. »Dein Haus braucht dich.«

Indris blickte sich in der Laube um, um sicherzugehen, dass er nichts vergessen hatte. Still und mit unergründlicher Miene beobachtete Ekko, wie Indris und Shar aufbrachen.

»Vater hat mich wahnsinnig gemacht mit seinen ganzen Geschichten über Cousin Indris, den großen Helden.« Nehrun hob streitlustig das Kinn. »All diese endlosen Geschichten über deine Heldentaten. Lieder über die Helden, mit denen du geritten bist. Du hast so viele Leben gerettet. Ist es wirklich so schwierig, jetzt deinen eigenen Leuten zu helfen?«

»Was hast du getan, Nehrun?«, flüsterte Indris, als er sich vorbeugte, um seinen Cousin eingehend zu mustern. Er wollte nicht, dass Rosha seine Worte verstand. »Es ist offensichtlich, dass du dich mit Corajidin eingelassen hast, und dabei gibt es nur wenige Gründe, aus denen du das tun würdest, wenn ich deinen Ehrgeiz und deine Ungeduld mit Ariskanders föderalistischen Überzeugungen in Betracht ziehe. Was mich zu der Frage führt, ob du etwas mit Farrad-dins Vertreibung zu tun hattest und ob du weißt, was Corajidin in der Rōmarq treibt?«

»Bei den Ahnen!« Nehrun sah aus, als würde er gleich zusammenklappen. Rosha betrachtete ihren Bruder und Indris mit gerunzelter Stirn und kam näher, um zu hören, was gesprochen wurde. Nehrun schluckte schwer und wischte sich den Schweiß von der Oberlippe. »Hast du …«

»Ekko hat Ariskander heute erzählt, was er gesehen hat. Vielleicht weiß Vashne es jetzt mittlerweile auch. Womöglich auch Femensetri. Ich habe wenig Zeit und noch weniger Lust, dir zu helfen, Nehrun. Wenn Rosha nicht hier wäre, würde ich Ekko unter gar keinen Umständen in deinen Händen zurücklassen.«

Nehruns Augen weiteten sich vor Angst. »Es wurden Fehler gemacht. Mach dir keine Sorgen um meine …«

»Das tue ich nicht.«

Rosha kam herüber, um nach Ekko zu sehen. Sie hob den Blick zu Indris, ihr Ausdruck war verschlossen. »Du willst uns ausgerechnet jetzt verlassen, wenn dich Ariskander, der Mann, der dich liebt und gern zum Erben gemacht hätte, braucht. Was ist geschehen? Du hast dich sonst für jeden Fall interessiert, von dem du gehört hast. Damals warst du ein anderer. Dann, als deine Frau …«

»Es gibt immer ein ›damals‹, Rosha«, erwiderte Indris kalt. »Wir definieren uns aus Momenten der Vergangenheit. Aber den Mann, den du damals kanntest, gibt es nicht mehr. Hör auf, ihn zu suchen.«

»Warum?«, zischte Nehrun.

»Weil eines Tages nichts mehr übrig ist. Eines Tages wird dir klar, dass du genug getan hast, und dass egal, was du tust, du niemals …« Er zögerte. Wie sollte er seinen Cousins etwas erklären, das er selbst kaum verstand?

»Ich dachte, als Gelehrter der Sēq hättest du einen Eid geschworen, für Frieden und Gerechtigkeit zu sorgen? Hast du jetzt noch den Titel ›Wortbrüchiger‹ zu deiner langen Liste hinzugefügt?« Nehruns Blick war provozierend. »Indris, der Diamantenritter. Der Fürst der Gezeiten. Der Geisterbändiger. Der Herr über Wind und Feuer. Der Drachenäugige …«

»Lass das!« Indris wies mit dem Finger auf Nehrun, dessen Mund sich mit einem hörbaren Schnappen schloss. »Bis du selbst nicht irgendetwas getan hast, wofür du Respekt verdienst, hast du kein Recht dazu.«

Shar kam leise herüber und legte behutsam die Hand auf Indris' Arm. »Wir könnten zumindest mit ihnen bis zum Tyr-Jahavān laufen, oder nicht? Es liegt beinahe auf unserem Weg. Was kann es schon schaden?« Ihre Stimme war kaum mehr als das Rauschen des Winds durch Kiefernnadeln.

Indris wandte sich um und sah zu Ekko hinüber. Der Tause-Krieger stand auf. Es war, als würde man einem haarigen Berg zusehen, der sich erhob. Da war etwas … Dauerhaftes um Ekko. Etwas Solides und erschreckend Machtvolles. Shar half Ekko, seine Rüstung und Waffen zusammenzusuchen. Mit einer Vorsicht, die aus Schmerz geboren war, zog Ekko an seinem blutbefleckten Kettenpanzer. Die goldenen, sechseckigen Platten schimmerten warm. Er band seine eisenbeschlagenen Nagelschuh-Sandalen. Shar half ihm mit dem Brustpanzer und den Bein- und Armschienen. Ekko befestigte seinen breiten Krummsäbel an einem Ring am Gürtel. Sein Helm war irgendwo in den Marschen verloren gegangen.

»Du kennst die Bedeutung dessen, was ich zu sagen habe, Amonindris«, brummte Ekko. »Obwohl wir uns noch nicht gut kennen und ich ohnehin schon in deiner Schuld stehe, wäre es hilfreich, wenn du mich sicher zum Teshri geleitest. Es gibt vieles, das sie von mir hören sollten.«

Indris hörte das Geflüster der Feyassin, als sie Shar und ihn erblickten. Sie waren unter den besten Kriegsdichtern des Landes ausgewählt worden und hatten allen anderen Treueeiden abgeschworen, um niemandem außer dem Asrahn zu dienen.

Bevor sie in Ungnade gefallen waren, hatten die Gelehrtenorden die Krone verteidigt. Damals hätten die Gelehrten der Sēq, der Nilvedic und Zienni ihr Leben für ihre Mahj gegeben. Die Gelehrtenkriege hatten diesen ruhmreichen Tagen ein Ende gesetzt.

Zwei dienstältere Offiziere standen etwas abseits von den anderen, und sie beobachteten ihn aufmerksam durch ihre Kriegsmasken. Shar bemerkte den Blickwechsel und kicherte leise, als die beiden Kriegsdichterinnen katzengleich heranschlichen. »Du kannst nicht anders, du musst den Leuten immer unter die Haut gehen, oder?«

»Was denn?«, fragte er unschuldig.

»Sei nett.«

Die beiden Offiziere waren groß und schlank, mit breiten Schultern und langen Gliedmaßen. Sie hatten die Hände von Kriegern, sonnengebräunt und schwielig, mit blauen Venenschatten dicht unter der Haut. Ihre Schutzkleidung war aus gesteppter weißer Seide; man erkannte die Umrisse der sechseckigen Rüstungsplatten, die unter dem Stoff eingesetzt waren. Darüber trugen sie eine weiße Brustplatte aus gebändertem Metall und Leder. Kleine Lederpolster schützten die Schultern, und sie trugen Arm- und Beinschienen. Auf ihren weißen, sechseckigen Schilden prangte das Zeichen einer sechsblättrigen Lotusblüte. Sie trugen *Amenesqa*, die uralten, aber tödlichen gebogenen Schwerter des Blütenimperiums, an breiten Gürteln um ihre schmalen Taillen.

»Ich bin Oberstritter Chelapa der Feyassin«, verkündete die kleinere der beiden Frauen und nahm ihre Kriegsmaske ab. Indris kam sie mehr wie eine Töpferin oder Tischlerin vor, weniger wie eine Kriegerin. Sie hatte ernste Gesichtszüge mit haselnussbraunen Augen, umgeben von Lachfältchen. Ihre Haut war sonnengebräunt und sommersprossig, eine blasse Narbe zog sich über ihre rechte Wange – ein Makel, der ihr Gesicht nur umso interessanter machte. Sie musterte Indris, und ihr Blick blieb an seinem linken Auge hängen. Er seufzte still. »Du bist Drachen … äh, Pah Näsarat fa Amonindris?«, fragte sie abrupt.

Shar sah ihn an und hob eine Augenbraue.

»Du kanntest die Antwort auf deine Frage bereits, noch bevor du herübergekommen bist. Ich ziehe es vor, *Daimahjin* Indris genannt zu werden. Oder einfach nur Indris.«

»Meiner Erfahrung nach«, sagte die andere Frau, und das kehlige Timbre ihrer Stimme kam Indris seltsam bekannt vor, »ist er immer recht verschwiegen, wenn es darum geht, einem Fremden seinen Namen zu nennen. Ich bin Majorsritter Erebus fe Mariamejeh.« Die Feyassin nahm ebenfalls ihre Kriegsmaske ab.

Als Indris ihr Gesicht sah, lächelte er. Sie war ebenso bemerkenswert wie in seinen leidenschaftlichen Erinnerungen, wenn nicht sogar noch eindrucksvoller. Sie wirkte so lebendig, ihre Bewegungen so kraftvoll. Ihre Eleganz, ihre Stärke, ihre Anmut gründeten sich auf ihre Selbstsicherheit. Also war sie eine Erebus. Ihn durchlief ein seltsamer Schauer, wie immer, wenn es gefährlich wurde.

»Warum bist du hier, Indris?«, wollte Chelapa wissen. »Wir sind durchaus in der Lage, Asrahn Vashne, Rahn Ariskander und Oberstritter Ekko sicher zum Tyr-Jahavān zu eskortieren.«

»Ekko hat dem Hohen Haus Näsarat die Treue geschworen. Ich wurde gebeten, dafür zu sorgen, dass er heil und gesund ankommt.« Er hob die Hand, um ihrem Protest zuvorzukommen. »Ekko wünscht, dass ich ihn begleite, und die Familie hat mich darum gebeten. Ich werde euch nicht behindern.«

»Das würde ich dir auch nicht raten«, warnte Chelapa, bevor sie auf dem Absatz kehrtmachte und weiterging. Mari wandte sich um, um ihr zu folgen, hielt jedoch einen Moment inne.

»Können wir dir helfen?«, fragte Shar.

Mari warf Shar einen überraschten Blick zu, bevor sie sich an Indris wandte. Ihre Wangen röteten sich, was vermutlich eher ungewöhnlich für sie war. »Ich wollte sagen ... es war ... ich freue mich, dass wir uns wieder getroffen haben.«

»Jetzt kennen wir unsere Namen.« Indris lächelte sie an. Eine lose Strähne fiel ihr über die Braue und hatte sich in den Wimpern in ihren Augenwinkeln verfangen. Er widerstand dem Drang, sie fortzustreichen, mit den Fingern über ihre Wangen zu fahren. Würde es sich als Fehler herausstellen, dass er sie wieder getroffen hatte?

»Jetzt können wir uns nicht mehr voreinander verstecken, oder? Außer, unsere Zeit zusammen war ...«

»Wir können uns nicht voreinander verstecken, nein.« Sie kaute auf ihrer Lippe, die Indris am liebsten geküsst hätte. »Glaubst du, es gibt einen Grund, warum wir uns verstecken sollten?«

»Wahrscheinlich ... wenn wir klug wären, aber ...«

»Oh, bitte.« Shar rollte mit den juwelengelben Augen.

»Wir hätten kämpfen sollen«, sagte Mari abrupt.

»Wie bitte?«, fragte er überrascht. »Normalerweise gehört schon mehr als ein Stelldichein dazu, bis ich jemanden so wütend gemacht habe, dass er mich schlagen will.«

Mari kicherte. »Ich sollte am Bernsteinsee gegen dich kämpfen. Wusstest du das nicht? Beim *Hamesaud*.«

Indris warf Shar einen Seitenblick zu, die sie beide mit hochgezogenen Augenbrauen musterte, bevor sie davonging. Er wandte sich wieder Mari zu. »Ich habe etwas in der Art gehört. Es wäre wirklich eine Schande gewesen. Lass uns später reden, einverstanden?«

»Eine Schande?«

Lächelnd neigte Indris den Kopf und entfernte sich. Ariskander, Vashne und die Söhne des Asrahns, Daniush und Hamejin, kletterten in den achträdrigen Kampfwagen. Die Fenster waren mit vertikalen Platten verschlossen. Seine Antriebsspule war rund wie ein Schild, damit die ungeheure Masse des Wagens vorwärtsbewegt werden konnte. Ekko wartete hinten am Wagen auf Indris und Shar. Als die beiden gingen, rief Mari hinterher: »Was meinst du mit ›eine Schande‹?«

Sobald sie außer Hörweite waren, rammte Shar Indris den Ellbogen in die Rippen. »Als ich sagte, sei nett, meinte ich etwas anderes.«

»Dir kann man es nie recht machen, weißt du das?«

Sie schlossen sich dem Gefolge an, als der Wagen losrollte. Er wurde von zehn Feyassin in weißen Rüstungen eskortiert, deren Gesichter hinter Kriegsmasken verborgen waren. Sowohl die Masken als auch die kunstvollen sechseckigen Schilde waren glänzend poliert. Indris, Shar und Ekko gingen schweigend hinter dem Wagen her.

Der gepflasterte Ariansinweg führte in großen Serpentinen von den Horsten der Seethe, zu denen auch der Hai Ardin zählte, nach unten. Laternenlicht flackerte in Hunderten Fenstern, die auf die breite Straße blickten. Wagen ratterten vorüber. Avān aus den höheren Kasten waren hier und da zu sehen; viele hatten sich in den Behausungen eingerichtet, die von den Vorbesitzern verlassen worden waren. *Kherife* in grünen Umhängen patrouillierten auf den Straßen und Alleen, die Schlagstöcke griffbereit.

Als sie den kostspieligen Oberen Bezirk in Richtung Altstadt verließen, rückten die Gebäude näher heran. Die hohen Mauern von Terrassenhäusern mit ihren vergitterten Balkonen und den großen, schwach erleuchteten Fenstern wurden zu Silhouetten, die sich gegen die Helligkeit des Monds abhoben. Die Straßen wurden schmaler. *Ilhen*-Lampen wurden von flackernden Öllaternen abgelöst, und nur noch wenige Fußgänger waren unterwegs. Keine *Kherife*. Aus dem Augenwinkel bemerkte Indris Umrisse, die sich verstohlen in der Dunkelheit der Gassen bewegten. Laut ratterte der Kampfwagen durch die engen Straßen.

Indris war erleichtert, als sie die Gassen wieder verließen. Die schmale Straße führte nun über die sanft gewellten Hügel einer Parklandschaft, und er nahm den Duft nach einheimischen Veilchen, Jasmin und Flachslilien wahr. Feigenbäume bildeten eine lange Doppelreihe aus unregelmäßigen Säulen auf beiden Straßenseiten. Opossums starrten auf den Wagen und seine Wächter, als sie vorüberrollten. Ihre Kulleraugen reflektierten das Licht.

Indris sah nach Norden, wo der Laternendunst des Händlerbezirks wie ein Schleier über den Dächern und Türmen hing. Das Tyr-Jahavān, die Versammlungsstätte des Teshri, war auf einer zerklüfteten Bergformation errichtet worden. Es war ein großer Rundbau mit Säulengang, der die umstehenden Gebäude überragte.

Sie hatten gerade eine Kreuzung erreicht, die in Laternenlicht getaucht war, als Indris die Stille bemerkte, die sie plötzlich umgab.

Kapitel 8

»Wir können Ehrgeiz überleben, wenn er offen gezeigt wird. Es ist das verborgene Messer, das steinerne Herz mit seinen dunklen Geheimnissen und verräterischen Absichten, das uns zum Opfer macht. Das durchtriebene Geflüster des Verrats, das durch die Straßen und Alleen treibt, durch Wein- und Kaffeehäuser und die Kammern der Mächtigen streift. Dieses Flüstern kommt als Freund: Es spricht mit Stimmen, die wir kennen und denen wir vertrauen. Stimmen, die wir bewundern, denn oft tragen sie das Gesicht der Vernunft. Dieses Flüstern lässt die Seelen verrotten. Es ist die Fäulnis, die uns alle zerstört.« Aus: Ehre und Loyalität *von Erebus fa Mahador, Leutnantsritter der Blütenwache*

314. Tag im 495. Jahr der Shrīanischen Föderation

Mariam war besorgt gewesen, als Indris, Ekko und die Seethe-Frau sich zum Gefolge des Asrahns gesellt hatten. Sie kannte Ekkos Ruf. Der Oberst der Näsarat-Löwengarde war ein berühmter Krieger und gerissener Befehlshaber. Sein Dienst unter Ariskander war beispiellos.

Die Sonesette auf ihrem Rücken kennzeichnete die Seethe als Kriegssängerin, doch sie benahm sich wie eine hartgesottene Söldnerin. Bei den Seethe war es immer schwer einzuschätzen, mit wem man es tatsächlich zu tun hatte. Ihre Philosophie, dass der künstlerische Ausdruck gleichzeitig die Quelle, die Reise und das Ziel aller Lebenspfade war, erschien den Avān unbegreiflich. Mari hatte gesehen, wie einfache Töpfer zu tödlichen Gegnern geworden waren. Selbst die Kinder der Seethe stellten Charaktere in den Kriegsspielen dar. Der Legende nach hörten alle Spieler in einer Seethe-Truppe die Stimme ihres Trickstergotts im Wind, egal, wie alt sie waren.

Auf sie wirkte Indris beinahe wie ein reinblütiger Avān, obwohl es sie seit dem Niedergang des Erwachten Imperiums nicht mehr gegeben hatte. Sie fragte sich, wer wohl sein Vater gewesen sein mochte, bezweifelte aber, dass es ein Avān aus Shrīan war. Seine Kleidung war erlesen, aber abgetragen. Seine lange Kapuzenrobe mit den weiten, bestickten Ärmeln, die beinahe bis zum Boden reichten, war dunkelbraun, die Farbe der *Daimahjin*. Die Kriegsmagier, die als Söldner arbeiteten, pflegten sich zu kennzeichnen, mehr zur Sicherheit der anderen als für ihre eigene. Sie waren sehr begehrt bei Leuten, die nicht die eingeschränkteren Dienste der Sēq-, Nilvedic- oder Zienni-Gelehrten in Anspruch nehmen wollten. Er trug Gestaltwandlerin über den Rücken geschlungen und bewegte sich mit der katzenhaften Sicherheit eines Kriegsdichters.

Als Chela vorgeschlagen hatte, sie sollten die Identität des Mannes überprüfen, hatte Mari gespürt, wie ihr Herz einen Sprung machte. Ihr Gesicht war warm geworden, und sie hatte sich über die Lippen lecken müssen. Mari wusste, wann sie jemanden begehrte. Hätte ihr Vater geahnt, dass sie mit einem Näsarat im Bett gewesen war, er hätte sich in Grund und Boden geschämt! Allein der Gedanke verursachte ihr einen köstlichen Schauder, aber die größere Verlockung war die Gefahr, die von dem Mann ausging.

Indris stellte tatsächlich ein Problem dar. Hatte ihr Vater bedacht, dass sie es mit einem *Daimahjin* zu tun bekommen könnten? Hatte der gerissene alte Vashne einen Hinterhalt in Betracht gezogen? Maris Gedanken rasten. Wie tötete man einen *Daimahjin*? Hatte es nicht etwas mit salzgeschmiedetem Stahl zu tun gehabt? Mit der Art, wie schwarzes Steinsalz die Wirbel und Strömungen der Disentropie störte, die die Gelehrten und Hexer einsetzten? Es war nicht ihre Spezialität, doch sie wusste, dass sie nicht unbesiegbar waren. Die Gelehrtenkriege hatten der Welt gezeigt, dass Gelehrte durch ein Schwert sterben konnten, so wie jeder andere auch. Natürlich hatten sich die meisten Gelehrten und Hexer gegenseitig umgebracht. Doch dann, als die Schafe erwachten und feststellten, dass ihre Schäfer bluten konnten, hatte sich das einfache Volk erhoben.

Mari war eine Kriegsdichterin der Feyassin. Sie hatte geschworen, die Verteidigung des Asrahns über alle anderen Eide und Pflichten zu stellen. Anfangs war ihr Dienst lediglich eine List gewesen, und nun sah es so aus, als würde sie zur Verräterin werden, egal, welchen Weg sie wählte. Entweder, sie verriet den Asrahn, der ihr ein Leben und eine eigene Zukunft gegeben hatte, oder ihr Haus, das ihr eine Vergangenheit und das Versprechen einer Zukunft nach ihrer Vorstellung geschenkt hatte.

Sie war eine loyale Soldatin. Aber wem gegenüber? Sollte sie Chela jetzt sofort warnen und den Feyassin damit Zeit geben, sich auf das vorzubereiten, was sie erwartete? Wenn sie aber ihre Freunde warnte, brachte sie ihre Familie in Gefahr. Egal, wofür sie sich entschied, Mari fühlte, dass das Ende dieses Lebens, das sie zu lieben gelernt hatte, mit jedem Schritt näher kam.

Ihr Magen war ganz hohl, während der Kampfwagen die großen Tore des Eisenstraßenparks passierte. Motten schlugen dumpf gegen die vergilbten Gläser der Laternen, die das Tor erleuchteten. Der verwitterte Sandsteinbogen war von den Hinterlassenschaften der Vögel und jahrhundertealten Spuren des Regens überzogen. Während sie neben dem

Wagen herschritt, versuchte Mari die Dunkelheit zu durchdringen, doch sie schien die Hohlräume zwischen den Stämmen der Feigen-, Apfel- und Aprikosenbäume ganz auszufüllen.

Der gut erleuchtete Punkt, an dem die Eisenstraße auf die Parkwegtreppe traf, kam immer näher. Tagsüber war der Platz, der von den starren Blicken von vier Statuen geflügelter Seethe bewacht wurde, ein beliebter Treffpunkt. Im Mondlicht nahm die Granitpflasterung einen blaugrünen Schimmer an. Der Platz wirkte irgendwie unheimlich, geisterhaft in seiner nächtlichen Stille, wie ein Ort, an dem womöglich die verschmähten Geister von Nomaden umherstreiften, um die Lebenden zu bedrängen. Die Laternen, die in den Händen der Seethe-Statuen an schweren Eisenketten hingen, flackerten unbeständig, als wären auch sie beunruhigt von dem, was jenseits des Lichts lauerte.

Es hieß jetzt oder nie. Mari fühlte sich losgelöst von sich selbst, wie eine Besucherin in ihrem eigenen Körper, als sie sich Chelapa näherte. Chela war ihr über die Jahre eine gute Freundin geworden – eine engagierte, ehrliche Frau, die den Asrahn ehrlich liebte und seine Kinder verhätschelte. Die sich nach oben gearbeitet und Ruhm erworben hatte, als sie bei der Verteidigung der geliebten Frau des Asrahns, Afareen, beinahe gestorben wäre.

»Oberstritter?« Mari neigte den Kopf. Freunde im Privaten, formell in der Öffentlichkeit.

»Mariamejeh?« Chela wandte ihr maskiertes Gesicht in Maris Richtung.

Lebwohl, Freundin. Du hättest ein besseres Schicksal verdient, dachte Mari. »Bitte um Erlaubnis, die Nachhut zu prüfen.« Es war, als würde die Lüge ihre Zunge festfrieren. »Ich glaube, wir werden verfolgt.«

Chela nickte. »Nimm Mehran mit.«

»Ich glaube nicht …«

»Nimm Mehran mit, Majorsritter.« Ihr Ton ließ keine Diskussionen zu. »Wir gehen nie allein, schon vergessen?«

Mari fluchte im Stillen, fiel zurück und tippte Mehran, dem jüngsten unter den Feyassin, auf die Schulter. »Komm mit«, murmelte sie verstimmt.

Der junge Kriegsdichter zuckte mit den Schultern. Weder Vashne noch Ariskander oder Chela erwarteten, dass irgendjemand so dreist wäre, einen gepanzerten Kampfwagen anzugreifen, der von Feyassin bewacht wurde.

Die beiden verlangsamten ihr Tempo. Mit jedem Schritt entfernte sich der Kampfwagen mit seiner Eskorte weiter von ihnen. Schließlich standen Mari und Mehran allein zwischen Pfützen aus Laternenlicht. Die Nacht war so warm, wie es der Jahreszeit entsprach. Mari nahm ihre Kriegsmaske ab und zog die Kapuze ihrer Robe herab. Dann fuhr sie sich mit den Fingern durchs Haar. Schweiß tränkte ihre Kopfhaut, und sie begann zu jucken.

Mehran nahm ebenfalls seine Kriegsmaske ab und enthüllte sein schmales, olivfarbenes Gesicht unter dem überraschend roten Haar. Er grinste mit einer Offenheit, wie sie nur sehr junge Leute oder jene haben, die noch nie ernsthaft verletzt worden waren.

»Was machen wir, Majorsritter?« Mehran sah sich täuschend lässig um.

»Wir warten.« Sie musste das nicht tun.

»Auf …?«

Maris Hand war nicht mehr als ein verschwommener Fleck. Doch obwohl ihr Angriff blitzschnell erfolgte, war Mehran dennoch ein Feyassin – er sah die Bewegung und lehnte sich zurück, um dem Schlag auszuweichen. Gleichzeitig hob er schützend den Unterarm.

Zu spät. Die eisenharten Muskeln an der Außenseite von

Maris Handfläche schlugen zu. Ein Übelkeit erregendes Knirschen war zu hören. Mari hielt Mehran fest, als dieser taumelte. Vorsichtig ließ sie den jungen Mann ins lange Gras gleiten und fühlte im Genick nach seinem Puls. Als sie das rhythmische Pulsieren an ihren Fingerspitzen spürte, lächelte Mari erleichtert. Es wäre ein Leichtes gewesen, den jungen Mann zu töten, aber es gab Grenzen, die sie nicht zu überschreiten bereit war.

Die Tochter des Hauses Erebus verlor keine Zeit. Auf leisen Sohlen rannte sie dem Kampfwagen hinterher. Egal, wie die Sache ausgehen würde, sie hatte sich selbst dem Untergang geweiht. Vielleicht konnte sie wenigstens noch andere Leben retten.

Als die ersten Pfeile aus der Dunkelheit schwirrten, konnte Mari das Gefolge deutlich erkennen. Die Pfeile waren lang und mit den *Serill*-Spitzen versehen, die die Seethe benutzten. Es war das gleiche Drachenglas, das den Boden am Bernsteinsee übersät hatte.

Sie sah, wie Indris einige kurze Worte sang.

Die Pfeile verfehlten ihr Ziel.

Nur wenige Meter vor den Feyassin erzitterten sie und blieben einen Herzschlag lang in der Luft hängen, dann fielen sie zu Boden. Die Feyassin hatten die Schilde erhoben und ihre Waffen gezogen, sobald sie das verräterische Sirren der Pfeile gehört hatten. Ihre uralten gebogenen Klingen, die noch aus den Zeiten des Blütenimperiums stammten, waren von einem inneren Leuchten erfüllt. Das Glockengeräusch von *Serill*, das gegen den Boden schlug, war wunderschön.

Fünfzig Krieger, ihrer Kleidung nach Seethe, brachen aus der Dunkelheit hervor. Sie waren allesamt in Kutten mit Farrad-dins weißem Falkenwappen gehüllt. Ihre Rüstungen saßen schlecht. Sie trugen Schwerter mit schmalen Klingen und elegante Speere, wie sie bei Seethe-Truppen üblich waren.

Mari sah zu, wie die beiden Kriegergruppen aufeinandertrafen. Die Feyassin waren in der Unterzahl und schafften es doch, ihre Gegner niederzumähen, als wären sie erntereifer Weizen. Bald war der Boden übersät von Toten und Schwerverletzten. Beim Anblick der kämpfenden Feyassin fühlte Mari Stolz in sich aufsteigen. Ein Teil von ihr wünschte sich, sie wäre jetzt bei ihnen, um diesen hoffnungslosen Kampf auszufechten. Sie wollte den Asrahn mit ihrem Leben verteidigen und wissen, dass ihre Ahnen, sollte sie fallen, bei der Seelenquelle auf sie warten würden.

Ekko stand vor der Tür des Kampfwagens. Der Tau-se schwang seinen Krummsäbel mit beiden Händen. Die Klinge blitzte auf, funkelte und wob ein glitzerndes Netz aus Stahl, gegen das die Klingen seiner Feinde vergeblich klirrten. Die Kriegssängerin der Seethe neben ihm kämpfte mit anmutiger Selbstvergessenheit. Sie tauchte weg, schlug zu, wirbelte herum. Sie tötete. Ihr Schwert schimmerte wie fallender Regen, der in einer langen Klinge aus blauem Glas gefangen war, und wob komplizierte, hypnotische Muster in der Luft.

Indris zog Gestaltwandlerin. Die Klinge flackerte und loderte in einem perlmuttartigen Schein. Mari hielt den Atem an, als er zu kämpfen begann. Da gab es keine überflüssige Bewegung. Keine … Mühe. Es hatte den Anschein, als würde er der Sache kaum Beachtung schenken. Seine Klinge war überall, wo sie gebraucht wurde, und wo immer sie auftraf, war ihre Wirkung tödlich. Indris schien keine Freude an dem zu haben, was er tat. Er sah beinahe traurig aus.

Ein Teil von ihr sollte hoffen, dass er getötet wurde. Man hatte ihr beigebracht, dass sie ihn schon aus Prinzip hassen sollte. Wie auch Ariskander, war Indris anders, als sie erwartet hatte. Er sollte das darstellen, was ihre Familie am meisten verachtete. In verborgenen kleinen Ecken und Winkeln saßen noch die lange genährten Vorurteile, doch der größere Teil von ihr verfolgte mit Erstaunen, was vor ihr geschah. Sie hatte diesen Mann kennengelernt. Hatte sich ihm hingegeben, auch wenn sie nicht gewusst hatte, wer er war. Als sie ihn nun kämpfen sah, begriff Mari, was Indris gemeint hatte, als er sagte: *Das wäre eine Schande gewesen.* Mari erkannte, dass sie an ihrem besten Tag vielleicht gegen Indris hätte standhalten können – an jedem anderen hätte sie wohl kaum überlebt.

Einer der Meuchelmörder mit rotgoldener Klinge stach unter den anderen heraus. Belam! Der Witwenmacher kämpfte mit fließender Anmut. Schlangenartig, geschmeidig, unbezwingbar. Wo sein Schwert auftraf, folgte ein feiner Sprühregen aus Blut. Er löschte Leben aus wie Kerzen. Mari hielt den Atem an.

Belam trennte einer Feyassin den Kopf ab, und Mari war sicher, dass es sich um Chela handelte. Noch während der Körper zu Boden fiel, rannte er zur Vorderseite des Wagens. Blut tropfte von seinem Schwert und seiner Rüstung. Es durchtränkte seine Robe und spritzte auf das Visier des Helms. Ihr Bruder sprang über einen seiner gefallenen Kameraden. Sein Schwert sauste auf Indris' Nacken herab, und Indris taumelte im letzten Moment zurück und wehrte den Schlag in einem Aufflackern von Perlenglanz ab. Gestaltwandlerin summte, ein eindringlicher, beinahe spöttischer Ton. Die Klingen klirrten, als sie aufeinandertrafen. Metall kreischte. Die Bewegungen waren beinahe zu schnell, um sie wahrnehmen zu können. Belam sprang über Indris' bösartigen Hieb hinweg. Ihr Bruder wirbelte herum, das Bein in der Luft, um Indris am Kinn zu erwischen. Der *Daimahjin* wich zurück. Tritte und Hiebe folgten, während sich die beiden Männer leichtfüßig mit ihren Schwertern zwischen den Toten und Sterbenden bewegten.

»Indris, nein!«, schrie Mari, als Indris näher kam. Er traf ihren Bruder mit dem Ellbogen unter dem Kinn, dann schlug er ihm mit Gestaltwandlerins Griff gegen die Schläfe. Belam schwankte. Indris wandte sich nicht um, musste aber Maris Schrei gehört haben. Statt des tödlichen Hiebs, von dem sie wusste, dass er nun hätte kommen sollen, rammte Indris seine Faust in Belams behelmtes Gesicht. Ihr Bruder taumelte am Rande der Stufen, dann fiel er nach hinten.

Der Kampfwagen schaukelte, während Vashne, Ariskander, Daniush und Hamejin die Flucht ergriffen. Weitere Pfeile wurden aus der Dunkelheit abgeschossen. Indris murmelte ein Wort, und die hölzernen Schäfte der Pfeile flammten rot auf und verwandelten sich dann in eine feine Aschewolke, die zu Boden schwebte. Die Pfeilspitzen aus *Serill* kreiselten führungslos durch die Luft und schlugen aufs Pflaster und gegen den gepanzerten Wagen.

Indris positionierte sich zwischen der Baumgrenze und Ariskander, Vashne und dessen Söhnen. Sie hatten ihre Klingen gezogen und standen Seite an Seite. Ekko und die Seethe-Frau gesellten sich zu ihnen. Ariskander preschte nach vorn, und die Klinge war nicht mehr als ein verschwommener Umriss in den Händen des Veteranen. Vashne stand links hinter ihm. Beide Männer griffen an und verteidigten sich zugleich gegenseitig. Daniush und Hamejin schlossen die Reihen. Obwohl ihre Unerfahrenheit und Anspannung nicht zu übersehen war, schlugen sich die beiden jungen Männer tapfer, bis sie schließlich weiter und weiter in Richtung Kampfwagen zurückgedrängt wurden.

Mari tapste außer Sicht, und eine schreckliche Vorahnung erfüllte sie. Die Angreifer hatten Vashne und die anderen eingekreist. Bedächtig bewegten sie sich vorwärts, und ein neuer Krieger trat an die Front, sobald die Verteidiger seinen Vorgänger niedergemäht hatten. Bald standen Vashne und die anderen mit den Rücken zum Kampfwagen, die Feyassin-Beschützer waren alle tot. Nur Indris stand zwischen ihnen und den blutigen Kriegern, die nun unsicher innehielten.

»Geh zur Seite, Kriegsmagier«, knurrte Belam, während er die Stufen hinaufstieg. Er hatte sein Schwert wieder in die Scheide gesteckt, doch seine Hand ruhte auf dem Griff.

»Du kannst genauso gut gleich zu deinen Herren zurückgehen und ihnen sagen, dass du gescheitert bist«, warnte ihn Indris. »Ich werde nicht erlauben, dass du noch jemanden umbringst.«

»Erlauben?« Belam glitt weiter nach vorn. »Drachenauge Indris, ich bin nicht überzeugt. Aber ich werde meinem Bruder gern beweisen, dass er sich geirrt hat, da er glaubte, du würdest mich in einem Kampf töten.«

Indris neigte den Kopf zur Seite. Mari sah, wie er lächelte, doch ein trauriger Ausdruck lag auf seinem hübschen Gesicht. Die Brise zerrte an seinen Locken. »Du bist ein Kriegsdichter«, sagte Indris. »Ich gehe davon aus, dass viele Leute dich fürchten?«

Belam zuckte die Schultern. »Ihre Furcht ist kurzlebig.« Mari beobachtete, wie er seine Beine weiter stellte, den rechten Fuß vorgestreckt. Die linke Ferse drehte sich nach innen, um seinem Schlag mehr Schwung zu geben. Viele Gegner waren gestorben, ohne auch nur die Bahn der Klinge zu sehen. Eine verschwommene Bewegung. Ein Blitz. Ein Schnitt, so präzise, dass er kaum schmerzte und nur ein verblüffter Moment blieb, um über die Gewissheit des eigenen Todes nachzudenken.

»Gibt es irgendeine Möglichkeit, dass wir getrennter Wege gehen und die Angelegenheit nicht in einem Blutbad endet?«, fragte Indris.

»Wenigstens bekommst du Gelegenheit, um dein Leben zu kämpfen.«

»Du trägst zwar einen Helm, aber ich weiß, wer du bist. Wirst du ein Gedicht für mich verfassen?«, fragte Indris neugierig. »Wirst du mich gemeinsam mit den anderen ehren, die du getötet hast?«

»Du kennst unsere Sitten«, erwiderte Belam. »Obwohl ich weder Zweifel noch Gewissensbisse habe, wenn ich dich jetzt töte, werde ich ein Klagelied für dich schreiben.«

Die anderen hatten sich am Rande des Laternenlichts versammelt und hörten zu. Es waren zehn, und alle waren verwundet.

Indris wies mit dem Kinn auf die Gefährten des Mannes. »Befolgen wir das *Sende?* Gibst du mir dein Wort, dass sich deine Gefolgsleute nicht einmischen oder meine Gefährten verletzen, falls ich gewinne?«

»Stopp!«, schrie Mari ihren Bruder an. Es war ihr egal, wer sie hörte. Mari hatte keinen Zweifel daran, dass Indris ihn töten würde, wenn sie den Zweikampf nicht verhinderte. »Du wirst nicht …«

»Ich bin ein Mann der Ehre, und *Sende* ist eine ehrenwerte Tradition.« Belams Kopf wandte sich in ihre Richtung, doch sie konnte seinen Gesichtsausdruck nicht sehen. »Allerdings glaube ich, dass deine Freunde verloren sind.«

»Es gibt ein altes Sprichwort von einer Schlachtendramatikerin der Seethe, aus der Zeit des Blütenimperiums«, erklärte Indris. »Sie hat gesagt: *Es ist beinahe eine Gewissheit, dass sich eine Person am häufigsten irrt, wenn sie sich am sichersten fühlt. Eine derartige Anmaßung, die von Eigennutz angefacht wird, nicht aber von Weisheit oder Beherrschung, bewirkt nichts als Elend.* Bitte denk noch einmal darüber nach.«

Mari bemerkte, wie ihr Bruder das Gewicht verlagerte und wartete. Sie wusste, was jetzt kam.

»Mögest du Frieden finden bei der Liebe deiner Ahnen«, sagte Belam.

Indris schoss vor. Noch nie in ihrem Leben hatte Mari jemanden gesehen, der sich so schnell bewegen konnte.

Belams Schwert war noch nicht ganz aus der Scheide, als Indris eine Geste machte. Die Klinge flog aus der Scheide und wirbelte in die Dunkelheit davon. Indris schlug mit dem Schienbein auf Belams ausgestrecktes Bein. Ein lautes Knacken ertönte, als es brach. Die Augen ihres Bruders weiteten sich vor Schmerz und Unverständnis. Er begann einzuknicken. Indris schlug mit Gestaltwandlerin auf Belams Schwertarm, seine Hand nur noch ein verschwommener Umriss. Die glühende Klinge schimmerte durch Belams Haut, als würde sie brennen. Belams Schmerzensschrei gellte durch den Park und fand sein Echo in den entsetzten Schreien seiner Freunde.

Indris zog seine Klinge, die leise lachte, wieder heraus, während Belam stürzte. Kraftlos klammerte er sich mit der linken Hand an den Stein und gab einen seltsamen Klagelaut von sich, während Blut aus seiner Wunde strömte. Indris stand über dem sich krümmenden Mann und legte Gestaltwandlerins Schwertspitze an Belams Kehle.

Wie von selbst wanderte Maris Hand zu ihrem Mund. Sie hörte auf zu atmen. Ihre Brust und ihr Kopf schmerzten, aus Angst um ihren Bruder und aus Angst vor dem, was sie Indris hatte tun sehen. In all ihren Jahren als Kriegsdichterin hatte Mari nie jemanden wie ihn erlebt.

»Es ist vorüber«, sagte Indris behutsam. »Es wird keine Fortsetzung der Geschichte geben. Geh deinen eigenen Weg. Wir haben uns heute Nacht nicht getroffen, und es gibt keinen Grund, warum wir uns in Zukunft treffen sollten.«

»Indris!«, schnappte der Asrahn. »Ich will wissen, wer das ist!«

»Wir haben keine Zeit.« Indris klang müde. »Ich habe Euer Leben gerettet, Vashne, so wie Ihr meines gerettet habt. Die

Leben Eurer Söhne könnt Ihr umsonst haben. Gibt es nicht Wichtigeres, um das Ihr Euch kümmern solltet?«

Der Asrahn warf Indris einen finsteren Blick zu und befahl Daniush, dem Meuchelmörder die Maske abzunehmen. Ein Moment zorniger Stille folgte, in dem Belams blasses, schweißüberströmtes Gesicht enthüllt wurde. Der Asrahn starrte ihren Bruder voll Abscheu an. Stirnrunzelnd reinigte Ariskander sein gebogenes Schwert mit dem Umhang eines toten Angreifers.

Der Plan ihres Vaters, Ariskander zu töten und den Asrahn abzusetzen, war gescheitert. Sie und ihre Familie würden bei Anbruch des Morgens tot sein.

Shar stand neben Indris, die Waffe noch immer in einer stummen, drohenden Geste gezogen. Ariskander machte dem Asrahn ein Zeichen, damit dieser die Stufen nach oben erklomm und sich in die gut erleuchteten Straßen, die Menschenmenge und Sicherheit des Tyr-Jahavān rettete.

»Bleibst du nicht bei uns, Amonindris?«, fragte Ekko.

»Danke, aber nein.« Indris verneigte sich vor dem riesigen Tau-se-Krieger. »Hier trennen sich unsere Wege. Shar und ich werden noch heute Nacht aufbrechen.«

»Indris«, begann der Asrahn, »in Anbetracht dessen, was gerade passiert ist … ich brauche deine Hilfe. Bitte.«

»Hör auf ihn, Indris«, bekräftigte Ariskander. »Es gibt vieles, das wir dir noch nicht erzählen konnten. Hier wartet viel Arbeit auf uns.«

Indris wollte gerade antworten, als der dumpfe Klang einer Armbrust ertönte. Indris flüsterte ein Wort, und die Luft um sie herum füllte sich mit wirbelnden Fraktalen aus orangefarbenem Licht.

Schreck und Schmerz zeigten sich in seinem Gesicht, als ein Pfeil ihn in die Brust traf.

Indris wurde zurückgeschleudert, als ein weiterer Pfeil

in seiner Schulter stecken blieb. Gestaltwandlerin fiel ihm aus der Hand, ihr Licht erlosch. Wäre Shar nicht gewesen, er wäre zu Boden gestürzt. Ihr Kopf schnellte zur Seite, und die Zitrinaugen flammten vor Hass, als sie in Richtung der Meuchelmörder in die Dunkelheit starrte. Ihre Haut glühte in einem inneren Licht. Sie hob Indris hoch und warf ihn sich wortlos über die Schulter, dann griff sie sich Gestaltwandlerin und sprang in die schützende Dunkelheit.

Eine weitere Gruppe Attentäter tauchte aus den Schatten unter den Bäumen auf. Ihr Vater trat vor, mit dem Schaft seiner Zwillingsarmbrust in der Hand. Ein Köcher mit Pfeilen hing an seiner Hüfte. Corajidin starrte seine Tochter an, als er an ihr vorüberging. Sein Ausdruck war unergründlich.

Zwischen den Meuchelmördern humpelte Wolfram auf seinen knarzenden Beinen, eine hoch aufragende, wankende Figur in zerlumpter Robe. Die Leibwache ihres Vaters begleitete sie. Mari gesellte sich zu ihnen, hielt jedoch diskreten Abstand. Sie sehnte sich danach, jetzt woanders sein zu dürfen – irgendwo, nur nicht hier.

Die Gruppe ging zu Belam, der noch immer am Boden saß und seinen Arm hielt. Ihr Vater sah besorgt auf seinen Sohn herab und befahl seinen Männern, Belam fortzubringen, damit seine Verletzungen versorgt wurden und er etwas gegen die Schmerzen bekam.

Corajidin wies auf sechs seiner Wachen. »Findet Indris und die Seethe. Tötet sie. Macht keine Fehler.« Die Wachen nickten und setzten sich in Bewegung.

»Guten Abend, Vashne.« Corajidins Stimme war kummervoll.

Vashnes Augen wurden schmal, und ein Stirnrunzeln legte sein seelenvolles Gesicht in Falten. Mit einem triumphierenden Ausdruck wandte sich der Rahn Erebus an Ariskander. »Und Ariskander. Eine äußerst willkommene Beigabe.«

»Wie konnte es so weit kommen, Corajidin?«, fragte der Asrahn enttäuscht. Es überraschte Mari nicht, dass in seiner Stimme keinerlei Furcht mitschwang. Ariskander sah ihn unter zusammengezogenen Brauen an, und die Spitze seines Schwerts schwankte leise.

Corajidin reichte Farouk seine Armbrust, während er vortrat. Ekko stellte sich unauffällig neben Vashnes Schulter. Vashne fühlte die Bewegung und hob die Hand, um Ekko zu signalisieren, dass er stillhalten sollte. Mari konnte dem Asrahn nicht in die Augen sehen. Es gab nur wenig im Leben, das ihr Angst machte; doch irgendetwas anderes als Respekt in den Augen ihres Monarchen zu erblicken, würde sie vernichten. Vashnes Worte kreisten in ihrem Kopf: *Wie konnte es so weit kommen?*

Zweifel stiegen in ihr auf, und ihre Ohren begannen zu dröhnen. Sie fühlte, wie ihr Herz in der Brust hämmerte. Was hatte sie getan? Es gab ein altes Sprichwort, das ihre Mutter tief in ihr verankert hatte, als Mari noch ein Kind gewesen war. *Mit jedem Verrat verkümmern wir innerlich ein wenig mehr, bis nichts mehr bleibt als der bittere Geschmack vergessener Ehre.* Mari stellte sich vor, dass ein großer Teil von ihr bereits verkümmert war. Möglicherweise konnte sie wenigstens den Rest retten, bevor sie starb.

Mit gesenktem Blick zählte Mari unauffällig. Jetzt standen noch dreizehn von der Elitewache auf den Stufen, Farouk eingeschlossen, plus ihr Vater und Wolfram. Ihr Vater war einst ein Schwertmeister gewesen, war aber nicht mehr in der gleichen körperlichen Verfassung. Dennoch … vierzehn Gegner? Und ein Angothischer Hexer? Selbst mit Ekkos Hilfe war Mari klar, dass sie den Asrahn nicht vor dem Schicksal bewahren konnte, das ihr Vater für ihn vorgesehen hatte. Doch vielleicht konnte sie mit ihrem Leben etwas Zeit für die Söhne des Asrahns erkaufen?

Sie müsste Wolfram als Erstes töten und Farouk danach, dann …

»Ich habe nie gewollt, dass es so weit kommt, Vashne«, sagte Corajidin ernst. Sein Gesichtsausdruck war aufrichtig schmerzerfüllt. »Wir waren in gewisser Weise Freunde. Am Jahresende hättet Ihr Euer Amt abgegeben, und ich wäre neuer Asrahn geworden. Wir hätten Diskussionen gehabt, wir beide, doch die Nation hätte von unseren Debatten profitiert.«

»So könnte es noch immer sein, Corajidin«, murmelte Vashne. »Ihr müsst es nicht so weit kommen lassen.«

»Glaubt Ihr nicht, dass ich schon ein paar Schritte zu weit gegangen bin?«

Vashne zuckte die Schultern.

»Ihr seid ein toter Mann, egal, was Ihr tut, Corajidin. Selbst wenn Ihr mich tötet, ist da immer noch Nehrun, der über Eure Aktivitäten in der Rōmarq Bescheid weiß. Er wird dafür sorgen, dass der Teshri davon hört.«

»Nehrun?« Corajidin grinste, doch es sah krank aus. »Ich bin nicht allzu besorgt wegen dem, was er sagen oder nicht sagen könnte. Und Ariskander, was Euch betrifft: Ursprünglich wollte ich Euch töten, aber ich habe meine Pläne geändert. Euer Tod kann warten. Da es Eure verfluchten Leute waren, die meine Arbeit in der Rōmarq bedroht haben, scheint es mir nur passend, dass Ihr mich dafür entschädigt.«

Wolfram sah Corajidin stirnrunzelnd an. Der Angothische Hexer wies mit dem Finger auf Ariskander, doch die nächsten Worte waren an seinen Herrn gerichtet. »Was werdet Ihr …«

»Wenn ich Sedefkes Studien über das Erwachen nicht haben kann, um geheilt zu werden, dann werde ich die nächstbeste Lösung wählen.« Corajidin blickte Ariskander an. »Das Hohe Haus Näsarat. Das Erste Haus. Das Herrscherhaus! Das einzige Hohe Haus, dessen Wissen über das Erwachen ohne Unterbrechung bis zum allerersten Ritual in den tiefen Höhlen des Shalef-mar Ayet zurückreicht – dem Tempelbergschrein. Irgendwo, verborgen in den Erinnerungen seiner Ahnen, ruht die klare Rückerinnerung an den Ort, an dem das Blut von Īa aus dem lebenden Fels sickerte und die ersten Könige und Königinnen der Avān erwachten, um Rahn zu werden.«

»Vater?«, fragte Mari zögernd.

»Ich werde das, was ich brauche, aus seinem Verstand herausreißen«, murmelte Corajidin.

Ariskander erbleichte, seine Augen weiteten sich vor Entsetzen.

»Wenn nötig, auch aus seiner Seele. Schicksal gegen Schicksal, Ariskander.«

»Corajidin!«, sagte Vashne scharf. »Das muss ein Ende haben!«

»Ich … Shrīan … kann nicht länger auf Euch warten, Vashne.« Corajidin legte die Hand auf Vashnes Schulter. Besorgt bemerkte Mari die krankhafte Blässe ihres Vaters. »Die Zeiten für Kompromisse sind vorbei. Wenn Euch das ein Trost ist: Es tut mir leid, dass es so weit kommen musste. Aber nicht leid genug, um jetzt einfach zu gehen.«

»Wenn es Euch um …«

Corajidin stieß das *Krysesqa*, das der Asrahn ihm gegeben hatte, tief in Vashnes Magen. Vashnes Augen weiteten sich. Sein Mund klappte auf und schloss sich wieder. Corajidin riss die Klinge schnell nach oben. Sie schnitt durch Haut, Muskeln, Organe, bis die uralte Schneide Vashnes linkes Herz erreichte. Ein Schnitt nach rechts, und auch das zweite Herz war durchtrennt.

Vashnes Gesicht nahm den Ausdruck ruhiger Ergebenheit an. Er versuchte zu sprechen, doch kein Wort kam aus seinem Mund.

»Es ist so leicht, einen Mann zu töten. Ich hatte es schon beinahe vergessen.« Corajidin ließ den Toten zu Boden gleiten und legte ihn vorsichtig auf die uralten Steine. Er blickte Farouk an. »Fessle die anderen. Ich will, dass sie so bald wie möglich in die Rōmarq gebracht werden. Heute Nacht sorgen wir dafür, dass unser Geheimnis auch geheim bleibt.«

Als alle wie erstarrt dastanden, versuchte Ariskander zu fliehen, doch er wurde brutal zu Boden geknüppelt. Daniush und Hamejin hatten mehr Glück. Sie rannten in unterschiedliche Richtungen davon und suchten im Schutz der Bäume Deckung, nachdem sie sich ihren Weg durch die nächststehenden Wachen geschlagen hatten. Ekko tat es ihnen gleich, und seine lange Klinge schlitzte die Kehlen dreier Wachen auf. Es war unwahrscheinlich, dass irgendjemand einen fliehenden Tau-se einholen würde.

Maris Hand umklammerte den Griff ihres *Amenesqa*. Plötzlich fand sie sich inmitten der Wachen ihres Vaters wieder. Sie stellte sich fünf Wachmännern in den Weg, die gerade die Verfolgung aufnehmen wollten. Als sie mit ihr zusammenstießen, fluchten sie.

Corajidin schien das alles gar nicht wahrzunehmen. Reglos starrte er auf Vashne, der in einer Blutlache lag. Mari beobachtete, wie ihr Vater von dem roten Strom zurückwich, während sich das Blut zu seinen Füßen sammelte.

Rahn Afareen beobachtete ihre Tochter Vahineh beim Training. In vier Wochen war ihr vierundzwanzigster Geburtstag.

Sadra, der bejahrte Schwertmeister, verneigte sich mit gerötetem Gesicht und schweißüberströmter Stirn vor Vahi. Die junge Frau atmete schwer und salutierte mit dem Schwert.

»Exzellent!«, erklärte der alte Sadra begeistert. »Eure Technik wird mit jedem Tag besser.«

»Solange ich mich verteidigen kann, wenn es nötig ist,

Sadra, bin ich zufrieden«, erwiderte Vahi höflich. »Aber um ehrlich zu sein: Ich hoffe trotzdem, dass ich immer Hunderte von Kriegern zwischen mir und meinen Gegnern habe. Bis sich irgendein Feind dann zu mir durchgeschlagen hat, wird er zu müde zum Kämpfen sein.«

»Ein guter Plan, Pah Vahineh. Möget Ihr ihn niemals in die Tat umsetzen müssen.«

»Danke dir, Sadra«, sagte Afareen. Sie erhob sich aus ihrem Stuhl und reichte dem alten Ausbilder einen Geldbeutel voller Münzen. Einst war Sadra ein berühmter Kriegsdichter gewesen. Das Alter machte ihm nun die Arbeit als Soldat unmöglich, doch er war noch immer ein außergewöhnlich guter Lehrer. Der Mann verneigte sich tief vor Afareen, und sie bemerkte, dass seine Hände vor Erschöpfung zitterten.

Als Geste des Respekts begleitete Afareen Sadra bis zu den Türen ihrer Kammer. Vashne hatte den Hai Ardin als Bleibe gewählt, doch Afareen fand die Offenheit von Seethe-Gebäuden im Allgemeinen unangenehm. Sie fühlte sich in der eleganten Avānarchitektur deutlich wohler. Säulengänge, gewölbte Decken, hohe Fenster aus buntem Glas und Balkone mit ihrem durchbrochenen Sichtschutz aus Alabaster, Holz oder Bronze. Seethe-Kristall war trotz seines Glanzes und seiner natürlichen Schönheit zu … unerklärlich für sie.

Als Afareen gerade die Hand auf den goldenen Griff legte, schwang die Tür nach innen auf. Sie wandte sich von Sadra ab und erwartete, das Gesicht ihrer Ehrenwache zu sehen.

Ihr blieb nicht einmal mehr Zeit, um zu blinzeln, bevor das Schwert ihr den Kopf von den Schultern schlug.

Vahi widerstand dem Drang zu schreien.

Starr beobachtete sie, wie das Blut aus dem Stumpf am Hals ihrer Mutter sprudelte. Der Körper stürzte mit einem dumpfen Aufschlag zu Boden.

»Flieht!«, schrie Sadra. Die Klinge des Veteranen schien sich aus dem Nichts in seinen alten Händen zu materialisieren. Er stellte sich über Afareens Körper, und das Blut strömte unter die Sohlen seiner rissigen Lederstiefel. Vahi blieb, wo sie war. Sie hielt ihre Klinge locker in der Hand, wie man es ihr beigebracht hatte.

Vier Männer standen in der Tür. Ihre Kleidung war blutverschmiert. Das Blut tränkte ihre Arme bis zum Ellbogen, sprenkelte ihre Gesichter und Haare. Thufan führte sie an. Seine eng beieinanderstehenden dunklen Augen schimmerten wie polierte Steine inmitten eines komplizierten Netzes aus Falten. Er trug eine breite, gekrümmte Klinge in der einen Hand; die andere endete in einer blutbefleckten Sichel. Er grinste bösartig. Neben ihm stand Armal. Hautbilder schmückten sowohl die muskelbepackten Arme als auch die freie Haut an seinem Hals. Eine schwere Keule, fast so lang wie sein Bein, ruhte auf seiner Schulter.

Einer der Männer stürzte schreiend nach vorn. Mit einer Eleganz, die sein Alter Lügen strafte, wich Sadra nach links aus und schlug zu. Es war eine träge Geste, nicht mehr. Zu beiläufig, um Schaden anzurichten; vielleicht eine Warnung. Dennoch fiel sein Gegner zu Boden, als hätte ihn eine Streitaxt gefällt.

Der zweite Mann griff an. Sadras Klinge schwebte, ein fliegender Vogel. Sie senkte sich und schlug zu. Ruhte kurz, blutverschmiert, als ein weiterer Gegner stürzte.

Thufan trat vor, doch der Riese Armal stellte sich vor ihn. Die Keule sauste in hohem Bogen und mit erschreckender Schnelligkeit von seiner Schulter. Sadra wehrte den Schlag ab, doch Vahi sah, wie sich der alte Mann unter der schieren Kraft krümmte. Sadra trat zurück, um sich mehr Raum zu verschaffen.

»Thufan!«, schrie Vahi. »Was tust du?«

»Lauft!«, rief Sadra über die Schulter.

»Bleib, wo du bist, Miststück«, befahl Thufan. »Lass mich dich jagen, und du wirst es bereuen. Armal, töte den alten Bussard.«

Mit ausdruckslosem Gesicht verstärkte Armal seinen Angriff. Sadra blockte, parierte, wich aus und schlug wieder zu. Jedes Mal wenn die riesige Keule niederging, schien der alte Mann ein wenig mehr einzuknicken, und jedes Mal wenn Thufan versuchte, um ihn herumzugehen, stellte sich Sadra ihm in den Weg.

Es folgte Schlag auf Schlag. Sadra kämpfte weiter.

Nach und nach rang Armal den alten Mann nieder. Mit jedem Schlagabtausch bluteten beide Männer mehr. Armal schien es gar nicht zu bemerken, aber Sadra wurde mit jedem Mal langsamer.

Vahi wusste, dass es zu Ende war, bevor der letzte Schlag folgte. Manche Dinge im Leben waren unvermeidlich. Sadras Tod – so heldenhaft, wie er sich das vermutlich gewünscht hatte, wenn auch vielleicht niemand davon erfahren würde – gehörte zu ihnen.

Bevor der letzte Schlag fiel, zog sie sich hinter die schweren Türen zur Bibliothek zurück. Sie wollte Sadra so in Erinnerung behalten, wie sie ihn jetzt gesehen hatte: als lebendigen, mutigen Mann. Als echten Meister. Vahi verschloss die Türen hinter sich und klemmte einen Stuhl unter die Türgriffe. Es mochte nicht viel bewirken, aber es war besser als nichts.

Augenblicke später hatte sie die Glastüren zum Balkon geöffnet. Sie zog ihren gesteppten seidenen Gambeson aus und band sich ihr Schwert mit einem Stück Vorhangschnur über den Rücken. Einen Moment lang stand sie da, in Kniehosen, Tunika und Stiefeln, auf der Brüstung des Balkons. Das unbeleuchtete Wasser des Kanals schien sehr tief unter ihr zu liegen.

Es waren keine Boote unterwegs. Niemand war zu sehen. Niemand, der ihren Verfolgern hätte sagen können, wohin sie geflohen war.

Die trägen, dunklen Wasser des Kanals würden sie bis zum Flussdelta tragen. Von dort konnte sie weiterfliehen und ihren Vater und ihre Brüder suchen. Sie war nicht erwacht, also war wenigstens einer von ihnen noch am Leben. Später, wenn sie ihnen erzählt hatte, was geschehen war, wäre Zeit zum Trauern. Die Erebus und ihre Verbündeten würden dafür bezahlen.

Bis Thufan die Türe aufgebrochen hatte, wäre sie längst fort, die einzige Zeugin eines Verbrechens, für das es keine Zeugen hätte geben sollen.

Kapitel 9

»Oft gibt es einen Unterschied zwischen einem erfolgreichen Mann und einem Mann mit Prinzipien.« Revael der Große Pferdemann, im 19. Jahr der Herrschaft Setseykin, Klanführer von Darmatien (im 491. Jahr der Shrīanischen Föderation)

315. Tag im 495. Jahr der Shrīanischen Föderation

Corajidin schleppte sich über den Innenhof der Villa in der Huq am'a Zharsi. Der Blutgeruch war überall. Er musste ein Bad nehmen. Wenn er die Handlungen des Teshri richtig vorhersah, würden sie bald kommen, um ihn zu holen.

Er hatte es Farouk überlassen, den Tatort zu säubern. Sein Neffe war manchmal etwas übereifrig, eine Eigenschaft, auf die sich Corajidin heute Abend verließ. Farouk würde den Eisenstraßenpark von allen Spuren eines Beweises säubern, dass das Hohe Haus Erebus dort gewesen war. Die Leichen würden beseitigt werden, doch die blutverschmierten Glasrüstungen und Waffen blieben – ebenso wie die Körper von Vashne und Hamejin, dem jüngeren Sohn, der bei seinem Fluchtversuch getötet worden war.

Während Farouk es übernommen hatte, Vashnes Ermordung in Szene zu setzen, hatte Corajidin auf Vashnes auf dem Rücken liegenden Körper geblickt und sich besorgt gefragt, ob der grimmige Nomade schlagartig aus seiner Ruhe erwachen würde, um Corajidin als seinen Mörder zu denunzieren. Corajidin hatte erwartet, dass er so etwas wie eine Erscheinung haben, vielleicht irgendein Zeichen von seinen Ahnen oder dem Orakel bekommen würde, dass er in ihrem Sinne gehandelt hatte. Er hatte sich gefragt, ob seine plötzliche Niedergeschlagenheit auch darauf zurückzuführen war, dass sich scheinbar nichts geändert hatte. Noch immer wehte der Wind vom Marmormeer her, warm und salzig. Noch immer kreischten die Fledermäuse in den Bäumen. Nachtschwärmer waren zu hören, die über den bronzenen Kuppeln und terrakottagefliesten Dachterrassen sangen. Selbst mit Ariskander als seinem Gefangenen erschien ihm die Welt nicht anders als heute Morgen, als er aufgewacht war.

Corajidin hatte sich vergewissert, dass Daniush derjenige war, der erwachte, nachdem sein Vater gestorben war. Der Ausdruck einer Person, in der die Quelle erwachte, hatte etwas Surreales, wenn dieser Jemand das eindrucksvolle, immense Bewusstsein von Īa und allem darauf Existierenden erlangte.

Sein eigenes Erwachen war schmerzhaft gewesen, wunderbar, erschreckend, verwirrend und machtvoll. Die Erinnerungen der Vorfahren verwoben sich mit den eigenen, und man versuchte, die Fäden der eigenen Identität von der Unzahl anderer zu trennen, die kaskadengleich in den Kopf strömten. Selbst der Versuch, den eigenen Herzschlag von denen der Hirsche, Pferde und Adler zu trennen, die durch die Präfektur streiften, schien anfangs unmöglich.

Als Corajidin ein Echo von Vashnes Geist in Daniushs Augen entdeckte, hatte er aufgekeucht. Der Ausdruck mörderischer Rache. Die geteilte Erinnerung an Tod. Der ohnmächtige Zorn. Corajidin hatte unverzüglich seiner Wache befohlen, Daniush in die Marschen zu schaffen. Wie auch Ariskander musste Daniush aus dem Weg geschafft werden, bis sie eine dauerhaftere Lösung fanden.

Das Dröhnen der Vorfahren in seinem Kopf schwoll an und ebbte ab wie die Gezeiten. Wenn er doch nur verstehen könnte, was sie ihm zu sagen versuchten! Stattdessen füllten sie seinen Schädel mit einem Lärm, den er manchmal am liebsten mit dem Hammer aus sich herausgeprügelt hätte, und seit Vashnes Tod war es noch schlimmer geworden.

Thufan wartete unten bei den Stufen zur Villa. Der alte *Kherife* polierte seinen Haken mit einem Stück blutigen Stoff.

»Was ist passiert?« Corajidin deutete auf die Blutflecken.

»Widerstand. Wir hatten keine andere Wahl.«

»Ihr solltet sie in Gewahrsam nehmen, nicht töten!« Corajidin ragte bedrohlich über dem kleineren Mann auf. Von dem Druck in seinem Kopf fühlte sich sein Gesicht geschwollen an. »Habt ihr irgendjemanden am Leben gelassen?«

Thufan starrte Corajidin ausdruckslos an. Der *Kherife* sah hinüber zu Wolfram, Farouk und den anderen. Mariam wartete mit ihnen. Sie wirkte angeschlagen, die Augen schimmerten von ungeweinten Tränen. Die Wachen trugen Belamandris auf einer behelfsmäßigen Trage aus Speeren und Umhängen. Thufans Stimme klang neutral, als er fragte: »Was ist passiert?«

»Er wurde verwundet, wird aber überleben«, murmelte Corajidin.

»Und die anderen?«

»Ariskander und Daniush sind in Gewahrsam, auf dem Weg in die Rōmarq«, erwiderte er. Die Müdigkeit drückte ihn nieder wie eine alte, abgenutzte Rüstung. »Hamejin wurde getötet, als er zu fliehen versuchte. Was haben wir da angefangen, Thufan?«

»Werdet Ihr weitermachen?«, fragte Thufan.

»Die Blüten sind gefallen, mein Freund. Man kann sie nicht wieder an den Baum hängen. Außerdem hat sich an der Notwendigkeit, dass ich das tue, nichts geändert.«

»Wie Ihr wollt. Ihr seht furchtbar aus. Ruht Euch aus.«

»Ich kann nicht; nicht, bis ich das Unternehmen von heute Nacht nicht vollendet habe.«

Mariam hatte versucht, mit Corajidin zu sprechen, während sie auf dem Rückweg zur Villa waren, doch Corajidin konnte sie nicht ansehen. Der Gedanke an sie schnürte ihm die Brust zusammen, und in ihm tobten widerstreitende Gefühle: Mitgefühl und Enttäuschung, Zorn und das Bedürfnis, sie zu trösten. Gleichzeitig fühlte er sich benommen, wie eine Kompassnadel, die ohne Ziel rotierte. Obwohl er verstand, warum sie seinen Anweisungen nicht gefolgt war, fühlte sich Corajidin dennoch verletzt. Es war auch sein Fehler – er hatte sie in ihrem Streben nach Unabhängigkeit unterstützt. Mariam war immer ein eigenwilliger Charakter gewesen, mit mehr Sanftmut und Feingefühl, als Corajidin von seiner eigenen Erziehung her kannte. Es hätte ihn nicht überraschen sollen, dass sie durch ihren Kontakt mit Vashne noch milder geworden war.

»Und jetzt?«, fragte Thufan. Der alte *Kherife* stopfte Tabak in seine Pfeife.

»Was soll ich tun?«

Corajidin machte Thufan ein Zeichen, ihm nach drinnen zu folgen. »Der Teshri wird nach mir schicken. Ich muss mich vorher baden und umziehen.«

»Seid Ihr sicher, dass sie kommen?«

»Ich rechne fest damit.«

Eine Gruppe angespannter, weiß gekleideter Feyassin war zu Corajidins Villa gekommen, als er gerade im Atrium an seinem gewürzten Kaffee nippte. Ihr Leutnantsritter hatte höflich, aber bestimmt darauf bestanden, dass Corajidin sie zum Tyr-Jahavān begleitete. Corajidin hatte sich überrascht gegeben, war ihnen jedoch ohne weiteres Aufhebens gefolgt.

Mit ein paar schnellen Befehlen hatte er seine Leibwache versammelt; sie wirkten dunkel, wie blutige Schatten, verglichen mit der schlichten Weiße der Feyassin.

Die Fahrt erfolgte in völligem Schweigen. Als sie ankamen, erklomm Corajidin die breiten Stufen, die den Felsen hinauf zum Tyr-Jahavān führten. Verglaste Laternen bildeten einander überlappende Lichtkreise. Vom Treppenabsatz aus war es nur ein kurzer Weg durch einen Ring aus facettierten Kristallsäulen bis zu dem kleinen Amphitheater, das das öffentliche Forum der Regierung Amnons bildete. Als er näher kam, sah Corajidin, dass viele der Säulen die geisterhaften Erscheinungen von Mitgliedern des Teshri aus ganz Shrīan trugen, die für die Notsitzung vorgeladen worden waren. Ihre Stimmen klangen spröde, wie Eis, das in der Ferne brach. Er zählte und war zufrieden zu sehen, dass genug versammelt waren, um ein Quorum zu bilden. Und viele der Versammelten standen tief in seiner Schuld.

Nazarafine und Narseh, die Führer der Hohen Häuser Sûn und Kadarin, saßen bereits. Die alternde Narseh war eine ernste, dicke Frau, die das eisengraue Haar zu ordentlichen Zöpfen zurückgebunden trug. Militärische Auszeichnungen glitzerten auf ihrer Brust und an den Ketten um ihren Hals. Sie gehörte zu den Gegnern Far-rad-dins und hatte die lange Reise aus ihrer nördlichen Präfektur eigens unternommen, um den Sturz des Seethe-Monarchen persönlich zu erleben. Der elegante Nehrun war ebenfalls da, in seinem makellosen Dunkelblau und leuchtendem Gold, das Phönixwappen aus Saphiren und Bernstein inmitten rubinroter Flammen an den Ärmeln. Er sah Corajidin düster an. Ziaire vom Perlenhaus war stehen geblieben, in ein Gespräch mit Femensetri vertieft. Die beiden waren wie Tag und Nacht, eine in perlmuttartig schimmernde Seide in der Farbe von Elfenbein gekleidet, die andere in abgetragenem schwarzen Leder und

Wolle. Die Sturmbringerin stützte sich auf ihren Stab, und ihre Klinge aus Hexenfeuer leuchtete hell, ein Flechtwerk aus Jadelicht, das schimmerte wie ein Splitter des Monds. In der Nähe von Femensetri und Ziaire saß ein nussbrauner Mann mit feinen Gesichtszügen, der abgenutzte Kleidung in Umbra und Orange trug. Ein *Yamir* aus der Rōmarq, seiner sonnengebräunten Haut und der armseligen Erscheinung nach zu schließen. Er war groß und hatte unwahrscheinlich breite Schultern. An den schmutzigen Füßen trug er Schilfsandalen. Ein Wappen, ein goldener Baum, war an seiner Robe befestigt. Corajidin kramte in seinen Erinnerungen, um dem Gesicht einen Namen zu geben: Siamak aus der Familie Bey, einer von Far-rad-dins Verbündeten. Thufan hatte den Mann erwähnt und erzählt, dass Siamaks Ritter den Schmuggel in den Marschen immer wieder erschwert hätten.

Auf der gegenüberliegenden Seite des Amphitheaters saßen viele, die mit der Imperialistischen Idee sympathisierten, oder mit Corajidin selbst. Der speerdünne Teymoud aus der Händlerzunft saß unter ihnen auf seinem kalten Steinsitz. Außerdem war da die beleibte Zendi, eine Koryphäe unter den Unterhaltern, die ihr Glück auch in den Bordellen der Kupferkurtisanen versuchte – eine Freudenbringerin für alle, die sich das Perlenhaus nicht leisten konnten. Auch andere *Yamire* der Hundert Familien waren anwesend, hoffentlich, um Corajidin zu unterstützen.

Vashne und Ariskander waren nicht da, wie erwartet.

In der Mitte des Amphitheaters befanden sich zehn Gestalten auf dem Boden, bedeckt mit blutbefleckten weißen Roben. Corajidin unterdrückte ein Lächeln und setzte rasch ein überraschtes Stirnrunzeln auf. Ein Krampf schoss durch die Muskeln in seinem Bein und ließ ihn taumeln. Wie praktisch …

Femensetri begann zu sprechen, doch Corajidin vergaß die

Worte schon, während er sie hörte. Zwei der Roben rutschten herunter und enthüllten die Körper von Vashne und seinem jüngeren Sohn Hamejin.

»Was ist geschehen, Corajidin?«, fragte Femensetri scharf.

Corajidin fühlte sich seltsam verpflichtet zu sprechen; es musste mit dem Timbre ihrer Stimme zu tun haben, der Macht des Befehls, der ihr innewohnte. Dennoch biss er die Zähne zusammen und schüttelte den Kopf. Er würde reden, wenn er bereit dazu war.

»Was meint Ihr?«, fragte er langsam, jedes Wort beherrscht, um sicherzugehen, dass es seine eigenen waren. Es war, als würde sie gerade mit ihren langen Fingernägeln durch sein Gehirn harken. Stochern, sammeln, klopfen. »Ich habe nicht …«

»Was ist Vashne und Ariskander zugestoßen?« Mit wehender Soutane schritt sie heran. In der Krümmung ihres Stabs flammten Fraktale aus Licht auf und begannen weiß zu glühen und zu summen wie zornige Bienen.

»Woher sollte er das wissen?« Nehrun erhob sich und zog Femensetris unheilvollen Blick auf sich. Der junge Adlige schrumpfte unter ihrer Musterung; Schweiß trat ihm auf die Stirn. Nehrun blickte weg und sah den Leutnantsritter an, der Corajidin zur Sitzung des Teshri gebracht hatte. »Du! Wo hast du Rahn Corajidin gefunden?«

»In seiner Villa, Pah Nehrun«, erwiderte der Feyassin. Corajidin nahm die leise Enttäuschung in der Stimme des Mannes wahr. »Zusammen mit seiner Familie.«

»Und bevor du zu Rahn Corajidins Villa gegangen bist?«, bohrte Nehrun weiter.

Femensetri, Ziaire und Nazarafine sahen den jungen Mann ungläubig an.

»Was hast du da gesehen?«

»Anzeichen eines Hinterhalts der Seethe, im Eisenstraßenpark.« Der Feyassin holte tief Luft. »Asrahn Vashne und Pah Hamejin wurden …«

»Ermordet«, knirschte Nazarafine. »Sie waren unterwegs hierher. Acht von ihrer Feyassineskorte wurden ebenfalls getötet. Mehran, ein neuerer Rekrut, wurde bewusstlos in der Nähe aufgefunden. Von Mariam, deiner eigenen Tochter, fehlt jede Spur. Praktisch, findest du nicht?«

»Und mein Vater wird vermisst«, fügte Nehrun mit schmalen Augen hinzu.

»Können wir denn sicher sein, dass es wirklich Seethe waren?«, fragte Siamak. »Es erscheint mir seltsam, dass sie das riskieren würden, nachdem der Asrahn sie begnadigt hat und Ariskander den Frieden aufrechterhalten sollte.«

Der Leutnantsritter wies auf seine Truppe, die die eingesammelten Waffen zu Boden fallen ließen.

Femensetri schnaubte und wandte sich um, um Nazarafine etwas ins Ohr zu flüstern. Die Volkssprecherin nickte gedankenverloren, dann räusperte sie sich. »Wo ist der Erbe des Asrahns? Gibt es irgendeine Spur von Pah Daniush?«

»Wir haben keine gefunden, Sprecherin«, erwiderte der Leutnantsritter unbehaglich. »Wir haben nach ihm gesucht, aber …«

»Er wurde entführt.« Mariam schleppte sich die Stufen hinunter in die Mitte des Amphitheaters. Ihre weiße Rüstung und die Robe waren ramponiert und an den Säumen mit Blut getränkt, als wäre sie durch Wein gewatet. Sie wirkte elend. »Ebenso wie Ariskander.«

»Wo warst du, Majorsritter?«, fragte Nazarafine scharf.

Mariam versteifte sich. Für einen Moment huschte ihr Blick zu Corajidin, dann sah sie der Sprecherin in die Augen. »Ich habe versucht, den Entführern von Pah Daniush und Rahn Ariskander zu folgen.«

»Dein Kamerad, Mehran, behauptet, du hättest ihn niedergeschlagen.« Femensetri beugte sich zu Mariam vor und stützte sich auf ihren großen Gelehrtenstab. Corajidin fühlte, wie die Luft um die mächtige Sturmbringerin zu knistern begann wie ein eingefangener Blitz. »Warum solltest du so etwas tun?«

»Warum bist du nicht bei der Verteidigung deines Asrahns gestorben?«, verlangte Narseh zu wissen.

»Hat es sich bei den Entführern meines Vaters um Seethe gehandelt, Majorsritter?«, fragte Nehrun rasch, um Mariams Antwort an Femensetri zu übertönen.

Die anderen Mitglieder des Teshri nickten, sichtlich interessiert an der Antwort auf Nehruns Frage. Corajidin sah, wie sich Femensetris Blick noch weiter verfinsterte.

»Diejenigen, die den Kampfwagen des Asrahns angegriffen haben, waren auf Seethe-Art bewaffnet und gekleidet«, erwiderte Mariam. Corajidin verbarg ein Lächeln hinter seinen Händen, während er sich übers Gesicht rieb. »Ich habe etwa fünfzig gezählt. Veteranen, ihrer Vorgehensweise und ihren Fähigkeiten nach.«

Nazarafine ließ sich auf ihren Sitz fallen und vergrub das Gesicht in den Händen. Einen langen Moment saß sie regungslos da, bevor sie wieder aufsah. »Erst wurde Far-raddin angegriffen aufgrund von Verdächtigungen, die einige von uns etwas zu bequem fanden. Und nun greift man Vashne und Ariskander an, unseren bevorzugten Kandidaten für das Amt des Asrahn.« Corajidin fühlte, wie ihm das Blut ins Gesicht schoss. Verflucht seien die Näsarats!

»Wir müssen handeln, statt mit unserem Schicksal zu hadern.« Zur Überraschung der anderen trat Nehrun vor. Sein Blick blieb einen Moment auf Corajidin haften, bevor er weiterwanderte. »Ich will Vashne gegenüber nicht respektlos erscheinen, der sich zu seinen Ahnen gesellt hat, und auch meinem Vater gegenüber nicht, der noch am Leben ist. Ich weiß es, denn ich bin nicht erwacht. Aber wir sind ein Volk in der Krise. Wir brauchen eine starke, erfahrene Führung. Und wir müssen Amnon unter Kontrolle bringen.«

»Das Gesetz ist in diesem Punkt sehr klar.« Rahn Narseh Kadarin erhob sich. Die Bilder der abwesenden Teshri-Mitglieder flackerten im Licht. Köpfe nickten, und Stimmen knisterten ihre Zustimmung. »Corajidin muss Ariskanders Platz als Statthalter von Amnon einnehmen. Er ist der Einzige, der über die nötige militärische Stärke verfügt.«

»Und nach Vashne und Ariskander war Corajidin der nächste Kandidat für das Amt des Asrahns bei der letzten Versammlung des Hochadels«, verkündete Teymoud. »Er sollte die Kontrolle über ganz Shrīan übernehmen!«

Einer nach dem anderen gaben seine Anhänger Teymouds Vorschlag ihre Zustimmung. Corajidin lächelte. Nehruns Gesichtsausdruck war eisig.

»Der Dritte in der Reihe ist weit entfernt von …«, setzte Ziaire an, wurde jedoch von Zendi, dem fetten Bordellinhaber mit den verschwitzten Hängebacken, unterbrochen.

»Aber immer noch besser als irgendjemand sonst.«

Siamak stand auf, ein Berg aus Muskeln in Ocker und Orange. »Wenn Ariskander entführt wurde, gibt es doch sicher Forderungen, die sich an seine sichere Rückkehr knüpfen? Warum hätten sie ihn sonst nicht gleich töten sollen?«

»Wir müssen nach Ariskander suchen!«, sagte Ziaire. »Wir wollten, dass er uns nach Vashne regiert.«

»Gibt es nicht ein altes Gesetz«, Nehrun hob die Hände, bis Ruhe einkehrte, »nach dem der Teshri eine Person als Asrahn-Erwählten ernennen kann? Eine vorläufige Vergabe mit gewissen Einschränkungen in der Macht, für Situationen wie diese?«

»Gibt es nicht auch ein Gesetz, das dem Volkssprecher die Kontrolle über das Land überträgt, bis ein neuer Asrahn gewählt wurde?«, schoss Ziaire zurück.

»Ich …«, murmelte Nazarafine mit apfelroten Wangen, als sich alle zu ihr umdrehten. »So ein Gesetz gibt es, aber, um es zu wiederholen, der Teshri muss …«

»Ich stimme für Corajidin!« Teymoud war der Erste, dann folgte Narseh, dann die anderen, noch bevor das Echo von Teymouds Stimme verklungen war. Nehrun. Chanqe von der Familie Joroccan, ein viel zu hübscher Mann, der im Verdacht stand, große Teile des organisierten Verbrechens in ganz Shrīan zu leiten. Thufan, der allzeit loyale *Kherife*. Die Zustimmung prasselte herunter wie Sommerregen, erst langsam, doch dann entwickelte sie eine eigene Energie. Stimmen zischten und knisterten aus kristallinen, gebrochenen Bildern, es wurde ein Tauziehen aus Zustimmung und Ablehnung.

Corajidin schloss die Augen. Offenbar sollten sich Wolframs Orakel doch noch bewahrheiten.

Bevor die Hälfte der Mitglieder abgestimmt hatte, stellte sich Nazarafine in die Mitte des Amphitheaters. Sie hob die Hände, bis Ruhe einkehrte.

»Der Teshri hat gesprochen«, sagte Nazarafine. Sie sah Corajidin verärgert an, und ihr war völlig bewusst, was ihr Zögern sie gekostet hatte. »Es sieht so aus, als wärest du hiermit der Asrahn-Erwählte von Shrīan und der Statthalter von Amnon. Ich möchte uns alle daran erinnern, dass wir heute Nacht einen großen Mann verloren haben. Ich werde jetzt die Stille des Gartens der Steine suchen, um mit meinen heiligen Ahnen Zwiesprache zu halten und Vashne alles Glück zu wünschen, dass er die Seelenquelle finden möge. Ich rate euch, dasselbe zu tun.«

Die Sturmbringerin führte Nazarafine, Ziaire und die anderen, die Vashne gegenüber loyal waren, aus dem Tyr-Jahavān. Ihre Wachen nahmen Vashnes Leichnam mit. Eine nach der anderen wurden die Kristallsäulen schwarz, die die Antlitze der anderen Mitglieder gezeigt hatten.

Etwa zwanzig der *Yamire* blieben und debattierten mit gesenkten Stimmen. Einzeln oder zu zweit gingen sie schließlich und gratulierten Corajidin, als sie an ihm vorbeigingen.

Corajidin hörte zu, und seine Brust war eng vor Verwunderung. Sein Herz warf sich gegen das Gefängnis seiner Rippen, schlug so hart, dass es beinahe schmerzte. Ganz offensichtlich hatte das Schicksal sein Opfer akzeptiert. Er würde noch mehr geben, viel mehr, um dafür zu sorgen, dass es auch weiter seine Versprechen hielt.

Corajidin zwang seinen geschwächten Körper den Korridor entlang zu Belamandris' Räumen, mit Mariam im Schlepptau. Den Weg vom Tyr-Jahavān nach Hause hatten Vater und Tochter in unbehaglichem, feindseligem Schweigen zurückgelegt.

Yashamin war bereits da; sie hatte die Wunden so gut wie möglich gesäubert. Wasser dampfte in einer Schale auf einem Tisch in der Nähe, der auch von Lagen aus weißen Seidenbandagen bedeckt war, einem Krug mit Wein und einer Handvoll kleiner Flaschen mit Lotusmilch, von der Art, wie Wolfram sie auch Corajidin gegen die Schmerzen verschrieben hatte.

Corajidin berichtete Yashamin von den Ereignissen der Nacht, während Wolfram Belamandris untersuchte. Mit morbider Faszination beobachtete er, wie der Angothische Hexer schimmernde Flaschen und farbige Kristalle aus einer Kiste nahm – die Heilerinstrumente, die er zur Behandlung von Belamandris' Wunden brauchte.

Corajidin sah auf seinen schwitzenden Sohn hinab. »Ich hätte nicht gedacht, dass Indris Belamandris besiegen könnte«, sann er. »Tatsächlich konnte ich mir nicht vorstellen, dass überhaupt jemand in Shrīan ihn schlagen könnte.«

»Außer mir gibt es auch nur wenige, die dazu imstande wären.« Mariam hielt Belamandris' Hand. Ihre Stimme war ausdruckslos. »Gloriano, der Ritter der Rosen aus Ygran. Oder Revael, der Große Pferdemann aus Darmatien. Delfyne, Schwertmeister aus Grieve. Dann gibt es da noch Saphyr-Aram, den Ritter der Finsternis, aus Mediin …«

»Sei still, Mädchen«, knurrte Corajidin. Er massierte seinen Nasenrücken, bemüht, den Schmerz in seinem Kopf einzudämmen. »Dein Bruder wurde …«

»Geschlagen?« Mariam hob trotzig das Kinn, doch Corajidin sah ihre Zerbrechlichkeit in den Spuren der getrockneten Tränen, die sich über ihr Gesicht zogen. »Gieß so viel Honig in das Wort, wie du willst, es wird nichts ändern. Es gibt einen Drachen in deiner Schlangenstadt.«

Wolfram sah gereizt auf. »Könntet Ihr Euer Geschwätz entweder draußen fortsetzen oder warten, bis ich Belamandris' Wunden versorgt habe?«

Die anderen verfielen in unbehagliches Schweigen. Corajidin machte es sich gemütlich, während der Hexer eine große, gebogene Nadel zur Hand nahm. Die Reflexnadel war aus mattem weißen Kristall gefertigt. Mit der anderen Hand nahm er eine Kette aus geschliffenen Glasperlen mit einem tränenförmigen Rubin, der von einem inneren Leuchten erfüllt war. Er sang leise. Obwohl Corajidin die Worte hörte, verschwanden sie beinahe sofort wieder aus seinem Gedächtnis. Es war, als würde er dem Rauschen und Getöse der Brandung lauschen.

Der Angothische Hexer rieb die Reflexnadel zwischen Daumen und Zeigefinger, und Fäden aus dunstigem Weiß, wie Spinnenseide, fügten sich zusammen. Sie fädelten sich durchs Nadelöhr und wurden länger, bis sie ein gedrehtes Filament bildeten. Wolfram nahm die Nadel und machte sich an die Arbeit. Sowohl die Nadel als auch Wolframs

Hand wanderten durch das Fleisch an Belamandris' Arm, so leicht wie Licht, das durch ein Fenster drang. Corajidin beobachtete die Bewegungen von Wolframs Hand. Wolfram schien durch Haut sehen zu können, durch Muskeln, Bänder und Sehnen. Der Hexer arbeitete mehrere Stunden, um den Schaden von innen nach außen zu beheben. Als er fertig war, blutete die Wunde nicht mehr. Sie sah sauber aus, mit lediglich einer undeutlichen roten Naht an der Einstichstelle.

Wolfram nahm ein Stück Elfenbein, so lang wie sein Unterarm, und legte es neben Belamandris' Schienbein. Nachdem er es zur Hälfte abgeschnitten hatte, sang er erneut. Diesmal versenkte er beide Hände in Belamandris' Bein. Corajidin hörte das schwache schleifende Geräusch, als der Knochen wieder in Position gebracht wurde. Der Hexer zog seine Hand zurück, um nach dem Elfenbein zu greifen. Während er es durch das Fleisch nach innen schob, wurde sein Gesang tiefer, so tief wie die Knochen selbst. Belamandris' Bein begann zu glühen. Die Venen wurden zu Silhouetten, die Haut schimmerte alabasterweiß, durchströmt von Pink. Augenblicke später verblasste das Licht wieder.

Der Hexer zog seine zitternden Hände von Belamandris' Bein zurück. Schweiß perlte auf seiner blassen Haut.

»Wein«, würgte Wolfram hervor.

Thufan goss Wein in einen Onyxbecher, und der Hexer fing gar nicht erst an zu nippen, sondern trank in großen Schlucken.

»Wird mein Sohn je wieder mit einem Schwert kämpfen?«, fragte Corajidin.

»Es wäre besser gewesen, wenn ich Zugang zu einem der Ausgleichsbäder der Sēq gehabt hätte.« Wolframs Hände zitterten, bis er sie zu Fäusten ballte. »Ich hätte ihn dort in die Regenerationsmilch legen können, und sein Körper hätte sich innerhalb von Stunden selbst geheilt. So aber wird es ein paar Tage dauern, bis er völlig wiederhergestellt ist. Aber er wird wieder gesund.«

»Ich danke dir.«

»Wir werden schon bald Gelegenheit haben, unsere gegenseitigen Schulden zu begleichen.«

»Warum war Indris dort?«, fragte Yashamin Mariam.

»Er sagte, er wolle Ekko zum Tyr-Jahavān eskortieren. Ekko wollte enthüllen, was er über die Ausgrabungen in der Rōmarq wusste.«

»Bei den geschrumpften Eiern unserer Vorfahren!«, fluchte Corajidin. »Es wäre besser gewesen, du hättest Ekko getötet, als du Gelegenheit dazu hattest!«

»Wäre das nicht ein klein wenig zu offensichtlich gewesen?«, schoss Mariam zurück.

»Reiz mich nicht; nicht heute Nacht, Mariam«, knurrte er. »Haben die Wachen die Leichen von Indris und der Seethe-Frau gebracht?«

»Bis jetzt ist niemand zurückgekehrt«, erklärte Farouk.

»Du bringst mir öfter schlechte Nachrichten als gute«, sagte Corajidin verärgert. »Wir reden hier von einem praktisch toten *Daimahjin* mit salzgeschmiedeten Pfeilen im Körper und einer einzelnen Seethe! Wie schwer …«

»Spielt es denn eine Rolle, Jidi?«, mischte sich Yashamin ein. »Die Frage ist, wie geht es weiter? Du musst dich auf deine Ziele konzentrieren, Geliebter.«

»Ihr seid Asrahn. Tut, was Ihr wollt«, schlug Thufan vor.

»Ich bin Asrahn-Erwählter. Es gibt einen bedeutenden Unterschied zwischen beidem«, widersprach Corajidin.

»Dann handle, bevor sie es tun«, sagte Yashamin rundheraus. »Wen kümmert es schon, was die anderen tun oder sagen? Sie waren bis heute Schafe, sie werden auch morgen Schafe sein.«

»Du hast die Stimmen im Teshri. Selbst die von Nehrun«, sagte Wolfram schwankend.

Der alte Mann rieb sich die Stirn; seine Haut war wächsern.

»Er ist nicht der Näsarat, um den wir uns Sorgen machen müssen«, sagte Farouk.

Corajidin sah zu seinem Sohn hinüber, wie er blut- und schweißüberströmt dalag, einer der größten Krieger dieses Zeitalters, der heute Nacht leicht hätte sterben können. Der Schmerz bohrte sich in seinen Magen, und seine Eingeweide verkrampften sich. Ohnmächtiger Zorn stieg in ihm hoch. Er wandte sich zu Mariam um und deutete auf Belamandris. »Deinetwegen liegt dein Bruder jetzt hier! Wenn du getan hättest, was ich von dir verlangt habe …«

»Wegen Belams Verletzungen tut es mir mehr leid, als du ahnst.« Mariam sah betrübt zu ihrem Bruder hinüber. »Aber ich habe dich gewarnt. Ich habe dich angefleht! Ich habe dir gesagt, dass ich nicht glaube, ich könnte Vashne verraten. Hättest du dich an die Gesetze gehalten, wäre die Sache anders ausgegangen.«

»Das ist jetzt müßig«, erklärte Yashamin. »Du musst deinen Dienst bei den Feyassin quittieren.«

»Das werde ich nicht tun«, erwiderte Mariam mit stiller Entschlossenheit.

»Das Leben besteht aus einer Reihe unerfreulicher Pflichten.« Corajidin sah seine Tochter genau an, registrierte den vorgeschobenen Unterkiefer, die schmalen Augen, das erhobene Kinn. »Je schneller du akzeptierst, dass dein Leben bei den Feyassin vorbei ist, desto rascher kannst du deinem eigenen Haus von Nutzen sein. Du kannst nicht zu ihnen zurückgehen. Ich werde als Asrahn-Erwählter Belamandris' Anlūki als Leibwache einsetzen. Sie sind nicht so gut ausgebildet wie die Feyassin, aber sie sind dem Hohen Haus Erebus treu ergeben. Sollen die Feyassin den Teshri und dessen Mitglieder beschützen.«

»Dann lass mich den Feyassin die Neuigkeiten selbst überbringen«, bat Mariam.

Corajidin ging zu seiner Tochter hinüber. Als er versuchte, ihr das Haar aus der Stirn zu streichen, wandte sie den Kopf ab. »Nein, Mariam, ich werde ein Sendschreiben aufsetzen und von einem Kurier überbringen lassen. Nach allem, was heute Nacht durchgesickert ist, werde ich nicht zulassen, dass du Kontakt zu deinen einstigen Kameraden hast. Am besten bleibst du die nächsten paar Tage in der Villa, dann weiß ich, dass du in Sicherheit bist.«

»Wie du wünschst. Würdest du mich jetzt entschuldigen?« Mariam verneigte sich vor ihrem Vater. Er hatte den Verdacht, dass sie aufsässigere Worte auf der Zunge hatte, sie aber unterdrückte. Sie blieb kurz stehen, um Belamandris auf die schweißüberströmte Stirn zu küssen, dann verließ sie den Raum.

Die Tür hatte sich kaum hinter Mariam geschlossen, als sich Thufan an Corajidin wandte. »Wir können keine Zeugen gebrauchen.«

»Ganz meiner Meinung. Indris, diese Seethe und der Tause müssen sterben. Tu, was nötig ist.«

Thufan nickte kurz und schritt dann in einer Wolke aus Pfeifenrauch davon.

»Indris ist nur ein einzelner Mann, Jidi«, sagte Yashamin, als sie sich auf der Couch ausstreckte. »Und noch dazu ein verwundeter.«

»Er ist ein voll ausgebildeter Generalsritter des Gelehrtenordens der Sēq.« Corajidin nahm Yashamins Hand in seine. Er drehte ihre Handfläche nach oben und küsste die Innenseite ihres Handgelenks. »Indris ist der bei weitem fähigste Sprössling der Näsarat. Und wie alle fähigen Leute rennt er entweder irgendwo hin oder vor irgendetwas davon. Wahrscheinlich beides. Wir müssen uns um ihn kümmern, und zwar in aller Stille und sofort.«

Corajidin ging zum Fenster hinüber. Der Mond war untergegangen, und die Nacht hüllte alles in den tröstlichen Mantel der Dunkelheit. Er war nun beinahe einen kompletten Tag lang wach. Als die Wirkung von Wolframs Trank nachließ, überkam ihn Müdigkeit, aber es gab noch immer viel zu tun.

Heute Nacht war Mariams Ruf unwiderruflich befleckt worden, und ihr Name würde für immer mit der Ermordung des Asrahns und Ariskanders Verschwinden in Verbindung gebracht werden. Corajidin musste den Informationsfluss kontrollieren und die Wahrnehmung der Leute mit einer glaubwürdigen Geschichte beeinflussen. Außerdem musste er sich überlegen, wie er mit Femensetris Interesse an der Sache umging; zweifellos würde sie ihre Fragen beantwortet haben wollen.

Mariam musste jetzt leiden, um sich später größeren Schmerz zu ersparen. Er war sicher, sie würde ihm die Lektionen verzeihen, die sie für die heutigen Ereignisse erteilt bekam.

Doch jetzt würde er die Wärme und den Trost seines Betts suchen – und der Frau, die er liebte. Sobald die Sonne aufging, konnte die Welt wieder von Neuem beginnen.

Kapitel 10

»Nur wenige Dinge im Leben sind stärker als die Notwendigkeit. Sie ist die Welle, in der sich unsere stärksten Sehnsüchte, unsere teuersten Überzeugungen brechen.« Gloriano, Ritter der Rosen, im 6. Jahr der Herrschaft des Palatins Navaar von Oragon (im 494. Jahr der Shrīanischen Föderation)

317. Tag im 495. Jahr der Shrīanischen Föderation

Indris schrak aus dem Schlaf auf. Licht flimmerte in seinen Augen, viel zu grell und scharf, wie ein Stachel im Gehirn, sodass er die Augen wieder schloss. Er nahm den schwachen Geruch von Sandelholz wahr. Auf seiner Zunge lag der Geschmack nach alter Milch, vermischt mit Honig und einem Hauch von Wachs: die Regenerationsmilch eines Ausgleichsbads. Er spürte die Kühle der seidenen Laken unter den Fingerspitzen, und der metallische, scharfe Ton einer Sonesette strich über ihn hinweg. Er schmiegte sich tiefer in die Behaglichkeit des weichen Betts und ließ sich das Gesicht vom Sonnenlicht wärmen. Indris spürte, wie er zu lächeln begann …

»Ich weiß, dass du wach bist, Junge.« Die Stimme erinnerte ihn an das Krächzen einer gewaltigen Krähe. »Wird auch Zeit. Du bist fauler geworden mit den Jahren.«

»Bin ich noch da, oder hat mich irgendein Mistkerl erschossen?« Indris öffnete ein Auge, dann das andere. Er blinzelte, während die Umrisse schärfer wurden. »Wie lange war ich weg?«

»Zwei Tage.« Shar legte ihre Sonesette auf den Boden und wies dann auf Femensetri. »Sie hat sich geweigert zu gehen.«

Die Sturmbringerin sah Indris mit ihren Opalaugen an. Ihre edlen Gesichtszüge waren ruhig, und der Seelenstein schimmerte stumpf in der Blässe ihrer glatten Stirn. In ihrer abgetragenen Soutane saß sie ganz still da. Ihr Stab mit dem sichelförmigen Ende ruhte in ihren Armen, und die Füße hatte sie mitsamt Stiefeln auf Indris' Bett gelegt. Die Laken waren übersät von Halbmonden und Flecken aus getrocknetem Schlamm.

Für siebenundzwanzighundert Jahre und länger hatte Femensetri den Interessen der Avān gedient, doch sie war sogar noch älter. Sie entstammte der allerersten Generation von Avān, die von den Seethe erschaffen worden waren. Und auch während des zweiten Millenniums des Blütenimperiums war sie da gewesen, als der Gelehrtenorden der Sēq gegründet wurde, um die größten Mystiker, Historiker, Heiler und Erfinder der bekannten Welt zusammenzubringen. Zuvor waren sie Hexen gewesen, wild und ungehemmt. Sie waren eine zügellose, manchmal auch wahnsinnige und oftmals zerstörerische Kraft gewesen, bevor sie die nötige Disziplin aufgebracht hatten, um die unterschiedlichen Gelehrtenorden zu gründen. Leider waren nicht alle großen Geister der Meinung gewesen, dass Zügelung eine Tugend war, und so blieben die Hexenzirkel bestehen. Ihre rücksichtslose Macht stand in starkem Widerspruch zu der Logik und Vernunft der Gelehrtenorden.

»Du hast Glück gehabt, dass sie mich aufgestöbert hat«, schniefte Femensetri. »Sonst wärst du jetzt tot, was, Junge? Wenigstens das Mädchen hat Verstand. Salzgeschmiedeter Stahl«, ihre Stimme war hart und missbilligend, »ist eine ernste Sache.«

Indris versuchte, sich aufzusetzen. Shar half ihm mit

besorgtem Gesichtsausdruck. Indris sah sich im Raum um. Er war schlicht, aber elegant eingerichtet. Das Mobiliar war von erlesener Qualität und die Wände in einem Weiß gestrichen, das im Licht zu schillern schien. Die Fenster waren mit arabesken Lichtblenden versehen, und Orchideen schmückten schlichte Porzellanvasen.

»Wo sind wir?«, fragte Indris.

»*Samyala*, eine Villa, die dem Perlenhaus gehört«, erwiderte Shar lächelnd.

Indris sah sie mit hochgezogener Braue an. Die Gesellschaft betrachtete die Kurtisanen des Perlenhauses im Großen und Ganzen als Verführerinnen. Sie wurden respektiert, sogar verehrt, sowohl von den Avān als auch von einigen der menschlichen Kulturen, doch ihre Verstrickungen in der Gesellschaft reichten tiefer, als die meisten ahnten. Das Perlenhaus leitete einige der angesehensten Schulen, verrichtete Wohltätigkeitsarbeit und unterstützte die diplomatischen Korps. Einer Person, die offen von den Perlenkurtisanen unterstützt wurde, standen viele Türen offen. Wenn in den richtigen Kissen das Richtige geflüstert wurde, war Erfolg praktisch garantiert.

Shar begann zu erzählen, wie sie Indris in den Schutz der Bäume geschleift hatte. Man hatte sie verfolgt, und sie hatte Indris so gut wie möglich verteidigt, doch nur mit Ekkos Unterstützung war es ihnen gelungen zu überleben. Shar hatte sich an eine der wenigen Personen gewandt, von denen sie sich Hilfe erhoffte.

»Du hättest sterben sollen, Junge.« Femensetris Stimme war ruhig. »Es ist mir unerklärlich, wie du das überleben konntest. Du steckst noch immer voller Überraschungen.«

»Vashne ist tot, oder?«, fragte Indris.

»Und Ariskander wurde verschleppt. Ekko sagt, Corajidin hat Vashne getötet.« Femensetri kreuzte die Knöchel. Noch mehr Schlamm löste sich in großen Brocken von ihren Stiefeln, von denen ein Teil auf dem Bett landete. Der Rest fiel zu Boden. »Es ist Jahre her, seit der alte Fuchs das Langmesser selbst geschwungen hat. Normalerweise lässt er Thufan, Farouk oder Belamandris für sich arbeiten.«

»Was ist mit den anderen?«

Femensetri schüttelte den Kopf. »Afareen, Hamejin und Vahineh sind tot. Daniush wurde ebenfalls verschleppt.« Femensetri erzählte Indris, was bei der Notfallsitzung des Teshri geschehen war. »Corajidins heimtückische Schlampe hat in den letzten paar Monaten mit Geld nur so um sich geworfen. Jetzt wissen wir, wen sie alles gekauft hat.«

»Gehört Nehrun dazu?«

»Das ist mehr als wahrscheinlich«, nickte Femensetri. »Du siehst nicht gerade überrascht aus.«

»Ich wollte, ich wäre es.« Indris schloss für einen Moment die Augen. »Obwohl Nehruns ehrgeizige Bestrebungen mehr mit Macht als mit Geld zu tun haben.«

»Corajidin spricht davon, dass er in Amnon den Frieden erhalten will.« Shar saß auf der Bettkante, die warme Hand in Indris' geschmiegt. »Er hat öffentlich gefordert, dass die Gewalttätigkeiten zwischen den *Yamiren* beendet werden. Aber Thufan hat jetzt hier das Amt des *Kherife* übernommen. Alle, die beschuldigt werden, den Frieden zu gefährden, werden verhaftet. Es werden aber nicht nur Rebellen festgenommen. Viele der *Yamire,* die Far-rad-din gegenüber loyal geblieben sind, hatten darunter zu leiden. Zweifellos werden sie verhört, weil sie herausfinden wollen, wo sich Far-rad-din aufhält. Oder wir.«

»Was ist mit Hayden und Omen?«, fragte er.

»Sie sind draußen«, versicherte ihm Shar. »Wir alle haben dich bewacht, seit du hierhergebracht wurdest.«

Femensetri erhob sich aus ihrem Stuhl. Der uralte Gelehrtenmarschall reckte sich mit knackenden Gelenken und ächzte vor Vergnügen.

»Lass uns allein, Mädchen«, sagte sie über die Schulter zu Shar.

»Alles, was du mir sagst, kannst du auch Shar sagen«, erklärte Indris.

Femensetri starrte Shar an, die den Kopf einzog. Als sie den Raum verließ, warf sie Indris einen entschuldigenden Blick zu.

»Ich mag sie«, stellte Femensetri fest.

»Shar ist eine gute Freundin.«

Femensetri zog eine Augenbraue in die Höhe. »In Ordnung. Was, im Namen der glorreichen Toten, ist passiert? Ganz offensichtlich versucht Corajidin, irgendetwas zu verbergen. Vashne ist tot, Ariskander und Daniush verschleppt … aber nur wenige von uns kennen die Wahrheit. Ekko würde sein Zeugnis keine dreißig Sekunden überleben.«

»Es sind weniger die gesuchten Antworten als vielmehr die Fragen, die uns jagen.« Indris zuckte die Achseln und rieb an der Innenseite seines linken Handgelenks, wo ein wenig verkrustete Milch aus dem Ausgleichsbad auf der Haut trocknete. »Shar, Hayden, Omen und ich haben ein paar Monate lang für Far-rad-din gearbeitet. Shar und ich haben die meiste Zeit über versucht herauszufinden, was die Grabräuber in der Rōmarq vorhatten.«

»Und?«

»Far-rad-din war besorgt über die Zunahme des Reliktschmuggels, der über Amnon lief. *Nahdi*-Kompanien, ein paar *Daimahjin*, selbst Hexer und Hexen kauften verbotene Waffen und Artefakte. Seine Leute hatten Gegenstände entdeckt, die sie noch nie zuvor gesehen hatten. Far-rad-din hatte den Verdacht, dass sie nur einen Teil dessen sahen, was wirklich aus der Rōmarq gestohlen und verschifft wurde. Er bat mich, die Gegenstände zu prüfen. Soweit ich das einschätzen konnte, waren es Relikte aus dem Haiyt- und dem Erwachten Imperium. Wir hatten den Eindruck, dass jemand eine neue Ausgrabungsstätte in der Rōmarq entdeckt hatte. Ich bin nicht sicher, welche der Städte der Zeitmeister es war, aber ich habe einen Verdacht. Wir konnten uns ein paar Mal einschleichen, aber es gab einige Bereiche, in die wir nicht vordringen konnten. Wir hatten nicht genug Zeit für eine sorgfältigere Untersuchung. Als die Armeen anrückten, hat Far-rad-din uns zurückgerufen.«

Femensetri ging zu der Stelle, wo Indris' Tasche auf einem kleinen Tisch lag. Sie stülpte sie um, und Indris unterdrückte ein Stöhnen. Mit ihren langen Fingern durchstöberte sie seine Habseligkeiten. Schließlich öffnete sie sein Lederfolio, das mit Pergamentblättern vollgestopft war. »Was ist das?«

»Abriebe von den Ruinen. Zeichnungen von den Dingen, die ich im Lager der Grabräuber gesehen habe. Wolfram war dort, mit einer Frau, vermutlich sein Lehrling. Und andere, meist *Nahdi*, aber ich habe den Verdacht, dass einige unter ihnen Soldaten eines Hohen Hauses waren. Allerdings trugen sie keine Uniformen. Es wäre schwierig zu beweisen, dass irgendeiner von ihnen im Dienste des Hohen Hauses Erebus steht. Außerdem schienen sie eine Vereinbarung mit den Fenlingen getroffen zu haben.«

»Den Fenlingen?« Femensetri kratzte sich an der Nasenspitze, während sie Indris' Notizen überflog. »Wenn Wolfram und Brede in die Sache verstrickt sind, steckt Erebus dahinter. Wonach sucht Corajidin?«

»Ich habe meinen Auftrag hier erledigt«, sagte Indris. Er kratzte sich über die Bartstoppeln. »Shrīan kann seine Probleme ohne mich lösen.«

»Du könntest es uns leichter machen.« Femensetri spuckte

in eine der Vasen, dann wandte sie sich ihrem einstigen Schüler zu. »Du hast es wirklich vermasselt, Indris!«

»Hatten wir dieses Gespräch nicht schon mal?«

»Du wirst mir zuhören, wenn ich mit dir rede, Junge.«

»Ihr habt mich in einem Loch verrotten lassen, als Ihr keine Verwendung mehr für mich hattet. Deswegen ist Anj-el-din gestorben.«

»Mach mich nicht für das Schicksal deiner Frau verantwortlich! Sie war sich der Risiken wohl bewusst, als sie auf die Suche nach dir ging, und dich wegen ihres Verschwindens mit Mitleid zu überschütten, hätte dir nicht gutgetan. Außerdem bist du aus Sorochel entkommen.«

»O ja, und danach bestand mein Leben nur noch aus Sonnenuntergängen am Meer.«

»Was glaubst du denn, wofür wir dich ausgebildet haben, dich und die Handvoll anderer?«, fragte sie scharf. »Du warst dazu ausersehen, die Interessen deines Volkes zu schützen. Wenn die Zeit gekommen wäre, hätten wir dich abberufen. Du hättest dich mit jeder Frau unserer Wahl zusammentun können. Aber nein, du und Anj-el-din, ihr wusstet es besser. Ihr musstet heiraten. Du hast den Orden verraten und …«

»Gemeinsam waren wir stärker, und das wisst Ihr auch. Außerdem habt Ihr mir mein Entlassungsschreiben ausgestellt, also …«

»Du hättest es niemals akzeptieren dürfen!«, brüllte sie. »Man hat dich gewarnt. Man hat dir gesagt, was passieren würde, sobald es Ärger gäbe!«

»Und Anj? War es so leicht, sie zu vergessen?«

»Es war nicht vorgesehen, dass Anj und du zusammen seid. Ihr beide hattet eine größere Verantwortung.«

»Seid Ihr wirklich so enttäuscht, weil Euer bester Schüler sich damit begnügen konnte, einfach nur zu lieben?«

»Schwachkopf! Der *Suret* wollte deinen Tod.«

Indris runzelte die Stirn. Der *Suret* war der Rat der Sēq-Meister unter der direkten Führung des Armahjin, des Dienstältesten aller Sēq.

»Du hast uns verlassen, um ein *Daimahjin* zu werden. Ungebunden, mit all unseren Geheimnissen … und mach dir nichts vor – du warst niemals mein bester Schüler. Der machtvollste vielleicht. Ganz bestimmt der begabteste. Aber du musstest nie um etwas kämpfen. Es ist dir viel zu leicht gefallen, Junge.«

»Und die anderen?«

»Von den acht, die ich wie dich ausgebildet habe, sind nur du, Saroyyin und Taqrit noch am Leben. Majadis, Demandai, Lilay und Ravajeh sind Verlorene. Sie werden gejagt und zur Rechenschaft gezogen werden. Anj-el-dins Schicksal kennst du bereits.«

»Tatsächlich?« Indris konnte die Bitterkeit in seiner Stimme nicht unterdrücken. Wenn er nur nicht mit Mari zusammengewesen wäre! Vielleicht würden ihn die Schuldgefühle dann nicht so quälen. Zu hören, dass vier seiner ältesten Freunde Verlorene und den Verheißungen älterer, dunklerer Mächte verfallen waren, schmerzte. Der Tod wäre besser.

»Sie ist fort, Indris. Warum wühlst du in einer Vergangenheit herum, die du lieber ruhen lassen solltest?«

»Friede!« Indris bedeckte die Augen mit den Händen. Wenn sie sich doch nur in Luft auflösen würde.

»Erzähl mir, warum du nicht zu uns zurückgekehrt bist«, sagte sie. »Nachdem Anj verschwunden war – warum bist du uns immer noch ferngeblieben?«

Indris kaute auf seiner Unterlippe. Es gab Dutzende Gründe, aber nur ein paar davon spielten wirklich eine Rolle.

Nachdem er und Shar aus der Gefangenschaft entkommen waren, hatten sie es zurück nach Amnon geschafft. Sie waren zu dem Haus gekommen, das er mit Anj-el-din geteilt hatte, doch sie war verschwunden. Sie hatten sie gesucht, waren Gerüchten nachgegangen, Geschichten und Geflüster. Nichts. Einige erzählten, sie wäre losgezogen, um ihn zu befreien. Andere behaupteten, sie wäre gestorben, und wieder andere berichteten, sie wäre einfach fortgezogen, um mit ihrem Kummer allein zu sein. Far-rad-din, ihr Vater, hatte Indris keinen Vorwurf gemacht. Weder Vorwürfe noch Rache waren die Art der Seethe, obwohl der Verlust Anj-el-dins Far-rad-dins Licht gedämpft hatte.

Indris und Shar waren nach Mediin gereist, der Hauptstadt von Pashrea, um einem Gerücht nachzugehen, das sie möglicherweise zu Anj führte. Obwohl das Unterfangen ergebnislos blieb, hatte die Reise Indris doch die Augen geöffnet und ihm eine seiner möglichen Bestimmungen gezeigt.

Es gab viele Trugschlüsse über die Schattenherrscherin. Einige Gelehrte vertraten die Theorie, dass sie in den letzten Jahren des Erwachten Imperiums vor Kummer wahnsinnig geworden war. Die westlichen Nationen waren an die Menschen verloren, deren Armeen bereits im Osten des Imperiums lagerten. Viele ihrer Anhänger waren in den Kriegen gestorben. Die Gelehrten von Mediin schworen, Näsarat fe Malde-ran sei zu jenem Zeitpunkt noch nicht wahnsinnig gewesen, ebenso wenig wie jetzt. Sie hatte ihre Kräfte nach ihren Möglichkeiten eingesetzt, um das Imperium zu retten, das sie liebte. Als Mahjirahn von Pashrea und Mahj des Erwachten Imperiums waren ihre Kräfte gewaltig. In ihrer Bedrängnis hatte sie die Kräfte von Īa selbst zu Hilfe gerufen, um ihr Volk zu retten, und die Welt vernahm ihren Wunsch. Die kürzlich Verstorbenen hörten ihren Ruf und kehrten vom Rande der Seelenquelle zurück. Doch alle Lebenden in weitem Umkreis verwandelten sich in Phantasmen aus Licht und Schatten, damit sie ewig leben und die Verwüstungen der Menschen überdauern mögen. So wurden Malde-ran und ihre Anhänger zu Nomaden, zu umherstreifenden Geistern. Sie brachen mit einer der ältesten Überzeugungen der Avān, um eben jene Überzeugungen für kommende Generationen zu retten.

Seit jener Zeit achteten die sterblichen Avān, die unter der Regentschaft der Herrscherin lebten, nicht länger das Gebot, dass es den eigenen Tod zu verhindern galt. Schließlich hatten die Meister unter den Gelehrten dies bereits seit Jahrtausenden praktiziert. Abmachungen wurden zwischen den Nomaden getroffen, von denen manche sterbliche Hüllen suchten, damit sie wieder einmal erleben konnten, was es hieß, lebendig zu sein, und bereitwilligen Sterblichen, die auf diese Weise ein Gefühl für die Unsterblichkeit bekamen. Es gab die *Eshim*, die Geisteskranken, die andere gegen deren Willen in Besitz nahmen, *Ephim*, die symbiotisch mit einem Wirt zusammenlebten, und *Ebrim* wie Sassomon-Omen, der künstliche Simulakren benutzte, um in Kontakt mit der Welt zu treten. Und dann waren da noch die *Ephael*, die überhaupt keine Wirte brauchten. Die *Ephael* waren die reinsten unter den Nomaden. Nur unter großer Anstrengung waren sie imstande, mit der materiellen Welt Kontakt aufzunehmen. Sie bildeten das *Sussain*, das Parlament der Unsterblichen. Gemeinsam mit der unsterblichen Schattenherrscherin selbst regierten sie noch immer die zerfledderten Überreste des Imperiums. Diejenigen, die in Pashrea unter dem Schutz der Schattenherrscherin lebten, waren weder Ketzer noch Abtrünnige. Vielmehr hatten sie eine neue Form der Existenz gefunden, frei von den alten Traditionen und Erwartungen.

Mediin, die Hauptstadt des alten Imperiums, hatte Indris mit Ehrfurcht erfüllt. Sie war aus gemeißeltem Quarz und weißem Marmor errichtet. *Ishuajan* – der Palast der Herrscherin – dehnte sich über einen dunklen Berghang aus, wie die gefrorenen, hinterleuchteten Wasser eines Kataraks.

Die kleinen Hügel und Täler der Stadt und ihrer Umgebung waren mit weißen Steingebäuden gesprenkelt, und von Grünspan überzogene Kupferkuppeln wölbten sich, als wären sie Stücke vom Mond, die vom Himmel gefallen waren. Breite Straßen aus geschliffenem blauen Stein führten in sanften Kurven um kunstvolle Statuen. Es gab Gärten und Parks mit dunkel belaubten, üppigen Bäumen und Beeten mit blauen, roten, weißen und silbernen Lotusblüten. Springbrunnen aus Silber und Glas plätscherten. Tagsüber waren die Straßen ruhig, wenn auch nicht völlig leer. Doch wenn die ersten Abendschatten über das Mar Siliin wanderten, nahmen die Nebel- und Sternenlichtformen der Nomaden Gestalt an. Sie waren immer da, doch man sah sie nicht im Sonnenlicht.

Als Indris an den bewehrten Körpern der Geisterritter vorübergegangen war, deren Seelen in Geistergefäßen aus Jade, Gold und Stahl eingeschlossen waren, brach ihm fast das Herz. Sie hatten geschworen, ihr Volk über den Tod hinaus zu verteidigen, jenseits von Schmerz, Schlaf und Glück, und selbst jenseits der Erinnerung, warum sie geworden waren, was sie waren. Indris und Shar hatten für Stunden im Schatten eines Geisterritters gesessen, der einfach stehen geblieben war. Rost überzog seine riesige Rüstung, einen Harnisch, der vielleicht jahrhundertealt oder noch älter war. Gräser rankten um seine Beine. Die Metalloberfläche, einst spiegelblank poliert, war nun verbeult und zerkratzt und trug die Spuren uralter gewonnener Schlachten. Getrieben von zügelloser Leidenschaft, von Patriotismus, sogar von Liebe, hatten sich die Geisterritter zu einem endlosen, viele Jahre dauernden Dienst verpflichtet. Während die Jahre vergingen, war ihnen die Vorstellung davon, was Sterblichkeit bedeutete, entglitten. In mancherlei Hinsicht waren die Sēq ihnen ähnlich.

»Eine ewige Verpflichtung, so wie Ihr sie eingegangen seid …«, flüsterte Indris. »Die Vorstellung, unzähligen Leuten in zahllosen Jahren zu dienen, ist zu abstrakt. Ich will nicht in Begriffen von Tausenden denken. Weder in Zehner- noch Hunderter- oder Tausendereinheiten. Nach Sorochel, nach Anj-el-din, musste ich in Personen denken, die ich sehen und lieben kann. Als ich geliebt habe, war ich glücklich. Was bedeutet das alles ohne Liebe?«

»Wir Sēq lieben im Abstrakten, Indris. Die Versuchung, Ärger und Rachegefühlen nachzugeben, ist viel zu groß. Das hast du doch selbst erfahren. Das ist der Grund, warum …«

»Die meisten von uns keine Freunde haben? Warum wir allein sterben?«

»Jeder stirbt allein.« Femensetris Miene war unbewegt. Indris hatte keine Ahnung, ob seine Worte sie überhaupt erreicht hatten. »Was zählt, ist das, was du tust, bevor du stirbst, mein lieber Junge.«

Femensetri diskutierte noch fast eine Stunde mit ihm, aber sie waren beide nicht mit dem Herzen dabei. Als sie den Korridor hinunterschritt, lauschte er auf das solide Klopfen ihres Stabs.

Indris erhob sich aus dem Bett. Femensetri hatte die schlimmsten Verletzungen geheilt, doch die übrigen Schmerzen und die Müdigkeit brauchten mehr Zeit, bis sie verschwanden. Seine Disentropische Färbung strömte um die Wirbel seiner Wunden und verursachte ihm leises Schwindelgefühl. Er stöberte in den Schränken im Zimmer herum. Seine eigenen geliebten Kleider waren gereinigt, geflickt und gefaltet worden. Jemand – vermutlich Shar – hatte auch seinen Seesack hier abgestellt. Seine Rüstung war da, ebenso wie der runde Schild mit den halbierten Sechsecken und

Gestaltwandlerin, die in schwarze Seide gehüllt und mit einer dicken Schnur umwickelt war.

Gestaltwandlerin schien seinen forschenden Blick zu spüren. Ein leises Summen ertönte aus der Umhüllung. Shar wusste, welche Gefühle er Gestaltwandlerin gegenüber hegte, sie kannte die Macht, die seine Seelenklinge ihm verlieh. Sie war die Geliebte, die er ebenso sehr liebte, wie er sie hasste.

Er presste die Lippen zusammen und nahm die umhüllte Waffe aus dem Schrank. Die *Kajesqa* schnurrte in seiner Hand; eine vertraute Vibration. Er brauchte ein paar Minuten, um die Knoten zu lösen, die sehr fest gezogen waren. Indris faltete die Seide auseinander und tat, was er in seiner Zeit mit den Drachen getan hatte … obwohl er sich nicht daran erinnerte. Er zog die Klinge eine Handspanne heraus. Hexenfeuer brannte in ihren Tiefen, ein Jadeleuchten, verschmolzen mit dem perlmuttartig schimmernden *Kirion*. Alle *Kajesqa* waren von der gleichen Machart; sie halfen den Sēq, ihre Disentropie zu kanalisieren. Andere Metalle verfielen zu schnell, aber ein *Kajesqa,* verschmolzen aus Hexenfeuer und *Kirion* – dem Stahl, der aus Sternschnuppen gewonnen wurde –, konnte Jahrtausende überdauern. Das Hohe Haus Sûn benutzte die gleichen Techniken, um ihre seltenen und kostbaren Sûn-Klingen zu schmieden.

»Wir sind noch nicht fertig, wir beide«, flüsterte er Gestaltwandlerin zu. Die Waffe vibrierte vor Wohlbehagen, als er sie sich über den Rücken schlang. Augenblicke später fühlte er das vertraute, berauschende Anschwellen der Disentropie. Die entropischen Narben, die der salzgeschmiedete Stahl hinterlassen hatte, bildeten sich zurück. Seine Sinneswahrnehmung vertiefte sich, die Farben wurden intensiver, die Geräusche ausgeprägter, die Gerüche vielfältiger, das Licht heller und die Schatten schärfer.

Leise verließ Indris sein Zimmer durch die Balkontür. Es tat gut, sich zu bewegen. Zweifellos würden sich seine Freunde sorgen, wenn sie feststellten, dass er verschwunden war. Aber es gab ein paar Dinge, um die er sich selbst kümmern musste, und wenn eine Gruppe wie die seiner Freunde erschien, würden sie Aufmerksamkeit erregen. Er zog sich die Kapuze über, um sich gegen die grelle Sonne zu schützen, und schritt durch die stillen Gärten und die offenen Tore des *Samyala*. Die von Bäumen gesäumte Seidenstraße führte bis ins Zentrum von Amnon, aber Indris rief lieber eine Droschke herbei, statt zu laufen. Er bat den Fahrer, ihn zum *Ghyle* zu bringen, dem Labyrinth in Amnons Marktbereich.

Als Indris aus dem Wagen stieg, fühlte er sofort die Spannung. Normalerweise herrschte reger Verkehr im *Ghyle*, schon vor der Morgendämmerung und bis lange, nachdem Sonne und Mond untergegangen waren. Leute gingen auf den Plazas spazieren, und Lachen war zu hören, Streitereien, aber die einst fröhlichen Geräusche klangen seltsam dumpf. Es gab rätselhafte Lücken zwischen den Leinenschirmen, wo die Straßenhändler ihre Stände aufgebaut hatten. An einigen Läden trug die Frontseite das gelbe Bild der gekrümmten Hand, dem Zeichen für »Verräter«. Ein Kind mit dunklen Augen starrte Indris an, die kleine Hand umklammerte ein Stück angekautes Nougat. Es kaute still vor sich hin, die Augen lagen viel zu tief in den Höhlen.

Indris bog links in die Schifferstraße ein und gelangte zu den großen, dicht gedrängten Wohnungen der mittleren Kasten, Künstler, Kaufleute, Soldaten, Angestellten und anderen, die die Wirtschaft in Gang hielten. Große Schlüssellochfenster blickten blind auf die Straße.

Er fand ein kleines Kaffeehaus an der Ecke eines von Feigenbäumen beschatteten Platzes. Der Kaffee war mit Zimt versetzt, stark und herb.

Überall um ihn herum sprachen die Leute mit leiseren Stimmen, als er erwartet hätte. Unter Far-rad-dins Herrschaft war oft über die Entscheidungen gesprochen worden, mit denen man nicht einverstanden war. Jetzt wurden die Themen Politik, Erbfolge oder Zukunft vermieden. Ein Teil pries Corajidins feste, aber scheinbar gerechte Hand. Doch für jede positive Bemerkung gab es drei oder vier andere, die eine ganz andere Geschichte erzählten. Es gab Gerede über Freunde, die bei Nacht geholt worden waren. Über bösartige Handgemenge zwischen den Soldaten der Hundert Familien, die unterschiedliche Hohe Häuser unterstützten. Über die Säuberung Amnons von Seethe und Menschen.

Auf der anderen Straßenseite öffnete sich eine Tür, und ein ältlicher Mann mit einem wilden grauen Haarschopf streckte den Kopf heraus. Er suchte die Straße ab, dann scheuchte er vier Halbwüchsige und vier weitere Gestalten hinaus: groß, verhüllt und zu anmutig, um etwas anderes als Seethe zu sein. Das Gefolge kletterte in einen verdeckten Wagen, der von vier müde aussehenden Hirschen gezogen wurde. Die Leute in den Straßen und Kaffeehäusern wandten die Blicke ab, als der Wagen die Straße entlangrumpelte, in Richtung des Docks, wo Masten hin und her schaukelten wie ein Wald im Sturm.

Was die Leute nicht sahen, konnten sie auch nicht verraten.

Weniger als eine Stunde später, Indris ging gerade durch die enge, schattige Glasbläsergasse, traf er auf eine Gruppe, die zusah, wie Soldaten des Hohen Hauses Erebus mit den grünen Schärpen des *Kherifen*-Amts an der eingetretenen Tür eines Sandsteinhauses Wache standen. Armal führte sie an; er trug eine große Eisenkeule über der Schulter und den schwarzweißen Knoten eines Inquisitors der *Kherife* an seiner Schärpe, direkt neben dem Hauptmannsabzeichen.

Die Soldaten zerrten Seethe und Avān aus dem Gebäude in das halbe Dutzend eisenverkleideter Gefängniswagen. Einige der Wagen waren bereits besetzt. Die avānischen Gefangenen, die aus dem Haus geführt wurden, waren sonnengebräunt und ihre Kleidung seit ungefähr einem Jahrhundert aus der Mode gekommen, aber sauber und sorgfältig geflickt. Einige trugen Fußbekleidung aus fransigen Sandalen, die aus Schilf und geflochtenen Gräsern gefertigt waren. Ihre umbra- und orangefarbene Kleidung wies sie als Gefolgsleute der Familie Bey aus. Die gefangenen Seethe trugen das Gold und Weiß der Untergebenen Far-rad-dins.

Indris' Augenbrauen hoben sich unwillkürlich, als er sah, dass einer der Gefangenen ein Stammesältester der Seethe war. Der Großteil seines feinen Federflaums hatte sich zu langen roten, braunen und weißen Federn entwickelt. Die Haut auf seiner geraden Nase war völlig verhärtet und schimmerte in den Farben des Regenbogens. Die Hornschuppen um seine Augen und die Haarlinie um den Unterkiefer waren dunkler und sahen härter aus als die seiner jüngeren Begleiter. Sein Umhang verfing sich unter dem Fuß eines Soldaten. Als er zu Boden glitt, öffneten sich die Galeonssegelflügel des Seethe und wurden hastig von den umgebenden Soldaten niedergedrückt. Ein anderer, den Indris als Kriegskomponisten identifizierte, wurde bewusstlos aus dem Haus getragen.

Als er sich durch die Menge schlängelte, begriff Indris, dass es nicht das einzige Haus war, das durchsucht wurde. Fünf weitere hatten gähnende Löcher an den Stellen, wo sich zuvor Fenster und Türen befunden hatten. Weitere drei trugen Rußspuren von Feuern. Die Glasbläsergasse war eine von etwa einem Dutzend Straßen in dem Bezirk, in dem Far-rad-dins bevorzugte Anhänger und Verbündete mit ihren Familien gelebt hatten.

Der Makel des salzgeschmiedeten Stahls befleckte seine Disentropische Färbung. Ein halbes Dutzend Soldaten stand in der Nähe der Wagen, und ihre Armbrüste waren mit den schwarzen, salzgeschmiedeten Pfeilen bestückt. Gestaltwandlerin auf seinem Rücken murmelte leise und finster. Die Nächststehenden warfen Indris erschrockene Blicke zu, obwohl er hastig weiterging, bevor sie Fragen stellen konnten.

Das Geräusch von splitterndem Glas ertönte. Ein bewaffneter Mann in Orange und Braun sprang aus einem Fenster im ersten Stock. Drinnen erklangen Rufe. Er landete auf dem Dach eines der Gefängniswagen. Mit einer schnellen Bewegung schlug er auf die Schlösser, und die Türen flogen auf. Der Mann hechtete zu einem weiteren Wagen, wo er dem Fahrer heftig auf den Kopf schlug. Er löste die Bremse und startete den Wagen, der von einer Spule angetrieben wurde. Als der Wagen davonraste, wurde der Fahrer hinuntergeschleudert.

Chaos breitete sich aus, als die Soldaten versuchten, die Verfolgung aufzunehmen. Die Gefängniswagen behinderten sich gegenseitig. Die Menge schwankte, als die Leute zu drängeln begannen, entweder um einen besseren Blick zu erhaschen, oder um zu fliehen. Als die flüchtenden Gefangenen durch die Menge schlüpften, wich Indris zurück. Pfeile schwirrten vorbei. Einige fanden ihre Ziele, andere trafen unschuldige Passanten. Den Soldaten schien es egal zu sein. Unter Armals wachsamem Blick scheuchten die in *Kherife* verwandelten Soldaten jeden beiseite, der ihnen im Weg stand. Viele wurden verhaftet und trotz ihrer Proteste in die Wagen geworfen. Fäuste und gezogene Schwerter wirbelten herum, während man versuchte, die Ordnung wiederherzustellen.

Indris hatte genug gesehen. Er kehrte ins *Samyala* zurück.

Vom Balkon aus sah Indris auf den Teil der Stadt, der sich im Flusstal unter ihm ausbreitete. Die Umrisse der Leute schienen kaum mehr als bewegte, farbige Punkte zu sein. Das war die Art, wie die Sēq die Welt betrachten sollten: das gesamte Gewebe, das bestehen bleiben sollte. Die kleinen farbigen Punkte, die Leute in ihrer Anonymität, wurden dauernd ersetzt. Man sorgte sich wenig um einzelne Wassertropfen, solange der Fluss selbst noch floss. So war die Welt.

Indris erzählte seinen versammelten Freunden, was er in der Stadt gesehen hatte.

»Es ist nirgendwo mehr sicher.« Ziaires Stimme war melancholisch. »Glaubst du, diese Repressalien gehen von Corajidin aus?«

»Spielt das denn eine Rolle?« Femensetri kratzte sich am Kopf.

»Indris, du bist der Pah eines Hohen Hauses, außerdem halten dich viele für einen Helden.« Ziaire hob die schlanke Hand, um sich die Augen zu beschatten. »Wir brauchen Männer wie dich, und das jetzt mehr denn je.«

»Ich bin nicht der Mann, für den du mich hältst. Mein Stammbaum ist … fragwürdig.« Indris lachte bedrückt. »Zu meinen Ahnen zählt der erste Erwachte Herrscher der Avān, der den Obersten Gerichtshof der Seethe im Marmormeer versenkt hat. Und als wäre das nicht schon genug, stamme ich auch noch in direkter Linie von der Schattenherrscherin ab.«

»Asrahn Vashne hat dich um Hilfe gebeten, bevor er ermordet wurde«, brummte Ekko. »Und Rahn Ariskander hat dir vertraut. Vieles, das sie verhindern wollten, ist eingetreten. Doch der Rest muss nicht auch noch eintreffen.«

»Was schlägst du vor, wie sollen wir Corajidin aufhalten, Ekko? Wenn es nicht sein eigener Wille ist, dann haben seine Gefolgsleute seine Wünsche jedenfalls so verstanden, wie sie sie umgesetzt haben.« Indris lehnte sich ans Geländer des Balkons. Der Marmor fühlte sich warm an seiner Haut an. »Nehrun wird nicht gegen Corajidins Willen handeln, solange er glaubt, dass es ihm zum Vorteil gereicht. Was schlägst du vor, ein Attentat vielleicht? Davon gibt es ja genug in unserer Geschichte. Oder sollen wir fliehen, um anderswo eine Armee zusammenzustellen?«

»Warum nicht?« Hayden kniff die Augen zusammen, während er auf Amnon und über das Marmormeer blickte. »Die Unsterblichen Gefährten haben genau das getan …«

»Damals waren wir zweihundert, Hayden.«

»Finde Ariskander.« Femensetri stützte sich auf ihren Stab. »Und finde Far-rad-din. Bring sie zurück.«

»Wird Ariskander in der Lage sein, diesen Wahnsinn zu stoppen?« Indris setzte sich und lehnte den Rücken an den Balkonpfosten. »Ernsthaft? Es wäre, als würde man einen Kieselstein fallen lassen, um die Flut aufzuhalten. Und was Far-rad-din betrifft: Ich kann mir nicht vorstellen, dass er irgendeinem Angebot trauen würde, das der Teshri ihm macht.«

»Du weißt, wo er ist, nicht wahr?«, fragte Ziaire mit durchdringendem Blick.

»Der Teshri ist es, der überzeugt werden muss«, erwiderte Indris. »Er muss handeln, damit nicht noch Schlimmeres geschieht.«

»Wie viele Lügen müssen sich gute Leute selbst erzählen oder erzählen lassen, bevor sie handeln?«, fragte Ziaire sinnend. »Wie oft werden wir uns zurücklehnen und sagen: ›Es wird schon richtig sein‹, bevor die Wahrheit einmal zu oft geopfert wird?«

»Ein paar Mal.« Indris sah Shar, Hayden und Omen an. »Ich kann euch da nicht mit hineinziehen. Ihr solltet euer Geld nehmen und so weit wie möglich von hier weggehen.«

»Schätze, das sind die Worte eines Mannes, der auf Krawall aus ist«, sagte Hayden.

»Du wirst kämpfen«, stellte Shar fest, und ihr Blick war intensiv und falkengleich.

»Es hat ganz den Anschein«, ergänzte Omen.

»Ich werde mit dir gehen, wenn du erlaubst.« Ekko verneigte sich vor Indris. »Viele meiner Leute sind nicht aus der Rōmarq zurückgekehrt. Ich suche nach Antworten.«

Indris lächelte dankbar. »Wenn ihr alle mitkommen wollt, dann werden wir Ariskander und Far-rad-din nach Hause bringen. Ich habe große Lust, Corajidin den Tag zu verderben.«

Kapitel 11

»Es liegt ebenso viel Freiheit wie Knechtschaft in der Entschlossenheit.« Kelumba, Gelehrter der Zienni, bei der Amtseinführungszeremonie von Königin Neferi VII. (im 461. Jahr der Shrīanischen Föderation)

317. Tag im 495. Jahr der Shrīanischen Föderation

Mari kam zu den Kasernen. Sie benutzte ihren eigenen Schlüssel, um die Türen zu öffnen, dann schritt sie leise durch die beinahe klösterliche Stille der Feyassin-Unterkünfte. Stimmen waren zu hören, immer leise, immer in einem anderen Raum. Egal, wohin sie sich wandte, sie war allein. Zweifellos wussten ihre ehemaligen Kameraden, dass sie hier war. Sie würden sich ihr stellen, sobald sie bereit dazu waren.

Schließlich stand sie barfuß in der Übungsarena, inmitten der länger werdenden Schatten des Nachmittags. Der weiße, grobkörnige Sand war frisch gerecht worden und fühlte sich warm unter ihren Füßen an. Der weiche Untergrund war angenehm, nachdem sie zwei Tage lang in ihren Zimmern eingeschlossen gewesen war, mit einer Wache vor der Tür, um sicherzugehen, dass sie ohne das Wissen ihres Vaters nirgendwohin ging. Zwar kannte sie die verborgenen Korridore, die die Mauern der Villa durchzogen, und sie hätte ihre Räume jederzeit verlassen können; aber sie wollte ihren Vater nicht erst misstrauisch machen. Außerdem waren seine Worte durchaus vernünftig gewesen. Es konnte nicht schaden, wenn sie sich für ein paar Tage aus der Öffentlichkeit zurückzog, während Amnon noch unter der Nachricht von Vashnes Tod und Ariskanders Verschleppung taumelte.

Sie vergrub die Zehen im Sand. Die Sonne auf ihrem Gesicht und der Klang der Brandung brachte sie zum Lächeln. Es erinnerte sie an unschuldigere Tage. Eine leise Brise strömte durch den sonnengebleichten, durchbrochenen Sichtschutz des kleinen Übungsbereichs. Fähnchen flatterten an hohen Masten. Möwen schrien und schienen in der Luft zu schweben. Die Brise trug den Geruch nach sengendem Sand, Salzwasser und getrocknetem Seegras mit sich. Sie fühlte, wie ihr der Schweiß das Rückgrat entlanglief.

Ihr war bewusst, dass es ein Risiko gewesen war hierherzukommen. Doch egal, wie es ausging, sie musste sich dem stellen, was sie getan hatte. In der Abgeschiedenheit ihres Zimmers hatte sie vor Kummer geweint, hatte geflucht und sich selbst verletzt, als sie auf alles und jeden losgeschlagen hatte, der ihr in die Quere kam. Sie wusste nicht, ob sie sich den Verrat an Vashne jemals würde vergeben können.

Die Tür öffnete sich, und etwa ein Dutzend Feyassin tauchte auf. Sie unterhielten sich: das Geplänkel, das leichte Lachen, die freundlichen Neckereien von Leuten, die sich gegenseitig ihr Leben anvertrauten. Einer der Feyassin sah auf und erblickte Mari. Mari versuchte, ihre Freunde – ihre einzigen Freunde – anzulächeln, fühlte aber, dass sie lediglich ein halbherziges Dehnen der Lippen zustande brachte. Sie sah auf ihre Feyassin-Rüstung und das *Amenesqa* hinab, die fein säuberlich in weiß lackierte Holzkisten gepackt waren.

Es war einer der stolzesten Tage in ihrem Leben gewesen, als der Asrahn ihr die Kisten persönlich übergeben hatte. Bei dem Gedanken, dass sie ihre Rüstung nie wieder tragen würde, tat ihr das Herz weh.

»Was machst du hier, Mari?« Qamrans Gesichtszüge waren ausgeprägt, attraktiv mit seiner hohen Stirn und den dunklen Haaren. Seine Hand schloss sich fest um das hölzerne Trainingsschwert. Er war ihr ebenbürtig, ein Major der Feyassin. Qamran trug die weißen und goldenen Lotusabzeichen, die ihn als Oberstritter des Ordens auswiesen. Er sah auf die Rüstungs- und Waffenkisten zu Maris Füßen, dann hob er den Blick und sah ihr in die Augen. »Wir haben gehofft, dich wiederzusehen. Beinahe ebenso sehr, wie wir dir den Tod gewünscht haben.«

Mari fühlte, wie ihr Lächeln gefror. Die Feyassin hatten sich lose verteilt, bildeten jedoch eine Absperrkette zwischen Mari und der Tür. Sie bemerkte den Zorn in Mehrans Augen, als er sich hinter Qamran aufstellte. Der junge Kriegsdichter, den sie im Eisenstraßenpark niedergeschlagen hatte, lehnte sich vor und flüsterte etwas in Qamrans Ohr. Was es auch war, es brachte Qamran zum Lächeln. »Es wäre sicherer für dich gewesen, wenn du jemand anderen unsere Habseligkeiten hättest zurückbringen lassen.«

»Du hast Schande über die Feyassin gebracht!«, knirschte Mehran. »Seit ich ein Kind war, wollte ich nichts anderes, als den Asrahn zu verteidigen und einen *Jeshemûr*, den ruhmreichen Tod von den Händen eines begabten Gegners sterben. Und jetzt? Wir sollen die Wache des Teshri werden! Warum? Weil Asrahn Vashne sein Vertrauen einer hochmütigen …« Mehran hielt inne, als sein jahrelanges Training in *Sende* die Kontrolle übernahm. Man beleidigte niemanden aus der königlichen Kaste, ganz egal, was er oder sie gesagt oder getan hatte. Der Halbwüchsige war zu jung, um zwischen der Pah Erebus fe Mariamejeh und Oberstritter Mariam von den Feyassin zu unterscheiden. Die eine war eine Prinzessin von königlichem Blut, die andere eine Soldatin, die ihren Eid gebrochen hatte.

»Was passiert ist, tut mir leid«, flüsterte Mari.

»Es tut dir leid?«, murmelte Qamran, als er sein Übungsschwert in den Sand vor Maris Füßen warf. Sandkörner tanzten über ihre Zehen. »Es gibt nur eine Art, auf die eine Feyassin Wiedergutmachung leistet, und das geht nicht mit Worten.«

»Bin ich denn noch eine Feyassin, Oberstritter Qamran?« Mari fühlte, wie ihr Herz schneller schlug. Ihr Mund war trocken, ihr Atem tief und gleichmäßig. Dafür war sie hergekommen. Für eine Tilgung ihrer Schuld, in welcher Form auch immer.

»Ich weiß es nicht. Bist du als eine Feyassin oder als Pah Mariamejeh gekommen?«

Mari glitt mit den Zehen unter das Übungsschwert, und mit einem Schlenker ihres Fußes kickte sie das Schwert in die Hand. In den wenigen Augenblicken, die die anderen brauchten, um sich in Zweiergruppen zusammenzuschließen, dehnte sie Hand- und Fußgelenke. Sie nahmen ihre Positionen um sie herum ein, bis auf Qamran, der sich mit dem Rücken gegen die Türe lehnte.

»Ich bin als eine Feyassin gekommen, aber ich werde nicht als Feyassin gehen.«

»Daran besteht kein Zweifel.«

Das erste Kriegerpaar stürzte vor, und die Kampfrufe hallten von den Wänden wider.

Mari erinnerte sich, dass sie einen stillen Ort in ihrem Inneren gefunden hatte. Obwohl der Schmerz nicht verschwand – obwohl sie die Schläge auf ihren Körper, auf ihre Gliedmaßen fühlte, den Aufprall in den Handgelenken und Füßen, in den Knien, Ellbogen, Schultern, während sie Schlag um Schlag parierte –, war es ihr gelungen, diesen stillen Ort zu finden. Ihre Atmung war ihr Mittelpunkt geworden. Zeit wurde unwichtig. Nach Ansicht der Sēq existierten alle Dinge in einem gemeinsamen Moment. Ihr Moment war ein Moment der Agonie.

Hatte sie den Übungsbereich auf eigenen Beinen verlassen? Sie erinnerte sich an Qamrans Gesichtsausdruck, der zwischen Bewunderung und Verachtung geschwankt hatte. Da war eine Erinnerung daran, wie sie ging. Eine nebelhafte Erinnerung an Konzentration. Linker Fuß. Rechter Fuß. Linker Fuß. Die Farben der Welt verblassten, und es gab nur noch Schattierungen von Grau oder auch lebhaftes Weiß, dort, wo das Licht mit den abgrundtiefen Schatten kontrastierte. Ihr Kopf hatte sich angefühlt, als wäre er mit Wolle gefüllt. Sie war sich nicht sicher, in welchem Moment sie die Einladung des warmen Samts der Bewusstlosigkeit endlich akzeptiert hatte.

Mari öffnete die Augen. Sie fühlten sich sandig und wund an, als hätte sie im Schlaf geweint. Licht strömte durch einen gemusterten Fensterladen. Ein Drachenschmetterling, nicht länger als ihr Unterarm, pirschte durch die Blätter eines eingetopften Hängefeigenbaums. Seine durchscheinenden Flügel ruhten halb gefaltet auf den schillernden bronzegelben Schuppen an seinem Körper. Dann sprang er katzengleich vom Baum, um einen goldenen Käfer zu vertilgen.

Mari grub das Gesicht tiefer in den Lavendelduft ihrer Laken. Sie waren aus schwerer Baumwolle und fühlten sich weich an. Ihre Fingerspitzen kribbelten. Sie spürte, wie Bandagen ihren Oberkörper, das rechte Handgelenk und Schienbein einschnürten, fühlte das ferne Echo eines Schmerzes, von dem sie wusste, dass er viel schlimmer hätte sein müssen. Sie war oft genug von Gelehrten geheilt worden, um zu begreifen, was geschehen war. Die eigentlichen Fragen lauteten: Wie war sie hierhergebracht worden – wo auch immer das sein mochte? Wie lange war sie schon hier, und wer hatte sie geheilt?

Zögernd zunächst, dann etwas sicherer, da sie keinen Schmerz spürte, setzte sich Mari auf. Sie goss sich einen Becher Wasser ein und war erleichtert zu sehen, dass ihre Hände nicht zitterten.

Eine Robe lag gefaltet auf ihrem Bett, und Mari wickelte sich darin ein. Dann tappte sie über Plüschteppiche und öffnete ihre Zimmertür.

Der Korridor war kühl und still. Öllaternen brannten an kleinen, geschmiedeten Metallgestellen an der Wand. Die glänzenden Dielen waren ausgebleicht, beinahe weiß. Große Vasen waren auf schmalen Tischen platziert und die Blumen sorgfältig zu einer Unzahl von gedämpften Farbschattierungen arrangiert worden. In der Ferne schlug eine helle Glocke.

Sie kam zu einem weiten Eingangsbereich, der in einen Raum mit hoher Decke führte. Der Raum war mit Bahnen aus hellgelber und weißer Seide behängt, sodass er an ein riesiges Festzelt erinnerte. Eine Wand wurde von bunten Glastüren beherrscht, die offen standen und den Blick auf den sonnendurchfluteten Garten dahinter freigaben. Ein kleiner Wasserlauf floss über eine Formation aus rotem Stein in kleine Teiche, in denen schwarze Schwäne über die spiegelnde Wasseroberfläche glitten. Ein Duft nach Lavendel und Gardenien umwehte sie.

Leute saßen auf breiten Sofas um einen Tisch aus blaugrünem Quarz. Ziaire hatte am Kopfende Platz genommen, und Femensetri saß zusammengesackt in ihrem Stuhl, die Füße in Stiefeln auf dem Tisch, den Stab gegen die Schulter gelehnt. Nazarafine beugte sich gerade vor, um sich Tee aus einer großen Eisenkanne einzuschenken. Sie erinnerte Mari an eine Lieblingstante, üppig und mit roten Backen. Siamak aus der Familie Bey, der *Yamir* aus den Marschen mit den Muskeln eines Hufschmieds, saß sonnengebräunt in seinen abgetragenen Orange- und Brauntönen da. Die letzte Person war ein männlicher Tau-se in einem lockeren Wams und Kilt aus schlichtem Filz. In seine lange Mähne waren glitzernde silberne und goldene Schicksalsmünzen eingeflochten, und die Handgelenke waren mit Armbändern aus Gold und Lapislazuli geschmückt. Sein Schwanz bewegte sich müßig. Kembe, der Hohe Patriarch des Tau-se-Rudels.

Ziaire erblickte Mari und gab ihr ein Zeichen, dass sie sich zu ihnen gesellen solle. Als sie zwischen einigen der einflussreichsten Persönlichkeiten Shrīans Platz nahm, gab es einen Moment der Verlegenheit. Es waren allesamt Namen, die kein Geheimnis aus ihrer Abneigung gegen das Hohe Haus Erebus gemacht hatten.

»Deine Feyassin-Kameraden haben dich nicht gerade liebevoll verabschiedet«, krächzte Femensetri. »War dein Vater so ein in Gold getunkter Bastard, dass er dir befohlen hat, zu ihnen zu gehen?«

»Setri!«, mahnte Nazarafine. Die Volkssprecherin goss eine Tasse Tee ein, die Mari dankbar annahm. »Ich bezweifle, dass es Mariam gefällt, wenn du so über ihren Vater sprichst.«

»Warum nicht?« Die Sturmbringerin sah die Sprecherin mit schmalen Opalaugen an.

»Ich überlasse Euch lieber Euren Diskussionen. Wenn ich nichts höre, muss ich mich wenigstens nicht nach dem *Sende* richten und Blut vergießen.« Mari erhob sich und schwankte benommen.

»Unsinn!« Femensetri kicherte und wies auf den Stuhl. »Ich sehe, du hast nichts von deinem Temperament eingebüßt.«

Ihre Glieder zitterten vor Anstrengung. »Wie bin ich hierhergekommen?«

Femensetri streckte ihre langen Beine aus, und Mari bemerkte die tiefen Risse in den alten Stiefeln. »Die Feyassin haben dich gestern Nachmittag bei den Toren der Villa in der

Huq am'a Zharsi liegen gelassen. Dein Vater hat Belamandris veranlasst, dich hierherzubringen, da der Heiler deines Vaters nirgendwo aufzutreiben war. In den Heilergärten am Hai Ardin ist kein Platz mehr, und die meisten Krankenhäuser in Amnon sind ebenfalls voll. Ich habe dich geheilt und schlafen lassen, bis das Schlimmste vorüber war. Du wirst noch ein Weilchen schwach und wund sein, aber ich vermute, das hast du schon mal erlebt.«

»Wo ist ›hierher‹?«

Ziaire lächelte Mari an. »Du bist in *Samyala,* der Paradiesvilla des Perlenhauses in Amnon.«

»Wo ist Belam?«, fragte Mari.

»Er ist geblieben, bis Femensetri deine schlimmsten Verletzungen geheilt hatte.« Nazarafine umschloss die Teetasse mit ihren plumpen Händen. »Seine Anlūki sind jetzt die Leibwache des Asrahn-Erwählten. Er wurde abberufen, um sich um die Sicherheit deines Vaters zu kümmern. Das Wichtigste ist, dass du dich wieder erholen wirst.«

»Bedauerlicherweise«, brummte Kembe, »kann man das von Vashne und seiner Familie nicht behaupten. Und was Ariskander betrifft, wissen wir gar nichts.«

»Was mir sehr leidtut und wofür ich verantwortlich bin. Ich verdiene Eure freundliche Aufnahme nicht.« Mari fühlte, wie ihr Gesicht heiß wurde vor Scham. Sie sah Ziaire an, die ihren Blick lächelnd erwiderte.

»Es war mir eine Freude zu helfen«, sagte Ziaire.

»Ich hätte bei ihrer Verteidigung sterben sollen«, erwiderte Mari heiser.

»Wahrere Worte wurden selten gesprochen«, stellte Siamak fest.

Mari atmete scharf ein. Hastig blinzelte sie die Tränen aus den Augenwinkeln. Ihr Herz fühlte sich zu groß an für ihre Brust, ihr Gesicht war warm. Da war ein Gefühl der Leere in ihrer Magengrube, nicht direkt Schmerz, aber auch nicht weit entfernt davon. Sie versuchte, ihren Atem zu kontrollieren.

»Die Bürde trägst du nicht allein, Mari.« Nazarafine legte ihre Hand auf Maris Knie. Die Hand der Volkssprecherin fühlte sich überraschend heiß und trocken an. »Wir wissen, dass du versucht hast, Ariskander, Daniush und Hamejin zu helfen. Dafür schulden wir dir Dank.«

»Wenn auch nicht gerade dafür, dass du Vashne in den Tod gelockt hast.« Femensetri starrte Mari unheilvoll an. Der Seelenstein des Gelehrtenmarschalls flackerte und war von einem dunklen Kranz umgeben. »Obwohl du nicht die Klinge geführt hast, die Vashne tötete, hättest du es doch ebenso gut selbst tun können. Und Ariskander? Deine Handlungsweise hat den einzigen Mann, der Vashne hätte ersetzen können, in Corajidins Hände gespielt.«

Mari umklammerte die Stuhllehnen mit eisernem Griff, um das Zittern ihrer Hände zu unterdrücken. »Woher wisst Ihr das?«

»Jemand hat überlebt und konnte die Geschichte erzählen«, erklärte Kembe mit samtener Stimme. »Du hast niemanden verletzt, aber auch nichts verhindert. Dein Vater wird ziemlich sicher verhindern, dass du nach dem Gesetz bestraft wirst. Seine Überredungskünste seit Vashnes Tod waren sehr … überzeugend, was dich betrifft. Seinen Berichten nach konntest du nur wenig gegen die erfundenen Rebellen ausrichten, die den Asrahn ermordet haben. Ich bin gespannt auf deine Version der Ereignisse.«

»Lass es!« Ziaires Stimme klang überraschend rigoros. Der Gesichtsausdruck der Kurtisanenkönigin wies ihre Freunde an, sich zurückzuhalten. Dann sah sie Mari an, und ihre grünen Augen schimmerten hell in ihrem olivfarbenen Gesicht. »Mari, warst du einverstanden mit dem, was dein Vater vorhatte?«

»Was?«, fragte sie entsetzt. »Nein! Ich glaube nicht, dass mein Vater das wirklich tun wollte.«

»Aber du wusstest, dass er Vashne umbringen würde?«, fragte Siamak scharf. »Und Ariskander verschleppen?«

»Ja«, flüsterte sie und hob das Kinn, bereit, ihr Urteil zu akzeptieren. »Ich habe ihn angefleht, es nicht zu tun, aber …«

»Warum hat er es dann getan?«, fragte Siamak.

»Mein Vater …«, setzte Mari an und verstummte dann. Sie erinnerte sich an die Behauptung ihres Vaters, dass er ein Beauftragter des Schicksals sei. Irgendwo zwischen Wolfram und seinen Orakeln, Yashamins Ehrgeiz und Corajidins Krankheit war ihr Vater verborgen, und er war nicht mehr er selbst. »Mein Vater handelte aus der Not heraus.«

Kembes Brummen verriet seine Skepsis, auch wenn seine Züge ausdruckslos blieben.

»Bis zu einem gewissen Grad«, setzte Mari hinzu.

»Können die Sēq etwas gegen ihn unternehmen?«, fragte Siamak Femensetri. »Theoretisch sind sie noch immer die Gesetzeshüter. Ihr habt die Befehlsgewalt über die *Kherife* und über die Tribunale der Gebieter.«

Femensetri sah finster drein. »Wenn wir in Pashrea wären, auf jeden Fall. Aber in Shrīan? Ich wünschte, es wäre so. Es sind nur noch wenige von uns übrig, und wir stehen so schon unter Beobachtung. Obwohl es nun schon Jahrhunderte zurückliegt, haben die Leute die Gelehrtenkriege nicht vergessen. Außerdem gibt es Interessensgruppen innerhalb der Sēq, die Corajidin zweifellos unterstützen.«

»Könnt ihr euch die Zukunft unter Corajidin und der Imperialistischen Fraktion vorstellen?« Kembe nippte an seinem Getränk. Die anderen sahen sich grüblerisch an. Mari vermutete, dass er auf ein Thema zurückkam, das sie vor ihrer Ankunft diskutiert hatten.

»Wir wissen, dass Corajidin Vashne ermordet hat«, Siamaks vom Schmiedefeuer vernarbten Hände ruhten auf den Knien, »und das ohne ein *Jahirojin*, das seine Taten legitimiert hätte. Um ihn belangen zu können, brauchen wir aber Beweise. Selbst wenn wir einen Zeugen haben, ist damit noch nicht garantiert, dass ein Gebietertribunal Corajidin für schuldig befinden wird. Er ist zu einflussreich.«

»Die Geschichte der Avān ist voller Präzedenzfälle, in denen die Hohen Häuser gegenseitig Blut vergossen haben«, sagte Femensetri. »Die Näsarats und die Erebus sind in der Hinsicht beide gleich schuldig.«

»Keiner, der von einem Hohen Haus abstammt, ist vollkommen unschuldig, Setri«, murmelte Nazarafine.

»Vashnes Tod war nur der Anfang«, knurrte Kembe. »Wir alle haben gehört, was in der Stadt vor sich geht. Die Gewalt, die Unterdrückung aller, die im Verdacht stehen, mit Farrad-din im Bunde zu sein. Ich erhalte täglich Gesuche von Leuten, die um den Schutz meiner Tau-se-Krieger bitten.«

»Wer hätte den nicht gern?«, grinste Siamak, wurde jedoch gleich wieder ernst. »Die Leute werden in Scharen aus Amnon fliehen, wenn wir nichts unternehmen.«

»In der Stadt werden wahrscheinlich nur die Kasernen der Armee stehen bleiben.« Ziaire trommelte mit den Fingern auf die Stuhllehne. »Und Amnon wird ohne seine Arbeiter, Künstler und Kaufleute dahinwelken.«

Mari hörte zu, während die anderen ihre Möglichkeiten abwogen. Wo wurden Ariskander und Daniush gefangen gehalten? War es möglich, sich Corajidin zu widersetzen, oder ihn gar abzusetzen? Waren sie bereit für einen Bürgerkrieg? Wenn Vashne und Ariskander fort waren, was würde das Eiserne Bündnis oder auch die neutralen Nationen gegen einen Monarchen unternehmen, der seit Jahren öffentlich alles verunglimpft hatte, das nicht avānisch war? Mari holte tief Luft. Zweifellos würde sie von ihren Ahnen früher oder später nach dem beurteilt werden, was sie nun tat.

»Ich vermute, Ihr sprecht so offen in meiner Anwesenheit, weil Ihr hofft, ich würde mich gegen meinen Vater wenden?«, fragte sie nüchtern. »Und bevor Ihr fragt, die Antwort lautet Nein. Ich bin dazu verpflichtet, ihm zu erzählen, was ich heute hier erfahren habe. Aber das wusstet Ihr ja bereits.«

»Mari«, Femensetri beugte sich vor, »wir müssen verhindern, dass hier in Amnon noch Schlimmeres geschieht. Auf der einen Seite stehen die Imperialisten, die unsere Grenzen schließen und jeglichen Einfluss von außen verhindern wollen. Die Föderalisten dagegen wollen unsere Verbindungen mit der Schattenherrscherin vertiefen und im gleichen Moment ihren Frieden mit dem Eisernen Bündnis machen. Shrīan balanciert auf Messers Schneide. Es ist verletzlich, egal, auf welche Seite es fällt.«

»Das Perlenhaus führt schon seit Monaten Gespräche mit Kemenchromis, dem *Rajir* der Schattenherrscherin.« Ziaire ordnete die seidenen Falten ihres Kilts, dann inspizierte sie die Stickereien an den nach oben gebogenen Zehen ihrer hohen Stiefel. Als sie wieder sprach, klang es beinahe wie ein nachträglicher Einfall. »Die Schattenherrscherin sorgt sich mehr wegen der Ereignisse in Amnon, als die Imperialisten ahnen.«

»Kemenchromis?« Mari konnte gerade noch verhindern, dass ihr der Mund vor Überraschung offen stehen blieb. Kemenchromis war Femensetris Zwillingsbruder. Er war, neben Sedefke, einer der Berater der Schattenherrscherin gewesen. Als *Rajir* war er der Leitende Minister der Herrscherin und hatte eine der einflussreichsten Stimmen im *Sussain*. Als Unsterblicher hatte sich Kemenchromis nicht verwandelt, als die Herrscherin Īa anrief, um ihr Volk vor den rebellierenden Menschen zu retten. Während Femensetri die

Sturmbringerin war, wurde ihr Zwillingsbruder Himmelsbrecher genannt und war ebenso mächtig und brillant wie seine Schwester. »Mein Vater hält die Schattenherrscherin für eine Abtrünnige. Auf keinen Fall würde er irgendwelchen Gesprächen mit dem *Sussain* zustimmen.«

»Wir haben auch Boten zum Palatin Navaar von Oragon gesandt.« Nazarafine erhob sich und schritt zum Fenster. Mari folgte ihrem Blick zu den hinreißenden Frauen und Männern in ihren kurzen, perlfarbenen Tuniken, die auf dem Rasen knieten und meditierten. Jeder hatte ein gebogenes hölzernes Messer auf den Knien liegen. Eine ältere Frau kniete vor der Gruppe, und ihr Mund bewegte sich; allerdings konnte Mari ihre Worte nicht verstehen. Sie klatschte in die Hände, und die Schüler erhoben sich, bildeten Zweiergruppen und begannen mit den langsamen, stilisierten Bewegungen der Messertänze. »Wie auch die Herrscherin war Navaar zufrieden damit, einfach nur abzuwarten und zu beobachten. Als unser Nachbar wird sich seine Haltung vielleicht ändern, wenn Corajidin Asrahn von Shrīan wird.«

Navaar, ein Halbblut-Avān, war Söldner und Kommandeur von gemeiner Herkunft. Er und seine Silberkompanie – eine Elitekavallerie – hatte in den Krisenstädten in Tanis gedient und danach als schwere Kavallerie für die Schlangenprinzen von Kaylish gegen die Korsaren der Ebenholzküste. Er wurde in sein Heimatland Ygran zurückgerufen, um der herrschenden Familie in einem Bürgerkrieg beizustehen. Doch als die Kämpfe aufhörten, war die königliche Familie zerstört. Der alternde Prinz Cervanto hatte Navaar adoptiert und ihm schließlich als Erbe eine Nation der rassischen Intoleranz hinterlassen. Im vergangenen Jahrzehnt hatte Navaar mit seiner Nation gerungen und einen Zustand des Friedens erreicht, doch er kommandierte noch immer eine große und erfahrene Armee.

»Meinem Vater und den Imperialisten wird ein Bündnis mit Ygran noch weniger gefallen als mit dem alten Imperium«, murmelte Mari. Sie dachte an Kasra und seine Vermutung, dass er vielleicht eine Torque-Spindel in der Rōmarq zutage gefördert hatte. Wenn Corajidin seine eigenen Soldaten machen konnte, was würde er dann tun, sobald er sich bedrängt fühlte? »Mein Vater glaubt, dass Shrīan stark genug gemacht werden kann, um jedem Feind zu trotzen. Ihr müsst ihn überzeugen, dass …«

»Dein Vater irrt in vielen Dingen.« Kembes tiefe Stimme war das Echo eines Felssturzes. »Corajidin muss gestoppt werden. Dauerhaft.«

Mari wich vor dem riesigen Tau-se-Monarchen zurück. »Ich liebe meinen Vater. Er mag fehlgeleitet sein, aber ich werde Euch nicht helfen, ihn zu töten.«

»Wir wollen ihn nicht töten, Mari«, antwortete Femensetri. »Es gab schon genug Tote. Wir wollen ihn daran hindern, dass er uns alle umbringt.«

»Ihr versteht nicht, was ihn antreibt … die Verzweiflung lässt ihn Grenzen überschreiten, wo die meisten anderen zögern würden.« Sie fühlte, wie sich die Schleusen mit jedem Wort weiter öffneten. Jede Silbe entfernte sie weiter von ihrem Vater, der es mit Sicherheit nicht gutheißen würde, dass sie hier seine Geheimnisse preisgab. Doch vielleicht konnte sie wenigstens sich selbst von ihrer Schuld loskaufen und den Geist des Asrahns versöhnen, den sie verraten hatte. »Er verfolgt diese politischen Ziele, seit mein Großvater starb, aber sein derzeitiger Zustand macht die Dinge noch dringlicher. Mein Vater verliert langsam den Zugriff auf seine Quelle.«

»Warum hat er nichts gesagt?«, keuchte Nazarafine auf.

»Wenn ein Rahn die Quelle nicht mehr beherrscht, beginnt der langsame Abstieg zu einem qualvollen Tod.« Femensetri kaute auf einem eingerissenen Fingernagel herum und spuckte ein Stück davon auf den Boden, was Ziaire zu einem leisen Fluch veranlasste. »Ich habe das schon erlebt. Gelehrten und Hexen passiert Ähnliches, und was Corajidin betrifft, so wird die Quelle wie Gift auf ihn wirken. Sie wird in seinem Blut zirkulieren und alles zerstören. Mari, wie lange geht das schon so?«

»Beinahe ein Jahr jetzt …« Sie war sich nicht sicher. Gut möglich, dass ihr Vater schon länger darunter litt, ohne irgendjemandem davon erzählt zu haben. Mari war immer davon ausgegangen, dass ihr Vater geheilt werden würde, aber Femensetris Worte ließen sie nun zweifeln. »Deshalb haben Kasra und er Monate damit zugebracht, nach Erebus' Tagebüchern zu suchen. Das ist der Grund für seine Obsession mit Sedefkes verlorenen Arbeiten, von denen er glaubt, dass sie in den Ruinen der Rōmarq verborgen sind. Er würde alles tun, um ein Mittel gegen seine Krankheit zu finden. Er sieht sich selbst als Werkzeug des Schicksals; in seinem Kopf ist nur Platz für Wolframs Orakel.«

»Orakel?« Femensetri blickte säuerlich drein. »Fakire, die die Verzweifelten ausnehmen. Die Sēq setzen den Baum der Möglichkeiten ein, um zu errechnen, wie ein Ereignis ausgehen wird. Aber es ist unmöglich, dass die Wirkung vor der Ursache kommt. Wolframs Orakel können nicht wissen, was geschehen wird.«

»Außer, sie haben die Wirkungen der Zukunft bereits erlebt«, argumentierte Ziaire. »Sie zeichnen einfach die Ursächlichkeit, die ihr Sēq so sehr liebt, als eine Reihe von Wirkungen, dann theoretisieren sie die Gründe. Selbst die Sēq haben zugegeben, dass die Zeitmeister durch die Zeit reisen konnten.«

»Das ist eine Hypothese.« Femensetri schüttelte den Kopf. »Sie wurde nie bewiesen. In Wahrheit haben wir keine Ahnung, was die Rōm tun oder nicht tun konnten.«

Mari lehnte sich auf ihrem Stuhl vor. »Soll das heißen, dass Wolfram …«

»Wolfram ist unbesonnen – er setzt sich mit Mächten auseinander, die man besser in Ruhe lassen sollte.« Femensetri durchbohrte Mari mit Blicken. »Ich habe selbst einen Baum der Möglichkeiten aufgestellt. Nach dem, was du mir erzählt hast, bekommt die Beteiligung deines Vaters an Ariskanders Verschwinden eine neue Bedeutung. Die Näsarats haben das fortlaufende Wissen über den Prozess des Erwachens, vom ersten der Gelehrtenkönige bis heute. Warum, glaubst du, hat er Ariskander entführt? Um das allerälteste Wissen über den Prozess des Erwachens zu stehlen.« Femensetris Mund verzog sich vor Ekel.

»Wie kann er auf Verbündete hoffen«, Abscheu zeigte sich auf Siamaks Gesicht, »wenn er bereit ist, den Hochadel und sein Volk zu betrügen?«

»Ich fürchte um meinen Vater ebenso sehr, wie ich ihn liebe.« Mari sah den anderen der Reihe nach in die Augen. »Außerdem fürchte ich, dass noch mehr leiden werden, wenn er nicht überredet werden kann aufzuhören. Wenn Ihr bereit seid, ihm zu helfen, dann bin ich bereit, Euch zu helfen.«

Kapitel 12

»Was bereuen wir mehr? Die Dinge, die wir getan, oder jene, die wir unterlassen haben?« Penoquin von Kaylish, Zienni Gelehrter und Philosoph, im 325. Jahr des Erwachten Imperiums

318. Tag im 495. Jahr der Shrīanischen Föderation

Wieder war die Nacht unruhig gewesen, denn Corajidins Geist war durchdrungen von undeutlichem Gemurmel und den verschwommenen Gesichtern einer langen Ahnenreihe. Sie wirbelten vorbei, blass und flüchtig wie Milch in Wasser.

Egal, was er unternommen hatte, egal, wo er und Wolfram auch gesucht hatten, sie hatten keine Lösung gefunden für seine schwindende Beherrschung der Quelle. Sie hatten keinen Zugriff auf Sedefkes Arbeiten, aber Wolfram und Brede waren sich sicher, dass die Antwort irgendwo in den Erinnerungen der Näsarat verborgen lag. Sie waren die Ersten gewesen, die unter der Anleitung von Sedefke erwacht waren und die Majestät der Quelle erkannt hatten. Außerdem waren sie das einzige Hohe Haus, dessen Abstammungslinie in dem Jahrtausend seit dem ersten Erwachen nicht unterbrochen worden war.

Corajidin kämpfte mit seinen Laken und erhob sich aus dem Bett. Seine Haut war warm, vom Hals bis zur Leiste, wo sich Yasha an seinen Oberkörper geschmiegt hatte. Er sah auf sie hinab. Lächelnd wickelte er sich eine Locke ihres Haars um den Finger. Es war seidenweich und schwarz wie die Nacht, mit einem leicht bläulichen Schimmer, da das Dämmerlicht des Morgens mittlerweile durch die Balkontüren sickerte. Vorsichtig zeichnete er die sanft geschwungenen Züge ihres Gesichts nach und verweilte bei ihren großen Augenlidern mit den langen Wimpern. Dann wanderte er weiter zu den hohen Wangenknochen und dem spitzen Kinn, fuhr ihren Hals entlang bis zu den tiefen Schatten ihres Schlüsselbeins. Ihre Brüste waren weder zu groß noch zu klein und hoben und senkten sich bei jedem Atemzug. Das elfenbeinfarbene Seidenlaken war um ihre Hüften geschlungen, aber ein wohlgeformtes Bein baumelte frei von der Bettkante. Perlenstränge schlangen sich um ihre Fußknöchel, und goldene Ringe schmückten ihre Finger und Zehen. Er berührte das kleine Muttermal an ihrer Hüfte, das sie so sehr hasste. Er aber liebte es abgöttisch: ein Makel, so geringfügig wie ihr leises Schnarchen oder das Stirnrunzeln, wenn sie las, oder ihr lautes Lachen, wenn sie mehr getrunken hatte, als gut für sie war.

Es waren solche Momente, wenn sie ganz still und friedvoll war, ungekünstelt und natürlich, in denen er sie am meisten schätzte. Er machte sich nichts vor; viele hatten diesen Anblick schon genossen. Vermutlich Hunderte in ihren Jahren als *Mehoureh*, als Goldgefährtin des Perlenhauses. Auch vermutete er, dass sie Liebhaber neben ihm hatte, wenn sie auch nicht darüber sprachen. Sie hatten beide ihre Begierden. Solange sie nur ihn liebte, kümmerte es ihn wenig, mit wem sie sich ihren Leidenschaften, Vergnügungen und Perversionen hingab.

Der mächtigste Mann Shrīans beugte sich hinab und küsste seine Frau zärtlich. Corajidin atmete ihren Duft ein: Nardenöl, Kokosnussöl und Weihrauch. Die Versuchung war groß, wieder neben sie ins Bett zu schlüpfen, aber die Pflicht rief. Die Welt würde sich ihm nicht zu Füßen werfen, wenn er nicht ein wenig nachhalf.

Er warf sich eine Robe über und tapste über die weichen, farbenfrohen Teppiche der Kammer, die er sich mit Yasha teilte. Ein tiefer Schmerz in seinem Bauch ließ ihn einen Moment innehalten. Es war, als wäre ein Felsen in seinen Gedärmen verschoben worden. Seine Beine drohten nachzugeben. Er wischte sich den Schweiß von der Stirn, der zeitgleich mit einem Schüttelfrost auftrat. Trotz der Wärme klapperten seine Zähne. Das geschah nun öfter, seit er langsam die Kontrolle über die Quelle verlor. Wolfram musste einen noch stärkeren Trank brauen, um seine Symptome zu lindern. Die Schwierigkeit bestand darin, dass die Schmerzen gelindert werden sollten, ohne seinen Geist zu benebeln. Corajidin lehnte sich für ein paar Minuten gegen die Couch, bis es vorüber war.

Zwei von Belamandris' Anlūki mit ihren purpurrot-schwarzen Rüstungen folgten Corajidin, als er in den Garten zu dem kleinen Schrein seiner Ahnen schritt. Jenseits des stillen Hafens seiner eigenen Kammern waren die Wohnbereiche, die er requiriert hatte, geschäftig. Diener bereiteten die zahlreichen Räume der Villa für den kommenden Tag vor. Letzte Hand wurde an die polierten Böden, antiken Möbel und Blumenarrangements gelegt. Laternen wurden mit Duftölen aufgefüllt und Fensterläden geöffnet, um die frische Morgenbrise in das Labyrinth aus Kammern und Korridoren zu lassen.

Gehilfen eilten umher und sorgten für den notwendigen Informationsfluss zwischen Feldoffizieren, Mitarbeitern der Ministerien und der kleinen Geheimdienstgesellschaft, die Thufan leitete. Obwohl der alte Mann der *Kherife*-General der Erebus-Präfektur war – und nun außerdem auch der Dar-See-At-Präfektur und Rōmarq –, arbeitete er immer noch als Corajidins Geheimdienstleiter. Mit Wolframs Unterstützung gab es nur wenig, was die beiden Männer nicht tun konnten, um Probleme bequem verschwinden zu lassen.

Corajidin bezweifelte, dass er zu Thufans riesenhaftem Sohn Armal eine ähnliche Beziehung haben würde. Vielleicht wäre es besser, wenn er mit Thufan sprach und Armal wegschickte. Das Hohe Haus Erebus hatte auch außerhalb Shrīans Interessen. Gut möglich, dass es für Armal schon bald an der Zeit war, ein paar zusätzliche Pflichten zu übernehmen, so weit weg von Mariam, wie er ihn schicken konnte. Es war eine Schande, denn Armal war sehr tüchtig, wenn er nicht gerade wegen des Mädchens mondsüchtig wurde. Die andere Möglichkeit bestand darin, Armal töten zu lassen, doch das vertrug sich nicht gut mit Corajidins Gewissen. Thufan würde ihm niemals vergeben.

Seine Gedanken wanderten zu Mariam. Corajidin hatte versucht, sich Zeit zu nehmen, um zum *Samyala* zu gehen und seine Tochter zu besuchen, doch ohne Vashnes und Ariskanders Anwesenheit schien es nun, als würde sein Arbeitstag kein Ende mehr nehmen. Ein Teil von ihm war wütend auf Mariam wegen ihres Widerstands im Eisenstraßenpark. Bis zu einem gewissen Punkt konnte er ihre Haltung verstehen; er respektierte sie sogar. Womit er Schwierigkeiten hatte, war der Umstand, dass sie Farouk behindert hatte. Es wäre besser gewesen, sie hätte gar nichts unternommen; Indris hätte vielleicht sogar gefasst werden können, wenn sie Farouks Soldaten nicht durcheinandergebracht hätte. Und Ekko hätte vielleicht nicht überlebt, um zu bezeugen, was vorgefallen war.

Er war versucht, einen Abstecher zu machen, um sein Fasten zu unterbrechen; in letzter Zeit war seine Spiritualität allerdings insgesamt auf der Strecke geblieben. Seine geliebten Ahnen beobachteten ihn von der Seelenquelle aus. Sie waren getrübt, ein Miasma aus wirbelndem Nebel, in dem sich die einzelnen Stimmen verloren wie Regentropfen in einem Wirbelsturm. Die verzerrten Stimmen in seinem Kopf, die sich verschlimmernden Symptome … es war zu viel, um es noch lange zu ertragen.

Als er in den kleinen Garten hinaustrat, war der Morgen erfrischend. Das Gras unter seinen Füßen fühlte sich klamm an, und die fernen Schreie der Möwen und Seeadler waren bei dem Geratter des Verkehrs, das über die hohe Gartenmauer zu ihm herüberdrang, nur schwach zu hören. Sein tragbarer Ahnenschrein war aus Alabaster und Marmor gefertigt und blickte nach Westen, in Richtung der Geister – all jener, die zuvor gewesen waren und ihr angemessenes Ende gefunden hatten, denn nichts war für die Ewigkeit gedacht. Das Beste, worauf ein Sterblicher hoffen durfte, war, dass sich diejenigen an ihn erinnerten, die nach ihm kamen, und dass man von den Ahnen an der Seelenquelle willkommen geheißen wurde.

Corajidin kniete sich vor den Schrein. Ehrfürchtig öffnete er die Türchen. Drinnen befand sich ein kleines Räuchergefäß aus Speckstein und ein schlichtes hölzernes Kästchen mit Stäbchen aus schwarzem Lotus. Es hatte eine Zeit gegeben, da hatte er ohne derartige Hilfsmaßnahmen mit den heiligen Toten sprechen können.

Eine Wache füllte eine kleine Holzschale mit Wasser. Corajidin wusch sich Hände und Gesicht, dann entzündete er das Räucherwerk und atmete den Rauch ein. Wäre er zu Hause in Erebesq gewesen, säße er nun im großen Garten der Steine bei seinem Palast, umgeben von den unbewegten, in Bernstein gehauenen Gesichtern seiner Ahnen. Hier hatte er nur ihre Namen, die auf kleine Schrifttafeln aus rotem Marmor geritzt waren.

Es dauerte nicht lange, bis der schwarze Lotus seine Wahrnehmung getrübt hatte. Die Geräusche wurden undeutlicher, als würde er alles durch einen Schwarm Riesenbienen hindurch hören. Er glaubte sogar, den Aufprall der Staubpartikel auf seinem Gesicht zu spüren. Das Blut rauschte durch seine Venen, auf Geheiß eines Herzens, das so heftig schlug, dass Corajidins Oberkörper vor- und zurückschwankte.

Die Gesichter von Geistern ballten sich hinter seinen geschlossenen Augenlidern, Gestalten in blendendem Nebel. Stimmen ertönten bruchstückhaft aus schwindelerregenden Höhen, wie das Rauschen des Winds durch Kiefernnadeln. Er war nicht ganz sicher, glaubte aber, die zaghafte, liebevolle Berührung von Händen auf seinem Gesicht zu spüren. Auf seinen Schultern. Vielleicht sogar auf seinem Haar, wie seine Mutter ihn immer zu berühren pflegte, als er noch jung gewesen war. Diese Entfernung von der Erebus-Präfektur bedeutete eine herzzerreißende … Abwesenheit des Geliebten, des Vertrauten. Ein Rahn war in seinem eigenen Land immer am stärksten.

Egal, wie sehr er sich auch bemühte, er konnte nicht hören, was seine Ahnen zu sagen hatten. Die Quelle der Geschichte war verzerrt und nutzlos für ihn, die Erinnerungen derer, die vor ihm gekommen und gegangen waren, lag außerhalb seiner Reichweite. Die Antworten auf so viele Fragen waren verloren, Wissen, das in keinen Schriftrollen oder Büchern festgehalten war. Es war, als würde die Quelle versiegen, und wie ein Schiff bei Ebbe war Corajidin außerstande, seinen Ankerplatz zu verlassen. Eine ganze frustrierende Weile lang versuchte er es, dann öffnete er die Augen. Er war abermals gescheitert.

Ehrerbietig, aber leicht betäubt stellte er die Relikte wieder in den Schrein. Seine Augen waren warm von unvergossenen Tränen, doch es schien, als wäre Erebus fa Corajidin ebenso unfähig zu weinen, wie die Liebe seiner Ahnen zu fühlen.

Corajidin erwachte schlagartig durch das Getöse der Menge im *Namyeset*, dem großen Stadion von Amnon. Er musste gleich nach Beginn des Spiels eingenickt sein. Die Aufregung der Menge durchströmte ihn und spülte die Überreste der unverständlichen Stimmen in seinem Kopf fort. Yashamin war an seiner Seite, mit freudestrahlendem Gesicht. Einige von Corajidins Anhängern hatten sich zu ihnen gesellt.

Corajidin hatte das Ereignis aus eigener Tasche bezahlt; der Eintritt für die Zuschauer war kostenlos gewesen. Er wusste, dass es Bestechung war, doch die Massen brauchten eine Ablenkung von ihren Sorgen. Er hatte gehört, dass seine Stellvertreter seine Befehle mit einer Strenge ausgeführt hatten, die er weder befohlen noch gewollt hatte. Doch Thufan, Wolfram, Armal und Farouk hatten Ergebnisse erzielt. Corajidin konnte die Leute später immer noch entschädigen, wenn Amnon und die Rōmarq ihm erst gegeben hatten, was er brauchte.

Von seinem Platz in der Privatloge aus beobachtete Corajidin eine Reihe von Frauen und Männern, die über die sandige Arena verstreut waren. Sie spielten *Leqra,* einen Mannschaftssport, bei dem die Spieler einen Lederball um ein sechseckiges Feld herumbewegten. Dabei setzten sie ihre Füße oder Schlagstöcke ein, die wie ein Kanuruder geformt waren. Ziel des Spiels war es, den Ball in die sechseckigen Tore zu befördern, die an den Wänden hingen.

Der goldene Belamandris führte seine Mannschaft aus purpurfarben gekleideten Anlūki gegen die leichtfüßigen *Nahdi* an, die gegen sie angetreten waren. Alle Spieler waren blutig, zerschrammt und mit Sand und Schweiß bedeckt. *Leqra* war kein Spiel für Zartbesaitete.

»Rahn Corajidin.« Teymoud zwängte sich an Farouk vorbei und setzte sich neben Corajidin. Corajidin betrachtete den Mann mit hochgezogenen Augenbrauen, nahm den Becher Wein, den Teymoud ihm anbot, jedoch an. Kühl und feucht lag das Metall in seinen Handflächen. Er nippte an dem Getränk. Als Corajidin nicht sprach, fuhr Teymoud mit grauem Gesicht und monotoner Stimme fort. »Es ist an der Zeit, über die Rückzahlung der Schulden zu sprechen.«

Corajidin setzte den Becher ab. »Ist das der richtige Ort dafür?«

»Ihr habt alle vorherigen Verabredungen immer wieder verschoben.«

»Der Asrahn-Erwählte hat viele Verpflichtungen, *Yamir* Teymoud«, erklärte Farouk. Die Narben in seinem Gesicht hoben sich hell auf der sonnengebräunten Haut ab. »Der Asrahn-Erwählte wird sich um dich kümmern, sobald er Zeit dazu hat.«

Teymoud presste die dünnen, beinahe farblosen Lippen gegen die leicht zu groß geratenen Zähne; Corajidin vermutete, dass es seine Version eines Lächelns war. »Die Händlerzunft hat sich Euch gegenüber sehr großzügig gezeigt, Rahn Corajidin.«

»Du wirst dein Geld schon bekommen, Teymoud.« Corajidin wandte seine Aufmerksamkeit wieder dem Spiel zu. Belamandris war über einen seiner gestürzten Kameraden gesprungen und hatte einen Gegner mit seinem Schlagstock zu Fall gebracht. Noch während der Mann in den Sand stürzte, schlug Belamandris den Ball mit dem Fuß in die Höhe. Der Ball schoss durch das Tor wie ein Pfeil, und Yashamin schrie vor Freude. Sie erhob sich aus ihrem Sitz und hob das Glas zum Salut. Der Wein schwappte über und rann ihren Arm hinab. Corajidin lächelte sie an, dann wandte er sich wieder an den Händler. »Ich brauche mehr Zeit.«

Die Händlerzunft verlieh gern Geld, und noch lieber nahm sie es mit maßlos hohen Zinsen wieder zurück. Die Bestechungsgelder und Kosten für die große Armee, die er nach Amnon geschickt hatte, hatten die Schatztruhen in Erebus geleert. Corajidin hatte keine andere Wahl, als sich Geld zu leihen.

»Es gibt noch mehr persönliche Schulden, die beglichen werden müssen.«

»Teymoud.« Er lächelte so aufrichtig, wie er konnte. »Es gibt nur wenige Dinge, die ich nicht tun könnte. Ich kann zum Beispiel deiner Familie den Status eines Hohen Hauses verleihen, ohne eine Versammlung des Hochadels einzuberufen. Habe ich dir nicht meine Unterstützung versprochen?«

»Nach allem, was ich gehört habe«, erwiderte Teymoud rundheraus, »habt Ihr einer ganzen Menge Leute das Gleiche versprochen.«

»Hab Geduld, Teymoud.« Yashamin griff herüber und berührte Teymouds ausgezehrte Hand. Corajidin sah hin und beobachtete, wie sie Teymouds Haut mit dem Daumen liebkoste. »Du solltest nicht auf Gerüchte hören.«

»Wenn Ihr nicht in der Lage seid, mir zu helfen, dann kann ich auch nicht …«

Corajidin nahm einen tiefen Schluck aus seinem Weinbecher. Er brauchte die Händlerzunft und die Armeen der *Nahdi*, die sie bereitstellen konnten, bis er selbst eine loyale Armee aufgebaut hatte. Wenn nur Kasraman die Torque-Spindel zum Laufen bringen könnte – oder wenn er mit seiner Vermutung recht hätte, dass er eine Schicksalsmaschine gefunden hatte. Mit einer Schicksalsmaschine könnte Corajidin die Zukunft selbst nach den Juwelen durchstöbern, die er brauchte. Aus Tausenden möglicher Ereignisse könnte er die unwahrscheinlichsten und erfolgreichsten Varianten heraussuchen. Doch keiner der beiden Artefakte stand ihm wirklich zur Verfügung. Er brauchte seine Verbündeten noch immer. »Ich werde dir geben, was du willst, Teymoud, aber du musst warten. Auf lange Sicht werden wir alle mit Geduld weiterkommen.«

»Dann ist es abgemacht!« Yashamins Lächeln war umwerfend. »Zweiundzwanzig Tage, von heute an. Dann werden wir zur Versammlung des Hochadels in Avānweh sein. Mithilfe unserer loyalen Freunde wird mein Mann zum Asrahn ernannt. In zweiundzwanzig Tagen, Teymoud, wirst du in den Rang eines Rahns aufsteigen. Es gibt nichts, worüber du dir Sorgen machen müsstest.«

Teymoud grinste. »Viel … Unvorhergesehenes kann in zweiundzwanzig Tagen passieren. Bei allem Respekt, ich werde mir weiter Sorgen machen, bis ich erwacht bin und eine Präfektur mein Eigen nenne.«

Die harten Schläge der *Leqra*-Stöcke ertönten aus der Arena. Ein Handgemenge um den Ballbesitz war ausgebrochen. Es herrschte Gleichstand, und nur noch wenige kostbare Spielminuten blieben. Belamandris versenkte seinen Ellbogen im Gesicht eines Gegners und brachte einen weiteren mit seinem Schläger ins Stolpern. Als er sich auf den Ball stürzte, schlug gerade einer der *Nahdi* zu und erwischte um ein Haar Belamandris' Zehen. Der *Nahdi* kickte den Ball hinter sich und sprang dann zurück, gefolgt von Belamandris. Ein Durcheinander aus Schlägen folgte: Hände, Schläger, Ellbogen, Knie, Füße. Die Menge war aufgesprungen. Ein Tumult brach los, eine Mischung aus Applaus, Jubelgeschrei, Buhrufen.

Belamandris streckte den *Nahdi* mit der Faust nieder; der Mann stürzte zwischen seine Mannschaftskameraden. Nur noch Sekunden blieben, bis das Spiel vorüber war. Belamandris nahm den Ball auf und schmetterte ihn durchs Tor. Das Spiel war vorbei.

Belamandris und seine Mannschaft schlugen ihren Gegnern auf den Rücken, dann begannen sie ihre Siegesrunde, die Schläger hoch in der Luft. Chaos brach aus. Rufe, das Geräusch von Händen, die gegen die Steinmauern der Arena schlugen. Corajidin erhob sich mit Mühe aus seinem Sitz und nahm den Jubel der Menge auf. Sicher würden die Leute ihm einige ihrer Sorgen vergeben, wenn er ihnen andererseits auch so schlichte Freuden bieten konnte, oder?

Corajidin sah noch für einen Moment auf die Spieler hinab, dann wandte er sich wieder an Teymoud.

»Du bist in Sicherheit, solange du mein Verbündeter bleibst, Teymoud«, sagte er. Die Müdigkeit zerrte an seinen Gliedern. Yashamin beobachtete ihn. Corajidins Stimme war kaum mehr als ein Flüstern. »Ich bin der Mann, der die Führer einer Nation dazu überredet hat, einen Rahn abzusetzen, weil er sich mir entgegengestellt hat. Vergiss das nicht. Wenn du mir die Zeit gibst, die ich brauche, wirst du eine beispiellose, glückliche Zukunft vor dir haben. Ich bin, wer ich bin, Teymoud. Das Schicksal hat mir offenbart, dass ich tun kann, was auch immer ich tun muss. Wenn du in gleiche Höhen aufsteigen willst, solltest du das nicht vergessen.«

Kapitel 13

»Wahre Freundschaft ist ein Wunder an Schönheit, das in der Natur nur selten seine Entsprechung findet. Sie wird aus Liebe geboren, aus Bewunderung und Zuneigung. Hier sehen wir mit dem Herzen, nicht mit den Augen. Ich weiß, dass meine Fehler mir in den Herzen meiner Freunde letztendlich vergeben werden können. Es tröstet mich, dass ich – vielleicht – ein Wesen bin, das es wert ist, geliebt zu werden.« Imradhan, Meisterdramaturg und Maler am Elfenbeinhof von Tanis, 12. Somundarthanische Dynastie (im 356. Jahr der Shrīanischen Föderation)

318. Tag im 495. Jahr der Shrīanischen Föderation

Indris schritt in den kühlen Abend hinaus. *Samyala* und die rundherum verstreuten Besuchergebäude im Garten waren von den Irrlichtern der *Ilhen*-Lampen gesprenkelt, die an Bäumen und Büschen hingen.

Er setzte sich unter einen Baum mit Apfelblüten, vor sich die trägen, gedämpften Erscheinungen von orangefarbenen und gelben Karpfen in einem großen Teich. Shar hatte beschlossen, drinnen zu bleiben, wo sie für den Abend die Rolle des Troubadours übernommen hatte. Indris hörte die klirrenden Töne ihrer Sonesette und den Gesang ihrer atemlosen, kehligen Stimme. Ekko war bei ihr. Indris bezweifelte, dass die Damen im *Samyala* sehr oft Gelegenheit hatten, einen Tau-se zu treffen, daher waren sie äußerst fasziniert von Ekko.

Hayden und Omen waren losgezogen, um Indris' Haus auszuspähen und herauszubekommen, ob es beobachtet wurde. Sie würden eine Gelegenheit finden, um heimlich einzudringen und die notwendigen Utensilien für die Reise zusammenzusuchen. Heute Nacht würde alles ruhig und friedlich …

»Störe ich?« Maris Stimme ließ ihn auffahren. Er unterdrückte schnell ein Grinsen, von dem er den Verdacht hatte, dass es idiotisch wirken musste, bevor er sich umwandte, um ihr ein Zeichen zu geben, sich neben ihn zu setzen.

»Ich habe gehört, dass man dich hierhergebracht hat«, sagte er. »Wie fühlst du dich, Pah Mariamejeh?«

»Ich würde es vorziehen, wenn du mich Mari nennst«, bot sie ihm mit einem trägen Lächeln an. »Ich fühle mich ganz schön mitgenommen, aber besser, als ich mich unter den Umständen eigentlich fühlen dürfte. Femensetri ist eine begabte Heilerin.«

»Wir schulden ihr beide Dank. Und was die Namen betrifft, hast du wahrscheinlich recht. Ich glaube, über die Formalitäten sind wir hinaus, was?«

Mari warf den Kopf zurück und lachte. Es war ein kehliges Lachen, kantig und rau. Sie schlug die langen, athletischen Beine übereinander und sah ihn unter ihrem struppigen blonden Pony hervor an. »Ich wusste, dass du Ärger machen würdest. Schon als ich dich das erste Mal gesehen habe. Hätte ich gewusst, wie viel Ärger, hätte ich dich schon früher aufgespürt.«

»Hätte es etwas geändert, wenn du gewusst hättest, dass ich ein Näsarat bin? Ich kann mir kaum vorstellen, dass dein Vater es gutheißen würde.«

Sie lachte wieder. »Süßer, ich dachte eigentlich, du wärst halb Seethe, und das hat mich nicht abgehalten. Warum sollte es mich kümmern, in welchem Hohen Haus oder welcher Familie oder Arbeiterhütte du geboren wurdest? Hätte es denn etwas geändert, wenn du gewusst hättest, dass ich eine Erebus bin?«

Indris zuckte die Schultern. »Es macht mir jetzt nichts aus, warum hätte es mir also vorher etwas ausmachen sollen?«

»Das ist die richtige Antwort. Du bist tatsächlich so weise, wie sie behaupten.«

»Oh, das behaupten sie also?«

Sie lehnte sich gegen ihn, doch es war kaum mehr als ein spielerisches Streifen ihres Arms gegen seinen. Er roch den schwachen, gurkenähnlichen Duft nach Beinwellöl auf ihrer Haut und den berauschenden Geruch von Jojoba in ihren Haaren. Für einen Augenblick kam die Erinnerung an die leidenschaftliche Nacht zurück. »Sie sagen auch noch einen Haufen anderer Dinge. Gutes und Schlechtes.«

»Aah.« Indris rutschte auf dem Stuhl zurück, um ein wenig Abstand zu gewinnen. Sein Verlangen nach ihr beunruhigte ihn. »Das Schlechte gibt es immer, oder nicht? Ich vermute, das ist der Grund, warum du berühmt bist und ich berüchtigt?«

Mari schnaubte in gutmütigem Spott. »Ich bin eine Tochter aus dem Hohen Haus Erebus, und du erzählst mir etwas von wegen ›berüchtigt‹?«

»Du hast einen guten Ruf.«

»Das kann ich mir vorstellen.« Sie klang bitter. Rasch sah sie weg, über die schimmernde Weite des von Laternen erleuchteten Amnon.

»Die Definitionen unserer selbst sind nicht immer so klar umrissen. Ebenso wenig wie unsere Entscheidungen.«

»Manchmal. Es war meine Entscheidung, hart zu arbeiten, damit ich als Kriegsdichterin Erfolg habe; das habe ich meiner Erziehung im Perlenhaus vorgezogen. Ich wollte nie eine Brauttrophäe werden, um meinem Haus einen Vorteil zu verschaffen.« Lachen trällerte durch die Nacht. Mari blickte sehnsüchtig zu den warm schimmernden Fenstern des *Samyala* hinüber. »Manchmal aber fragt man sich …«

»Zweifel?«

»Beinahe nie. Und du?«

Indris lachte. »Meine Mutter war eine Sēq, eine gute Freundin von Femensetri und Far-rad-din. Ich wurde in Mediin geboren, in Pashrea, bin aber in Amnon aufgewachsen, bis ich fünf wurde. Man hat mich ins Ortsverbandshaus der Sēq nach Amarqa geschickt, bevor sie … ermordet wurde. Ich habe sogar zwei Jahre in den Nilvedic-Bibliotheken in Eshmir verbracht, und weitere zwei im Zienni-Kloster in Hocharden. Den Großteil meines Lebens habe ich im Dienst zugebracht. Insgesamt hatte ich keine große Wahl.«

»Oh.«

»Ich bereue es nicht.« Er zuckte die Achseln. »Jedenfalls meistens nicht. Ich bin jetzt ein *Daimahjin*. Die Tage, in denen ich mich für andere Leute in Gefahr gebracht habe, sind vorüber. Wenn ich getötet werde, kann ich nur mir selbst die Schuld geben.«

Mari lachte erneut, wurde aber rasch wieder ernst. »Diesmal kannst du meinem Vater einiges an Schuld zuschieben. Du hattest Glück, dass du nicht getötet wurdest.«

»Ja«, sagte er nachdenklich. »Ich wurde angeschossen, mit dem Messer oder anderweitig verwundet, und das öfter, als ich überhaupt zählen will. Ich sollte mich wohl trotzdem glücklich schätzen.«

»Jedenfalls tut es mir leid.«

Corajidin hatte mit salzgeschmiedetem Stahl auf ihn geschossen. Das schwarze Steinsalz verursachte etwas, das die Steinhexen, der älteste Hexenzirkel, als Entropische Narbe bezeichnet hatten. Entropische Narben verhielten sich wie Felsbrocken in einem Fluss. Sie vernarbten im wahrsten Sinne des Wortes die Energien im Körper einer Person und konnten lebensgefährlich werden. Für die *Ilhennim* – die Erleuchteten oder Mystiker – konnten die Auswirkungen verheerend sein.

Seit Indris mit Gestaltwandlerin von Den Graten zurückgekehrt war, war er körperlich und seelisch stärker gewesen als je zuvor. Er heilte schneller und dachte schneller. Dann war da noch sein linkes Auge, sein *Hyarji* – das Stigma der Macht. Seit den frühen Tagen des Erwachten Imperiums war das bei einem Mystiker nicht mehr aufgetreten. Eines Tages würde er etwas deswegen unternehmen müssen, wenn man überhaupt etwas tun konnte. Meist wirkte sein Auge völlig normal, doch wenn er Ströme von Disentropie kanalisierte oder bedroht wurde, erwachte etwas in ihm – eine Stärke, die nicht da gewesen war, bevor er zu Den Graten gegangen war. In den drei Jahren bei den Drachen war etwas mit ihm geschehen, obwohl er sich an beinahe nichts mehr erinnerte. Er wusste noch, dass er angekommen war, mit dem Drachenweisen Mnesseranssuen gesprochen hatte und gebeten wurde, eine Suche für sie durchzuführen. Worin die Suche bestand oder was sonst noch mit ihm bei Den Graten geschehen war, wusste er nicht, und egal, wie sehr er es versucht hatte, die Erinnerungen an die Drachenzeit waren so tief in ihm verschlossen, dass er nicht an sie herankam.

»Dein Vater hat also versucht, mich zu töten«, sann er. Indris schüttelte den Kopf, dann grinste er sie an. »Sollte ich mich als etwas Besonderes fühlen?«

Sie schüttelte den Kopf und lachte verlegen.

Ziaire hatte Indris erzählt, was Mari durch die Hände der Feyassin widerfahren war. Ihr Schuldbekenntnis und die Größe, die darin lag, hatten Indris mehr bewegt als Vashnes Tod. Vashne hatte, wie jeder Politiker oder Angehöriger der Oberen Kasten, ein Leben der Kompromisse geführt.

Vashne hatte die Risiken gekannt, die mit der Annahme eines so hohen Amts einhergingen. Er musste gewusst haben, dass sich seine Entscheidungen und Ansichten eines Tages rächen würden. Dennoch hatte Vashne mehr Prinzipien, mehr Visionen gehabt, als die meisten anderen Adligen. Jeder hatte Fehler. Doch davon abgesehen war Vashne ein beliebter und respektierter Asrahn gewesen. Indris' Meinung nach war Ariskander allerdings der bessere Mann. Er fühlte den Verlust seines Onkels stärker, wenn auch ein Teil von ihm mit den Jahren unempfindlich geworden war gegen die Erfahrung des Todes. Es war beinahe so, als würde er erwarten, dass jeder, den er kannte, vorzeitig starb.

»Ich lebe schon so lange mit Geheimnissen, Lügen und Intrigen«, gestand Mari mit rauer Stimme, »und ich kannte den Preis für Verrat. Deshalb war ich unsicher, ob ich über das sprechen sollte, was ich wusste. Aber ich schuldete Vashne und seiner Familie die Wahrheit. Und mehr. Ich habe zugelassen, dass er ermordet wurde! Ich hätte …«

»Und wozu, wenn sein Untergang doch ohnehin feststand? Das Gleiche gilt für Ariskander. Aber deine Rolle in diesem Spiel ist noch nicht beendet. Mari, mit deinem Tod hättest du wenig geändert. Indem du am Leben geblieben bist, hast du denen geholfen, die Gerechtigkeit wollen.« Indris nahm ihre beiden Hände in seine. Sie waren warm, die Haut über harten Muskelsträngen schwielig. Die Hände einer Mörderin. Und doch war der Blick ihrer Augen aufgewühlt, wie ein Meer im Sturm. Er lächelte sie an. »Was Pflicht und Schuld betrifft, kenne ich mich gut aus. Vermutlich besser, als gesund für mich ist. Ein Asrahn sollte das Wohlergehen seines Volkes über alles andere stellen. Würde Corajidin so handeln? Sei mir nicht böse, aber ich glaube es nicht.«

»Wie kann ich helfen?« Mari wandte den Blick ab. Sie rieb

Indris' Handfläche mit ihren starken Fingern, und er spürte, wie er sich wünschte, sie würde nie mehr damit aufhören.

»Ich muss Ariskander und Far-rad-din finden und sie zurückbringen. Die anderen werden sich hinter sie stellen, wenn sie erst einmal eine Alternative zu deinem Vater haben. Aber um das zu tun, muss ich wissen, wo Ariskander gefangen gehalten wird.« Er hob ihr Kinn an, um ihr in die Augen zu sehen. Sie waren von einem erstaunlichen Blaugrün, das durch die dunkleren Schattierungen um sie herum nur um so strahlender wirkte. Sein Blick wanderte zu ihren Lippen. Ihre Unterlippe war ein wenig voller als die Oberlippe und hatte den zarten rosa Farbton von Korallen. »Du könntest für mich herausfinden, wo dein Vater ihn versteckt hält.«

»Du willst, dass ich meinen Vater ausspioniere?«

»Nichts für ungut, aber hast du nicht umgekehrt Vashne für deinen Vater ausspioniert? Du könntest das Leben einiger guter Männer retten.«

Mari schürzte die Lippen und blickte abwesend in die Ferne. Indris wandte sich ab, beobachtete sie jedoch aus dem Augenwinkel, während sie nachdachte. Er konnte beinahe sehen, wie sie die Risiken gegen die Erleichterung ihres Gewissens abwägte. Ihr Geständnis hatte bewiesen, dass sie willens war, den Ehrgeiz ihres Vaters zu zügeln; doch sie würde bestimmt nicht zulassen, dass ihm ein Leid geschah. Ebenso wenig, wie Indris wollte, dass Mari etwas zustieß. Er war erleichtert, als sich ihr Ausdruck erhellte und offensichtlich eine Entscheidung gefallen war. Mit einem schiefen Lächeln blickte sie ihn an. Er wartete ein paar Herzschläge lang, bevor er den Kopf drehte, um sie direkt anzusehen.

»Können wir auf dich zählen?« fragte er.

»Ich werde tun, was ich kann.« Sie näherte ihr Gesicht dem seinen, und er roch einen Hauch von Minze in ihrem Atem. Ihr Haar tanzte leise im Wind und kitzelte seine Wangen.

Er lehnte sich zurück. Die Erinnerung an das Gesicht einer anderen Frau schob sich über Maris Züge. Ein anderer Duft, eine andere Berührung, eine andere Art zu …

Der Kuss war beinahe zärtlich, mit dem Versprechen baldiger Hingabe. Sie trennten sich wieder, sahen sich in die Augen und lächelten einander an. Sie musste sein Zaudern gespürt haben, denn sie legte die Fingerspitzen an seine Lippen. »Wir müssen nicht …«

»Ich will es«, sagte er ebenso sehr zu ihr wie zu sich selbst. Er schloss die Augen. Als er sie wieder öffnete, war da nur noch Mari. »Ich will. Und ich bin froh, dass du uns hilfst.«

»Ja, aber nicht gleich.« Sie beugte sich wieder näher zu ihm und betrachtete seine Lippen.

»Nein. Nicht gleich.«

»Wo hast du deine Körperbemalungen her?« Mari lag neben ihm im Gras. Ihre Finger fuhren die komplizierten Zeichnungen und Muster an seinen Armen und Schultern nach. Sie küsste ein Brandzeichen, ein Muster aus fünf Bändern, wellige Linien, die strahlenförmig von einem zentralen Fünfeck abgingen. »Was ist das?«

»Das ist das Zeichen eines Meisters der Drachengelehrten.«

Sie lehnte sich ein Stück zurück, um ihm in die Augen zu sehen, ein ungläubiges Lächeln auf den Lippen. »Du nimmst mich auf den Arm!«

»Nein, im Moment …« Sie küsste ihn, bevor er geendet hatte.

»Und das hier?« Er erklärte, das sei das Zeichen der nomadischen Pferdestämme aus Darmatien. Ein anderes war das rituelle Mal aus Jiom, und es gab eins von den Burdha, den Stämmen aus den dschungelbedeckten Bergen in Tanis.

»Das ist von den Feyhe«, sagte Indris und deutete auf eine

achtarmige Spirale auf der Innenseite seines linken Handgelenks.

»Es sieht ein wenig wie ein gefiederter Oktopus aus … oder ein Wasserstrudel. Sind sie wirklich Gestaltwandler?«

»Die Meeresmeister? Ja, das sind sie.« Eine Weile lagen sie sich schweigend in den Armen, und die Klänge aus dem *Samyala* hüllten sie ein wie ein sanftes Schlaflied.

Es hatte vier große Zivilisationen der Elementarmeister gegeben, die unter den unterschiedlichen Orden der Gelehrten als die *Eridoi* bekannt waren. Die Seethe – die Windmeister – waren die einzige Ältere Art, die sich noch immer aktiv in die moderne Welt einmischte. Meist blieben sie in ihren schwebenden Himmelsreichen, doch ihre Familientruppen durchwanderten die Welt als Soldaten, Künstler, Lehrer und Unterhalter. Die meisten Drachen, die Feuermeister, schlummerten im Großen Traumzustand. Obwohl der Großteil von ihnen schlief, wusste Indris – wenn er sich auch nicht mehr erinnern konnte, wie und warum –, dass diejenigen, die noch wach waren, mehr als genug waren, um ihre Verwandten aufzuwecken, falls Die Grate angegriffen würden. Die Erdmeister, die Herū, waren in die tiefen Wälder und hohen Berge verschwunden, sprachen jedoch manchmal mit Reisenden, wenn sie in der Stimmung dazu waren. Doch die rätselhaftesten von allen waren die Meeresmeister. Die Feyhe konnten jede Gestalt annehmen, die sie wollten, daher war es schwierig, sie zu erkennen, wenn sie sich nicht enthüllten. Ihre Städte waren Orte fließenden Lichts über Korallen und rauem Stein. Die Schlaflieder der Wale erklangen dort in den Gewässern, und das Geplänkel der Delphine und die Symphonien der Sirenen, die die Seeleute riefen, um Neuigkeiten aus der Welt über ihnen zu hören. Es hatte einen Meeresmeister bei Amarqa gegeben, ein mächtiger Sēq-Meister namens Karoyi. Es war ein angenommener Name, da kein Nicht-Feyhe Worte in dieser komplexen, musikalischen Sprache aussprechen konnte. Er hatte immer vorgehabt, Karoyis Angebot anzunehmen und die Meeresmeister zu besuchen, um seine Erziehung zu vervollständigen, war aber nicht dazu gekommen.

Indris sah auf das von Laternenlicht gesprenkelte Amnon hinab. Die Stadt wirkte täuschend still und friedlich. Tausende Nadelspitzen aus Licht vereinigten sich und bildeten einen sanften Dunst unter dem hellen Nebel des Ahnenschleiers über ihnen. Ihm war, als schwebte die Welt, in der er saß, zwischen Wolken aus farbigem Licht. Sie wirkten weich wie Wolldecken und so nah, dass er meinte, sie mit Händen greifen zu können.

»Komm zurück.« Mari liebkoste seinen Nacken.

»Hm?« Indris küsste ihr Haar und umarmte sie fester.

»Du hast mich für eine Weile allein gelassen. Ich habe mich langsam einsam gefühlt.«

»Tut mir leid.« Er beugte sich über sie. »Mari, du musst uns nicht helfen, wenn du nicht willst.«

»Ich will aber«, sagte sie fest. »Es wird schwierig werden, die Informationen aus meinem Vater herauszubekommen, aber es muss sein. Ich glaube, dass Armal, Thufans Sohn, mir vielleicht helfen würde.«

Indris schnaubte. »Ich habe gesehen, dass er bei den Überfällen auf die Häuser der Far-rad-din-Anhänger die Oberaufsicht geführt hat.«

»Er tut, was man ihm befiehlt, aber ich bezweifle, dass er es ruhigen Gewissens tut. Würde deine Cousine Roshana meine Hilfe annehmen?«

Die Feindschaft zwischen den Näsarats und den Erebus war über Jahrtausende gewachsen. Indris kümmerte sich wenig um engstirnige, nur lückenhaft erinnerte Zankereien, die man besser hätte ruhen lassen; aber mit Roshana war das etwas anderes. Er war sich nicht sicher, wie gnädig seine Cousine bei der Suche nach Ariskander Maris Hilfe aufnehmen würde. Außerdem musste er ihr dann von Nehruns Komplizenschaft erzählen, und das war etwas, worauf sich Indris wirklich nicht freute.

Mari hatte gesagt, dass ihren Vater vermutlich nichts weicher stimmen könnte als ihre Reue. Es schien, als hätte Corajidin immer gern eine kindliche und schwächere Tochter gehabt. Sollte sie demütig zu ihm zurückkehren, um wieder in Gnaden aufgenommen zu werden, so würde vermutlich seine Liebe jeden Verdacht überwinden.

Indris zog sich an, dann ging er mit Mari zurück zum Hauptgebäude des *Samyala*. Er küsste sie zum Abschied und sah zu, wie sie in Richtung ihres Zimmers verschwand. Er lächelte in sich hinein. Sie hatte sich nicht mehr zu ihm umgesehen. Minuten später war er in seinem eigenen Zimmer und schüttelte den Kopf über sich selbst, als er bemerkte, wie er leise vor sich hin summte.

Shar und Ekko waren da. Die Kriegssängerin der Seethe sah auf und lächelte. Wortlos deutete sie auf Indris' Haare und die Robe. Als er in den Spiegel sah, bemerkte er, dass er die Robe mit der Innenseite nach außen trug. Gras und eine zerdrückte Apfelblüte steckten in seinem wirren Haar. Mari hatte es zweifellos gewusst, jedoch nichts gesagt.

»Werden wir jetzt nach Ariskander suchen?«, fragte Ekko drängend. »Ich fürchte …«

»Erst müssen wir wissen, wo er ist«, sagte Indris.

»Aber wie?«

»Mari?«, fragte Shar mit erhobenen Brauen. Indris ahmte ihren Gesichtsausdruck nach, was Shar zu einem besorgten Lächeln veranlasste.

»Ich muss Roshana eine Nachricht schicken.«

Indris saß auf dem Bett und konzentrierte seine Wahrnehmung auf das An- und Abschwellen seiner Disentropischen Färbung. Die Korona aus schwarzem Licht flackerte um ihn, durchwoben von Regenbogenfarben. Wie ein dunstiger Strom floss sie über seine Haut. Hin und wieder, wenn sie einen seiner Energieschwerpunkte erreichte, loderte sie auf und verwandelte sich in eine dunkle Nova. Alles Lebendige erzeugte Disentropie, doch die Fähigkeit, diese auch zu beeinflussen, war bei Gelehrten, Hexern und den Erwachten am stärksten ausgeprägt. Die Disentropische Färbung in den meisten Lebewesen war wie ein sanftes Hitzeflimmern über den Gräsern des Hochsommers. Sie war praktisch unsichtbar und verursachte nur ein ganz schwaches Kräuseln in seiner Umgebung. Für einen Gelehrten war die Disentropische Färbung mehr wie ein Buschfeuer oder die Korona um eine Sonnenfinsternis. Sie glühte, flimmerte, donnerte sogar leise, wenn ein Kenner der Disentropie zu lauschen verstand. Und was noch wichtiger war: Es enthüllte, wie stark ein Ausübender der Mystischen Wissenschaften wirklich war – ob dieser Jemand oder dieses Etwas müde oder krank war oder sogar im Sterben lag. Es spielte keine Rolle, ob es sich um einen Baum, einen Adler, eine Katze oder eine Person handelte. Die Disentropische Färbung log nicht.

Als er sich betrachtete, stellte er fest, dass seine Färbung beinahe so stark war wie normal. Der Strom war leicht behindert durch die Wirbel, die der salzgeschmiedete Stahl mit seinem Entropischen Narbengewebe zurückgelassen hatte, doch das würde bald heilen.

Er zog ein Blatt blaues Papier aus seiner Büchertasche und faltete es sorgfältig, bis er es in einen kleinen Papiervogel verwandelt hatte. Indris berechnete die Formel für den Zweiten Scheinbildzauber. Zahlen ordneten sich in seinem Kopf. Ursache und Wirkung, Energie und Zeit, Entfernung und Entropie. Er hielt den Vogel an die Lippen und flüsterte

Roshanas Namen, dazu Zeit und Ort, wo er sie treffen wollte. Ein paar kurze Augenblicke noch blieb das Papier reglos, dann begann es zu leuchten wie ein Glühwürmchen. Die Flügel schlugen zögerlich, wie bei einem frisch geschlüpften Schmetterling. Ein paar Herzschläge später schlugen sie schon schneller, und vor seinen Augen verwandelte sich der Papiervogel in einen kleinen blauen Phönix, der einmal eine Runde durchs Zimmer flog und schließlich durch die offene Balkontür verschwand.

Indris musste nur im richtigen Moment am richtigen Ort sein, um zu sehen, ob Roshana auf die Nachricht reagieren würde.

Es war die Stunde der Krähe, vier Stunden nach dem Neuen Morgen, als Indris, Shar und Ekko aus einem bescheidenen Wagen stiegen, der sie zu einer Taverne im Barouq gebracht hatte. Noch immer herrschte reges Treiben und ein Gefühl der Anonymität im Gewühl. *Nahdi* streiften durch die Straßen, manchmal allein, manchmal in Gruppen. Avān, Seethe, Menschen und Tau-se wanderten in kleinen gefährlichen Scharen von Teehaus zu Weinschänke zu Gästehaus. Wo Indris und seine Freunde die *Kherife* in ihren grünen Umhängen erblickten oder das Rot und Schwarz der Soldaten von Erebus, schlugen sie einen stillen und unauffälligen Bogen. In seinen frühen Jahren als Agent der Sēq hatte er gelernt, niemals in Panik zu geraten. Die Leute erinnerten sich immer an das, was sich vom Gewöhnlichen unterschied. Doch oft konnte eine wachsame Person etwas übersehen, selbst wenn es sich direkt vor ihrer Nase abspielte – es musste nur unauffällig sein.

Die Taverne *Keine Silbermünze klüger* war unter den Veteranen der *Nahdi* beliebt. Als sie eintraten, sah Indris etwa zwanzig Gäste um die Tische sitzen, die Gesichter im Laternenlicht Flächen aus Schwarz und Gelb. Indris zog die Kapuze seiner Robe zurück, und die Gäste sahen neugierig in seine Richtung. Die Unterhaltungen stockten, als einige der Kampferprobteren Indris erkannten. Krüge und Gläser wurden in seine Richtung erhoben. Ein paar neigten die Köpfe. Indris erwiderte die Grüße höflich.

Ekkos große Hand ruhte auf dem Heft seines Krummsäbels. Er hatte die Kleidung eines Tau-se-*Jombe* angelegt, eines Kriegers, der sich dem Abenteuer verschrieben hat. Ein langes Tuch war um seinen Kopf und den unteren Teil seines Gesichts geschlungen, und seine Löwengardenrüstung hatte er gegen ein zweckmäßigeres Wams, Kilt und Sandalen eingetauscht. Ein kurzer, leistungsfähiger Bogen aus Knochen war um seinen Rücken geschlungen, gemeinsam mit einem Köcher daumendicker Pfeile.

Shar grinste und legte Ekko warnend die Hand auf den Arm. »Behalte deine Klinge lieber in der Scheide, mein großer Freund.«

»Sind sie so gefährlich, diese *Nahdi*?«

»Und wie!«, erwiderte Indris fröhlich.

Er gab den anderen ein Zeichen, ihm zu folgen, während er sich zu einem Tisch begab. Indris machte den Barmann auf sich aufmerksam und bestellte Zimttee mit Honig und Zitrone, außerdem Nougat und Karamell für sich und seine Freunde. Um sie herum setzten die Unterhaltungen wieder ein. Eine Gruppe Seethe-Söldner – groß und elegant, die Augen funkelnd wie Juwelen im Licht – diskutierte über das Gerücht, dass die *Kherife* angeblich Schiffe, Pferde und Wagen beschlagnahmten. Eine kleinere Gruppe rau aussehender menschlicher Soldaten aus Atrea mit polierten Brustharnischen, runden Schilden und Speeren, die sie gegen Stühle und Tische gelehnt hatten, flüsterte düster und beklagte ihr Missgeschick, in einer von Avān regierten Nation gestrandet zu sein. Sie wirkten groß in ihren schwarzen Kriegsumhängen und schienen mehr für das zu werben, was sie waren, statt es zu verbergen. In der hinteren Ecke an einem langen Tisch saß ein Trupp Paladine aus Ygran in ihren Wämsern mit den hohen Krägen, die vor Stickereien und Zierrat ganz steif waren. Sie nippten dunklen Wein aus robusten Bechern und ignorierten offensichtlich die Schalen mit Wasser, die jeder zivilisierte Shrīaner benutzt hätte, um den Wein zu verdünnen. Sie sprachen wenig und schienen zufrieden mit ihrem Los.

Die Taverntür öffnete sich und ließ eine Handvoll stämmiger Krieger herein, die alle die leicht schlingernde Gangart der Kavallerie hatten. Sie trugen keine Abzeichen, doch die Art, wie sie sich bewegten, machte offensichtlich, dass sie miteinander vertraut waren. Sie gingen direkt zur Bar. Einer von ihnen, der etwas schmächtiger war als die anderen, wandte sich um und kam zu dem Tisch, an dem Indris und seine Freunde saßen.

»Hätte das nicht bis zum Morgen Zeit gehabt?«, grummelte Rosha, als sie Platz nahm. »Weißt du eigentlich, wie das ist, wenn man von einem Papiervogel geweckt wird, der einem ums Gesicht flattert?« Sie nahm die Hände zu Hilfe, um plastisch darzustellen, wie ein Vogel gegen ihre Stirn knallte, um sich dann in ihrem Haar niederzulassen.

»Jetzt ist Morgen«, erwiderte Indris gelassen. »Wir werden deinen Vater suchen gehen.«

»Ihr werdet was?« Rosha dankte einer ihrer Wachen, die ihr eine Tasse Kaffee brachte. »Nehrun, ich, meine Weißpferde, die Löwengarde … wir alle suchen ihn seit Tagen.«

»Rosha, ich glaube, ich kann herausfinden, wo Ariskander gefangen gehalten wird. Far-rad-din zu finden, wird kein Problem sein, aber es wäre dumm, ihn gewaltsam zurückbringen zu wollen. Wenn ich erst sicher weiß, wo sich

Ariskander aufhält, werden meine Freunde und ich ihn zurückholen. Ganz einfach.«

»Ganz einfach?«, fragte Shar trocken.

Indris zuckte lächelnd die Schultern.

»Wie?«, fragte Rosha, und ihr Tonfall war mehr der einer Prinzessin eines Hohen Hauses als der einer Tochter auf der Suche nach dem vermissten Vater.

»Ein Freund von uns hat guten Grund, uns zu helfen«, erwiderte Indris ausweichend. Er zögerte einen Moment, während seine Finger die Zeichnungen auf der Tischoberfläche nachfuhren. Wie sollte er Rosha sagen, was er über Nehrun wusste?

»Indris, wenn Nehrun und ich mit all unseren Kriegern unseren Vater nicht finden konnten, wie sollte dann dein Freund uns helfen können?«

»Ich vertraue Indris in dieser Angelegenheit, Pah Roshana«, mischte sich Ekko ein. »Ich werde ihn auf der Suche nach Rahn Ariskander begleiten.«

»Glaub mir bitte, wenn ich dir sage, dass dieser Freund von mir auch ein Freund von dir ist.« Indris lehnte sich vor. »Außerdem solltest du wissen, dass Nehruns Motive fragwürdig sind.«

»Du machst mich nervös, Indris.« Rosha lachte zögernd. »Bittest du mich gerade, einem Erebus zu trauen?«

Indris sah auf den Tisch, dann nahm er einen kräftigen Schluck Wein.

Kapitel 14

»Die Wahrnehmung ist oft stärker als die Wirklichkeit. Uns fällt es leichter zu sehen, was wir glauben, als zu glauben, was wir sehen.« Rath-Ten-Reyn, Herrscher der Elften Reyn-Dynastie, im 3992. Jahr des Blütenimperiums

319. Tag im 495. Jahr der Shrīanischen Föderation

Belam schien völlig von seinen Verletzungen genesen zu sein, doch er zeigte eine kühle Reserviertheit, die Mari nie zuvor bei ihm erlebt hatte. Während sie zusammen durch die Gärten des *Samyala* gingen, war der unbeschwerte Mann, den sie kannte, verschwunden. Perlenkurtisanen lächelten ihnen freundlich zu, doch ihr Blick verweilte auf Belam in seinem Kettenpanzer mit den rubinroten Schuppen. Er war ein Relikt aus dem Erwachten Imperium, das Belam als Schatz von einem Auftrag in den Bergen von Pashrea mitgebracht hatte. Er hatte seine Stellung als Krieger gekennzeichnet, ebenso wie die Ernennung Belams zum Klingenmeister von Erebesq. Mari hatte den Verdacht, dass ihr Vater Belam eigens für den Posten ausgesucht hatte, um sich für Maris rebellisches Verhalten zu rächen.

Wenigstens hatte Belam sein Handwerk in der Erebus-Präfektur erlernt. Belam war der gute Sohn gewesen und hatte an der Wehklage studiert, der alten Kriegsdichterschule, die von den Erebus in den letzten Jahren des Erwachten Imperiums gegründet worden war. Es war eine gute Schule, objektiv gesehen allerdings nicht die beste. Mari war ehrgeiziger gewesen als ihr Bruder, hatte jedoch als drittes Kind mehr zu verlieren. Man hätte sie verkaufen und an einen Bündnispartner verheiraten können. Aus Tausenden Bewerbern war sie ausgewählt worden, um die Kriegsdichterei an der Gram zu erlernen. Sie war die berühmteste und angesehenste aller Kriegsdichterschulen und lag in Narsis, der Hauptstadt der Näsarat-Präfektur. Als sie das Angebot angenommen hatte, war Corajidin außer sich vor Wut gewesen. In den sieben Jahren, in denen sie in Narsis trainiert hatte, hatte er kaum ein Wort mit seiner Tochter gewechselt, und auch nachdem sie zu ihrer Familie in Erebesq zurückgekehrt war, hatte es noch einen Monat gedauert, bis er wieder mit ihr sprach.

»Was macht dir Sorgen?«, fragte sie.

Belam hatte noch immer blaue Flecken von dem *Leqra*-Spiel am Tag zuvor. Sein Atem roch leicht nach Rum, was ein eher ungewöhnliches Getränk in Shrīan war. In seinen jüngeren Jahren, bevor ihr Vater ihm so viel Verantwortung aufgebürdet hatte, hatte Belam mit einem Geschwader Freibeuter an der Ebenholzküste gedient, einer Küstenregion am Großen Salz, die sich bis Manté, Jiom und weiter nördlich in die Gewässer um Kaylish erstreckte. Unter Kriegsdichtern und Schwertmeistern war es nicht ungewöhnlich, Aufträge bei unterschiedlichen Zweigen des shrīanischen Militärapparats anzunehmen, aber Mari hatte Freibeuter immer als leicht … zwielichtig empfunden. Sie waren nicht viel besser als Piraten mit einem königlichen Pardon für die Verbrechen, die sie begingen, und ihr greller Putz wirkte wie eine Parodie der Gesetzlosigkeit, mit der sie ihr Leben führten. Obwohl Belam und Armal alles andere als befreundet waren, hatten doch beide vier Jahre lang als Freibeuter auf der *Furie* gedient. Belam war ein derartig wilder, unerbittlicher Krieger gewesen, dass er sich in dieser Zeit seinen Spitznamen Witwenmacher verdient hatte.

»Wann kommst du nach Hause?«, fragte er. Er rieb seinen Daumennagel, eine fahrige Geste, die sie noch aus seiner Kindheit kannte.

»Ja, Belam, ich erhole mich gut. Danke der Nachfrage.« Belam schnitt eine Grimasse und murmelte eine Entschuldigung, dann fragte er sie höflich, wie es ihr ging.

»Was macht Vater?«

Belam atmete tief ein. »Es geht ihm nicht gut. Thufan und Farouk haben so viel von seiner Arbeitslast übernommen, wie sie können, aber ich fürchte die Folgen ihrer Strenge.«

»Vater würde seinen Offizieren nicht erlauben, so umfassend zuzuschlagen.« Mari schwang die Arme, um ihre Muskeln zu dehnen. »Kannst du denn gar nichts tun, um ihm zu helfen?«

»Es geht ihm nicht gut, Mari! Wir brauchen dich zu Hause. Es wird ein bisschen heikel werden, aber das wäre ja nicht das erste Mal, und ich bezweifle, dass es das letzte Mal sein wird. Du treibst Vater zwar in den Wahnsinn, aber das Leben ist einfach angenehmer, wenn du da bist.«

Mari lächelte. »Das ist süß, Belam.«

Belam schüttelte den Kopf. »Du begreifst es nicht, Mari. Es passiert zu viel! Ich dachte, ich würde im Eisenstraßenpark sterben. Dann, als ich deinen Körper vor unserer Villa in der Huq am'a Zharsi liegen sah, dachte ich, du wärst tot! Mari, wenn du getan hättest, was Vater …«

»Beruhige dich.«

»Sag mir nicht, dass ich mich beruhigen soll!« Für einen Mann, der beinahe täglich mit dem Tod anbandelte, hatte ihn die Erfahrung im Eisenstraßenpark ziemlich verunsichert. »Du hast dich Vater widersetzt, und wir haben beide den

Preis dafür bezahlt. Und dann prügeln dich deine Feyassin-Freunde beinahe zu Tode.«

»Ich habe versucht, dich an einem Kampf mit Indris zu hindern.«

»War es dir wichtiger, dass dein Liebhaber überlebt, statt deines eigenen Bruders? Wie konntest du nur dein Haus verraten und dich mit ihm einlassen? Gerade jetzt, wo Vater uns mehr braucht denn je. Er ist nicht mehr derselbe, Mari.«

»Mach dich nicht lächerlich!« Sie griff ihm ans Kinn und drehte seinen Kopf, damit er sie ansehen musste. Mari sah ihm in die Augen, dann schlug sie ihm in liebevollem Tadel leicht auf die Wange. Er errötete. »Wir sind beide gesund und am Leben, und wir verschwenden einen herrlichen Tag mit Streiten. Hören wir auf damit. Wenn wir beide mithelfen, können wir vielleicht unseren Vater vor sich selbst beschützen.«

Und dass sie mit Indris geschlafen hatte … sie bereute es nicht. Mari sah zum Himmelsdock hinüber. Sie fühlte sich wie eins der Windschiffe. Ketten hielten sie am Boden, dabei konnte sie, nein, sollte sie frei fliegen. Jedes Mal wenn sie sich in die Lüfte erhob, um einen unbekannten Ort auf ihrer Lebenslandkarte zu entdecken, hatte ihre Familie sie wieder an den festen Boden gekettet, auf dem sie schritten.

»Ich mache mir Sorgen um dich«, erklärte Belam. »Ich will nicht mit dir streiten, aber du bist so unbesonnen. Warum hast du mit ihm geschlafen?«

»Zu dem Zeitpunkt wusste ich nicht, wer er ist. Ich nehme an, Vater weiß Bescheid?«

»Sein einziger Trost ist, dass Indris tot ist.«

Sie blieb stehen. Belam ging ein paar Schritte weiter, bevor er bemerkte, dass sie ihm nicht folgte. Mari wollte Belam nicht verletzen, aber die Zeit mit Indris war die erste ehrliche Sache gewesen, die sie in vielen Monaten getan hatte.

»Du hast dich einem Näsarat hingegeben.« Belam schüttelte den Kopf.

»Wäre es irgendjemand anders gewesen, dann wäre das gar kein Thema. Außerdem hast du selbst gesagt, du wolltest Roshana heiraten«, erinnerte sie ihn freundlich. »Obwohl diese Scheinheiligkeit ganz allein die deine ist, wüsste ich schon gern, wie viel von deiner Entrüstung in Vaters Bigotterie wurzelt?«

»Ich habe Roshana weder geheiratet, noch habe ich ihr Vergnügen bereitet. Von uns beiden bist du diejenige, die weiter gegangen ist.«

»Ja, das bin ich. Du wirst es nicht ändern, indem du dich weiter darüber ärgerst.« Mari ging zu ihrem Bruder und umarmte ihn, und schließlich erwiderte er die Umarmung und hielt sie fest. Von allen lebenden Mitgliedern des Hohen Hauses Erebus war Belam der Einzige außer ihr, der von dem Kurs abgebracht werden könnte, auf den ihr Vater sie gebracht hatte. Kasraman, ihr Halbbruder und Erbe des Hohen Hauses, war nicht nur von ihrem Vater geprägt worden, sondern auch von dem heimtückischen Großvater Basyrandin. Kasra war mehr Hexenlehrling als Krieger, aber gerade deshalb umso gefährlicher. Seine Mutter Laleh entstammte einer starken Hexenfamilie, und Wolfram hatte erkannt, welche Macht in Kasra schlummerte. Obwohl Corajidin dagegen gewesen war, hatte Wolfram den Befehlen Basyrandins gehorcht und den jungen Mann in den Angothischen Hexenkünsten unterrichtet. Kasra war anders aufgewachsen als Belam oder Mari, und die Geschwister standen sich nicht besonders nahe. Die Kriegsdichter-Geschwister hatten sowohl gemeinsame Interessen als auch gemeinsames Blut, und zwischen ihnen gab es fast keine Geheimnisse. Das war einer der Gründe, weshalb Maris Situation jetzt so schwierig war – sie konnte ihrem Bruder nicht die Wahrheit sagen.

»Ich kann dir noch nicht vergeben, Mari.« Belams Stimme klang traurig.

»Habe ich denn etwas getan, das man vergeben müsste?«, fragte sie. Er roch nach eingeöltem Leder und dem sonnengewärmten Glas seiner Rüstung, und darunter nach Ziegenmilchseife. Mari schubste ihn zurück, damit sie ihm in die Augen sehen konnte. »Lass dir nicht zu lange Zeit, Belam. Die letzten Tage haben uns gezeigt, dass nichts für die Ewigkeit ist.«

»Glaubst du, er wird dich wieder aufnehmen?«, fragte Indris, während er Mari mit warmem Brot fütterte, das er in eine würzige Paste aus Sesam, Zitronensaft, Knoblauch, Salz und Pfeffer getunkt hatte. Sie lehnte sich in seine Arme zurück und fühlte die Wärme seiner Brust an ihrem Rücken.

»Belam scheint es zu glauben. Mein Vater braucht mich, Indris.«

Am Morgen hatten die beiden ihre Habseligkeiten gepackt und das *Samyala* verlassen, um in die Stadt zurückzukehren. Sie hatten ihre Kapuzen zum Schutz gegen die grelle Sonne übergezogen und eigentlich vorgehabt, sich beim Barouq zu trennen. Und dann waren sie doch weitergegangen, Hüfte an Hüfte, durch das Labyrinth der Gassen, die zu dem abgeschlossenen Garten auf der Rückseite von Indris' Haus führten. Sie hatten sich geküsst. Hatten im Weitergehen geredet, sich berührt und wieder geküsst. Dann hatten sie sich etwas zu essen besorgt, und der Verkäufer hatte grinsend beobachtet, wie Mari und Indris nicht die Finger voneinander lassen konnten. Schließlich hatten sie sich in Indris' Schlafkammer wiedergefunden …

Jetzt lagen sie ruhig da, die Gliedmaßen ineinander verschlungen, auf einer langen Couch unter den geometrischen Schatten des durchbrochenen Sichtschutzes auf dem Balkon.

Die Stimmen auf der Straße schienen von weit her zu kommen, ebenso wie die Schritte der Leute und das Flattern der Sonnensegel über den Ständen der Straßenverkäufer.

»Sei auf der Hut, Mari.« Indris' Stimme hallte tief in seiner Brust und vibrierte an ihrem Rückgrat. »Wenn dein Vater irgendeinen Verdacht schöpft …«

Sie wandte den Kopf, um ihn mit einem Kuss zum Schweigen zu bringen. »Finde Ariskander und Far-rad-din und bring sie zurück. Ich bin sicher, dass mein Vater nicht mehr lange zu leben hat. Je mehr Hilfe ich für ihn auftreiben kann, desto größer wird seine Überlebenschance sein.«

»Selbst wenn das bedeutet, dass er für seine Verbrechen in die Kerker von Maladûr geschickt wird?« Indris umschloss ihre Schultern mit den Armen. »Verräter kommen entweder nach Maladûr, oder sie werden hingerichtet. Der Kerker ist das Beste, worauf dein Vater hoffen kann.«

Mari wand sich aus Indris' Umarmung. Der Mosaikboden war unter ihren nackten Füßen herrlich kühl, die Brise weich auf ihrer Haut. Sie spürte Indris' Blicke, als sie in ihre Tunika und Hosen schlüpfte. »Sie wissen über uns Bescheid. Belam, mein Vater, und noch andere.«

»Du wirst deinem Vater erzählen müssen, dass ich überlebt habe«, sagte Indris, als wäre es die logischste Sache der Welt.

Maris Kopf fuhr nach oben. Sie war sich nicht sicher, womit sie anfangen sollte: mit ihrem Zorn über den Vorschlag oder ihrer strikten Weigerung.

»Erzähl ihm alles, was du im *Samyala* gehört hast. Er wird es so oder so herausfinden, und wenn du es ihm nicht erzählst, wird er dir nicht vertrauen.«

»Ein Mann hat bereits den Tod gefunden, weil ich ihn verraten habe«, murmelte sie, während sie auf leisen Sohlen zu ihm hinübertapste, um sich in seine Arme zu schmiegen.

»Ich werde es nicht wieder tun. Und ebenso wenig will ich Ziaire, Femensetri oder die anderen verraten.«

»Ich habe durchaus Anlass zu der Hoffnung, dass ich nicht sterben werde«, sagte er trocken. »Halt Ziaire aus der Sache raus, ihre angebliche Neutralität ist wichtig. Wir sollten weder deinen Vater noch seinen Ehrgeiz unterschätzen. Corajidin muss sich bedroht fühlen, damit er nervös wird und Fehler macht. Der Mord an Vashne zeigt das. Wie du schon sagtest, er hat nicht mehr viel Zeit.«

»Ich will weder meinen Vater noch meinen Bruder auf einer Feuerbestattung sehen.«

»Natürlich nicht. Das geht mir bei meinem Onkel und Danush genauso.« Er lächelte sie an, ein leichtes, schiefes Zucken seiner Lippen. Ein Lichtstrahl fand seinen Weg durch den Sichtschutz des Balkons und erhellte sein Gesicht. Für den Bruchteil eines Augenblicks, nur ein paar Herzschläge lang, sah sie den Wirbel aus gelb gesprenkeltem Orange, der zwischen dem normalen Hellbraun seines linken Auges verborgen lag. Die Pupille schien sich leicht nach außen zu wölben. Sie fragte sich, ob er wusste, dass er im Schlaf redete, Bruchstücke zischender Sätze, die ihr das Blut gefrieren ließen. Indris beugte sich vor, das Auge wieder im Schatten, um sie zu küssen.

Sie schob ihn zurück. »Ich weiß, dass du tun musst, was du für richtig hältst.«

»Und wenn es die falsche …«

Sie legte Fingerspitzen auf seine Lippen. »Vertrau mir, Indris.«

»Dir traue ich. Aber ich traue mir selbst nicht, wenn es um dich geht.«

»Das Gefühl kenne ich.«

Theater, Konzerthallen und Restaurants säumten die Straßen des *Astujarte,* ein paar wenige mit Schildern, die verrieten, dass sie geöffnet hatten. Die Brise zerrte an den zerfledderten Rändern von gedruckten Anschlagtafeln, die Unterhaltung mit Schauspielern und Troubadouren, Dichtern und Jahrmärkten versprachen. Viele der Tafeln hatten sich gelöst und verrotteten in den Straßen.

Einst hatten die Truppen der Seethe für das größte Unterhaltungsangebot in Amnon gesorgt. Inzwischen hatten sich viele ein freundlicheres Publikum gesucht, als Amnon im Moment zu bieten hatte. Die einzigen Lokale, die noch geöffnet hatten, waren Wein- und Bierschenken, die schlechte Ware an alle verkauften, die dringend ein wenig Aufmunterung nötig hatten.

Eine Reihe von Männern und Frauen, Höflinge und Duellanten in den graublauen Farben der Familie Neyfūt – eine der Hundert Familien, die im Dienste des Hohen Hauses Näsarat stand – musterten sie finster, als sie vorüberging. Ihre Gesichter waren vom Trinken gerötet. Sie waren zu fünft, unterstützt von der gleichen Anzahl Soldaten in Blau und Gold, die unter Nehruns Befehl standen. Nehrun starrte sie über den Rand seines Weinbechers hinweg finster an.

»Ich wünsche dir einen guten Tag, Pah Mariam.« Nehrun erhob sich von seinem Tisch am Straßenrand.

»Den wünsche ich dir auch.« Mari zwang sich zu einem Lächeln, blieb aber nicht stehen. Sie war unbewaffnet und ohne Rüstung. »Wenn du mich jetzt entschuldigst?«

»Bleib einen Moment«, knirschte er.

Mari veränderte ihr Tempo nicht, obwohl der Klang bestiefelter Schritte sie einholte. Jemand kam ihr näher, als gut für sie war. Eine Hand legte sich auf Maris Schulter. Geschmeidig griff sie nach oben und fasste die Hand am Gelenk. Dann senkte sie ihre Schulter und beugte ein Knie. Ihre Angreiferin schrie auf, als sie einen Salto machte, und landete flach auf dem Rücken. Mari zog das lange, gebogene Schwert aus der

Schärpe an der Taille ihrer Angreiferin und stellte sich den anderen, die ausschwärmten, um sie zu umzingeln.

»Ich habe keinen Streit mit dir, Nehrun«, sagte Mari ruhig. »Aber wenn du mich dazu zwingst, wird das ein guter Tag für die Aasfresser.«

»Oh, ich kenne deinen Ruf. Erebus fe Mariamejeh. Die Bluttänzerin. Die Seelenplünderin, die Königin der Schwerter.«

»Was ist mit den weniger schmeichelhaften Varianten?« Mari fühlte sich weder verängstigt noch eingeschüchtert. »Hat mich der atreanische Botschafter Karkos nicht die Große Hure genannt und sogar dafür gesorgt, dass ein Stück über mich geschrieben wurde, nachdem ich seine Annäherungsversuche abgewiesen habe? Die Angothen nennen mich die Totsängerin, und bei den Imrianern heiße ich Stählerne Kurtisane. Ich werde dir die Entscheidung überlassen, welcher Name am besten zu mir passt.«

»Das Hohe Haus Erebus schuldet mir etwas, scheint seine Verpflichtungen aber nicht einlösen zu wollen.«

»Bist du verrückt geworden, Nehrun?«

»Dein Vater hat mich benutzt.«

»Du sitzt in einer Grube, die du dir selbst gegraben hast, Nehrun«, warnte ihn Mari. »Mach sie nicht so tief, dass du überhaupt nicht mehr herauskommst.«

»Packt sie!«, zischte Nehrun.

Der erste Soldat, den sie niederstreckte, hatte vermutlich noch nicht einmal den Schlag kommen sehen. Wie ein Blitz schoss ihr Schwert aus der Scheide. Mari fühlte den Druck an ihrem Handgelenk, als sie die Kehle des Soldaten traf. Instinkt und langes Training übernahmen die Kontrolle. Sie trat zurück, nach links, dann wieder zurück, und achtete darauf, dass ihre Feinde in einer Linie blieben, damit sie sie einen nach dem anderen ausschalten konnte.

Sie drehte sich und sprang. Ihr Knie landete auf der Brust

eines Soldaten. Sein Schlüsselbein brach, als sie die Schwertscheide wie eine Keule niedersausen ließ. Noch ein Sprung, und diesmal war es ihre Faust, die die Nase einer Frau brach und ihre Lippen spaltete. Ein weiterer Schlag ließ einen Mann zurückweichen, gefolgt von einem Fußtritt, der ihm das Schienbein zerschmetterte.

Mari glitt zurück. Sie wollte niemanden töten, wenn es sich vermeiden ließ. Ihre Lehrer am Lamento hatten ihr beigebracht, dass der Tod immer die letzte Lösung sein sollte. Wer ein Leben nahm, nahm der Person die Zukunft – alles, was sie gewesen war, und alles, was sie hätte sein können. Worte konnte man zurücknehmen. Entschuldigungen konnten erbeten und akzeptiert werden. Der Tod aber war eine Gabe, die bis ans Ende der Zeiten andauerte.

»Du hast jetzt vier Krieger weniger, Nehrun.« Mari ließ ihnen Zeit, sich zu fragen, wer wohl der Nächste sein würde. Nehrun hatte einen Fehler gemacht, als er seine Freunde an ihren Ruf erinnert hatte. Sollte ihre Furcht zu sieden, ihre Sorge zu kochen beginnen! »Noch ist nichts geschehen, das nicht wiedergutgemacht werden könnte. Ihre Wunden werden verheilen.«

»Miststück!«, knurrte Nehrun, der hinter seinen Kumpanen stand. »Dein Vater schuldet mir etwas für meine Dienste. Entweder er bezahlt – oder du.«

»Du weihst deine Freunde dem Untergang, scheinst aber gern hinter ihnen zurückzubleiben. Es ist nicht meine Aufgabe, die Schulden meines Vaters zu begleichen.«

Nur ein Soldat aus der Familie Neyfūt blieb. Er sah Nehrun zweifelnd an. Die anderen vier Soldaten der Näsarat blieben weiter auf Mari konzentriert. Sie fragte sich, ob sie wussten, was ihr Prinz getan hatte – dass er Rahn Ariskander seinen ehrgeizigen Zielen geopfert hatte. Mari sah den Soldaten an, der zögerte. Sie schüttelte den Kopf und blickte vielsagend auf die am Boden verstreut liegenden Körper. Der Soldat steckte sein Schwert in die Scheide und wich zurück.

»Nehrun, wenn das nicht aufhört, wird Blut fließen. Glaubst du ernsthaft, du oder die deinen kommen heil aus der Sache raus? Ich bin die Bluttänzerin.«

So sehr sie den Namen auch hasste, er erfüllte seinen Zweck.

»Vater?«, fragte sie zögernd.

Corajidin wandte sich um, um seine einzige Tochter anzusehen. Mari stand in einem Lichtstrahl, der durch ein großes Fenster hereinfiel. In dem reflektierenden Korridor verwandelte die Sonne ihr Haar in ein Feuer aus dunklem Gold, durchsetzt von Weiß. Mari sah den Kummer im Gesicht ihres Vaters, vermischt mit den Furchen, die der körperliche Schmerz eingegraben hatte.

»Tochter«, sagte er nicht unfreundlich. »Geht es dir gut?«

»Ja, danke. Ich wollte sagen, dass es mir leidtut«, murmelte sie. »Weil ich dich enttäuscht habe. Ich weiß, dass du immer nur das Beste für mich wolltest.«

»Und alles, was es für diese Erkenntnis gebraucht hat, war, dass du dich von deinen ehemaligen Kameraden beinahe hast totschlagen lassen?« Sie sah, dass er die Worte sofort bedauerte. »Mariam, ich …«

»Ich erwarte nicht, dass du verstehst, warum ich es getan habe. Vielleicht wirst du nie vergessen; aber glaubst du, du könntest vergeben?« Mari bemerkte, dass ihre Worte eher herausfordernd als reumütig klangen, und verfluchte sich. So war es schon immer zwischen ihnen gewesen, seit sie ein Kind gewesen war.

Ihr Vater hob das Kinn, und da war eine Härte in seinem Blick, die sie nur zu gut kannte. »Ich glaube nicht, dass ich vergessen werde. Aber ich kann vergeben. Irgendwann.«

Farouk erschien in der Tür. Der von Narben verunstaltete Adjutant sah Mari geringschätzig an. Seine Hand, die immer in der Nähe seines Langmessers war, schien den Griff mit der Zärtlichkeit eines Liebhabers zu liebkosen. Corajidin machte Farouk ein Zeichen, damit er blieb, wo er war. Mari unterdrückte ein Lächeln.

»Ich bin hier, weil ich es noch einmal versuchen will«, sagte sie. »Meine Laufbahn bei den Feyassin ist vorüber. Wir sollten uns näherkommen; in letzter Zeit waren wir zu weit voneinander entfernt, du und ich.«

Maris Herz schlug laut. Sie konnte lächeln, so viel sie wollte, sie hatte sich seinem Willen widersetzt. Ihr Widerstand bei Vashnes Ermordung, ihre Liebschaft mit Indris. Ihr Vater hatte einmal, benebelt von Alkohol und Zorn, behauptet, dass ihr Starrsinn sie selbst und das Hohe Haus Erebus eines Tages zerstören würde. Mari wusste, dass sie nicht die gehorsame Tochter gewesen war, auf die ihr Vater gehofft hatte. Sie hatte ihrer Familie Ruhm und Ehre gebracht, aber weder sie noch Belam hatten strategische Bündnisse durch eine Heirat geschlossen. Nur Kasraman, der Erstgeborene und Liebling ihres Vaters, hatte sich um Stammhalter gekümmert.

»Was schlägst du vor?« Corajidin machte ihr und Farouk ein Zeichen, mit ihm zu seinen Kammern zu gehen. Sein Tonfall verriet, dass er auf der Hut war. Es gab ein altes Sprichwort, das ihr Vater gern gebrauchte: *Wenn das Gold zu hell glänzt, sollte man sich fragen, ob es wirklich Gold ist.*

»Was willst du?« Sie sah auf ihre Füße hinunter, um ihre Gefühle zu verbergen, doch es kostete sie viel Überwindung, ihren Stolz so hinunterzuschlucken.

Farouk schnaubte. »Wie passend, dass Eure Reue zu einem Zeitpunkt kommt, an dem Ihr nirgendwo sonst mehr hingehen könnt, Pah Mariam.«

Corajidin runzelte die Stirn und warf Farouk einen finsteren Seitenblick zu, woraufhin er hastig den Blick senkte.

»Du warst nicht einverstanden mit meinem Vorgehen gegen Vashne.« Die Stimme ihres Vaters klang rau und krank. Seine Haut war blass, glänzend wie der Bauch eines Fisches. »Du unterstützt die Auflösung der Armeen. Du bist nicht einmal eine Imperialistin. Mariam, es wäre besser, wenn du dich überhaupt nicht hier in Amnon aufhalten würdest. Hier gibt es nichts, was dich hält.«

»Dann lass mich dir dies hier anbieten.« Mari nahm eine seiner klammen Hände und hob sie an die Lippen. Sie küsste den Siegelring, wie ein Vasall es getan hätte. »Ich habe im *Samyala* Nazarafine, Femensetri, Siamak und Kembe von den Tau-se belauscht. Sie suchen nach Beweisen, dass du mit Vashnes Ermordung und Ariskanders Verschwinden zu tun hast, und sind bereit, alles in ihrer Macht Stehende zu tun, um sich dir zu widersetzen.«

Er lachte bitter. »Ich gehe davon aus, dass sich eine ganze Reihe Leute gegen mich stellen will. Hast du nichts Besseres?«

»Nehrun will nicht länger warten, bis du ihn für seinen Einsatz entschädigst.«

»Ich schulde diesem feigen kleinen Gecken gar nichts!«, knurrte Corajidin. »Nehrun war es, der sich als Erster mit dem Plan an mich gewandt hat, seinen Vater abzusetzen.«

»Trotzdem haben er und eine Kohorte seiner Männer versucht mich zu entführen.«

Besorgt streckte ihr Vater die Hand aus, um sie zu berühren, hielt dann jedoch inne. »Und doch bist du hier und keine Gefangene Nehruns. Was gibt es sonst noch?«

Sie schürzte die Lippen und zögerte einen Moment. Wenn sie doch nur auf Verlangen hätte weinen können! Krokodilstränen wären jetzt sehr hilfreich gewesen. Stattdessen blinzelte Mari und trat seufzend von einem Fuß auf den anderen. Indris hatte ihr gesagt, dass es dazu kommen würde. Doch jetzt, wo es so weit war, fühlte sie, wie ihr Herz wild in der Brust hämmerte. »Ich schäme mich so … wegen der Sache mit Indris. Ich weiß, es muss dich verletzt haben.«

»Du hast keine Vorstellung, wie sehr mich dein Mangel an Zurückhaltung verletzt hat, Mariam!« Corajidins Gesicht verriet, wie enttäuscht und gekränkt er war. »Ich habe die vielen Geschichten von deinen Liebhabern gehört, und doch war ich bereit, dir deine Fehltritte zu verzeihen, bis …«

»Und was wäre, wenn ich dir jetzt erzähle, dass Indris nicht nur am Leben ist, sondern außerdem vorhat, Ariskander zu finden und ihn hierher zurückzubringen? Würde dir das meine Loyalität beweisen?«

Corajidin blieb abrupt stehen.

Mari sah zu, wie ihr Vater davonschritt. Er sprach leise, daher verstand sie nicht viel von dem, was er zu Farouk sagte. Sie schnappte seinen Befehl auf, Belam, Thufan und die anderen zu einem Treffen zusammenzurufen. In seinem Amtszimmer, in einer Stunde.

Also hatte sie noch Zeit. Gezielt durchwanderte Mari die belebtesten Bereiche der Villa und grüßte alle, die sie mit Namen kannte. Sie machte höfliche Bemerkungen und nickte jedem zu, von dem sie annahm, dass er anderen davon erzählen würde. Es war wichtig, dass sie den Eindruck erweckte, sie wäre in Gesellschaft gewesen, als ihr Vater sein geheimes Treffen mit seinen Ratgebern hatte.

Problemlos konnte sie eines der unbesetzten Zimmer in dem Bereich der Villa betreten, wo die Räume ihrer Familie und das Amtszimmer ihres Vaters lagen. Mari hatte die Villa bei ihrer Ankunft ausgiebig erkundet, um zu prüfen, ob sie sicher genug war – eine alte Angewohnheit. Thufan mochte ein hervorragender Geheimdienstführer sein, aber er wurde langsam alt. Manchmal ließ seine Aufmerksamkeit nach, wenn es um Details ging.

Mari fand den Eingang zu den alten Korridoren der Dienerschaft und schob die Paneele zur Seite. Sie trat hindurch, dann schloss sie sie wieder hinter sich. Eine Weile lang schlich sie durch beklemmende, erstickende Finsternis, durch Räume, die von Spinnweben überzogen waren. Die Luft roch muffig und nach Verfall. Der Gesteinsschutt vieler Jahre knirschte unter ihren Füßen, und sie schritt durch das stille Netz der Korridore und lauschte aufmerksam auf alle Geräusche. Schließlich, nach beinahe zehn Minuten vorsichtigen Vorantastens, kam sie zu einem arabeskenhaften Bronzegitter in einer Mauer.

Keinen Augenblick zu früh. Durch das Gitter hörte sie das Geräusch einer sich öffnenden Tür, und dann die Stimme ihres Vaters, als er seine Begleiter bat, Platz zu nehmen.

Kapitel 15

»Obwohl wir von Vernunft geleitet werden sollten, sind wir doch meist die Sklaven unserer Begierden. Und es gibt keine Begierde, die so schwer zu beschwichtigen ist wie unser Verlangen nach Zerstörung.« Miandharmin, Gelehrter der Nilvedic am Elfenbeinhof zu Tanis, Vierte Siandartha-Dynastie (im 171. Jahr der Shrīanischen Föderation)

319. Tag im 495. Jahr der Shrīanischen Föderation

Corajidin erzählte den anderen, was Mari ihm berichtet hatte.

»Ihr glaubt ihr?«, fragte Thufan nachdenklich. Die Kleidung des alten *Kherife* war vom langen Tragen fleckig und zerknittert. Er lehnte sich in seinem Stuhl zurück, die Füße auf einem Schemel, und zog an seiner Pfeife. Rauch strömte ihm in einem öligen grauen Strom aus Mund und Nase. Corajidin hatte den Verdacht, Thufan würde auch im Schlaf rauchen, wenn er könnte.

»Natürlich.« Armal hielt die ganze Zeit den Blick gesenkt. »Pah Mariam ist …«

»Ich nicht«, sagte Farouk und starrte Armal an. »Bei allem Respekt, ich habe ihr noch nie vertraut, Rahn Corajidin. Und wie gewöhnlich denkt Armal nicht mit seinem Gehirn.«

»Du magst sie nur nicht, weil sie alles ist, was du nicht bist, Farouk.« Belamandris hob seinen Weinbecher und sah Corajidin an. »Mari kann nicht mehr das sein, was sie vorher war. Glaubst du nicht, ein Sinneswandel wäre möglich?«

»Nachdem ihre einstigen Freunde sie zusammengeschlagen haben, hätte sie alles Mögliche tun können«, sagte Armal und richtete sich hoch auf. »Viele würden in Selbstmitleid baden, aber sie kennt nur ihre Pflicht.«

Farouk verdrehte die Augen. »Sie ist nicht hier, um dein Geschwätz zu hören, Armal.«

»Armal, du kennst meine Meinung über deine Gefühle für Mariam. Du vergisst sie am besten ganz. Wenn sich eine passende Verbindung ergibt, wird Mariam zum Nutzen ihres Hauses verheiratet.« Corajidin rutschte auf seinem Stuhl herum. Es tat weh, zu lange auf einem Fleck zu sitzen. Er musste sich darauf konzentrieren, was die anderen sagten, sonst verloren sich ihre Worte in dem Getöse in seinem Kopf. »Und was die Frage betrifft, ob ich ihr vertraue … Mariam hat es mir freiwillig erzählt. Sie hätte leicht zurückhalten oder beschönigen können, was sie über Femensetris Plan wusste.«

»Glaubt Ihr, der Plan stammt vom Gelehrtenmarschall?«, fragte Armal. »Ich hätte gedacht, dass die Volkssprecherin …«

»Bei einer Revolte würde Femensetri alles gewinnen«, murmelte Corajidin düster. »Die Stellung der Sēq in Shrīan ist angreifbar und wird nur durch ihre Bündnisse mit den Hohen Häusern Näsarat und Selassin sowie Far-rad-din gehalten. Wenn sie eine Regierung unterstützt, die mit den Sēq sympathisiert, würde ihr das am meisten nützen. Und solange ich am Hebel sitze, wird das nicht passieren. Das weiß sie.«

»Die Tage der Gelehrten sind vorüber, sobald Shrīan aus eigener Kraft überleben kann«, fügte Wolfram hinzu. »Seit den Gelehrtenkriegen haben sich die Hexenzirkel gefügig gegeben, doch wir sind stärker und zahlreicher, als die Gelehrten ahnen. Rahn Corajidin ist nur der Erste, dem unsere Macht zugutekommt.«

»Kasraman wird der Erste in einer Dynastie der Hexenkönige sein – *Kashrey*, wie sie genannt wurden, bevor die Gelehrtenorden entstanden. Bevor noch das Wort ›Rahn‹ erfunden war.« Corajidin fühlte, wie ihm das Herz vor Stolz in der Brust schwoll. Obwohl Kasraman nie die Begabung gehabt hatte, um *Ilhennim* – ein Mystiker – zu werden, hatte er sich doch als Wunderkind entpuppt, dank des machtvollen Bluts seiner Mutter.

»Was ist mit Ariskander?«, fragte Thufan. »Die Sēq unterstützen die Näsarats mehr als jedes andere Hohe Haus.«

»Teymoud hat einen Angothischen Seelenkäfig für mich beschafft«, sagte Wolfram. »Morgen Nacht wird er zu seiner Villa gebracht, zur Stunde des Skorpions. Die Riten der Gefangennahme brauchen etwas Vorbereitung, aber das kann in etwa einem Tag erledigt werden. Brede ist aus der Rōmarq zurückgekehrt, um mir zu helfen. Wir haben bisher eine Mischung aus Körpernetzen, Drogen und physischer Nötigung versucht, doch ohne Erfolg. Wenn Ariskanders Seele erst gefangen gesetzt ist, werde ich finden, wonach wir suchen.«

»Gut.« Corajidin seufzte erleichtert auf. Er hatte so seinen Verdacht, wie Wolfram von seinem Lehrling unterstützt wurde. Obwohl er nicht genau wusste, worin die geheimnisvolle Folter bestand, die Wolfram erwähnt hatte, klang das Ganze doch sehr unerfreulich. »Thufan? Sorge dafür, dass dieses Ding so schnell wie möglich zu den Ruinen gebracht wird, aber sei vorsichtig.«

Thufan zog an seiner Pfeife, und Corajidin sah durch die Rauchwolke hindurch, wie er nickte. »Ich muss die Fenlinge und die Puppenspieler noch bezahlen.«

»Gib ihnen, was sie verlangen.« Corajidin war sich nicht sicher, welchen Preis die Marschbewohner für ihre Erlaubnis verlangen würden, durch die Rōmarq zu reisen und zu plündern, doch es würde weder um Geld noch um politische Gefälligkeiten gehen. Ihre Bedürfnisse waren simpler und blutrünstiger.

»Was ist mit Pah Mariam? Wird sie dabei sein?«, fragte Armal versuchsweise.

»Mari hat nach ihrem Gewissen gehandelt, Vater«, sagte Belamandris. »Im Gegensatz zu uns. Sie will uns helfen.«

Belamandris hatte recht, aber man musste auf Mariam aufpassen. Ihre Liebschaft mit Indris hatte vielleicht ihre ohnehin schon fragwürdigen Sympathien weiter verstärkt. Erst war es Vashne gewesen, mit dem sie sympathisiert hatte, und dann mit den Leuten, die die Armeen in Amnon auflösen wollten. Die Befürchtung war nicht allzu weit hergeholt, dass sie Mitgefühl mit Ariskander haben würde, der aus demselben Holz geschnitzt war wie der ehemalige Asrahn. Oder Indris – die Art von Held, die sie schon immer begeistert hatte.

Im Laufe der Jahre hatte Mariam immer wieder gezeigt, dass sie sich vor den Bedürfnissen ihrer Familie verschloss. Aber eine Verräterin? Der Gedanke tröpfelte durch sein Gehirn wie Eiswasser. Woher war er gekommen? Als sich plötzlich wieder Druck und Schmerz hinter seinen Augen aufbaute, biss Corajidin die Zähne zusammen. Mari brauchte ihn! Wo sollte sie sonst hingehen? Ihre Möglichkeiten waren nun auf den Nutzen begrenzt, den ihr Haus für sie fand. Wenn sie weiterhin die Privilegien der königlichen Kaste der Avān genießen wollte, war sie auf seine Nachsicht angewiesen. Mariam brauchte ihren Vater.

»Mariam wird in den Schoß der Familie zurückkehren«, erklärte Corajidin knapp.

»Ist das klug?« Thufans Augen in dem verlebten Gesicht wurden schmal. »Sie wird Ärger machen.«

»Dafür hat man sie erzogen«, lachte Belamandris.

»Das Thema ist abgeschlossen.« Corajidin hörte die Müdigkeit in seiner eigenen Stimme und hob die zitternden Fingerspitzen, um sich die Schläfen zu massieren. »Wenn es weiter nichts gibt, dann kümmert euch wieder um eure Pflichten.«

Die anderen verneigten sich und gingen; alle bis auf Thufan, der in seinem Stuhl sitzen blieb, mit der Pfeife in der Hand. Unter gesenkten Brauen beobachtete der kleine Spion, wie die anderen den Raum verließen.

Corajidin machte Farouk ein Zeichen, die Tür hinter sich zu schließen, und die beiden Männer blieben zum ersten Mal seit längerer Zeit allein zurück. Einst war es immer so gewesen, obwohl Corajidins Vater Basyrandin damals noch am Leben war. Thufan hatte dem Hohen Haus Erebus sein ganzes Leben lang gedient. Der Mann war gut über hundertfünfzig Jahre alt – was für einen Avān nicht unbedingt alt war –, trug seine Jahre aber nicht gerade mit Anmut. Über die Jahrzehnte hatte er Söhne und Töchter gezeugt, doch nur Armal hatte überlebt. Es hatte Zeiten gegeben, in denen Corajidin und Thufan stundenlang über Informationen gegrübelt hatten. Sie hatten Gerüchte verbreitet, Beweise gefälscht, Gefälligkeiten gekauft und verkauft. Ihre Geschichte war angefüllt mit Leichen, Falschheit und Täuschung, ebenso wie mit Heldenmut, Vaterlandsliebe und Ruhm. Corajidin zweifelte nicht daran, dass ihre Zukunft genauso aussah.

»Hast du ein Problem, mein Freund?«, fragte Corajidin.

»Ich mache mir Sorgen.« Thufan nahm seine Füße vom Stuhl und stützte sich auf die Arme. »Um Euch. Wegen Wolframs Prophezeiungen. Wo das alles enden wird.«

»Kurzfristig mit mir als Asrahn.«

»Ihr werdet immer kränker. Könnt schlecht Asrahn sein, wenn Ihr tot seid.«

»Sedefkes Arbeiten sind unauffindbar. Die Ruinen in der Rōmarq haben nichts enthüllt, das wir gebrauchen könnten. Das Ding, von dem Kasraman vermutet, dass es sich um eine Torque-Spindel handelt, ist kaputt. Wenn sie recht haben mit ihrer Vermutung, dass sie eine Schicksalsmaschine gefunden haben, dann könnte das alles ändern! Wenn ich in all meinen möglichen Zukunftsvarianten fischen kann, werde ich eine finden, in der ich alles erreiche, was ich will. Aber ohne diese Hilfsmittel brauche ich Ariskanders Erinnerungen. Ich tue, was getan werden muss, kann aber nur mit dem arbeiten, was ich habe. Solange ich noch die Zeit habe.«

»Was ist mit Vashnes Tod?«

»Welche Wahl hatte ich denn?« Corajidin rieb sich wieder die Schläfen. Er spürte, dass er leicht zitterte, und seine Haut fühlte sich trocken an, wie altes Papier. »Der Teshri war im Begriff, ihn für eine weitere Amtszeit zum Asrahn zu machen, womöglich sogar auf Lebenszeit! Wir haben zu viel Geld ausgegeben, um so lange warten zu können. Noch einmal eine derartige politische Kampagne durchzuführen, hätte uns ruiniert.«

Thufans Husten war ein feuchtes Rasseln in seiner alten Lunge. Corajidin zuckte bei dem Laut zusammen. Thufan wischte sich mit dem Ärmel den Schleim vom Mund, dann sog der alte Mann wieder an seiner Pfeife. Thufan atmete eine Wolke beißenden Rauches aus, gefolgt von einem weiteren Hustenanfall, der ihn in seinem Stuhl zusammenkrümmte. »Ich werde müde. Trete vielleicht bald in den Ruhestand.«

»Unterschätz dich nicht«, sagte Corajidin vergnügt, obwohl er sich bei dem Gedanken, dass der alte Spion nicht mehr bei ihm sein könnte, seltsam leer fühlte. »Von allen Hundert Familien ist deine diejenige, auf die wir uns am meisten verlassen haben. Ich brauche dich, alter Freund.«

»Ich will Armal heimschicken. Ich werde bleiben, wenn Ihr ihn gehen lasst. Er ist mein einziges überlebendes Kind; meine Familie hat eine Chance verdient.«

»Er weiß zu viel, um jemals frei zu sein. Außerdem ist er noch immer zu ungehobelt, um ihn an der langen Leine lassen zu können.«

»Bitte.«

Corajidin erhob sich. Thufan wirkte regelrecht eingesunken vor Müdigkeit. Der Pfeifenrauch schien sich in den Falten seiner Haut abgelagert zu haben, sodass dem alten Mann ein vergilbter Glanz anhaftete, wie bei altem Pergament. Armal war kein Ersatz für Thufan. Armal mit seiner Melancholie und seiner Vernarrtheit, die weit über seinem Stand lag. »Du warst immer loyal, Thufan. Ich weiß, dass du in deinen Diensten für das Haus Erebus gelitten hast. Aber du wurdest auch reich belohnt. Armal wird den gleichen Lohn bekommen. Solange er uns nützt, kann ich Armal viel vergeben.«

»Aber?«

»Aber seine Liebe zu Mariam wird nie dazugehören.«

Ein kalter Wind heulte über die feuchten Gräser Ast am'a Jehours, so beißend und grimmig wie die Wölfe, nach denen die Ebene benannt worden war. Corajidins schwarzrote Banner quollen wie zerfledderte Rauchfahnen über die Ebene. Das Gewicht seiner blutbefleckten Rüstung drückte ihn nieder. Sein Arm schmerzte von den Fingerspitzen bis zum Handgelenk, die Hand mit dem Amenesqa *fühlte sich taub an. Er war von den kriegsgebeugten Gestalten der Anlūki umgeben, während Hexen mit wilden Augen und flatternden Roben im Himmel über ihnen kreisten und mit Stentorstimmen nach den Mächten riefen, die in den Schatten zwischen den Welten hausten.*

Die Banner seiner Feinde schienen in Flammen zu stehen, als die Sonne durch einen Riss in den Wolken drang: Lotusblüten in Silber und Weiß, Orange und Braun und Blau und Gold. Langsam breitete sich ein Nebel über den nahen Hügeln aus, im unsteten Licht durchwoben von den geisterhaften Gestalten der Krieger, die schon lange tot waren. An ihrer Spitze stand eine Gestalt in einer Rüstung aus Sternenschuppen. Sein Schild schimmerte wie die Morgendämmerung, und sein Schwert war ein glänzender, gebogener Splitter aus Mondlicht.

Die Gestalt hob das Gesicht, und sein Auge flammte …

Corajidin fuhr auf und presste die Kiefer zusammen, um einen Schrei zu unterdrücken. Er war auf der Couch in seinem Amtszimmer eingeschlafen. Der Mond warf gespenstisches Licht durch die leichten Seidenvorhänge, die in der Brise flatterten. Corajidin hatte das Gefühl, er würde nach oben stürzen, hinein in die hypnotischen Muster aus Licht und Schatten, die über die gewölbte Zimmerdecke huschten. Glasfliesen fingen das Licht ein wie verschwommene Sterne in seinem ganz persönlichen Himmel.

Er hatte einen sauren Geschmack im Mund, und seine Zunge und die Zähne fühlten sich pelzig an. Nur wenn er ständig an der Grenze zur Trunkenheit war, konnte er Linderung finden und vor den undeutlichen Stimmen der Ahnen in seinem Kopf fliehen. Wussten sie denn nicht, dass er sie nicht verstehen konnte? Mussten sie nicht eigentlich alles sehen, hören, wissen? Und doch konnten sie ihm nichts sagen, jetzt, wo er sie am meisten brauchte. Selbst Yashamins triebhafte Begeisterung hatte nicht ausgereicht, um ihn schließlich einschlafen zu lassen. Er hatte in sein Amtszimmer kommen müssen, um zu arbeiten. Er konnte sich nicht erinnern, ob und wann er eingeschlafen war.

In letzter Zeit hatte der Schmerz ihm kaum eine Atempause gelassen. Es war, als hätte jemand einen Stachel hinter seine Augen getrieben. Er starrte seine Hände an, die zu Klauen gekrümmt waren und sich nur unter Aufbietung aller Willenskraft wieder öffneten. In den stillen Untiefen der Nacht hörte er seinen pfeifenden Atem; jedes Luftholen war quälend und kostete ihn beinahe zu viel Kraft.

Corajidin erhob sich von der Couch und schlurfte zur Tür.

»Zu Wolframs Quartier«, murmelte Corajidin den Wachen zu, die vor seiner Amtsstube standen. Zwei der Anlūki übernahmen die Führung, während die anderen beiden hinter Corajidin schritten und sich seinem humpelnden Schritt anpassten.

Der Weg war quälend lang und führte durch von Laternen erleuchtete Korridore, bis sie schließlich einen Teil des Gebäudes erreichten, der fast gar nicht von den Erebus genutzt wurde. Es roch muffig, und die Dielen mussten dringend poliert werden. Alte Spinnweben hingen in den Ecken und Winkeln. Die Türrahmen waren angeschlagen und eingedrückt, die verputzten Wände vor langer Zeit von schmutzigen Händen, Ledergeschirren und Gepäck befleckt.

Corajidin nickte einem der Anlūki zu, der daraufhin an die Tür klopfte. Eigentlich hätte er niemandem außer seiner Familie diese Höflichkeit zugestanden, doch Corajidin wollte sich Wolfram ankündigen. Wer wusste schon, mit welchen abstoßenden Dingen der Angothische Hexer hinter geschlossenen Türen beschäftigt war. Je weniger Corajidin wusste, desto besser fühlte er sich.

Seine erste Frau, Kasramans Mutter, hatte ihm erklärt, dass die Angothischen Hexen anders waren als jeder andere Hexenzirkel. Anfangs hatten sich die Hexenzirkel durch die Elementarkräfte in vier große Zirkel aufgeteilt. Ihre ursprünglichen Lehren waren von den Elementarmeistern überliefert, aber im Laufe der Zeit verändert worden, um sie an die Bedürfnisse der Hexen anzupassen. Die Steinhexen waren die mächtigsten gewesen. Sie wollten Macht im Staat, und man glaubte, dass sie den ersten Schlag in den Gelehrtenkriegen geführt hatten. Die Meereshexen, Sturmhexen und Feuerhexen, von denen letztere beinahe ausschließlich für militärische Zwecke eingesetzt wurden, waren in einem Teufelskreis der Gewalt gefangen gewesen und nicht weniger kampflustig, als es ums Ganze ging. Es hatte Gerüchte gegeben über einen Hexenzirkel, der die Seelenhexen genannt wurde, oder auch Bluthexen. Erben eines uralten dunklen Mystizismus aus der Zeit vor den Zeitmeistern. Wenn es sie wirklich geben sollte und sie nicht nur ein Schauermärchen für Kinder waren, dann waren sie ein gut gehütetes Geheimnis.

Eine Hexe konnte Riten eines anderen Zirkels lernen, doch nur die Angothischen Hexen wurden in allen Richtungen ausgebildet. Kasraman gehörte dazu. Man hatte den Hexen verboten, ihre Künste in Shrīan auszuüben, und in den vergangenen Jahren, nachdem sie in den Gelehrtenkriegen gegen die Sēq verloren hatten, waren sie verbannt worden. Doch die Zeiten hatten sich geändert, und die Gesetzeslage hatte sich wieder entspannt. Kasraman würde der erste Hexenkönig werden, der den Thron bestieg, seit die Hexenzirkel verbannt worden waren.

Der Anlūki wollte gerade noch einmal klopfen, als Corajidin hörte, wie Riegel zurückgezogen wurden. Die Tür öffnete sich, und Bredes blasses Gesicht und frostblondes Haar tauchten auf. Sie trug eine lange Robe, die vorne geöffnet war, als hätte sie sie hastig übergeworfen. Der Kragen glühte schwarz im Laternenlicht. Ihr gezogenes *Kindjal* ruhte in ihrer Hand.

»Ich will deinen Meister sprechen«, knurrte Corajidin.

Brede legte den Kopf zur Seite, als würde sie auf etwas lauschen, und ihre Augen schienen ins Leere zu blicken. Einen

Augenblick später nickte sie. »Bitte tretet ein, Rahn Corajidin. Die Anlūki müssen draußen warten.« Brede öffnete mit gesenktem Kopf die Türe, um Corajidin einzulassen.

Als die beiden Anlūki versuchten, ihm zu folgen, stellte sich ihnen Brede in den Weg. Die Soldaten versuchten, um sie herumzugehen. Der Angothische Lehrling tippte einem Mann auf die Brust, und er taumelte zurück und krachte gegen die Wand. Die Hand des anderen Anlūki griff nach unten zu seinem Schwert, aber Brede war schneller. Auf ihre geflüsterten Worte hin begann der Schwertgriff zu sieden, zu zischen und zu knistern, als würde er durch Säure aufgelöst. Fluchend zog der Soldat die Hand zurück und griff nach seinem Langmesser.

»Wartet draußen«, wiederholte Brede, während sich die vier Männer im Korridor verteilten. »Ich sage es nicht noch einmal.«

Corajidin sah den blonden Lehrling an. Es hatte keinen Sinn, die vier Anlūki zum Tode zu verurteilen.

»Bleibt hier«, befahl Corajidin ihnen.

Er sah zu, wie sich die vier Wachen auf die andere Seite des Korridors zurückzogen, dann ging er an Brede vorbei in Wolframs Gemach. Ein großes Bett stand hier, außerdem eine lange Couch mit abgewetzten Polstern und zahlreiche breite Tische, die mit Kisten, Artefakten, Büchern und Schriftrollen bedeckt waren. Angothische Wandteppiche schmückten die Wände mit Bildern, die Szenen aus Orgien und ruchlose Rituale darstellten. Eine Tür führte zu einer Stallung darunter, in der Wagen, Karren und Pferde für Gäste untergebracht werden konnten. Die Luft stank nach Räucherwerk, und es gab so viele Gerüche, dass einzelne Duftnoten nicht zu unterscheiden waren. Corajidin musste niesen. Die Kammer war überheizt und stickig.

Brede führte Corajidin zu Wolfram, der über einigen kristallenen Tafeln brütete. Anmutige Seethe-Gestalten schwebten lichtdurchlässig darin. Der Hexer machte sich nicht die Mühe aufzublicken, als sich Corajidin näherte.

»Was führt Euch hierher, mein Rahn?«, fragte Wolfram.

»Es wird schlimmer«, keuchte Corajidin und fiel auf den Stuhl. Seine schmerzenden Beine trugen sein Gewicht nicht mehr. Er erzählte Wolfram seinen Traum.

Wolfram goss drei Fingerbreit Lotusmilch in ein kleines Glas. Corajidin kippte es hinunter, begierig darauf, sich für eine Weile von den Schmerzen zu befreien. Der Hexer begutachtete Corajidins Augen, untersuchte ihn und stellte die immergleiche Frage, wie und wo und wie stark die Schmerzen wären. »Eure Seele wird immer gifthaltiger. Visionen sind nichts Ungewöhnliches in diesem Stadium, aber ob es sich um eine echte Weissagung oder einen Fiebertraum handelt, weiß ich nicht. Meine Verbündeten unter den verborgenen Hexenzirkeln kennen ein anderes, drastischeres Heilmittel …«

»Später vielleicht. Im Moment muss ich mehr wissen«, flüsterte Corajidin.

Brede stand bei ihrem Meister, scheinbar gleichgültig gegenüber der Tatsache, dass ihre Robe unzüchtig offen stand. Ihre Haut war milchweiß und wirkte weich, trotz der Schatten, die die harten Muskeln darunter verrieten.

Corajidin riss sich von dem Anblick los. »Wenn es tatsächlich eine Vision ist …«

»Wir haben das länger diskutiert, als gesund für Euch ist. Solltet Ihr Eure Zeit nicht besser auf Entscheidungen verwenden, die sich auf das gründen, was Ihr tatsächlich wisst?«

»Was soll das für einen Sinn haben, wenn sich mein Schicksal verändert hat und ich sterbe, bevor ich zum Asrahn ernannt werde?«, schnappte Corajidin. »Und was unser Wissen betrifft … lass uns über das reden, was wir wissen! Hast du Sedefkes Bibliothek gefunden, oder sein Labor? Nein. Hat Ariskander das Geheimnis verraten, wie ich die Quelle wieder beherrschen kann? Nein. Bin ich schon der Asrahn von Shrīan? Nein. Hast du die Waffen gefunden? Nein.«

»Wir haben Relikte gefunden, bei denen es sich um Waffen handeln könnte«, warf Brede ein, »aber wir sind noch nicht sicher, welche Funktion sie haben.«

»Du sagst, du hättest Teile einer Torque-Spindel gefunden, aber du weißt nicht, wie sie funktioniert! Was ist mit Sonnenfeuerkugeln oder einem der berüchtigten Chaosstühle?«

»Ihr seid am besten beraten, wenn Ihr das benutzt, was wir jetzt haben«, erwiderte Wolfram.

Corajidin bebte vor Zorn. »Etwas über die Zukunft zu wissen, würde …«

»Euch auch nicht weiterhelfen!« Wolfram schlug mit seinen großen Händen auf den Tisch. »Brede und ich können die dunklen Mächte beschwören, die Euch zum Sieg führen, mein Rahn. Konzentriert Euch auf eine Zukunft Eurer eigenen Wahl, auf eine Gegenwart, die Ihr sehen und beeinflussen könnt, statt einer Zukunft, die Euch verborgen ist.«

»Ich kann das Morgen sehr wohl sehen, Wolfram. Ich könnte dann tot sein! Vor zwei Jahren kamst du zu mir mit deinen Träumen und hast mich auf diesen Weg geführt, der mich zum Herrscher von Shrīan machen sollte.«

»Dann lasst mich Euch helfen, dieses Ziel zu erreichen, und …«

»Gib mir, was ich fordere, oder ich werde einen anderen finden, der es tut!«, sagte Corajidin scharf. Die Worte waren heraus, bevor er sich beherrschen konnte. Brede hielt den Kopf gesenkt, doch Corajidin sah, wie sie den Griff auf ihren *Kindjal* veränderte. Sie würde es nicht wagen, ihn anzugreifen. Oder doch? Dann erinnerte er sich, dass sie als eine Sēq ausgebildet worden war, bevor sie in Ungnade gefallen war. Die Gelehrten erkannten keinen Monarchen an, nur die Mahj in Mediin. Jetzt war sie der Lehrling eines Hexers, und ihre Loyalität galt Wolfram und allen nur denkbaren Obszönitäten, die er von ihrem Geist oder Körper verlangte. Corajidin wies mit dem Finger auf die Hexe. »Wenn du dich gegen mich stellst, verlierst du jede Möglichkeit, deinen gezeichneten Körper zu heilen. Die Sēq werden nur einem Mahj gehorchen. Bis der Tag kommt, an dem ich ihnen befehlen kann, die Gewölbe bei Amarqa zu öffnen, werden wir einander brauchen, du und ich.«

Einen langen Moment blieb Wolfram still, ehe er sich umwandte, um Corajidin anzusehen. Die Strenge seines Blicks war furchterregend, seine Wolfsaugen leuchtend vor Macht und Intelligenz.

»Dann drehen wir eine letzte Runde auf diesem Karussell.«

Wolfram entrollte einen langen Teppich, der mit komplizierten geometrischen Mustern verziert war. In die Ränder waren Gesichter eingewoben. Man erkannte sie nur andeutungsweise; fantasierte Schrecken, die in den Tiefen lauerten. Sie warteten zwischen Kette und Schuss. Corajidin fühlte leichten Schwindel, als er versuchte, die Darstellungen mit seinem Blick zu entwirren. Brede nahm einen Beutel und begann, eine Linie aus Meersalz um ihren Meister zu ziehen. Als Corajidin fragte, weshalb, antwortete sie, damit solle verhindert werden, dass ein unreiner Geist entkäme. Er lachte, aber Bredes Gesicht blieb ernst. Sie bat Corajidin, sich auf den Teppich vor ihren Meister zu knien. Brede nahm ihren Platz neben Wolfram ein, den *Kindjal* auf dem Schoß. Wolfram begann mit wunderschöner Stimme einen tiefen Gesang.

Die Stimme des Angothischen Hexers trommelte auf Corajidins Haut. Er fühlte die Vibrationen in seinem Gesicht, den Schläfen, der Brust. Wolframs Stimme, das Räucherwerk, die Hitze, seine Schwäche und die Auswirkungen seiner Müdigkeit zeigten Wirkung. Die Muster auf Wolframs Meditationsteppich begannen zu verschwimmen. Dunkelblaue und graue Linien schienen nach unten zu sinken und wurden zu mit Wasser und Schatten gefüllten Tälern, unter denen eine gewebte Unterwelt lauerte. Wärmere Brauntöne, Rot und Grün begannen sich zu bewegen, nahmen Gestalt an und wurden zu Küstenstreifen, Hügeln und Wäldern. Weiße und gelbe Fäden erhoben sich zu geknüpften Wolken und Sonnenstrahlen. Die Muster des Teppichs stiegen um ihn in die Höhe, umgaben ihn, hüllten ihn ein.

Sein Herz begann zu hämmern, und das Rauschen seines Bluts dröhnte ihm in den Ohren. Er war so müde, und doch wollte ein Teil von ihm nackt und allein durch diese uralte Dunkelheit laufen, hungernd nach Fleisch, wie einst seine Vorväter, und dürstend nach Blut, dem süßen, süßen Flackern des Lebenslichts, ausgelöscht durch Fänge und Klauen.

Orientierungslos hob Corajidin den Blick. Er kniete im langen Gras, das aus Wollsträngen gefertigt war, im Schatten gewobener Bäume. Abgetragene Knoten in der Größe von Felsbrocken umgaben ihn. Falten im Teppich wurden zu langgezogenen Hügeln aus fransigem Grün, hoch über den stillen Strängen blaugrüner Flüsse. Ein Rudel Wölfe, deren Mäuler zu gezackten Schlitzen verschwammen, verharrten mitten im Sprung zwischen den Bäumen. Verhüllte Frauen und Männer lauerten in den Schatten um die hitzefreie Nachahmung einer Flamme, nichtssagende runde Hände umklammerten die Griffe von Sicheln. Über ihm hing ein ausgefranster Falke reglos in einem unbeweglichen Himmel aus gebrannter Umbra. Es gab keine Brise, keine Bewegung, weder Laut noch Duft oder irgendein anderes Anzeichen von Leben.

Die Welt dehnte sich aus. Die langen Linien miteinander verwobener Schnüre, die Land, Flüsse und Himmel bildeten, wölbten sich. Als das Bild zu zittern begann, spürte Corajidin das Beben durch seine Knie. Dann wurde er durch die faserige Landschaft gezogen. Zerrbilder von Flora und Fauna huschten an ihm vorüber wie ausgeschnittene Gemälde, in Farben, die in der Natur nicht zu finden waren. Er erwartete, dass ihm der Wind ins Gesicht wehen und seine Augen tränen würden. Doch da waren nur die visuellen Hinweise auf Bewegung, ohne Einbeziehung der anderen Sinne, während er über den Teppich flog.

Er wurde zu einem Kreis aus schwarzen Steinen geführt, die wie geschwungene Treppen gehauen waren und ins Nirgendwo führten. Die Wolle war zu einem schmutzigen Grau verblasst, die Ränder der Steine rau und fransig. Im Mittelpunkt des Kreises stand ein Dolmen, ebenfalls aus dunkler Wolle gewoben. Auf seiner flachen Oberfläche befand sich eine Sonnenuhr; ein Zeiger richtete sich auf die Welt oberhalb.

Die breiten Schnüre zu Corajidins Füßen begannen zu zittern, und Stränge wanden sich um seine Knöchel, peitschten nach oben, um sich um Schenkel und Bauch zu schlingen, dann um seine Handgelenke und die Arme. Corajidin kämpfte, schrie um Hilfe, konnte sich jedoch nicht befreien. Ein Gesicht tauchte auf, ein langer Schädel mit ohrläppchenlosen Ohren und einer ganzen Traube glänzender, tiefliegender Augen. Es war nasenlos, und Mund und Kiefer waren mit Tentakeln unterschiedlicher Länge und Dicke verdeckt. Langsam erhob sich der Schädel aus den Falten. Erst schien er missgestaltet, doch dann schwoll er an und nahm Form an. Der Hals folgte, dann die breiten Schultern, Brust und schmale Hüften – mehr ein Skelett aus Knorpeln denn aus Knochen. Das Wesen hatte lange Arme und ein verstörendes Durcheinander aus Tentakeln anstelle von Beinen. Dreifingrige Hände mit Schwimmhäuten und fußartige Tentakel mit jeweils zwei Zehen, die von farblosem Horn bedeckt waren. Während es ins Freie trat, wuchs es immer weiter. Ein kalter Blick aus acht horizontal geschlitzten Pupillen heftete sich unverwandt auf Corajidin.

Schließlich stand es vor Corajidin und sah ihn so an, wie Corajidin einen dressierten Affen angesehen hätte. Die Tentakel, die seine untere Gesichtshälfte bildeten und von denen manche bis über die Taille hinunterreichten, schnalzten nach vorn, um Corajidins Gesicht zu liebkosen. Sie waren warm und trocken, wie der Bauch einer Schlange.

Die Tentakel schlangen sich um Corajidins Kopf, bis er nichts anderes mehr tun konnte, als in die zeitlosen Augen dieses Dings zu starren. Er hob die Hände, um die Tentakel auseinanderzuschieben, aber es wäre leichter gewesen, die Gitterstäbe eines Gefängnisses zu öffnen. Feuerfäden entrollten sich in seinem Gehirn, schlugen um sich, entzündeten seine Leidenschaften, Ängste, Schmerzen, seine Lust und Scham. Berührten seine Sehnsüchte, die schneller vor seinem geistigen Auge vorüberzogen, als er sie wahrnehmen konnte, bis er nur noch das Flackern von Bildern sah, mannigfach und bedeutungslos.

»*Also dieses gebrechliche, schwache, klägliche Wesen will Pfade betreten, die von so viel mächtigeren Füßen beschritten wurden?*« Die Stimme war kaum mehr als ein Krächzen. »*Meine Meister würden weinen, wenn sie sähen, wie weit die Lebenskraft Īas dahingewelkt ist, doch vielleicht wussten sie es schon. Denn sie sahen alle Dinge, die da waren, sind und sein werden. Du wurdest geschickt, und es ist meine magische Verpflichtung zu sprechen, ob ich will oder nicht. Höre diese Omen, o Vermeintlicher Meister der Meister, du, der du Fürst der Welt sein könntest, denn diese Zeichen bedeuten den Untergang all dessen, was du geschaffen hast. Merke dir den Tag, an dem ein Spiegel dich um dein Spiegelbild bringt. Hüte dich vor der Hand des toten Königs, der dich in die Knie zwingen wird. Fürchte den Phönix, der sich aus einem Garten mit Steinblumen erhebt …«*

»Dann werde ich überleben?«, fragte Corajidin.

»Du wirst Macht haben, nicht aber deine Kinder, denn du bist der Vorbote des Dreifach Erwachten Königs. Er wird alles, wonach du strebst, sowohl vollbringen als auch zerstören.«

Corajidins Augen öffneten sich abrupt. Wolfram hatte seine Robe von den Schultern gestreift, und seine mittlerweile schlaffe Haut wurde sichtbar. Brede lief, um Wein zu holen. Corajidins Nebenhöhlen fühlten sich an, als wären sie mit dem Saft eines Baums gefüllt. Die Zunge klebte ihm am Gaumen, und das Schlucken schien unmöglich.

»Ich hoffe, Ihr habt gefunden, wonach Ihr gesucht habt.« Wolframs Stimme klang abgehackt, beinahe gebrochen.

Brede bot ihm ein schmutziges Glas an, das sie mit Wein gefüllt hatte. Er war so dunkel, dass er beinahe schwarz wirkte. Corajidin konnte ihn nicht riechen, das Räucherwerk und der Gestank seines eigenen Schweißes waren zu stark. Der schwache Geruch nach Urin lag in der Luft. Seine Schenkel waren feucht und klamm, er hatte sich eingenässt. Corajidin stürzte den Wein in großen Schlucken hinunter. Er ließ das Glas zu Boden fallen, dann ging er zu einem angeschlagenen Wasserbassin. Dort lagen ein paar Stofffetzen herum, mit denen er Beine und Genitalien reinigte.

Corajidin sah über die Schulter auf den Hexer und seinen Lehrling. Er fühlte, wie der Zorn in ihm brannte. Er war nicht so weit gekommen und hatte so viel geopfert, um jetzt von irgendjemandem oder irgendetwas verdrängt zu werden. »Erzähl mir alles, was du über diesen sogenannten Dreifach Erwachten König weißt! Erzähl mir, wer er ist. Sag mir, wo ich ihn finden und töten kann!«

Kapitel 16

»Die Sēq lehren, dass es weder ein Gestern noch ein Morgen gibt. Wir haben nur diesen Augenblick, um etwas bewegen zu können.«
Marak-ban, Sēq-Ritter des Sussain, *im 345. Jahr der Shrīanischen Föderation*

321. Tag im 495. Jahr der Shrīanischen Föderation

»Es ist fast so weit«, murmelte Shar in Indris' Ohr, »doch ich glaube immer noch, dass dein Vertrauen zu dieser Frau nicht gerechtfertigt ist. Traust du ihr nur deshalb, weil du mit ihr geschlafen hast und du dich deshalb schuldig fühlst?«

»Was ist das denn für eine Frage?«

»Eine gerechtfertigte. Erinnert sie dich an Anj-el-din? Ist das deine Art, etwas festzuhalten, das du verloren hast, weil du dich nicht der Tatsache stellen willst, dass es verschwunden ist?«

»Was?« Indris öffnete die Augen und streckte sich, dann setzte er sich auf der breiten Couch auf. Shar saß neben ihm. Ihr Schwert Tragödie, ein Splitter aus blauem Glas, lag in ihrem Schoß. »Ich kenne Mari kaum. Was hat dich denn auf die Idee gebracht?«

»Ich habe gehört, Avān und Menschen klammern sich manchmal an die Vergangenheit, da Trauer eine zu schwere Bürde ist.«

»Ich trauere immer noch um … Mari gleicht Anj überhaupt nicht. Die beiden sind so verschieden wie …«

»Avān und Seethe?«

»Ich wollte sagen Berge und Sturm.« Einen Moment lang war er still, während er mit seinem Gewissen rang. »Shar … was ist, wenn Anj immer noch irgendwo da draußen ist? Vielleicht als Gefangene? Oder sie wurde verwundet, und …«

»Hör auf, dich zu quälen.« Sie legte ihm die Hand auf die Schulter. »Wir könnten uns ewig mit der Frage herumschlagen, was wäre wenn. Wir haben nach Anj gesucht, obwohl man uns gesagt hat, sie wäre tot. Wenn sie am Leben ist, dann ist sie an dem Ort, an den das Schicksal sie geführt hat. Doch es scheint, der Ort ist weder hier noch jetzt noch bei dir. Wenn sich daran irgendetwas ändert, wird das Schicksal es dich zweifellos wissen lassen.«

Ihre Worte trösteten ihn ein wenig, brachten seine Schuldgefühle aber nicht zur Ruhe. Indris sah sich im Zimmer um. Ekko saß mit gekreuzten Beinen auf einem alten Teppich und fädelte neue Litzen in seine Rüstung. Ein Häufchen aus blauen und goldenen Schnüren und Verzierungen lag neben ihm. Er hatte alles entfernt, was ihn als Gefolgsmann der Näsarat entlarven konnte. Hayden saß mit dem Gesicht zur Tür, das Sturmgewehr in der Armbeuge.

»Straßen und Flüsse fließen dahin, geschmückt mit den Blumen des Sommers. Gesichtslos sind sie, die vielen, und werden bald eins«, sagte Omen mit seiner Kahiflötenstimme. Der Geisterritter stand bewegungslos am Fenster, und die Spitze seines antiken Schwerts ragte aus der Umhüllung nahe seinem Knöchel. »Ich bezweifle, dass man uns bemerken wird.«

»Kannst du nicht einmal normal reden?«, beschwerte sich Hayden gutmütig.

»Vielleicht tue ich das ja, und du bist derjenige, der seltsam spricht?«, erwiderte Omen.

Die Uhr an der Wand war irgendwann vor Jahren zur halben Stunde stehen geblieben, der Stundenzeiger schon lange verschwunden. Das Licht beleuchtete feine Staubpartikel, die sternenhell und leise dahintrieben. Der Lärm von Sägen und Hämmern wurde durch die Luft herangetragen, ebenso wie die Stimmen der Arbeiter, der fliegenden Händler, Hafenarbeiter, Seefahrer und Piloten. Die Barkasse, auf der sie sich befanden, ächzte, als sie über die Wellen schaukelte, die ein größeres Schiff verursacht hatte.

Die Barkasse lag versteckt und vertäut im Hafenviertel, einer Reihe von Kanälen und Straßen, die sich zwischen Kornspeichern, Lagern, Fischereien, Tischlerläden, Schmieden und Werften dahinzogen. Die alte Barkasse war ein Schlupfloch, das den Unsterblichen Gefährten gehörte, hatte jedoch jahrelang leer gestanden. Es roch muffig und feucht. Einige der Planken hatten zu rotten begonnen. Irgendwann würde das alte Schiff zweifellos im Kanal versinken und langsam mit dem Schlamm verschmelzen. Im Moment aber trieb es im Schatten eines gigantischen Hangars, wo die Gerippe avānischer Windschiffe auf Baugerüsten standen. Anders als bei den Seethe, die alles in eine Kunstform verwandelten, glichen die avānischen Windschiffe traditionellen Schiffen: Schonern, Skiffs und Fregatten. Indris war eines besonders aufgefallen, ein massives, aber nicht fertiggestelltes Großkampfschiff, das aus drei Decks bestand, mit Reihen gähnender Sturmkanonenluken an den Flanken. Die Seethe hatten den Himmelsklipper erfunden, aber die Avān waren es gewesen, die ihn für Kriegszwecke einzusetzen begannen. Er fürchtete den Tag, an dem die Menschen lernten, ihre eigenen fliegenden Schiffe zu bauen. Im Moment waren sie glücklicherweise noch an Land und Meer gebunden.

Bevor er weggedöst war, hatte Indris mit seinen Papiervögeln Nachricht an Femensetri, Mari und Roshana geschickt. Sie würden sich später an Bord der *Dunkelweinfluss* treffen, einem Flussboot, das in eine Weinschenke verwandelt worden war und in den örtlichen Gewässern pendelte. Ein Teil von ihm fürchtete sich vor Roshanas Reaktion, wenn sie auf Mari traf.

»Du glaubst, Mari hat uns nicht an ihren Vater verkauft?« Hayden stand da, und seine Haltung wirkte trotz seines Alters geschmeidig.

»Ich würde Geld darauf verwetten, dass wir uns unseren Weg freikämpfen müssen«, sagte Omen. »Hält wer dagegen?«

»Drei Goldringe, dass Amonindris nicht von Mariamejeh verraten wird«, bot Ekko.

»Indris sagt, dass sein Handeln nichts mit Schuldgefühlen zu tun hat, aber ich bin mir da nicht sicher.« Shar zuckte die Schultern, während sie sich erhob. »Wenn er Sex hatte, ist er …«

»Ich stehe direkt neben euch, ist euch das klar?« Indris schnallte seinen Waffengurt um. Er zog die langläufige Sturmpistole aus dem Halfter und betätigte den Hebel ein paar Mal, damit der Zylinder Luft angesaugt hatte und die Pistole feuerbereit war. Die Ringe an seinem Gürtel waren mit fingerlangen Stahlbolzen gefüllt. Gestaltwandlerin summte in ihrer Umhüllung auf seinem Rücken, laut genug, dass Hayden es hörte und eine Grimasse schnitt. Wie viele Leute hegte Hayden eine tief verwurzelte Abneigung gegen das Obskure, nahm es bei seinem Freund jedoch hin. Er teilte den Aberglauben und die Ängste der Mehrheit, die vor allem von jenen geschürt wurden, die an den Grenzen zu Angoth mit seinem dunklen Herzen und den wahnsinnigen Hexen lebten. »Mari hätte versucht, Vashne zu retten, wenn sie irgendeine Aussicht auf Erfolg gehabt hätte. Sie würde alles tun, um ihre Ehre wiederherzustellen.«

Shar steckte ihr Schwert in die Scheide und kam zu Indris herüber. »Oh, bitte! Du bist in sie vernarrt. Wenn Mariam im Spiel ist, gibt es Ärger, das wissen wir alle. Du bist zu gutherzig, um das sehen zu können, und zu geplagt von Schuldgefühlen, nachdem du mit ihr geschlafen hast, um sie jetzt einfach stehen zu lassen.«

Er errötete. »Ich habe nie gesagt, dass ich mit ihr geschlafen habe, und ich bin nicht in sie vernarrt.«

»Doch, bist du.«

»Nein, bin ich nicht.«

Shar tätschelte ihm die Wange, öffnete die Tür und ging mit Hayden und Omen im Schlepptau hinaus. Ekko schüttelte langsam den Kopf, als er an Indris vorbeikam, die Andeutung eines Lächelns auf den dünnen Lippen.

»Shar ist schon bemerkenswert«, brummte Ekko.

»Willst du sie haben?«, fragte Indris bissig.

»Das habe ich gehört«, ertönte Shars Stimme von der Treppe.

Er wusste, ab wann er lieber den Mund hielt. Indris warf einen letzten schnellen Rundblick in die düstere Kabine, dann folgte er seinen Freunden hinaus in die warme Nachmittagsluft.

Sie brauchten nicht lange bis zur *Dunkelweinfluss*, die die trägen Gewässer des Anqorat-Flussdeltas hinuntertrieb. Es waren noch andere Boote in der Nähe, Feluken, Skiffs und Wassertaxis, die an der Stelle der schlammigen Gewässer verkehrten, wo der Anqorat bald darauf wie Tinte ins Marmormeer strömte.

Die schwimmende Weinschenke war angenehm voll. Indris und seine Freunde saßen auf Polstern unter einem Sonnensegel auf dem Oberdeck, wo eine kühle Brise ging und ihre Unterhaltung nicht belauscht werden konnte.

Hayden, Omen und Ekko nahmen mit wachsamem Blick ihre Plätze um den Tisch ein. Mit ihrer Haltung hielten sie auch gelegentliche Gäste davon ab, zu nahe zu kommen.

Roshana kam mit Nehrun im Schlepptau. Femensetri hatte sich dazu entschlossen, sie zu begleiten, allerdings hatte sie ihre gewohnte Soutane der Sēq gegen eine traditionelle Seidenjacke, Kilt und schwarze Seidenstiefel eingetauscht. Sie trug ihr Haar geflochten, und ihr Seelenstein war unter den schwarzen Perlen und Silberspangen ihres Stirnreifs verborgen. Von ihrem Stab war keine Spur zu sehen, aber Indris wusste, dass sie ihn in Reichweite hatte.

Mari kam an, kurz nachdem die anderen Platz genommen hatten. Sie setzte sich auf einen leeren Platz links neben Indris, während Shar zu seiner Rechten saß. Der vor Wut schäumende Nehrun griff nach seinem Messer.

»Nehrun!«, sagte Indris scharf. »Du warst überhaupt nicht eingeladen, aber nachdem deine armselige Person nun hier ist, wirst du dich an die Regeln halten, die an meinem Tisch gelten.«

»Nein, das werde ich nicht«, sagte sein Cousin verächtlich, die Hand noch immer am Messergriff. Mari sah Nehrun tief in die Augen. Ihre Lippen waren zu einem dünnen Lächeln verzogen.

»Dann geh«, sagte Indris geringschätzig. »Oder wenn du dumm genug bist, dann lass dich umbringen. Wenn man bedenkt, dass du der schlechteste Schwertkämpfer hier am Tisch bist, ist es etwas voreilig, so hochnäsig aufzutreten. Selbst für deine Verhältnisse.«

»Wie kannst du es wagen …«

»Wir werden noch darüber reden, wer was wagt. Schon bald. Mari hat Hinweise, die uns helfen könnten, Ariskander zu finden.«

»Ich habe auch noch ein paar Fragen an dich, Nehrun.«

Femensetris Miene war grimmig. »Weshalb du beispielsweise …«

»Also gut!« Nehrun hob die zitternden Hände, um den Gelehrtenmarschall am Weitersprechen zu hindern. »Ich werde mir anhören, was dieses Mist… was Pah Mariam zu sagen hat.«

Mari begann zu erzählen, was passiert war, nachdem sie das *Samyala* verlassen hatte, erwähnte jedoch nicht die Stunden, die sie mit Indris verbracht hatte. Nach Nehruns Nervosität zu schließen, bekam Indris den Eindruck, dass Mari auch noch ein paar weitere Einzelheiten übersprang; doch sie hatte zweifellos ihre Gründe dafür. Sie war noch nicht wieder in die Machenschaften ihres Vaters eingeweiht worden, doch ihrer Meinung nach war das nur eine Frage der Zeit. Mari hatte den Verdacht, dass sie beobachtet wurde, glaubte aber, dass sie mögliche Verfolger auf ihrem Weg zur *Dunkelweinfluss* abgehängt hatte.

»Ich habe die plausiblen Verdächtigen in diesem Plan erwähnt«, erklärte Mari. »Nazarafine, Kembe, Siamak und Femensetri. Ich weiß, dass das Perlenhaus für seine Neutralität gerühmt wird, deshalb habe ich Ziaires Namen weggelassen. Mein Vater weiß, dass Indris am Leben ist und dass er versuchen wird, Ariskander zu befreien.«

»Wie war seine Reaktion?«, fragte Femensetri über die überraschten Proteste von Nehrun und Rosha hinweg.

»Wie erwartet.« Sie lächelte Indris an, und er sah, wie Shar die Augen verdrehte. »Aber ich fürchte jetzt, dass er Ariskander etwas antun wird. Irgendetwas, um dafür zu sorgen, dass Nehrun nicht erwacht.«

»Dieser verlogene Bastard!«, knurrte Nehrun. Er ballte die Fäuste so fest, dass seine Knöchel weiß hervortraten. »Ich hätte niemals …«

»Niemals was?«, fragte Rosha.

Mari erzählte, dass Thufan damit beauftragt worden war, einen Angothischen Seelenkäfig von Teymoud zu organisieren. Dieser sollte dann zu Ariskander gebracht werden, der in der Rōmarq gefangen gehalten wurde. Indris bemerkte den überraschten Ausdruck auf Femensetris Gesicht bei der Erwähnung des Käfigs, doch die Sturmbringerin sagte nichts. Welchen Sinn hätte es gehabt, den anderen Angst zu machen? Mari erzählte weiter und nannte ihnen Zeit und Ort, wo der Käfig übergeben werden sollte.

»Wie hast du all das herausgefunden?« In Femensetris Stimme schwang leise Anerkennung mit.

»Es gibt da alte, stillgelegte Tunnel, die zwischen den Wohnkammern unserer Villa verlaufen«, sagte Mari. »Die meisten Eingänge wurden versiegelt, aber wer erst einmal einen Zugang gefunden hat, kann sich verhältnismäßig leicht darin bewegen. Und man kann sehr viel in Erfahrung bringen, wenn man nichts gegen enge Räume und Dunkelheit hat.«

»Haben die anderen sie noch nicht entdeckt?«, fragte Rosha.

»Vielleicht. Thufan vermutlich schon, aber er traut den Leuten, die in den betreffenden Räumen schlafen. Und wenn nicht, dann gehe ich das Risiko ein.«

»Mariam, du hast gesagt, das Hohe Haus Erebus hätte Teile einer Torque-Spindel in seinem Besitz?« Femensetri sah Indris stirnrunzelnd an. »Das haben wir nicht gewusst.«

»Sie ist zerbrochen, aber sie sind überzeugt, dass Kasra und Brede sie wieder zum Laufen bringen können.« Mari nippte an ihrem Getränk.

»Brede, diese *shemdet Kahouri*«, knurrte Femensetri auf Hochavān. »Dieses verdorbene Miststück hätte sich selbst töten sollen, statt zuzulassen, dass sie von den Angothischen Hexen gebrochen wird.«

»Was?«, platzte Mari heraus, und ihr Blick schoss zwischen Indris und Femensetri hin und her. »Sie war …«

»Ja«, murmelte Femensetri. »Brede war eine vielversprechende Bibliothekarin im Gelehrtenorden der Sēq. Sie war längst so weit, die Prüfungen zur Ritterschaft abzulegen, als sie in Angoth gefangen genommen wurde. Indris, du solltest ihretwegen etwas unternehmen, wenn sich die Möglichkeit dazu ergibt.«

»Es gibt da immer Dinge …«, murmelte er in seinen Becher.

»Was?« Femensetri musterte ihn finster.

»Nichts.«

»Was wirst du tun, Indris?«, fragte Rosha.

Obwohl Rosha und Nehrun mehr Einzelheiten über Indris' Plan erfahren wollten, gab er keine preis. »Je weniger ihr wisst, desto weniger könnt ihr verraten.«

»Ich gehe mit euch«, sagte Nehrun stur und ignorierte Roshas und Femensetris wütende Blicke.

»Und wozu?«, fragte Hayden gedehnt. »Du wirst keine Gelegenheit bekommen, ihm irgendwas zu erzählen.«

Nehrun starrte den alten Mann an. »Du dummer Mistkerl! Wessen beschuldigst du mich eigentlich? Nichts davon ist meine Schuld!«

»Ich habe den Verdacht, dass alles deine Schuld ist«, erwiderte Indris. »Corajidin hatte seine eigenen Beweggründe, deinen Vater zu entführen, aber du hast ihm die Gelegenheit dazu verschafft. Du warst unendlich dumm, Nehrun. Du kannst dich glücklich schätzen, wenn du lebend aus der Sache rauskommst.«

»Natürlich werde ich …«

»Sei dir da nicht so sicher«, sagte Rosha. Sie wandte sich an Indris. »Ich werde mit euch gehen.«

»Keiner von euch wird mitkommen«, stellte Shar klar. »Wenn einer von euch plötzlich verschwindet, wird das ihre Aufmerksamkeit erregen. Omen, Hayden, Indris und ich wissen, was wir zu tun haben. Wir sind sicher, dass wir mit Ekkos Hilfe Ariskander und Far-rad-din finden werden. Außerdem werdet ihr hier gebraucht.«

»Wozu?«, fragte Rosha.

»Ihr müsst helfen, Corajidin abzusetzen«, sagte Indris. »Er muss in aller Stille entmachtet werden. Er hat den Asrahn ermordet und den Rahn eines Hohen Hauses verschleppt. Außerdem, egal ob er seinen Bevollmächtigten nun ausdrücklich den Befehl dazu gibt oder nicht, wird hier Machtmissbrauch betrieben.«

»Könnten wir nicht bis zur nächsten Versammlung warten?«, fragte Mari besorgt. »Mein Vater ist so krank, dass er sowieso am Ritual scheitert, was bedeutet, dass sich das Problem von selbst lösen wird.«

Femensetri schüttelte den Kopf. »Ich verstehe deine Gefühle in dieser Sache, Mädchen, aber dein Vater hat bewiesen, dass er zu schrecklichen Verbrechen fähig ist. Königsmord? Entführung eines Mitglieds des Hochadels? Nein, man muss sich noch vor der nächsten Versammlung um ihn kümmern.«

»Wir werden tun, was wir können, während Indris und seine Freunde in die Rōmarq ziehen.« Rosha schauderte beinahe bei der Erwähnung des Namens. Die Rōmarq. Der Ort, an dem die Albträume wandelten.

»Wenn Ariskander dort ist, dann finden wir ihn.« Indris lächelte seine Cousine an, aber es kam nicht von Herzen. »Und Far-rad-din.«

Indris verabschiedete sich. Seine Hand verweilte vielleicht einen Moment länger auf Maris Arm, als nötig gewesen wäre. Femensetri dagegen legte ihre Hand fest auf Nehruns Schulter, als dieser sich gerade erheben wollte.

»Nicht so schnell, Junge«, sagte die Sturmbringerin. »Du hast uns noch ein paar Dinge zu erklären.«

Sein Cousin sah aus, als wäre ihm ziemlich übel, als Indris und seine Freunde Nehrun in Femensetris, Roshas und Maris fähigen Händen zurückließen. Er hatte keinen Zweifel, dass Nehrun nicht mehr viele Geheimnisse haben würde, wenn die drei Frauen mit ihm fertig waren.

Thufan und sein kleines Gefolge kam bei Teymouds Domizil an, kurz nachdem die Uhr die Stunde des Pferdes geschlagen hatte. Die Sonne war noch nicht ganz untergegangen. Noch immer herrschte reger Verkehr auf der Flussblickstraße, in der die gut ausgestattete Villa auf einem kleinen Hügelchen stand und über den Anqorat blickte. Teymouds Nachbarn waren alle wohlhabende Mitglieder der Händler- und Kriegerkaste, die unter Far-rad-dins Herrschaft gut gelebt hatten.

»Ich schätze, das sind sie.« Hayden trommelte mit den Fingern auf dem Griff seines Breitschwerts herum und nickte in Richtung einer Gruppe, die sich Teymouds Haus näherte. »Wie wär's mit ein bisschen roher Gewalt, um herauszufinden, wo dein vermisster König abgeblieben ist?«

»Nichts ganz so Farbenprächtiges.« Shar wandte den Kopf, um Haydens Blick zu folgen. Zehn Personen näherten sich, Soldaten auf zottigen Bergponys. Belamandris ritt einen erlesen wirkenden rötlich grauen Hirschen, und die rotgoldenen Beschläge am Sattel und Zaumzeug des gigantischen Tiers glitzerten im Licht der Nachmittagssonne. Thufan erkannte man an seiner kleineren Statur und der Hakenhand. »Wir werden ihnen folgen.«

»Der kleine Kerl sieht bösartig aus«, bemerkte Hayden, als Thufan vorüberzog. »Kann man den Händler ausquetschen?«

»Teymoud wird nichts sagen.« Indris gesellte sich zu ihnen, eine kleine Tasse sehr starken Kaffee in der Hand. »Der Mann hat nicht die Nerven, sich gegen Corajidin zu stellen.«

»Also verfolgen wir sie in die Rōmarq? Schätze nicht, dass es mir dort gefallen wird. Ist es wirklich so abenteuerlich, wie du erzählt hast?«

Indris klopfte seinem alten Freund auf den Rücken.

Die Uhr hatte die Stunde des Hirschen geschlagen, als eine weitere kleine Gruppe in einem spulengetriebenem Wagen eintraf. Drei Männer stiegen aus. Sie trugen eine Kiste, nicht viel größer als der Kopf eines ausgewachsenen Mannes. Sie blieben beinahe eine weitere Stunde in dem Gebäude. Die Dunkelheit senkte sich wie eine behagliche Bettdecke über die Stadt. Laternen wurden angezündet, winzige bernsteinfarbene Perlen, die im Dunkeln leuchteten. Eine Stunde später öffneten sich die Vordertüren wieder. Belamandris und Thufan kamen die Treppe zu ihren Gefährten herab und trugen die Kiste zwischen sich.

Wenige Minuten später hatten sie die Kiste auf eines der Ponys geschnallt. Thufan übernahm die Führung, und die kleine Gruppe machte sich erneut auf den Weg. Sie zogen in Richtung Süden, zum Händlertor und dem langen Handelsweg, der nach Süden führte.

Um diese Abendzeit war nur wenig Volk unterwegs. Wegelagerer und die Furcht vor den Marschen, die gefährlich nahe an der Straße lagen, hielten die meisten Händler nachts in der Nähe der Zivilisation. Eine große Karawane zog gerade durchs Tor, als Indris und die anderen Thufans Gruppe folgten. Sie zählte beinahe dreißig Wagen, die von einer Mischung aus Avān und Seethe gelenkt wurden. Einige wurden von Spulen angetrieben, die meisten allerdings von Pferden gezogen. Seethe-Krieger ritten auf leuchtend bunten Hirschen, deren Geweihe mit Stahl, Silber oder Kupfer gekrönt waren. Einige hatten ihre Mäntel dunkelrot, gelb oder blau gefärbt. Die Seethe wirkten gespenstisch in der Dunkelheit mit ihrer blassen Haut und ihren Rüstungen aus

Glas, die von einem inneren, juwelenartigen Leuchten erfüllt waren. Shar stellte fest, dass es die Jes-ma-Truppe war, die sich auf dem Weg nach Mediin befand. Sie hofften, dort im Schattenimperium Arbeit zu finden.

Es war tief in der Nacht, beinahe schon die Stunde des Skorpions, als sich Thufan und seine Kumpane nach Westen wandten. Sie durchwateten den Anqorat in der Nähe der Ruinen einer alten Hütte, dessen brandbeschädigtes Skelett im Mondlicht kaum mehr schien als verblasste Schlieren aus Schwarz, Grau und Weiß. Blumen hatten zu wuchern begonnen, und eine Zypresse wuchs aus einer Wand. Die unregelmäßigen Ziegelsteine schienen sich um den Baum herum zu biegen; es wirkte beinahe, als würde er den Ziegeln die nötige Kraft geben, damit nicht alles in sich zusammenstürzte. Ein kleiner Nebenfluss speiste den Anqorat auf der Westseite, wo Weiden ihre traurigen, zottigen Köpfe ins wirbelnde Wasser tauchten.

Indris und die anderen blieben für eine weitere halbe Stunde bei der Karawane, dann verabschiedeten sie sich und zogen zurück zu der Stelle, wo Thufan und die anderen den Fluss überquert hatten. Als sie sich dem Ufer näherten, erblickten sie die Überreste einer Brücke, die allerdings kaum mehr war als Schutt oder verrottete Stumpen, die aus dem trägen Fluss ragten wie gebrochene Zähne.

»Könntest du nicht …« Ekko wackelte mit den Fingern und machte eine geheimnisvolle Geste. Shar lachte, während Hayden grinsend den Kopf schüttelte.

»Lieber nicht«, sagte Indris. »Nicht hier, Ekko. Ich werde das *Qefri* einsetzen, um zu spüren, was da draußen ist, aber Disentropie werde ich nur benutzen, wenn ich keine andere Wahl habe. Wir werden uns auf Haydens Augen und deine Nase und Ohren verlassen müssen, fürchte ich.«

Er sah auf den Flickenteppich der Rōmarq. Seine Sinne

waren hier immer schärfer als anderswo. Die Rōmarq war von der Disentropie überflutet, die von allem Lebenden erzeugt wurde. Und doch stimmte hier nichts überein. In manchen Bereichen strömte die Disentropie in natürlicher Harmonie, ein pulsierender Hof, der alles umfloss. An anderen Orten erreichte sie Höchststände, wie eine Unzahl von Siedequellen, die Energie in die Luft spritzten. In anderen wirbelten Strudel – schimmernde grauschwarze Windhosen der Macht. Gleichgültig, wo und wie die Disentropie strömte, sie wirkte verdorben und irgendwie falsch.

Die Leute vergaßen oft, dass die Rōmarq nicht immer Marschland gewesen war. Es war ein üppiges, wunderschönes Land gewesen, bevor Näsarat fa Amaranjin – der erste Mahjirahn – den Großteil der Seethe-Nation See-an-way im Marmormeer versenkt hatte. Die Rōmarq war das nahegelegene Tiefland. Obwohl es nicht vollständig versunken war, war es für immer verändert worden, als das Wasser die meisten Bauwerke fortgespült hatte. Beinahe ein Jahrhundert lang hatten die Avān den Landstrich gemieden, als unbewohnbar betrachtet und die Errungenschaften älterer Kulturen der Wildnis überlassen. Und doch zog es die Avān, wie die Seethe und die Rōm vor ihnen, irgendwann wieder hierher. Viele Leute wunderten sich darüber, doch es hatte einen einfachen Grund. Die Rōmarq war eine der stärksten natürlichen Quellen der Disentropie, die es auf der Welt gab. Ein ganzer Ozean aus unbearbeiteter Energie, im Gegensatz zu den Strömungen in anderen Landstrichen.

Ein weiterer Grund war, dass die Grenzen zwischen der natürlichen und der übernatürlichen Welt hier schwächer waren. Der Legende nach konnten die Dinge in der Rōmarq von einer Welt in die andere hinüberwechseln.

In Amarqa waren Indris und seine Mitschüler am Fuße einer großen Akazie unterrichtet worden. Unter dem Blätterdach hatte er gelernt, dass die Akazie der Inbegriff des *Nayur am'a Īa* war – des Weltenbaums, auch *Nayurshé* genannt, der Baum des Lebens. Die Sēq arbeiteten an Darstellungen des Baums, komplexe Knotenmuster mit physisch unmöglichen Formen, die die Mannigfaltigkeit der existierenden Welten darstellten. Sie durchdrangen sich und waren dennoch voneinander getrennt. Der Saum aus ineinander verwobenen Strängen verband die Wurzeln und das Blätterdach kreisförmig miteinander, um zu symbolisieren, dass jeder Anfang ein Ende und jedes Ende ein Anfang war. Die Welten waren durch Geburt und Wiedergeburt verbunden. Beeinflusste man eine Welt, so beeinflusste man alle.

Die Rōmarq war durch das Aufeinanderprallen widerstreitender Gesetze des Daseins zu einem pervertierten Ort geworden. Das war nicht immer so gewesen. Während des Haiyt-Imperiums war der »Saum«, wie die Region einst genannt worden war, ein Ort gewesen, der sich um die Welt herumwölbte und durch sie hindurchwirbelte. Er war wie das Wasser eines weiten Ozeans gewesen, der über unermesslichen Tiefen wogte. In einer der wenigen übersetzten Arbeiten aus dem Haiyt-Imperium hatte Irth, ein Forscher der Rōm, geschrieben, dass der Saum ein fließender, mit der Quelle verbundener Raum war. Er stellte die Theorie auf, dass es sich dabei um eine Welt handelte, älter als Īa, älter vielleicht sogar als die Sterne. Seiner Ansicht nach hatte es dort eigene Kulturen gegeben – sie waren geboren worden, hatten gelebt und waren gestorben, noch bevor die Rōm aus dem Meer gekommen waren. In diesem fließenden Raum herrschten andere physikalische Gesetze. Weite Entfernungen konnten in Windeseile zurückgelegt werden, wenn man wusste, wie der Saum zu betreten und wieder zu verlassen war.

Auf der Höhe ihrer Kultur hatten die Rōm den Webweg geschaffen, ein verankertes Netz aus Pfaden, die den Saum durchzogen, sodass eine Person aus einem Ort herauskommen und innerhalb von ein paar Herzschlägen den nächsten betreten konnte. Zur rechten Zeit hatten die Rōm den Elementarmeistern beigebracht, wie man den Webweg benutzte. Es sollte der Anfang vom Ende werden.

In einer seiner letzten Schriften während des großen Niedergangs der Rōm setzte sich Irth mit der Präsenz schlummernder, vorsintflutlicher Wesen auseinander, die man für längst ausgestorben gehalten hatte und die nun durch die Wirbel und Strömungen derjenigen aufgescheucht worden waren, die den Saum erforschten. Als diese Wesen an ihren jahrhundertealten Ruheplätzen erwachten, hatte sich der Saum verdunkelt, als hätte eine Hand den Bodensatz eines Teichs aufgerührt. Die alten Schatten hatten nach ihren Seelenverwandten gerufen und die Lücken in deren Herzen mit dunklen Träumen gefüllt. Einige, die über Macht, Vorstellungskraft und Einfluss verfügten, hatten auf den Ruf geantwortet. Die Schatten waren länger geworden. Leute verloren sich auf den zahllosen Pfaden dunkler Begierden, in der Hoffnung, dass ihre Träume wahr werden würden. Der Saum veränderte sich, kam zum Stillstand. Bald wurde er nicht mehr Saum genannt, sondern bekam den Namen Ödnis, denn dazu war er geworden: ein Ort, an dem man alles Gute vergaß und nur noch die dunkle, bittere Melancholie wahrnahm, die in den tiefsten Tiefen der eigenen Seele verborgen lag.

Die Leute waren bereits abergläubisch, was die Rōmarq und die Ungeheuer betraf, die darin hausten. Die Gelehrten mussten nicht noch mehr enthüllen, als man ohnehin wusste. Sie machten sich weniger Sorgen um diejenigen, die sich vor dem Ort fürchteten, als vielmehr um jene, die dort Antworten auf ihre dunkelsten Begierden suchen könnten und sie womöglich sogar fanden. Selbst wenn die Ödnis die disentropischen Strömungen nicht so sehr verdorben hätte, hätten die willkürlichen Kräfte der verlorenen Torque-Mühlen für Chaos gesorgt. Sosehr die Gelehrten es auch geheim halten wollten – was die Leute in der Rōmarq wahrnahmen, war das Böse, das dort lauerte, der Wille, andere zu verletzen.

Dieses Wissen lastete schwer auf Indris, während er und die anderen durch den Fluss wateten und schließlich das Westufer erreichten. Die Gräser in Flussnähe waren kürzer und weicher als das rasiermesserartige Gras weiter im Inland. In der Nähe des Flusses waren die Bäume gesund, doch als sie sich tiefer in die Marschen hineinwagten, wirkten sie zerbrechlicher. Ihr Blattwerk war weniger dicht, und die Baumrinde hing herab wie Haut, die sich schälte. Der Boden unter ihren Füßen war porös und feucht. Sie folgten Haydens Fußstapfen, erst Ekko, dessen Nase, Ohren und Schnurrhaare unaufhörlich zuckten. Dann Indris, gefolgt von Shar, und Omen als Letzter.

Die Nacht senkte sich herab, während der Mond am Horizont erschien. Das Laternenlicht von Thufans Gruppe vor ihnen hörte auf, sich zu bewegen. Hayden setzte sich auf die Hacken und wartete. Wenige Minuten später war der orangefarbene Dunst eines Lagerfeuers zu sehen, und kurz darauf stiegen die Klänge einer Bratsche und einer Kahiflöte in den Nachthimmel.

»Ist das in der Nähe der Stelle, wo du deinen König zum letzten Mal gesehen hast?«, fragte der Viehtreiber Ekko leise. Die Geräusche der Marschen machten ein Flüstern allerdings überflüssig. Der *Kyok … kyok … kyok*-Ruf der Nachtreiher klang klar durch die Luft. Riesige Nager, Verwandte der Fenlinge vor deren Verwandlung, huschten durchs Schilf und das Unterholz. Das trockene Husten eines Sumpfteufels erklang ganz in der Nähe, ebenso wie das hohe Kreischen von Riesenfledermäusen, die so groß wie Kinder werden konnten und sich vom Fleisch aller Lebewesen ernährten, die sie erwischten.

»Nein, Hayden Goode«, erwiderte Ekko. »Wir sind weiter östlich und zu weit im Süden.«

»Keine Sorge.« Haydens Augen suchten die Dunkelheit ab, die sie umgab. »Wir finden diesen König schon und bringen ihn zurück.«

»Wie kannst du da so sicher sein?«

»Wenn Indris sicher ist, bin ich es auch. Und wenn er dran zweifeln würde, dass wir es schaffen, hätte er keinen Fuß in diese Gegend gesetzt.« Hayden erhob sich und wandte sich an die anderen. »Sieht so aus, als würden wir erst mal hierbleiben.«

Indris nickte. »Kein Feuer heute Nacht; wir werden also nicht kochen können. Ich übernehme die erste Wache.«

»Das ist nicht nötig, Indris«, sagte Omen mit seiner klangvollen Stimme. »Schließlich brauchen wir Nomaden keinen Schlaf, und wir unterscheiden die Nacht nicht vom Tag. Warum ruht ihr euch nicht alle bis morgen früh aus?«

»Danke, Omen. Ich schulde dir was.« Hayden begann, sein Bettzeug zu entrollen, und die anderen folgten seinem Beispiel. Jeder nahm sich etwas zu essen aus seinem Gepäck, um es mit den anderen zu teilen. Hartes Brot, getrocknetes Obst, Käse und kaltes Fleisch. Zu Ekkos offensichtlicher Enttäuschung waren die Portionen klein.

Indris lehnte mit dem Rücken an einem umgestürzten Baumstamm und erlaubte der Symphonie der Nacht, ihn zu durchdringen. Seine Augenlider wurden immer schwerer, während er blinzelnd den statuenhaften Omen betrachtete. Seine Umrisse hoben sich gegen den Sternenhimmel ab, und von dem ewigen Meister war nicht mehr zu sehen als eine Silhouette.

Bevor er an einer entsetzlichen Krankheit gestorben war, die ihn vollständig ausgezehrt hatte, war Sassomon-Omen ein gefeierter Philosoph und Maler gewesen. Natürlich auch ein Kämpfer, allerdings eher ein Duellant als ein Mann des Kriegs. Damals war es Sitte gewesen, *hamane* zu sein. Eine Teilbedeutung dieses Wortes auf Hochavānisch war »kultiviert«. Zu einem anderen Teil bedeutete es aber auch »entschlossen«, oder »ausgezeichnet«. In Wahrheit gab es kein Wort außerhalb des Hochavānischen, das erklärte, was es hieß, *hamane* zu sein. »Wahrhaftig« kam der Bedeutung vielleicht noch am nächsten.

Wie alle Nomaden entfernte die Zeit Omen von seiner Sterblichkeit, davon, was es hieß, am Leben zu sein, mit all den Erfahrungen der Sinne und Geschmacksempfindungen, oder Gefühlen wie Freude und Schmerz. Die Momente, die den Sterblichen immer wieder bewusst machten, dass sie am Leben waren, rückten in weite Ferne. Eines Tages würde Omen auch den letzten Zugriff auf seine Sterblichkeit verlieren; Indris konnte bereits jetzt die ersten Anzeichen wahrnehmen. An diesem Tag würde ein brillanter, wunderbarer Geist die letzte Verbindung zur Welt der Gegenwart verlieren. Er würde vergessen, was ihn so lange vorangetrieben hatte, würde vergessen, was es bedeutete, am Leben zu sein. An diesem Tag würde er einfach stehen bleiben, und seine Seele wäre eingeschlossen in weltentrückter Einkehr.

An diesem Tag würde der Welt etwas verloren gehen. Und doch war der Moment noch nicht gekommen, und Omens Gegenwart gab Indris genug Trost, um in Frieden schlafen zu können.

Kapitel 17

»Oft gründet sich unsere Moral auf eine Vielzahl von Einflüssen und Begleitumständen statt auf einen einzelnen Leitsatz. Wie also könnte die Moral beständig sein wie ein Leitfaden, wenn das, was über unsere Handlungen entscheidet, in beständigem Fluss ist?«
Sassomon-Omen, Philosoph und Künstler des Sussain, *im 27. Jahr der Shrīanischen Föderation*

321. Tag im 495. Jahr der Shrīanischen Föderation

Maris Blick verweilte auf Indris, während er davonging. Wenn ihr Plan fehlschlug, sah sie ihn vielleicht zum letzten Mal.

»Er wird zurückkehren, Mädchen«, versetzte Femensetri. »Das tut er immer. Er ist nicht so leicht umzubringen; und glaub mir, es hat genug gegeben, die es versucht haben.«

»Ich werde nicht hier herumsitzen und mich vor ihr verhören lassen!« Nehruns Kiefermuskeln spannten sich an. »Das ist eine Familienangelegenheit.«

Mari streckte ihren Fuß unter dem Tisch aus und grub ihn in Nehruns Leiste. Der Prinz aus dem Hause Näsarat stöhnte vor Schmerz auf. »Du hast es zu meiner Angelegenheit gemacht, als du dich mit meinem Vater eingelassen hast. Muss ich dich außerdem wirklich an deinen pathetischen Entführungsversuch erinnern?«

»Nehrun«, Rosha schüttelte enttäuscht den Kopf. »Hört die Liste deiner Verbrechen denn nie auf?«

»Die Hohen Häuser Näsarat und Erebus sind schon lange verfeindet, seit …«

»Halt den Mund, solange du nicht auf meine Fragen antwortest, Junge.« Femensetri nippte an ihrem Getränk und spuckte es dann mit einer Grimasse wieder aus. Mari grinste. Femensetri nahm Nehruns Becher, trank einen Schluck und schien zufrieden, denn sie behielt ihn. »Und bevor du hier herumblökst und dieses, jenes oder etwas anderes verlangst, solltest du dir klarmachen, dass du überhaupt nicht in der Position bist, etwas einzufordern. Du kennst mich und meinen Ruf?«

Nehrun nickte nervös. Mari glaubte, ihn mühsam schlucken zu hören, obwohl sie am anderen Ende des Tisches saß.

»Dann weißt du ja auch, dass ich dich hier und jetzt töten könnte, und niemand von euch oder irgendjemand sonst wäre imstande, das zu verhindern?«

Wieder nickte Nehrun.

»Dann rede, Junge, und hoffe, dass du mir genug Nützliches erzählst, dass ich keinen Anlass sehe, dir das Fleisch von den Knochen zu brennen. Das Beste, worauf du jetzt noch hoffen kannst, ist der Kerker.«

Erst schwankte seine Stimme noch, während er an einer Mischung aus Stolz, Schuld und Angst würgte. Er sprach von Jahren der Meinungsverschiedenheiten mit seinem Vater, dessen fortschrittliche föderalistische Haltung in Widerspruch zu Nehruns Imperialismus stand. Die Lektüre von Corajidins Einsichten in *Unser offenbartes Schicksal* hatte Nehruns Vorstellungen sowohl über die Avān als auch über Shrīan verändert. Mari nahm Nehruns unterdrückten Groll wahr, als er gestand, das Kind eines Monarchen zu sein, der niemals wirklich Erbe des Hohen Hauses Näsarat hätte werden sollen. Sie war überrascht zu hören, dass eigentlich Delaram, Indris' Mutter, die Erbin hätte sein sollen. Doch sie hatte ihren Platz im Gelehrtenorden der Sēq eingenommen, und Ariskander war gewählt worden, nachdem sich seine brillante ältere Schwester selbst unentbehrlich gemacht hatte.

Nehrun war in anderen Umlaufbahnen gereist als der Rest seiner Familie. Durch seine Freunde an der Universität geriet Nehrun in die Gesellschaft Gleichgesinnter. Sie spielten, tranken, rauchten und besuchten Kurtisanen. Sie verkehrten in den Salons wohlhabender politischer Reformisten und halbgarer Philosophen, in denen die Hochgeistigen bei zahllosen Gläschen mit Maulbeerschnaps, eingehüllt in Wolken aus Pfeifenrauch, darüber diskutierten, wie die Welt erneuert werden könnte.

»Ich wusste nicht, dass es Yashamin war, die die Informationen kaufte … anfangs«, erklärte Nehrun mit abwesendem Blick. Roshas Augen sprühten Funken, und ihre Hand zitterte am Griff ihres Langmessers. »Obwohl ich Corajidin hasste und immer noch hasse, verstand ich seine Sichtweise doch sehr gut. Vaters Beharren darauf, Far-rad-din und sein Nest aus Freigeistern und Ausländern in Amnon zu beschützen, war … fehlgeleitet. Far-rad-din musste entmachtet werden, sonst wären die Seethe in der Lage gewesen, erneut ein eigenes Imperium zu errichten.«

»Man hat dich angelogen, Junge«, erwiderte Femensetri. »Viele von uns haben sich dagegen ausgesprochen, mit unseren Streitmächten nach Amnon zu kommen, doch Corajidin hatte die Stimmen gekauft, und weder der Asrahn noch die Volkssprecherin konnten viel dagegen unternehmen.«

»Wie auch immer, jedenfalls brauchte Shrīan meinen Vater nicht mehr«, beharrte Nehrun. »Corajidin wusste, dass ich lebenslang sein Feind bleiben würde. Als ein Näsarat bleibt mir gar keine andere Wahl. Doch obwohl wir Feinde waren, stimmten wir darin überein, dass in Shrīan ein Wandel nötig war. Dass der Teshri beeinflussbar ist, zeigt uns seine Schwäche. Ich glaube, wir brauchen einen einzelnen Monarchen, der über Shrīan herrscht, und dieser Herrscher hätte ich sein können. Fließt in den Näsarat, dem Hohen Haus des Phönix, nicht das Blut von Herrschern? Die Schattenherrscherin in Mediin ist selbst eine Näsarat.«

»Ich glaube nicht, was ich da höre«, flüsterte Rosha. »Willst du etwa sagen, du hast geglaubt, du könntest Mahj werden?«

»Eines Tages vielleicht. Warum nicht?« Nehrun zuckte die Schultern.

»Weil du der schwächere Sohn mächtigerer Vorfahren bist, Nehrun«, knurrte Femensetri. »Wusstest du, welches Schicksal Corajidin für deinen Vater vorgesehen hat?«

»Nicht in dem Ausmaß!«, sagte er, aufgeschreckt durch Femensetris grimmigen Ton. Er sah zu Mari hinüber. »Unsere Vereinbarung lautete, dass Vater in der Schlacht getötet werden sollte. Das ist fehlgeschlagen. Ich musste improvisieren, um ans Ziel zu kommen. Ich hatte keine Ahnung, dass er Vater entführen würde, oder ... was er mit ihm vorhat. Obwohl sich Corajidin viele Verbündete gekauft hat, war er noch immer nicht sicher, dass er und nicht Ariskander den Thron besteigen würde.«

»Und nachdem Corajidin Asrahn geworden wäre, was wäre dann geschehen?«, flüsterte Rosha.

Nehrun sah seine Schwester mit kaltem Lächeln an. »Ein neuer Rahn Näsarat mit einer kühnen neuen Vision wäre in Narsis aufgestiegen. Was auch immer Corajidin tun mag, er wird es ohne mich tun müssen. Ich bezweifle, dass ich jetzt noch die Krone des Phönix tragen werde.«

Mari galoppierte mit ihrem riesigen Berghirschen durch die offenen Tore der Villa und erblickte ihren Vater und Bruder im Laternenlicht außerhalb der Stallungen. Sie ritt zu ihnen und stieg lächelnd ab. Glücklicherweise hatte sie die Voraussicht besessen, ihre Satteltaschen mitzunehmen, in denen sich eine alte Tunika, Kniehosen und ein lederumwickeltes hölzernes Übungsschwert befanden. Ihr Vater musterte sie argwöhnisch, während ein Stallgehilfe ihren Hirschen wegführte.

»Ich hatte nicht gewusst, dass du die Villa verlassen hast.« Der Tonfall ihres Vaters verriet sein Misstrauen. »Wo warst du, und warum hast du mir nicht gesagt, wohin du gehst?«

»Ich habe trainiert, wenn du es unbedingt wissen willst«, log Mari gut gelaunt, um das Hämmern in ihrer Brust zu überspielen. »Da ich meinen Posten bei den Feyassin verloren habe, muss ich andere Leute finden, mit denen ich üben kann.«

»Warum trainierst du nicht mit mir oder den Anlūki?«, fragte Belam. »Ich fechte gern mit dir.«

»Das solltest du auch.« Mari warf ihren Arm um die breiten Schultern ihres Bruders und zerwuschelte sein goldenes Haar. »Du könntest was lernen.«

»Oho!« Belam jagte der flüchtenden Mari hinterher. Sie sprang über Topfpflanzen, sauste um einen Springbrunnen herum, duckte sich unter Hirschen hindurch, die mit den Hufen stampften. Sie und ihr Bruder lachten die ganze Zeit, selbst nachdem er sie gepackt hatte und sie beide bäuchlings im Gras landeten. Sie rang Belam nieder und nahm ihn in den Schwitzkasten, schubste ihn zur Seite und rannte wieder davon.

»Genug, ihr beide!« Corajidin klatschte breit grinsend in die Hände. Wenn er lächelte, schien die Last der Jahre von ihm abzufallen. Seit Monaten hatte Mari ihren Vater nicht mehr so entspannt gesehen. »Belam hat Verabredungen einzuhalten, und ich kann nicht zulassen, dass seine jüngere Schwester ihn ins Krankenhaus bringt.«

»Danke für dein Vertrauen«, befand Belam trocken. Er deutete auf Mari. »Dein Tag wird kommen!«

»Wenn wir beide doch nur so lange leben könnten, um das zu erleben.« Sie reichte ihre Satteltaschen einem Bediensteten. »Wohin gehst du, Belam? Brauchst du Gesellschaft?«

»Diesmal nicht.«

Ihr Vater und Belam entschuldigten sich, um ein paar Worte zu wechseln. Thufan und einige seiner Raufbolde warteten bei den Stallungen. Corajidin umarmte Belam, dann ging er hinein. Thufan lächelte Mari durch eine unvermeidliche Wolke aus Pfeifenrauch an, eine groteske Verzerrung der Falten auf seinen hohlen Wangen.

»Belam?« Mari fasste ihren Bruder am Arm.

»Später, Mari«, murmelte er.

»*Amre yaha*, großer Bruder«, rief sie ihm nach, als er seinen Hirschen zu Thufan und den anderen führte. Das hatten sie früher oft zueinander gesagt. Jetzt kam es nicht mehr ganz so oft vor. Es schien, als würden ihre Lebenswege in letzter Zeit unterschiedliche Richtungen nehmen. Belam hielt inne, dann sah er mit überraschtem Lächeln über die Schulter.

»Ich liebe dich auch«, sagte er. Er warf ihr einen nachdenklichen Blick zu, bevor er rasch wegsah. »Sei vorsichtig, Mari.« Dann war er fort, zusammen mit Thufan und dessen Männern.

Nachdem Thufan weg und ihr Vater beschäftigt war, schien es die perfekte Gelegenheit zu sein, um Armal aufzuspüren. Sie brauchte dafür fast eine halbe Stunde, aber schließlich fand sie ihn in der Bibliothek der Villa.

Die vormaligen Bewohner hatten das Gebäude eilig verlassen. Viele ihrer Besitztümer befanden sich noch in der Villa, darunter eine mannigfaltige Sammlung aus Büchern und Illustrationen. An ihrem ersten Tag hatte Mari die langen Korridore und Kammern im östlichen Bereich der Villa durchwandert. Es gab Dutzende Werke, von Wasserfarben über Ölgemälde bis hin zu Skizzen, außerdem wundervoll gearbeitete Urnen, Vasen und Skulpturen. Die Bibliothek bestand aus einer großen, dreistufigen Kammer am Ende der Galerie. Lampen waren entzündet worden und tauchten den Raum in Perlglanzlicht. Büchergestelle säumten die Wände, und die Türen bestanden aus altem, gelb getöntem Glas. Bewundernd war sie mit den Fingern die Rücken ledergebundener, handgeschriebener Bücher entlanggefahren. Schrifthüllen aus Elfenbein enthielten, einer Honigwabe gleich, uralte Karten und Reste von Wissen. Es gab auch eine Sammlung mit jüngerem Material, grobkörniges Schilfpapier, das zwischen dicken Kartondeckeln in Samt eingeschlagen lag oder von einer Lackschicht überzogen war.

Armal saß unter einer gelb getönten Lampe, und sein Körper schien selbst für den großen Ledersessel überdimensioniert. Sein breites, flaches Gesicht war von einem leichten Stirnrunzeln gefurcht. Mari lächelte. Er bewegte die Lippen, wenn er las. Mit seinem stumpfen Finger fuhr er die Worte auf der Seite nach, als wäre jedes von ihnen tatsächlich ein Wunder. Auf leisen Sohlen trat sie ein. Armal nahm ihre Bewegung wahr und sah auf.

»Pah Mariam«, murmelte er und errötete, schüchtern wie ein Junge.

»Was liest du?«, fragte sie und kam herüber zu ihm. Sie wäre ein Dummkopf gewesen, hätte sie seine Verliebtheit nicht bemerkt. Es geschah einfach. Männer begehrten oder bewunderten sie, was manchmal zu einer Affäre führte, die jedoch nur selten, wenn überhaupt, gut für eine der beiden Seiten endete. Ihrer Erfahrung nach liebten Männer ihre Vorstellung von ihr mehr als die Wirklichkeit. Aber vielleicht war Liebe ohnehin ein zu starkes Wort dafür. Zuvor waren die Gefühle selten über reine Lust hinausgegangen; sie glichen emotionalen Eintagsfliegen. Bald schon erstarben die Gefühle, und sie gingen wieder unterschiedliche Wege. Doch mit Indris verhielt es sich anders – er war sicher genug, um sie als das wahrzunehmen, was sie war.

»Ich erfreue mich an der Bibliothek, Pah Mariam«, sagte er leise, »wenn das kein Problem für Euch ist.«

»Ein Problem?« Mari lachte. »Warum? Bücher sind dazu da, dass man sich an ihnen erfreut.«

»Ich habe vorher nie viel gelesen …«

»Vor dem Kerker von Maladûr?«

Für einen Moment schloss er die Augen in aufrichtigem Schmerz. »Es ist ein alter Palast. Er ragt da draußen im Marmormeer auf, umgeben von Wasser. Er ist angefüllt mit rissigen alten Statuen und zerstörten Gemälden und verfügt über Hunderte von Räumen. Nur selten haben wir etwas Neues gesehen, und wir hatten sehr viel Zeit übrig.«

»Also gab es dort auch Bücher?«

»Nur wenige waren vollständig«, sagte er bedauernd. »Aber auch so habe ich gelernt, was ich nur konnte. Es lehrte mich … Demut zu wissen, wie falsch mein Leben gewesen war, als die gute Meinung und das Wohlwollen meines Vaters meine einzige Richtschnur war.«

»Aah, ja. Wir alle sehnen uns nach der Anerkennung unserer Eltern. Zumindest eine Zeit lang. Ich glaube, diese Falle kennen wir beide.«

Er las ihr aus dem Buch vor, das er in den Händen hielt.

Selbst wenn der Augenblick mich flieht
mit nicht'gen Träumen der Vergangenheit,
verschwand mein Herz ins Nirgendwo,
Verlassnes Kind vergangener Zeit.

Mari sah ihn erstaunt an, dann beendete sie die Passage aus dem Gedächtnis.

Vergangenes jede Narb' bewahrt,
Erinnerung wohnt der Narbe inne,
Verloren war mein Selbst.
Hielt an, mich abermals zu finden,
Hoffnungsschimmer, wartende Verheißung.

Sie beugte sich vor und nahm ihm das Buch aus der Hand. Es trug den Titel »Schritte auf dem Weg der Feyassin«. Sie hatte es erst ein Jahr zuvor geschrieben. »Ich hatte keine Ahnung, dass es eine Ausgabe davon hier gab.«

»Gibt es auch nicht, Pah Mariam. Es ist meins.«

Mari sah ihn mit erhobenen Augenbrauen an. Dieser Mann war eindeutig ein tieferes und stilleres Wasser, als sie erwartet hatte. Er hatte mit Mitgefühl und sogar mit großem Bedauern auf einige der Dinge reagiert, die ihre beiden Väter besprochen hatten. Er war immer noch ein Schläger, der von dem Willen ihres und seines Vaters gesteuert wurde. Wenn sie sich auf seine Reue verlassen könnte, wäre er jedoch der Verbündete, den sie brauchte.

»Armal, darf ich dich etwas im Vertrauen fragen?«

»Natürlich.« Da war nicht der Hauch eines Zögerns in seiner Stimme. Es schien ihr unredlich, seine Zuneigung auszunutzen, aber welche Wahl hatte sie, wenn sie diesen Wahnsinn beenden wollte?

»Die … Arbeit, die du und dein Vater für meine Familie verrichten«, sagte sie zögernd. »Stimmt damit etwas nicht?«

Er senkte den Blick. Einen Moment lang knetete er seine Hände im Schoß, während er mit sich rang. Ohne den Kopf zu heben, erwiderte Armal: »Ich bin nicht in der Position, die Befehle des Hohen Hauses Erebus zu hinterfragen, sondern ein loyaler Gefolgsmann Eures Vaters. Meine Familie ist stolz darauf, der Euren seit Generationen gedient zu haben.«

Mari lehnte sich nach vorne und legte beide Hände auf Armals Bein. Er atmete scharf ein, bewegte sich ansonsten jedoch nicht. Sie wagte einen weiteren Vorstoß. »Ich zweifle nicht an deiner Loyalität, Armal. Du musstest vier Jahre im Maladûr-Kerker verbringen wegen Dingen, die unsere Väter dir befohlen haben. Du hattest Glück, dass du begnadigt wurdest, aber du weißt auch, dass man dieses Glück nur ein Mal hat.« Sie streckte die Hand aus und fasste ihn fest am Kinn.

Armal hob den Kopf, um ihr in die Augen zu sehen.

»Im Vertrauen?«, flüsterte er.

Mari nickte ihm ermutigend zu.

»Es gibt da ein paar Dinge, die mich verunsichern. Die mich nicht schlafen lassen. Ich tue sie, weil man es von mir erwartet. Es kann mich umbringen, wenn ich über diese Dinge spreche. Oder uns beide. Mein Vater … Euer Vater …«

»Ich will meinem Vater helfen, Armal, bevor er zu weit geht. Wenn mein Vater gestürzt wird, stürzen wir alle.«

»Bitte, ich muss darüber nachdenken.«

»Du musst gar nichts sagen, wenn du das nicht willst. Es sind gefährliche Zeiten für uns alle. Mein Vater ist krank, Armal. Ich liebe ihn, aber wir sind nicht immer einer Meinung.« Mari lehnte sich verschwörerisch vor. »Verbündete findet man manchmal an den unwahrscheinlichsten Orten. Du solltest wissen, dass du bei mir immer ein offenes Ohr finden wirst, falls du reden willst. Verstehst du, was ich dir sagen will, Armal?«

Sie sah sich um, als wollte sie sich vergewissern, dass sie nicht beobachtet wurden. »Ich weiß, was hier passiert, Armal. Ich kann dir helfen.«

Er keuchte überrascht auf, dann nickte er, wobei er ihren

Blick mied. Der große Mann sah starr auf das geschlossene Buch in seinem Schoß hinab, auf das Maris Name in einfachen, klaren Lettern geprägt war.

Es war lange her, dass sie sich Zeit für ihre Kunst genommen hatte. Die Kriegsdichter priesen diesen Weg als Alternative zu ihrem Dasein, das meist aus Körperlichkeit und Gewalt bestand. Am Lamento hatten die Lehrer die Schüler immer wieder dazu angehalten, sich daran zu erinnern, dass ein Kriegsdichter ein Pfad beschritt, der zur Erleuchtung führen sollte. Es war die heilige Anrufung des Einen, das Streben nach körperlicher, geistiger und seelischer Perfektion, um die Vielen zu schützen.

Sie nahm ihr altes Lederfolio mit den breiten Bögen aus Schilfpapier auf. Einige zeigten Skizzen, von denen viele erst halb fertig waren. Grobe Entwürfe, schlichte Linien mit Zeichenkohle, ohne Schatten oder Textur. Die halbherzigen Bemühungen einer Dilettantin, die anderes im Kopf hatte. Einige waren vollendet: das Aquarell einer Chrysantheme; eine leuchtend bunte Eidechse auf Terrakottafliesen; die Gesichter und Körper von Männern und Frauen, die sie geliebt hatte.

Jetzt begann sie auf einem leeren Blatt zu zeichnen. Hohe Wangenknochen. Ein Wirrwarr aus dunklen Haaren. Filigrane Augenbrauen, was bei einem Mann eher ungewöhnlich war, mit einem kleinen Leberfleck auf der linken Schläfe. Im flackernden Kerzenlicht erschien sein Gesicht beinahe lebendig – bis auf die Augen. Ihr fehlten die Fertigkeiten, um ihnen gerecht zu werden. Sie blieben leer, leblos in dem ansonsten vollendeten Gesicht.

Sie starrte das Porträt an, fuhr sanft mit den Fingerspitzen darüber und vergaß die Zeit. Indris war irgendwo da draußen, um einen Rahn zu retten, der stärker war als ihrer.

Es gab so viele Gerüchte über ihn und über seine Jahre als Kommandant der Unsterblichen Gefährten. Darüber, dass er freiwillig hinter die feindlichen Linien zog, um andere zu befreien. Dann war er gefangen genommen worden und hatte Jahre in den Sklavenbergwerken verbracht, und seine Frau war an der Sehnsucht nach ihm gestorben. Doch was davon sollte man glauben? Sowohl Ruhm als auch Ehrlosigkeit nahmen in Erzählungen oft andere Ausmaße an.

Plötzlich wurde sie hungrig, und Mari ging zu den Küchen, die um diese Nachtzeit praktisch leer waren. Die Köche sahen sie schief an, während sie sich kaltes Hähnchen, frisches Gemüse und ein paar Scheiben warmes Brot zusammensuchte. Sie füllte einen Krug mit Wasser und ein wenig Wein und nahm alles mit.

Als sie zu ihrem Raum zurückkam, war der riesige Mann, der wie ein Berg direkt unter der Laterne vor ihrer Zimmertür aufragte, nicht zu übersehen. Mari wurde langsamer und fragte sich, weshalb Armal eine so späte Stunde gewählt hatte, um zu ihrer Kammer zu kommen. Die Wachen sahen starr geradeaus, aber ihr Ausdruck täuschte Mari keine Sekunde. Es würde Gerede geben.

»Guten Abend, Pah Mariam.«

»Was machst du hier, Armal?«, fragte sie brüsk, und er zuckte bei ihrem Tonfall zusammen. Aber sie musste ihn vertreiben, um ihrer beider willen. »Es ist spät. Kann es nicht bis morgen warten?«

»Verzeiht«, sagte er leise. Er senkte den Kopf, so als fände er nicht den Mut, ihr in die Augen zu sehen. »Ich wollte mich bedanken und Euch Euer Buch zurückgeben. Die Landschaften Amnons finde ich sehr reizvoll, vor allem die Häuser des Erwachten Imperiums im Kunsthandwerksviertel. Ich verstehe, warum sie Euch so interessiert haben. Nochmals Entschuldigung, dass ich zu so unangemessen später Stunde komme. Ich hätte bis zum Morgen warten sollen.«

Mari stellte das Essen und den Krug auf dem Tisch in der Halle ab. In seinen großen Händen hielt Armal ihr ein Buch entgegen, das sie noch nie zuvor gesehen hatte. Sie blätterte ein paar Seiten um. Einige Ölbilder waren zu sehen, doch meist handelte es sich um Skizzen, die als Radierung auf Stoff gedruckt worden waren. Zwischen zwei Seiten entdeckte sie ein kleines Stück Papier. Rasch blätterte sie weiter, bis sie zum Ende des Buchs kam und es schließlich auf ihr Tablett legte.

»Es ist spät, und ich bin müde.« Sie öffnete ihre Zimmertür und nahm dann das Tablett an sich. »Ich war nicht auf Gesellschaft vorbereitet. Danke fürs Zurückbringen.«

»Gern geschehen.« Armal verneigte sich, dann durchmaß er den Korridor mit langen Schritten. Die Wachen sahen ihm nach.

Mari hoffte, es würde keine Ausschmückungen über Armals Besuch geben. Die Soldaten liebten es zu schwatzen, vor allem, wenn es um etwas Anrüchiges ging. Mari fand, sie hatte schon genug Schmutz auf ihrer Weste, auch wenn kein frei erfundenes Stelldichein hinzukam.

Sie schloss die Tür hinter sich, dann suchte sie hastig die Seite, die Armal markiert hatte. In sorgfältigen, beinahe kindlichen Lettern hatte er die Zahlen drei und siebzehn notiert. Mari runzelte die Stirn, dann betrachtete sie das Bild auf der Seite. Es zeigte ein mehrstöckiges Gebäude mit großen Schlüssellochfenstern. In jedem Stockwerk befanden sich Balkone, die von Kletterpflanzen und durchbrochenem Sichtschutz verborgen lagen. Leute in traditionellen shrīanischen, knielangen Jacken und weit geschnittenen Hosen waren mitten in der Bewegung festgehalten. Es gab Sonnensegel, um Kunden, Verkaufsbuden und Waren vor der Sonne zu schützen. Der Druck zeigte die Trittsteinstraße und das berühmte *Ghyle,* Amnons Märkte an den Grenzen zum Händler- und Kunsthandwerksviertel in der Altstadt.

Mari nahm das Stück Papier in die Hand. Drei, siebzehn. Sie sah auf das Haus.

Was verbarg sich im dritten Stockwerk, Haus Nummer siebzehn in der Trittsteinstraße, dass Armal so viel riskierte, um ihr diese Nachricht zukommen zu lassen?

Kapitel 18

»Patriotismus wird für eine edle Eigenschaft gehalten. Er hebt unsere Vornehmheit und Lauterkeit in gleichem Maße hervor. Was also werden wir fühlen, wenn der Patriotismus nicht mehr ist als eine Maske des Hasses und blinden Ehrgeizes?« Aus Wachstum und Tod des Blütenimperiums, *von Arimandones, Gelehrter der Sēq aus dem Hohen Haus Sûn, im 981. Jahr des Erwachten Imperiums*

322. Tag im 495. Jahr der Shrīanischen Föderation

Als er seine Amtsstube betrat, sah Corajidin Yashamin, die sich gerade im Stuhl zurücklehnte, die langen Beine auf seinem Tisch. Der Tisch war übersät mit Petitionen, Briefen von Gläubigern, Versorgungsverzeichnissen für die Armee und anderen Dokumenten. Bürsten mit silbernem Griff lagen neben einem großen, beinahe leeren Tintenfass, und ihre Finger waren voller Tinte. Yashamins leichte Robe hatte sich in der Hitze geöffnet und enthüllte schweißglänzende Haut, eine verführerische Mischung aus Licht und Schatten, Textur und Form. Ihr feuchtes Haar klebte in kleinen Löckchen an der faltenlosen Stirn, auf ihren hohen Wangenknochen und dem langen Hals. Sie zog an einer kleinen Pfeife, und die betäubende Wolke, die sie umgab, verursachte Corajidin leichte Kopfschmerzen.

Zikaden zirpten, beinahe lauter als das helle Plätschern des Alabasterspringbrunnens im Innenhof unter ihnen.

Dank der gesteigerten Dosis Lotusmilch war der Schmerz in seinem Bauch gedämpft.

Corajidin warf die neuesten Berichte seiner Senioroffiziere auf den Tisch. Yashamin lächelte ihn nachsichtig an und atmete langsam aus. Öliger Rauch, so dick, dass er beinahe wie eine feste Masse wirkte, sickerte in bleichen Strömen von ihren Lippen und stieg dann in die Luft. Corajidin fühlte einen leisen Aufruhr in seinen Lenden.

»Du brauchst Ablenkung, Geliebter.« Sie bewegte die Schultern, und ihre Robe geriet ins Rutschen und hing auf einmal bedenklich weit herab. »Verlier dich für eine Weile in mir und schlaf dann ein wenig. Ich werde die Papiere ordnen und dir sagen, was erledigt werden muss und was warten kann. Die Welt wird immer noch da sein, wenn du wieder aufwachst.«

Ein leichtes Klopfen ertönte an der Tür, und Yashamin bewegte die Schultern noch einmal, sodass ihre seidene Robe noch weiter hinunterrutschte. Provozierend hob sie eine Augenbraue.

Erneutes Klopfen, lauter diesmal. Corajidin unterdrückte ein Knurren und forderte den Betreffenden auf einzutreten, die Finger um den Griff des Langmessers gekrampft, das Vashne ihm gegeben hatte.

Farouk betrat das Zimmer, wie immer in das düstere Schwarz und Rot seiner Rüstung gekleidet. Unwillkürlich fragte sich Corajidin, ob der Mann auch darin schlief. Farouk kniete nieder, bis Corajidin ihm die Erlaubnis gab, sich wieder zu erheben.

Der mächtigste Mann in Shrīan starrte seinen Gehilfen an. »Farouk?«

»Mein Rahn«, sagte er einfach. »Ihr hattet mich gebeten, Pah Mariamejeh im Auge zu behalten. Außerdem wolltet Ihr wissen, ob Armal versucht, Kontakt zu ihr aufzunehmen.«

»Ich erinnere mich an meine eigenen verfluchten Befehle!«, schnappte Corajidin. Er bedauerte seinen Ton sofort, unterließ es aber, sich zu entschuldigen.

»Eure Tochter wurde heute zweimal in Armals Gesellschaft gesehen. Das erste Mal hat sie ihn in der Bibliothek aufgesucht, wo sie sich in ein Gespräch vertieften. Sie haben sich berührt …«

»Armal hat es gewagt, meine Tochter anzufassen?«

Farouk zögerte einen Moment, bevor er erklärte: »Es ging von ihr aus.«

»Und das zweite Mal?«

»Heute Nacht, vor ihren Räumen. Mehr weiß ich nicht.«

Corajidin ging zu den offenen Balkontüren. Die Brise kühlte seine verschwitzte Brust und Stirn. Ihm wurde schwindlig, und er musste sich am Geländer festhalten, bis der Anfall vorüber war.

»Armal muss weggeschickt werden, Farouk.« Corajidin stand mit dem Rücken zu den anderen. »So weit wie möglich. Aber nicht auf einen gefährlicher Posten. Schick ihn irgendwo hin, wo er sich nützlich machen, aber keinen Schaden anrichten kann. Arrangiere das so bald wie möglich.«

»Ich lebe, um zu dienen.«

Corajidin hörte, wie sich Farouk erhob. Die Zimmertür schloss sich mit einem leisen Klicken.

Corajidin hörte das Flüstern nackter Füße auf dem polierten Holz. Dann ein leises Rascheln, als Yashamin aus der Robe schlüpfte. Die Wärme ihres Arms um seinen Oberkörper. Eine Hand, sicher, gekonnt, auf seiner Männlichkeit. Corajidin fühlte, wie Yashamin mit ihm verschmolz, wie sich ihre Brüste gegen seinen Rücken drängten.

»Bist du sicher, dass Farouk seine Befugnisse nicht überschreiten wird?«, murmelte sie. Ihre Stimme vibrierte über seine Haut. »Er kann Armal nicht leiden.«

»Farouk kennt seinen Platz, Liebling. Er wird sich benehmen.«

»Das hoffe ich. Was ist mit Thufan?«, murmelte sie, während ihre Hand ihn langsam von Zorn zu drängendem Verlangen führte.

»Er wird es mir danken.« Corajidin wandte sich in ihren Armen um, und sein Mund fand den ihren, feucht, einladend, hungrig. Ihre Lippen lagen voll und weich unter seinen.

Yashamin, Geliebte und Sklavin in einem, führte ihn zur Couch hinüber.

Der Morgen war vorüber. Corajidin lehnte an seinem Tisch, zu abgelenkt, um zu arbeiten. Leichter Kopfschmerz hatte wieder eingesetzt, der zu gleichen Teilen mit seinem Katzenjammer, Yashamins narkotisierendem Rauch und der Krankheit zu tun hatte, die sich in ihm zusammenbraute wie übel riechendes Wasser in einem verrosteten Behälter. Die sanfte Brise des Ventilators war einschläfernd. Durch das offene Fenster drangen die Schreie der Möwen, das Rumpeln von Wagenrädern und das Summen von Unterhaltungen, eine pulsierende Welle unzusammenhängender Laute. Amnon war eine feuchtheiße Stadt. Er zog die milde Trockenheit in der Erebus-Präfektur vor, mit ihren kühlen Winden, die von den dunklen Wassern des Südmeers herüberwehten.

Eine Kristallkaraffe mit Honigwein stand noch unangetastet auf seinem Tisch, und ein kleiner Stapel Schriftrollen bog sich in der leichten Brise. Auf einer der Rollen waren die Namen aller aufgelistet, die Thufan einkerkern lassen wollte, die letzten Anhänger Far-rad-dins. Auf einer anderen waren Armals deutlich mildere Ansichten über die angeblichen aufrührerischen Aktivitäten der Familie Bey verzeichnet; Corajidin hätte sich besser gefühlt, wenn diese Leute leichter auszuspionieren gewesen wären. Ihre Besitztümer in der Rōmarq waren enorm, ihre Leute stammesbewusst und Fremden gegenüber verschlossen. Ein Bericht Farouks umriss das Vermögen, das in Corajidins Namen eingefordert wurde. Die Liste war lang, sehr lang.

Er sah auf die wächserne Schreibtafel auf seinem Tisch hinab. Bevor Farouk losgezogen war, um Armal wegzuschicken, hatte er Corajidins Verabredungen für den Tag notiert, unter denen sich auch ein Treffen mit dem überfälligen Nehrun befand.

Ein Klopfen an der Tür schreckte ihn auf. Er rieb sich die Augen und das Gesicht, um wach zu werden. Dann rief er seinem Besucher die Erlaubnis zu einzutreten, und war überrascht, als Femensetri und Roshana seine Amtsstube betraten. Als sich die beiden Frauen seinem Tisch näherten, verspürte Corajidin plötzlich einen sauren Geschmack im Mund. Keine der beiden setzte sich, und er forderte sie auch nicht dazu auf.

Femensetri ließ einen Behälter mit einer Schriftrolle auf seinen Tisch fallen, versiegelt mit der weißen Lotusblüte des Teshri. Nur zwei Personen verwendeten dieses Siegel: er selbst als Asrahn-Erwählter und Nazarafine als Volkssprecherin.

Corajidin gab sich alle Mühe zu lächeln, war aber sicher, dass es eher wie Hohn wirkte. Femensetri brachte immer das Schlechteste in ihm zum Vorschein. Er sah Roshana an und gestand sich ein, dass er gut verstehen konnte, was Belamandris an ihr fand. Sie hatte ein hübsches Gesicht mit hohen Wangenknochen und kantigem Kinn, wie ihr Bruder, außerdem dunkle Augen in verschatteten Augenhöhlen und eine lange, gerade Nase. Ihre Haare waren hinter die Ohren zurückgestrichen. Roshana trug ihren leichten Brust- und Rückenpanzer, als wäre es eine Staatsrobe, der Griff ihres Langmessers war an ihren Oberschenkel gebunden und trug deutliche Gebrauchsspuren. Sie war ganz bestimmt kein Pfau.

Er sah auf die Wachsschreibtafel auf seinem Tisch, obwohl das völlig unnötig war. »Ich habe eine Verabredung mit …«

»Nehrun wird nicht kommen, Corajidin.« Femensetris Stimme war so harsch wie immer, voller Ecken und Kanten. Sie nickte in Richtung der Schriftrolle. »Das ist von der Sprecherin. Ich wollte sichergehen, dass es auch hier ankommt.«

Corajidin beäugte die Schriftrolle, machte jedoch keine Anstalten, nach ihr zu greifen.

»Es ist eine Rücktrittserklärung, Asrahn-Erwählter«, sagte Roshana fest. »Für meinen Bruder Nehrun.«

»Weshalb?« Im süßen Namen der Vorfahren! Glücklicherweise war seine Stimme ruhig, doch er fühlte, wie Ärger in ihm aufstieg.

»Mein Bruder ist der Ansicht, dass es im besten Interesse von Shrīan, seinem Haus und ihm selbst ist, wenn er verzichtet.« Roshana neigte demütig den Kopf, während Corajidin innerlich kochte. »Er hat mich an seiner Stelle zur Erbin ernannt. Natürlich, wenn Indris meinen Vater zu uns …«

»Niemand hat Ariskander bis jetzt gefunden«, sagte Corajidin brutal, »und es wird ihn auch niemand finden. Stell dich den Tatsachen, Roshana, dein Vater …«

»… lebt, Asrahn-Erwählter«, fauchte Roshana. »Solange kein Erbe erwacht ist, werden wir weiter nach meinem Vater suchen. Nehrun mag gescheitert sein oder war vielleicht weniger motiviert, ihn zu finden. Wir gehen aber davon aus, dass Indris viel …«

»… wirkungsvoller sein wird?«, ergänzte Femensetri gedehnt.

»Danke, Gelehrtenmarschall.« Roshana strahlte die uralte Gelehrte an, die über Generationen dem Hohen Haus Näsarat gedient hatte, bevor sie ihre Stellung als Gelehrtenmarschall übernommen hatte. Ihr Zwillingsbruder Kemenchromis diente der Schattenherrscherin als *Rajir*, er war ihr Hauptberater und Philosoph. Die einzigen Gelehrten, von denen man wusste, dass sie mächtiger waren als Femensetri und Kemenchromis – oder der geheiligte Sedefke –, waren jene, die dem Hause Näsarat entstammten: die großen Gelehrtenkönige und -königinnen.

»Nazarafine hat Roshana als neue Erbin bestätigt, also wird sie nun ihr Haus im Teshri vertreten.« Femensetri sah auf Corajidin hinab. Ihr Seelenstein flackerte in wirbelnden Schatten. »Gibt es irgendwelche Vereinbarungen oder Gespräche mit Nehrun, über die Roshana Bescheid wissen sollte?«

»Mir fällt nichts ein«, log er. Verfluchter Nehrun! Corajidin hatte auf den Mann gezählt, dass er sein Haus unter Kontrolle hielt, was die Suche nach Ariskander betraf. Das Wissen, dass Indris losgeschickt worden war, erfüllte Corajidin mit Zweifeln. Glücklicherweise waren die Marschen groß, und es waren bereits Tage vergangen, seit Ariskander verschwunden war. »Was wird aus Nehrun? Kehrt er nach Narsis oder zu seinen Besitzungen in der Präfektur zurück?«

Femensetri grinste Corajidin an; ein wildes Grinsen voller Verachtung. »Nehrun hat früh heute Morgen ein Schiff bestiegen, das Kurs auf den Schrein der Eitelkeiten genommen hat. Dort wird er über sein Leben nachdenken. Keine Angst, Corajidin! Die Novizen, Bibliothekare, Ritter und Meister der Sēq dort beim Heiligtum sind mehr als fähig, ihn zu schützen. Wer weiß schließlich, welche Geheimnisse er noch zu enthüllen hat?«

Kapitel 19

»Die Herausforderungen in unserem Leben sind nicht dazu gedacht, uns unbeweglich oder richtungslos zu machen. Sie sollen uns helfen zu entdecken, wer wir sind.« Balimore Swann, Führer der Rūnish-Miliz, im 564. Jahr des Erwachten Imperiums

322. Tag im 495. Jahr der Shrīanischen Föderation

Drachenschmetterlinge schwirrten mit hauchdünnen Flügeln vorüber, ihre geschuppten Körper schimmerten im Morgendunst der Rōmarq in allen Regenbogenfarben. Der Geruch nach verrottender Vegetation hing Indris in der Nase. Vögel sausten auf der Jagd nach den vielen Insekten vorbei, die sich in die Lüfte erhoben hatten. Ganz in der Nähe, die Umrisse verborgen zwischen den Stämmen von Manukabäumen und Schilf, brummte ein Crocodylus.

Indris hatte nicht gut geschlafen. Ein seltsames Gewicht lastete auf der Rōmarq, das seine Nerven strapazierte. Eine drückende Spannung, als würden die Marschen und alles, was darin hauste, ihm schon jetzt versprechen, dass sie ihn verletzen würden, sollte er auch nur einen falschen Schritt machen.

Während der Nacht war Indris aufgewacht und hatte festgestellt, dass Omen nicht mehr auf seinem Posten war. Er hatte sich von seinem unbequemen Lager erhoben und auf die Suche nach seinem alten Freund gemacht, der an den Ufern eines nahegelegenen Stroms ruhte. Das Wasser war träge dahingeflossen, die gekräuselte Oberfläche verzerrt wie ein gewölbter Spiegel. Als er Omen gefragt hatte, warum er da stand, hatte der Geisterritter geantwortet, er sei gekommen, um all dic ertrunkenen Leute zu sehen, die nach ihm gerufen hatten.

Indris kontrollierte, was sie noch an Nahrungsmitteln hatten, während Hayden und Ekko vorwärtskrochen, um einen besseren Blick auf Thufan und seine Meuchelmörder zu erhaschen. Kurz darauf kamen sie zurückgerannt, und Haydens Gesichtsausdruck war grimmig.

»Sieht so aus, als hätten unsere Freunde in der Nacht das Weite gesucht«, erklärte Hayden. »Das Feuer war schon ein Weilchen aus.«

»Omen?«, fragte Indris ruhig. »Hast du gesehen, wie sie aufgebrochen sind?«

»*Flieht, ihr Männer, irregeleitet und fern der Erlösung, eure Abdrücke bleiben als blutige Sünden zurück.* Nein, Indris, habe ich nicht. Die Ertrunkenen haben mit mir gesprochen. Sie plapperten und plätscherten und waren feucht vom Schlamm. Und das Seegras … Haarsträhnen, feucht und grün. Die Geheimnisse der tiefen Gewässer und die uralten Steine …«

»Was meinst du, wann sind sie aufgebrochen?«, unterbrach ihn Shar. Sie hatte bereits begonnen, ihre Ausrüstung zusammenzupacken. Ekko tat es ihr gleich. »Kannst du sie noch aufspüren?«

»Sie haben ein paar Stunden Vorsprung, aber ich hoffe, wir finden sie trotzdem.«

»Das ist nicht gut.« Indris kaute auf seiner Unterlippe, er und Hayden wechselten einen Blick. Dann sahen sie zu Omen hinüber.

Der Geisterritter trug nichts, bis auf die Überreste seines Schwerts und sein vom Morast beflecktes Totenhemd. Er stand da wie eine Vogelscheuche, mit seinen hölzernen Gliedmaßen und der schmalen Brust, und die feuchte Erde sog an seinen Stiefeln. Es hatte eine Zeit gegeben, in der Omen nicht einmal eine Schlange im Gras übersehen hätte, ganz zu schweigen von zehn Männern, die ein Lager abbrachen.

Sie folgten der Spur, rannten, trabten und gingen abwechselnd, um die größtmögliche Entfernung zurückzulegen, ohne sich über Gebühr zu verausgaben. Indris wusste, dass sich Ekko sehr viel schneller bewegen konnte als der Rest von ihnen, wenn auch Shar fast mithalten konnte. Er machte sich allerdings Sorgen um Hayden. Der Viehtreiber war kein junger Mann mehr. Drei Stunden später hörte Indris, wie der Atem des alten Mannes rasselte. Indris dachte an die alten Zeiten mit den Unsterblichen Gefährten zurück, als sie gezwungen gewesen waren, die Entfernung zwischen zwei Städten in schier unmöglicher Zeit zurückzulegen. Sie besiegten einen Feind am einen Tag, nur um sich am nächsten Morgen einem neuen Gegner zu stellen. Viele neue Rekruten waren gestorben, weil sie nach dem anstrengenden Lauf zu erschöpft waren, doch die Überlebenden machte es stärker. Es hatte immer Soldaten gegeben, die den Gefährten auf der Suche nach Ruhm beitreten wollten: die Jungen und Törichten, die Glorreichen, die Prahlerischen … und die Verzweifelten.

Fünf Stunden später begann Hayden zu schwanken. Indris fühlte, wie die Muskeln in seinen Beinen brannten. Jeder Atemzug schabte wie Sandpapier in seiner Brust. Er beschleunigte seine Schritte, um Shar und Ekko einzuholen und ihnen zu sagen, dass es Zeit war für eine Pause.

Der Boden um sie herum war verhältnismäßig fest. Viele große Gesteinsbrocken, die halb versunken im Schlamm oder nahen Teichen lagen, waren von kleinen Weichtieren überzogen. Kurze Bäume mit Wurzeln so dick wie

Seile krochen übereinander auf dem Weg zum Wasser. An manchen Stellen befanden sich Löcher im sonnenwarmen Boden. Die Gruppe wurde langsamer und ging noch ein paar Minuten gemächlich weiter, bevor sie sich niederließen und die stickige Luft mit tiefen Atemzügen einsogen. Nur Omen blieb stehen; sein künstlicher Körper kannte keine Erschöpfung.

»Wie kann unsere Beute dieses Tempo beibehalten, Amonindris?«, fragte Ekko. Der Tau-se atmete schon wieder normal. »Man sollte meinen, Thufan wäre auf so einer Reise eine Bürde.«

»Einer von ihnen reitet«, sagte Hayden schwer atmend. Der alte Abenteurer klang erbärmlich. Er lag auf dem Rücken, den Unterarm über den Augen. »Meinst du, wir können etwas essen, Indris?«

»Natürlich«, sagte dieser freundlich. Sie wären nicht einsatzbereit, wenn es jetzt zum Kampf käme; sie waren zu erschöpft, um eine Waffe auch nur aufzuheben. »Aber beeilt euch.«

»Die Löwengarde ist nur etwa fünfundzwanzig Kilometer in Richtung Südwesten in die Rōmarq gereist, bevor wir aus dem Hinterhalt angegriffen wurden«, sann Ekko. »Wir sind jetzt vielleicht zwanzig Kilometer weit gekommen, seit wir gestern den Anqorat überquert haben.«

»Du bist besorgt, weil wir uns nicht so schnell vorwärtsbewegen wie die Tau-se?«, fragte Omen.

»Nein.« Ekko schüttelte den Kopf, dann nickte er. »Doch. Aber das meinte ich nicht. Wir wurden den ganzen Weg über von Fenlingen beschattet.«

»Und?«

»Wo sind die Fenlinge jetzt?«, fragte Ekko mit gerunzelter Stirn. »Ich habe keine Spur von Fenlingen wahrgenommen, und doch sollten wir längst von ihnen umzingelt sein. Ich rieche nichts, bis auf Dunst und etwas, das an verrottende Krebse erinnert.«

Shar erhob sich. Ihre juwelengelben Augen in den von blauen Hornschuppen umrahmten Augenhöhlen waren zu Schlitzen verengt. Leichtfüßig verließ sie ihre Lagerstätte, um sich umzusehen. Indris folgte ihr ein paar Schritte. Er zögerte, das *Qefri* einzusetzen. Sowohl Omen als auch Indris konnten hier in der Rōmarq mit ihrer mächtigen Disentropie leicht zur Bürde werden, denn durch die Strömungen konnten ihre Feinde sie aufspüren.

»Was könnte die Fenlinge aus diesem Teil der Rōmarq vertrieben oder abgezogen haben?«, fragte der Tau-se leise.

Ekkos Worten folgte verunsicherte Stille. Hayden setzte sich auf und sah deutlich erholter aus. Shar kroch weiter und kletterte über einen alten Baumstumpf. Der Blick ihrer leuchtenden Falkenaugen wanderte ruhelos über das Marschland. Indris meinte zu sehen, wie ihre Ohren mit den verlängerten Spitzen bei jedem Laut zuckten. Sie drehte ein Wurfmesser aus *Serill* zwischen den Fingern. Omen watete wie ein Ibis durch die seichten Tümpel in der Nähe. Etwas berührte seine Knöchel. Er griff ins Wasser und zog die Überreste einer großen, regenbogenfarbenen Muschel heraus. Sie sah aus wie eine Kreuzung zwischen einer Muschel und einem Schildkrötenpanzer.

Omen hielt die Muschel an die Stelle, wo normalerweise die Ohren sitzen würden. »Ich frage mich, ob wir den Ozean in diesen Muscheln hören können? Oder vielleicht die Schreie jener, die den Moorpuppenspielern zum Opfer fielen, verborgen unter Schichten sterbenden Fleisches?«

»O süßer Näsarat!«, flüsterte Indris und sah zu den langen, sich wiegenden Gräsern hinüber. Er horchte auf das verräterische Geräusch huschender Chitinbeine im Rauschen des Schilfs. »Wir müssen weg.«

»Warum?«, fragte Hayden. Dann wurde das wettergegerbte Gesicht des Mannes blass vor Abscheu, als er an Indris vorbeisah. Hayden hob das Sturmgewehr, und Indris fühlte Bewegung hinter sich. Seine Hand flog zu Gestaltwandlerins Griff, im selben Moment, als Ekkos Krummsäbel und Shars Schwert Tragödie klirrend aus den Scheiden gezogen wurden.

Indris unterdrückte seinen Urinstinkt, der ihn dazu drängte nachzusehen. Er sprang vor, rollte sich ab und zog Gestaltwandlerin, noch während er wieder auf die Füße kam.

Ekko stürzte vor, schlug mit dem Schwert zu, verfehlte jedoch die Gestalt, die nach vorne gesprungen war. Licht flackerte auf, und ein Glasmesser zischte durch die Luft. Ein feuchtes Gurgeln und Zischen ertönte, dann das Rattatatta von Füßen auf Stein und das Strampeln eines Wesens mit Chitinpanzer im Todeskampf.

Shar stand über dem Kadaver des Malegangers, den manche auch Moorpuppenspieler nannten, und spießte ihn auf. Dann hielt sie ihn neugierig in die Höhe. Dunkles Sekret tropfte ihre Klinge herab. Das Scheusal zuckte noch ein paar Mal und gab eine pfeifende Todesklage von sich. Es glich den beiden Händen eines Würgers, die an den Daumen miteinander verbunden waren, und war von einem biegsamen Schildkrötenpanzer überzogen. Der Schwanz war kurz, flach und gegliedert wie der eines Hummers. Seine fingerdicken Gliedmaßen waren von einer feucht aussehenden Schale mit harten schwarzen Punkten umhüllt. Sein Unterleib war von einer Unmenge großer Poren durchsetzt, aus denen die Spitzen von Ranken ragten, wie schmierige, mit Widerhaken versehene Haare.

»Was um Īas willen ist das?«, würgte Hayden hervor.

»Das willst du jetzt nicht wissen«, sagte Indris barsch. »Lauft!«

Die Gefährten rannten los. Hayden führte sie auf Thufans Spuren, so gut er konnte. Die pfeifenden Schreie der Maleganger wurden rings um sie beantwortet. Aus den Augenwinkeln sah Indris unzählige Kreaturen über die Felsen krabbeln. Sie bewegten sich spinnenschnell auf kräftigen Beinen voran, und die ganze Zeit über ertönte das schrille Pfeifen, mit dem sie die anderen zur Jagd riefen.

»Wir schaffen es nicht«, schrie Shar, als sie zu Indris aufholte.

Er folgte ihrem Blick nach vorne, wo sich noch mehr poröse Felsen aus dem jetzt unruhigen Wasser erhoben. Immer mehr der Kreaturen erschienen von allen Seiten.

»Du musst etwas unternehmen.«

»Wenn ich das tue«, keuchte er, »kann ich nicht garantieren, was uns danach suchen kommt.«

»*Roje faruq cha!*«, fluchte sie. »Was für einen Sinn hat dieses ›Wenn‹ denn jetzt? Wenn du nichts unternimmst, sind wir alle tot.«

»So wie ich«, sagte Omen. Man hätte es für trockenen Humor halten können, wenn sein Tonfall es erlaubt hätte. Indris warf dem Geisterritter einen vernichtenden Blick zu.

Die Macht des *Qefri* strömte über seine Haut wie eine feine Schicht unsichtbaren Schweißes. Formeln bildeten sich in Indris' Geist, während er rannte. Die meisten Gesänge des *Fayaadahat* – der gesammelten geheimen Arbeiten der Sēq – waren ebenso gefährlich wie willkürlich. Die Wirkung würde nicht zwischen Freund und Feind unterscheiden. Die Formeln waren ein Werkzeug für einen bestimmten Zweck, wie eine Schaufel, ein Besen oder ein Schwert. Viele Gelehrte scheiterten, weil sie ihre Schwerpunkte falsch setzten. Wenn der Gelehrte Glück hatte, dann mussten weder er noch seine Kameraden oder andere Unschuldige für seinen Mangel an Kontrolle bezahlen.

Indris trieb sich zu noch größerer Geschwindigkeit an. Er wies auf einen offenen Bereich vor ihnen, der von rutschigen, porösen zwiebelförmigen Steinen umgeben war. Sie wirkten wie unförmige Wespennester. Die Löcher in den Steinen waren zweifellos Eingänge zu Tunneln. Die Maleganger waren überall. Bei jedem Schritt sandten die Gefährten Vibrationen durch die Erde, die den Malegangern verrieten, wo sie waren.

Als die Gefährten den offenen Bereich erreichten, kam Indris rutschend zum Stehen.

»Stellt euch um mich, Rücken an Rücken!«, brüllte er. »Wir haben allen gezeigt, wo wir sind. Und jetzt werden wir die Stellung halten!«

Schweiß floss ihm über die Stirn. Mit der freien Hand zog er die Pistole. Die Maleganger mussten sie wahrgenommen haben, denn sie wurden langsamer und bebten und trommelten aufgeregt mit ihren Klauenfüßen. Ekko hielt seinen Krummsäbel tief und stand breitbeinig in Kampfstellung da. Hayden hielt das Sturmgewehr an die Schulter. Shar stand groß und aufrecht da und klopfte mit Tragödie gegen die große Zehe ihres hohen Stiefels. Ein schiefes Lächeln erhellte ihr Gesicht. Omen hatte eine stilvolle Haltung angenommen und stand still wie eine Statue. Sein antikes Schwert hielt er mit einem Duellantengriff, den man aus uralten Manuskripten über Schwertkampf kannte.

Indris stieß Gestaltwandlerins Spitze in den Boden. Die empfindungsfähige Klinge sog die Disentropie aus der Erde. Der Sēq-Ritter fühlte, wie sie kühl durch seine Adern floss. Dann begann er mit den Berechnungen für den Hochbeschleuniger. Er sah zu seinen Freunden, dann änderte er seine Berechnungen zu Kraft, Zündung und Durchmesser und bestimmte, wo das Epizentrum zu sein hatte.

Die Maleganger warteten nicht lange. Sie pfiffen sich zu,

dann krochen sie auf ihren langen, harten Beinen vorwärts. Ein Tik-tik-tik-tik auf den Steinen. Sie näherten sich mit täuschender Langsamkeit …

Dann sprangen sie los, die Gliedmaßen gespreizt, die nadelspitzen Klauen feucht und giftig.

Haydens Sturmgewehr dröhnte gedämpft, als er feuerte. Für ein so leises Geräusch waren die Einschläge verheerend. Der Abzugshahn klickte. Ein dumpfer Schlag folgte, als der Bolzen ausgespuckt wurde. Dann ein Knall, wenn der Bolzen den Panzer eines Malegangers spaltete. Der Munitionszylinder drehte sich, und ein weiterer Maleganger explodierte in einer Gischt schwarzen Bluts und grauer Eingeweide.

Ekko schwang seine Klinge in einem leuchtenden Bogen. Einige der Bestien fanden Halt auf seiner Rüstung, und brüllend schleuderte er sie beiseite. Sobald sie am Boden auftrafen, zertrat er sie.

Shar tanzte. Sie wand sich, geschmeidig, elegant, bog sich wie Schilf im Wind. Ihre Klinge aus *Serill* fuhr durch die Luft. Maleganger fielen durchtrennt zu Boden. Sie sang das Lied des Todes und erhob den Tod zur Kunstform, auch wenn niemand sonst aus ihrem Volk hier war, um zu beobachten, was sie schuf.

Omen erschreckte vor allem durch seine Stille. Seine Gliedmaßen bogen sich auf eine Art, wie kein Körper es vermocht hätte. Sie verrenkten sich in seltsamen Winkeln. Mit einer furchtlosen Hingabe, die ihm kein lebendes Wesen hätte nachmachen können, warf er sich ins Getümmel. Da er viel Disentropie verströmte, wählten ihn etliche der Maleganger als Ziel, was ihr Untergang war. Sie hängten sich an sein Totenhemd, versuchten an seiner hölzernen Kehle Halt zu finden und wollten mit ihren feinen Ranken sein Rückgrat durchdringen, doch ohne Erfolg.

Welle um Welle der Maleganger griff an. Viele waren

klein, jung und unerfahren. Indris sah die älteren weiter hinten. Größere, klügere Veteranen, die über kühle Gerissenheit und Intelligenz verfügten, gestohlen von ihren Opfern. Sie bewegten sich langsamer vorwärts. Ihre Triller drängten die anderen nach vorne, koordinierten den Angriff.

»Indris?«, keuchte Shar. »Kannst du etwas unternehmen? Ich meine, heute noch?«

»Bin schon dabei«, murmelte er. Die Formeln des Hochbeschleunigers vollendeten sich in seinem Geist. Die Zahlen, die durch sein Gehirn tosten, wurden zu Worten, zu Tonhöhe, Rhythmus, Resonanz, Lautstärke, Tonfall, Bedeutung. Um sie herum schwärmten die Maleganger aus. Die älteren waren nun ebenfalls näher gekommen. Vermutlich hatten sie die Disentropie gespürt, die von ihm ausging. Er fühlte die Vibrationen von noch mehr Parasiten, die sich unter ihm bewegten, und es fühlte sich an, als würden die Maleganger versuchen, sich nach oben zu graben.

»Indris!«, schrie Hayden. Er hatte sein Breitschwert gezogen und schwang es in weiten Schlägen. Die Maleganger rückten näher. Das Gesicht des alten Mannes war schweißüberströmt. »Hilfe!«

»Zu mir!«, rief Indris scharf.

Die Worte des Hochbeschleunigers entströmten seinem Mund in Partikeln aus Licht. Die Luft um sie herum begann zu schimmern. Kleine Sterne, nicht größer als Nadelköpfe, brannten in der Luft. Sie vibrierten und bewegten sich in immer weiter werdenden Umlaufbahnen.

Shar schrie auf, als sie und die anderen zu Indris zurücksprangen. Omen war langsamer. Er hüpfte zurück, wurde jedoch erwischt, als die unzähligen kleinen Sterne begannen, spiralartig in einem leuchtenden Strudel aufzusteigen. Ein schleifendes Geräusch ertönte, als seine ungeschützten Gliedmaßen von dem Hochbeschleuniger getroffen wurden.

Die Ränder seines Totenhemds strafften sich, als würde an ihnen gezogen. Die Nähte fransten aus und wurden dann in Fetzen gerissen. Holzspäne und Sägemehl stoben in alle Richtungen und lösten sich funkensprühend auf. Durch den Kontakt wurde die unlackierte Oberfläche des nun farblosen Holzes freigelegt, ein Teil der Finger war ebenfalls verschwunden.

Erst summte der Beschleuniger, dann, mit zunehmender Geschwindigkeit, begann er zu dröhnen. Bald waren die Gefährten in einer verzerrten Kugel aus gelbem Licht gefangen, und sie hörten nur noch das Röhren, als sich die Kugel immer schneller bewegte und ihren Radius erweiterte. Die Luft erwärmte sich rasch und verbrauchte sich.

Erde und Stein wurden blank gescheuert. Die Erde rauchte in der Hitze, schien jedoch rasch zu einer glasartigen Fläche abzukühlen. Er hatte genügend Energie in seinen Berechnungen eingeplant, um sie sowohl ober- als auch unterirdisch zu beschützen, aber auch darauf geachtet, dass noch genügend Sauerstoff in ihrer heißen Falle übrig blieb. Doch die Disentropie der Rōmarq war schwierig einzuschätzen. Er musste immer noch in der Lage sein, sie wieder einzudämmen, sollte der Beschleuniger außer Kontrolle geraten.

Als der Hochbeschleuniger niedergebrannt war, blickten die Gefährten auf eine planierte Landschaft. Das Wasser dampfte, das Gras war weggebrannt. Überall dort, wo sich Sand befunden hatte, war der Boden von glitzernden Glaskörnchen übersät.

Von den Malegangern fehlte jede Spur.

Sie reisten noch einige Kilometer weiter. Von ihnen allen hatte nur Ekko noch nicht erlebt, wozu ein Ritter der Sēq imstande war. Der Tau-se hielt einen ehrfürchtigen, vielleicht sogar besorgten Abstand, bis sie ihren nächsten Lagerplatz erreichten. Indris hatte während ihres Marschs ständig die Umgebung mit Blicken abgesucht.

»Jetzt wissen wir, warum die Fenlinge nicht da waren«, sagte Shar leichthin.

»Wie haben Thufan und seine …«, murmelte Ekko, brachte den Satz aber nicht zu Ende. Der Anblick der Puppenspieler hatte ihn erschüttert. Er saß im Gras, den Krummsäbel über den Knien, und polierte unentwegt die Waffe, als wollte er Blut abwischen, das nur er sehen konnte. Der riesige Löwenmann hatte seine Waffe auseinandergenommen, um sicherzugehen, dass weder auf der Klinge noch auf dem Griff oder Beschlägen irgendwelche Blutspuren zu finden waren. Dann baute er alles wieder zusammen, während er unentwegt Segnungen murmelte.

»Vor allem in der Nacht«, sann Omen. Der Geisterritter hatte einen toten Maleganger in den Falten seines Totenhemds gefangen. Omen stupste den Puppenspieler an, woraufhin sich seine Gliedmaßen bogen und wieder entspannten. Angewidert sah Hayden das Ding an. Als Omen es zu hart anstieß, zuckten die feinen Ranken an seinem Unterleib heraus. Der alte Viehtreiber beugte sich vor und übergab sich ins Gras.

»Gibt es solche Kreaturen bei euch zu Hause nicht, Hayden Goode?«, fragte Ekko, als sich der Mensch wieder unter Kontrolle hatte.

Kläglich schüttelte Hayden den Kopf und hielt das Sturmgewehr an die Brust gepresst.

»Ich war noch nie in Rūn«, sagte Shar. Sie setzte sich neben den Mann und legte ihm den Arm um die Schultern. Indris konnte sehen, dass Hayden zitterte. Nichts in den Jahren als Unsterblicher Gefährte oder auf seinem Gehöft in Rūn hatte den Menschen auf eine derartige Erfahrung vorbereitet. »Erzähl mir, wie es dort ist.«

»Wo steht geschrieben, dass Menschen in der gleichen Welt leben müssen wie diese …«, setzte er an. Dann schüttelte er den Kopf, als wollte er sein Unbehagen gleich mit abschütteln. »Rūn ist ein schönes Land, Mädchen. Bei allem Respekt, aber dort bekommt man so was wie wir heute nicht zu sehen. Es ist ein einfaches Land. Grasige Ebenen, die sich endlos hinziehen. Hohe Berge, und Flüsse, die so klar sind, dass du schwören könntest, du trinkst aus dem Himmel. Bei uns gibt es keine Sümpfe, aber in unseren Wäldern wimmelt es vor Wild. Einige von denen würden dich töten, wenn du ihnen über den Weg läufst. Aber das sind natürliche, gesunde Tiere. In Rūn, als Mann mit einem Rudel Gebirgspferde, der von Weidefläche zu Weidefläche zieht – das ist ein Leben.«

»Was hat dich in die Ferne getrieben?«, fragte Ekko.

»Die Angothischen Hexen sind gekommen«, sagte Hayden schlicht. Er sah zu Indris hinüber mit einem Ausdruck der Reue und eines Schmerzes, den Indris nur zu gut kannte. Sie hatten beide Leute verloren, die sie liebten, und waren zu anderen Männern geworden als gedacht. »Aber was passiert ist, ist passiert. Ich will jetzt nicht in Traurigkeit herumwaten, weil ich durch meine Erinnerungen stöbere, wenn es euch nichts ausmacht. Trotzdem, nachdem ich jetzt hier war, schätze ich, ich gehe danach für ein Weilchen nach Hause zurück. Hexen hin oder her, Rūn ist ein ganzes Stück besser als dieser Ort hier.«

»Du kannst dem ersten Mahjirahn für das danken, was aus der Rōmarq geworden ist«, sagte Omen zuvorkommend. »Einer von Indris' Vorfahren war der …«

»Danke für den Hinweis auf meine faszinierende Familiengeschichte, Omen. Aber wir haben jetzt wirklich wichtigere Dinge zu tun. Sind wir ihnen immer noch auf der Spur?« Indris starrte Omen finster an, bezweifelte jedoch, dass der Geisterritter es überhaupt bemerkte. Ekkos Frage, wieso Thufan und die anderen nicht von den Malegangern angegriffen worden waren, beunruhigte ihn. Im Gegensatz zur allgemein verbreiteten Ansicht waren die Maleganger nicht dumm. Man konnte vernünftig mit ihnen reden und Tauschhandel betreiben. Was hatten Thufan und Belamandris ihnen für die sichere Durchreise durch das Maleganger-Gebiet geboten?

»Ja, sind wir«, sagte Hayden mit finsterem Blick. »Aber die Gruppe ist jetzt kleiner. Sechs Leute, und sie bewegen sich immer noch schnell voran.«

Sie kamen zu einem Ruinenbereich, in dem noch immer die Spuren alter Wege zu sehen waren. Es war irgendeine namenlose Stadt, an die es noch nicht einmal mehr Erinnerungen gab. Schief aufragende Mauerbruchstücke erinnerten an Bewohner, die schon lange verschwunden waren. Das gewölbte Dach eines Gebäudes, eine filigrane Kunstschmiedearbeit aus Eisen, die an vielen Stellen durchgerostet war, ragte als mächtige Silhouette in den bewölkten Nachmittagshimmel.

Indris hielt einen Moment atemlos neben den Überresten eines kunstvoll verschnörkelten Pavillons inne. Abgetrennt auf einer runden Plaza, auf der sich ansonsten nichts befand, ragten seine Dioritsäulen auf: blaugrüner Stein, durchzogen von Moosgrün. Bögen und Linien waren scheinbar planlos in den Stein gemeißelt; Indris erkannte sie als Darstellungen der Rōm. Die zarte Metallarbeit der gewölbten Decke war von lange erloschenen Flammen geschwärzt, ebenso wie der bleiche Stein der umgebenden Plaza. Aufgedunsene, durchscheinende Spinnen schienen mitten in der Luft zu schweben, auf Fäden aus gesponnenem Glas, die nur bei näherem Hinsehen zu erkennen waren. Die Kugelspinnen würden so lange aufgerichtet bleiben und ihre glitzernden weißen Giftzähne zeigen, bis er sich zurückgezogen hatte. Indris fühlte die Bedrohung, die von dem Tor ausging, die schleichende Wahrnehmung schmieriger Gedanken. Träge und ungefragt trieben sie durch seinen Geist.

Indris unterdrückte einen Fluch, dann bat er Ekko, dass er Omen im wahrsten Sinne des Wortes hochhob und ihn wegtrug. Der Geisterritter war einfach stehen geblieben und lauschte auf etwas, das ihn gefangen genommen hatte. Es vergingen Minuten, bevor Omen begriff, wo er war.

Als der Nachmittag in den Abend überging, kamen sie an weiteren Ruinen vorbei. Es musste eine kleine Ansiedlung gewesen sein, ein Dorf vielleicht oder der große Gutshof eines wohlhabenden Landbesitzers. Shar war es, die die ersten Fenlinge im Osten erspähte. Die Gruppe bestand aus etwa zwanzig und bewegte sich durch die einsetzende Dämmerung.

»Nur Kriegergruppen reisen am Tag«, sagte Omen tonlos. »Eine unheilvolle Angelegenheit treibt sie voran, Indris.«

»Glaubst du?«, murmelte Indris. Seine Sehkraft war nicht so gut wie Ekkos oder Shars, doch die der Fenlinge war noch schlechter. Wenn die Fenlinge aber erst ihren Pfad kreuzten, würden sie in der Lage sein, Indris und die anderen mit ihrem Geruchssinn aufzuspüren.

»Dann bleiben wir in Bewegung«, sagte Hayden. »Ich war nicht darauf vorbereitet, bei jedem Schritt zu kämpfen, und meine Beine sind noch rüstig genug. Ich kann ein Stück weiter laufen.«

Sie joggten weiter, bis sie zu einem Strom kamen, der an beiden Ufern von altersgrauen Weiden beschattet war. Ekko führte sie in der Dunkelheit. Er gab leise Anweisungen, wo sie ihre Füße hinsetzen sollten, wo Wurzeln waren, über die sie stolpern konnten, oder wo sie sich an niedrig hängenden Ästen verletzen konnten. Bald bestand die Welt nur noch aus Ekkos Flüstern, dem Wasser, das unterhalb ihrer Knie floss, und dem Murmeln des Winds, der durch die grünen Vorhänge der Weiden fuhr.

Die Sonne war vollständig vom Himmel verschwunden, als Ekko sie endlich ans Nordufer des Stroms führte. Die Silhouetten alter Statuen, Säulen und Mauern sprenkelten die Landschaft vor ihnen. Die Überreste eines alten Windmühlenrades, die neuer waren als die meisten anderen Trümmer, drehten sich lustlos auf der knarzenden Achse.

»Was war hier?«, fragte Ekko.

»Irgendeine Ansiedlung.« Indris nahm alles in sich auf, was er von ihrer Umgebung sehen konnte. Er deutete auf ein paar Gebäude. »Die gewölbten Dächer und die Windmühle sind auf jeden Fall von Avān gebaut, wenn auch einfach in der Bauweise. Dem Aussehen nach ist das alles mehr als ein Jahrhundert alt.«

»Schmuggler?«, fragte Shar.

»Was sonst?«, erwiderte Indris.

»Und mit seinem Haken durchbohrte er den Mond und zog ihn herab wie eine Münze, um die Sonne zu kaufen.« Omen stand so still wie die Statuen, die sie umgaben.

»Hä?«, grunzte Hayden. »Die Ameisen in deinem Hirn werden auch mit jedem Tag mehr, alter Freund.«

»Du bist sehr witzig. Aber ich habe tatsächlich manchmal den Eindruck, dass weiß leuchtende Ameisen durch meinen hölzernen Kopf flackern. Nichtsdestotrotz ändert das weder etwas an der Tatsache, dass ich die Klassiker zitieren kann, noch an dem Mann, der da drüben im Türrahmen steht und raucht und einen Haken statt einer Hand hat.«

»*Faruq ayo!*«, fluchte Indris.

»Was für eine Ausdrucksweise«, flüsterte Shar und stieß Indris in die Rippen.

Die Gefährten – die, die Gesichter hatten – grinsten. Sie hatten gefunden, wonach sie gesucht hatten.

Kapitel 20

»… lassen sie mich auch sterben an diesem Ort und nehmen die Liebste mir fort, bin ich doch ohne Furcht. Denn mein unveränderliches Schicksal bleibt, trotz der Schurken und ihrer Hintertriebenheit …« Aus der Ballade des Holt Katelin, *im 233. Jahr der Shrīanischen Föderation*

322. Tag im 495. Jahr der Shrīanischen Föderation

Der Eingang zum *Ghyle* an der Ecke Trittsteinstraße und Händlergasse wimmelte vor Leuten. Es war der geschäftigste Marktbezirk in ganz Amnon. Das Sandsteinpflaster fühlte sich heiß an unter Maris Füßen. Sonnensegel schützten die unzähligen Straßenhändler, die ihre Waren in der Gewerbesprache, einer Mischung aus Menschensprache und Avānisch, darboten.

Sie war angezogen wie ein gewöhnlicher *Nahdi*. Die wenigen Leute, die ihr Gesicht vielleicht erkannt hätten, würden einen Söldner kaum zweimal ansehen. Mari verschmolz mit der Menge und ließ sich mit ihr treiben. Am Ende der Trittsteinstraße befand sich eine Plaza mit einer riesigen Bronzestatue von Mefelin, dem Mann, der die Druckerpresse erfunden hatte. Hier gab es Dutzende Speiselokale, Wein- und Kaffeehäusern, außerdem das *Kellifer*, eine Reihe von gewundenen Gassen und Durchgängen mit Buchläden, wo Papierverkäufer, Drucker und Schreiber ihrer Arbeit nachgingen. Von Zeit zu Zeit blieb Mari stehen und stellte den

Essens-, Schmuck- oder Waffenverkäufern Fragen, während sie ihre Umgebung beobachtete.

Mari schlenderte an dem Gebäude Nummer siebzehn mit seiner grünen Frontseite vorbei. Im dritten Stock befand sich ein Balkon, der von großen, durchbrochenen Wandschirmen umschlossen war. Durch die kunstvoll gearbeiteten Schirme strömte Licht und Wind, ohne dass sie geöffnet werden mussten. Jetzt waren die Sichtblenden geschlossen, und man sah, dass die Farbe verblasst war und abblätterte. Zwei Männer, deren Gesichter von zu viel Sonne gealtert waren, spielten *Jambara* im Eingang zum Erdgeschoss. Das Klick-Klack der Glasmurmeln auf dem Brett war im Hintergrundsummen der Menge nicht zu hören. An den Tüchern, die sie um die Köpfe geschlungen hatten, prangte eine Brosche mit roten, blauen und grünen Federn, die Farben der Familie Charamin. Diese *Nahdi* waren entweder Thufans oder Armals Leute. Als sich einer der Männer nach vorne beugte, wurde der Griff eines Kurzschwerts an seiner Hüfte sichtbar.

Sie ging weiter zur Plaza am *Kellifer*. Die Essensverkäufer nahmen den Hauptbereich ein. Kleine Tische, von denen die Farbe abblätterte, standen zwischen wackligen Hockern oder Klappstühlen. Unzählige Gäste saßen entspannt auf einer Fläche, die Hunderten Platz geboten hätte, und hatten die gebräunten Gesichter zur Sonne gewandt, während sie Gebäck, Torten oder gegrillten Oktopus und frischen Fisch aus dem Marmormeer verspeisten.

Als sie an einem Geschäft vorüberkam, ging ein großer Mann dicht an ihr vorbei. Mari trat zur Seite, um ihm auszuweichen, doch er schaffte es trotzdem, ihr zu nahe zu kommen. Als sie sich wieder voneinander lösten, berührte er sie unziemlich. Sie rammte ihm den Ellbogen in die Rippen, um sich zu revanchieren. Während er sich zusammenkrümmte, ächzte er ihren Namen. Als er aufsah, erblickte Mari Armals

Gesicht, das allerdings viel dunkler wirkte. Die Augen hatte er stark mit Kohlestift geschminkt. Er war als schlichter Karawanenhändler verkleidet und unbewaffnet, bis auf seinen langen Wanderstock, der so dick war wie drei ihrer Finger.

»Was tust du da, Armal?«, flüsterte sie, während sie ihre Kleidung wieder zurechtzog. Niemand schien sie zu beachten. Er griff nach ihr, während er sich erhob. »Pass auf deine Hände auf!«, warnte sie.

»Ich komme jeden Tag hierher«, sagte er verletzt. »Ich dachte, Ihr würdet vielleicht auch auftauchen. Ich habe unser Gespräch gestern genossen.«

»Hm?«, fragte sie abwesend.

»Ihr braucht eine bessere Verkleidung«, begann er lächelnd, hielt jedoch inne, als er sah, wie ihre Augen schmal wurden. »Ihr habt eine ganz bestimmte Art zu gehen. Mit sehr langen Schritten, aber leichtfüßig. Es ist mehr ein Gleiten als ein Gehen. Und auch die Art, wie Ihr Euer *Amenesqa* an nur einem Ring Eures Gürtels tragt, statt an zweien, damit Ihr aus jedem Winkel schnell ziehen könnt. Es gibt auch noch andere …«

»In Ordnung«, sagte sie gedehnt. »Armal, du weißt, dass ich niemals …«

»Ich weiß nicht, was ich getan hätte, wenn wir gestern nicht geredet hätten. Vielleicht hätte ich sie getötet.« *Wen getötet?*, fragte sich Mari. »Ich weiß, dass mein Vater sie am Leben erhalten wollte, als Druckmittel. Aber die Gefahr, wenn sie entdeckt wird! Und dann habt Ihr mir gestern erzählt, Ihr wüsstet …« Er bog wieder in die Trittsteinstraße ein, in Richtung der Nummer siebzehn, mit Mari im Gefolge.

»Warum hast du mir davon erzählt?«

»Ich wollte, dass wir uns irgendwo vertraulich treffen können«, sagte er schüchtern. »Ich weiß, Euer Vater würde nie zulassen, dass wir zusammen sind, also dachte ich …«

»Das ist nicht der Moment für Späße, Armal.« Mari rang die Hände. »Es gibt kein Uns und keine Zukunft. Mein Vater wäre rasend vor Wut, wenn er es auch nur ahnen würde!«

»Es ist nicht nötig, dass er …«

»Das war sehr dumm, Armal. Du hast dich wegen nichts in Gefahr gebracht. Du hast mich wegen nichts in Gefahr gebracht! Mein Vater misstraut mir ohnehin schon!«

»Keine Sorge.« Er legte ihr den Arm um die Schultern, doch sie schüttelte ihn ab. »Es gibt Orte auf der Welt, an denen Euer Vater uns niemals finden würde. Wart Ihr jemals in Mieda, in Ygran? Oder Ankha in Darmatien? Es ist nur eine kurze Seereise in die Freiheit, weg von allem hier.«

»Mein Vater und der deine haben einen sehr langen Arm, Armal. Sag mir, was sich in Nummer siebzehn befindet. Oder hast du mich hierhergelockt in der Hoffnung, dass ich mit dir ins Bett steige?«

Armal hatte den Anstand, entsetzt auszusehen. »Mari … ich meine, Pah Mariam, ich habe nie daran gedacht … ich meine, während wir noch nicht …«

»Das sollte unter uns bleiben«, versicherte ihm Mari. »Ich will nicht, dass du verletzt wirst. An deiner Stelle würde ich versuchen, dich so fern wie möglich von mir zu halten.«

»Ich will keine …«

Der niedergeschlagene Ausdruck in seinem Gesicht verwandelte sich in echten Schmerz. Armal taumelte zur Seite, die Augen vor Entsetzen geweitet. Er brüllte auf, dann ging er zum Angriff über. Mari sprang zur Seite, als sich der Riese drehte und seinen Wanderstock in einem brutalen Bogen schwang.

Maris Schwert materialisierte sich in ihrer Hand. Armal hatte ihr den Rücken zugekehrt.

Tief am Rücken leuchtete ein roter Fleck auf Armals Kleidern, ein weiterer befand sich ein Stückchen oberhalb. Der

Meuchelmörder hatte versucht, Armals Lunge zu zerfetzen, um ihn am Schreien zu hindern, war aber gescheitert. Durch den Riss in den Kleidern des großen Mannes sah sie das gesottene Leder eines leichten Korseletts.

Beim Anblick von Blut und Stahl ertönten Schreie auf der Straße, und die Menge versuchte auseinanderzuströmen. Die Leute fielen übereinander, stießen und schubsten bei dem verzweifelten Versuch, sich in Sicherheit zu bringen.

Feinde! Sie waren zu fünft und als gemeine Soldaten verkleidet. Stahl schimmerte kalt in ihren sonnengebräunten Händen. Ihre Gesichter waren von Kapuzen verhüllt, doch Armal hatte einem Mann den Stoff heruntergezogen und Farouks vernarbtes Gesicht enthüllt.

Farouks Schergen drängten vorwärts.

Mari trat um Armal herum. Ihr Körper reagierte noch vor ihrem Verstand. Sie zog das Schwert und stieß zu. Die Klinge traf ihr Ziel, erst die Hüfte, dann die Brust. Dann durchdrang sie das Schlüsselbein eines der Meuchelmörder. Der Mann kreischte, und ein Sprühnebel aus Blut trübte die Luft, während er stürzte.

Vier blieben noch. Armals Stock sauste herab, gefolgt von einem übelkeiterregenden Knacken. Der Kopf des einen Mannes war eingedrückt. Ein Aufschwung. Blut, Knochen, Gehirnmasse, Haare spritzten in die schreiende Menge. Jetzt waren es nur noch drei.

»Darauf habe ich gewartet!« Farouk stürzte vor, die Klinge bereits rot von Blut. Sie fuhr unter Armals Arm hindurch. Schnell wie eine Otter schlug er erneut zu.

Armal ließ seinen Stock fallen und legte die Hände um Farouks Hals. Dann drückte er zu.

Mari duckte sich und näherte sich den letzten beiden. Ihr Schwert war nicht mehr als eine verschwommene horizontale Bewegung. Sie zog es über den Bauch des einen Mannes und fühlte seinen Tod in ihren Fingerspitzen, Handflächen, Handgelenken. Ein Schlag auf die Oberschenkel folgte. Ihr Schwert jagte wie ein Falke. Es schlug erst von oben, dann von unten zu und erwischte den letzten Mann am Handgelenk. Dann änderte es die Richtung, und die Stichklinge durchstieß sein Herz.

Mari suchte die Menge ab. Alles stand in scharfem Kontrast zueinander. Die Farben waren zu lebhaft. Licht und Schatten waren zu hell und zu dunkel. Ihr Atem tönte laut in ihren Ohren, und das leiseste Geräusch dröhnte wie ein Glockenschlag. Die *Nahdi* vor ihrem *Jambara*-Brett sahen wie erstarrt zu.

Blieb nur noch Farouk. Sein Messergriff ragte aus Armals Brust, und seine Hände umklammerten die Handgelenke des großen Mannes, während Armal das Leben aus ihm herausquetschte. Farouks Augen traten aus den Höhlen. Die Venen an seiner Stirn quollen hervor, und seine Haut hatte sich lila verfärbt. Der Gehilfe ihres Vaters schlug Armal auf den Kopf. Der zweite Schlag kam etwas schwächer, der dritte hatte kaum noch Kraft. Noch immer drückte Armal zu, die Zähne in wilder, gewalttätiger Hemmungslosigkeit entblößt.

Ein trockenes Schnappen folgte, und das Lebenslicht in Farouks Augen erlosch. Sein Kopf baumelte in einem seltsamen Winkel. Armal lockerte den Griff und sank auf das vom Blut glitschige Pflaster. Er versuchte wieder aufzustehen, hatte jedoch nicht die Kraft dazu. Blut sickerte aus seinem Mund, befleckte sein Gesicht. Mari hatte das Gefühl, dass mehr Blut auf ihm als in ihm war.

»Mariam?«, murmelte er. Er streckte die blutigen Hände nach ihr aus. Armals Gesicht war bleich und schmerzverzerrt. Mari wusste, wann es vorbei war; sie hatte schon viele Männer an der Schwelle des Todes gesehen. »Ich konnte sie nicht töten, versteht Ihr? Euer Vater wollte, dass wir sie alle töten, aber die Tochter …«

»Tragt euren Herrn hinein!«, fuhr sie die beiden *Nahdi* an, die in der Nähe herumlungerten.

Sie sahen sich nervös um.

»Sofort!«, brüllte sie.

Wieder suchte Mari die Straße ab. Es waren viele Leute unterwegs. Zu viele. Gesichter spähten hinter den Ladenfronten und Ständen hervor. Es würde Gerede geben. Schlimmer noch, die *Kherife* waren sicher schon unterwegs. Und was die *Kherife* erfuhren, würde ihr Vater kurz darauf auch wissen. Sie drängte die *Nahdi* weiter. Mari hatte vorgehabt, das Gebäude etwas unauffälliger zu betreten, doch sie musste mit den Karten spielen, die ihr zugeteilt worden waren. So oder so würde sie herausfinden, was sich in dem Gebäude befand und was Armal ihr hatte sagen wollen.

Die *Nahdi* schleiften Armals riesige Gestalt über die Straße und zogen eine Blutspur hinter sich her. Ein Mann suchte nach seinen Schlüsseln und öffnete die Tür. Sie taumelten in dem Moment hinein, als vier andere Männer die Treppe heruntergerast kamen. Zwei warfen einen Blick auf Armals Körper, dann liefen sie weiter. Ganz offensichtlich ging ihre Loyalität nicht über den Tod des Mannes hinaus, der sie gekauft hatte.

»Wenn ihr am Leben bleiben wollt«, sagte Mari zu den anderen, »dann würde ich alles Geld nehmen, das ich habe, und Amnon verlassen. Die Männer, die euren Herrn angegriffen haben, waren Leute des Rahn Erebus fa Corajidin. Muss ich noch mehr dazu sagen?«

Man musste sie nicht weiter überzeugen.

Mari nahm zwei Stufen auf einmal, während sie die Treppe hochrannte. Der erste und zweite Stock waren leer. Im dritten Stock befanden sich drei Türen, und eine davon wurde von einem Mann mit einem Schwert in der Hand bewacht. Ohne zu zögern, ging Mari vorwärts. Ihr Schwert war blutbesudelt.

»Hast du es gehört?«, fragte sie ruhig.

Der Mann nickte nervös.

Sie machte einen Schritt zur Seite und gab ihm so die Möglichkeit, zur Treppe zu gelangen. »Nimm das Angebot an«, flüsterte sie, »solange es gilt. Ich bezweifle, dass der Asrahn-Erwählte auch so verständnisvoll sein wird. Was auch immer deine Pflicht war, es sollte dich nicht länger kümmern.«

Der Mann zögerte. Die Knöchel, die den Griff seines Schwerts umklammerten, waren weiß geworden. Mari gestattete sich ein träges Lächeln.

Er wurde bleich. Vorsichtig schob der *Nahdi* seine Klinge in die Scheide, dann bewegte er sich an ihr vorbei in Richtung Treppe. Mari lehnte sich über die Balustrade und wartete, bis sie sah, wie er aus dem Gebäude floh. Wenigstens hatte er noch so viel Verstand gehabt, die Tür hinter sich zu schließen.

Leichtfüßig betrat sie den bewachten Raum. Er war einfach möbliert, und es gab zwei weitere Türen. Eine war mit einem neuen, glänzenden Riegel versehen. Mari stürzte zum Balkon und sah durch den Sichtschutz. Unten hatten sich Leute um den Ort des Gemetzels versammelt. Einige sahen zu ihrem Gebäude hoch, andere deuteten mit dem Finger. Von den *Kherife* war noch nichts zu sehen, doch Mari ging davon aus, dass sich das bald ändern würde.

Sie ging zu der verriegelten Tür. »Hallo?«, rief sie. »Ich bin bewaffnet, will dich aber nicht angreifen. Die beiden Männer, die dich eingesperrt haben, sind weg. Ich werde jetzt die Tür entriegeln und dann wieder zurücktreten. Du hast die Erlaubnis zu gehen … tatsächlich würde ich dir das sogar empfehlen, da die *Kherife* vermutlich schon auf dem Weg sind.«

Mari tat es und wartete dann.

Jeder Augenblick dehnte sich zu einer Ewigkeit, bis sich endlich die Tür öffnete. Eine junge Frau stand im Türrahmen. Ihr schlichtes Gesicht mit den seelenvollen Augen war schmutzig und wirkte verstört unter dem ungekämmten Haar. Ihre Tunika war zerrissen, die Kniehosen und Seidenstiefel von Wasserflecken ruiniert.

»Süße Ahnen!«, flüsterte Mari.

»Majorsritter«, sagte Vahineh, die Tochter Vashnes. »Ich vermute, ich habe dir für meine Rettung zu danken?«

»Noch nicht.«

Augenblicke später hatte sie die Habseligkeiten der *Nahdi* durchstöbert und war auf abgetragene, geflickte Kleidung gestoßen, die unauffälliger wirken würde als Vahinehs ruinierte Kleider oder Maris blutbefleckte. Hastig schlüpften die beiden Frauen in die viel zu großen Gewänder. Für den Moment musste das ausreichen.

»Hier.« Mari gab Vahi einen kurzen Säbel, den sie im Gepäck gefunden hatte. Die Prinzessin schob ihn in ihre Schärpe.

Mari raste die Stufen hinunter und nahm beinahe die Hälfte des Laufs mit einem Sprung, Vahineh nur einen Schritt hinter ihr. Armals Körper lag zusammengesackt in der Halle, die ausdruckslosen Augen weit geöffnet. Mari blieb stehen, um ihm die Augen zu schließen. Für mehr Respektsbezeugungen blieb keine Zeit.

Als sie Armal sah, knurrte Vahineh und sprang vor. Mari hinderte die Prinzessin daran, den Leichnam zu treten. Vahineh schlug um sich, und der Zorn verlieh ihr Kraft, doch schließlich hielt Mari sie gegen die Wand gepresst, bis sie sich wieder beruhigte.

»Für so etwas ist jetzt keine Zeit! Es gibt Leute, die dafür sorgen wollen, dass Ihr Armals Schicksal teilt. Kommt mit, wenn Ihr überleben wollt.«

Mit einem letzten Blick auf Armals reglosen Körper führte Mari die Prinzessin zum rückwärtigen Teil des Gebäudes und entriegelte die Hintertür. Dann nahm sie die Frau, deren Vater mit ihrer Unterstützung ermordet worden war, mit sich in die schmale Gasse dahinter.

Auf dem Platz der Roten Lilie gab es ein teures Hotel namens *Seidenmanege*, ein Club, in dem bekanntermaßen viele der teuersten Kurtisanen Amnons verkehrten. Obwohl es kein Bordell war, wusste Mari mittlerweile, dass die meisten der etwa hundert Zimmer zum Zweck einer schnellen Befriedigung der Lust vermietet wurden. Es war eine Lasterhöhle, in der sich unkeusche und äußerst fragwürdige Leute in stillem Luxus ihren Leidenschaften hingeben konnten. Und es war der sicherste Ort, der Mari einfiel, um ihren neuen Verbündeten eine Nachricht zukommen zu lassen.

Auf ihrem Weg zur *Seidenmanege* hatten Mari und Vahineh einen Kleiderhändler aufgesucht, der ein Stück vom *Ghyle* entfernt lag, und sich neue, schlichte Kleidung besorgt. Sie waren in ein kleines Badehaus geschlüpft, während in der Ferne die schrillen Hörner der *Kherife* ertönten. Vahineh hatte sich mit heißem Seifenwasser übergossen, um den Schmutz der Gefangenschaft abzuschrubben. So gern sie sich auch bei einem Bad entspannt hätte, nahm sich Mari nur gerade genug Zeit, um die offensichtlichen Blutspuren, Gehirnfetzen und andere Mitbringsel abzuwaschen.

Mari benutzte ihr Messer aus dem Stiefel, um Vahinehs langes Haar abzuschneiden, sodass es ihr nur noch bis zu den Schultern reichte. Rasch schlüpften sie in ihre neuen Kleider, dann traten sie beiläufig auf die Straße hinaus.

Der Platz der Roten Lilie war eine Sackgasse im Händlerviertel der Altstadt. Sie war von teuren Stadthäusern gesäumt, alle aus Sandstein und in ähnlichem Stil errichtet, mit bronzeverkleideten, gewölbten Dächern, säulenumstandenen Vorbauten und Fenstern aus getöntem Glas in schwarzen Rahmen. Am Ende der Sackgasse beherrschte die *Seidenmanege* das Bild. Das Hotel war größer als die anderen sechs Gebäude zusammengenommen. Wagen kamen und luden Passagiere ab. Die Türsteher in ihren Seidenjacken trugen ein Dauerlächeln zur Schau, doch Mari hatte sie im Verdacht, dass sie unter den seidenen Westen teure Stahlhemden aus *Kirion* verbargen.

Mari ging zum Empfangstisch und schrieb eine kurze Notiz. Sie bezahlte einen Kurier, damit er die Nachricht so schnell wie möglich ins *Samyala* brachte. Dann nahmen die beiden Frauen Platz und versuchten, sich so gut es ging zu entspannen. Vahineh nippte an einer Tasse Tee, während Mari ein Glas mit Honig versetzten Whiskys in der Hand hielt. Viele Minuten lang saßen sie schweigend da, und Vahineh beobachtete interessiert das Kommen und Gehen. Mari betrachtete die Prinzessin, während sich ein Gefühl drohenden Verhängnisses in ihr ausbreitete.

»Es gibt da etwas, das ich Euch sagen muss«, erklärte Mari. Sie rieb sich mit den Händen über die Beine, um die Feuchtigkeit abzuwischen.

Vahineh fuhr so lange fort, die Gäste zu beobachten, dass sich Mari schon fragte, ob sie sie überhaupt gehört hatte. Als sie gerade wieder zum Sprechen ansetzen wollte, richtete die andere Frau den Blick auf sie. Mari hielt den Atem an, als sie die unterschiedlichen Gefühle sah, die über Vahinehs ehrliches Antlitz huschten: Furcht und Müdigkeit, Trauer und Zorn, gefolgt von einer erzwungenen Milde.

»Was gibt es, Majorsritter?«

»Bitte?« Mari war überrascht von Vahinehs kontrolliertem, kaltem Ton.

»Wenn es gesagt werden muss, dann am besten schnell.«

Ich bin einer der Gründe, warum dein Vater tot ist. Nie hatte sich Mari vorgestellt, je ein derartiges Gespräch führen zu müssen. Sie wusste nicht, wie sie anfangen sollte. Bis vor kurzem hatte sie noch geglaubt, Daniush wäre der einzige Überlebende des Hohen Hauses Selassin. Jetzt mit der Tochter des letzten Asrahns hier zu sitzen, erschütterte sie. Ein Teil von ihr sehnte sich beinahe nach jemandem, gegen den sie jetzt hätte kämpfen können, um das Unvermeidliche aufzuschieben.

»Ich wollte Euch mein Beileid aussprechen, Pah Vahineh«, stammelte sie und überlegte fieberhaft, was sie als Nächstes sagen sollte. »Es war … ich wollte sagen, das … Ableben Eures …«

»Du?« Vahinehs Gesicht war unbewegt. »Du wirst auf einmal schüchtern? Du kannst es ruhig sagen, Majorsritter. War es eine Tragödie? Wolltest du das gerade sagen? Wie wäre es mit dem Wort *tot?* Meine Mutter, mein Vater und mein Bruder. Tot. Wenn ich es schon sagen kann, dann sollte eine ausgebildete Mörderin wie du es erst recht können.«

Mari fühlte, wie sich ihr die Kehle zuschnürte. Ihr Blick wanderte zu dem Säbel in Vahinehs Schoß. Die Hände der Prinzessin umklammerten Griff und Scheide so fest, dass ihre Knöchel weiß hervortraten. Es wäre Vahineh ein Leichtes, zu ziehen und zuzuschlagen. Mari hielt ihre Hände so weit wie möglich von ihren eigenen Waffen entfernt. Wenn Vahineh eine Blutschuld begleichen wollte, würde Mari sie nicht daran hindern.

»Du warst in das Attentat auf meinen Vater verwickelt?« Vahineh starrte auf den Säbel.

»Ich war dort«, sagte Mari ruhig. Welchen Sinn hätten Entschuldigungen, Ausflüchte und Erklärungen jetzt noch gehabt? »Ich bin meinen Pflichten nicht nachgekommen und habe Euren Vater nicht beschützt, obwohl ich wusste, dass ein Anschlag auf sein Leben geplant war.«

»Wie rechtfertigst du das?«

»Ich werde die Sache nicht verharmlosen, indem ich nach Entschuldigungen suche.«

Vahineh starrte Mari an, und die Röte stieg ihr ins Gesicht. Sie umklammerte den Säbel so fest, dass Mari das leise Schaben von Haut gegen Leder vernahm. Die Haltung der Prinzessin änderte sich. Ihre Schultern schienen sich nach vorne zu krümmen, als sie die Muskeln anspannte.

Sie wollte sich gerade erheben, als ihr Blick auf etwas hinter Maris Schulter fiel. Mari blieb, wo sie war, während sich ihnen ein gepflegter junger Mann von auffälliger Schönheit und Haltung näherte. Er war elegant, beinahe konservativ gekleidet, mit weiß schimmernden Perlen in den Ohren. Er machte Vahineh und Mari ein Zeichen, ihm zu folgen, als er Richtung Vordertür ging.

Vahineh stieg in den Wagen, und Mari erschrak, als sie die Sturmbringerin darin sah. Femensetri lehnte sich auf ihrem Sitz zurück, die Füße auf dem Lederpolster gegenüber. Der uralte Gelehrtenmarschall nickte Vahineh kurz zu, während sie ihr beim Einsteigen half. Als sich die Tür schloss, sah die Prinzessin Mari an. Sie schwieg.

»Wem oder was verdanke ich das Vergnügen deines Besuchs?«, fragte Corajidin und versuchte zu lächeln. Ihr Vater schloss das Buch, in das er gerade geschrieben hatte.

»Loyalität«, antwortete sie.

»Ich bin nicht sicher, ob ich das verstehe; wenn ich es auch gutheiße.« Da war ein Ausdruck des Leids im Gesicht ihres Vaters, der Mari überraschte. Er stützte die Ellbogen auf den Tisch und musterte seine Tochter, während er das Kinn in die Hände stützte. »Möchtest du mit mir essen?«

»Vater, Armal ist tot.« *Warst du das?*, wollte sie fragen.

»Was?« Sein verwirrter Gesichtsausdruck beantwortete die ungestellte Frage. »Armer Thufan. Hast du …?«

»Wofür hältst du mich? Armal mag vieles gewesen sein, aber er hat mir nie einen Anlass gegeben, ihn zu töten.«

»Was ist dann passiert?«, fragte er ruhig.

»Farouk und einige seiner Meuchelmörder«, erwiderte Mari im selben Tonfall.

»Ist Farouk bei dir?«

»Armal hat ihn erdrosselt«, sagte Mari mit frostigem Lächeln. »Aber erst, nachdem er die Schädel der anderen Amateure eingeschlagen hat, die Farouk bei sich hatte.«

»Wie kam es, dass du dabei warst?«

Die gefährliche Frage. Halblügen waren die Antwort darauf, Aussagen, in denen gerade noch genug Wahrheit lag, um sie stimmig wirken zu lassen. »Armal hat gestern tagsüber mit mir gesprochen, und nachts noch einmal. Er dachte, dass er Informationen hätte, die ich interessant finden könnte.«

»Und?«

»Es scheint, als wären weder Thufan noch sein Sohn völlig ehrlich gewesen.« Mari machte eine Pause, während sich ihre Gedanken überschlugen. Ihr Vater sah sie an und wartete offensichtlich ungeduldig darauf, dass sie fortfuhr. Auf dem Weg zur Villa hatte sie mit sich gerungen, wie viel sie ihrem Vater erzählen sollte. Aber eigentlich schuldete sie Thufan nichts. Ihr Vater hatte es verdient, die Wahrheit zu erfahren, egal, wie schmerzhaft das für ihn sein mochte. Ihre nächsten Worte konnten sehr wohl ihr Ende bedeuten. Oder sie befreien. »Vahineh wurde von ihnen gefangen gehalten.«

Corajidin erstarrte, alles Blut wich ihm aus dem Gesicht. Sie sah, wie seine Gedanken rasten, erkannte das Gefühl des Scheiterns, das Gewicht der Katastrophe, das seine Schultern nach unten sacken ließ. Doch Erebus fa Corajidin ließ sich nicht so leicht entmutigen. Der Ausdruck blanken Entsetzens wurde schnell durch brodelnde Wut ersetzt. Er ballte die Hände zu Fäusten.

»Kann ich denn niemandem trauen?«, murmelte er stirnrunzelnd.

Überrascht bemerkte Mari den verstohlenen Ausdruck in den Augen ihres Vaters. Die Art, wie sie schmal wurden, nervös von links nach rechts huschten, als würde er von etwas verspottet, das sich nur flüchtig in seinen Augenwinkeln zeigte. Die Spitzen seiner Fänge wurden sichtbar, und Speichelblasen bildeten sich auf seinen Lippen. »Wo ist sie jetzt?«

»Armal hat mich zu einem Haus in der Trittsteinstraße geführt, im *Ghyle.*« Jetzt musste sie von der Wahrheit ablenken, ohne zu lügen. Armal war tot, es würde also nichts mehr ändern, wenn sie ihn verriet. Und für Thufan hegte sie keinerlei Freundschaft. Wenn ihr Vater wusste, dass Vahineh am Leben und in Freiheit war, würde ihn das vielleicht zum Nachdenken bringen. »Sie ist fort.«

Ihr Vater schlug auf den Tisch, und das kleine Tintenfass klapperte in seiner Halterung.

»Wie kann es sein, dass Armal gelogen hat?«

Mari zuckte die Schultern. »Ich dachte, du solltest es wissen.«

Sie küsste ihren Vater auf die Wange und drängte ihn, sich auszuruhen. Seine gräulich schimmernde Haut wirkte ausgeblutet und klamm. Dunkelrote Ringe umgaben seine Augen. Ruhig, beinahe zu langsam, verließ sie das Zimmer. Die Tür schloss sich mit einem leisen Klicken hinter ihr.

Sie war noch nicht weit gegangen, als sie das Wutgeheul ihres Vaters hörte.

Kapitel 21

»Was ist die größere Tragödie: alles zu erreichen, was man begehrt, oder alles zu verlieren?«

322. Tag im 495. Jahr der Shrīanischen Föderation

Corajidin folgte Brede in Wolframs Gemächer, die Augen zusammengekniffen in einer Mischung aus Schmerz und Zorn.

Wieder wurden die Anlūki höflich gebeten, vor den Kammern des Angothischen Hexers zu warten. Diesmal gehorchten sie sofort. In der Kammer dann beugte die einstige Bibliothekarin der Sēq das Knie vor ihrem Meister. Der Asrahn-Erwählte beobachtete Brede und wünschte sich nicht zum ersten Mal, Wolfram würde ihm das gleiche Maß an Ehrerbietung entgegenbringen, die das Lehrmädchen vor dem Hexer zeigte.

»Was kannst du mir über diesen Dreifach Erwachten König erzählen?«, fragte Corajidin zwischen seinen Händen hindurch, während er sich das Gesicht rieb.

»Wir haben nirgendwo Hinweise gefunden«, erwiderte Wolfram. »Es gibt nichts dergleichen. Ein Rahn erwacht nur einmal. Wer würde einen derartigen Ruf oder derartige Macht nicht nur einmal, sondern zweimal ausschlagen? Niemand!«

Corajidin spreizte die Finger vor seinem Gesicht, um den Hexer anzustarren. Die Knöchel taten ihm weh, und die Finger krümmten sich, als wollten sie sich in Klauen verwandeln. Seine Sehkraft war verschwommen, und er blinzelte. Warum ließen ihn alle im Stich, von denen er abhängig war? Oder war es noch schlimmer? Konnte ihr Versagen Teil von etwas Größerem sein? Er ließ die Hände sinken.

»Ist Kasraman bereit, Bericht zu erstatten?«, schnappte Corajidin. Er hoffte, dass wenigstens sein Sohn gute Nachrichten hatte.

»Ja«, erwiderte Wolfram vorsichtig. »Ich habe Kontakt mit ihm aufgenommen, wie gewünscht.«

»Dann lass uns nicht länger warten.«

Wolfram machte Brede ein Zeichen, sich zu erheben und zu ihm und Corajidin um einen runden Tisch zu gesellen. Die Tischplatte glich einem mit der Innenfläche nach oben liegenden Schild. Die Oberfläche der Bronzeplatte war von hellen Kratzern übersät und zur Hälfte mit farbigen Metallspänen gefüllt. Verknüpfungsschalen waren in den frühen Jahren des Erwachten Imperiums alltäglich gewesen. Viele waren in den mörderischen Kriegen zwischen den Hundert Familien und den Hohen Häusern verloren gegangen. Während Gelehrte und Hexen die Fähigkeit zur Kommunikation besaßen, weil sie mit ihrem Geist über Tausende Kilometer Verbindung aufnehmen konnten, war es für andere nicht so einfach. Es *gab* alternative Methoden zur Verständigung über weite Entfernungen, und sie alle waren selten und kostbar. Bevor die Ödnis zur Rōmarq geworden war und die Mystiker begonnen hatten, sich in den Schattenmächten zu verlieren, war der Spiegel eines Sehers die perfekte Wahl gewesen. Eine Verknüpfungsschale war sicher und wirksam. Das Hohe Haus Erebus hatte jahrhundertelang ohne eine Schale auskommen müssen, bis Wolfram und Brede dieses Exemplar in den Ruinen der Rōmarq aufgespürt hatten.

Brede legte die Fingerspitzen an den Rand der Schale. Eine Woge pulsierte über die gesammelten Metallspäne, und ein Schlittern und Zischen folgte, als Tausende Metallspäne gegeneinanderrieben. Corajidin sah zu, wie die Schale einen perlmuttartigen Schimmer annahm, und als die Disentropie über ihn hinwegströmte, sträubten sich die feinen Härchen auf seinen Armen. Brede sprach ein paar kurze Worte, die Corajidin beinahe im selben Moment vergaß, als er sie hörte. Die Späne veränderten sich erneut, wirbelten und klirrten hell, als sie sich immer weiter zu Bergen und Tälern erhoben. Erst sah es so aus, als würde sich die Nachbildung eines Bergs aus einem Ozean aus Chrom erheben. Ein Teil des Gipfels stürzte wieder ein, die niedrigen Ausläufer krochen zurück, tiefe vertikale Erdspalten, zwei Felsplatten … bis schließlich die Form eines Kopfs erkennbar wurde, ein Oberkörper in Robe, die Arme verschränkt.

»Guten Abend, Vater.« Kasramans Stimme erinnerte an eine Glocke, Metall auf Metall, und sein Gesicht und Körper wurden perfekt in einem Miniaturbild aus Chrom wiedergegeben.

»Mein Sohn«, erwiderte Corajidin. »Hast du irgendwelche Fortschritte gemacht?«

»Ja und nein.« Kasras Metallbildnis verneigte sich. »Entweder es fehlen Teile der Torque-Spindel, oder sie ist so beschädigt, dass ich sie mit den wenigen Mitteln hier in der Rōmarq nicht mehr reparieren kann. Da wir keine andere Spindel zur Verfügung haben, muss ich irgendwie versuchen zu verstehen, warum diese hier nicht funktioniert.«

Corajidin knurrte und ballte die Fäuste. »Habe ich mich geirrt, weil ich dir in dieser Angelegenheit vertraut habe? Wirst auch du mich im Stich lassen, mich verraten?«

Sein Sohn zögerte einen Moment, bevor er antwortete. »Nein, Vater. Warum fragst du so etwas überhaupt? Ich habe gute …«

»Die Seethe haben Armeen gemacht. Sie haben Städte innerhalb von Wochen bevölkert!«, brüllte Corajidin. Seine Augen fühlten sich so heiß an. Der Schmerz wurzelte wieder in seinem Schädel, begann seine Zweige auszustrecken. »Wie soll ich an die Armeen kommen, die ich brauche, um unsere Nation stark zu machen? Willst du, dass ich sterbe? Ist es das?«

Kasramans Abbild schüttelte mit einem metallischen Klirren den Kopf. »Wir haben hier nicht die Torque-Mühlen des Blütenimperiums. Wir haben gewusst, dass es keine Garantien gibt.«

»Du weißt, dass ich keine Zeit mehr habe!« Corajidin stach den Finger ins Abbild seines Sohns, sodass die Metallspäne auseinanderklirrten, um sich dann wieder zu sammeln. »Begehrst du die Krone so sehr, Kasraman, dass du meinen Untergang willst?«

»Mein Rahn, darf ich?« Wolfram hielt den Kopf gesenkt. »Wir müssen …«

Corajidin schloss die Augen auf der Flucht vor dem Schmerz, dem Druck, den Stimmen in seinem Kopf. War es das, was seine Ahnen ihm sagen wollten? Wollten sie ihm von den Verrätern in seiner Mitte erzählen?

Eine lange Pause folgte. Corajidin sah den Blick, den Wolfram und Brede wechselten. Selbst Kasramans farbige Figur schien den Vater etwas länger zu mustern, als diesem behagte.

»Ich bin nicht paranoid!« Corajidin hob die Hände, zuckte jedoch zusammen, als er sah, dass sie vor Schweiß glänzten und zitterten. »Und meine Krankheit hat mir auch nicht den Verstand geraubt. Es gibt Kräfte innerhalb Shrīans, die sich gegen mich verschworen haben, und ihr lasst mich wieder und wieder im Stich! Wie soll ich herrschen, wenn ich nicht überleben kann? Soll ich ein Nomade werden? Ein Schattenrahn? Eine Farce all dessen, woran ich glaube, nur damit ich das tun kann, was mein Land so dringend braucht?«

Wolfram streckte Corajidin die Hand entgegen. »Ihr müsst …«

»Nein!« Corajidin wich vor Wolframs Berührung zurück. »Erst dachte ich, meine Stellvertreter hätten meinen Willen in Amnon zu brutal durchgesetzt. Jetzt erkenne ich, dass das, was sie in meinem Namen getan haben, bei weitem nicht genug war. Wir müssen unsere Anstrengungen verstärken! Hörst du, Kasraman? Wenn du jemals zum Rahn Erebus aufsteigen willst, dann lass mich nicht im Stich! Ich habe noch andere Erben!«

»Wie du befiehlst, Vater.« Kasraman verbeugte sich mit einem blechernen Zischen. »Darf ich fortfahren? Ich habe gesagt, dass es auch gute Neuigkeiten gibt. Ich habe die Ausgrabungen an einigen tieferen Kammern beendet. Sie führten zu einem Bau mit kleineren Höhlen, die wir erst jetzt entriegeln konnten. Allerdings hat es viele Leben gekostet.«

»Die Kosten sind unerheblich, wenn es mich meinen Zielen näher bringt.« Corajidin hörte, wie ausdruckslos er klang. Was wurde nur aus ihm?

Kasraman schwieg einen Moment, eine lichtdurchflutete Puppe aus Chrom. »Wie du meinst, Vater. Kurz gesagt, ich glaube, ich habe eine Schicksalsmaschine gefunden. Sie ist entzwei, aber …«

»Lass sie sofort hierherbringen«, sagte Corajidin scharf. Die Gier verwandelte seine Stimme in etwas, das teils ein Knurren, teils ein Schnurren war. »Ich will sie sehen. Sie anfassen …«

»Wie du befiehlst, Vater.« Kasraman verbeugte sich erneut. »Ich habe noch etwas anderes, an dem du interessiert sein wirst. Ich habe die alten Aufzeichnungen durchgesehen, die ich mitgenommen hatte. Es waren Tagebücher der Sēq darunter, die als *Rajire* zu … anderen Zeiten gedient haben.«

»Und?« Corajidin gefiel der Vorwurf in der Stimme seines

Sohns nicht. Es lag Generationen zurück, seit das Hohe Haus Erebus einen *Rajir* von den Sēq beschäftigt hatte. Zu viele von ihnen waren im Dienst unter verdächtigen Umständen gestorben, daher hatte der Orden den Sēq untersagt, jemals wieder für Erebus zu arbeiten.

»Und einer von ihnen hat einen … Zustand erwähnt, der dem deinen ähnelt.«

»Davon habe ich noch nie gehört.« Mit schmalen Augen betrachtete Wolfram Kasramans Abbild. Er klang nicht erfreut. Lag es daran, dass Kasraman vielleicht Erfolg gehabt hatte, wo Wolfram so spektakulär versagt hatte?

»Was sagt es?«, fragte Corajidin.

»Ich glaube, ich kann dir helfen, die Herrschaft über deine Quelle wiederzuerlangen. Ohne Sedefke, Ariskander oder die Schicksalsmaschine.«

Corajidin war sich nicht ganz sicher, was ihn mehr störte: die Tatsache, dass Kasraman möglicherweise eine Lösung für sein Problem gefunden hatte – und das an Orten, an denen Corajidin bereits gesucht, aber nichts gefunden hatte –, oder das Unvermögen seines Erben, die vielschichtigen Gründe zu begreifen, weshalb er Ariskander nicht am Leben lassen konnte. Sein ältestes Kind hatte nie zuvor Anzeichen von Milde gezeigt, wenn es um Feinde ging, warum also sollte er auch nur einen Hauch von Nachgiebigkeit zeigen, wenn es sich um den verhasstesten Feind des Hohen Hauses Erebus handelte? War Kasraman tief im Inneren ebenso treuebrüchig wie Thufan und Armal? Selbst Farouk hatte sein Vertrauen missbraucht …

»Was denkst du, Wolfram?«, fragte Corajidin den Hexer. Wolfram stand in der Dunkelheit beim Fenster, und das Mondlicht umgab ihn mit einem gedämpften blau-grünen Schein. »Könnte mein Sohn mir wirklich helfen?«

Der Angothische Hexer, kaum mehr als ein düsterer Schatten in Menschengestalt, schwieg einen Moment. »Ich habe Pah Kasraman gut ausgebildet. Er ist schon jetzt ein ausgezeichneter Hexer und wird eines Tages ein großer Rahn werden. Trotzdem bezweifle ich, dass …«

»Er wird Rahn, wenn ich es ihm erlaube, und keinen Augenblick früher!« Corajidin fühlte leichte Panik in sich aufsteigen. »Willst du damit sagen, die Antwort ist nein?«

»Ich sage einfach nur, ich würde nicht meine Hoffnungen darauf setzen.« Wolfram bewegte sich, doch seine Gesichtszüge waren in der Dunkelheit nicht zu erkennen. »Ariskander hat Antworten für uns beide.«

»Geht es um das Wissen, wie die Betrachtungshalle zu öffnen ist? Nach all den Jahren der Studien glaubst du noch immer, es gibt eine Heilmethode für deinen versehrten Körper, der in irgendeiner mythologischen Schatztruhe der Sēq versteckt liegt?«

»Ich weiß es!«, sagte der uralte Hexer scharf. »Macht Euch nicht lustig über mich, Ihr, die Ihr momentan weniger seid als ein halber Rahn. *Dion am Jir* existiert, und es wird uns beiden nützen, wenn wir es erst gefunden haben. Auf mich wartet ein neuer Körper statt dieses Zerrbilds! Auf Euch warten all die großen Schätze, die von den Dynastien dreier Imperien angehäuft wurden. Reichtümer jenseits unserer Vorstellungskraft – wir müssen sie uns einfach nur nehmen. Stellt Euch nur vor, wie stark Euer Zweites Erwachtes Imperium sein wird.«

Corajidin war Wolframs Versprechungen schon oft hinterhergejagt, aber es gab Grenzen. Wie oft war Wolfram an der Aufgabe gescheitert, die Bilder seiner Fantasien auch Wirklichkeit werden zu lassen? Ariskander war eine Beute, die Corajidin unmittelbar in Händen hielt. Er würde ihn nicht mehr loslassen, bis er alles aus ihm herausgepresst hatte.

Also musste er Ariskander vielleicht nicht unbedingt töten … doch das änderte nichts an der Tatsache, dass er es wollte.

»Du hattest erwähnt, dass die Hexen in den Jahren des Exils stärker geworden sind?«, murmelte Corajidin. Wenn er keine Armee ausheben konnte, musste er nach Alternativen suchen.

»Das habe ich.«

»Du meintest, sie könnten mir bei meinem … Problem weiterhelfen.«

»Das können sie.«

»Dann bring sie zu mir.«

»Wie Ihr wünscht.«

Kapitel 22

»Torheit beginnt mit übereiltem Handeln und endet in anhaltendem Bedauern.« Aus den Maximen der Nilvedic

322. Tag im 495. Jahr der Shrīanischen Föderation

Indris und die anderen krochen durch die Schatten am Fluss. Thufan war bereits seit einer Weile draußen, als die Gruppe Fenlinge auftauchte. Es handelte sich um mehr als ein Dutzend der wilden Rattenwesen, Weibchen und Männchen mit schwarzem und braunem Fell. Sie waren in schlecht sitzende Überreste von Kleidung gehüllt, die sie überall zusammengestohlen hatten, und gingen aufrecht wie Menschen, allerdings leicht gebeugt. Dabei waren sie in etwa so groß wie ein Avān in seinen Jugendjahren. Die Hände und Füße waren lang und endeten in scharfen Krallen. Sie hatten große Augen und lange Nasen, und das gefärbte, borstige Haar leuchtete in Rot-, Gelb- und Grüntönen.

An ihrer Spitze befand sich ein größeres Fenlingweibchen; es war beinahe so groß wie ein erwachsener Avān. Sie trug ein Halsband aus Zähnen, und Armbänder mit Fenlingkrallen klapperten an ihren Handgelenken. Ihre Rüstung schien in besserem Zustand zu sein als beim Rest ihrer Bande, und an ihrem Halbhelm prangten zwei gezahnte, geschwungene Hörner und ein Busch regenbogenfarbener Federn. Die Bandenführerin gab ein hohes Quieken von sich und schwang ihren Speer und den Wurfspieß über dem Kopf. Ihre Bande tat es ihr nach, und bei dem grausigen Lärm sträubte sich Indris' Nackenfell.

Belamandris trat mit der Sicherheit des Meisterschwertkämpfers heraus. Sein gebogenes Schwert trug er um die schmale Taille geschnallt. Mit amüsierter Miene musterte er kurz die Neuankömmlinge. Weder er noch Thufan kamen dem Rattenvolk zu nahe. Fenlinge waren bekannte Krankheitsüberträger; Wunden, die von ihren scharfen Zähnen und Krallen verursacht wurden, infizierten sich schnell. Indris hatte gesehen, wie Krieger wegen einer Verletzung, die wie ein harmloser Kratzer gewirkt hatte, mit verkrampften Muskeln und im Fieberschweiß verendeten.

Thufan wies mit dem Daumen auf die Windmühle. Er sagte etwas, woraufhin die Anführerin das zwitschernde Kichern von sich gab, das als Fenlinglachen galt.

»Kannst du hören, was sie sagen?«, fragte Indris Shar. Obwohl sie beide die Sprache der Fenlinge verstanden, hatte Shar ein weit besseres Gehör als er.

»Es sieht so aus, als würden sie und Thufan sich kennen«, erklärte Shar. »Sie wird Kapik genannt, Führerin der Kriegergruppe, und dient jemandem namens Skavi, einem Schamanen. Thufan sagt, er hätte den Zins gebracht, er besteht aus … Also, es scheint, als hätten sie die zehn Männer nicht grundlos mitgenommen. Sie ist hier, um sie den Rest des Wegs zu führen, nach … Das Letzte habe ich nicht verstanden. Der Schwarze Sternenkreis? Thufan hat ihr für die Eskorte gedankt, beschwert sich aber über die Rōmarq ganz allgemein und den Zins, den er bereits den Marschpuppenspielern …«

»Maleganger.«

»Willst du jetzt, dass ich übersetze oder das Ganze auch noch deute?«, fragte sie erbost. *»Dien hir yahoiya.«*

»Wenn ich es selbst machen könnte, hätte ich dich nicht gefragt.«

»Sie haben nichts Wichtiges gesagt«, fuhr Shar fort. Die Fenlinge erhoben die Stimmen und sprachen in ihrer zwitschernden, kreischenden Sprache. Die Avān antworteten. »Warte … Kapik fragt, warum Thufan und seine Freunde die Puppenspieler getötet haben … Thufan antwortet, das hätten sie gar nicht. Kapik glaubt ihm nicht. Sie sagt, die Puppenspieler wären Verbündete gewesen. Sie bewachen gegen ein Entgelt die Wege in die Ländereien der Fenlinge. Es wird Ärger geben wegen der toten Puppenspieler.«

»Das riecht nach Krawall«, flüsterte Hayden. Seine Hände umklammerten den Schaft des Bolzengewehrs. »Wenn sie erst mal mitkriegen, dass wir uns hier rumtreiben …«

»Lasst uns hoffen, dass sie nichts dergleichen tun«, murmelte Indris.

Mittlerweile hatten sie die Stimmen erhoben, sodass Indris hören konnte, was gesprochen oder vielmehr geschrien wurde.

»Wir kommen nicht mit.« Thufan schüttelte den Kopf.

»Du kommst jetzt, *kay*!« Kapik stieß ihren Speer gegen Thufans Brust, dann wies sie auf die Windmühle. »Wir nehmen Fleisch. Wir nehmen dich, aber du sein sicher. Nicht wie Fleisch«, kicherte sie.

Die anderen wiederholten das scharfe Zwitschern nach Fleisch, wieder und wieder. Indris wurde übel.

»Wir kennen den Weg«, beharrte Thufan. Seine Hand wanderte zum Griff seines schweren, nach unten gebogenen Schwerts an der Hüfte. Er trommelte mit seinem Haken gegen den Oberschenkel. Belamandris blieb, wo er war, ein täuschend entspanntes Lächeln auf dem schmalen Gesicht.

»Wir nehmen euch. Dann kein Ärger mehr. Hörst du, Glatthaut?«

Die anderen Fenlinge drängten nach vorne, die Stimmen

erhoben, während die Speere und Wurfspieße in ihren langfingrigen Händen klirrten.

»Wir euch lassen hinein in Sippenland. Aber vielleicht nicht hinaus. Vielleicht nehmen wir euch. Viel Fleisch auf Glatthaut …«

Die Stimmen senkten sich wieder zu normaler Lautstärke. Kapik überredete Thufan, ihr zu folgen. Die riesige Rattenfrau quiekte ihren Kriegern Befehle zu, die daraufhin auf die Windmühle zustürmten. Rufe ertönten von drinnen, der Klang von Schlägen. Bald darauf kamen die Fenlinge wieder heraus. Sie trugen die gefesselten Körper der vier anderen Männer, die Thufan mitgebracht hatte. Andere schleppten Vorräte und die Kiste, von der Indris vermutete, dass sie den Angothischen Seelenkäfig enthielt.

Thufan entzündete eine Laterne, dann gesellten er und Belamandris sich zu den Fenlingen, die in die Dunkelheit marschierten. Indris und die anderen warteten noch einige Minuten. Sie lauschten aufmerksam auf alles, selbst auf das leiseste Geräusch, das ihnen angezeigt hätte, dass die Fenlinge zurückkehrten. Schließlich, als Indris überzeugt war, dass sie fort waren, drehte er sich zu seinen Freunden um.

»Sollten wir nicht besser Thufan und diesen Fenlingen folgen?«, fragte Hayden. »Wir können deinen vermissten König ja ohnehin schlecht retten, wenn wir nicht wissen, wo er steckt.« Der Viehtreiber erhob sich mit Ekko an seiner Seite. Der riesige Löwenmann starrte in die Nacht.

»Willst du uns etwas sagen, Ekko?«, fragte Indris unverblümt.

»Ich freue mich nur auf eine Gelegenheit, die Fenlinge wiederzutreffen, Amonindris«, brummte Ekko. Unwillkürlich kamen seine Krallen an den großen Händen zum Vorschein, dann glitten sie wieder zurück. »Viele meiner Brüder sind durch ihre Hand gestorben. Zweifellos wurden sie gefressen.

Ihre Knochen sind verloren, ihre Seelen können nicht in die Erde zurückkehren. Ich will Blutrache im Namen derer, die nicht mehr handeln und sich selbst helfen können.«

»Wir müssen ihnen nicht folgen, mein Freund.« Indris wusste, wohin Thufan ging. Die Schwarzen Sternensteine, eine Stadt in glänzendem Schwarz. Jahrtausende zuvor hatten dort riesige, formschöne Turmspitzen aufgeragt. Megalithen aus einem Stein, der so glatt war, als wäre er von einem außerordentlich begabten Handwerker gestaltet worden. Kuppeln aus schwarzem Stahl, so fein gearbeitet, dass sie wie Spitzenborte wirkten, und Fenster aus getöntem Diamant, die komplizierte Muster auf den Boden warfen, wenn Sonne und Mond darüber hinwegzogen. Es gab nur wenige vergleichbare Orte auf der Welt.

»Amonindris?«, fragte Ekko.

»Ticktack, die Uhr der Meister ist stumm, die Zahnräder kaputt und krumm. Doch weit entfernt, im Meer der Nacht, lodern die Öfen mit Macht. Allein sind sie und sitzen herum, fragen für immer wie und warum«, sagte Omen. »Denn jene Alten wussten, dass wir alle aus Sternen gemacht sind. Nur warum wir so schnell ausbrannten, wussten sie nicht.«

»Was, im Namen der ...« Fassungslos schüttelte Hayden den Kopf.

»Indris weiß, wohin wir gehen«, sagte Omen zur Erklärung. »Nicht wahr, mein gelehrter Freund?«

»Ich kenne nur einen Ort, an dem es der Legende nach eine sogenannte Sternenuhr gibt.« Indris atmete durch die zusammengebissenen Zähne aus. Seine Befürchtungen, was das Haus Erebus gefunden haben könnte, hatten sich traurigerweise bestätigt. »Dort halten sie Ariskander gefangen.«

»Wo, Amonindris?«, fragte Ekko, während er sich erhob.

»Wir gehen nach Fiandahariat, einer alten Stadt der Rōm. Die heutigen Gelehrten, oder diejenigen, die auf der Jagd nach dem Wissen der Alten sind, nennen sie Farenhara. Die letzte uns bekannte Stadt der Zeitmeister.«

»Dann sind wir die letzten beiden Tage Thufan völlig umsonst gefolgt?«, fragte Hayden.

»Nichts ist umsonst.« Indris stand auf und klopfte sich das Gras von den Kleidern. »Wir wissen jetzt, dass die Erebus Ariskander bei Fiandahariat gefangen halten. Außerdem setzen sie Fenlinge, Maleganger und wer weiß was sonst noch ein, um in den Marschen zu patrouillieren. Das wussten wir vorher nicht.«

»Dann lassen wir Thufan mit dem Seelenkäfig entkommen?« Shar sah Indris in die Augen. »Bist du sicher?«

»Es tut mir leid, Amonindris«, Ekkos Stimme brodelte vor mühsam unterdrückter Mordlust, »aber ich habe ernsthafte Zweifel an dieser Entscheidung.«

»Mich würde mal interessieren, warum wir nicht gleich alles zerstören, was von einer Angothischen Hexe gemacht worden ist«, sagte Hayden. »In Rūn haben wir da eine einfache Regel. Wenn es über die Weißen Berge gekommen ist, dann bring es schnellstmöglich um.«

»Was genau ist ein Seelenkäfig?«, fragte Ekko.

»Ein Gefängnis für Seelen«, antwortete Omen in seiner trockenen Art. »Es ist ein Helm oder eine Maske, die eine Geistmatrix enthält.«

»Pardon?«

»Ein Netz aus Hexenfeuer, das manchmal mit Gold verschmolzen wird, wenn es nicht genügend Eisenerz gibt«, ergänzte Indris. »Es ähnelt dem Geistergefäß, das Omen bewohnt, aber im Gegensatz zu Geistergefäßen verursachen diese Seelenkäfige der Seele schreckliche Qualen, und sie ist außerstande, den Käfig aus eigenem Willen zu verlassen.«

»Wer würde so was erfinden?«, fragte Hayden entsetzt.

»Die Angothen«, erklärte Omen nüchtern. »Allerdings haben die Avān sie dazu inspiriert. In der mittleren Periode des Erwachten Imperiums wurden Grabesspiegel bei Verbrechern eingesetzt, die man für zu gefährlich hielt, um sie sterben zu lassen.«

»Aber wenn sie doch gestorben wären …« Hayden brach verwirrt ab.

»Man hätte sie zurückbringen können.« Indris' Stimme war ruhig, als hätte er sich mit einer grauenhaften Tatsache abgefunden. »Oder, im Falle der mächtigsten *Ilhennim*, hätten sie auch selbst den Weg zurück ins Leben finden oder als Nomaden weiterexistieren können. Bei den Grabesspiegeln handelte es sich um eine schmerzlose Bestrafung, die den schlimmsten Verbrechern vorbehalten war. Man hinderte sie damit daran, in die Seelenquelle überzugehen und wiedergeboren zu werden, oder jemals wieder auf Īas Boden zu wandeln.«

»Das ist barbarisch!«, knurrte Hayden.

»Was Corajidin für Ariskander plant, ist noch viel schlimmer!«, sagte Indris zähneknirschend. »Sie werden ihn töten und dann seine Seele so lange gefangen setzen, wie der Seelenkäfig hält. Ariskander wird in ewige Agonie verfallen. Seine Erben werden niemals erwachen. Das gesammelte Wissen seiner Ahnen wäre verloren, seine Verbindung unterbrochen. Und dennoch wären sie in der Lage, ihm jedes seiner Geheimnisse zu entreißen. Corajidin will Ariskanders Beherrschung der Quelle, da er selbst den Zugriff verliert. Wir dürfen das nicht zulassen. Wir müssen Ariskander befreien; immerhin wissen wir jetzt, wo er ist.«

»Mir klingt das nach einer sehr persönlichen Art von Strafe, Amonindris«, knurrte Ekko. »Was treibt eine Person zu solcher Bösartigkeit?«

»In vergangenen Generationen hat Anmoqan, mein Vorfahre, Erebus fa Zaliir in einem Grabesspiegel gefangen gehalten. Es war die Strafe für seine Verbrechen gegen das Imperium. Das Hohe Haus Erebus wurde zur Familie herabgestuft, und sie brauchten Jahrhunderte, um sich davon zu erholen. Das war eines von vielen ungerechten – oder gerechten – Dingen, die unsere Hohen Häuser sich gegenseitig zugefügt haben. Wir wissen nicht mehr, wer das Ganze angefangen hat. Die Feindseligkeiten gehen einfach weiter, Generation für Generation.«

»Es sollte nicht schwierig sein, diesen Seelenkäfig an sich zu bringen.« Ekko überprüfte seine Waffen. »Amonindris, Rahn Ariskander ist mein Lehnsherr. Bitte erweise mir die Ehre, diese Unternehmung anzuführen. Ich will verhindern, dass dieser widerwärtige Gegenstand jemals benutzt werden kann.«

»Brauchst du einen Partner für dieses Tänzchen?«, knurrte Hayden. »Mit uns beiden …«

»Keine Heldentaten, keine Gelegenheiten, keine Fehler«, unterbrach ihn Indris. »Ihr seid beide gute Krieger, aber gegen zwanzig Fenlinge? Ihr hättet keine Chance. Schlimmer noch, ich habe Belamandris kämpfen sehen.«

»Du hast ihn besiegt«, erinnerte ihn Ekko.

»Weil er gesehen hat, was er sehen wollte, nicht, was wirklich war. Belamandris war zu stolz, aber diesen Fehler wird er nicht noch einmal machen. Er ist einer der besten Schwertkämpfer, die ich jemals gesehen habe, Ekko. Täusch dich nicht, der Ausgang ist völlig klar, wenn du dich ihm stellst. Ich will dich nicht durch einen Racheakt verlieren.«

Die anderen nickten. Zu oft in den Zeiten der Unsterblichen Gefährten hatten Mitglieder der Kompanie geglaubt, sie wären unbesiegbar. Indris wollte keinen weiteren Freund verlieren, nur weil er den Gegner unterschätzte.

»Nach Norden?«, fragte Shar.

Indris nickte, woraufhin die Seethe mit den scharf geschnittenen Gesichtszügen auf leisen Sohlen in der Dunkelheit verschwand. Indris folgte ihr, hinter ihm Omen mit seinem Storchengang.

Sie hatten sich über eine halbe Stunde in schnellem Trab vorwärtsbewegt, als Indris über die Schulter blickte, um nach den anderen zu sehen. Omen war noch immer hinter ihm, doch Ekko und Hayden schienen weiter zurückgefallen zu sein. Er rief Shar und Omen zu, sie sollten warten, bis die anderen sie eingeholt hatten.

Die Minuten verstrichen, doch von den beiden fehlte jede Spur. Vor etwa einer halben Stunde war der Mond untergegangen. Das schimmernde Licht des Ahnenschleiers tauchte alles in ein schwaches, sepiafarbenes Glühen. Indris fragte Shar und Omen, ob sie irgendetwas sehen oder hören konnten, doch beide verneinten.

»Was glaubst du, was mit ihnen passiert ist?«, fragte Shar. Sie hockte am Rande eines Baumstumpfs, das spitze Kinn ruhte auf den Knien, und ihre langen Arme hatte sie um die Schienbeine geschlungen. Die dunkelblauen Hornschuppen um ihren Haaransatz und die Fingernägel waren nicht mehr als marmorierte Schatten gegen das schwache Leuchten ihrer Haut. Die Schatten ihrer spitzen Ohren wirkten auf Indris wie Hörner.

»Ich habe keine Ahnung«, murmelte er. Die Frösche und Grillen sangen einander zu. Fledermäuse kreischten, und das Schilf und die Gräser summten leise, wie eine Harmonika in der nächtlichen Brise.

»Vielleicht brauchte der alte Flintenmann eine Pause?«, fragte Omen. Der Geisterritter war einfach stehen geblieben, einen Fuß vor dem anderen, die Arme in die Seiten gestemmt wie in einer erstarrten Parodie der Bewegung. Das geschah nun häufiger als früher.

»Hoffentlich. Wenn sie nicht bald nachkommen, werden wir den Weg zurückgehen müssen, bis wir sie finden.«

»Bis jetzt war es ein guter Plan, Indris«, erklärte Omen. »Niemand, an dem uns gelegen ist, ist bisher gestorben. Ein vielversprechendes Zeichen, findest du nicht?«

»Es ist eine nette Abwechslung, Omen, danke«, sagte Indris säuerlich. Shar lachte. »Wir waren schon schlechter, das stimmt.«

»Ich habe deine Pläne immer gemocht«, fuhr Omen unbekümmert fort. »Pläne im Inneren von Rädern, die im Inneren von Spiralen innerhalb von Kreisen sind, sodass unseren Feinden schwindlig wird. Schwindlig. Geschäftig. Bienen. Das Gesumme der Bienen, wie das Murmeln der Ahnen, dort wo jedermann schwebt und …«

»Sie kommen«, sagte Shar tonlos. Ihre Hand wanderte zum Schwertgriff von Tragödie, und sie zog die Waffe. Das Glas wirkte leicht gewellt, mit einem blau-weißen Glanz. Die Oberfläche eines Teichs im Sonnenlicht. »Sie sind schnell, und sie sind nicht allein.«

Indris runzelte die Stirn, die Hand am Kolben seiner Sturmpistole. Gestaltwandlerin vibrierte leicht in ihrer Scheide. Wenige Momente später sah Indris zwei Gestalten auf ihrer Spur.

»Amonindris«, sagte Ekko vergnügt.

Indris sah, dass der Köcher des Tau-ses mit den goldgefiederten Pfeilen beinahe leer war. An den Bolzenschlaufen an Haydens Gürtel fehlte ebenfalls Munition.

Ekko ließ eine kopfgroße hölzerne Kiste auf den Boden plumpsen.

Indris fühlte, wie ihm leicht übel wurde. Verdorbene Disentropie strömte in Wogen aus der Kiste, ölig und … irgendwie falsch.

»*Sherde!*«, fluchte Indris auf Seethe. Er rieb sich die Stirn, wo er einen jähen, scharfen Schmerz verspürte. »Was habt ihr getan?«

»Mein Vater hat mir mal gesagt, wenn du nichts Schlaues machen kannst, dann tu etwas Richtiges«, sagte Hayden grinsend. Er stieß die Kiste mit der Zehe an. »Dieses kleine Kästchen hier wird niemandem mehr was tun.«

»Wir haben Gesellschaft«, sagte Shar scharf. Sie starrte Ekko und Hayden an; ihre Haut und die Augen glühten vor Zorn. »Hat man euch nicht gesagt, ihr sollt es bleiben lassen? Was ist in euch gefahren, dass ihr euch zu einer solchen Idiotie habt hinreißen lassen?« Sie sprang von ihrem Baum und raste den Pfad zurück.

»Du musst den Seelenkäfig vernichten, Amonindris«, sagte Ekko trotzig. »Wir haben ihn hierhergebracht, damit du ihn zerstören kannst.«

»Habt ihr auch nur eine Ahnung, wie viel Kraft man dafür braucht? Ich kann ihn hier nicht zerstören!«, zischte Indris. Er fühlte die Wogen bösartiger Absichten, die aus der Kiste strömten und über ihn hinwegschwappten. »Du hast ihn gefunden – dann trag ihn auch, Ekko! Und jetzt lauft, ihr Narren!«

Indris sah die Erschöpfung in Haydens verwitterten Zügen. Er hoffte nur, der alte Mann hatte noch die Kraft zu rennen. Haydens und Ekkos kleine Eskapade würde ihnen möglicherweise zum Verhängnis werden.

»Ich glaube, wir sind jetzt in Sicherheit«, keuchte Shar. Sie blieb stehen, erschauderte und fiel dann auf die Knie. Hayden lag mit hochrotem Kopf würgend im Gras. Indris kauerte auf Händen und Knien und kämpfte um jeden Atemzug. Sein Mund war trocken, die Zunge fühlte sich geschwollen an. Das Blut dröhnte ihm in den Ohren, und sein Herz schlug so heftig, dass er meinte, sein Körper würde im Takt dazu schwanken. Hätte er nicht die mystischen Fallen aufgestellt und hätten Ekko und Omen keine falschen Spuren gelegt, dann wären sie schon vor Stunden von den Fenlingen aufgegriffen worden. So würden die Fenlinge eine Weile brauchen, aber sobald sie die Witterung wieder aufgenommen hatten, wären sie Indris und seinen Freunden wieder auf den Fersen.

Ekko blieb stehen und atmete in langen, tiefen Zügen. Der Tau-se zog den Wurfspieß heraus, der seinen Arm durchbohrt hatte, und warf ihn weg. Es war ein primitiver, rot bemalter Spieß, der mit schmutzigen Krallen und Zähnen geschmückt war. Ausdruckslos sah er auf die Wunde hinab.

»Benutzen die Fenlinge Gift?«, fragte er.

»In der Hauptsache Krankheitserreger«, erwiderte Indris elend. »Fühlst du dich unwohl?«

»Nur so unwohl, wie man sich mit einem Wurfspieß im Arm fühlt. Ich hatte allerdings das Gefühl, die Frage sollte gestellt werden.« Der große Löwenmann drehte seinen Arm, um ihn aus unterschiedlichen Winkeln zu begutachten, als wäre Krankheit eine Sache, die er durch Rüstung, Fell und Muskeln hindurch sehen könnte. Nur bei Ekko und Omen schien der stundenlange Lauf keine Spuren hinterlassen zu haben.

Indris wälzte sich auf den Rücken. Sie alle hatten unzählige Schnitte und Wunden davongetragen. Aus Ekkos Rüstung, bei weitem die größte Zielscheibe, ragten Wurfspieße, die bei jeder Bewegung zitterten. Er war weiter damit beschäftigt, einen nach dem anderen herauszuziehen.

»Wo sind wir?«, schnaufte Hayden und sah sich blinzelnd und mit rotem Gesicht um.

»Ich vermute, etwa zwei Kilometer südwestlich von Fiandahariat«, erwiderte Shar. »Mehr oder weniger. Da wir uns in den Strömen bewegt haben, um unsere Spuren zu verwischen, sind wir vom Weg abgekommen.«

Sie waren noch lange nicht in Sicherheit. Indris blickte auf die Kiste zwischen Ekkos Füßen. Sie war aus Holzstücken unterschiedlicher Größe und Farben gefertigt und strahlte etwas Düsteres aus. Sie mussten den Angothischen Seelenkäfig so schnell wie möglich von hier fortschaffen. Sie durften sich den Ruinen Fiandahariats keinesfalls damit nähern, und Indris brauchte Zeit, um seine Gegenwart zu verschleiern. Thufan, Belamandris und die Fenlinge würden ihnen bald schon wieder auf den Fersen sein. Indris hoffte nur, sie waren ebenso müde wie er und seine Freunde.

Er drängte die anderen, etwas zu essen und zu trinken, solange sie Gelegenheit dazu hatten. In der Zwischenzeit ging er im Geist ihre Möglichkeiten durch. Ein offener Kampf wäre Wahnsinn. Er und seine Freunde könnten gewinnen, aber zu welchem Preis? Was war mit einem Hinterhalt? Zu unsicher, wenn man die vielen Pfade berücksichtigte, die die Rōmarq durchkreuzten. Aber mit einem Köder, vielleicht …?

Wenn sie allerdings ihre Kräfte aufteilten, obwohl sie ohnehin schon so wenige waren, wäre der Rest von ihnen in noch größerer Gefahr. Offenbar konnten sie im Moment lediglich aus einer Reihe schlechter Entscheidungen die am wenigsten schlechte wählen.

Indris rappelte sich auf die Beine. Einen Moment lang schwankte er. Shar, die sich bereits wieder erholt hatte, kroch durchs Gras, um den Pfad zu bewachen, auf dem sie gekommen waren.

»Du hast hoffentlich Spaß?«, fragte er leichthin.

Sie lächelte ihn an, und ihre Gesichtszüge hellten sich auf. Dann wandte sie die leuchtenden Augen wieder auf den Pfad.

»Ich wäre nirgendwo lieber«, murmelte sie. »Egal, was wir tun, es ist immer ein Abenteuer.«

»Diesmal habe ich dich vielleicht in den Tod geführt«, sagte er ernst. »Shar, ich sehe keinen wirklichen Ausweg. Bis jetzt hatten wir Glück, aber das wird nicht mehr lange anhalten.«

»Du hast mir einmal gesagt, dass Glück eine Person am Leben erhalten wird, solange ihr Verstand sie nicht zu früh verlässt. Ich vertraue dem, was in deinem Kopf vor sich geht.« Sie setzte sich zurück und lehnte sich gegen ihn. An ihr haftete keinerlei Schweißgeruch, nur der Duft der Gräser und Bäume, durch die sie sich bewegt hatte. »Ich verstehe es zwar nicht immer, aber ich vertraue dir trotzdem.«

»Du hättest die *Hure* nehmen sollen, als du noch Gelegenheit dazu hattest«, murmelte er. Hier in der weiten, feindseligen Rōmarq war der Gedanke daran, einen Freund zu verlieren – sie zu verlieren –, mehr, als er ertragen konnte. »Du könntest jetzt auf einem Vergnügungskahn in Masripur sein.«

»Und das hier verpassen?« Sie wandte den Kopf, um ihn mit ihren hellen Augen anzusehen. »Du hast noch nicht wirklich mit mir über Mari gesprochen.«

Indris lachte leise in sich hinein. »Shar, ich weiß noch nicht einmal, was ich über Mari sagen soll. Es ist noch zu früh.«

»Liebst du sie?«

»Ich kenne sie nicht gut genug, um sie zu lieben«, antwortete er ehrlich. »Vernarrt? Verliebt? Vielleicht. Ich weiß nur, dass ich sie mag.«

»So, wie wir beide uns gemocht haben?«, fragte Shar mit schelmischem Grinsen.

»In vielerlei Hinsicht, obwohl wir als Freunde besser sind.«

»Und gelegentliche Liebhaber.«

»Und gelegentliche Liebhaber.« Indris sah ihr in die Augen. »Shar, du hast mir gesagt, du wolltest nicht …«

»Ich wollte, will, werde nicht.« Sie schüttelte den Kopf. »Du bist ein schöner Mann, und ich liebe dich, aber du bist für ein Herz wie das meine zu tiefgründig. Obwohl du es nicht darauf anlegst, weiß ich trotzdem, dass ich in dir ertrinken würde. Ich glaube allerdings, Mari ist gut für dich. Erinnert sie dich an Anj-el-din?«

»Das ist es ja gerade. Du hast mich erinnert … erinnerst mich immer noch. Aber Mari gleicht euch überhaupt nicht. Sie ist anders als jede Frau, die ich jemals getroffen habe – eine Heldin, die sich nicht darum schert, dass sie eine ist. Sie lebt für den Moment, so intensiv wie möglich, und genießt jeden Atemzug. Sie ist …«, er unterbrach sich und dachte nach.

»Das Gebirge, und du das Meer?« Shar langte nach oben und ergriff Indris' Hand. Sie wollte gerade weitersprechen, als etwas ihre Aufmerksamkeit erregte. Sie lehnte sich vor, die Augen zu Schlitzen verengt.

Indris folgte ihrem Blick. Umrisse, zunächst noch undeutlich, sprangen den Pfad hoch, den sie gekommen waren. Leuchtend gefärbtes Haar blitzte auf, dann ein rubinroter Umhang. Fenlinge. Belamandris. Shar wandte sich um und küsste Indris' Wange. »Ich würde Ekko und Hayden jetzt gern umbringen.«

»Möglich, dass das jemand für dich erledigen wird«, sagte er und lächelte humorlos.

Indris war müde. Er wollte nicht mehr laufen, aber noch viel weniger wollte er scheitern. Mit angespannten Kiefern ging er hinüber zu Hayden, dessen Kopf kläglich zwischen den Knien hing. Indris schnappte sich Haydens Gewehr. Der Flintenmann sagte nichts, erhob sich jedoch taumelnd auf die Füße.

»Omen?«, fragte Indris. »Ich möchte, dass du den Käfig nimmst und nach Amnon rennst, so schnell du kannst. Gib ihn Femensetri. Halte nicht an, für nichts und niemanden. Begreifst du, was mit dir passiert, wenn sie dich erwischen?«

»Sie werden mir die hölzernen Knochen brechen und meinen Holzkopf abschlagen. Und wer wird mich wieder zusammensetzen?« Omen taumelte zur Kiste und hob sie auf. Ekko band sie hastig mit Streifen seiner zerrissenen Robe fest. »Und mein Geistergefäß wird wie ein Jadestern in den Morast sinken, um im Schlamm zu leuchten, ein helles Lichtlein für die Fische.«

»Dann lass dich nicht schnappen«, sagte Indris zum Abschied.

Omen verneigte sich vor seinen bewaffneten Kameraden, dann wandte er sich um und sprintete nach Nordosten, Richtung Amnon. Mit jedem Schritt wurde er schneller, bis selbst Ekko nicht mehr mit ihm hätte mithalten können.

Die Fenlinge hatten Omens Flucht bemerkt und folgten ihm, ebenso wie Belamandris und Thufan.

Als das Rudel erst auf offenem Gelände war, leitete Indris rasch Disentropie in seine Hände und formte sie zu unregelmäßigen, lichtdurchlässigen Kugeln. Diese verstreute er auf dem Pfad zwischen sich und ihren Verfolgern. Mithilfe des *Qefri* sah er die perlmuttartig schimmernden kleinen Energiekerne, wie sie im langen Gras und dem brackigen Wasser pulsierten. Fäden aus Disentropie breiteten sich wie die Wurzeln eines jungen Buschs über den Boden aus. Sie wurden von lokalen Energieströmen verankert und gespeist. Die Disentropiekugeln waren einfach, aber sie würden nicht lange halten. Doch es war genug, wenn er ihre Feinde nur nahe genug heranlockte.

Indris zielte sorgfältig mit Haydens Sturmgewehr und betätigte den Abzug. Ein Fenling fiel zur Seite in einen Tümpel, die anderen wandten sich in ihre Richtung. Verwirrt hielten sie inne, während Kapik Befehle herunterratterte. Indris feuerte erneut, und Kapik fiel um. Eine Blutfontäne spritzte aus ihrer Brust. Hinter ihm hörte er das dumpfe Geräusch von Ekkos Bogensehne. Ein weiterer Fenling wurde umgerissen und landete im wogenden Schilf.

Ohne ihre Anführerin gerieten die Fenlinge in Verwirrung. Indris blickte den Gewehrlauf entlang. Belamandris hatte sein Schwert gezogen und rannte in ihre Richtung. Ekko schoss einen Pfeil ab, den Belamandris beiseiteschlug. Thufan war neben seinem Prinzen, doch sie wurden rasch von den Fenlingen überholt, die ihre Schlachtrufe brüllten.

Indris atmete langsam aus und dachte an Mari. Es gab nur einen, auf den er schießen konnte; ihm blieb keine Wahl.

»Was machst du?«, fragte Hayden.

»Ich gönne ihnen eine Pause.«

Er schoss, dann gab er den Befehl zu rennen.

Indris sah über die Schulter, während er lief. Sobald sich der erste Fenling den Disentropiekugeln genähert hatte, explodierten sie. Die Nacht wurde von einer fürchterlichen, stillen Explosion zerrissen. Indris sah die Fenlinge, wie sie in einen elfenbeinfarbenen Blitz gehüllt wurden. Sie kreischten, als ihre Körper in seinem Griff zu zucken begannen. Von Belamandris und Thufan fehlte jede Spur.

Kapitel 23

»Kunst, Musik und Literatur lassen uns eine Kultur wahrhaft begreifen. Gewalt und Krieg sind nicht mehr als die Stimmen kindlicher Missgunst.« Emmamon-ro, Maler und Bildhauer des Sussain, *im 42. Jahr des Schattenimperiums (67. Jahr der Shrīanischen Föderation)*

323. Tag im 495. Jahr der Shrīanischen Föderation

Es war der erste Abend des Ahnenfests. Die großen Namen Amnons hatten sich im Garten der Steine am Zephyrberg versammelt, von wo aus man das trübe Marmormeer überblickte. Niedrige Granitsäulen standen im beinahe unwirklich grünen Gras. In die Säulen waren Lotusblumen gemeißelt, deren Blüten sich zum Himmel öffneten. Bei Einbruch der Dunkelheit war in jeder der Blüten eine Kerze angezündet worden. Der Hügel verwandelte sich in ein Lichtermeer aus goldenen, elfenbeinfarbenen, roten und blauen Kerzenflammen, die sich vor dem bewegten Muster der Gräser im Wind abhoben.

Auf dem Gipfel des Zephyrberges, in dem Kuppelgebäude des Lotushauses, beobachtete Mari die Gäste. Sie sah an sich hinab, auf ihre formelle Robe, auf all die dünnen Schichten aus Burgunderrot auf schwarzer und weißer Seide. Bei der Liebe ihrer Vorfahren, sie trug Schlappen! Sie warf den Anlūki in ihren polierten Rüstungen einen neiderfüllten Blick zu.

»Beinahe fünfhundert Jahre sind vergangen, seit jene Avān, die einer wahnsinnigen und ketzerischen Herrscherin die Stirn boten, unsere geliebte Föderation ins Leben riefen. Traurigerweise gelang es uns nicht, all unsere Brüder und Schwestern zu retten, denn an jenem unglückseligen Tag wurden manche von falschen Versprechen irregeleitet, und man stahl ihnen ihre Ehre und die Freiheit zu sterben. Seit jenem Tag des Verrats blicken die Ahnen mit Liebe auf alle, die entkamen. Sie hörten uns zu, fühlten mit uns und schützten unser Volk vor seinen schlimmsten Instinkten.«

Mari blickte ihren Vater finster über den Rand ihres Weinbechers hinweg an. Er stand auf einem kleinen marmornen Podest und war offensichtlich in seinem Element – mitreißend, ein Staatsmann durch und durch, gekleidet in Schichten aus schwarzer und roter Seide, die mit Feuerrubinen und Onyxperlen bestickt war. Sie ließ den Blick durch den Raum wandern und stellte fest, dass der Großteil der Leute seinen Ausführungen mit verzückter Aufmerksamkeit folgte. Die ausländischen Abgesandten hörten ebenfalls aufmerksam zu. Der Gesichtsausdruck der Leute vom Eisernen Bündnis und Ygran war stählern. Das Lotushaus verhielt sich still, während Corajidin fortfuhr.

»Und doch haben wir es mit einem schrecklichen Erbe zu tun. Die vor uns liegende Aufgabe ist die härteste, der sich ein Asrahn in den letzten fünfhundert Jahren der Föderation stellen musste. Wir werden bedrängt, man will uns unseren Weg diktieren. Mithilfe von Waffengewalt soll unsere Einigkeit verhindert werden. Wir haben Feinde, die uns beobachten, aber nicht sehen. Sie hören uns, aber sie hören uns nicht zu. Sie ahmen uns nach, ohne wirklich die Grundlagen unserer Kultur und unseres Erbes zu begreifen. Ein neues Zeitalter zieht herauf, in der die Avān der Welt stolz gegenübertreten, ohne sich vor Schuldzuweisungen fürchten zu müssen.

Die Gewaltenteilung hat den Samen des Wohlstands gesät, doch nun stehen wir neuen Herausforderungen gegenüber. Härteren Herausforderungen. Herausforderungen, die nicht zu gleichen Teilen auf die Schultern von vielen verteilt werden können. Es ist an der Zeit, die Konflikte innerhalb unserer Führung beizulegen und die Last der Verantwortung einer einzelnen Person zu übertragen, denn nur durch nationale Einigkeit werden wir triumphieren.

Wir können nicht alle unsere Probleme sofort lösen. Reformen brauchen Zeit und Geduld. Wir können uns Sicherheitsfragen widmen. Sollte ich zum nächsten Asrahn gewählt werden, so verkünde ich hiermit, dass ich für die Sicherheit von Land und Leuten sorgen werde. Ich schlage die Gründung einer Föderalistischen Armee vor, die der Nation verpflichtet ist, nicht den einzelnen Rahns, die die Präfekturen regieren. Diese Armee wird mit der Aufgabe betraut werden, die avānischen Interessen sowohl zu Hause als auch im Ausland zu wahren.

Ich betrachte es als meine Aufgabe, meine wichtigste Berufung, das Recht auf Leben zu sichern und die Freiheiten unserer Nation zu schützen. Shrīaner, gebt mir fünf Jahre eures Vertrauens, und ich werde euch den Glanz einer unendlichen Anzahl von Jahren geben.

Mögen unsere Ahnen mit Güte und Barmherzigkeit auf uns blicken, mögen sie unsere Ziele unterstützen und uns Weisheit und Vertrauen schenken, denn wir kämpfen für alle Avān, die da vergangen sind, die sind und sein werden.«

Die Menge jubelte. Mari fragte sich, wie viele von ihnen applaudierten, weil sie die Redekunst ihres Vaters überzeugt hatte, und wie viele einfach nur klatschen, weil es das Sicherste war. So wie sie. Es war nicht schwierig, die Ablehnung in den Mienen der Abgesandten des Eisernen Bündnisses zu erkennen. Qoro-asthra, der geisterhafte Gesandte aus

Mediin mit seiner verschleierten Wache aus Geisterrittern, wirkte aufgestört von Corajidins Rede über nationalen Stolz, militärische Stärke und das ruhmreiche Wiedererwachen des großen Avān-Volkes. Qoro-asthra wirkte an den Stellen, wo das helle Licht die Ränder seiner Gestalt verwischte, durchscheinend. Doch dort, wo die Schatten ihn berührten, schien es, als wäre er aus scharf umrissenem Nebel geformt. Sein Geistergesicht wirbelte wie Rauch im Wind, als Corajidin erklärte, Qoro-asthras Herrscherin sei eine geisteskranke Ketzerin.

Mari sah zu ihrem Vater hinüber. Er war mittendrin, umgeben von Kriechern, schaffte es jedoch, einen kurzen Blick mit seiner Tochter zu wechseln. Corajidin lächelte sie an. Es machte sie traurig zu wissen, dass ihr Vater vielleicht für Shrīan sterben musste, um Frieden zu finden.

»Du siehst wundervoll aus, Mari! Amüsierst du dich?« Yasha glitt neben sie. Obwohl Mari Yasha nicht leiden konnte, musste sie doch zugeben, dass die Frau in ihrem Element war. Sie sah beinahe lichtdurchlässig aus in ihren Schichten aus Seide – rot und schwarz, ganz wie ihr Partner. *Oder wie irgendeine Giftschlange,* dachte Mari. Sie unterdrückte ein Kichern. Es gab kaum etwas, das Yasha mehr Freude machte, als ihr Gift zu verströmen oder ihre Hüllen zu wechseln …

»Ich war seit Jahren nicht mehr auf einer dieser Feiern.« Mit ihrem goldenen Weinkelch, in dem mehr Wasser als Wein war, wies Mari auf die Anlūki. »Ich war im Dienst, so wie sie.«

»Und das bist du immer noch, Mari!«, erinnerte sie Yasha. Die Leute, die um Corajidin herumstanden, lachten über irgendeine witzige Äußerung. Ihr Blick ruhte mit einem Ausdruck leiser Habsucht auf Corajidin. »Du dienst nun dem richtigen Monarchen; genieße es. Dein Leben fängt jetzt erst an.« Yasha tauchte Mari in ein leuchtendes Lächeln, dann schwebte sie mit erhobenem Kopf davon.

Leute, die Mari kaum kannte, kamen zu ihr, um mit ihr über ihren Vater zu reden. Ganz offensichtlich war das mit Vashnes Ermordung verbundene Stigma durch Corajidins Aufstieg verblasst. Niemand erwähnte Ariskanders Verschwinden. Wo Mari erwartet hätte, dass man sie mied, wurde sie umarmt. Zahllose Gesichter, die vom Alkohol, den Nerven oder der Sommerhitze gerötet waren, zogen an ihr vorüber. Sie nickte höflich, lachte, wenn die anderen lachten. Gab ihre Meinung zum Besten, wenn eine Gesprächspause deutlich machte, dass das von ihr erwartet wurde, aber um Yashas Frage im Nachhinein zu beantworten: Nein, sie amüsierte sich nicht sonderlich.

Sie genoss Theateraufführungen. Pferderennen. Das schuldbewusste Rauchen einer gelegentlichen Pfeife, den Geschmack des Tabaks nach pfeffriger Schokolade und Nüssen, den man mit einem Schluck Whisky hinunterspülte. Das Umherstreifen durch private Galerien oder enge Gassen, wo alte Buchhandlungen seit Generationen von den Eltern an die Kinder weitergegeben worden waren. Gedichte schreiben oder malen. Sich duellieren! Der Nervenkitzel, wenn sie ihre Fähigkeiten mit denen eines anderen maß. Dann, nach einem Tag, an dem sie alles getan hatte, was sie liebte, in die Arme eines Liebhabers zu sinken und auch den letzten Rest Energie zu verbrennen, schweißüberströmt und keuchend, frei und animalisch, bis der Schlaf sie überwältigte. Das war das richtige Leben!

»Du siehst verändert aus, Mädchen«, sagte Femensetri leise hinter ihr.

Mari wandte sich um und sah die uralte Gelehrte an. Femensetri hatte sich keine Mühe gegeben, sich groß für Corajidins Gala herauszuputzen. Ihre schon oft geflickte Soutane mit den Obsidianknöpfen und den ausgefransten offenen

Säumen galt schon seit Jahrhunderten nicht mehr als elegant. Ihr sichelförmiger Stab glühte in blau-grünem Hexenfeuer.

»Was gibt es Neues?«, fragte sie.

»Wir werden sie aus Amnon herausbringen«, erwiderte Femensetri. »Einige der Feyassin haben Corajidins Befehle ignoriert und sind geblieben. Sie wollen uns helfen.«

Maris Herz machte einen Satz. »Wie viele sind ›einige‹?«

»Oh«, Femensetri bohrte sich den Finger ins Ohr, inspizierte, was sie gefunden hatte, und schnipste es dann auf den Boden. Ein verzärtelt aussehender Einheimischer warf ihr einen missbilligenden Blick zu, woraufhin Femensetri sagte: »Was?«

»Wie viele sind …«

»Ich habe dich schon verstanden«, brummte sie. »Ich habe mit diesem Idioten da geredet. Ja, du bist gemeint. Der Gaffer. Der, der … ja, weggehen sollte. Das ist nett. Geh weiter … Wovon sprachen wir gerade? Ach ja, richtig. Wie viele sind einige? Etwa – nun ja … alle von ihnen.«

»Oh, bei den kandierten Ahnen!«, fluchte Mari, ehe sie sich daran erinnerte, wo sie war. Zu ihrer großen Erleichterung schien sie niemand gehört zu haben, bis auf Femensetri, deren Augenbrauen sich in dem Versuch hoben, ihren Haaransatz zu berühren. »Mein Vater wird …«

»Nichts bemerken. Er würde niemals glauben, dass die Feyassin ihm nicht gehorchen könnten.« Femensetri schnappte sich einen Becher und eine Flasche Wein von einem vorbeikommenden Diener. Sie entkorkte die Flasche mit den Zähnen und kippte ein ordentliches Maß der teuren Flüssigkeit in ihren Becher. »Vahineh wusste deine Ehrlichkeit übrigens zu schätzen, als du ihr über deine Beteiligung an der Ermordung ihres Vaters berichtet hast.«

Mari holte tief Luft. »Was wird sie tun?«

»Woher soll ich das wissen?«, schnaubte Femensetri. »Das

Mädchen hat vieles zu bedenken. Davon abgesehen solltest du dir eher über Daniush Sorgen machen. Vahineh hat mich gebeten, dir für ihre Befreiung zu danken. Was nicht heißen soll, dass sie nicht versuchen wird, dich umbringen zu lassen. Aber das wolltest du gar nicht wissen, oder? Du machst dir Sorgen um ihn.«

»Indris ist vielleicht unsere einzige Hoffnung.« Sie fühlte, wie ihr Gesicht heiß wurde. Femensetri beäugte sie wenig überzeugt.

»Du kennst ihn kaum, Mädchen!« Femensetri nahm einen tiefen Schluck Wein. »Ich war seine Lehrerin und kenne auch nur, was er bereit war mir zu zeigen. Wie kannst du mit dem Ideal aus seinen Erinnerungen konkurrieren?«

»Was meint Ihr?«

Femensetri antwortete nicht, sondern machte Mari ein Zeichen, dass sie ihr durch die Menge zu den Gedenksteinen folgen sollte. Es waren große, glänzend schwarze Obelisken, mit eingravierten Namen auf allen vier Seiten. Femensetri legte ihre Hand auf einen der Obelisken, auf einen Namen mit einem Datum, das einige Jahre zurücklag. Anj-el-din.

»Indris war ein verdammter Narr zu glauben, dass es irgendwie anders hätte ausgehen können.«

Als sich Ziaire und Kembe von den Tau-se ihnen näherten, lächelte Mari. Die Kurtisane war eine Vision in Schichten aus cremefarbenem und weißem Damast. Sie trug das dunkle Haar hochgesteckt und einen Perlentropfen in jedem Ohr, um ihren Beruf anzuzeigen. Der riesige Tau-se hingegen sah deutlich urwüchsiger aus in seinem Hirschlederwams und Kilt, die Mähne geflochten und mit Schicksalsmünzen, wertvollen Steinen und weißen Bändern geschmückt.

»Wer war Anj-el-din?«, fragte der Tau-se, bevor Mari die Chance dazu hatte.

Ziaire hob ihre Hand mit den weißen Nägeln und fuhr

sachte den Namenszug entlang, der in den Stein gebrannt war. »Anj-el-din war Indris' Frau und Far-rad-dins Tochter.«

»Die *Ballade von Anjel* bringt Jungfrauen auf der ganzen Welt zum Weinen«, erklärte Femensetri trocken.

Leise sang Ziaire einen Vers des Lieds; ihre Stimme war so schön wie ihre Gestalt.

Wieder bleibt sie allein zurück,
Wendet den Blick zum Sonnenuntergang
Und fragt sich, wohin ihre Liebe ging.
Eine einsame Stimme ruft seinen Namen,
Fragt, wer wir sind und wer wir scheinen,
Fragt, wie launenhaft das Schicksal ist.

»Ich glaube, er ist ihretwegen geblieben, um ihrem Vater zu helfen«, sagte Femensetri zu Mari. »Und ihretwegen erträgt er es nicht hierzubleiben. Er trägt so viel Schuld mit sich. Indris' Mutter ist ebenfalls hier gestorben. Sie wurde ermordet. Also, was auch immer du glaubst, das zwischen euch beiden passiert …«

Mari fühlte, wie ihr übel wurde, und sie schluckte krampfhaft. Sie kannte das Lied und wusste, dass Anjel jahrelang auf die Rückkehr ihres Geliebten gewartet hatte. Dann war sie losgezogen, um ihn zu suchen, und kehrte niemals zurück. In dem Lied verbrachte ihr Geliebter Jahre mit der Suche nach ihr. Angeblich hatte er sie niemals aufgegeben, getrieben von der Liebe zu ihr.

»Kommt mit mir«, befahl Femensetri den anderen.

Mari hielt Ausschau nach ihrem Vater und Yasha, sah sie aber nicht – was bei der Menge an Leuten nicht überraschte. In der Nähe standen Anlūki, doch sie konzentrierten sich mehr auf die Leute, die ihnen fremd waren, als auf bekannte Gesichter. Mari bezweifelte, dass man sie vermissen würde, also folgte sie der Sturmbringerin, Ziaire und Kembe, als sie das Lotushaus verließen. Femensetri schnappte sich eine weitere Weinflasche. Im Gegensatz zu ihren sonstigen Gewohnheiten ließ Mari es zu, dass die andere Frau ihren Becher füllte.

Sie gingen ein Stück den Hügel hinab, und Femensetri nahm Roshana am Arm. Die kleine Gruppe setzte sich ins warme Gras. In der Luft lag der Geruch eines heraufziehenden Sturms. Die letzten Strahlen der untergehenden Sonne drangen langsam vom Himmel herab und überzogen die eisernen Wolken über dem Marmormeer mit einem dunkelroten Schimmer. Blitze zuckten über die glatte, blutrot gefärbte Wasseroberfläche. Mari dachte an die Verse, die Ziaire gesungen hatte. Auch sie war allein und fragte sich, wo der Mann war, den sie vielleicht liebte.

Die Dunkelheit hüllte sie langsam ein. Die Sterne am Firmament schlugen die Augen auf und blinzelten zu ihnen herab, und plötzlich wirkten die Angelegenheiten Īas völlig unbedeutend. Mari fragte sich nicht zum ersten Mal, ob Leute wie ihr Vater gegen die Sterne selbst in den Krieg ziehen würden, um ihre Ideale durchzusetzen. Die Menschen erzählten, dass ihre Ahnen zwischen den Sternen gesegelt waren und den Weg nach Hause nicht mehr gefunden hatten.

Heute Nacht hatte ihr Vater den Nachfahren jener, die eine derartige Reise gewagt hatten, ins Gesicht geschlagen. Die Menschen mochten vieles sein, aber sie waren weder schwach noch hilflos. Sie würden seine Worte als Herausforderung verstehen. Die Frage war: Würden sie darauf eingehen?

»Es scheint, als hätte dein Vater Shrīan seiner neuen Vision verpflichtet, egal, ob das dem Rest von uns gefällt oder nicht«, sagte Kembe, der Patriarch der Tau-se-Clans, mit seiner schnurrenden Stimme. »Wusstest du, dass sich die Abgesandten des Eisernen Bündnisses entschlossen haben, sich bis zur nächsten Versammlung zurückzuziehen?«

»Was werden sie tun, was glaubst du?«, fragte Ziaire. »Meine Kontakte in den Nationen des Eisernen Bündnisses berichten alle von erhöhter militärischer Aktivität, seit Corajidin die Macht übernommen hat.«

»In Ygran passiert das Gleiche. Wenn das Eiserne Bündnis Shrīan angreift, muss es an zwei Fronten kämpfen. Was werden die Tau-se tun?«, fragte Femensetri.

»Wir werden unseren alten Eid der Freundschaft mit Shrīan achten … immer vorausgesetzt, es hat einen Führer, den wir respektieren.« Kembe pflückte eine blaue Blume aus dem hohen Gras. Mit halb geschlossenen Augen roch er daran. »Obwohl Corajidin die Taumarq vielleicht dem Untergang geweiht hat, wenn das Eiserne Bündnis angreift. Sie werden Avānweh attackieren wollen, und unsere Hauptstadt Taumarqan gehört zu den Städten, die die Flussverbindung zu den Himmelsseen bewachen.«

»Entweder Ihr, Narsis oder Kadarahat wärt die Ziele«, sann Roshana. »Wenn sie sich dazu entschließen, übers Meer zu kommen; das ist noch nicht gesagt. Wir brauchen mehr Zeit.«

»Roshana, was glaubst du denn, wie viel Zeit wir noch haben?«, fragte Femensetri unverblümt. Sie erhob sich, wobei sie sich nicht um das Gras kümmerte, das an ihrer Soutane hängen blieb. »Wir haben gar keine Zeit mehr. Wir hatten sie nie, nicht von dem Moment an, als Vashne starb und Ariskander verschwunden ist. Wir müssen jetzt handeln, für den Fall, dass Indris scheitert.«

»Glaubst du denn, das wird er?«, fragte Ziaire traurig.

»Ich habe herausragende Gaben.« Wehmütig blickte Femensetri übers Meer. »Ebenso wie mein Bruder Kemenchromis. Ich sage das nicht, um anzugeben, sondern einfach nur, um euch die Zusammenhänge zu erklären. Wir waren erst Hexen, dann Gelehrte, und die Dinge, die wir taten … Doch obwohl ich ihm das niemals sagen würde, verfügt Indris über noch viel herausragendere Gaben. Er weiß es noch nicht, aber eines Tages wird er erkennen, dass er in den Fußstapfen des größten der Mahjirahn wandelt. Dennoch wird er vielleicht an der Mission scheitern, auf die wir ihn geschickt haben.«

»Was schlagt Ihr vor?«, fragte Mari. »Ich werde nicht zulassen, dass mein Vater verletzt wird.«

»Einen Befreiungsschlag; oder wir machen Corajidins Krankheit öffentlich und sorgen dafür, dass die anderen die Folgen begreifen. Wenn er die Quelle nicht mehr beherrscht, darf er nach unseren Gesetzen nicht mehr Rahn sein. Der Teshri hätte dann keine andere Wahl, als ihn seines Amts als Herrscher von Amnon und seiner Stellung als Asrahn-Erwählter und Rahn Erebus zu entheben.«

»Er würde einiges unternehmen, um das zu verhindern«, erwiderte Ziaire. »Ihm gehört praktisch der Teshri.«

»Ihr sprecht von mehr als nur zivilem Ungehorsam«, hauchte Mari. »Das ist eine Rebellion gegen ein Staatsoberhaupt! Was ist, wenn Nazarafine Euch verrät? Was ist mit den *Yamiren* der Hundert Familien, die sich der Sache meines Vaters verschworen haben? Femensetri, seid Ihr wahnsinnig?«

Femensetri lehnte sich auf ihrem Stab vor. »Warum? Was erzählt man sich denn so von mir?«

»Mari hat recht«, murmelte Roshana. Sie legte sich ins Gras zurück und hob die Unterarme über die Augen. »Wir haben schon genug gelitten, auch ohne dass wir unser Land in einen Bürgerkrieg stürzen. Marschallsritter Kadarin fe Narseh ist immer noch unsere bewährteste Oberbefehlshaberin, außerdem ein Rahn und eine Imperialistin. Ich würde mich ihr nicht gern auf einem Schlachtfeld entgegenstellen. Außerdem, habt ihr nicht die Reaktionen da drinnen gehört? Scheint so, als würde ein Haufen Leute in Corajidins Zukunft investieren wollen.«

»Nur weil sie ihn als Mittel zum Zweck sehen«, widersprach Femensetri. »Wenn sie Alternativen hätten, würden meiner Meinung nach viele Corajidins Dunstkreis schnell verlassen. Er ist der Schlüssel.«

»Was auch immer wir unternehmen, wir müssen es leise tun«, brummte Kembe.

»Und diskret«, fügte Ziaire hinzu.

»Dann lasst mich euer Vehikel sein.« Roshana stützte sich auf die Ellbogen und sah die anderen mit schmalen Augen an.

»Wie?«, fragte Femensetri mit leisem Lächeln. Mari hatte den Verdacht, dass die Sturmbringerin längst wusste, was Roshana vorschlagen würde.

»Wir müssen also legal, leise und diskret sein«, sagte Roshana und schnitt eine Grimasse. Sie schürzte die Lippe, dann wandte sie sich mit einem bedauernden Ausdruck Mari zu. »So wie ich das sehe, haben wir nur eine Möglichkeit. Ich muss ein *Jahirojin* gegen das Hohe Haus Erebus ausrufen.«

Kapitel 24

»Mit jedem Racheakt töten wir einen Teil von uns selbst.« Aus den Maximen der Nilvedic

324. Tag im 495. Jahr der Shrīanischen Föderation

»Im Namen aller geheiligten Toten«, seufzte Corajidin erschöpft.

Yashamin drückte seinen Arm. Die offizielle Zeremonie für den Beginn des Ahnenfests war vorüber, aber die Leute belästigten ihn immer noch. Erst hatte es Glückwünsche geregnet, dann waren die Gratulanten langsam verschwunden und von Leuten mit eigenen Zielen ersetzt worden. Eine Gefälligkeit für vergangene Dienste, an die er sich kaum erinnern konnte. Ein Segen in der Hoffnung auf sein zukünftiges Wohlwollen. Meinungen, Eindrücke, Vorschläge, alles verschwamm in einem Dunst aus Lotusmilch, der seine Schmerzen dämpfte.

Sorge nagte an ihm. Wolfram und Brede hatten ihre Vorbereitungen für den Angothischen Seelenkäfig beendet. Er hatte nur noch drei Stunden bis zur Morgendämmerung. Corajidin hatte vorgehabt, bei Sonnenaufgang auf dem Weg zu den Ruinen zu sein, wo sie ihre Gefangenen versteckten. Die Ruinen lagen mehrere Stunden Fahrt mit der Windbarke entfernt. Corajidin hätte einen leichter erreichbaren Ort vorgezogen, aber sie konnten es sich nicht leisten, dass Ariskander oder Daniush entkamen oder entdeckt wurden.

Wenn Wolfram recht hatte und sie Farenhara entdeckt hatten, dann konnten die Fenlinge verlangen, was immer sie wollten. Es würde kaum eine Rolle spielen. Eine Armee von Veteranen des Hauses Erebus, unterstützt von der schweren Infanterie Kadarins sowie *Nahdi*-Kompanien, lagerten an den Grenzen zur Rōmarq. Ihr Kampfgeist war noch gestärkt von ihrem kürzlichen Sieg über die Seethe. Wenn in der Stadt der Zeitmeister noch die Waffen und das Wissen lagerten, würde Corajidin die Fenlinge auslöschen, um sicherzugehen, dass er den Gewinn allein einstrich. Corajidin bezweifelte, dass sich irgendein Monarch auf Īa darum scherte, wenn das barbarische Rattenvolk vernichtet wurde. Seiner Meinung nach tat er den anderen Führern damit einen Gefallen. Natürlich würde das Eiserne Bündnis dagegen protestieren, dass Shrīan über derartige Waffen und das althergebrachte Wissen verfügte. Doch wenn es so weit war, wäre es bereits zu spät für sie, um noch etwas dagegen zu unternehmen.

»Rahn Corajidin.« Roshana nickte kaum merklich. Sie sah makellos aus in ihrer blau-goldenen Jacke, mit einem gestickten Phönix in roten und goldgelben Flammen auf den Ärmeln. Sie schenkte Yashamin ein dünnes Lächeln. »Rahn Yashamin. Ihr seht so schön aus wie immer. Danke Euch beiden für Eure Gastfreundschaft. Zweifellos werden die Leute noch lange über Eure heutige Rede sprechen.«

Corajidin warf Roshana einen vernichtenden Blick zu. »Was willst du, Roshana? Für heute Abend habe ich genug Schwächlinge und Narren ertragen.«

»Ah.« Roshana hob trotzig das Kinn. »Dann habe ich Neuigkeiten, die Euch glücklich machen werden, Rahn Corajidin …«

»Asrahn-Erwählter«, berichtigte sie Corajidin. »Ich bin dein Asrahn-Erwählter.«

Die Lippen der Näsarat-Erbin verzogen sich zu einem

verächtlichen Lächeln. Arrogantes Miststück! »Wie Ihr wünscht. Ich habe Gespräche mit dem Hochadel und mit anderen geführt, deren Meinung ich schätze. Obwohl Ihr es geschafft habt, den Anschein von Frieden in Amnon aufrechtzuerhalten, haben die Kämpfe unter den verschiedenen Interessensgruppen zugenommen. Zivilisten wurden verfolgt.«

»Mir ist bewusst, wie schwierig es ist, Recht und Ordnung an einem Ort wie diesem aufrechtzuerhalten«, erwiderte Corajidin. Was kümmerte es ihn, was irgendein Näsarat zu sagen hatte? »Ich vermute, deine weitschweifige Rede läuft auf irgendetwas Bestimmtes hinaus?«

»Vielleicht, wenn Eure Meuchelmörder nicht derartige …« Roshana nahm einen tiefen Atemzug, um sich zu beruhigen, und Corajidin lächelte innerlich. »Ich habe heute den *Yamiren* der Hundert Familien, die dem Hohen Haus Näsarat loyal gesonnen sind, die Abreise aus Amnon befohlen.«

»Du hast was getan?«, fragte Yashamin überrascht.

»Zusammen mit den Kompanien der Phönixarmee der Näsarat«, fuhr sie fort. »Wenn die alten Fehden hier erst nicht mehr ausgetragen werden können, wird in Amnon viel schneller wieder Frieden einkehren. Außerdem gibt es keinen Grund mehr, unsere Soldaten noch hierzubehalten. Schließlich hat das Hohe Haus Erebus die Regierungsverantwortung übernommen. Meine Leibwache wird bleiben, und die Löwengarde auch. Damit sorgen wir dafür, dass die Suche nach meinem Vater fortgesetzt wird.«

»Da bin ich anderer Meinung«, knurrte Corajidin. »Du kannst abreisen, wenn du willst. Lass deinen Generalsritter Maselane hier, damit er die Armeen an deiner Stelle befehligt. Er ist ein herausragender General. Die Kräfte der Näsarat bleiben, wo sie sind.«

»Nein, das werden sie nicht.« Roshana blieb fest. »Ihr habt

keine legale oder moralische Autorität über mich. Ihr seid nicht mehr als ein Hausverwalter in den Stiefeln eines weitaus besseren Mannes. Selbst wenn Ihr Asrahn wäret, was ich zu verhindern versuchen werde, könnt Ihr mich nur darum bitten, für Euch zu kämpfen. Ihr könnt es mir nicht befehlen. Wir Näsarats haben unser Abkommen mit dem Teshri erfüllt. Jetzt ziehen wir ab. Wir werden keinen Anteil haben an dem, was Ihr hier vorhabt, was das auch sein mag.«

»Hüte deine Zunge, Weib! Ich hätte von einem Näsarat nichts anderes erwarten sollen als diesen Mangel an Visionen.« Corajidins Gesicht brannte. Das war alles Nehruns Schuld! Wie ein Feigling war er beim ersten Anzeichen von Gefahr geflohen und hatte sich hinter den moderigen Roben der Sēq im Schrein der Eitelkeiten versteckt. Wer hatte diesem Schwächling auf einmal ein Gewissen eingehämmert? »Du wirst tun, was ich dir befehle. Hast du das verstanden? Wenn nicht, dann werde ich …«

»Gar nichts tun, Ihr aufgeblasener alter Kerl«, fauchte Roshana.

Corajidin fühlte sich, als hätte sie ihm ins Gesicht geschlagen. Die Prinzessin der Näsarat trat näher, das Gesicht so nahe an Corajidins, dass er den schwachen Duft nach Limone und Minze in ihrem Haar riechen konnte. »Ich bin nicht Nehrun. Ich habe mein Schicksal nicht mit dem Euren verknüpft. Ihr habt hiermit Eure letzte Drohung, Eure letzte Forderung an mein Haus gerichtet. Eure Vision eines stärkeren Shrīans ist lobenswert, aber nicht um diesen Preis. Ihr bringt den Krieg vor unsere Haustür, Ihr eitler kleiner Mann.«

»Es wird so oder so geschehen, ob du nun daran beteiligt bist oder nicht. Ich werde jedenfalls keine Träne vergießen, wenn das Hohe Haus Näsarat vernichtet wird. Ihr könnt von Glück sagen, wenn ihr noch zu den Hundert Familien zählt, wenn es nach mir geht.«

»Das wird vielleicht schwieriger, als Ihr Euch jetzt vorstellt. Mein jüngerer Bruder Tajaddin ist stärker und klüger als ich. Er würde blutiges Chaos auf Euch niederregnen lassen, falls das nötig werden sollte. Außerdem vergesst Ihr, wer mein Cousin ist und wozu er imstande ist«, sagte Roshana zum Abschied.

Wutentbrannt beobachtete Corajidin, wie die Prinzessin auf dem Absatz kehrtmachte und in der Menge verschwand. Einen Moment blieb sie noch stehen und sprach mit Femensetri. Die beiden Frauen warfen Corajidin mit ernsten Mienen einen misstrauischen Blick zu.

Er wollte den Anlūki gerade befehlen, Roshana zu verhaften, als er einen schmutzigen, besorgt dreinblickenden Belamandris eintreten sah.

Corajidin brauchte einen Moment, ehe er Thufan auf den blutverschmierten Laken in der Villa erkannte. Hätte er nicht die Hakenhand gesehen, so hätte er vermutet, das bedauernswerte Wrack auf dem Bett wäre jemand ganz anders. Wolfram hatte getan, was er konnte, um die Wunden des Mannes zu verbinden, doch es erschien lächerlich wenig.

Thufan war noch nie ein hübscher Mann gewesen; jetzt war sein rechtes Auge, die Wange und ein Teil seines Kiefers verschwunden. Die Haut war noch da, ein gehefteter, formloser Sack, der über die riesigen Aussparungen gesunken war, wo sich einst Knochen befunden hatte. In seiner linken Wange prangte ein großes Loch, und auch hier war die Haut wieder zusammengeheftet worden. Der Atem brodelte feucht in seiner Kehle. Es hörte sich furchtbar an.

Als er auf den Körper seines Freundes hinuntersah – möglicherweise sein einziger Freund, auf jeden Fall aber der einzige, der Corajidins Kindheit überlebt hatte –, wollte er das Gesicht in die Hände legen und weinen. Sein Zorn über Thufans Verrat verebbte und wurde durch Kummer ersetzt.

»Wie?«, fragte er tonlos.

Belamandris berichtete, wie sie den vereinbarten Tribut an die Maleganger bezahlt hatten und dann nach Norden gezogen waren, um auf die Fenlinge zu warten. Jemand hatte die Maleganger vernichtet, nachdem sie weitergezogen waren, und die Fenlinge hatten von Thufan und Belamandris eine Erklärung verlangt. Belamandris erzählte, dass sie in der Rōmarq angegriffen worden waren, während die Fenlinge bei ihnen waren. Ein Tau-se und ein weiterer Mann hatten aus der Deckung heraus auf sie geschossen. Viele aus der Fenlingeskorte waren getötet worden. Die beiden Angreifer hatten sich den Seelenkäfig geschnappt und waren geflohen. Die anderen Fenlinge, darunter auch ihre Kriegsführerin, waren rasend vor Zorn gewesen. Belamandris und Thufan hatten keine andere Wahl gehabt, als mit ihnen zu gehen, während sie ihre Angreifer jagten.

»Wir haben jemanden gesehen, der durch die Marschen rannte«, sagte Belamandris müde. Mit schweren Gliedern saß er in seinem Stuhl, von seiner gewohnten Anmut oder der geschmeidigen Stärke war nichts mehr zu sehen. Blaue Flecken hatten den Kohlestift ersetzt, den er normalerweise benutzte, und die Haut war von unzähligen oberflächlichen Schnitten übersät. »Er hatte den Seelenkäfig bei sich. Wir haben den Schutz der Bäume verlassen, um ihn einzuholen, aber dann wurden wir aus dem Hinterhalt beschossen. Als die Kriegsführerin der Fenlinge getötet wurde, haben die übrigen das letzte bisschen Kontrolle verloren. Und in dem Moment wurde Thufan in den Kopf geschossen. Wir jagten weiter, aber die Fenlinge rannten in irgendeine Falle. Es gab eine Explosion aus Blitz und Donner. Ihre Körper … die Art, wie ihre Gliedmaßen …«

»Wer war das?«, schnappte Corajidin. »Wer würde so etwas wagen?«

»Es hätte genauso gut mich treffen können.« Belamandris kaute auf seiner Unterlippe und sah auf das, was von Thufan noch übrig war. »Ich habe gesehen, wie das Gewehr erst auf mich gerichtet wurde, dann …«

»Wer war es?«, brüllte Corajidin seinen Sohn an.

»Drachenauge Indris.«

Irgendetwas in ihm rastete ein. Corajidin brüllte auf, die Fäuste gegen die Schläfen gepresst. Es war ein Laut so ursprünglichen Zorns, dass die Umstehenden erschauderten. Sein Körper zitterte. Er griff nach einer antiken Vase und schmetterte sie mit aller Kraft gegen die Wand. Handgemaltes Porzellan flog in alle Richtungen. Dann nahm er den kleinen Tisch, auf dem sich die Vase befunden hatte, und schleuderte ihn durch die großen Fenster. Glas splitterte nach außen, gemeinsam mit dem Tisch. Corajidin hörte, wie er aufschlug und dann auf dem gepflasterten Innenhof zerbrach.

Die Näsarats! Seit Jahrtausenden spuckte das Hohe Haus Näsarat auf seine Ahnen! Hatte ihnen Dinge weggenommen und sie betrogen. Hatte sie verspottet mit ihrer vielgerühmten, arroganten, hochmütigen, maßlosen Vornehmheit! Wann hatten sie jemals wirklich für ihr Volk gelitten? Noch nie! Immer wenn der Zeitpunkt für Opfer gekommen war, war es ein Erebus gewesen, der den Blutzoll gezahlt hatte.

Indris. Indris der Verbannte. Indris, der schon vor Jahrzehnten mit seiner verräterischen, mit den Nomaden sympathisierenden Mutter hätte getötet werden sollen! Corajidin bereute die Nacht, in der er nur das Leben von Indris' Mutter genommen hatte, weil das Balg nirgendwo gefunden werden konnte … jetzt rächte es sich.

Corajidin atmete tief durch, um ein Minimum an Kontrolle wiederzuerlangen. »Der Seelenkäfig? Du sagst, er ist mit ihm entkommen?«

»Nein, Vater.« Belamandris sah seinem Vater mit müdem Stolz in die Augen. »Wir haben denjenigen eingeholt, der ihn hatte. Er war in den Fenlingfallen gefangen. Es war so eine Vogelscheuche von Geisterritter. Ich habe den Seelenkäfig genommen, dann habe ich Thufan in unser Lager in den Marschen gebracht. Vater, ich habe getan, was ich konnte.«

»Das hast du.« Vielleicht war noch nicht alles verloren. Ariskanders Untergang war immer noch in greifbarer Nähe. Da kam ihm ein Gedanke. »Was hast du mit dem Geisterritter gemacht?«

Belamandris griff in eine Tasche zu seinen Füßen. Er holte ein Bernstein- und Jadegefäß heraus, etwa so groß wie ein großer Apfel. Es leuchtete, als würde die Sonne dort drinnen scheinen, mit blau-grünen Strahlen und goldenem Licht. »Das habe ich dir mitgebracht. Den Körper habe ich verbrannt.«

Kapitel 25

»Lasset jene das Fürchten lernen, die mir Unrecht taten. Lasset sie wehklagen. Lasset sie mit den Zähnen knirschen und die Haare raufen und flehen und im Schlamm ihrer Tränen knien. Ich habe kein Erbarmen mit denen, die arglistig zerstörten, was ich liebe.«
Akt 3, Szene 1, aus: Der Phönix, das Pferd und die Biene *von Calajine, shrīanischer Dramatiker, 471. Jahr der Shrīanischen Föderation*

324. Tag im 495. Jahr der Shrīanischen Föderation

Indris war in düsterer Stimmung, als er und seine verbleibenden Freunde sich über die niedrige, brüchige Mauer einer verlassenen Gelehrtenvilla schwangen. Mithilfe des *Qefri* konnte er die gebündelten Knoten und Windungen der Disentropie sehen, die in jeden Stein, Ziegel und Balken gewoben war. Es war ein strahlendes Netz aus Perlmuttlicht, das wie der Herzschlag Īas pulsierte. Wer auch immer dieses Gebäude errichtet hatte, wollte, dass es sie überdauerte. Trotz der Jahrtausende war die alte Villa beinahe unversehrt. Wie viele Ruinen in diesem Teil der Rōmarq lag sie versteckt, verborgen durch Magnoliensträucher, altersgraue Zypressen und wucherndes Geißblatt. Tausende der kleinen weißen Blüten schaukelten in der sanften Mittagsbrise.

Es war notwendig gewesen, auf Thufan zu schießen, sagte er sich. Indris war stark versucht gewesen, Belamandris zwischen die Augen zu schießen, aber das hätte Mari ihm nie verziehen. So musste er Belamandris stoppen und sich um seinen Schuft von Kameraden kümmern, da die Fenlinge den Mann sonst aufgefressen hätten, egal, ob er lebte oder tot war. Obwohl er starken Widerwillen dagegen verspürte, Leben zu verschwenden, hatte er kaum eine andere Wahl. Seine Disentropiefalle war ein notwendiges Risiko gewesen, denn weder er noch seine Freunde konnten noch weit laufen. Sie mussten sich ausruhen. Fenlinge verstanden das Konzept der Kapitulation nicht. In der Rōmarq wimmelte es von dem Rattenvolk. Es schien völlig egal zu sein, welche Richtung Indris und seine Gefährten einschlugen, sie waren auf immer noch mehr von ihnen gestoßen. Den Großteil des Morgens hatten sie damit verbracht, einen Weg durch die Banden von Jägern und Kriegern zu finden, die auf der Suche nach ihnen waren.

Auf dem Weg zu dem Ort, von dem er glaubte, dass sie dort sicher wären, hatte sich Indris die Zeit genommen, Fiandahariat so gut wie möglich auszukundschaften. Er hatte seine Freunde durch eine schmale Schlucht mit verwitterten schwarzen Türmen geführt, deren einst spiegelglatte Oberflächen nun geborsten waren, Fenstern gleich, die man mit Steinen eingeschlagen hatte. Die Gärten waren verwahrlost, die Springbrunnen versiegt. Brücken und Treppen waren eingestürzt, ebenso wie die hoch aufragenden Mauern und bedrohlichen Türme. Kanäle waren übergelaufen und hatten die Straßen, die einst mit glänzenden weißen und grauen Steinen gepflastert waren, in trostlose Ströme aus Brackwasser verwandelt.

Sie waren gezwungen gewesen, Teile der Ruinen zu meiden, denn dort hielten sich zu viele Leute auf. Söldner, Schaumschläger und Freibeuter in Unterhemden oder mit nacktem Oberkörper standen in der Hitze Wache. Fenlinge arbeiteten unter dem wachsamen Blick ihrer Aufseher. Dann waren da noch Soldaten, die den Zugang zu einem Platz tief in der Stadt bewachten, wo sich die Sternenuhr befand. Diese Wachen waren von einem anderen Schlag, es waren Veteranen mit hartem Blick, und wenn sie sich bewegten, dann mit der Neigung, alles kurz und klein zu schlagen. Obwohl sie keine Tracht trugen, hatte Indris keinen Zweifel daran, dass sie den Erebus dienten.

Sie verließen die Ruinen mit einer genaueren Vorstellung davon, wo Ariskander gefangen gehalten wurde. Erst dann hatte Indris sie zu dem einen Ort geführt, von dem er hoffte, dass der Einsatz des *Qefri* dort nicht auffallen würde. Denn es war ein Ort, der vom *Qefri* zusammengehalten wurde.

Indris und Shar hatten diesen Platz oft genutzt, wenn sie in der Rōmarq unterwegs waren, um Informationen für Far-rad-din zu sammeln. Wegen der erschreckenden Wogen von Disentropie in und um Fiandahariat war es Indris lieber gewesen, einen Verschwiegenheitszauber zu wirken, um den Ort noch besser zu verbergen. Die alte Villa war nicht versteckt, aber die Leute sahen sie, ohne ihr mehr Aufmerksamkeit zu schenken als den Bäumen, die sie umgaben. Er hatte den Zauber in eine Ader der Disentropie gehüllt, sodass er Jahrhunderte halten würde.

Im Inneren der Gelehrtenvilla hatten sich Indris und die anderen eine Weile ausgeruht. Schweigend teilten sie ihr Essen, tranken in kleinen Schlucken aus ihren Wasserflaschen und saßen in Gedanken versunken da, während sie Indris hin und wieder Seitenblicke zuwarfen.

»Dieses Schweigen ist unbehaglich, also kann es einer von uns auch ruhig aussprechen.« Indris stand bei einem weinumrankten Fenster und hatte die Augen wegen der blendenden Helligkeit draußen zusammengekniffen.

»Amonindris, was erwartest du denn, dass wir sagen sollen?«, fragte Ekko schuldbewusst. Hayden saß allein in der Ecke, den Kopf gegen die Wand gelehnt, die Augen geschlossen. »Dass es uns leidtut, dass wir den Käfig gestohlen haben? Dass wir uns fragen, ob wir vollenden können, weswegen wir hergekommen sind? Sehen wir den Tatsachen ins Auge: Wir sind hier, um Rahn Ariskander zu befreien, haben aber zu wenige …«

»Und woran liegt es, dass wir zu wenige sind, was glaubst du?« Shars fein geschnittene Gesichtszüge wirkten in dem intensiven Licht schärfer, sie schien ganz aus flachen Ebenen und spitzen Winkeln zu bestehen. Sie rieb sich an der Spitze ihrer langen Ohrmuschel, die zerkratzt und blutig war. »Weil ihr zwei *faruqen uryati* es nicht lassen konntet …«

»Ich bitte um Verzeihung, aber …«

»Nichts aber, Hayden!« Shars Haut und ihre Augen leuchteten vor Zorn. »Man hat euch gesagt, dass ihr Thufan nicht folgen sollt, und ihr habt es trotzdem getan. Du und Ekko, ihr habt uns das eingebrockt, als ihr den Seelenkäfig zurückgebracht habt! Omen wäre jetzt bei uns, wenn ihr nicht gewesen wärt.«

»Bei der Liebe der Ahnen, seid friedlich!« Indris wandte sich frustriert zu ihnen um. »Nein, wir sind nicht gerade viele, aber das waren wir von Anfang an nicht. Ja, wir werden Omens Schwert vermissen, wenn die Zeit kommt, uns die Hände blutig zu machen. Ich habe getan, was nötig war. Aber jetzt, in *diesem* Moment, sind wir zusammen und sollten uns auf das konzentrieren, was wir haben.«

»Da sind sicher eine ganze Menge von denen draußen, Indris«, sagte Hayden leise. »Ich habe ja nie geplant, heil aus der Sache rauszukommen … aber gegen so viele?«

»Es geht nicht um die Vielen, gegen die wir kämpfen könnten«, erklärte Shar, »sondern nur um die Wenigen, die wir nicht vermeiden können.«

»Sie hat recht«, nickte Indris. »Ich bin nicht wegen eines

Blutbads hergekommen. Ruht euch aus, solange ihr könnt, morgen brechen wir vor der Dämmerung auf. Shar?« Er machte seiner Freundin ein Zeichen, ihm zu folgen, als er das Wohnzimmer verließ. Gemeinsam überquerten sie den Innenhof, der von Blättern und Unkraut übersät war. Sie gingen über eine kleine Steinbrücke, die einen Teich überquerte, dessen Fische schon lange tot waren, und an den Büsten uralter Figuren in kleinen Mauernischen vorüber. Grüne und schwarze Lotusblumen wucherten im Schlamm. Bienen umschwirrten sie und brummten in der dicken, trägen Sommerluft. Shar pflückte eine grüne Lotusblüte und steckte sich rasch ein Blütenblatt in den Mund. Indris wusste, dass die Seethe die Blüten als Aufputschmittel nutzten, und hatte in der Vergangenheit grünen Lotus probiert. Allerdings war ihm nur übel geworden, als er das Blütenblatt gegessen hatte. Shar hielt sich von dem schwarzen Lotus fern, der in kleinen Dosen ein mächtiges Betäubungsmittel und in großen Mengen giftig war.

Die Türen zum Labor waren geschlossen, gaben jedoch nach einigem beharrlichen Geschiebe nach. Überreste von Zauberformeln im Raum erkannten die Gegenwart eines *Qefri*-Eingeweihten. Kleine *Ilhen*-Lampen, die wie Kerzenflammen gestaltet waren, glühten in einem sauberen Gelbweiß. Die Innenwände erinnerten Indris an einen Bienenstock: Hunderte von staubbedeckten sechseckigen Zellen, die einst vermutlich Schatullen, Flaschen, Kisten oder Bücher enthalten hatten. Alles Tragbare war fortgeschafft worden, vermutlich von dem vormaligen Besitzer. Nur eine Sache von Wert war geblieben, von der sich der Eigentümer mit Sicherheit nur ungern getrennt hatte.

In der Mitte des Labors befand sich in einem großen Ständer mit rauen Kanten ein schartiger Spiegel aus geschliffenem Kristall. Die Oberfläche des Spiegels war unregelmäßig, an manchen Stellen transparent, an anderen von Rissen und Streifen aus scheckigem Grauweiß überzogen. Beklommen sah Indris ihn an. Es war schwierig, sich auf die Oberfläche zu konzentrieren. Sobald er dachte, er würde auf ein Spiegelbild blicken, verschwamm es wie ein Fisch unter der hell reflektierenden Oberfläche eines Teichs.

»Weißt du noch, wie man einen Seherspiegel benutzt?«, fragte Shar nervös.

»Es ist schon eine Weile her.«

»Du hast mir gesagt, es gäbe da Gefahren …«

»Ich habe nicht die Absicht, in der Ödnis verloren zu gehen.« Allein die Äußerung des Namens sandte ihm einen unwillkommenen Schauder über den Rücken. Der Gedanke, einen der Verlorenen zu treffen – uralte, ketzerische Gelehrte und andere, die den falschen Machtversprechen der Ödnis erlegen waren –, beunruhigte ihn. Was war, wenn er mit einem seiner alten Freunde konfrontiert wurde? Femensetri hatte erwähnt, dass einige seiner Klassenkameraden Verlorene waren; und sie hatten zu den mächtigsten und vielversprechendsten Sēq-Rittern ihrer Generation gehört. »Uns gefällt meistens nicht, was wir sehen, wenn wir in einen Spiegel blicken.«

Indris schob einen Stuhl vor den Spiegel, lehnte sich zurück und entspannte sich, so gut er konnte. Mit jedem Atemzug nahm er Glück, Macht, Kontrolle und Stärke in sich auf. Mit jedem Ausatmen gab er Zorn, Leid und Zweifel ab. Zehn Atemzüge lang reinigte er seinen Geist, bis er so sensibilisiert war, dass er die Disentropische Färbung an seinen Nervensträngen kribbeln fühlte. Sie erhitzte seine Haut, und sein Geist blühte auf wie eine Blume.

Er öffnete die Augen und fokussierte den Spiegel. Wolken aus zerkratztem Weiß jagten über das Glas. Dahinter versuchte das Licht durchzudringen, wie die Sonne an einem bedeckten Tag. Er sah sich selbst, einen stolzen Mann mit zu viel Blut an den Händen und nicht genug Liebe im Herzen, wie er da schwach und gebrechlich auf einem klapprigen Thron aus Stroh saß. Er hatte die Hände eines Mörders und die Augen eines Wahnsinnigen, deren eine Iris in einem inneren Feuer brannte und die andere weiß wie ein Fischbauch schimmerte. Seine Haut war geschuppt, Drachenflügel wuchsen ihm aus den Schultern. Er sah Blut tief unter seinen Fingernägeln, und seine Augenhöhlen flackerten rot – Fenster zu einer Seele, die durchdrungen war von Zorn und dem Bedürfnis nach engstirniger Rache. Der Raum um ihn herum verblasste. Die *Ilhen*-Lampen waren kaum mehr als armselige Funken in der Farbe von ranzigem Honig, die ein schwaches Licht verströmten. Fliegen summten, Kakerlaken krabbelten, und Spinnen woben ihre Netze auf ihm, während er da saß, vollkommen allein und ohne einen einzigen Freund. Denn das war das Wesen der Ödnis.

»Hallo, Amonindris«, sagte der Spiegel mit bleierner Melancholie.

»Hallo, Spiegel«, erwiderte Indris ungerührt.

»Ist es angenehm, den Mann zu sehen, zu dem du geworden bist?«, fragte der Spiegel.

»Du bist ein Omen, ein kleiner, sehr schwacher Hinweis auf das, was sein könnte. Nicht das, was ist.«

»Ich bin genau das, was ist, Amonindris. Ich bin die Wahrheit, ohne Verschönerungen oder Täuschung. Ich bin derjenige, der sein Gesicht vor der Welt verbirgt. Ich bin derjenige, der in den dunklen Stunden der Nacht an den alten Knochen des Ehrgeizes und der Furcht nagt, in der Hoffnung, dass jene, die ich liebe, mich weder sehen noch hören.«

»In der Tat, du bist eine Wahrheit, die ich sehr achte. Wenn ich dich vergesse, dann vergesse ich, was tief im Sumpf und Schlamm meiner Seele sitzt.«

Das Abbild im Spiegel lächelte ein krummzahniges Lächeln und ließ das gräulich kranke Zahnfleisch sehen. »Es gibt kein Entrinnen vor dem, was du in dir trägst, Amonindris.«

»Vielleicht. Das wird sich erst in der Zukunft herausstellen.«

»Hast du kein Verlangen danach, dich mit mir zu messen? Zu kämpfen und vielleicht zu gewinnen, das loszuwerden, was du am meisten an dir hasst? Du weißt, es ist ein Kampf, den du eines Tages gewinnen musst.«

Oder verlieren? Um dieses dunkle Ding zu werden, das er verabscheute? Das war das Schicksal von größeren, weiseren Leuten als ihm gewesen. »Es wird ein anderer Zeitpunkt kommen, an dem du und ich uns wiedertreffen werden, daran hege ich keinen Zweifel. Aber so weit ist es noch nicht.«

Durch reine Willenskraft drängte Indris seinen Geist nach vorn, tief in die Ödnis hinein. Der Spiegel zeigte eine Form von Himmel und mehr schlecht als recht einen Erdboden. Beide verschmolzen an einem Horizont aus trüber Dunkelheit, wie ein Staubsturm. Die geometrischen Formen waren falsch, alles war in eine für den Geist unmögliche Gestalt gekrümmt oder gebogen. Das Licht war diffus und drang aus Teilbereichen des Firmaments. Er kämpfte sich durch Unkraut, das schwarz war und haftend und bar jeder Freude. Um ihn herum waren die Bäume kaum mehr als Silhouetten, wie aus Papier geschnitten, gegen einen rauen einfarbigen Himmel. Unterhalb von ihm lag die Welt als seichtes Marschland, die Gewässer durchsetzt mit den schlafenden Gesichtern jener, die sich in der Ödnis verloren und der Hoffnungslosigkeit und Furcht hingegeben hatten.

Verschwommene Bilder von Personen und Orten tauchten auf. Indris klammerte sich an die ruhige Überzeugung, dass er zwar kein perfekter Mann, aber dennoch mehr war, als die extreme Wahrheit des Spiegels ihm weismachen wollte. Stimmen riefen ihn. Er sah das Flimmern von Gesichtern, die er einst kannte. Er hüllte sich in die Liebe von Familie und Freunden, in das Glück seiner liebsten Erinnerungen und die Stille eines entschlossenen Herzens. Er blickte weder nach links noch nach rechts, weder nach oben noch nach unten, sondern sah nur die vor ihm liegende Aufgabe.

Weniger als eine Minute später klärten sich die Nebel im Spiegel. Indris sah ein Behelfslager und ältere Aufbauten, außerdem eine Reihe von Zelten aus gefiedertem Gewebe, umgeben von Erdwällen und hastig verstärkten Steinmauern.

In der Mitte des Lagers befand sich ein Kommandozelt in gedämpftem Gelbbraun, verflochten mit schwarzem Leder. Banner waren in den Boden gerammt worden, und ein weißer Falke flatterte in einer wilden Brise, die Indris nicht fühlen konnte.

Vor dem Zelt stand ein großer, schlanker, scheinbar altersloser Mann. Sein fein geformtes, asketisches Gesicht war glatt wie Porzellan und schön, umrahmt von einem hüftlangen Federkleid aus blassgelben Federn, die von Karminrot durchzogen waren. Er hatte blaue Augen, so hell wie die erste Andeutung von Farbe am Horizont an einem Sommertag. Er trug eine wallende Robe aus goldener und weißer Seide unter einem Brustharnisch und Kettenpanzer aus *Serill*. Seine Augen waren von Hornschuppen umrahmt, die von dem gleichen Dunkelblau waren wie seine Lippen. Die Ohren waren blass und hatten sich zu Horn verhärtet. Ein anderer, junger Seethe saß auf einem Klappstuhl und polierte einen großen runden Schild.

»Hallo, Far-rad-din«, sagte Indris.

»Indris?« Überrascht blickte der Seethe auf.

»Wo bist du?«

»In den Ruinen von Mnemon, wie geplant. Ich habe von meinen Informanten gehört, dass es mit meiner Stadt nicht zum Besten steht. Wo bist du?«

»Vor den Ruinen von Fiandahariat.« Indris erzählte, was er über Corajidins Taten wusste.

Far-rad-din atmete tief und schaudernd ein. Indris konnte sehen, wie die Muskeln an seinen Kiefern arbeiteten.

»Mein Sohn?«, fragte der Monarch.

»Wir brauchen dich in Amnon«, sagte Indris ruhig. »Wir müssen für eine Alternative zu Corajidins Plänen für Shrīan sorgen. Ich habe Angst vor dem, was aus dem Land werden könnte, wenn sich ihm jetzt nicht starke Leute entgegenstellen. Er muss gestoppt werden.«

»Gestoppt?« Far-rad-din wandte sich um und betrachtete etwas, doch Indris konnte es nicht erkennen. »Die Avān haben sich als durchaus fähig erwiesen, wenn es darum geht, Dinge zu stoppen. Das, was einst See-an-way war, ist jetzt versunken und überflutet, weil die Avān wollten, dass meine Leute *gestoppt* werden. Du weißt es vielleicht nicht, aber dort gab es eine Stadt, die aus gläsernen Häusern bestand, aus Kristalltürmen und Gärten. Niemand trug dort Waffen. Wir nannten sie Arem-yr-Juel, das Tal der Lilien. Lotusblumen in allen Farben wuchsen dort, und die Leute kamen dorthin, um in der leichten Brise zu sitzen und den Duft der Blüten zu atmen.«

»Ich …«

»Und dennoch grollt mein Volk dem deinen nicht, unseren fehlgeleiteten Kindern, die wir aus wirbelndem Kristall und Licht geschaffen haben. Vielleicht hätten wir anders gehandelt, wenn wir geahnt hätten, wie viel Zorn in euren Herzen wohnt. Aber das haben wir nicht, und so ist der Lauf der Dinge.«

Far-rad-dins Haut und seine Augen trübten sich; es war, als hätte sich eine Wolke vor die Sonne geschoben. So blieb es für einen Moment, bevor er wieder von diesem inneren Leuchten erfüllt wurde, das Indris so gut kannte.

»Was hast du mit Corajidin vor?«, murmelte Far-rad-din. Er blickte auf den weißen Falken auf seinem Schild hinab, das in der Sonne funkelte. Der alte Glasschild war stellenweise zerkratzt.

»Das ist nicht meine Entscheidung. Sollen sich erhabenere Köpfe als der meine mit seinem Schicksal befassen.«

»Wenn wir verlieren, wird von meinem Hohen Haus hier nichts mehr übrig sein«, sann Far-rad-din, und ein Lächeln verzerrte seine dunklen Lippen. »Das ist nicht das, was sich meine Vorfahren vorgestellt haben. Und deine auch nicht, vermute ich.«

»Und doch müssen wir ein Risiko eingehen.«

»Müssen wir das?« Far-rad-din schloss für einen Moment die Augen. Seine Miene war friedvoll. Er schien die Sonne auf dem Gesicht und den Wind in seinen Haaren zu genießen. »Ich habe schon viel verloren. Meinen Sohn, meine Tochter.«

»Du weißt, dass ich …«

»Ich gebe dir nicht die Schuld an Anj-el-dins Misere, auch wenn du das tun magst. Selbst als sie sich zu dem unerklärlichen Brauch entschloss, dich zu heiraten, fühlte ich nichts als Freude. Du bist ein besserer Mann, als du ahnst, Amonindris. Aber warum sollte ich das Wenige, das mir noch bleibt, für eine Nation riskieren, die mich oder die meinen nie verstehen wird? Ich denke, es ist an der Zeit für mein Volk, unser Schicksal anderswo zu suchen. Shrīan war nie der Ort, auf den wir unsere Hoffnungen gesetzt hatten, und er wird es auch nicht sein, solange Männer wie Corajidin dort herrschen. Nein, ich werde nicht nach Amnon zurückkehren, damit der Teshri wieder versuchen kann, mich aufzuhalten.«

»Bitte …«

»Es ist Jahrhunderte her, seit ich die Himmelsreiche der Din-ma gesehen habe. Zwischen den schwebenden Inseln, die von den Seelenwinden des Äquators getragen werden, liegt ein Zuhause, nach dem ich mich sehne. Meine Gefährtin wartet dort auf mich, ebenso wie meine anderen Töchter und Söhne. Es ist längst an der Zeit, dass ich ihnen die Ehre erweise. Deine Verpflichtungen mir gegenüber sind erfüllt, mein Freund. Vertraue darauf, dass du deinen eigenen Weg finden wirst. Eines Tages treffen wir uns vielleicht wieder, unter glücklicheren Himmeln.«

»Es tut mir leid wegen Anj-el-din. Wenn ich irgendetwas ändern könnte …«

»Es tut uns beiden leid um das Schicksal meiner Tochter. Doch was geschehen ist, ist geschehen. Du vergisst sie besser, Amonindris, denn es gibt keine Rückkehr von ihrem … Vergib dir selbst, Amonindris. Du hast mir oder den meinen gegenüber nicht falsch gehandelt.«

Seethe sagten nie Lebwohl, da sie glaubten, damit das Omen des Todes heraufzubeschwören, der für die Seethe einen dauerhaften Verlust bedeutete. Obwohl auch die Seethe erwachen konnten, konnten sie im Gegensatz zu den Avān nicht mit ihren Ahnen sprechen. Die Seethe glaubten, sie würden vom Windgeist in Fetzen gerissen, um für immer allein und frei von jeder Bürde vom Wind mitgetragen zu werden bis zum Ende aller Zeiten. Ein Name im Wind, nicht mehr.

Indris schloss die Augen und leerte seinen Geist, um die Verbindung mit Far-rad-din zu unterbrechen. Mit einem übelkeiterregenden Ruck schnellte er zurück in sein Bewusstsein.

Als Indris die Augen wieder öffnete, stand Shar gegen den Spiegel gelehnt. Er erzählte ihr von seiner Unterhaltung mit Far-rad-din. Indris war so erschöpft, dass er beide Hände brauchte, um sich aus dem Stuhl hochzustemmen. Shar stützte ihn; sein Gewicht schien keine echte Herausforderung für ihren drahtigen Körper zu sein.

»Schlaf ein wenig, Indris.«

Erschöpft senkte er den Kopf, doch selbst mit geschlossenen Augen konnte er noch immer sein eigenes Bild im Spiegel sehen.

Shars Augen wurden schmal vor Sorge. »Geht es dir gut?«

»Die Sēq lehren viele Dinge. Sie lehrten mich zu lachen. Sie lehrten mich den Wert der Liebe und des Zorns. Den von Mitleid und Leidenschaft. Sie lehrten mich den Terror, wie ich ihn benutzen konnte, wie ich ihn überleben konnte, wie ich ihn umarmen und zu einem Teil von mir machen konnte. Und doch gab es eine Maxime, die ich erst jetzt begriffen habe.«

»Welche?«

»›Möge es niemals einen Ort geben, den ein Sēq nicht zu betreten wagt.‹«

Sein Lächeln fühlte sich zerbrechlich an. »Es ist eine Metapher, die ich erst in ihrer ganzen Tragweite verstanden habe, als ich auf die Pfade meiner eigenen Seele geblickt habe. Wenn es auch kein Ort ist, den ich nicht zu betreten wage, so ist es doch einer, von dem ich mir wünsche, er könnte anders sein, als er ist.«

Sie machten es sich so bequem wie möglich. Die ganze Nacht schlichen Gruppen von Fenlingen an der Villa vorüber, die hinter dem Verschwiegenheitszauber verborgen lag. Hin und wieder sah einer in ihre Richtung und schnüffelte in die Luft, bevor er von einem seiner Brüder vorwärtsgeschubst wurde. Jedes Mal lockerten die Gefährten dann ihren Griff um die Waffen und fielen wieder in einen leichten Schlummer.

Es war kurz vor der Morgendämmerung, als Hayden Indris und die anderen weckte. Vorsichtig schlichen die Gefährten die alten, halbdunklen Straßen entlang, die einst die Gemeinschaft umgrenzt hatten, zu der die Gelehrtenvilla gehört hatte. Gelbbraune Steine wurden schon bald von gleichmäßig gesetzten grauen und weißen abgelöst. Die Mauern um sie herum bestanden nun aus klar umgrenzten Achtecken und waren aus dem glatten schwarzen Stein, der für die Zeitmeister typisch zu sein schien. Von Zeit zu Zeit blieben sie stehen, um zu lauschen oder eine Fenling- oder eine Avān-Truppe vorbeiziehen zu lassen. Als sich das Morgenlicht inmitten einer Anhäufung aus trägen, gelb gefärbten Wolken am östlichen Horizont sammelte, waren Indris und die anderen in Sichtweite von Fiandahariat.

Ekko pirschte voran, während die anderen hinter eine hohe Steinmauer krochen. Eine Patrouille Avān schien mit niemandem zu rechnen und sprach lauter, als die Vorsicht gebot. Indris und die anderen hatten genug Zeit, um ein Versteck zu finden, bis die Patrouille vorübergezogen war. Auf dem Gesicht des riesigen Tau-ses zeichnete sich der übliche undeutbare Ausdruck ab, aber seine Schnurrhaare zuckten unruhig.

»Wir werden verfolgt, Amonindris«, knurrte Ekko leise.

»Von wem?«

»Ich weiß es nicht«, sagte Ekko besorgt. »Sie haben ihren Geruch getarnt und bewegen sich auf leisen Sohlen.«

Shars Augen waren schmal, als sie in die Richtung sah, aus der sie gekommen waren. »Ekko hat recht. Wir bekommen Gesellschaft. Viel Gesellschaft. Sie tragen Rüstungen und sind ganz in der Nähe.«

Sie hatten keine Freunde in der Rōmarq. Hayden begann, vor sich hin zu brummen, während er den Zylinder seines Sturmgewehrs drehte. Leise betätigte er den Hebel und vergewisserte sich, dass der Zylinder am Schaft mit Luft gefüllt war. Er hatte weniger als ein Dutzend Bolzen übrig. Die anderen zogen ihre Waffen. Gestaltwandlerin seufzte vor Erleichterung.

Die vier suchten sich Verstecke zwischen den Gardenien, von wo aus sie mit dem Rücken zur Wand kämpfen konnten. Sie warteten und atmeten flach, während sich die Muskeln unter ihrer Haut spannten.

Die Sonne durchdrang die Wolkendecke, und die Lichtstrahlen fielen auf das Stückwerk aus Graubraun, Braun und Grün, aus blauem und schwarzem Stein, das sich Rōmarq nannte.

Ein Schatten zog vorüber. Er war groß und schlich auf leisen Sohlen. Nur ganz gedämpft war das Klirren von Waffen zu hören.

Niemand sprach. So nah bei Fiandahariat konnten sie keinen Lärm riskieren oder zulassen, dass ihre Feinde entkamen. Ihnen blieb nur das Überraschungsmoment.

Sie hörten Schritte auf Stein. Massive Gestalten, durch die Blüten und Blätter der Gardenien kaum zu sehen, schlichen beinahe geräuschlos vorüber. Es kamen immer mehr, eine ganze Prozession. Indris fragte sich, ob es zu viele für sie waren. Ob sie so weit gekommen waren, um jetzt zu scheitern.

Indris zählte zehn der Gestalten, dann sprang er vor. Gestaltwandlerin summte leise. Er holte zu einem vernichtenden Schlag aus, der …

… er riss das Schwert zur Seite. Gestaltwandlerin fuhr durch die Luft und links an ihrem Ziel vorbei.

»Süße Ahnen!«, flüsterte Indris, als er in die Augen eines

Tau-se-Ritters starrte. Er sah sich um und stellte fest, dass seine anderen Gefährten ebenfalls in ihrem Angriff innegehalten hatten, bevor irgendjemand verletzt worden war.

Ekko steckte seine Klinge in die Scheide, und die Tau-se taten es ihm nach. Einer der Tau-se trat vor. Sein Fell war von einem so dunklen Braun, dass es an den Stellen, wo es nicht von der verschmutzten blaugoldenen Rüstung bedeckt war, beinahe schwarz wirkte.

»Gut, dass du es geschafft hast«, sagte er mit tiefer Stimme lakonisch zu Ekko. »Wir haben uns schon gefragt, ob wir dich verloren haben, Ekko.«

»Danke, Mauntro«, erwiderte Ekko. »Wie ich sehe, hast du meinen Befehl befolgt, am Leben zu bleiben.«

Mauntro zuckte die Schultern, dann nahm er seinen Helm ab, um sich die schweißfeuchte Mähne zu kratzen. Schicksalsmünzen in Silber und Bronze schaukelten in seinen langen Zöpfen. Er sah Indris, Shar und Hayden mit leiser Neugier an. Schließlich blieb sein Blick an Indris hängen. »Sieht so aus, als hättest du eine ganze Armee mitgebracht.«

»Und du hast eine verloren; damit sind wir quitt.«

»Nicht ganz, mein Freund.« Mauntro grinste und entblößte die glitzernden Fänge. Er hob die Faust, dann öffnete er zweimal in rascher Folge die Finger. Überall um sie herum erschienen noch mehr Tau-se, tauchten hinter eingestürzten Mauern, Säulen, Bäumen und Büschen auf. Indris zählte beinahe fünfzig der legendären Krieger. Bei ihrem Anblick stockte ihm der Atem.

»Nein, nicht ganz«, flüsterte Indris.

Kapitel 26

»Wir hängen an unseren Illusionen, weil sie freundlicher sind als die Wirklichkeit. Wir wissen, dass sie uns umgibt, doch wir wünschten, es wäre anders.« Aus: Die Spiegel im Geiste, *von Rahn Sûn fa Neyaid, 318. Jahr der Shrīanischen Föderation*

324. Tag im 495. Jahr der Shrīanischen Föderation

Mari ächzte vor Wohlgefallen, als Farzhi, der Masseur, die Knoten in ihren Muskeln bearbeitete. Ihre Hände schmerzten von einer langen Trainingseinheit, und die Haut an ihren Zeigefingern und Daumen war leicht gerötet, wo der Haifischhautgriff ihres Übungsschwerts sie aufgescheuert hatte.

Sie blickte zu dem Spiegel auf, sodass sie den schlanken nussbraunen Mann sehen konnte, der sich über sie beugte. Sein kleines Gesicht war verschrumpelt, er hatte glänzende eichelfarbene Augen und eine kleine, scharf geschnittene Nase. Seine Gliedmaßen schienen unverhältnismäßig lang zu sein, ebenso wie seine Hände und Finger, doch seine Berührungen waren sicher.

Farzhi rieb Maris Haut mit einem warmen Handtuch ab, das mit Lavendelöl parfümiert war. Sie lag noch einen Moment mit dem Gesicht im Kissen vergraben, und ein Gefühl der Wonne durchströmte sie. Sie hörte, wie er im Zimmer herumhantierte. Das Geklirr von Ölfläschchen. Das Rascheln, als er seine Handtücher und die feuchten Lappen einsammelte, die er benutzt hatte, um ihre Haut zu reinigen. Das Klappern von hölzernen Kästchen, die die Salben enthielten, mit denen er ihre Muskeln nach der Trainingsstunde besänftigte. Farzhi war der beste Masseur in ganz Amnon, er stammte aus der Rōmarq und lebte in einer der Gemeinschaften, die im Marschland entlang der Küste verstreut lagen.

Mit leisem Bedauern glitt Mari von der Couch, um wieder in ihre Tunika und den Kilt zu schlüpfen. Sie nahm einen kleinen Geldbeutel aus einer Porzellanschale vom Tisch und überreichte sie dem grinsenden Mann.

Farzhi übergab Mari einen versiegelten Brief. Sie sah den drahtigen kleinen Mann einen Moment lang an, bevor sie ihn öffnete.

Er war von Vahineh.

Maris Gefühl des Wohlbehagens schwand, während sie ihn las.

Später öffnete Mari die Tür ihrer Kammer und sah sich ihrem Vater gegenüber. Sie blieb abrupt stehen, und die Faust ihres Vaters, mit der er gerade hatte anklopfen wollen, befand sich nur Zentimeter vor ihrem Gesicht. Er starrte sie mit leerem Ausdruck an, seine Augen wirkten glasig, und seine Handrücken waren rot und aufgeschürft, als hätte er sich wundgekratzt.

»Vater?« Sie ergriff ihn am Ellbogen. »Es geht dir nicht gut!«

Es dauerte ein paar Herzschläge, ehe er antwortete. Vage gestikulierte er in Richtung ihrer Waffentasche, die sie sich um die Schulter geschlungen hatte. »Gehst du aus?«

»Du musst dich ausruhen. Wo ist Yasha, oder Wolfram?«

»Da draußen gibt es Leute, die uns schaden wollen, Mariam«, murmelte er. Der Gestank nach abgestandenem Schweiß hing in seinen Kleidern, und sein Atem roch nach süßer Lotusmilch. »Es ist kein guter Zeitpunkt, um …«

Sie winkte den Anlūki, die ihren Vater beschützten. »Warum habt ihr ihn hergebracht?«

»Der Asrahn-Erwählte befiehlt, wir gehorchen.« Der Anlūki zuckte gleichmütig die Schultern.

»Bringt ihn in seine Gemächer zurück, bitte.«

»Was?« Ihr Vater sah sie mit schmalen Augen an. »Nein! Mir geht es gut, Mariam.«

»Ich habe eine Verabredung.«

»Mit diesem dreckigen Näsarat!«, knurrte ihr Vater und hob die Hand, so wie er es früher getan hatte, als sie noch ein Kind gewesen war.

Mari wappnete sich, um sich zu verteidigen.

»Hast du mich noch nicht genug beschämt?«

»Wovon redest du?« Mari nahm die Hand ihres Vaters und führte sie sanft wieder nach unten. »Ich treffe mich mit jemandem, der mich zu seinem Waffenmeister machen will.«

Er sah sie benebelt an, dann berührte er mit zitternder Hand ihre Wange. »Eine Lehrerin? Aber du hast gesagt, du wolltest dein Haus unterstützen. Du hast mich gebeten, dass du enger mit mir zusammenarbeiten darfst, weißt du nicht mehr? Ich habe mit dir darüber gesprochen …«

»Nein, das hast du nicht.« Mari wies den Korridor hinunter zu Belams Räumen. »Es mag meinem Bruder genügen, wenn er Teil deiner Pläne ist. Aber mir nicht.«

Corajidin warf den Wachen im Korridor einen Blick zu. Dann trat er beiseite, sodass Mari an ihm vorbeigehen konnte. Ihr Vater ging neben ihr, wies seine Anlūki jedoch mit einer Geste an, Abstand zu halten. Tochter und Vater gingen langsam und in unbehaglichem Schweigen nebeneinanderher. Mari ertappte ihren Vater, wie er sie aus dem Augenwinkel beobachtete. In Wahrheit war sie froh, dass er ihr nicht alle seine Pläne enthüllt hatte. Sie war sich sicher, dass es Dinge gab, die sie über ihn nicht wissen wollte.

»Wohin gehst du?«, fragte er wieder, während sie die Treppen hinuntergingen.

Mari sah ihn an und wunderte sich, dass er es so schnell wieder vergessen hatte. Sie würde mit Wolfram über seine Medizin sprechen müssen. Wie sollte ihr Vater ein Land regieren, wenn er sich nicht einmal mehr erinnern konnte, was eine Minute zuvor passiert war?

An den Stufen zum Foyer hielt er inne. »Wer ist das?«

Mari folgte seinem Blick. Umgeben von vier Anlūki, stand dort eine schüchtern wirkende junge Frau in schlichter, aber halbwegs guter Kleidung. Sie trug ein gebogenes Schwert in der Schärpe um die Taille. Vahineh hatte sich verkleidet, ihr kürzeres Haar gefärbt und zu einem hohen Pferdeschwanz gebunden, wie es Brauch bei den umherziehenden Ritter war, die im Marschland hausten. Die Farbe, die sie auf die Haut aufgetragen hatte, ließ sie viel dunkler erscheinen als sonst. An ihrer Seite stand ein schlanker Mann. Sein Gesicht war rötlich gefärbt von etwas, das wie getrockneter Schlamm aussah, und das borstige Haar war von Weiß durchzogen. Der Saum seines langen Kilts war schmutzig, und seine Füße steckten in Strohsandalen. Es war Qamran, der Oberstritter der Feyassin, ebenfalls verkleidet.

»Die Frau ist meine neue Schülerin. Bahale ist eine Cousine der Familie Bey«, log Mari. »Ihr Gefährte ist einer ihrer Gefolgsleute. Bahale wurde mir empfohlen; sie soll arm, aber vielversprechend sein. Angeblich plant sie, nach Masripur zu gehen, um dort einer der *Nahdi*–Kompanien beizutreten.«

»Mariam, ich finde es lobenswert, dass du selbst etwas auf die Beine stellen willst. Aber lehren ist so …« Ihr Vater schnitt eine angewiderte Grimasse.

»Welche Wahl habe ich denn, Vater?«, fragte sie. »Mein Leben war von dem Moment an zerstört, als ich zugelassen habe, dass Vashne stirbt. Ich habe versucht, dir zu helfen. Ich habe dich vor einer Verschwörung gegen dich gewarnt, und du traust mir noch immer nicht. Was bleibt mir also anderes übrig, als meinen eigenen Weg zu gehen?«

»Du kannst einfach meine Tochter sein.« Corajidin küsste sie auf den Kopf. »Wenn du diesem verarmten kleinen Sumpfkind beigebracht hast, wie es kämpfen kann, ohne sich versehentlich mit dem eigenen Schwert umzubringen, dann komm in meine Amtsstube.«

»Pardon?« Mari beäugte ihren Vater misstrauisch.

»Sei zur Stunde der Schlange in meiner Amtsstube, dann werde ich dir alles erzählen. Lass mich nicht warten. Es gibt nur noch so wenige, denen ich vertrauen kann.«

Mari wartete in der Amtsstube ihres Vaters und blickte auf die Uhr. Es war fünfzehn Minuten vor der Stunde der Schlange. Corajidin würde zu früh kommen, oder rechtzeitig, oder zu spät. Für sie wäre es am besten, wenn er rechtzeitig kam. Früh bedeutete, er traute ihr nicht und wollte sie vielleicht bei etwas Unangebrachtem oder Übereiltem erwischen. Spät hieß, dass er sie nicht genug respektierte, um pünktlich zu kommen; eine schreckliche Verletzung des *Sende*. Wenn er pünktlich kam, erwies er ihr sowohl Respekt als auch Vertrauen.

Während sie wartete, dachte Mari an die vergangenen Stunden zurück. Sie und die verkleidete Vahineh und Qamran hatten sich im Trainingsraum der Villa getroffen. Teppiche bedeckten dort den harten Holzboden, und helle Sonnenstrahlen drangen durch die hohen, schmalen Fenster und zeichneten Muster auf den Boden. Staubflocken tanzten durch die Luft, helle Partikel, die aufflackerten und wieder verblassten, während sie durch die träge Luft schwebten und vom Licht in die Dunkelheit wanderten.

Während sie so taten, als würden sie die Prinzessin trainieren, hatte Qamran näher ausgeführt, was Vahineh vorhatte.

»Ich will, dass diejenigen leiden, die für das Schicksal meines Hauses verantwortlich sind«, hatte Vahineh gekeucht, als sie tänzelnd einem von Maris Schlägen auswich. »Armal ist tot, ihm kann ich also nichts mehr antun. Und Thufan ist fast tot? Egal; das bisschen, was von seinem Leben noch übrig ist, werde ich endgültig ins Elend stürzen.«

In ihrem Zustand der Reue hatte Mari Vahineh und Qamran alles erzählt, was sie über Armals Tod wusste. Beide hatten Mari gedrängt, ihnen noch mehr Informationen über die Morde an Vashne und Afareen zu geben. Aber sie hatte nur wenig zu berichten, das sie nicht schon wussten. Dann kamen Fragen über Yashas Gewohnheiten: wo sie ihre freie Zeit verbrachte, zu wem sie noch Verbindungen hatte, von denen Vahineh nichts wusste. Wiederum war Mari eine wenig befriedigende Informationsquelle gewesen.

»Wenn du gar nicht vorhattest, ihr zu helfen, warum hast du dann überhaupt so getan, als täte es dir leid?«, fuhr sie Qamran an. »Obwohl ich annehme, dass du einfach so …«

»Führ dich nicht auf wie ein Narr.« Mari hatte ihm leicht auf die Wange geschlagen. »Akzeptier einfach, dass es Dinge gibt, die ich nicht weiß. Und was Yasha betrifft: Ich habe mich noch nie darum gekümmert, was sie tut oder mit wem.«

»Kannst du mich in ihre Zimmer bringen?«, hatte Vahineh gefragt und sich schwer atmend auf ihr Schwert gestützt. »Und uns einen Weg verraten, wie wir das Haus unbemerkt wieder verlassen können?«

»Nein.« Mari hatte das Gefühl gehabt, auf Glas zu wandeln. »Es sind auch die Räume meines Vaters. Ich werde Euch nicht erlauben, dass Ihr ihn verletzt, Vahineh. Und – Qamran? Denk nicht einmal daran, mich dazu zu zwingen. Du weißt, dass es für dich schlecht ausgehen würde.«

Klappernd ließ Vahineh ihr Schwert zu Boden fallen. Mari runzelte die Stirn über die respektlosen Art, wie Vahineh mit ihrer Waffe umging. »Du wirst mir also nicht helfen?«

»Meiner Familie zu schaden? Nein.« Mari steckte ihr Schwert in die Scheide und legte es sich über die Schulter. »Hat uns die Rache nicht schon an den Rand des Abgrunds getrieben? Außerdem gibt es da Pläne, die …«

»Genug geredet, Mari!«, schrie Vahineh. In ihren Augen glänzten Tränen. »Ich dachte, eine Frau wie du würde erkennen, wie sie ihre Fehler wiedergutmachen kann. Offensichtlich habe ich dich und deinen Respekt für meinen Vater falsch eingeschätzt.«

»Vahineh, Ihr wisst nicht, was Ihr da redet! Es gibt bereits Leute, die …«

»Ich bin enttäuscht, obwohl ich eigentlich nicht überrascht sein sollte. Doch die Erebus werden für ihre Taten bezahlen.« Vahineh nahm ihr Schwert auf. Sie wischte sich die Nase an der Schulter ab, eine Geste, die mehr zu einer Heranwachsenden gepasst hätte.

Mari hatte sich bereits halb abgewandt, als Vahineh angriff.

Mari reagierte, ohne nachzudenken. Sie trat in den Bogen, den Vahinehs Schwert beschrieb, und schlug ihr aufs Handgelenk. Vahinehs Hand öffnete sich, und in weniger als einem Herzschlag hatte Maris noch umhülltes Schwert Vahineh an der Schläfe getroffen. Die Augen der Prinzessin rollten im Kopf zurück, als sie zu Boden fiel.

Ein Schleifen von Metall auf Stahl ertönte, als Qamrans Schwert aus der Scheide flog. Mari sprang hoch über Qamrans Klinge hinweg, ihr Körper drehte sich horizontal wie ein Kreisel. Sie landete auf den Füßen und schlug zu. Ihr Stiefel traf Qamran im Gesicht und schleuderte ihn zurück. Ein Schlag auf sein Handgelenk, und sein Schwert wirbelte davon. Mari sprang vor, und ihre Handkante traf Qamran an der Schläfe. Fäuste, Füße, Handflächen, Knie, Ellbogen, Schultern, alles war ein Durcheinander aus Schlägen. Qamran stieß mit dem Ellbogen nach unten, um Maris Schlüsselbein zu brechen. Sie bog den Oberkörper nach hinten, und der Schlag traf ihre Schulter. Ihr nächster Schlag traf ihn an der Kehle. Qamran fiel auf die Knie, und sein Gesicht verfärbte sich violett.

Mari beugte sich hinab, um sich zu vergewissern, dass Vahineh noch am Leben war. Es dauerte einen Moment, bis Qamran seine Atmung wieder unter Kontrolle hatte. Mari vermutete, er würde eine Weile Mühe mit dem Sprechen haben. Sobald sie das Gefühl hatte, dass sich der Mann wieder einigermaßen unter Kontrolle hatte, half Mari ihm auf die Füße.

»Ich hätte euch beide töten können«, murmelte sie. »Aber ich habe ernst gemeint, was ich sagte. Es ist genug Blut vergossen worden, und ich arbeite mit Leuten zusammen, die verhindern wollen, dass noch mehr fließt. Ich werde euch in ein Zimmer bringen, wo du dich um sie kümmern kannst, bis sie wieder aufwacht. Wenn es so weit ist, sag ihr, sie hat hiermit jede Möglichkeit verspielt, dass ich ihr helfe. Das nächste Mal, wenn sie mich zu töten versucht, soll sie es von Angesicht zu Angesicht tun. Ich will, dass ihr beide so schnell wie möglich von hier verschwindet.«

Mari hatte Qamran, der Vahineh trug, in ein ruhiges Zimmer gebracht. Dann war sie ohne ein weiteres Wort gegangen, um ihren Vater zu treffen.

Corajidins Amtsstube war leer, also hatte sie es sich gemütlich gemacht, während sie wartete. Der Stundenzeiger verweilte über dem Bild einer aufgerollten Schlange, der Glockenschlag zur vollen Stunde war melodisch und schlicht. Mari entspannte sich etwas. Ihr Vater war nicht zu früh gekommen. Als der letzte Glockenschlag verklang, öffnete sich die Tür.

Ohne weitere Erklärungen zog Corajidin an einer seidenen Schnur. Bald kamen Diener und nahmen die Wünsche ihres Herrn entgegen. Er verlangte ein frühes Abendessen, das in seiner Amtsstube serviert werden sollte.

Mari setzte sich in ihrem Stuhl mit der hohen Lehne zurück und streckte die Beine aus. Sie wünschte sich jetzt nichts mehr als ein Bad, dann vielleicht einen Besuch in einem der örtlichen Salons, wo sie an einem Whisky nippen und sich in der Gesellschaft von Duellanten, Freigeistern oder Dichtern entspannen konnte. Vielleicht der Salon, der zu Indris' Appartements im Barouq gehörte? Dann wäre sie dem Ort nahe, wo sie zum letzten Mal mit ihm zusammen gewesen war. Ihre Gedanken wanderten zu erotischeren Belangen, während ihr Vater sich weiter über die ermüdenden Details seines Tagesablaufs ausließ. Mari suchte nach den Anzeichen der Gebrechlichkeit, die sie zuvor an ihm wahrgenommen hatte, doch ihm schien es besser zu gehen. Die Röte in seinem Nacken und die Wunden an seiner Hand waren verschwunden. Mari fragte sich im Stillen, was ihr Vater getan haben mochte. Wolframs Behandlungen waren nie so wirkungsvoll gewesen.

Das Essen kam: aufgeknackte Krabben, gegrillter Fisch, lockerer weißer Reis und ein Salat aus grünem Blattgemüse. Bei dem Duft lief Mari das Wasser im Mund zusammen – Knoblauch, Zitrone und geschmolzene Butter. Meersalz, Pfeffer und ein Hauch von Essig und Olivenöl. Die beiden aßen schweigend, während Mari versuchte, ihre Neugier zu verbergen. Als die goldenen Platten beinahe leer gegessen waren, schenkte Corajidin einen vollmundigen Wein in ihre Becher. Mari nippte vorsichtig; ihr Vater dagegen trank mit Genuss und in großen Schlucken, so wie früher. Was war in den letzten paar Stunden passiert, dass er auf einmal wieder über derartige Lebenskraft verfügte?

»Du wolltest wissen, was wir tun, Mari?« Entspannt saß ihr Vater mit übereinandergeschlagenen Beinen da. »Es hat einen guten Grund für all die Unannehmlichkeiten gegeben. Diese ganzen moralischen Grauzonen, die wir erduldet haben …«

»Versuchst du gerade zu rechtfertigen, dass die Männer der *Kherife* die Leute mitten in der Nacht festgenommen haben? Oder die Verfolgung der Seethe und Menschen, sogar einiger Avān hier in Amnon?«

»Für den Fortschritt müssen Opfer gebracht werden.« Ihr Vater nippte an seinem Wein. »Erst hatte ich mit dem zu kämpfen, was passierte. Meine Agenten haben meine Befehle so ausgelegt, dass sie zu ihren Plänen passten, oder haben sie sogar komplett überschritten. Ich war zu krank, um mehr zu tun, als den Schaden zu begrenzen, obwohl ich mir gewünscht hätte, es wäre anders. Und doch waren sie auf dem Schlachtfeld und nicht ich. Sie haben getan, was sie für nötig hielten. Viele Patrioten sind gestorben, damit Far-rad-din entmachtet werden konnte. Ihre Opfer, geboren aus Liebe zu ihrer Kultur und ihrem Erbe, dürfen nicht umsonst gewesen sein.«

»Vater, ich weiß, dass Far-rad-din entmachtet wurde, weil du unbegrenzten Zugriff auf die Schätze in der Rōmarq haben wolltest. Warum lügst du mich an? Was hast du …«

»Wir, Mari«, verbesserte sie ihr Vater.

Etwas in Mari schien plötzlich zu verdorren.

»Es gibt viele unter den Hundert Familien, die der Ansicht sind, dass wir schon zu lange unter dem Joch der gelehrten Anachronismen leben. Gelehrte! Was sind sie schon anderes als Schäfer, deren Herde ihnen schon vor Jahrhunderten über den Kopf gewachsen ist? Ihr Glaube ist veraltet. Nimm nur das Vertrauen zu der Quelle. Was ist es denn anderes als ein Joch, das die Gelehrten uns vor langer Zeit um die Hälse gelegt haben? Ihre Zukunft war besiegelt, als sie während der Gelehrtenkriege versuchten, die Kritiker ihres Glaubens zu unterdrücken.«

»Du meinst die Hexen? Eine interessante, wenn auch eigennützige Art, die Dinge zu sehen. Du warst schon immer ein Opportunist. Es war dein Held Sedefke, der unsere Ahnen zu ihrem ersten Erwachen führte. Willst du sagen, du wirst das alles aufgeben, um dich an ein Leben der Mittelmäßigkeit zu klammern? Wie die Königinnen und Könige fremder Länder?«

»Ich sehe mich selbst mehr als Pragmatiker.« Er zuckte zusammen, und seine Hand fuhr zur Brust. Mari sprang auf, doch ihr Vater winkte ab. »Es ist nichts. Wolfram hat mich gewarnt, dass die Medizin, die sie mir heute gegeben haben, ein paar Nebenwirkungen haben könnte.«

»Vater, bitte, du musst dich ausruhen. Und was meinst du mit ›sie‹?«

»Mach dir keine Sorgen um mich, Mariam.« Corajidins Lächeln war beinahe so charmant wie immer. Seine Hautfarbe war frischer, doch die Falten, die seine Stirn und Augenwinkel furchten, waren von tiefen Schatten erfüllt. Seine Augen leuchteten fieberhell. »Wolfram hat dafür gesorgt, dass ich ein Mittel bekomme, das es mir erlaubt, mein Amt noch ein Weilchen auszuüben. Es ist stärker, das ist wahr, aber es verschafft mir Zeit.«

»Was wirst du tun?«, fragte sie nervös.

»Ich bin nicht wahnsinnig, Mari«, erklärte ihr Vater. »Meine Krankheit hat mir eine Klarheit geschenkt, die mir zuvor gefehlt hat. Ich sehe so vieles jetzt deutlicher. Mein Ehrgeiz, unser Volk zu regieren, war nur ein Schritt in einer viel größeren Reform. Ich spreche von einer Rückkehr zu den Zeiten, als wir wirklich groß waren.«

Mari lehnte sich in ihrem Stuhl zurück, erfüllt von einer Ahnung kommenden Grauens. »Mir gefällt nicht, was ich da höre.«

»Muss ich dich daran erinnern, dass du es warst, die zu mir gekommen ist? Du hast darum gebeten, Teil unserer großen Pläne zu sein«, sagte ihr Vater ruhig. »Wenn Ariskander und Daniush erst tot sind, ist mein Weg zum Thron des Asrahns praktisch ohne jeden Widerstand. Ich werde der Asrahn von Shrīan sein, und ein Kandidat meiner Wahl wird zweifellos als Volkssprecher gewählt werden. Die Imperialisten werden sowohl Staat als auch Länder kontrollieren, und es wird kaum noch Hindernisse geben, um …«

»Die Kanzlei wird sich nicht einfach deinem Willen unterwerfen«, entgegnete Mari scharf. »Der Gebietermarschall, der Gerichtsmarschall, der Gelehrtenmarschall …«

»Das alles sind Posten, die bei der Versammlung frei gewählt werden sollten.« Corajidin wischte ihre Einwände beiseite und senkte den leuchtenden Blick auf die Mischung aus Schriftrollen und Schreibtafeln auf seinem Tisch. Er sortierte sie und ordnete sie zu Stapeln, ohne sie wirklich zu lesen, soweit Mari das beurteilen konnte. Seine Hände zitterten noch immer. »Wolfram hat mir gezeigt, wozu meine Verbündeten imstande sind und wie mächtig die Hexen geworden sind in der Verborgenheit ihres Exils. Die Gelehrten haben versäumt, sie zu vernichten, und sie werden es schon bald bereuen.«

»Vater, was wird geschehen, wenn du nicht überwinden kannst, was dich so krank macht?«, fragte Mari verzweifelt. Mit einer abrupten Handbewegung fegte sie die Schriftrollen vom Tisch. »Das hier … all das wird keine Bedeutung mehr haben, wenn du tot bist! Bitte, hör auf mit dem, was Wolfram und du planen, was auch immer das ist. Konzentriere dich darauf, gesund zu werden.«

»Ich habe Wolfram gebeten, seine Hexen zu versammeln. Er hat mir einige seiner Verbündeten vorgestellt«, flüsterte ihr Vater.

Mari runzelte die Stirn. In Corajidins Ton lag keine Sorge, auch keine Ehrfurcht oder Verwunderung. Mari brauchte ein paar Augenblicke, um zu begreifen, dass es Angst war.

»Majadis und Demandai, Wolframs Verbündete, gaben mir einen Trank gegen meine Krankheit. Nur eine Kostprobe, um mir ihre Macht zu zeigen. Sie sagen, er wurde aus der Quelle selbst destilliert. Er wird mich am Leben erhalten, Mariam. Verstehst du, was das bedeutet?«

Plötzlich hatte Mari einen sauren Geschmack im Mund, wie die ersten Hinweise auf Erbrochenes. Die Gelehrtenkriege hatte es aus einem bestimmten Grund gegeben. Die Gelehrten hatten gewusst, dass die Hexen zu gefährlich waren, zu rücksichtslos in der Ausübung ihrer Macht, um frei zu bleiben. Die Hexen wollten auf Shrīans Thron sitzen, statt ihm zu dienen. Wolfram war schlimm genug, doch in seiner Verzweiflung hatte ihr Vater noch mehr von Wolframs Sorte die Türen geöffnet. Man erzählte sich, die Hexen hätten dunkle Geschäfte mit dunkleren Mächten gemacht, um sich ihre Macht zu erhalten. Was würden sie von Erebus fa Corajidin für ihre Hilfe verlangen?

»Vater, riskierst du nicht zu schnell zu viel? Du erwartest doch sicher nicht, dass die Hohen Häuser und die Hundert untätig herumsitzen werden, während du die Übel der Vergangenheit neu erstehen lässt?«

»Diejenigen, die die Zukunft verhindern wollen, werden keinen Platz in ihr haben. Darüber gibt es keinen Zweifel. Es macht mich froh zu wissen, dass du nun ein Teil von ihr bist.«

Kapitel 27

»Ehrgeiz kann Steine aus uns allen machen. Herzlos, ohne Mitleid noch Gnade, rollen wir nur in eine Richtung.« Aus den Maximen der Meisterdichter, 156. Jahr des Erwachten Imperiums

325. Tag im 495. Jahr der Shrīanischen Föderation

Corajidin sah zu, wie Yashamin ihren Kopf in den Papieren vergrub. Keiner von ihnen beiden hatte in der Nacht zuvor viel geschlafen. Corajidins neu gewonnene Gesundheit hatte ihn seiner Begierde beraubt, doch sein Verstand war so klar wie schon lange nicht mehr. Sie war verärgert, dass er sich entschlossen hatte, die Nachtwache bei Thufan zu verbringen und die unzähligen Aufgaben zu erfüllen, die er während seiner Krankheit vernachlässigt hatte, statt in ihren Armen zu liegen. Doch schließlich hatte sie sich zu ihm auf die Couch gesellt und rasch alles besprochen, worum sie sich zu kümmern hatten.

Yashamin ignorierte Corajidin, während er sich ankleidete. Sie drehte ihm den Rücken zu, die Finger voll Tinte, als er die Arme um sie schlang. Ihr Pinsel bewegte sich weiter über die Seite, während sie den Berg an Korrespondenz beantwortete, der täglich ankam. Er beugte sich vornüber und lächelte, das Gesicht in ihrem Haar vergraben. Seine Lippen verweilten dort für einen langen Kuss, während er ihren Duft einatmete. Selbst ihr Schweiß roch gut.

Er verabschiedete sich stumm von ihr, und sie schwieg

weiter, als er den Raum verließ. Er würde es wiedergutmachen, wenn er aus der Rōmarq zurückkehrte.

Belamandris wartete im Innenhof auf ihn, gemeinsam mit zwanzig seiner besten Anlūki. Belamandris leuchtete in seiner Rüstung aus rubinroten Schuppen und dem Brustpanzer aus glänzendem schwarzem *Kirion*. Die Scheide seines *Amenesqa* glühte. Seine Anlūki waren kaum mehr als Schatten in ihren schwarz geschuppten Kettenpanzern und den Wildlederumhängen. Sie standen Wache bei einem schlicht wirkenden Wagen und zwei großen bedeckten Fuhrwerken. Die Spulen auf den Vorrichtungen drehten sich langsam, ihr perlmutterner Schimmer nicht mehr als ein Flackern in der Düsternis.

Wolfram kam mit Brede im Gefolge die Treppen heruntergetaumelt. Man sah dem alten Mann die Jahre an. Die Haut des Angothischen Hexers war fahl an den Stellen, wo sie durch das dichte Gefilz aus Haar oder über seinem langen Bart zu sehen war. Die Schienen, die seine Beine unterstützten, knarrten mehr als sonst, und es schien, als würde der Hexer jeden Moment zusammenbrechen. Corajidin hatte von Wolfram verlangt, dass er alles in seiner Macht Stehende tat, um Thufan zu heilen. Es schien, als hätten Corajidins Forderungen ihren Preis gekostet.

»Danke«, flüsterte Corajidin, sodass die anderen ihn nicht hören konnten.

»Er wird überleben.« Wolframs schöne Stimme klang brüchig. »Aber er wird weder dir noch mir dafür danken.«

»Was hast du getan?«

»Alles, was nötig war«, erwiderte Wolfram rundheraus. Brede half ihrem kraftlosen Meister auf einen der Wagen.

Corajidin warf einen raschen Blick zum Himmel. Es herrschte noch immer Dunkelheit, doch am östlichen Horizont war bereits ein schwelendes Glühen zu erkennen. Viele der Arbeiter in Amnon mussten jetzt bereits aufgestanden sein, Bäcker, Metzger, Fischer, Karawanenführer und Viehtreiber, bereit für einen weiteren in einer endlosen Reihe von Tagen. Einige würden ihre Wagen sehen, doch keiner würde auf den Gedanken kommen, dass es der Asrahn-Erwählte war, der auf so einfache Weise reiste. Corajidin hoffte, er würde längst wieder zurück in Amnon sein, bevor irgendjemand seine Abwesenheit bemerkte.

»Wird Mari mitkommen?«, fragte Belamandris, als er seinen Vater zum Wagen begleitete. Er öffnete die Tür und ließ seinen Vater einsteigen.

»Diesmal nicht.«

Belamandris gab der Truppe den Befehl, sich in Bewegung zu setzen. Der junge Kriegsdichter schwang sich in den Wagen und schloss die Tür hinter sich. Es war eine ruhige Fahrt durch gewundene Straßen in den Norden der Stadt. Sie nahmen die Kondyan-Hochbrücke über die Zuläufe nördlich des Hafenviertels zum Himmelsdock. Der Anlūki-Fahrer steuerte den Wagen über das weite Feld, unter den aufragenden Schatten der Himmelsklipper im Hafen hindurch. Corajidin sah den von Lampen erhellten Umriss einer kleineren Windbarke, ein Sichelmond aus Bronze, Messing und Holz, der an Haltetauen in der steifer werdenden Brise dümpelte. Die Windbarke war unauffällig. Eine einzelne Spule drehte sich und flackerte in kaltem Licht. Unter Bredes wachsamen Blicken trugen die Anlūki Kisten in allen möglichen Größen an Bord. Eine Kiste war größer als die übrigen, beinahe zwei Meter lang und so breit, dass sechs Männer sie tragen mussten.

Belamandris übernahm das Ruder der Windbarke, dann gab er den Befehl, die Lampen zu löschen. Geschickt steuerte er das Schiff aus dem Dock und hinaus aufs Marmormeer. Sie flogen über das kabbelige Wasser, nicht mehr als ein Schatten zwischen Möwen und Turmfalken. Belamandris schlug einen weiten Bogen, um Fischerbooten und Händlergaleeren aus dem Weg zu gehen, die über Nacht in den tieferen Gewässern vor Anker gegangen waren.

Als sie über der Flickendecke aus Licht und Schatten der Rōmarq in die Höhe stiegen, brach die Dämmerung herein. Aus der Ferne schienen die Ruinen kaum mehr als Kleckse aus Zeichenkohle zu sein. Minuten später ragten Steintürme zwischen den Bäumen auf, runde Fenster, die wirkten wie einsame Augen in schwarzen Steingesichtern. Kleine Rauchfahnen stiegen auf und wurden von der Morgenbrise davongetragen. Sie flogen über Vorratszelte und behelfsmäßige Baracken hinweg, über ein kleines Dock, wo eine Handvoll Barken und eine Freibeutergaleere zwischen hohen Gräsern und Seerosen vertäut lagen. Raue Holzkisten säumten den steinernen Pier. Unter ihnen ertönten die lauten Schläge von Hämmern und Hacken. Corajidin atmete den beißenden Geruch nach klammer Vegetation, Holzrauch, wucherndem Geißblatt und dem Moschus der Fenlingkörper ein. Belamandris lenkte das Schiff zu einem Innenhof in der Nähe der Stelle, wo Ariskander und Daniush gefangen gehalten wurden.

Corajidin blieb wachsam, als er und die anderen von Brede zu der Stelle gebracht wurden, wo die Rituale durchgeführt werden sollten. Er nahm alles überdeutlich wahr: das Gewicht der feuchtklammen Luft auf seiner Haut; das Prickeln des Schweißes auf seinem Kopf, ein einzelner Tropfen, der hinter seinem Ohr hinunterrann; die körnigen Überreste der Zeit, die sich an die schwarzen Steine klammerten; das konstante Pochen, das durch seine Fußsohlen pulsierte. Die Luft duftete nach Zypressen. Paspalumstängel nickten mit ihren großen Köpfen in der schwülen Brise. Nur ganz fern war das Ticken und Läuten gewaltiger, unsichtbarer

Maschinen zu hören, die Kasramans Leute niemals gefunden hatten. Wie in so vielen anderen Bereichen der Stadt waren diejenigen, die losgezogen waren, nicht zurückgekehrt.

Die Gruppe kam auf einen großen Platz, der von einem runden, säulenumstandenen Gebäude aus spiegelndem schwarzen Stein umschlossen war. Als Corajidin die riesigen Säulen sah, stockte ihm der Atem. Sie waren mit den Ablagerungen vieler Zeitalter überzogen, doch trotz der Jahrtausende noch immer nahezu unbeschädigt. Fenster, an denen bei einigen noch immer Scheiben oder gezackte Splitter aus orangefarbenem, gelbem und rotem Glas zu sehen waren, starrten teilnahmslos auf sie herab. Die Bedrohung, die von ihnen ausging, war vage, aber nichtsdestotrotz spürbar.

In der Mitte des Platzes, in einem filigranen Pavillon mit einem Kuppeldach aus grünlich verfärbter Bronze, befand sich eine Vorrichtung, die aus endlos ineinander verschachtelten Rädern aus mattem schwarzem Metall gefertigt war. In der Mitte drehte sich langsam eine unebene Bernsteinkugel. Corajidin hätte Mühe gehabt, die Kugel mit den Armen zu umfassen. Die unterschiedlichen Räder, die die Vorrichtung umgaben – alles in allem vierzehn –, waren mit harten, kantig wirkenden Bildzeichen und kleineren Metallkugeln überzogen. Bei einigen der Kugeln waren auch Räder zu sehen, die sie umrundeten und ebenfalls mit einer, zwei oder manchmal auch drei weiteren kleinen Kugeln versetzt waren. In dem Metall sanken langsam Sterne herab: weiß, blau, orange, rot und sogar schwarz, ein Regen aus funkelnden Staubkörnchen.

»Die Sternenuhr«, sagte Wolfram begehrlich. Brede sah das Artefakt ähnlich ehrfürchtig an. »Soweit wir wissen, ist sie die Einzige ihrer Art. Sie wurde in den letzten Jahren des Haiyt-Imperiums der Zeitmeister gemacht.«

»Was kann sie?« Corajidin war versucht, sie zu berühren,

doch ein starkes Gefühl der Selbsterhaltung hielt ihn zurück. Der Gedanke an einen Verstand, der imstande war, sich einen derartigen Apparat auszudenken oder gar zu bauen, beunruhigte ihn.

»Wenn wir das nur wüssten, mein Rahn«, murmelte Brede. »Die Rōm haben uns nicht viele Schriften hinterlassen. Als sie verschwanden, nahmen sie alles mit. Wir haben zusammengesetzt, was wir konnten, aber das ist nicht viel.«

Brede führte sie an Wachen mit hartem Blick vorbei, dann in eine Kammer, deren hohe Decke in der trüben Düsternis über ihnen verschwand. Hier hatte Kasraman ihre Schätze studiert und katalogisiert. Vieles von dem, was gefunden worden war, hatten sie verpackt und verschifft, entweder zu Corajidins Palast in Erebesq oder zu seiner Villa in Amnon. Kasraman selbst war nun mittlerweile auf dem Weg nach Erebesq, an Bord einer der wenigen Windschiffe, mit der demontierten Torque-Spindel bei sich.

Corajidin sah nach oben zu dem willkürlichen Wirbel aus Lichtern. Sie flackerten und verschwanden wieder in den tiefen Wolken, die die Decke verdunkelten. Es war, als würde man bunte Laternen in einem Strudel aus schlammigem Wasser beobachten. Hunderte leicht verschwommener, grauweißer Säulen wuchsen in ordentlichen Reihen in die Höhe und verschwanden in der Dunkelheit.

In der Mitte der beängstigenden Kammer befanden sich zwei rechteckige Gestelle, an denen kreuzweise dicke Riemen angebracht waren. Gestelle und Riemen waren mit glitzernden Bändern aus Silber- und Golddrähten verflochten. An den Gestellen waren Fesseln angebracht, mit denen Ariskanders und Daniushs Handgelenke und Fußknöchel gebunden waren.

Corajidin sah sich seine Gefangenen an. Beide Männer waren schweißüberströmt und schmutzig. Ihre nackte Haut war von unzähligen Bissen der Sumpfinsekten, von offenen Wunden und langen Schnitten übersät, die in der feuchten Hitze zu eitern begannen. Beide Männer stanken nach Schweiß und ihren eigenen Exkrementen.

Das hagere Gesicht des bewusstlosen Ariskander war eine Maske der Gelassenheit. Um seine Mundwinkel sah man alte Wunden, seine Lippen waren aufgesprungen, und die Haut schien sich zu straff über dem Schädel zu spannen. Daniush, der vielleicht nur ein Drittel so alt war wie Ariskander und noch immer die Muskeln eines aktiven, kräftigen Jugendlichen hatte, zeigte weitere Spuren von Misshandlung. Seine Handgelenke und die Knöchel waren wundgescheuert von seinen Fluchtversuchen. Das zerschlagene Gesicht war ein deutlicher Beweis für die Reaktionen auf sein Verhalten. Er war hübscher als sein Vater und kräftiger gebaut, ein Krieger. Daniush beobachtete die Neuankömmlinge unter gesenkten Augenlidern.

Brede zeigte den Anlūki, wo sie ihre Lasten absetzen konnten. Eine fette schwarzbraune Spinne mit grotesk aufgedunsenem Leib richtete sich auf, als die Anlūki vorsichtig die Kisten hinübertrugen. Einer der Männer wich vor dem Spinnentier zurück. In Shrīan lernte man schon als kleines Kind, dass viele der Spinnen und Schlangen, ebenso wie andere Insekten, Pflanzen und Meereslebewesen tödlich sein konnten. Brede warf der Kreatur einen Blick aus blassen Augen zu, dann knurrte sie kehlig ein Wort. Hastig krabbelte die Spinne davon und versteckte sich unter dem ausgefransten Saum eines kunstvollen Bilderteppichs.

Beim Anblick des Teppichs wurde Corajidin leicht übel. Die Erinnerung an die seltsame Kreatur, die in dem Teppich in Wolframs Gemächern hauste, kam ihm in den Sinn.

Aus den Augenwinkeln sah er, wie die Spinne auf seinen Stiefel zukroch. Er hob den Fuß, und die Spinne richtete sich noch einmal auf. Ihre Fänge waren beeindruckend für ein so kleines Wesen. Sie war der perfekte Mörder, leise, tödlich, ohne Gewissen oder Reue. Mit wohlüberlegter Bosheit trat Corajidin auf das Tier. Ein befriedigendes Knacken ertönte, als der Mörder ermordet wurde. Das war der Lauf der Welt.

Der Angothische Hexer machte Brede ein Zeichen. Sie öffnete die Kisten und holte eine Reihe kleinerer Kästen heraus, die wiederum Porzellangefäße, Glasflaschen, kalt glühende Nadeln und zahlreiche Bücher enthielten. In einer weiteren Kiste befand sich der Angothische Seelenkäfig. An der größten Kiste waren die Seiten entfernt worden, und man erkannte ein Ungetüm aus Obsidian und Gold: ein Grabesspiegel.

»Haben dir das deine neuen Verbündeten gegeben?«, fragte Corajidin.

Wolfram musste den Ausdruck des Abscheus auf Corajidins Gesicht bemerkt haben. »Es ist ein Zeichen ihres Vertrauens und ihres Wohlwollens. Mir schien das der passende Ort zu sein, um den letzten Rahn des Hohen Hauses Selassin aufzubewahren. Ich dachte, es würde Euch gefallen, dieses Spiegelbild an Eure Wände zu hängen, wo seine Seele dann bis in alle Ewigkeit warten kann. Auf keinen Fall darf er wieder freigelassen werden; er verfügt über Vashnes gesammelte Erinnerungen.«

Corajidin antwortete nicht, starrte den riesigen Spiegel jedoch mit morbider Faszination an. Die unerbittliche Oberfläche glühte düster. Selbstsüchtig weigerte sie sich, irgendeine Widerspiegelung zu zeigen. Corajidin wedelte mit der Hand vor dem Spiegel herum, doch dieser stahl, was er sah, und gab es nicht zurück.

Er riss den Blick wieder los, denn er wollte sehen, was Wolfram tat. Feierlich legte Wolfram die Hände auf die Kiste, die den Käfig enthielt. Er begann in einer fließenden, fesselnden Sprache zu singen, die Corajidin nicht verstand und deren Worte er rasch wieder vergaß. Der Hexer drückte die Finger auf unterschiedliche Stellen. Die Seiten der Kiste fielen ab und enthüllten einen Helm mit einem verschnörkelten Visier aus Bernstein, der mit kunstvollen Mustern in blaugrünem Hexenfeuer und Gold verziert war. Ein Diamant von beinahe zwei Zentimetern Länge war in die Stirn eingelassen. Corajidin fühlte sich an die schwarzen Seelensteine der Sēq-Meister erinnert. Licht haftete an dem Angothischen Seelenkäfig und leckte an dem Bernstein. Er liebkoste das Blaugrün und Gelb der kostbaren Metalle, und doch blieben Augenhöhlen und Mund dunkel, der Diamant glanzlos.

Brede nahm eine Spritze aus einer Messingbox. Sie entfernte den Pfropfen von einer Porzellanampulle und maß sorgfältig eine Dosis einer trüben Flüssigkeit ab. Dann stieß sie die Nadel in Daniushs Hals. Corajidin zuckte zusammen, als sie die Flüssigkeit erst in Daniushs, dann in Ariskanders Körper zwang. Schließlich legte sie die Spritze in die Box zurück und brachte zwei Handgriffe an den Gestellen an. Die beiden Rahmen richteten sich klappernd auf, sodass die Männer an den Handgelenken hingen.

Das Mittel wirkte rasch. Daniush sträubte sich in seinen Fesseln. Er hatte die Zähne zusammengebissen, dennoch entrang sich ihm ein leises Stöhnen. Die Adern an Hals und Stirn traten vor, und sein Gesicht lief rot an. Sehr zu Corajidins Enttäuschung war Ariskanders Reaktion nicht halb so eindrucksvoll. Die Augen des Mannes öffneten sich unvermittelt, und er presste die Kiefer zusammen, um einen Schmerzenslaut zu unterdrücken.

Einige Minuten später hatten sich beide Männer etwas beruhigt, doch in ihren Augen stand die Angst, als sie den Grabesspiegel bemerkten. Nur Ariskander reagierte, als er den Angothischen Seelenkäfig erblickte. Er war entsetzt.

Corajidin ballte die Fäuste und trat vor. Der Schmerz war längst wieder da. Die Verletzungen auf seinen Handrücken hatten sich verfärbt. Die kleine Kostprobe des neuen Mittels ließ bereits nach. In einer Mischung aus Angst und Erregung spürte er, wie ihm das Atmen schwerer fiel. Mit weit aufgerissenen Augen hob er die Hände zum Mund und begann, auf seinen Fingerknöcheln zu kauen.

»Es ist noch nicht zu spät, Coraji…«

Corajidins Faust setzte Daniushs Worten ein Ende. Blut spritzte, als der Kopf des jungen Mannes zur Seite schlug. Corajidin sah auf seine Hand, wo die Haut um die Knöchel aufgeplatzt war. Daniush starrte Corajidin an, dann hustete er und spuckte einen Blutklumpen auf Corajidins teure Hirschlederstiefel.

»Dein Vater hätte unser Land zerstört, Welpe.« Corajidin packte Daniush an den Haaren. »Jahrhundertelang wurden wir von einem Parlament der Narren regiert, die mehr Interesse daran hatten, geringere Völker in fremden Ländern zu besänftigen, als das eigene Volk stark zu machen. Für dich ist es zu spät; für unser Land vielleicht noch nicht.«

»Ihr haltet Euch für den Führer des neuen Shrīan?« Ariskander spuckte aus. »Vashne, ich selbst und andere, wir …«

»Alles, was Ihr je getan habt, war reden.«

»Wir alle wollen Shrīan stark sehen, Corajidin«, sagte Ariskander scharf. »Seid nicht so arrogant zu glauben, dass Ihr der Einzige seid, der sieht, dass ein Wandel nötig ist, oder dass es nur eine Form des Wandels gibt. Wir sehen ein, dass sich der Teshri in seiner gegenwärtigen Form selbst überlebt hat. Und doch würdet Ihr ein neues Erwachtes Imperium anstreben, ohne die Konsequenzen zu berücksichtigen. Ihr würdet Euch über die Vereinbarungen mit dem Eisernen Bündnis hinwegsetzen, die bei der Gründung der Shrīanischen Föderation getroffen wurden! Sie werden uns angreifen, und darauf sind wir noch nicht vorbereitet. Es gibt andere Möglichkeiten, stark zu werden!«

»Wie denn?«, schnaubte Corajidin. »Indem wir anderen Nationen unsere Türen öffnen? Indem wir neue Ideen, neue Fähigkeiten, jüngeres ... schwächeres Blut einlassen? Ihr wollt, dass unsere avānischen Töchter und Söhne Menschen heiraten, oder die Seethe, oder die Bastarde aus Kaylish, die sich mit wer weiß wem gepaart haben, um das zu sein, was sie jetzt sind?«

»Es gibt beinahe keine reinblütigen Avān mehr auf der Welt, Corajidin. Und die meisten von ihnen leben in Mediin. In unser aller Adern fließt menschliches Blut. In Eurer Arroganz vergesst Ihr, dass wir aus Menschen gemacht wurden.«

»Mediin? Dann sollten wir vielleicht alle Näsarat fe Malde-ran folgen, was? Lasst die Schattenherrscherin, diese Ketzerin, unser moralischer Kompass sein. Verleugnen wir nicht nur die Liebe zu unseren Ahnen, sondern sind gleich noch selbstsüchtig genug, um den Ruf der Seelenquelle zu ignorieren und einfach auf ewig weiterzuexistieren?«

»Wir müssen uns ändern, wenn wir als Volk überleben wollen.«

Corajidin beugte sich vor und legte die Hände auf Ariskanders Schultern. »Ich habe Verbündete, Ariskander, uralte und mächtige Verbündete. Wir werden uns ändern, aber Ihr werdet es nicht mehr erleben.«

»Ihr braucht nicht zu ...«

»Wolfram, leg ihm den verdammten Käfig an.« Corajidin verschränkte die Arme und sah zu, wie Ariskander an seinen Fesseln zerrte. Er kämpfte, bis die Wunden an seinen Handgelenken wieder zu bluten begannen. »Ihr habt jahrelang Zeit gehabt, um etwas zu tun. Hättet Ihr die Geheimnisse des Erwachens freiwillig preisgegeben, wären wir jetzt nicht hier.«

Ariskander grinste wild. »Mein Leben wäre so oder so verwirkt gewesen, selbst wenn ich Euch erzählt hätte, was ich weiß. Selbst jetzt kehren Euch Eure Ahnen den Rücken zu, weil sie sehen, was aus Euch geworden ist, und auch wenn ich jetzt sterbe, werden wir doch beide Gefangene sein. Wir beide sind von unseren Ahnen getrennt ... doch im Gegensatz zu Euch werde ich vielleicht eines Tages befreit werden.«

Mit gerötetem Gesicht trat Corajidin ein paar Schritte zurück. Dann drehte er sich zu Wolfram um und knurrte: »Mach schon!«

»Eines Tages werdet Ihr für Eure Taten zur Verantwortung gezogen werden!«, schrie Ariskander. »Bei meinem Blut verfluche ich Eure Seele. Möge sie in den tiefsten Schatten der Ödnis verrotten, für immer verloren für Eure Ahnen! Möge alles, was Ihr kennt und liebt, in den Schatten verenden, Ihr armseliger Sklave Eures Ehrgeizes, der zu groß ist für einen mittelmäßigen Geist wie den Euren!«

Wolfram und Brede stülpten den Angothischen Seelenkäfig über Ariskanders Kopf. Brede befestigte die Bänder unter seinem Kinn. Die ganze Zeit über starrte Ariskander Corajidin zornentbrannt in die Augen, und der Rahn des Hauses Erebus war außerstande, den Blick abzuwenden. Noch Augenblicke später, nachdem das Visier zugeschnappt und Ariskanders Gesicht nicht mehr zu sehen war, fühlte Corajidin den bohrenden Blick des Mannes und das Gewicht seiner letzten Worte, seinen bitteren Fluch. In vergangenen Zeiten hatten die großen Rahns schreckliche Blutflüche auf ihre Feinde herabbeschworen. Hatte Ariskander die Macht, seine Worte wahr werden zu lassen?

»Ich will ihn töten!«, schrie Corajidin plötzlich. Seine Stimme war so schrill, dass sie sich fast überschlug. Der Schmerz, der für kurze Zeit nachgelassen hatte, blühte wieder in seinem Schädel auf, und seine Knie waren ganz schwach, während ihn der überwältigende Drang überkam, sich zu übergeben. »Ich will es tun. Sag mir, wie!«

»Ihr habt weder die Fähigkeiten noch die Ausbildung, mein Rahn.« Corajidin wandte sich mit geballten Fäusten zu dem Angothischen Hexer um. »Mit Seelenkäfigen ist nicht zu spaßen, sie gehören nicht in die Hände von Uneingeweihten.«

»Die Ahnen mögen dich verfluchen, Hexer!« Mit zitternder Hand fuhr er sich über die Stirn. Wolfram streckte den Arm aus und berührte Corajidins Stirn, doch der Rahn schlug die Hand des Hexers beiseite.

»Ich bin ein Mensch.« Wolfram richtete sich zu voller Größe auf. »Ich teile Eure … farbenfrohen Anschauungen nicht. Von Eurem Zorn einmal ganz abgesehen, könnt Ihr es ganz einfach nicht tun.«

»Das habt Ihr bereits gesagt!« Corajidin fühlte, wie Danush ihn ansah. Noch immer sickerte Blut aus dem Mund des jungen Rahns. »Der Grabesspiegel wartet auf dich, Danush. Die Erbfolge endet mit dir, Junge. Dein Tod wird Platz machen für jemanden mit einer großzügigeren Auffassung, was die Stellung der Avān in der Welt betrifft.«

Wolfram hatte begonnen, leise Worte in seiner geheimnisvollen Sprache zu singen, während Brede die zweite Stimme dazu sang. Es wurde kalt. Corajidins Atem war in kleinen Wölkchen vor seinem Mund sichtbar, und seine Knie begannen zu zittern. Er hatte das Gefühl, als würde Eiswasser sein Rückgrat hinuntertröpfeln. Ariskanders Körper wurde von Frostflecken überzogen, kleine weiße Flecken an den Stellen, wo die Ausdünstungen auf seiner Haut gefroren. Das Blut an Daniushs Kinn wurde fest.

Der Angothische Seelenkäfig begann zu läuten. Es war ein bleierner Klang. Der Diamant an seiner Stirn schimmerte und leuchtete schließlich wie die Sonne während eines bernsteinfarbenen Sonnenaufgangs. Der Bernstein floss und strömte und nahm schließlich die Form von Ariskanders schreiendem Gesicht an. Dann wurde er wieder fest. Ariskanders Körper zuckte in den Fesseln. Er gab ein letztes, ersticktes Keuchen von sich, dann hörte er auf, sich zu bewegen.

»Es ist vollbracht …« Wolfram wurde durch den Klang von Kriegshörnern unterbrochen, die draußen ertönten. Rufe, das schrille Quieken der Fenlinge und das tiefe Gebrüll von Tau-se-Kriegern zerriss die Luft. Die Anlūki umstellten Corajidin und zogen die Waffen.

»Beeilt euch!«, brüllte Corajidin über den Lärm hinweg. »Daniush. Der Grabesspiegel!«

Daniush stieß ein entsetzliches Lachen aus, dann sah Corajidin, wie der Mann hart zubiss. Daniushs Augen weiteten sich vor Überraschung oder Schmerz. Noch mehr Blut floss aus seinem Mund, ein Strom aus einer frischen Wunde. Der Kopf des jungen Rahns rollte nach hinten, während er ein gurgelndes Geräusch von sich gab.

Wolfram sprang vor. Der Hexer zwang Daniushs Mund auf. Ein Schwall Blut strömte zwischen den Lippen des Mannes hervor, dann kam ein Klumpen dunkelrotes Fleisch. Fluchend stieß Wolfram die Finger in den Mund des Gefangenen und fluchte wieder, als Daniush ihm in die Finger biss. Der Hexer starrte in einer Mischung aus Ärger und Anerkennung auf den jungen Rahn herab. Scharf rief er Brede einen Befehl zu, damit sie ihre Habseligkeiten zusammensuchte, dann schnallte er den Seelenkäfig von Ariskanders Kopf los und gab ihn ihr.

»Der Spiegel?«, fragte sie. Sie steckte den Käfig in eine versteifte Ledertasche.

»Lass ihn!«, knurrte Wolfram. »Daniush wird schneller tot

sein, als wir das Ritual durchführen können. Er hat sich selbst die Zunge durchgebissen und wird bald verblutet sein.«

Corajidin knirschte vor Unzufriedenheit mit den Zähnen. Brede packte hastig alles andere zusammen. Der alte Hexer blickte mit Bedauern auf den Spiegel, aber er war einfach zu sperrig, um ihn mitzunehmen.

Corajidin zog das Schwert, machtlos gegen die Wildheit, die ihn überkam. Er hob das Schwert und schlug zu, einmal, zweimal, dann wischte er die Klinge sauber, bevor er sie wieder in die Scheide steckte. Schließlich griff er nach unten und packte Ariskanders und Daniushs abgetrennte Köpfe an den Haaren. Wolfram warf Corajidin einen nachdenklichen Blick zu, sagte aber nichts.

Sie flohen aus der Kammer und stießen auf dem Platz mit der Sternenuhr auf einen blutenden, staubbedeckten Belamandris und eine Handvoll seiner Anlūki. Blut sickerte aus einem Schnitt an Belamandris' Wange, und ein Pfeil ragte aus den Falten seines Umhangs. Schwert und Rüstung waren blutbefleckt.

»Vater!«, sagte er. Er blickte nervös auf den Seelenkäfig, den Brede auf dem Rücken trug. Corajidin sah, wie sein Sohn einen Schauder unterdrückte, als er die grausigen Trophäen in der Hand seines Vaters entdeckte. »Hier ist es zu gefährlich. Ich muss dich sofort wegbringen.«

Rufe, Schreie und Donner hallten über den Platz. Eine Wolke aus Schutt und Staub war aufgewirbelt worden und kam die Straße in ihre Richtung heruntergewalzt. Corajidin konnte sehen, wie sich Gestalten mit rudernden Armen darin bewegten. Körper tauchten weg und schwankten. Das Licht wurde auf Rüstungen, Schwertern, Speeren und Schilden reflektiert. Er schüttelte den Kopf. »Wir werden nicht ohne die restlichen Relikte gehen, die wir entdeckt haben.«

Belamandris sah über die Schulter auf den Tumult, der

von Sekunde zu Sekunde näher kam. »Wir werden überrannt werden. Du wirst mit dem zufrieden sein müssen, was du bis jetzt von hier fortgeschafft hast.«

»Wer hat das getan?«

»Es ist Drachenauge!«, sagte einer von Belamandris' Anlūki, die Stimme brüchig vor Angst. »Er hat eine Armee von Tau-se bei sich.«

»Vater«, drängte Belamandris, »ich kann hier nicht mehr für deine Sicherheit garantieren.«

Corajidins Blick fiel auf das Bündel mit dem Angothischen Seelenkäfig auf Bredes Rücken. Wenigstens war nicht alles umsonst gewesen. Er nickte seinem Sohn zu, damit er ihn wegführte.

Die Kampfgeräusche folgten ihnen durch das Gewirr aus Gassen und Straßen. Einmal, als sie gerade um eine Ecke bogen, wurden die Anlūki an der Spitze von einem Pfeilhagel der Tau-se niedergemäht. Belamandris sprang vor seinen Vater. Seine Klinge summte in der Luft, wobei sie die Pfeile mitten im Flug niederschlug. Der junge Kriegsdichter wehrte die Angriffe ab, während sie die Straße überquerten. Pfeilschäfte verfingen sich in seinem roten Umhang und im Kettenpanzer. Blut aus etwa einem Dutzend Wunden vermischte sich mit den rubinroten Schuppen.

Tau-se sprangen vor, riesige Körper in blaugoldenen Rüstungen. In ihren Mähnen funkelte das Silber und die Bronze ihrer Schicksalsmünzen. Ihre Speere mit den langen Klingen und die Krummsäbel brachten Tod und Verwüstung über die Verteidiger der Ruinen. Krieger der Avān erzitterten unter dem ohrenbetäubenden Gebrüll. Die wenigen anwesenden Fenlinge wurden niedergemäht und dann von ihren kannibalistischen Brüdern verschleppt.

Brede sprang vor. Ihre Klinge schien sich in der Hand zu materialisieren. Sie machte eine Geste, und zwei der Tau-se sanken auf die Knie. Blut strömte aus ihren Nasen und Mündern. Sie sprang erneut und blieb unwirklich lange in der Luft. Als sie wieder auf dem Boden landete, flammte ihre Klinge auf wie ein Blitz. Hände, Füße, Klinge und Ellbogen verursachten entsetzliche Wunden, wo sie auf die Gegner trafen. Sie rief Worte, die die Tau-se hoch in die Luft schleuderten, als wären sie Stoffpuppen. Alles, was sie tat, verursachte Tod. Sie war das verkörperte Massaker.

Wolfram rammte seinen Stock in den Boden, und Worte der Dunkelheit entströmten seinen Lippen. Stücke zerborstenen Gemäuers, Staub und loser Kies stiegen in die Luft. Er deutete mit dem Stab auf die Tau-se und Brede. Der Schutt erbebte, dann schoss er die Gasse entlang wie Hunderte Armbrustbolzen. Brede fiel auf ein Knie, und ein stürmischer roter Kranz flammte um sie herum auf. Der Schutt berührte Brede nicht einmal, doch er geißelte jeden Tau-se, der nicht in Deckung gegangen war.

Brede gesellte sich wieder zu ihren Gefährten. Sie tauchten tief ein in das Gewirr aus dunklen Gassen und überquerten geschützte Innenhofgärten, bis sie zu ihrer Windbarke kamen. Um sie herum regnete es Pfeile, und Bolzen aus einem Sturmgewehr prallten von den Steinen ab. Einer bohrte sich in Corajidins Bein. Er fluchte vor Schmerz, während er weiterhumpelte. Corajidin blickte zurück in die schmale Gasse. Drei der Anlūki drängten Wolfram zu größerer Geschwindigkeit, während Brede in einer Mischung aus Angst und Liebe zu ihrem Meister hinübersah.

Sie kletterten an Bord, während es Pfeile um sie regnete. Das scharfe Prasseln der Einschläge folgte wie Hagel auf einem Metalldach, als noch mehr Pfeile und Bolzen die Windbarke trafen. Die Anlūki stellten sich um Corajidin, um mit ihren runden Schilden eine Mauer zu bilden.

Corajidin atmete erleichtert auf, streckte die Hand aus

und machte Brede ein Zeichen, ihm den Käfig zu übergeben. Mit ausdrucksloser Miene griff sie nach den Schulterriemen.

Die Windbarke krängte seitwärts, als wäre sie von der Hand eines Riesen geschlagen worden.

Mit weit aufgerissenen Augen sah Corajidin, wie Indris mit einem unmöglich hohen Sprung über die Reling der Windbarke setzte. Mit einer einzigen Geste fegte er zwei der Anlūki beiseite. Die Männer schlitterten zuckend über das Deck. In Indris' linkem Auge brannte ein orangegelbes Feuer – selbst aus dieser Distanz fühlte Corajidin seine Hitze.

Belamandris erhob sich aus dem Pilotensitz, und sein Schwert fuhr aus der Scheide. Er trat Indris entgegen.

»Nein!«, schrie Corajidin seinem Sohn zu. Er wies auf den Pilotensitz. »Du musst uns hier herausfliegen!«

Knurrend kehrte Belamandris zu seinem Sitz zurück, und seine Hände und Füße begannen, die Hebel und Pedale zu betätigen. Die Windbarke begann zu wenden.

Brede sprang vor, um einen heimtückischen, tiefen Hieb gegen Indris zu führen. Indris schlug einen Salto und sprang über sie hinweg. Seine Klinge knurrte leise. Wolfram entblößte die Zähne in barbarischer Freude, während er mit weißen Knöcheln seinen Stab umklammerte. Ungläubig beobachtete Corajidin, wie sich Indris' Klinge veränderte. Sowohl Klinge als auch Griff, die von gleicher Länge waren, wurden in wirbelnde Fraktale aus perlmuttartigem Licht getaucht und begannen sich auszudehnen. Die Waffe schien zu singen, während sie wuchs, bis sich ihre elegante gebogene Form in eine Stange von mehr als zwei Metern Länge verwandelt hatte. Corajidin kannte derartige Waffen aus Büchern. Er wusste, dass die mächtigsten der Sēq-Ritter in den Zeiten des Blütenimperiums sie besessen hatten. Doch er hatte geglaubt, dass sie schon lange verloren wären.

Der Angothische Hexer und sein Lehrling griffen Indris

zeitgleich an. Der Sēq wich Wolfram aus, und sein brennendes Auge versengte Haare und Robe des Hexers. Dann griff Indris an und schleuderte den alten Hexer zurück. Als Wolfram mit dem Kreuz gegen die Reling schlug, stöhnte er auf. Bredes Klinge fuhr durch die Luft und verpasste Indris nur um einen Sekundenbruchteil. Indris' Waffe schlug ins Deck, an der Stelle, wo sich gerade noch ihre Füße befunden hatten.

Glassplitter heulten durch die Luft und erwischten einige der Anlūki in den Augen oder an der Kehle. Corajidin fluchte, als er Indris' Seethe-Freundin sah, die auf einem Felsgebilde balancierte. Ihre Hände vollführten rhythmische Bewegungen, und die blau getönten Klingen schienen überall dort aufzutauchen, wo sich ihre Hände befanden. Einmal sah es aus, als würden Messer in der Luft um sie rotieren, und sie griff nach ihnen und schleuderte eins nach dem anderen mit tödlicher Treffsicherheit. Ein älterer Mann in Hirschlederkleidung kniete neben ihr und beschoss die Anlūki mit einem Sturmgewehr.

Weitere Anlūki warfen sich erfolglos ins Kampfgetümmel. Indris schleuderte sie beiseite, schlug sie entweder mit seiner Klinge nieder oder bewegte sich zwischen ihnen, sodass sie nicht nach ihm schlagen konnten, ohne ihre Kameraden zu verletzen. Brede kannte keine Rücksicht. Wenn ihr ein Anlūki in die Quere kam, mähte sie den Krieger nieder.

Wolfram nahm festen Stand ein, und karneolfarbenes Licht wirbelte wie ein kleiner Stern zwischen seinen Fingern. Der Angothische Hexer schleuderte die Flammenkugel auf seinen Gegner, doch Indris traf sie mit seiner Waffe und beförderte sie in den Schiffsbug, wo sie explodierte. Soldaten versuchten hektisch, dem Brand zu entkommen, während ihre Kleider zu schwelen begannen.

Wolfram sprang vor. Corajidin war überrascht zu sehen, wie schnell sich der alte Hexer mit seinen Beinschienen bewegen konnte. Er wirbelte seinen Stab so gekonnt wie ein Krieger. Brede beteiligte sich erneut an der Attacke, und ihr Schwert war nicht mehr als ein verschwommener Umriss in der Luft. Perlmuttartiges Licht umflackerte alle drei Waffen, während sie zuschlugen und parierten. Indris tänzelte vor und zurück und hielt seine Angreifer auf Abstand. Trotz seines Könnens wurde Indris Schritt für Schritt auf den brennenden Bug zugedrängt.

Indris wirbelte herum und schlug Wolfram hart mit dem Fuß ins Gesicht. Wolfram taumelte, dann fiel er in die brennenden Überreste des Bugs. Der alte Hexer kreischte vor Schmerz. Brede knurrte. Ihre Klinge schlug in einem schwarzen Blitz auf Indris herab. Der Blitz umhüllte Indris, schleuderte ihn vom Deck und über Bord, mitten in die wirbelnden Rauchfahnen unter ihnen. Brede rannte zur Reling.

Corajidin brüllte vor Freude auf und preschte gierig vor, um Brede den Seelenkäfig abzunehmen. Er streckte beide Arme Brede entgegen, die sich zu ihm umwandte.

Dann fühlte er etwas Warmes, Feuchtes, das über sein Gesicht sprühte, schmeckte Salz auf der Zunge. Bredes Gesicht verlor jeden Ausdruck, und er sah, dass ein rotes Loch in ihrer Stirn klaffte.

Mit dem festgeschnallten Seelenkäfig auf dem Rücken fiel sie über Bord.

Kapitel 28

»Wehe, Wind, wenn es dir gefällt. Der Herbst umgibt mich, und ich sehe die großen Blumen welken, während ich auf den Winter warte.« Aus: Der lange Spazierweg des Geists, *ein Buch der Dicht- und Aquarellkunst von Näsarat fa Amonindris, 492. Jahr der Shrīanischen Föderation*

325. Tag im 495. Jahr der Shrīanischen Föderation

Indris sah zu, wie sich die Windbarke auf die Seite legte und davonschwebte. Rauch stieg von seinem brennenden Bootskörper auf, doch er war sich sicher, dass die Leute an Bord die Flammen würden löschen können. Gestaltwandlerin murmelte leise und missbilligend in seiner Hand; es waren allerdings eher allgemeine, frustrierte Laute als Worte.

»Tut mir leid, dass ich Brede nicht früher erwischt habe. Ich wollte dich nicht treffen, und du hast dich da oben mächtig schnell vorwärtsbewegt«, murmelte Hayden betrübt. Der alte Viehtreiber war von seinem Aussichtspunkt heruntergeklettert und hielt das Sturmgewehr umklammert. Shar und eine Gruppe Tau-se gesellten sich zu ihnen. Blut klebte auf ihren Rüstungen und in ihren Mähnen. »Das war ein ganz schöner Sturz.«

Indris sah auf die Brandspuren auf seiner Haut, eine Gefälligkeit von Bredes Formel. So etwas lernte man nicht bei den Sēq. Seine Muskeln schmerzten noch immer, doch die Verbrennungen und Hautabschürfungen seines letzten

Kampfes begannen bereits zu verschwinden. Er flüsterte Gestaltwandlerin etwas zu. Sie drehte sich in seiner Hand, während sie wieder ihre ursprüngliche Form annahm. Er war der Klinge dankbar für das Rinnsal an Disentropie, mit dem sie ihn versorgte. Es half ihm, die schlimmsten Geistesstürme und das entropische Fieber auszugleichen, die ihn sonst durch den Einsatz des *Qefri* überkommen hätten.

»Lasst uns die anderen suchen.« Indris legte dem Flintenmann die Hand auf die Schulter.

Um sie herum ebbte der Kampf ab. Mit ihren scharfen Sinnen war es den Tau-se nicht schwergefallen, die Fenlingnester auszumachen, die sich labyrinthartig und übel riechend unter den Ruinen der Zeitmeister dahinwanden. Die Tau-se waren sehr still geworden, als sie Fenlinge erblickt hatten, die Rüstungen der Löwengarde trugen. Einige aus dem Rattenvolk hatten Mähnen der Tau-se als Kopfschmuck getragen, oder Halsketten aus Fängen und Klauen. Die Häute von Löwenmännern waren auf Gestelle gespannt worden, so wie Jäger es tun würden, wenn sie Felle gerbten.

Ihr Zorn war leise gewesen, schwelend, und hatte Indris sehr nervös gemacht. Doch sie waren noch immer Elitesoldaten. Ekko und Mauntro hatten ihre Kräfte in einer verheerenden Attacke gegen die Ruinenwachen angeführt. Einen Moment lang hätte Indris beinahe Mitleid verspürt mit jedem Fenling, der eine Trophäe von einem gefallenen Tau-se trug. Es erwies sich als ein kurzlebiger Fehler.

Die Fenlinge waren vernichtet worden, wo auch immer das möglich war. An den unzugänglicheren Stellen hatten sie die Eingänge zu den Nestern zum Einsturz gebracht. Gefangene wurden gemacht und ohne weitere Misshandlungen in Auffanglager gebracht. Doch die ganze Zeit über hatte der Zorn der Tau-se gebrodelt, wie unschwer an den erweiterten Pupillen und den angelegten Ohren zu erkennen war.

In der folgenden Stille war Indris mit den anderen zu Bredes Körper zurückgegangen, der unter Schutt begraben lag. Schnell überzeugten sie sich davon, dass die Frau tatsächlich tot war. Das altbekannte Gefühl eines disentropischen Plätscherns drang auf seine Sinne ein, und er fühlte, wie ihm übel wurde.

»Hayden?«, fragte Indris, als er von Bredes Leiche zurücktrat.

»Ich weiß, dass du es nicht gutheißt, Indris. Aber salzgeschmiedeter Stahl kann manchmal ganz schön praktisch sein.«

»Was passiert ist, ist passiert. Aber lass den Bolzen, wo er ist. Ich will sichergehen, dass sie auch tot bleibt. Ich habe keine Ahnung, welche Tricks sie noch so bei den Angothischen Hexen gelernt hat, und ich will kein Risiko eingehen.« Er wies auf zwei der Tau-se. »Würdet ihr sie bitte mitnehmen?«

Die Gruppe watete durch eine überflutete Straße. Sie stiegen moosbedeckte Stufen hinauf, dann bahnten sie sich ihren Weg durch einen verwilderten Park aus Wildblumen und Jakaranda. Nach mehreren Minuten kamen sie zu dem runden Gebäude, das den Platz der Sternenuhr umgab.

Ekko und beinahe zwanzig Tau-se hatten sich hier versammelt. Indris erkannte an der Art, wie sie auf dem harten Stein knieten und ihre Schicksalsmünzen rieben, dass etwas nicht stimmte. Er lief nach vorn, wo Ekko im Türeingang eines großen Gebäudes kniete. Indris hörte das klangvolle Ticken und das Ächzen und Knarren von Zahnrädern aus dem Inneren. Der riesige Tau-se senkte mit trauervoller Miene den Kopf.

Indris stürzte an Ekko vorbei und rannte durch den Raum, wo zwei Körper auf dem Boden lagen. Sie waren mit den blaugoldenen Umhängen der Löwengarde zugedeckt. Vier

Männer der Löwengarde standen mit abgenutzten Waffen und Schilden bei den Körpern.

Als er neben den beiden Leibern in die Knie ging, spannten sich seine Kiefermuskeln. Mit zitternder Hand zog er die Robe zurück, die den Nächstliegenden bedeckte. Er unterdrückte einen Fluch, als er sah, dass die Leiche geköpft worden war. Dennoch konnte er die Identität des Toten anhand des Skorpionwappens erraten, das unterhalb des Schlüsselbeins eingestochen war. Indris sah, dass man Daniush vor seinem Tod geschlagen hatte. Er zog die Robe wieder über den Körper, dann wandte er sich der anderen Leiche zu, und ihm stockte der Atem.

»Es tut mir leid, dass wir nicht rechtzeitig gekommen sind, um ihn zu retten, Amonindris«, brummte Ekko. Indris wandte den Kopf und sah den Tau-se-Champion an. »Ich habe ihn ihm Stich gelassen, mein Freund.«

Erst jetzt bemerkte Indris den riesigen Grabesspiegel im Raum. Im Laufe der Jahre hatte Indris einige Ewigkeitsgefängnisse gesehen, allerdings noch nie außerhalb der Verbotenen Stadt Qahavel. Auch dieser hier war vermutlich von Grabräubern in einer Ruine gefunden worden. Indris berührte ihn. Er war kalt; der Spiegel war nicht aktiv.

»Ariskander ist tot«, murmelte Indris. »Far-rad-din wird nicht nach Amnon zurückkehren. Ich fürchte, wir sind gescheitert.«

Als der arg mitgenommene Tau-se Bredes Körper zu Boden gleiten ließ, enstand an der Tür Bewegung. Der Stoff ihres Wamses und der Kniehosen war ärmlich und roch nach Weihrauch, Schweiß und Moschus. Er zog ihre Lippen zurück und enthüllte eine gleichmäßige menschliche Zahnreihe; allerdings war das Zahnfleisch an manchen Stellen gräulich verfärbt, und die Zähne waren gelb. Einst musste Brede schön gewesen sein, aber nun war ihr Gesicht eingefallen, die tote Haut unter dem Gewirr aus schmutzigem weißem Haar bleich.

»Gibt doch nichts Besseres als einen toten Angothen.« Hayden klang sehr zufrieden. Er stieß ihren Körper mit dem Stiefel an.

Einer der Tau-se kam mit einem Lederpacken und ihrem Schwert herüber. »Das habe ich bei ihrem Körper gefunden.«

Indris öffnete das Paket und enthüllte Bernstein, Hexenfeuer und Gold. Der Seelenkäfig. Der Diamant glitzerte in der Düsternis, eine Lichtquelle, die die Gesichter der Umstehenden erhellte. Ein Flechtwerk aus honigfarbenem Licht tanzte über den Bernstein, der Nachhall von Ariskanders Gesicht im Moment des Todes. Indris schloss die Augen, als er das schreiende Gesicht seines Onkels sah, Augen und Mund in panischer Angst aufgerissen.

»Irgendetwas muss Omen zugestoßen sein, sonst wäre dieses Ding nicht hier.« Frustriert ballte Indris die Fäuste. »Noch eine meiner Entscheidungen hat jemanden verletzt, den ich liebe.«

Mit äußerster Vorsicht stellte Indris den Angothischen Seelenkäfig wieder in seine Verpackung. Er war nun wertvoller geworden, da er Ariskanders Seele enthielt. Indris war froh, dass die Seele seines Onkels Corajidins Zugriff entzogen war; doch das änderte nichts an der Tatsache, dass sein Onkel nicht mehr lebte.

Indris rieb sich die Tränen aus den Augen. Ariskander musste freigelassen werden, seine Seele musste die Zeit bekommen, die sie brauchte, bevor sie zur Seelenquelle reiste. Der neue Rahn Näsarat musste erwachen, und er musste ihm seine Geschichte erzählen. Zweifellos hatte Ariskander Dinge mitzuteilen und letzte Wünsche zu äußern. Nach Vashnes Enthüllung bezweifelte Indris, dass ein neuer Erbe bestimmt worden war, ob Nehrun die geeignete Person war, der man den Seelenkäfig aushändigen sollte. Da er nicht wirklich wusste, was Ariskander für den Fall seines Todes geplant hatte, musste er mit Ariskander selbst sprechen. Nur ein Eingeweihter des *Qefri* konnte Ariskander aus seinem Gefängnis befreien. Allerdings nicht hier – es gab bessere Orte für eine derartige Unternehmung. Vermutlich war fast jeder andere Ort besser als die Ruinen einer Stadt der Rōm mit ihren Disentropiewirbeln und Fenlingen, die Rache für ihre toten Kameraden nehmen wollten.

Als sich noch mehr Tau-se versammelten, sah er auf. Die meisten waren mit Blut bespritzt, dem eigenen und dem anderer. Wie ein Falke saß Shar auf dem Rand eines stillgelegten Springbrunnens. Ihre scharfen Gesichtszüge wirkten stürmisch, ihre Haut schimmerte vom Nachhall des Schlachtengetümmels, sodass die blauen Hornschuppen an ihrem Haaransatz und um die Augen wie tiefe Schatten wirkten. Ihre Pupillen waren kaum mehr als kleine schwarze Nadelköpfe auf gelben Juwelen. Ihr feiner Federflaum, der von den Farben des Morgenrots – Violett, Rosa und Gold – durchsetzt war, schimmerte feucht, da sie das Blut herausgewaschen hatte. Ein Netz aus feinen Fäden, Tonsplitter und Federn nahm in ihren Händen Gestalt an, während sie mit ihrer kehligen Stimme sang.

»Geht's dir gut?« Er ging vor ihr in die Hocke.

»Den Umständen entsprechend.« Sie hielt ihr Trauernetz in die Höhe, das das Lied ihrer Angst und des Leids in sich aufnahm. Indris hatte sie das öfter tun sehen, als er zählen konnte. Jeder Strang stand für den Tod eines Kameraden. Ihr Verlust war zu einem Ganzen verwoben, so wie es im Leben gewesen war. Sie wies mit dem Kinn zu einer Handvoll Tause, die kniende Gefangene bewachten. »Da ist ein Geschenk für dich.«

Indris erblickte Mauntro, der auf einer schwarzen Steinbank saß. Zwei Männer aus seiner Truppe schnitten die dicken Schäfte von Armbrustbolzen aus seiner Rüstung.

»Du solltest sie in der Luft erwischen, Mauntro, und nicht mit deinem Körper einfangen«, kommentierte Ekko.

»Das nächste Mal werde ich daran denken«, erwiderte Mauntro gut gelaunt. Das einzige Anzeichen dafür, dass er Schmerzen hatte, war sein Atem, der durch die zusammengebissenen Zähne zischte. »Wie ich sehe, bist du wieder ohne einen Kratzer davongekommen. Eines Tages wirst du dich mal tatsächlich auf einen Kampf einlassen müssen, weißt du das?« Die Tau-se grinsten gutmütig.

»Wo habt ihr die Gefangenen aufgespürt?«, fragte Ekko. Shar sprang herunter und gesellte sich zu ihnen.

»An unterschiedlichen Stellen.« Sie hängte das Trauernetz in die Sonne, wo es sich leise im Wind zu drehen begann. »Einige waren verwundete Anlūki, andere Soldaten im Dienste des Hauses Erebus. Die meisten waren *Nahdi*-Freibeuter. Einige haben versucht, ihre Beute auf ein Kaperschiff am Dock zu schaffen.«

Indris machte den anderen ein Zeichen, ihm zu den knienden Gefangenen zu folgen. Die Männer und Frauen trugen nur noch ihre Tuniken, und ihre Hände waren gefesselt. Sie alle waren im Kampf verletzt worden, und die Tau-se hatten sie notdürftig versorgt.

»Wer von euch ist der dienstälteste Offizier?«, fragte Indris ausdruckslos. Sein linkes Auge fühlte sich an, als würde es in der Höhle brennen.

Die Gefangenen wandten den Blick ab, und diejenigen, die ihm am nächsten waren, versuchten so weit wie möglich wegzurutschen.

»Kooperiert, und keiner von euch wird verletzt werden.«

Einer der Soldaten, eine Frau mittleren Alters mit einem

schmalen, abgehärmten Gesicht, großen braunen Augen und hoher Stirn richtete sich so gerade auf, wie sie konnte. »Ich bin Leutnantsritter Parvin von den Anlūki.« Sie hatte die heisere Stimme einer Frau, die von Jugend an geraucht und getrunken hatte.

»Ich will wissen, was ihr alles von hier fortgeschafft habt. Wir haben bereits sichergestellt, was ihr jetzt auf das Schiff hattet bringen wollen, aber da ist zweifellos noch mehr. Außerdem will ich wissen, was mit Sassomon-Omen geschehen ist, dem Geisterritter, der den Seelenkäfig bei sich hatte.«

Parvin setzte sich wieder hin, und Indris konnte sehen, wie sie mit sich rang. Er hoffte nur, ihr Verstand würde über den Stolz siegen. »Wir haben nichts Verbotenes getan.«

»Far-rad-din hat Gesetze gegen den Handel mit Relikten aus der Rōmarq erlassen.« Ekko verschränkte die Arme vor der breiten Brust. »Ihr seid alle Verbrecher.«

»Wir erkennen die Autorität eines Seethe nicht an«, sagte sie höhnisch. »Und ebenso wenig verneigt sich eine Avān vor einem Tau-se.«

»Verlangt das *Sende* nicht von euch, sich vor einem Gelehrten zu verneigen?« Indris ragte drohend über ihr auf. Er fühlte die brennende Hitze in seinem linken Auge. Sein Blickfeld war sepiafarben getönt. »Dem *Sende* gemäß könnte ich dich jetzt töten, und kein Gebieter würde mich schuldig sprechen. Oder ich könnte deinen Geist schälen wie ein Stück Obst und mich durch die Stücke arbeiten. Ich habe keine Zeit, um mit dir herumzuspielen, antworte also schnell und ehrlich.«

Parvin lächelte höhnisch. »Ich erzähle dir erst, was ich weiß, wenn du meine Kameraden freigelassen hast. Sie sollen ihre Waffen und Rüstungen zurückbekommen, und du gibst uns sicheres Geleit zu unseren Schiffen. Außerdem verlange ich, dass die Relikte, die wir gefunden haben …«

»Du klingst mir nicht sehr kooperativ.« Shar griff nach dem Kinn der Frau und zwang sie, sie anzusehen. »Um deinetwillen würde ich dir raten, meinem Freund alles zu sagen, was er wissen will. Ansonsten müsste er …« Sie ließ den Satz unvollendet in der Luft hängen, während sie Parvins Gesicht zu Indris' loderndem Auge wandte.

»Gebt mir, was ich verlange«, sagte Parvin halsstarrig. »Bis dahin habe ich euch nichts zu sagen.«

»Das glaubst du.« Indris sang die Worte der Wahren Beichte. Sie waren trügerisch leise, und doch schienen sie mit dem ganzen Gewicht der erinnerten Sünden von seinen Lippen zu fallen. Mit der Last der Geheimnisse, die enthüllt werden wollten. Sie rollten über den Platz, und ihr Echo wurde immer lauter, bis der Zwang so stark war, dass er von allen Seiten zu kommen schien.

Parvins Augen wurden groß. Einen Moment lang presste sie die Kiefer zusammen, dann öffneten sich ihre Lippen. Ein Wort kam heraus, dann zwei, dann zehn …

Gegen ihren Willen erzählte sie Indris alles, was sie wusste.

Indris kam zu den anderen zurück. Er bemerkte ihre Seitenblicke, war aber zu besorgt, um sich damit zu befassen. Parvin hatte ihm viel Stoff zum Nachdenken gegeben, aber schon jetzt hatte er eine klare Wahl getroffen.

In ihrer langen Rede hatte Parvin enthüllt, warum sie und die anderen in Fiandahariat waren. Corajidin glaubte, dass sich Sedefkes verlorene Bibliothek hier befand. Seit dem Sturz des Imperiums hatten die Sēq erfolglos danach gesucht. Sie kannten die Gerüchte, dass sie sich in Fiandahariat befinden sollte; doch niemand wusste, wo Fiandahariat lag. Viele Gelehrte hatten die Theorie, dass Sedefke seine Arbeiten dort zurückgelassen hätte, längst aufgegeben, und suchten stattdessen nach der halb mythischen Ewigen Bibliothek von Kamujandi. Parvin wusste nicht, wonach genau sie suchten. Im Geist hatte Indris einen Baum der Möglichkeiten aufgestellt und die Varianten durchgerechnet, bis sie sich als unmöglich oder wahrscheinlich erwiesen hatten. Oft gab es mehr als eine richtige Antwort oder Vorgehensweise, die zum gewünschten Ergebnis führten. Wenn es viele richtige Antworten gab, war eine manchmal richtiger als die anderen, und Indris kam zu dem Ergebnis, dass es nur wenige Schätze gab, die Corajidin so begehrte wie Sedefkes Abhandlung über das Erwachen.

Und da war noch mehr, das ähnlich besorgniserregend war. Eine Torque-Spindel! Die Erebus mit der Fähigkeit, Armeen innerhalb von Wochen zu schaffen … und allein der Gedanke an eine Schicksalsmaschine in der Stadt ließ ihn innerlich erbeben. Sedefkes große Bibliothek und eine Schicksalsmaschine: Kein Wunder, dass Corajidin eine ganze Nation in den Krieg gestürzt hatte! Mit ausreichend Zeit und den richtigen Kenntnissen hätte Corajidin die Zukunft beeinflussen und in praktisch alles verwandeln könnten, was er wollte. Der Gedanke an ein Gerät, das selbst die unwahrscheinlichste Zukunft Wirklichkeit werden lassen konnte, bereitete ihm Sorgen. Sedefke hatte in seinen Arbeiten davon gesprochen, wie die Rōm von dem Gedanken fasziniert gewesen waren, in vorteilhaften Zukunftsvarianten zu fischen und dann die Ereignisse so zu manipulieren, dass das optimale Ergebnis Wirklichkeit wurde. Indris unterdrückte ein Schaudern, als er daran dachte.

Parvin hatte noch andere Dinge erwähnt, die gefährlich waren, aber weniger folgenschwer: Sturmgewehre und Sturmpistolen, antike Bände und Schriftrollen, Kisten, die sie nicht hatten öffnen können. Ein Teil der Beute war mit dem Schiff zu Ruinen im Marmormeer und dort an Bord von Windgaleeren des Hauses Erebus oder Händlerschiffen gebracht worden. Einiges war direkt nach Erebesq verschifft worden. Die wertvollsten Stücke hatten sie nach Amnon gebracht, wo Wolfram und Brede sie untersuchen konnten. Über Omens Schicksal wusste sie nur, dass Belamandris das Geistergefäß als Geschenk für seinen Vater nach Amnon gebracht hatte.

Er sah auf und beschattete die Augen gegen die Mittagssonne. Um sich konnte er die höheren disentropischen Strömungen fühlen. Gestaltwandlerin gurrte leise, und ihr Schnurren sandte ihm Vibrationen das Rückgrat hinauf. Ekko sah die Waffe besorgt an; er fühlte sich in ihrer Gegenwart noch immer unbehaglich. Indris kam ein Gedanke.

»Ekko? Wisst ihr, wo die Erebus ihre Boote haben?«

»Es gibt ein kleines Dock auf der Ostseite der Ruinen. Dort ist eine Reihe von Feluken vertäut, außerdem eine Galeere.«

»Wie viele von der Löwengarde haben überlebt?«

»Zwanzig sind noch in der Lage zu kämpfen«, sagte er stolz, »und weitere sieben werden sich von ihren Verletzungen erholen. Neunzehn sind gefallen, aber sie werden als Helden in unsere Geschichte eingehen.«

Neunzehn Tau-se von weniger als fünfzig waren tot, und doch hatten sie gegen mehr als zweihundert Soldaten und Fenlinge gekämpft, und gegen Brede, Wolfram und Belamandris. Indris hoffte, dass zukünftige Monarchen der Avān die guten Beziehungen zu den Tau-se aufrechterhielten. Er würde nicht gern gegen sie in den Krieg ziehen.

»Bringt die Löwengarde zusammen, auch die Verwundeten und Toten. Bringt alle hinunter zu den Docks. Einige sollen den Grabesspiegel tragen. Ich will nicht, dass er hier herumliegt, sodass ihn jemand findet.«

»Was ist mit den Gefangenen?« Sowohl Ekko als auch Hayden sahen Indris fragend an. Er war sich der toten Tau-se, die in den Fenlingnestern gefunden worden waren, sehr bewusst.

»Der Sieg heute gehört der Löwengarde, Ekko. Ich überlasse das Schicksal der Gefangenen euren Händen.«

Die Tau-se hatten nicht lange für ihre Vorbereitungen gebraucht. Selbst die Verwundeten waren in der üblichen Tau-se-Geschwindigkeit losgetrabt, als der Befehl erfolgte. Der Platz der Sternenuhr lag wieder ruhig da, und die Stille wurde nur von dem Zirpen der Zikaden, dem fernen Schrei der Adler im Himmel und den Flüchen der Erebus-Gefangenen unterbrochen.

Parvin hatte Indris angeschrien, er solle sie freilassen, wie er es versprochen hatte.

»Ich habe dir gesagt, euch würde nichts geschehen«, sagte Indris.

Parvin nickte grimmig.

»Aber das war an die Bedingung geknüpft, dass ihr kooperiert.«

Ihr Gesicht verzerrte sich. »Asrahn Corajidin wird dich dafür zur Verantwortung ziehen. Du kannst von Glück sagen, wenn dir noch das Fleisch auf den Knochen bleibt!«

»Ihr könnt das mit den Fenlingen ausdiskutieren, sobald die aus ihren Nestern gekrochen kommen«, befand Ekko tonlos. »Wir haben nicht genügend Leute, um jemanden zu eurem Schutz zurückzulassen, aber ebenso wenig können wir euch gehen lassen. Wir Tau-se glauben an *Nemembe.* Dass wir von der Welt dreifach das zurückbekommen, was wir ihr gegeben haben, sowohl Güte als auch Leid. Zweifellos werdet ihr mit der gleichen Höflichkeit behandelt werden, die ihr den Fenlingen habt zukommen lassen. Wenn ihr Glück habt, werden sie euch besser behandeln, als ihr und sie meine Leute behandelt haben.«

Erleichtert bemerkte Indris, dass die Galeere von mittlerer Größe war. Es handelte sich mehr um ein Handelsschiff denn ein Kriegsschiff, mit einem einzelnen Mast und nur einer Ruderbank. Jeder Hafen an den Küsten des Marmormeers sah täglich ein Dutzend dieser Boote. Es war das perfekte Schmugglerschiff.

»Amonindris«, sagte Ekko sachlich, »nicht einmal die Tau-se könnten eine Galeere schneller rudern, als eine Windbarke fliegen kann. Wie willst du sie einholen?«

Indris hatte überlegt, ob er noch mehr Zeit in Fiandahariat verbringen sollte, um nach einem Webtor zu suchen. Die Seethe und andere Elementarmeister hatten sie gelegentlich benutzt, um weite Entfernungen in der Ödnis innerhalb eines Augenblicks zurückzulegen. Als sich die Ödnis verdunkelt hatte, war die Verwendung dieser Webtore gefährlicher geworden. Nur ein sehr starker Geist würde sich durch ein Webtor wagen und darauf hoffen, dass er geistig gesund blieb, wenn er auf der anderen Seite wieder herauskam. Wäre er allein gewesen, so hätte er es versucht; doch den Verstand von so vielen vor den Schrecken zu schützen, die dort auf sie warteten, war ein anderes Wagnis.

»Wir haben ein paar Möglichkeiten.« Indris inspizierte die Galeere. »Aber nur eine dient unseren Zwecken. Wir werden ebenfalls fliegen.«

»Wir werden fliegen?«, gluckste Hayden.

»Ich mache keine Witze«, lachte Indris. Dann wurde sein Gesicht ernst. »Und jetzt rein mit euch. Alle.«

Hayden hörte auf zu lachen und tat wie ihm geheißen. Indris folgte rasch. Sobald sein Stiefel das Deck berührte, zogen die Tau-se die Laufplanke an Bord.

Indris blickte auf den von Schilfgras und Lilien erstickten Hafen, auf die graugrünen Steinpfeiler, die von Moos und den Spuren des Hochwassers verfärbt waren. Uralte Bäume neigten sich über das stille Gewässer. Ihre Wurzeln hatten kleine Hügel in den smaragdfarbenen Gräsern gebildet, in denen kleine, sternenförmige violette Blüten wuchsen. Hinter ihnen ragten die Gebäude der Zeitmeister auf. Ihre getönten Glasaugen starrten in stiller Betrachtung auf eine Welt, die sie beinahe völlig vergessen hatte.

Er ging zum Bug und zog Gestaltwandlerin. Sie vibrierte in seiner Hand, doch ihr Gesang war leiser als sonst, als wäre selbst sie erschöpft von all dem, was er bereits von ihr verlangt hatte.

»Ich muss noch mehr tun«, murmelte er Gestaltwandlerin zu, »und ich brauche deine Hilfe. Ich habe noch nie etwas in der Art versucht; ich brauche dich, damit du mir Kraft gibst. Sonst bringt es mich vielleicht um.«

Es schien beinahe so, als würde Gestaltwandlerin und nicht Indris ihre eigene Stichklinge ins Deck stoßen. Ein Kranz aus perlmuttfarbenem Licht umgab sie. Als die Disentropie seinen Körper flutete, keuchte Indris auf. Die Erschöpfung war wie fortgewaschen.

»Danke.«

Er öffnete sich dem *Qefri*. Disentropie wirbelte um seine Füße, als würde er uralte und unsichtbare Ablagerungen lostreten. Er meinte zu spüren, wie etwas an ihm zog und ihn unbeweglich halten, ihn als Teil dieser Welt bewahren wollte. Indris hielt die Hände an den Hüften, die Finger gespreizt, die Handflächen nach unten gerichtet, während seine Disentropische Färbung zu flackern begann. Die Farben wurden leuchtender, und die Bilder waren so scharf umrissen, dass er die Splitter im Holz zu seinen Füßen ausmachen konnte. Er sah zu, wie die Strömungen der Disentropie durch die Bohlen des Decks bis zu seinen Füßen flossen. Hinunter ging es, immer weiter, bis zu der grün umhüllten Dunkelheit des Wassers, das mit unzähligem

Leben gefüllt war, welches wiederum die Welt mit eigener Disentropie befeuerte.

Zahlen stiegen in Indris' Geist auf. Die Formeln von Ursache und Wirkung gruben sich in die Wörter, mit denen man sie gewöhnlich ausdrückte. Eine Perspektive aus Fragen und Antworten breitete sich dreidimensional in seinem Geist aus. An den Stellen, wo die Zahlen keinen Sinn ergaben oder wo er nicht die Worte fand, um sie auszudrücken, half ihm die ruhige Gegenwart von Gestaltwandlerin, um die fehlenden Teile richtig einzufügen. Gemeinsam verwandelten sie Chaos in Form und richteten die Reihen aus Zahlen und Gedanken neu aus, sodass sich die Stücke in dem Puzzlebild, das er schuf, ineinanderfügten.

Er sang die Größere Kinese.

Die Galeere erbebte. Er ignorierte das Protestgejaule der Tau-se. Ein Teil von ihm nahm wahr, dass Hayden erbleichte, als das Boot ein tiefes, protestierendes Ächzen von sich gab. Als das massive Schiff wieder ins Wasser zurücksank, hatte Indris das Gefühl, sein Kopf würde implodieren. Gestaltwandlerin brannte. Das Deck zu seinen Füßen war heiß, er fühlte es durch die Sohlen seiner Stiefel.

Noch mal, drängte ihn Gestaltwandlerin wortlos.

Die Galeere schlingerte, als sie sich aus dem Wasser erhob.

Indris fühlte, wie das Gewicht des Boots und seiner Passagiere seine Disentropische Färbung komprimierte. Einen Moment lang hatte er das Gefühl, er würde zerdrückt. Sein Geist, Körper und seine Seele halfen Gestaltwandlerin bei ihren kaum hörbaren Korrekturen der disentropischen Strömungen, hielten den ersten Momenten des Schmerzes stand. Jetzt erhob sich die Galeere glatt aus dem Wasser, höher und höher, bis sie die umgebenden Mauern erreichte, die Dächer mit den weißen Ziegeln und die gekrümmten Wege mit ihren unzähligen abgeschiedenen Innenhöfen.

»Haltet euch irgendwo fest«, drängte er seine Passagiere.

Indris krümmte die Disentropie so leicht, wie er die Muskeln in seinem Körper bewegt hätte. Langsam zunächst, dann immer schneller entfernte sich die Galeere aus Fiandahariat und flog nach Nordosten Richtung Amnon.

Kapitel 29

»Sollten sich eines Tages all jene, die ich liebe, aus eigenem Entschluss in die Ältere Dunkelheit werfen, ich könnte ihnen niemals folgen. Denn ich werde ihnen vorausgegangen sein durch alle Strapazen, die erforderlich sind, um sie dort zu retten, wohin sie fallen. Liebe ist die größte Loyalität. Sie sollte an keinerlei Einschränkungen der Aufrichtigkeit oder Bereitschaft gebunden sein.« Aus: Die Werte, *Zitate von Kemenchromis, Sēq-Magnat und Erzgelehrter, 3. Jahr des Erwachten Imperiums*

325. Tag im 495. Jahr der Shrīanischen Föderation

Mari sah zu, wie ihr Vater und Bruder und die anderen in die Wagen stiegen. Ihre Gedanken wanderten zu Indris und seinen Freunden. Sie kaute an ihrem Knöchel und sehnte sich danach, ihn wiederzusehen. Und auch Ariskander wollte sie sehen, ein Zeichen bekommen, dass ihre Torheit Früchte trug und nicht ihrer aller Ende bedeutete.

Plötzlich hörte sie ein Kratzen hinter den Wänden ihrer Kammer. Mari schlich zu der versteckten Türverkleidung, von der das Geräusch kam. Sie betätigte den Öffnungsmechanismus und trat zurück. Die Täfelung knackte leicht, dann glitt sie nach innen und zur Seite.

»Komm heraus, damit ich dich sehen kann!«, befahl sie.

»Ich bin's, Qamran!« Der Feyassin streckte den staubbedeckten Kopf durch die Tür.

»Wie hast du mich gefunden?«, fragte Mari scharf. »Und

was noch wichtiger ist: Warum seid ihr noch hier? Ich hatte euch gesagt, ihr sollt so schnell wie möglich verschwinden.«

»Irgendetwas ist mit Pah Vahineh passiert.« Seine Stimme war noch rau von der Verletzung, die sie ihm am Tag zuvor an der Kehle zugefügt hatte.

»Geh zurück zu ihr! Ich komme gleich.«

Mari nahm sich einen Moment Zeit, um eine saubere Tunika, Hosen und Stiefel anzuziehen. Nur für den Fall, dass Qamran sie in die Falle locken wollte, hielt sie ihr *Amenesqa* in der Hand, als sie die düsteren Gänge betrat und in Richtung des Zimmers ging, in dem sie Vahineh und Qamran untergebracht hatte.

Qamran hatte die Geheimtür offen gelassen. Mari betrat den Raum, der ähnlich wie ihrer möbliert war, nun aber als eine Art Lager diente.

Vorsichtig ging sie zum Schlafraum. Qamran kniete neben der schweißüberströmten, zuckenden Vahineh. Mari fluchte leise und legte die Hand auf die Stirn der Frau. Sie hatte kein Fieber. Ihre Augen waren geschlossen, und die Lider zuckten, während sich ihre Lippen stumm bewegten.

»Wann ist das passiert?« Mari wischte mit dem Zipfel des Lakens den Schweiß von Vahinehs Stirn.

»Kurz bevor ich zu dir kam. Man hat mir davon erzählt. Sie erwacht, oder?«

»Wir alle kennen die Zeichen aus Erzählungen.« Mari schob Qamran vom Bett zurück. »Und jetzt erzähl mir, wie du mich gefunden hast. Habt ihr beide geplant, mich umzubringen? Oder meine Familie?«

»Ich bin Feyassin, schon vergessen? Wir haben gelernt, dass man alles in Erfahrung bringen sollte über die Orte, an denen wir unsere Schützlinge bewachen. Genau wie du habe ich mich umgesehen. Und wer die Augen aufmacht, wird auch fündig.«

»Ihr habt euch selbst in Gefahr gebracht; und mich auch.«

»Hast du die Wahrheit gesagt … gibt es wirklich Leute, die verhindern wollen, dass noch mehr Blut fließt?«

»Natürlich!« Mari schüttelte den Kopf. »Warum ist es nur so schwer für dich zu glauben, dass ich das Richtige tun will? Vashne ist tot. Ich werde mir nichts davon kaufen können, dass ich mir wünschte, es wäre anders. Aber ich versuche, für die Zukunft zu handeln.«

»Und die Vergangenheit vergisst du?«, fragte er vorwurfsvoll.

»Wir können nicht viel für sie tun, Qamran.« Mari hatte nicht die Absicht, weiter mit dem Mann zu streiten. »Wir können nur auf sie aufpassen und darauf achten, dass sie keinen Lärm macht. Wenn sie den Prozess überlebt, wird sie schon bald wieder aufwachen, und wir werden wissen, mit wem wir es zu tun haben.«

Beinahe eine Stunde später erhob sich Qamran. »Ich werde Vorbereitungen für unseren Aufbruch treffen. Ich glaube nicht, dass sie in dem Zustand ist, um …«

»Wir werden tun, weswegen wir hergekommen sind.« Vahinehs Stimme war härter, als Mari sie in Erinnerung hatte. Unvermittelt öffneten sich ihre Augen, und die Pupillen waren so groß, dass sie beinahe die Iris verschlangen. Ihre Miene veränderte sich und zeigte plötzlich den Ausdruck kluger Melancholie, den Mari so gut kannte.

Qamran verneigte sich. »Ich stehe zu Euren Diensten.«

»Du warst schon immer ein treuer Soldat, Qamran.« Vashnes Blick in Vahinehs Gesicht wanderte zu Mari. »Im Gegensatz zu anderen, auf die ich mich verlassen habe.«

»Ich bin hier, oder nicht, Vahineh?« Mari fragte sich einen Moment lang, wie es sein musste, wenn so viele Leben, Ansichten, Lieben, Enttäuschungen und Ängste gleichzeitig

Besitz von einem ergriffen. »Denn ich spreche mit Vahineh. Ihr seid weder Vashne noch Daniush, die jetzt von der Liebe ihrer Ahnen umgeben sind. Ihr seid Vahineh.«

»Ich bin Vahineh«, sie nickte mit starrem Blick, »und doch so viel mehr. Die Stimmen in meinem Kopf … die Erinnerungen, Visionen von so vielen Dingen. Wie viel zu viele Fische, die in einem aufgewühlten Teich herumflitzen …«

»Vahineh, Ihr müsst Euch daran erinnern, wer Ihr seid und warum Ihr hier seid.« Mari wusste, dass sie Vahineh etwas geben musste, an das sie sich klammern konnte. Sonst würde sie ihre Identität in dem Schwebezustand aus bruchstückhaften Persönlichkeiten verlieren, die durch ihre gerade erst erweiterten Erinnerungen schweiften. Soweit Mari wusste, war Vahineh nie dafür ausgebildet worden, ihren Geist in einzelne Teile aufzuspalten; das war die Art, wie ein Erwachter Rahn das Einströmen der Bilder und Stimmen in seinem Kopf kontrollieren musste. Die Prinzessin musste ins Hier und Jetzt zurückgeholt werden. »Warum wart Ihr hier, Vahineh?«

»Weil ich meine Rache wollte …« Die Stimme schien voller zu sein als normal.

»Und wie wolltet Ihr es tun?«

»Armal … hat dabei geholfen, meine Mutter zu töten, dann hat er mich gejagt und gefangen genommen.«

»Armal ist tot. Erinnert Euch! Was noch?«

»Thufan hat meine Frau getötet.«

Mari schlug Vahineh auf die Wange. »Nein! Thufan hat Eure Mutter getötet, nicht Eure Frau. Konzentriert Euch auf das, was Ihr mit eigenen Augen gesehen habt, Vahineh. Eure Mutter. Thufan hat Eure Mutter getötet! Ihr wolltet ihn dafür leiden lassen, erinnert Ihr Euch?«

»Ja! Der hakenhändige Mistkerl soll leiden. Sag ihm, Corajidin ließ seinen Sohn umbringen! Der kaputte alte Mann wird weinen … aber es müssen noch mehr bezahlen.«

»Nein, Vahineh. Ihr müsst Euch ausruhen und die Gedanken an Rache hinter Euch lassen.«

Die Prinzessin schloss die Augen und sank in einen unruhigen Schlummer. Ihre Lider zuckten beim Anblick von Bildern, die nur Vahinehs Augen sehen konnten.

Als Vahineh wieder erwachte, war Mari nicht mehr da.

»Wo ist sie?«, fuhr Vahineh Qamran an.

»Sie ist weg. Sie kümmert sich darum, dass wir aus der Villa rauskommen. Es gibt eine Reihe alter verborgener Gänge hier im Gebäude, aber ich weiß nicht, ob sie auch nach draußen führen.«

»Warum sollte ich gehen, wenn ich hier mitten im Schlangennest sitze? Verborgene Gänge, sagst du?«

»Ja.«

»Kannst du Corajidins Gemächer finden?«

Beinahe eine Stunde später machte Qamran Vahi ein Zeichen, sie solle warten. Seine Handzeichen waren in der Düsternis kaum zu sehen. Der Staub juckte auf Vahis Haut. Leise stieß Qamran die Tür auf, dann glitt er mit gezogenem Schwert in den Raum dahinter. Alles war ruhig. Die Vorhänge waren zugezogen, um das grelle Tageslicht draußen zu halten, doch Sonnenstrahlen tanzten über den Boden, wo die Vorhangsäume von der Brise bewegt wurden.

Sekunden später sah er, dass Yasha an einem großen Tisch saß, auf dem sich eine Unzahl Bücher, Schriftrollen, Karten und Wachstafeln türmten.

Vahi starrte die Reflexion der schönen Frau im Spiegel an, der sich gegenüber von Yashas Sitzplatz befand. Ein Teil von ihr schreckte vor dem zurück, was sie im Begriff war zu tun. Ihre Handflächen waren feucht, und ihr Puls dröhnte in den Ohren. Vahi hatte noch nie jemanden getötet. Sie betrachtete die schöne Frau, die beinahe perfekt schien und seltsam unschuldig wirkte, wie sie da saß und las. Rotgoldene Ringe glänzten matt an ihren eleganten Fingern und Zehen. Perlenketten waren um ihre Knöchel geschlungen. Eine durchscheinende weiße Robe schimmerte auf ihrer dunklen, olivfarbenen Haut.

Die neu Erwachte Rahn des Hohen Hauses Selassin zog ihr Schwert.

Ein Sonnenstrahl wanderte durchs Zimmer, als die Brise stärker als zuvor durch die Vorhänge strich. Yasha runzelte die hübsche Stirn, ganz die verzärtelte Königin, die sich über die Beschaffenheit der Welt selbst beschweren wollte. Dann sah sie auf.

Vahis und Yashas Blicke trafen sich, und die Monarchin des Hauses Erebus schrie nach ihren Wachen.

Qamran rannte los, um die Türen der Kammer zu sichern, als Vahi vorwärtsstürmte. Yashas schönes Gesicht verzerrte sich, während sie eine lange Nadel aus ihrem Haar zog und sie mit tödlicher Treffsicherheit auf Vahi schleuderte. Die Nadel traf die Prinzessin am Hals.

Der Schmerz war atemberaubend. Vahi geriet ins Stolpern, und Yashas Faust traf sie im Magen. Als Vahi sich die lange Nadel aus dem Hals zog, fühlte sie, wie das Blut aus der Wunde strömte. Yasha ließ Schläge auf Vahis Gesicht und die Schultern herabregnen.

Sie drohte das Bewusstsein zu verlieren. Benommen ließ sie zu, dass Sadras Lehren die Kontrolle übernahmen. Ihr Körper reagierte mechanisch, aber er reagierte. Bald war sie imstande, Yashas Attacke abzuwehren.

Nachdem sie ihre Haltung wiedererlangt hatte, gelang es Vahi, die Königin mit Dutzenden Schnitten zu verwunden. Schließlich standen sie sich gegenüber, und Yashas Atem ging rau.

Vahineh hob das Schwert.

»Das ist noch nicht das Ende der Geschichte, du Kuh«, murmelte Yasha.

Vahi schnitt ihr die Kehle durch, und Yasha fiel auf die Knie. Sie hob die Hände in dem Versuch, die tödliche Wunde zu schließen, doch das Blut floss durch ihre zusammengepressten Finger hindurch und befleckte Mosaikboden und Teppich.

Vahi drehte ihr den Rücken zu und ging zu der Geheimtür. Sie rief Qamran, der sich sofort zu ihr gesellte. Die Schläge gegen die verriegelte Tür wurden immer lauter. Die beiden schlossen die Geheimtür hinter sich, bevor sich Yashas Wachen Eintritt verschaffen konnten.

Sie lächelte. Ihr blieb nicht mehr viel Zeit, um Thufan zu finden und ihm zu erzählen, was mit seinem Sohn geschehen war.

Mari und die anderen hatten sich zu einem Treffen in dem Stadthaus verabredet, in dem Ariskander vor der Schlacht am Bernsteinsee gewohnt hatte. Das Haus lag in einer ruhigen Straße in der Goldenen Vier, die aus vier großen Blocks mit teuren Stadthäusern und Villen bestand und sich in der Nähe des Zephyrberges befand. Durch die Fenster drang beinahe kein Geräusch. Die Luft war fast geruchlos, bis auf einen leisen Hauch von Lotusräucherwerk, das über die Jahre in die Wandfarbe, die Stoffe und das Holz gedrungen war.

Sie erzählte ihren Mitverschwörern von dem frühmorgendlichen Aufbruch ihres Vaters und Bruders und von Vahinehs Erwachen.

»Es war leichtsinnig von dir, Vahineh in ihrem derzeitigen Zustand allein zu lassen.« Ziaire schlug die Beine übereinander und glättete die Falten ihres Kilts. »Sie ist jetzt die Rahn Selassin und damit eine wertvolle Verbündete!«

»Ich hatte kaum eine Wahl«, erwiderte Mari und starrte Qamran an, der seltsam still gewesen war, seit er hier angekommen war. Er wirkte nervös. »Ich habe sie allein gelassen, weil ich mich darum kümmern musste, wie ich sie aus der Villa schaffen kann. Wenn Vahineh im Haus gefunden worden wäre, hätte ich das Vertrauen meines Vaters endgültig verspielt.«

»Mari.« Femensetri zupfte an der Tinte, die ihre Fingernägel verkrustete. Dann schnippste sie kleine Sichelmonde aus gehärteten Schatten auf den ansonsten sauberen Boden. »Wenn das irgendein Versuch ist, deinen Vater zu retten …«

»Seid nicht albern; natürlich ist es das.« Femensetris Blick verfinsterte sich bei Maris Tonfall. Mari klammerte sich an ihren Mut, oder vielleicht auch ihren Stolz, und fragte: »Wollt Ihr mir das vorwerfen?«

»Wo ist Vahineh?« Nazarafine knabberte an einem Stück Nougat.

»Die Feyassin warten in den Baracken einer Söldnerkompanie, die am Tag nach der Schlacht am Bernsteinsee nach Masripur geflohen ist«, erwiderte Qamran. »Vahineh ist bei ihnen und ruht sich aus.«

»Du sagst, Corajidin will heute Abend zurückkehren?«, brummte Kembe. »Das lässt nicht viel Zeit für Vorbereitungen.«

»Die Phönixarmee der Näsarat ist heute Morgen Richtung Narsis aufgebrochen«, fügte Rosha hinzu, »zusammen mit den *Yamiren* aller Familien, die meinem Haus ergeben sind. Es sind noch immer zweihundert Veteranen meiner Weißpferd-Kataphrakten hier, außerdem die verbleibenden hundert der Löwengarde, die geschworen haben, das Königshaus zu verteidigen. Das muss reichen.«

»Mit Narseh wurde geredet.« Femensetri erhob sich aus ihrem Stuhl, und man hörte das Knarzen von altem Leder.

Sie goss sich eine Tasse Tee aus einer silbernen Kanne ein, machte sich aber nicht die Mühe zu fragen, ob die anderen auch etwas wollten. Der Gelehrtenmarschall lehnte sich gegen die Wand und hielt ihre Tasse in den langfingrigen Händen. »Der Marschallsritter wurde von unserer Absicht in Kenntnis gesetzt, ein *Jahirojin* gegen das Hohe Haus Erebus zu verkünden. Narseh gefällt das zwar nicht, aber sie wird nichts unternehmen, vorausgesetzt, wir befolgen die Regeln.«

»Ich habe ein Kontingent meiner Ritter hier, die ich aus der Rōmarq hergeholt habe.« Siamak zuckte seine breiten Schultern, und das Metall an seinem Kettenpanzer klirrte. »Es sind nicht viele, wenn man bedenkt, wie groß das Gebiet ist, das sie patrouillieren müssen. Aber sie sind tödliche Kämpfer, und sie teilten Far-rad-dins Vision von Amnon. Sie sind keine Freunde des Asrahn-Erwählten.«

»Ich habe auch noch meine Kinder aus der Taumarq«, sagte Kembe. »Natürlich kann ich nicht offiziell handeln, aber als *Nahdi* im Dienste des Hohen Hauses Näsarat …«

»Sturmbringerin?« Rosha sah die Gelehrte in ihrer schwarzen Soutane an.

»Die Verträge sind bereits geschrieben.« Femensetri tippte mit ihrem eingerissenen Fingernagel auf ein Bündel Papiere, die auf dem Tisch lagen. »Sie müssen nur noch unterzeichnet werden. Kembe, deine Leute werden unter Roshanas Befehl stehen, bis diese Sache erledigt ist.«

»Danke für deine Hilfe, Kembe.« Rosha neigte leicht den Kopf in Richtung des Tau-se.

»Wir wollen ein Blutvergießen so weit wie möglich verhindern«, drängte Mari. »Ich kenne das Naturell der Kräfte, die meinem Vater dienen. Ohne klare Führung werden sie sich nicht auf einen Kampf einlassen. Wir haben es vor allem mit Belamandris' Anlūki, den *Nahdi*, die mein Vater verpflichtet hat, und den Iphyri zu tun. Alles in allem sind es vielleicht fünfzehnhundert Krieger.«

Kembe tat die Gefahr mit einem lässigen Winken ab, und Mari schüttelte den Kopf über das Draufgängertum des Hohen Patriarchen.

»Die Feyassin werden das Tyr-Jahavān halten, bis die Sprecherin mit dem Teshri geredet hat«, bestätigte Qamran. »Unsere Feinde werden das Parlamentsgebäude besetzen und halten wollen, sobald sie erkennen, was vor sich geht. Mit etwas Glück trifft der Teshri eine Entscheidung, bevor Corajidin nach Amnon zurückkehrt. Wenn nicht, wird es ein hartes Stück Arbeit für uns. Selbst mit Kembes Tau-se haben wir nur etwas über fünfhundert Mann.«

»Denkt daran, dass es hier nicht darum geht, in einen Krieg zu ziehen.« Femensetri kippte den Bodensatz ihres Tees aus dem Fenster. »Wir müssen einfach nur Corajidin isolieren und den Teshri dazu bringen, dass er seiner Absetzung zustimmt. Ziaire?«

»Corajidin hat noch immer die Mehrheit der Stimmen im Teshri«, erwiderte die wunderschöne Frau. »Aber Guita von der Familie Parje-Sin hat die großen Namen von Amnon und andere zu einem Fest auf dem Familienanwesen an den Ufern des Anqorat eingeladen. Der Großteil von ihnen hat Amnon letzte Nacht auf einem Vergnügungsschiff verlassen; sie werden ein paar Tage lang nicht erreichbar sein. Wir konnten zwar nicht alle von Corajidins Verbündeten fortschaffen, aber für viele wurde gesorgt.«

»Wenn man bedenkt, dass wir den Teshri auf die gleiche Weise wie Corajidin manipulieren …«, sagte Nazarafine traurig. »Ich hätte den Teshri niemals beeinflussen sollen, dass er Vashne an der Macht lässt.«

»Hör auf, dir selbst leidzutun«, knurrte Femensetri. »Konzentrier dich aufs Jetzt, Sprecherin.«

Mari streckte die Beine unter dem Tisch aus. Das Jetzt war es gerade, das ihr Sorgen machte. Egal, wie sie die Situation auch betrachtete, es würde Blut vergossen werden. Und was noch schlimmer war: Sie hatte angefangen sich zu fragen, ob das, was sie tat, richtig war. Obwohl ihr Vater verabscheuungswürdige Mittel eingesetzt hatte, um an die Macht zu kommen, hatte es keinen öffentlichen Aufschrei gegeben.

Ziaire hatte es selbst gesagt. Wenn der Teshri zur nächsten Versammlung zusammentrat, würde ihr Vater sehr wahrscheinlich für die nächsten fünf Jahre zum Asrahn gewählt werden. Immer vorausgesetzt, er überlebte. Nazarafine würde als Sprecherin durch einen der imperialistischen Verbündeten ihres Vaters ersetzt werden. Und die anderen Posten in der Kanzlei? Ihr Vater, Yasha und Thufan würden Einfluss nehmen und ihre eigenen Leute einsetzen wollen, die sie gekauft hatten. Zweifellos würde der Posten des Gelehrtenmarschalls beseitigt werden, ebenso wie die Abhängigkeit der Regierung vom Gelehrtenorden der Sēq. Wenn Corajidin erst an der Macht war, dann bestimmten er und die Imperialisten das Geschick der gesamten Nation.

Und ihr Vater würde den Hexenzirkeln, die seit der Gelehrtenkriege nicht mehr in Shrīan gesehen worden waren, Tür und Tor öffnen. Sie sah ihre Kameraden schuldbewusst an, blieb aber stumm. Wenn sie Erfolg hatten, würde kein einziger der Pläne ihres Vaters verwirklicht werden. Es war nicht nötig, ihnen noch mehr Gründe zu geben, weshalb sie ihn verfolgen sollten.

Nein, obwohl sie vielleicht scheitern und exekutiert werden würden, war Mari überzeugt davon, dass sie das Richtige taten. Es erinnerte sie an ein Gedicht, das sie vor vielen Jahren geschrieben hatte – bevor das Leben ihr keine einfache Antwort mehr auf die Frage gab, was es bedeutete, gut zu sein. Der zweite Vers lautete: *Ich gehe den einzigen Weg, den ich kenne – die rauen Pfade der Gerechtigkeit. Wo sie enden, weiß niemand zu sagen, und doch sind sie zur Heimat geworden, mir und allen, denen ich mein Vertrauen schenke.*

»Ich werde genügend Teshri für ein Quorum zusammenbekommen«, sagte Nazarafine. »Sie müssen auf jeden Fall darüber informiert werden, dass ein *Jahirojin* verkündet wurde, damit sie nicht eingreifen. Wir werden ihnen sagen, dass dies jetzt eine persönliche Angelegenheit zwischen zwei Hohen Häusern ist.«

Qamran wand sich bei Nazarafines Worten auf seinem Stuhl. Mari sah ihn stirnrunzelnd an. Was war mit dem Mann nur los?

»Wirst du die Regentschaft übernehmen, Nazarafine?« Femensetris opalfarbene Augen blickten grimmig. »Wenn der Asrahn-Erwählte erst abgesetzt ist, wärst du die Nächste.«

Nazarafine stand auf und ging zum Fenster. Als sie sich ans Fensterbrett klammerte, traten die Knöchel an ihren Händen weiß hervor. »Femensetri, hast du den Erlass zur Amtsenthebung aufgesetzt?«

Mari senkte den Kopf. Mit diesen beiden Pergamenten würde Nazarafine nicht nur beim Teshri den Antrag stellen, dass ihr Vater seines Amtes als Herrscher von Amnon enthoben würde, man würde ihm auch seine Position als Asrahn-Erwählter nehmen. Nur ein Gebietertribunal und eine Vollversammlung des Teshri konnte ihm seine Stellung als Rahn absprechen, das war also unwahrscheinlich. Ihr Vater würde entweder an seiner Krankheit sterben, wenn seine neuen Verbündeten ihn nicht am Leben halten konnten, oder an seinem nächsten Gemeinschaftsritual scheitern und sich damit verdammen. Rosha schien zu frösteln, als sie sah, wie Nazarafine die Papiere unterschrieb. Sie hatte selbst etwas Ähnliches getan, als sie ihren eigenen verräterischen Bruder entmachtet hatte.

»Und du, Roshana?«, fragte Ziaire, als Femensetri ein weiteres Pergament auf den Tisch legte. »Bist du wirklich bereit, die Zukunft deines Hohen Hauses bei diesem Spiel zu riskieren?«

Rosha hob den Kopf und sah sie hart an. »Glaubt Ihr, ich habe nicht den Mut dazu? Nehrun hätte uns beinahe vernichtet, dieser selbstsüchtige kleine Narzisst. Die Ehre meines Hauses steht hier auf dem Prüfstand, also glaubt mir, wenn ich sage, dass ich genügend Beweggründe habe, um zu tun, was nötig ist.«

»Du sprichst wie dein Vater«, sagte Nazarafine zustimmend.

»Ich spreche wie ich«, konterte Rosha. »Obwohl Ihr noch feststellen werdet, dass ich die Tochter meines Vaters bin.«

Mari sah auf ihre Mitverschwörer. Hatte es bei ihrem Vater genauso angefangen, mit diesem leisen Nervenkitzel? Mit dem unbedingten Glauben an eine Sache, egal ob andere das verstanden oder billigten? Tief in den stillen Winkeln ihres Herzens hoffte Mari, dass ihr Vater irgendwann einmal ein guter und gerechter Mann gewesen war. Wenn nicht, wenn sein Leben keinem anderen Zweck oder höheren Zielen gedient hatte außer dem eigenen Ehrgeiz, wofür war sein Leben dann überhaupt gut gewesen?

»Ich werde deinem *Jahirojin* nicht zustimmen, Rosha«, murmelte Mari. »Ich will nicht der Grund für den Tod meines eigenen Vaters sein.«

»Dann komm mir nicht in die Quere.«

»Dann verdamme meinen Vater nicht zum Tod, oder wir beide werden Feinde sein.«

Rosha blickte Mari finster an, als sie den silbernen Pinsel zur Hand nahm. Sie unterschrieb die Verträge, die Kembe und seine Kompanie in ihren Dienst nahmen. Femensetri wies auf das *Jahirojin*. Es war eine lange Papierrolle aus blau gefärbtem Pergament, an beiden Enden mit Alabasterstäben verstärkt, die von je zwei kleinen goldenen und saphirblauen Phönixköpfen abgeschlossen wurden.

Rosha zögerte nicht. Sie zog das Messer aus der Schärpe um ihre Taille. Fließend zog sie die Klinge über die Innenseite ihres linken Unterarms. Rosha ballte die Faust, bis das Blut frei aus der Wunde strömte. Sie nahm einen Ebenholzpinsel, der aus ihren eigenen Haaren gefertigt war. Mit festem Blick tauchte sie den Pinsel ins Blut, dann unterschrieb sie das *Jahirojin* mit ihrem Namen. Noch mehr Blut strömte aus der Wunde, und sie tauchte ihren Siegelring in die dunkelrote Pfütze. Einige der ersten *Jahirojin* waren an die alten *Halyé* – die Blutflüche – der Erwachten Könige gebunden gewesen, von denen viele Gelehrte waren. Obwohl Rosha keine Gelehrte war, würde die Macht ihres Blutes doch ausreichen, um dem *Jahirojin* die Macht ihres Vorsatzes zu verleihen.

»Und so rufe ich bei meinem Blut, unter den Blicken der geheiligten Ahnen, die gerechte Vergeltung herab auf den Querulanten Rahn Erebus fa Qarnassis fa Basyrandin fa Corajidin. Kraft meines Willens verdamme ich ihn für sein schändliches Handeln. Mögen seine Hoffnungen zu Asche werden, bis er nur noch die Bitterkeit seines Versagens schmeckt. Alle vom Blute der Näsarat sind an diesen Fluch gebunden, bis er erfüllt ist!«

»So steht es geschrieben, so wurde es bei könglichem Blute geschworen, so möge es sein«, intonierte Femensetri. Sie berührte das Papier mit ihrem sensenförmigen Stab, und das Siegel flammte auf, als wäre es von einer inneren Glut erfüllt. Als das Licht wieder verblasste, trug das Papier das geprägte Abbild des Phönix aus dem Hause Näsarat.

Das war der alte Weg.

Plötzlich stand Qamran auf und räusperte sich. Er sah aus

dem Fenster, dann wandte er den ratlosen Blick wieder auf die Anwesenden.

»Es gibt da noch etwas, das ihr wissen solltet.«

Ein Tumult brach los, als Qamran gestand, was er über Yashas Ermordung wusste. Mari fühlte die Nachricht vom Tod der Frau wie eine leichte Betäubung, nahm es mehr als unwillkommene Überraschung wahr, als dass sie trauerte. Die Tränen, die ihr in die Augen traten, galten ihrem Vater.

Nein, eigentlich galten sie ihnen allen. Wenn ihr Vater herausfand, dass die Frau, die er liebte, ermordet worden war, würde sich Corajidin womöglich in eine gefährliche und unberechenbare Waffe verwandeln.

Rosha verband die Wunde an ihrem Arm, während die anderen aufbrachen und Qamran scharfe Anweisungen erteilten. Nur Mari blieb zurück. Es hatte Zeiten gegeben, in denen sie es seltsam gefunden hätte, im gleichen Raum mit jemandem aus dem Hause Näsarat zu sein. Ihre Hohen Häuser hatten sich beinahe ein Imperium lang befehdet, obwohl Mari nicht einmal sicher war, was den Bruch bewirkt hatte. Zweifellos waren die Erebus als Schurken in die Geschichte eingegangen, während man sich bei den Näsarat vor allem an ihre Vornehmheit und ihren Gerechtigkeitssinn erinnerte.

»Danke, dass du meinen Vater nicht in vollem Umfang des *Jahirojin* verflucht hast«, sagte Mari.

»Seltsam«, erwiderte Rosha, »dass wir beide hier und unter diesen Umständen zusammengekommen sind.«

»Ich bezweifle, dass es das erste Mal ist, dass unsere Hohen Häuser Gemeinsamkeiten gefunden haben.« Mari zuckte die Achseln. »Ansonsten hätten wir uns schon lange gegenseitig ausgelöscht.«

»Es ist allerdings nicht so, als ob es nicht versucht worden wäre.«

»Von beiden Seiten.« Maris Stimme war hart.

»Etwas anderes wollte ich auch gar nicht andeuten, Mari«, sagte Rosha. »Wie viele unserer Ahnen saßen so zusammen wie wir jetzt, vereint durch eine gemeinsame Sache oder die Sehnsucht nach …«

»… einer besseren Welt? Einer Nation mit einem Gewissen, so wie Navaar das in Ygran verspricht?«

Rosha schüttelte den Kopf. »Besser ist etwas, das nur die Zeit zeigen kann. Besser für einen Tag? Einen Monat? Eine Generation? Vielleicht weihen wir unser Volk dem Untergang, obwohl wir uns bemühen, das Richtige zu tun.«

»Wenn du das wirklich glauben würdest, hättest du weder deinen Bruder abgesetzt noch zugestimmt, dass die Bürde unserer Verschwörung auf deinen Schultern lastet, wenn es schiefläuft.« Mari stand vor der Frau, von der sie fast glaubte, dass sie eine Freundin werden könnte. »Du bist eine tapfere und ehrenvolle Frau, Näsarat fe Roshana. Egal, was in den nächsten Stunden oder Tagen passieren wird, ich bin froh, dass wir keine Feinde sind.«

»Ich ebenfalls.« Roshana streckte den Arm aus und drückte Maris Hand.

Mari blickte auf ihre umschlungenen Hände. Roshas Haut war hell, die Nägel kurz und glänzend, doch ihre Hände waren stark. Ihre eigene Hand war schmaler, dunkler, mit großen Fingerknöcheln und deutlich sichtbaren Venen und Muskeln. Eine Narbe zog sich über ihren Handrücken, während Roshas Haut makellos war. Sie waren zwei verschiedene Frauen mit unterschiedlichen Leben, die eine riesige Kluft überwunden hatten, um nun hierzustehen.

»Obwohl du es in deinem Fluch nicht ausgesprochen hast, wirst du meinen Vater töten, nicht wahr?«, fragte Mari ruhig. Das *Jahirojin* verlangte nicht den Tod, lediglich Vergeltung, doch der übliche Ausgang war die vollkommene Vernichtung. Mari hatte den Verdacht, dass ihr Vater ohnehin glauben würde, es wäre das Gleiche.

»Du hast uns selbst erzählt, was er mit meinem eigenen Vater vorhatte.«

»Was ist mit Maladûr Gaol?«, stieß Mari hervor. »Oder wir schicken ihn …«

»Irgendwohin, wo er eines Tages wieder freikommen wird, wenn die Erinnerungen verblassen und das, was niemals hätte vergessen werden dürfen, kaum mehr ist als ein unangenehmer Nachgeschmack? Dein Vater verdient den Tod. Nicht nur für das, was er getan hat, sondern für das Leid, das er noch verursachen wird. Tausende werden sterben, wenn ihn niemand aufhält.«

»Wie können wir ihn für Vergehen verdammen, die erst in unserer Vorstellung existieren?«

»Das tun wir nicht.« Langsam schüttelte Rosha den Kopf. »Dein Vater ist ein zu hohes Risiko; wir können ihn nicht am Leben lassen.« Die Prinzessin der Näsarat, nein, die künftige Königin der Näsarat, war das, was die Liedermacher des Erwachten Imperiums eine *Chalium* genannt hätten: eine diamantene Lilie.

Maris Hand lag bereits auf dem Türgriff, als sie sich noch einmal umwandte. »Wirst du die Macht an deinen Bruder zurückgeben, wenn die Zeit gekommen ist?«

Rosha lächelte. Sie wandte den Blick zum offenen Fenster, während ihr Daumen über den Siegelring an ihrem Finger strich. »Nur mein Vater kann diese Frage beantworten, Mari.«

Mari kniete nackt am Fußende ihres Betts und starrte in den klaren blauen Himmel draußen vor ihrem Balkon. Die Brise zerzauste ihr Haar und trocknete die Schweißperlen auf ihrer Haut.

Als sie zur Villa zurückgekehrt war, hatte sie noch mehr Einzelheiten über Yashas Ermordung erfahren. Es gab keine Möglichkeit, ohne den Hexer Kontakt zu ihrem Vater aufzunehmen, während er in der Rōmarq unterwegs war. Als das oberste anwesende Mitglied ihres Hauses war es an Mari gewesen, die Durchsuchung des Hauses zu koordinieren.

Einer von Thufans dienstälteren Informanten hatte die Leitung der Untersuchung übernommen. Mari hatte erklärt, dass sie nicht gestört werden wollte, bis Beweise gefunden worden waren, die zu den Tätern führten.

Durch die Fenster ihrer Kammer klagten die Messingflöten zum dumpfen Rhythmus der Trommeln. Von ihrem Platz aus hörte Mari die erhebende Melodie des Letzten Lebewohls. Es war das Lied, das alle Adligen aus dem Hause Erebus seit Jahrhunderten zur Seelenquelle sandte.

Der Tag war lang, die Schatten tief.
Wir sind hier, weil man zum letzten Gang dich rief.
Wir haben dich nicht lange gekannt,
Und doch ruft man dich nun in dieses ferne Land …

Mari wartete, bis die Worte verklangen. Bei ihren Knien stand eine große Schüssel mit warmem Wasser. Einst war es das Schild Kepedons gewesen, eines atreanischen Champions, den Mari im Einzelkampf besiegt hatte. Sie tauchte die Hand in ein Alabastergefäß mit Mineralien, dann trug sie die Mixtur auf ihre Haut auf. Die Mineralien dufteten nach Milch, Honig und dem sonnengewärmten Ozean. Sie massierte die Salbe in ihre Arme, Oberkörper und Beine ein. Dann befeuchtete sie einen groben Stofflappen und wusch sich von Kopf bis Fuß. Ihre Haut fühlte sich weich an, die Farbe war gleichmäßiger, nachdem sie sich gereinigt hatte. Sie schnürte ihr Unterkleid zu und band den Lendenschurz fest.

Ihre Kriegerausstattung lag auf dem Bett bereit. Die weiten Hosen und das Kettenhemd mit den Hunderten kleiner sechseckiger Plättchen waren aus seidengesäumtem Hirschleder und geschwärztem *Kirion*. Sie zog die Seidenbänder fest, dann streckte sie sich, um sicherzugehen, dass sie noch genügend Bewegungsfreiheit hatte. Stiefel mit nach oben gebogenen Spitzen, die mit Dutzenden von Nieten versehen waren, schützten ihre Füße. Dazu der Brustpanzer: scharlachrotes Leder, das mit Streifen aus *Kirion* verwoben war. Arm- und Beinschienen folgten. Über all das zog sie den weißen Kapuzenumhang eines *Ashinahdi*, eines Kriegers der königlichen Kaste, der außerhalb der Zuständigkeit seines Hohen Hauses handelte. Ein Söldner der hohen Kaste, der eines Ideals wegen kämpfte, nicht für Wohlstand oder Ruhm.

Mari betrachtete sich selbst im Spiegel, dieses Ding aus Metall, Leder und Fleisch. Nichts an ihr zeigte Milde oder Kompromissbereitschaft. In dieser Kleidung sah sie aus wie der Gestalt gewordene, blutige Aufruhr. Ihre Kameraden hofften noch immer, dass es nicht zum Kampf kommen würde, doch im Gegensatz zu den anderen unterschätzte Mari weder die Grausamkeit ihres Vaters noch seinen zielstrebigen Willen. So sicher, wie Wasser nass war, würde Corajidin sich nicht ergeben, solange er irgendeine Chance hatte zu kämpfen und zu gewinnen.

Behutsam nahm sie ihr *Amenesqa* mit der langen, gebogenen Klinge auf. Sie hatte ihre Dienstwaffe zurückgegeben, als sie den Dienst bei den Feyassin quittiert hatte. Diese Waffe hier verehrte sie auf ganz andere Weise. Mit ihrem Katzenkopfknauf und den Bernsteinaugen sprach sie über die Zeitalter hinweg zu ihr. Die Waffe hatte einer anderen Mariamejeh gehört, einer hoch geachteten Schwertkämpferin am Ende des Blütenimperiums, der Letzten aus der Familie Tyran-Amir. Man hatte sie niedergemetzelt, und ihre

Festung war Stein für Stein auseinandergenommen worden. Mari hatte von ihrer Namensvetterin während des Studiums am Lamento in Narsis erfahren. Egal, wo sie auch suchte, sie fand keinen Hinweis darauf, wo Tyran-Amir gewesen sein mochte. Seine Lage, ebenso wie beinahe jeder Hinweis auf die letzte Beschützerin der Festung, war aus der Geschichte getilgt worden.

Mit dem Schwert in der Hand klapperte Mari die Stufen hinunter zu den Stallgebäuden. Auf ihren Befehl hin war Zyr, ihr riesiger Hirsch, für den Ausritt vorbereitet worden. Er war so gestriegelt, bis er glänzte, und bereits gesattelt. Der Hirsch war so groß wie ein Kriegspferd, konnte aber trotzdem so hoch springen wie ein Reh. Zyrs Geweih war sorgfältig mit weißer Seide umwunden und hob sich leuchtend von seinem blutroten Fell ab. Mari stieg in den Sattel und spornte das mächtige Tier an. Dann preschten sie aus dem Innenhof der Villa hinaus auf die Straße.

Passanten blieben bei ihrem Anblick stehen. Mari hätte sie gern gewarnt, fürchtete jedoch, dass sie damit eine Panik auslösen könnte. Stattdessen lächelte sie einem Heranwachsenden zu, der sie ehrfürchtig anstarrte, dann trieb sie Zyr zur Höchstgeschwindigkeit an. Sie ritt das Labyrinth der Straßen hinunter zu ihren Kameraden, die auf sie warteten, um eine Rebellion zu starten.

Kapitel 30

»Es gibt keine moralische Wahl zwischen Recht und Unrecht. Es ist nur dann eine moralische Wahl, wenn wir zwischen zwei unrechten Möglichkeiten wählen können und uns darauf verlassen müssen, dass sich unsere Entscheidung als die richtige erweisen wird.« Femensetri, Sēq-Meister, 3487. Jahr des Blütenimperiums

325. Tag im 495. Jahr der Shrīanischen Föderation

Belamandris steuerte die beschädigte Windbarke tief über das Flickwerk der Sümpfe. Corajidin fiel es schwer, die Augen von der Stelle abzuwenden, an der Brede mit dem Angothischen Seelenkäfig auf dem Rücken gestanden hatte. Es war ihm gelungen, Bredes Gehirnfetzen, Blut, die Bruchstücke ihres Schädels und das Haar von Gesicht und Händen abzuwaschen, aber das Deck zeigte noch immer Spuren ihres schmachvollen Endes.

Mehr als dic Hälfte der Anlūki waren bei Indris' Attacke verbrannt. Zwei waren rasend vor Schmerz das Deck entlanggerannt, während die Flammen sie verzehrten, bis Corajidin einen Haken genommen und sie über Bord gestoßen hatte. Allerdings bestand kein großer Unterschied zwischen den Schreien der Brennenden und der Stürzenden.

Auch Wolfram hatte entsetzliche Verletzungen davongetragen, um sie zu retten. Er hatte im Bug inmitten der Flammen gestanden und den Stab fest umklammert gehalten. Der alte Hexer hatte die Flammen zu einem Ball komprimiert, den er auf der blasigen Handfläche balanciert hatte. Die brennende Kugel erinnerte Corajidin an Indris' Auge, das ihn im Innersten versengt hatte. Und doch hatte Wolfram keine Furcht gezeigt. Er hatte den Ball lediglich mit seiner Faust umklammert und ihn gelöscht, sodass nur noch Asche und Rauch übrig waren.

Obwohl die Barke stark beschädigt war, hatte Corajidin seinen Sohn gedrängt, das Boot zu wenden und den Seelenkäfig um jeden Preis zurückzuholen. Wolfram hatte etwas Unverständliches geknurrt. Belamandris war vor Entsetzen bleich geworden, und er hatte Kurs gehalten und sich immer weiter von den Ruinen entfernt.

Das Gesicht des Hexers, sein verfilztes Haar und die Hände waren versengt. Es war ein grotesker Geruch. Wolfram, dessen Züge mehr einer geschälten roten Maske denn einem Gesicht glichen, hatte seine schwarzrote Hand ausgestreckt und das Gesicht eines verwundeten Anlūki berührt. Voll morbider Faszination beobachtete Corajidin, wie Wolfram in seiner kehligen Sprache sang. Der Anlūki kreischte auf, und seine Haut begann zu brodeln. Dann platzte sie auf, und Blut floss in Strömen aus den Wunden. Gleichzeitig begannen Wolframs Verletzungen zu heilen, und neue Haut bildete sich in einer dünnen roten Schicht über offenen Muskeln und Knochen. Als es vorüber war, griff Wolfram nach den Überresten und warf sie mit beiläufiger Geringschätzung über Bord, als wäre der entstellte Körper des Mannes nicht mehr als Abfall.

»Und jetzt, Wolfram?«, knurrte Corajidin. Er kratzte an seinen roten Handrücken herum, bis die Haut wieder zu bluten begann. »Wo sind deine Orakel? Ohne Ariskanders Wissen bin ich ein toter Mann!«

Wolfram starrte Corajidin unter seinen verfilzten Haaren hervor an. »Meine Verbündeten können Euch helfen! Und die Worte des Orakels haben sich bis jetzt bewahrheitet. Ihr wurdet zum Herrscher von Amnon ernannt, die Reichtümer der Stadt gehören Euch. Die anderen Rahns verneigen sich vor Euch …«

»Wortfuchsereien!«

»Ihr engstirniger Mann!«, donnerte Wolfram. Corajidin entblößte seine Fänge. *Der Hexer ist geschwächt,* dachte er. *Er hat sich heute zu viel abverlangt. Es wäre leicht, ihn zu …* Doch als er Wolframs gelbbraunes Starren erwiderte, sah er in die Augen einer Bestie. Eines Mannes, der im Dunkeln mordete und dessen Menschlichkeit nicht mehr war als eine bequeme Hülle, die er nach Belieben abwerfen konnte. »Der Asrahn ist der Hüter seines Volks.«

»Ich bin kein Asrahn!« Seine Hand umklammerte den Griff des *Krysesqa*. Diese Klinge hatte die Monarchen ganzer Nationen getötet! Wieso sollte es ihr nicht gelingen, einen einzelnen Hexer zu töten?

»Habt Ihr einmal darüber nachgedacht, dass all dies Teil Eurer Reise zu der erhabenen Aufgabe sein könnte?«, fragte Wolfram. »Dass vielleicht alles, was geschehen ist, aus einem bestimmten Grund geschah? Die Wege des Schicksals sind nicht immer klar zu erkennen.«

Corajidins Atem ging zischend, er hatte die Zähne zusammengebissen. Das Blut strömte in seinen Schädel, und die Geräusche schienen nur noch aus der Ferne zu kommen. Er sprang auf die Füße und schrie Wolfram an. Jede Obszönität, die er kannte, schrie er ihm ins Gesicht. Dann ging er zum Heck des Schiffs, um dort mit seinen Zweifeln allein zu sein.

Den Rest der Reise blieb er schweigsam und brütete darüber, was als Nächstes zu tun war. Daniush hatte sich selbst getötet. Corajidin beglückwünschte den Jungen bitter zu seiner Entschlossenheit. Zweifellos feierten seine Ahnen ihn gerade. Er musste der Tatsache ins Auge sehen, dass Vahineh mit ziemlicher Sicherheit erwacht war. Wenn Corajidin Glück hatte, dann war sie jetzt weit weg von Amnon, weit entfernt von jeder Hilfe. Noch besser wäre es, wenn das Erwachen sie umgebracht hätte. Dies war schon vorgekommen, wenn die betroffene Person nicht auf diese Last vorbereitet worden war. Allerdings war es sicherer anzunehmen, dass sie noch lebte und die Erinnerungen sowohl ihres Vaters als auch ihres Bruders hatte; damit würde sie sich an den Teshri wenden und ihn auffordern zu handeln.

Und Ariskander? Corajidin schlug mit der flachen Hand auf die Reling. Verfluchter Indris! Wie hatte er sie gefunden? Es musste einen Spion in ihrer Mitte geben, oder einer von Thufans Leuten war unvorsichtig gewesen. Aber vielleicht war nicht alles verloren. Corajidin hatte die heilende Kraft des Tranks gespürt, die Wolframs Verbündete ihm gegeben hatten. Allein die Kostprobe von Majadis' und Demandais Alchemie hatte ihn stärker gemacht, als er sich seit Monaten gefühlt hatte. Und dann war da noch Kasramans Vermutung, dass er auch ohne Ariskanders Ahnenerinnerungen eine Lösung für Corajidins Probleme finden konnte. Wenn Wolfram recht hatte und die Worte des Orakels sich bewahrheiteten, musste Corajidin nach Erebesq zurückkehren, um zu sehen, was sein Sohn ihm anzubieten hatte. Doch zuerst musste er die Schätze zusammensammeln, die er in der Rōmarq ausgegraben hatte. Sie lagerten in den Kellern seiner Villa in Amnon. Wenn Wolfram auch nicht wie versprochen die fehlenden Arbeiten Sedefkes gefunden hatte, so gab es dort doch viel von großem Wert.

Die Windbarke geriet in Schräglage. Corajidin kniff die Augen zusammen, um sich gegen den Fahrtwind zu schützen, und erblickte die aufragenden Umrisse verankerter Windschiffe in der Ferne. Er gab Weisung, dass Belamandris an ihrer Villa festmachte. Der Innenhof war groß genug, um die Barke dort unterzubringen.

Sein Blick fiel auf die grausigen Fleischklumpen, die auf dicken Seilrollen lagen. Die abgetrennten Köpfe von Ariskander und Daniush waren im Tumult beinahe vergessen worden. Daniushs Augen zeigten das Weiß eines Avān, der sich im Moment des Todes der Majestät seiner Erwachten Ahnen geöffnet hatte. Im Gegensatz zu den meisten anderen Toten waren Daniushs Pupillen auf die Größe von Stecknadelköpfen geschrumpft, und seine dunkelbraunen Augen waren mit schimmernden Streifen durchzogen, wie Sternenstrahlen. Ariskanders Ausdruck dagegen war der reinsten Terrors. Als Corajidin die im Tode verzerrte Grimasse sah, schauderte er unwillkürlich. Ariskanders Augen waren weit aufgerissen vor Schmerz, seine Iris beinahe schwarz verschmort, das Weiße in seinen Augen durchzogen von geplatzten Blutgefäßen. Seine Zähne waren blutig, da er sich im Augenblick des Todes in die Lippen gebissen hatte.

»Er wird sie holen kommen.« Wolfram lehnte sich in den Wind, und sein Umhang und seine Haare flatterten. Sein Stab war an einigen Stellen geschwärzt, die Sargnägel waren geschmolzen. Der Angothische Hexer musste nicht auf die Schädel deuten; Corajidin wusste, wovon er sprach. Und es war auch nicht nötig zu sagen, wen er erwartete. Indris. »Ich fürchte, wir haben da etwas geweckt, das wir besser hätten schlafen lassen.«

Belamandris hatte die Barke kaum gelandet, als Corajidin schon in den Innenhof sprang. Er geriet ins Straucheln und war einen Moment unfähig, sein Gewicht zu tragen. Der Schmerz von der Bolzenverletzung in seinem Bein war wie ein Nagel, der sich durch sein Schienbein bohrte. Die Anlūki folgten ihm, um ihrem Herrn zu helfen.

Als er sich näherte, warfen die Wachen die Türen zu seiner Kammer auf. Die durch die offenen Fenster fallenden Sonnenstrahlen malten helle Streifen in den dunklen Raum, während die Ecken und Nischen im Zwielicht blieben. Kein Laut war zu hören, nur das leise Flüstern der Brise, die durch die langen Vorhänge raschelte. Der keimtötende, scharfe Essiggeruch wurde kaum von dem Duft der Wasserhyazinthen aus den Öllämpchen gemildert.

Er rief nach Yashamin, bekam aber keine Antwort. Kein Wunder, sie war sicher noch in der Amtsstube. Er sah sich in der Kammer um. Das Leinen auf dem Bett war ausgewechselt worden, und man hatte den gesamten Raum peinlich gesäubert. Murmelnd legte er die verschmutzten Kleider ab und humpelte ins Badezimmer. Sein Schienbein war schorfig von getrocknetem Blut, doch es schien, als wäre der Bolzen glatt durch das Bein durchgegangen. Es war nicht seine erste Verletzung, Wolfram würde das leicht heilen können. Corajidin wusch die Wunde aus und umwickelte das Schienbein dann mit Leinenstreifen. Sofort breiteten sich rote Flecken auf den Bandagen aus, aber sie waren nicht gefährlich groß. Rasch zog er neue Kleider an und legte einen leichten Kettenpanzer an. Dann verbarg er die Rüstung unter einer formellen bestickten Tunika und einer Jacke. Er steckte sein *Amenesqa* und das *Krysesqa* durch die Schärpe an seiner Taille. Seine Hand krampfte sich um den Griff des Langmessers. Die Muskeln versagten ihm den Dienst, und seine Hand blieb ein paar Herzschläge lang zu einer Klaue verkrümmt. Schließlich entspannten sich die Muskeln wieder, doch nun setzten Schmerzen an seinen Unterarmen und den Waden ein.

Er schlurfte zurück ins Wohnzimmer und erblickte dort einen angeschlagenen Belamandris, einen Kommandanten der Anlūki und den Leutnantsritter von Yashamins Leibwache. Die Frau hielt den Blick fest zu Boden gerichtet. Ihre Hände zitterten, ihr Gesicht war völlig farblos, starr und irgendwie unwirklich.

»Was ist los?«, fragte Corajidin, und sein Herz setzte einen Schlag aus. Der Kohlestift um die Augen seines Sohns war tränenverschmiert. »Belamandris?«

»Es ist Yashamin«, sagte Belamandris tonlos. »Es … ist etwas passiert.«

Corajidin runzelte die Stirn und legte den Kopf zur Seite. Natürlich, die Zeichen waren überall. Der keimtötende Geruch und die wilde Aktivität in den Korridoren der Villa. Die Stille und die Dunkelheit des Raums, wo Yashamin doch Lärm und Licht liebte.

Belamandris machte seinem Vater ein Zeichen, ihm zu folgen.

Sie hatten Yashamin auf eine seidenbedeckte Totenbahre in dem kleinen Schrein der Villa gebettet. Sie war gewaschen und ihre Haut mit heiligen Ölen gesalbt worden: In der Luft hing der schwere Duft von Myrrhe, Kardamom, Lotus und Henna. Sie hatten sie in das Rot und Schwarz eines Rahns des Hohen Hauses Erebus gehüllt, nicht in die Schichten aus grauer und weißer Seide einer *Mehoureh* des Perlenhauses. Ihr jettschwarzes Haar war gebürstet und dann mit Perlen, Rubinen und goldenen Nadeln verziert worden. Die Finger und Zehen waren mit Goldringen geschmückt, Ohren und Fußknöchel mit Perlen. Ihre hochgeschlossene Tunika verbarg ihre Kehle.

Corajidin ließ seine Hand auf ihrer Stirn ruhen. Wäre ihre Haut nicht so kalt gewesen, er hätte geglaubt, sie würde schlafen.

Der Tod sollte weder Traurigkeit noch Furcht hervorrufen. Doch warum fiel ihm dann das Atmen so schwer? Warum ließen Tränen seine Sicht verschwimmen, egal, wie oft er sie fortwischte? Wo kam diese Übelkeit her? Warum tat sein Kopf so weh, und weshalb wollte er nichts anderes mehr tun, als sich zu einer Kugel zusammenzurollen, den Duft ihrer Kleider einzuatmen und sich an die Wärme ihres Körpers zu erinnern, an den Klang ihres Lachens oder ihren seidenweichen Kuss? Er wollte sehen, wie sie die Stirn runzelte, während sie las.

So sollte es nicht sein. So waren nicht die Abschiede von jenen gewesen, die er zuvor angeblich geliebt hatte.

»Befolgt die Riten«, flüsterte er. Corajidin fühlte Wolframs nachdenklichen Blick auf sich, und er sagte zu dem Hexer: »Sprich zum Herrn der Toten. Lass ihn den Bernstein für ihre Reliquienmaske schmelzen. Dann legt ihren Körper für ihre Reise nach Erebesq in Alabaster. Sie soll dort eingeäschert werden.«

»Wir …«

»Bitte reiz mich nicht. Nicht jetzt«, warnte ihn Corajidin.

Wolfram zögerte einen Moment, musste aber Corajidins Stimmung gespürt haben. Er knarzte davon und hinterließ einen Geruch nach Rauch, Blut und den Marschen.

»Und bring mir noch mehr von der Medizin deiner Verbündeten. Ich habe starkes Verlangen danach. Belamandris?«

»Vater?« Belamandris neigte den Kopf.

»Die Wachen, die Dienst hatten?«

»Veteranen der Schwesternschaft der Jen Femidhe.«

»Wo sind sie?«

»Sie haben sich das Leben genommen«, murmelte Belamandris. Er machte den Anlūki ein Zeichen, und sie folgten ihm aus dem Zimmer und ließen Corajidin mit Yashamins Leiche allein.

Corajidin berührte ihr Gesicht. Es war so schön, so ruhig. Er beugte sich hinab und streifte ihre Lippen mit den seinen.

Jetzt, da er allein war, konnte er sich für eine kleine Weile vorstellen, das Salz auf ihren Lippen stamme nicht von seinen Tränen. Er konnte sich vor der Erkenntnis verschließen, dass sich ihre Augen nie wieder öffnen würden.

Zurück in seiner Amtsstube, rief Corajidin seine Schreiber zusammen. Wenn er jetzt innehielt und sich eine Pause erlaubte, würde er sich vielleicht nie wieder bewegen können. Er konnte nicht in seine Gemächer zurückgehen. Konnte sich nicht die Zeit erlauben, um in einem Loch aus schwärzester Verzweiflung zu versinken, bis die Sonne selbst ausgebrannt und die Welt für jeden anderen ebenso dunkel geworden war wie für ihn.

Ein Teil von ihm fragte sich, ob es nicht leichter wäre aufzuhören. Sich auszuruhen und der Trauer ihren Lauf zu lassen. Vielleicht das Schicksal herauszufordern und zu sehen, ob es ihm tatsächlich gestatten würde zu sterben, wenn er nichts tat, um sich zu retten. Vielleicht hatte er zu hart für seine mögliche Zukunft gekämpft? Vielleicht, wenn er weniger gekämpft, weniger gewollt hätte, wäre Yashamin nicht … Aber wenn er jetzt mitten in diesem großen Projekt aufhörte, von dem sie ein so wichtiger Teil gewesen war, würde er damit ihre Träume verraten.

Er diktierte einen Brief, der mit den schnellsten verfügbaren Kurieren zu seinen Verbündeten in Amnon geschickt werden sollte. Es sollte sie daran erinnern, wo ihre Loyalitäten lagen, oder von wem sie gekauft worden waren. Jetzt war nicht der Moment, um in seiner Entschlossenheit zu wanken. In Shrīan waren unpatriotische Kräfte am Werk, die alles zu zerstören drohten, wofür die Avān standen. Sie alle mussten nun seinem Beispiel folgen und standhaft bleiben. Zur Stunde der Krähe wollte er sie im Tyr-Jahavān treffen, vier Stunden nach Mittag. Dort würden sie eine Notwahl abhalten. Da die Kanzlei und das Gebietertribunal nicht anwesend waren, würde nicht lange über die Feinheiten der Gesetze debattiert werden. Corajidin würde vom Teshri fordern, dass eine Versammlung einberufen und er ohne weitere Verzögerung zum Asrahn gewählt wurde.

In einem weiteren Sendschreiben befahl er Belamandris, die Kontrolle über die Stadt zu übernehmen, um sicherzustellen, dass keine unerwarteten Ereignisse seine Pläne behinderten. Vor allem aber musste sein Sohn das Tyr-Jahavān sichern. Ohne das Bauwerk gab es keine schnelle Kommunikation mit seinen Verbündeten im ganzen Land. Wenn Corajidin erst Asrahn war und ein Sprecher ernannt wurde, der Corajidins Ansichten teilte, würde er seine Armeen in die Rōmarq senden und alles beanspruchen, das von Rechts wegen ihm gehörte. Die Rōmarq sollte seinen Zorn zu spüren bekommen, dann wäre er zu beschäftigt, um an seinen Verlust zu denken. Er würde die legendären Artefakte vergangener Imperien finden und stärker werden als alle anderen vor ihm. In einem Jahr würden die Fenlinge, die Marschpuppenspieler, die Riedfrauen und alle anderen ekelerregenden Wesen ihrer Art nichts weiter als Schauermärchen für Kinder sein.

An Marschallsritter Rahn Kadarin fe Narseh sandte Corajidin einen Brief, in dem er um ihre Anwesenheit bei einer Notversammlung des Militärrats bat. Er befahl Oberstritter Nadir, dem stellvertretenden Befehlshaber seiner Armeen, die Versorgung der Erebus-Armee für eine längere Aktion in der Rōmarq zu planen. Sie sollten sich darauf vorbereiten, innerhalb einer Woche auszurücken.

Corajidin saß an seinem Schreibtisch, das Kinn in die Hände gestützt. Im Moment gab es kaum mehr zu tun, als auf die verabredete Stunde und auf Wolfram zu warten, der mit dem Trank kommen und sich außerdem um Corajidins verwundetes Bein kümmern sollte. Jetzt, da er eine Weile beinahe schmerzfrei gewesen war, graute Corajidin davor, die Pein wieder zu spüren. Wenn sie ihm ein derartiges Lebensgefühl wiedergeben konnten, dann sollten Wolframs Hexenverbündete verlangen, was immer sie wollten.

Seine Gedanken wanderten zu Mari. Das Gespräch gestern hatte sie ganz offensichtlich erschüttert. Vielleicht musste er sich besser erklären. Er war sich nicht sicher, ob sie wirklich verstand, wie wichtig es für die Avān war, zu einer Zeit zurückzukehren, bevor die Sēq ihnen mit ihren Beschränkungen und ihrem Beharren auf einem beinahe unbegreiflichen elitären Dogma das Leben schwer gemacht hatten. Mariam musste seinen Standpunkt nachvollziehen können. Egal, wie sehr seine eigensinnige Tochter ihn manchmal erzürnte, sie war ein wichtiger Teil seines Lebens und viel zu oft von ihm getrennt gewesen.

In der Stille begannen seine Gedanken wieder um Yashamin zu kreisen. Er konnte ihren Anblick nicht vergessen. Sie war so jung gewesen, im gleichen Alter wie seine Tochter. Die Heirat mit ihr war weder aus politischen noch aus gesellschaftlichen Gründen erfolgt. Er hatte sie nicht geheiratet, weil er ein Bündnis schmieden oder die alten Blutlinien stärken wollte, wie die Sēq das einst mit ausgewählten Hohen Häusern und Familien versucht hatten. Er hatte sie geheiratet, weil er es gewollt hatte. Wieder fühlte er, wie Tränen in seinen Augen brannten.

Nein! Corajidin erhob sich in dem verzweifelten Verlangen, jetzt jemanden bei sich zu haben, den er liebte. Er würde Mariam suchen.

Doch er kam nur bis zum Korridor, wo man ihm berichtete, dass Thufan auf dem Weg zu ihm war.

Die linke Seite von Thufans Gesicht bestand nur noch aus entzündetem Narbengewebe. Die Verletzung war riesig gewesen, daher hatte sich Wolfram behelfen müssen. Teile von Thufans linker Wange und Kiefer waren in Fetzen gerissen worden, und Wolfram hatte den fehlenden Knochen durch Elfenbein ersetzt. Wo auch immer möglich, war die Haut gedehnt worden, um die fehlenden Stellen zu überdecken; aber es war nicht genug vorhanden gewesen. An den Stellen, an denen das Fleisch fehlte, schimmerte der Knochen durch. Die zerfetzten Lippen waren entfernt worden, weshalb das Gesicht des *Kherife* zu einem Dauergrinsen verzerrt war. Sein neues Auge unter dem entstellten Lid bestand aus einer facettierten Silberkugel, die das Licht in scharfen Strahlen reflektierte.

Auf Thufans weniger verwundeten rechten Seite war die Wange zugenäht worden und beinahe vollständig geheilt. Die Haut dort war rosa – wie die eines Neugeborenen. Nachdem Corajidin gesehen hatte, wie sich Wolfram selbst heilte, hielt er es durchaus für möglich, dass der Hexer einen Säugling benutzt hatte, um Thufans Verletzungen zu behandeln. Corajidin bemühte sich, die aufsteigende Übelkeit zu unterdrücken.

Er versuchte zu lächeln, hatte jedoch den Verdacht, dass er nur eine Grimasse zustande brachte. »Ich bin froh, dich gesund und munter zu sehen, alter Freund. Wir haben alles in unserer Macht Stehende getan, um dich … um unsere Dankbarkeit zu zeigen …« Er verstummte, unsicher, was er als Nächstes tun sollte.

»Armal?« Der Haken hob sich; das dunkle Eisen war so scharf und hässlich wie die Lügen, die sie sich gegenseitig über die Jahre erzählt hatten. »Was ist mit meinem Sohn?«

»Ich weiß nicht, wie sie euch in der Rōmarq gefunden haben.« Corajidin konnte Thufan nicht ins Gesicht sehen, daher ließ er den Blick auf seinem zerkratzten Handrücken ruhen. Die Wunden waren wieder da, geschwollen und eitrig. »Es tut mir leid, was passiert ist. Wenn du dich erholt hast, werden wir nach einem Weg suchen, wie wir wiedergutmachen können, was mit dir geschehen ist. Das verspreche ich dir. Aber jetzt musst du dich ausruhen, Thufan.«

»Mein Sohn. Sagt es mir.« Der Haken sauste herab und ließ das Holz auf Corajidins Schreibtisch zersplittern. Thufan wandte den Kopf. Die Facettenkugel, die sein Auge bildete, schimmerte im Sonnenlicht.

»Er kümmert sich für mich um ein paar Geschäfte.« Die Lüge kam Corajidin leicht über die Lippen. Eine großzügige Lüge einem Mann gegenüber, der die Wahrheit nicht kennen sollte; zumindest jetzt noch nicht. »Du hattest recht, Armal eignet sich nicht für diese Art von Leben. Ich habe Farouk gebeten, einen anderen Posten für ihn zu suchen, weit entfernt von Shrīan. Irgendwo, wo er sicher ist. Sobald es dir wieder gut geht, werde ich dich nach Hause zu eurem neuen Anwesen in Qalhad schicken. Du hast mir immer erzählt, wie sehr du im Winter den Blick aufs Südmeer genossen hast.«

Thufan hustete, was teils wie ein Bellen und teils wie ein Keuchen klang. Es dauerte einen Moment, ehe Corajidin begriff, dass es ein Lachen war. Die Augen des *Kherife* leuchteten kalt. Corajidin schauderte. Das Frösteln hielt an, selbst als sich Thufan bereits umgewandt hatte und langsam aus dem Zimmer ging. Der schreckliche Klang dieses Lachens, das mit etwas – Irrsinn vielleicht – behaftet war, tönte ihm noch lange in den Ohren.

Nachdenklich schritt Corajidin den Korridor zu Maris Gemächern hinab. Auf einem kleinen Tisch sah er eine große, weiß schimmernde Porzellanvase. Sie war mit grauen Reihern in silbrigem Schilf bemalt und enthielt ein Arrangement aus gelben und violetten Lotusblumen und weißem Schleierkraut. Corajidin hielt inne, und Tränen traten ihm in die Augen. Yashamin hatte diese Vase geliebt. Er hatte vorgehabt, sie mit sich zu nehmen, wenn sie Amnon verließen. Jeden Tag hatte sie veranlasst, dass die Lotusblüten erneuert wurden. Sie erinnerten sie an ihr Zuhause in Qom Rijadh an den Ufern der Sûn-Inseln. Einen Moment stand er reglos da. Die Anlūki um ihn herum schwärmten aus, die Hände am Schwertgriff, als würden sie mit einer Bedrohung rechnen. Doch nichts geschah. Corajidin stand einfach nur da und liebkoste sachte die üppigen Blüten, die so weich und voll waren wie die Lippen seiner Frau …

Schließlich ging er weiter zum Ende des Korridors. Die Wachen vor Maris Gemächern standen stramm, als er sich näherte. Ihr rangoberster Offizier, eine junge Frau mit der hellen Gesichtsfarbe der Einwohner der Erebus-Präfektur, verneigte sich tief.

»Pah Mariamejeh ist nicht da, mein Rahn«, meldete sie.

»Wohin ist sie denn gegangen?« Corajidin war enttäuscht. Er atmete tief ein, um sich zu beruhigen.

»Sie sah keine Veranlassung, mich über ihre Pläne in Kenntnis zu setzen.«

»Nein, natürlich nicht«, murmelte er. Der Gedanke, in seine Amtsstube zurückzukehren und dort von Leuten umgeben zu sein, die Anweisungen von ihm erwarteten, war zu viel. »Ich werde drinnen warten. Ihr bleibt hier draußen, bis ich euch rufe.«

Die Anlūki öffnete die Türe und ließ Corajidin eintreten.

Es dauerte ein paar Augenblicke, bis Corajidin bemerkte, dass etwas anders war als sonst. Das Zimmer war aufgeräumt – sogar äußerst sorgfältig, was untypisch war für Mariam. Normalerweise lagen Kleider auf dem Boden herum, oder Papiere mit halb fertigen Zeichnungen waren auf dem Tisch verstreut.

Er humpelte von Zimmer zu Zimmer, da der Schmerz in

seinen Gliedmaßen zunahm und das Blut in seinen Ohren rauschte. Die Kiefer zusammengepresst, entdeckte er schließlich die Stimmrolle. Sie war an Corajidin adressiert und mit Maris persönlichem Siegel mit dem gestreiften Löwen versehen.

Corajidin setzte sich auf die Couch und brach das Wachssiegel. Er erkannte Maris Handschrift, die die Aufzeichnung an ihn adressiert hatte: breite Striche ohne irgendeinen der feinen Schnörkel, die man so oft in der modernen Schönschreibkunst sah. Die Zeichen waren mit einem Minimum an Bewegung gepinselt worden.

Maris Abspielgerät war ein Kästchen aus poliertem Holz, das mit schimmernden Messingbeschlägen an den Ecken und Bronzerädern, Zahnrädern sowie Kettengliedern versehen war. Corajidin schob die Stimmrolle auf die Drehspindel, dann legte er die feine metallische Bürste auf die Oberfläche. Er drehte die Kurbel, die eine Feder im Inneren spannte. Beim Umlegen des Schalters bewegte sich die Spindel, und das metallische Flüstern von Maris Stimme drang aus dem muschelförmigen Lautsprecher wie das Rauschen des Ozeans.

»Lieber Vater, es tut mir leid, dass es so weit kommen musste. Doch nach unserem Gespräch letzte Nacht ist mir klar geworden, dass du deine Pläne niemals aufgeben wirst, obwohl sie dich töten und zu einem von der Geschichte verfluchten Mann machen werden. Es scheint, unsere moralischen Grundsätze gehen in sehr verschiedene Richtungen.
Rechtschaffenheit. Ausdauer. Weisheit. Das sind die Eigenschaften, die jeder Kriegsdichter achten sollte. Wir leben unser Leben nach einem bestimmten Maßstab, denn wir fühlen uns unserem Volk und unserem Land gegenüber verpflichtet. Wir lernen, furchtlos im Sturm zu stehen, und haben doch die

Großzügigkeit des Geists, zugleich die Bedürftigen zu schützen. Vor allem aber lehrt man uns, wie wir uns selbst beherrschen, statt andere beherrschen zu wollen.
Diese drei kleinen Wörter diktieren mir, was ich sein muss – und was du sein solltest, wenn du andere führen willst. Vor allem aber folgen die Kriegsdichter einem heiligen Ruf. Wir opfern uns zum Wohle der Vielen. Du aber, der du dein Volk beschützen solltest, willst uns in die Tage des Wahnsinns zurückführen, in Zeiten, als die dunklen Mächte aus dem Munde von Hexen und Ungeheuern mit schwarzen Herzen sprachen. Diese Tage endeten nicht grundlos. Ich habe mich entschieden, für diejenigen zu kämpfen, die niemals wieder diese Zeiten durchleben sollten.
Du solltest wissen, dass ich dich liebe. Das Letzte, was ich möchte, ist, dass du oder Belam verletzt werden. Deshalb sage ich: Flieh! Verlasse Amnon, verlasse Shrīan und lebe ein Leben frei von einer Besessenheit, die dich krank gemacht hat. Im Moment bist du das Letzte, was Shrīan braucht. Geh. Werde gesund und komm als der Mann zurück, der du sein könntest. Mehr kann ich nicht tun, um dich zu retten.«

Mit kaltem Zorn nahm Corajidin das Abspielgerät in die Hände, trug es zum Balkon und warf es in den Innenhof.

Kapitel 31

»Indem wir die mannigfaltigen Rufe ignorieren, die wir im Laufe unseres Lebens hören, verurteilen wir uns zu späten Jahren der Reue. Wir sehen, wie diese Älteren von der Last des Zweifels gebeugt werden. Sie leben ihre letzten Jahre im Zwielicht und denken: ich hätte, ich könnte, ich sollte. Lasst mich auf die Rufe antworten, damit ich hoffentlich eines Tages auf mein Leben zurückblicken und sagen kann: Ich habe getan.« Janchriquoi, Erfinder des Windwebstuhls. 756. Jahr des Erwachten Imperiums

325. Tag im 495. Jahr der Shrīanischen Föderation

»Schaffen wir's?«, fragte Hayden, der sich mit weißen Knöcheln an die Reling klammerte. Ein Zischen ertönte, dann ein Knarzen und ein Knall, als ein weiterer Teil der Galeere abbrach und in das unter ihnen vorbeiziehende Marschland stürzte.

»Nicht in einem Stück«, erwiderte Indris mit zusammengebissenen Zähnen. Sein Haar war schweißnass, kleine Rinnsale strömten seine Stirn und die Schläfen hinab. Schmerz schoss ihm durch den Kopf wie Bolzen einer Armbrust. Die Galeere, die er vorantrieb, war weder mit Fäden aus Hexenfeuer noch mit Silber oder Gold verstärkt. Sie war nicht dafür gebaut worden, dass Disentropie durch den massigen Bootskörper schmorte. Durch die Sohlen seiner Stiefel spürte Indris die steigende Temperatur des Schiffs. Die Entropie hatte zugenommen, und die Galeere begann, um sie herum auseinanderzufallen. »Wenigstens ist das verdammte Ding jetzt leichter.«

»Es ist jetzt nicht mehr weit«, stellte Shar fest. Indris erkannte die verschwommenen Umrisse von Bäumen, die den Maulbeerfeigenberg umgaben, er sah das Glitzern des Sonnenlichts auf den kristallinen Formationen des Hai Ardin. Die Mauern von Amnon bildeten eine niedrige graue Linie, an der an manchen Stellen Kristallfragmente hell aufblitzten.

Ekko und Mauntro kamen auf sicheren Füßen herübergetappt. Als sich immer mehr Teile von der Galeere lösten, wurde die Flugrichtung des Boots noch schwieriger zu berechnen. Die beiden Tau-se-Veteranen beobachteten Indris neugierig, dann wechselten sie einen langen Blick. Es war Ekko, der schließlich das Wort ergriff. »Amonindris, ist dir bewusst, dass unser Transportmittel auseinanderbricht?«

»Ach, wirklich?«, fragte Indris bissig.

»Ja, wirklich«, erwiderte Mauntro gut gelaunt. »Wir haben gerade den Großteil des Hecks verloren. Es war ein abruptes Erwachen für einige meiner Krieger, so viel steht fest. Also … schaffen wir es?«

Indris schenkte dem Tau-se ein unaufrichtiges Lächeln, dann wandte er seine Aufmerksamkeit wieder dem Schiff zu. Da die Galeere nun so viel Masse verloren hatte, war es leichter, sie in der Luft zu halten, doch die unregelmäßige Form war schwieriger zu steuern. Als er das Schiff nach Norden lenkte, um über die Maulbeerfeigenbäume hinwegzufliegen, begann die Reling vor ihm zu zischen. Einen Moment lang leuchtete sie blendend hell auf, dann riss sie sich los und verwandelte sich in lange Streifen aus Asche und Licht.

Er warf einen Blick auf Gestaltwandlerin. Die Klinge wirkte gestreift, gewellte Schattenlinien wechselten mit Strängen gleißenden Lichts. Gestaltwandlerin dampfte, und das Deck um sie herum war verbrannt. Indris fühlte die Last der Disentropie, die ihn in Stücke zu reißen drohte, wusste jedoch, dass Gestaltwandlerin noch viel mehr ertrug. Hätte sie ihn nicht gestärkt, er wäre mit Sicherheit gestorben, lange bevor sie Amnon erreicht hatten.

Die Galeere sackte unvermittelt nach unten, stieg jedoch schnell wieder hoch und war nun erheblich leichter.

»Was zum …«, setzte er an.

»Also«, befand Hayden gedehnt, »wenn ich jetzt durch den Laderaum schaue, kann ich die Baumwipfel sehen. Ungefähr da, wo vorher der Bootsrumpf war. Schätze, das ist kein wirklich gutes Zeichen.«

Sie stiegen wieder höher, während sie begannen, am Zephyrberg zu kreisen, erst an der Süd-, dann an der Ostseite. Als sie im Steigflug beinahe die Felsen berührten, peitschte Indris der Wind ins Gesicht. Kurz darauf krängte die Galeere über Hügelchen mit spärlichem Grasbewuchs und bewegte sich auf einen Hang mit scharfkantigen Felsen zu, der sich zum Marmormeer erstreckte. Richtung Osten und Süden fiel der Zephyrberg zu einer Reihe von baumbestandenen Terrassen und von Regen und Wind geglätteten Steinhaufen ab. Seeadler nisteten dort, sträubten das Gefieder und stießen schrille Schreie aus, als die Galeere vorüberzog.

»Sag Ekko, sie werden springen müssen, sobald wir stoppen«, sagte Indris keuchend zu Shar. »Es wird nicht mehr lange gutgehen.«

Die Kriegssängerin rannte auf sicheren Füßen los, obwohl das Deck unter ihr schwankte. Indris warf einen Blick zu seinen Mitreisenden. Einige der Tau-se schlenderten gelassen zum Rand des Decks oder zu den wenigen noch übrigen Teilen der Reling. Andere drohten scherzhaft damit, ihre Kameraden hinunterzuschubsen. Manche musste man sogar wachrütteln, weil sie in der Sonne eingedöst waren.

Als die Überreste des Bootskörpers den Boden berührten, lösten sich noch mehr Teile. Holzstücke flogen durch die Luft und knickten, als wären sie verrottet. Messing- und Eisenbeschläge klirrten aneinander und schlugen dann auf die umstehenden Felsbrocken. Dicke Erdklumpen wirbelten auf, als sich der Bug in den Boden bohrte. Dann fiel auch er in sich zusammen.

Zitternd kam die Galeere zum Stillstand, und sofort sprangen die Tau-se auf die Erde. Shar hüpfte so anmutig und leichtfüßig von Bord, dass es aussah, als würde sie zu Boden gleiten. Zwei der Tau-se packten Hayden und warfen ihn in die wartenden Arme von zwei weiteren großen Tau-se, die bereits gelandet waren. Indris zog Gestaltwandlerin aus dem Deck, rannte zur Seite und sprang über Bord.

Sobald er am Boden aufkam, drängte Indris die Tau-se weiter weg vom Wrack. Hinter ihnen ertönte ein Ächzen, das trockene Knacken von Holz und der brüllende Protest von Metall, das in eine andere Form gebogen wurde, während die Überreste der Galeere in sich zusammenbrachen. Als das Schiff endgültig zusammengesackt war, war bis auf das Oberdeck und die gesplitterten Balken des Vorderdecks wenig übrig.

»Wir haben es tatsächlich geschafft«, konstatierte Ekko. »Allerdings bezweifle ich, dass diese Galeere in nächster Zukunft noch einmal auf Reisen gehen wird.«

Indris lachte schwach, dann sank er ins sonnenwarme Gras zurück. Er legte einen Arm über die Augen. Hinter seinen geschlossenen Augenlidern blitzten Lichter auf, und das Herz schlug ihm wild in der Brust. Der Geschmack nach Galle stieg in ihm hoch, und er setzte sich abrupt auf. Er fühlte, wie die Säure in seiner Brust brannte. Vermutlich fühlte sich ein Blitzableiter nach einem heftigen Sturm ungefähr genauso wie er, vor allem, wenn dieser Blitzableiter anschließend vom Dach geschleudert und von einer Horde wildgewordener Pferde niedergetrampelt wurde.

Gestaltwandlerin lag still in seiner Hand. Selbst die Waffe hatte mit der Reaktion auf die Kanalisierung von so viel Disentropie zu kämpfen. Doch trotz seiner Erschöpfung war es berauschend, sie zu halten, ihre Energie zu spüren, die über seine Seele strömte wie Honig über die Haut eines Geliebten. Er konnte sie beinahe schmecken.

Ekko sammelte seine Leute um sich, und die Tau-se teilten sich in Gruppen auf. Drei Gruppen bewegten sich den flachen Hang in der Nähe des Zephyrgipfels hinauf. Die anderen stellten sich rund um Indris auf und blickten konzentriert nach außen. Eine Kriegerin kam vom Bergkamm zurückgeeilt, um mit Ekko zu sprechen.

»Wir sind nur etwa hundert Meter vom Garten der Steine entfernt«, berichtete die Frau mit ihrer schnurrenden Stimme. »Es sind Soldaten dort, sie tragen die Farben des Hohen Hauses Näsarat und die Abzeichen von Roshanas Weißpferden. Sie bewachen das Lotushaus, und sie sind nicht allein.«

»Schwere Kavallerie.« Ekkos Tonfall verriet deutlich, was er davon hielt. Aus irgendeinem Grund ritten die Tau-se beinahe nie auf Tieren.

»Ekko, sag mir bitte, dass du den Angothischen Seelenkäfig noch hast.«

»Ich habe den Angothischen Seelenkäfig noch, Amonindris.«

»Dann ruf bitte die Löwengarde zusammen. Da drüben wartet eine Tochter, die ihren Vater verloren hat. Vielleicht kann ich ihr helfen, Rahn zu werden.«

»Du bist spät dran«, erklärte Femensetri, als Indris das Lotushaus betrat. Roshana und Siamak blickten auf. Von Mari war keine Spur zu sehen, was ihn mehr enttäuschte, als er erwartet hätte.

»Jetzt bin ich da«, erwiderte er. »Wo ist Mari? Ich dachte, sie wäre bei euch.«

»Sie ist bei Nazarafine.« Rosha kam herüber und stellte sich neben Indris. Suchend wanderte ihr Blick über die Reihen der Tau-se, über Shar und Hayden. Indris wusste, dass sie nach einem Hinweis auf ihren fehlenden Vater suchte. Er ignorierte die Frage in ihren Augen und wandte sich an Femensetri.

»Ich muss mit Euch reden.« Er wies nach draußen.

»Indris, wir haben wirklich keine Zeit, um zu …«, setzte Rosha an, verstummte aber, als Indris die Hand hob.

»Wir müssen uns die Zeit nehmen. Ekko?«

Der Tau-se überreichte Indris das mit einem Tuch verhüllte Bündel des Seelenkäfigs.

Indris wandte sich an die anderen. »Wo ist Corajidin?«

»Er kam kurz nach Mittag hier an, viel früher, als wir erwartet hatten.« Siamak hakte seine Daumen in die Schärpe um seine Taille. »Seitdem hält er sich in seiner Villa auf. Er hat einige Kuriere losgeschickt, einen zu Marschallsritter Narseh, einen weiteren zu Nadir, den stellvertretenden Kommandeur der Erebus-Streitkräfte. Belamandris und seine Anlūki scheinen die Stadt zu kontrollieren; sie werden von etwa vierhundert Iphyri und mehreren *Nahdi*-Kompanien unterstützt.«

»Sie sind in der Überzahl, Indris.« Rosha blickte nachdenklich drein. »Wenn Erebus noch mehr Militär in die Stadt bringen kann …«

»Wir sind nicht hier, um gegen die Erebus-Armee zu kämpfen«, unterbrach sie Femensetri. »Nazarafine sollte mittlerweile beim Tyr-Jahavān sein und die beiden Anträge vorbringen, Corajidin als Herrscher von Amnon und als Asrahn-Erwählten abzusetzen. Normalerweise sollte ein

Mordverdacht ausreichen, um seinen Rücktritt durchzusetzen, aber er hat zu viele Anhänger, die nicht gegen ihn stimmen werden.«

»Und wenn Nazarafine gegen die Entscheidung des Teshri Einspruch erhebt, würde das zu noch mehr Bürgerunruhen führen«, fügte Siamak hinzu.

»Es wird also schwierig für uns, Corajidin aus dem Amt zu zwingen.« Rosha zuckte gelassen die Schultern. »Wir hatten unsere Zweifel, dass heute die Sonne untergeht, ohne dass Blut vergossen wird.«

»Das glaube ich auch«, nickte Indris. »Doch denkt daran, dass wir niemanden töten wollen, solange wir nicht dazu gezwungen sind. Das sind unsere eigenen Leute, keine Ungeheuer. Sie verdienen Gnade.«

»Selbst Corajidin?«, knurrte Ekko.

Indris legte dem großen Tau-se die Hand auf den Schulterpanzer. »Ich an Belamandris' Stelle«, sagte er, »würde versuchen, das Tyr-Jahavān zu besetzen. Wer auch immer dort das Sagen hat, kontrolliert, welche Informationen an die Verbündeten weitergegeben werden. Der Teshri wird nur einmal eine Entscheidung zu dem Thema treffen.«

Rosha packte Indris an den Schultern. »Kein weiteres Drumherumgerede. Ich sehe, dass er nicht bei dir ist, also sag es mir. Wo ist mein Vater?«

»Vahineh hat Yasha getötet?« Indris konnte die Ungläubigkeit in seiner Stimme nicht unterdrücken. Femensetri und er hatten einander berichtet, was geschehen war, seit Indris und die anderen aufgebrochen waren, um Ariskander zu suchen. »Und Mari hat sie nicht daran gehindert?«

»Das wird Corajidin sicherlich besänftigt haben«, spottete Ekko. »Wir können genauso gut gleich ein Fass aufmachen und unsere Siegeshymnen anstimmen.«

»Das ist nicht witzig, Ekko.« Femensetri sah den Tau-se finster an. »Vahineh hat die Angelegenheit gründlich vermasselt. Mari hat recht, Corajidin wird jetzt noch unberechenbarer sein.«

»Ich habe gesehen, wozu der Mann imstande ist«, erinnerte sie Indris.

Rosha blieb schweigsam, während die vier zum Echogewölbe kamen, das zwischen Birkenfeigen auf dem Hügel eingebettet lag und auf den Garten der Steine blickte. Das Echogewölbe befand sich auf einem breiten, etwa zehn Meter hohen Dioritpfeiler. Eine vorne mit Eisentoren gesicherte Treppe führte hinauf. Heißer Wind fuhr in Böen durch die Doppelreihen aus Marmorsäulen, die die gewölbte, moosgrüne Kuppel des Gewölbes trugen. Es gab keine Wände. Auf dem Alabasterboden war ein kompliziertes Lotusmosaik mit sechs Blütenblättern aus glitzerndem Kristall eingearbeitet. Ein schwacher roter Feuerschein schimmerte in jedem der Blätter.

»Du hast versagt.« Femensetri lehnte sich mit dem Rücken gegen eine der Säulen, den Stab zwischen ihren verschränkten Armen. Ihr Gesichtsausdruck war düster, während sie Indris musterte. Rosha stand am Rand des Gewölbes mit dem Rücken zu ihnen. Indris war sehr jung gewesen, als seine Mutter starb. Es war so viel Zeit vergangen, dass er nicht die richtigen Worte des Mitgefühls für seine Cousine fand. Von seiner Mutter waren ihm nur flüchtige Eindrücke geblieben, doch keine starken Gefühle. Er hatte die Frau kaum gekannt.

Er hatte versagt. Es gab keine Möglichkeit, die Vergangenheit zu verändern, welchen Sinn hätte es also gehabt, sich zu rechtfertigen oder zu erklären, warum sie nun an diesen Punkt gelangt waren?

In der Mitte des Lotusblütenmusters kniete er sich hin.

Zögernd enthüllte er den Seelenkäfig, dann stellte er ihn auf den Boden. Der Diamant auf der Stirn des helmförmigen Käfigs flackerte auf. Indris sah zu seiner einstigen Lehrerin auf. »Es könnte …«

»…schlimmer sein?«, sagte sie verdrossen. »Es ist schlimmer, Junge. Far-rad-din kommt auch nicht zurück, hast du gesagt.« Die Sturmbringerin sah den Seelenkäfig voll Abscheu an. Ihr Seelenstein erwachte zu schwarzem Leben, ein Wirbel, der ihre Züge in eine gespenstische Blässe tauchte. Das Blau, Grün, Schwarz ihrer Augen züngelte, als würde ihre Iris in Flammen stehen. »Unsere Vorgehensweise gegenüber dem Teshri ist klar. Es ist nicht nötig, Kontakt mit ihm aufzunehmen, Indris. Ich weiß, was …«

»Du brauchst mir nichts zu erzählen, was ich selbst weiß«, unterbrach sie Indris. »Ich habe viele Jahre mit deiner Stimme im Ohr verbracht, und es hat mir nichts als Ärger eingebracht. Ariskander muss so oder so aus diesem Ding befreit werden.«

Sie redete weiter, doch Indris überhörte es. Er gestattete seinen Augen, sich zu entspannen und über die zersplitterte Oberfläche des Mosaikbodens zu schweifen. In jedem der Stückchen tanzte das Licht und sammelte sich schließlich um den Seelenkäfig, dann strömte es an den Ritzen zwischen den Fliesen entlang. Er öffnete sich den Schuss- und Kettfäden des *Qefri*, die in die Steine und den Mörtel des Lotushauses gewoben waren. Zunächst kam es stoßweise, dann begannen sich die Ritzen zwischen den Fliesen mit trägem graublauem Licht zu füllen. Es schien, als würde es sich – völlig lichtunähnlich – schwerfällig als Masse manifestieren. Er sah noch genauer hin. Täler und Plateaus aus Kristall fielen ab zu tiefen Schluchten oder erhoben sich zu abgeflachten Ebenen. Die Farben in den unterschiedlichen Höhen nahmen Gestalt an, wurden zu geometrischen Formen, Pfaden, einer Gedankenkarte aus Ursache und Wirkung, der er folgen konnte. Der Lotusblumenboden faltete sich in seinem Geist auf und wurde zu facettenreichen Wänden, Boden und Decke. Er verkapselte Gedanke und Absicht in Scheitelpunkten aus diamantenem Glanz. Sein Atem strömte gegen die Wände und sandte kleine Wellen in die dahinter liegende Geisterwelt.

Die Hohe Verbundenheit begann.

Indris kniete am Boden und atmete tief und gleichmäßig, während er das Flackern von Schatten und Licht um sich herum aufmerksam beobachtete. Blütenformen, bleich wie Elfenbein, schienen direkt unter der Oberfläche zu treiben. Partikel aus Licht schwärmten durch den Boden wie Bernstein- und Onyxbienen, von denen man lange geglaubt hatte, sie würden den Toten als Sprecher dienen. Sie waren die Hüter des heiligen Vertrauens. Indris fühlte ihr Summen in seinem Schädel, konnte jedoch nicht verstehen, was sie ihm zu sagen versuchten. Ihr Gedröhn vibrierte seine Wirbelsäule entlang und stach wie Nadeln in seinem Körper. Hätte er die Wahl gehabt, dann hätte er gewartet, bis er ausgeruht gewesen wäre. Doch Ariskander und Rosha musste jetzt geholfen werden.

Der Diamant im Seelenkäfig begann zu läuten wie eine Glocke. Facetten wurden nach außen geschleudert, als ein gestaltloser, gesprenkelter Schatten vor und zurück flackerte. Indris starrte nach unten und beobachtete, wie der Schatten aus den Tiefen aufstieg. Als er näher kam, umgab ihn ein Nimbus aus saphirblauem Licht, dessen Hitze über Indris' Gesicht kroch. Seine Stirn war schweißbedeckt. Ein einzelner, perfekt geformter Tropfen bildete sich, fiel und schlug auf das Mosaik auf. Der Klang von hundert Glocken tönte ihm in den Ohren. Da war eine Loslösung, ein Flackern in seinem Geist, dann …

Die Flucht aus der Leere. Furcht stieg auf wie eine Meereswelle und verschlang ihn. Sengender Schmerz. Ein diamantener Nagel in seiner Stirn, der … ihn erforschte. Alles, was er war. Der Seelenkäfig brachte die Dunkelheit in die Welt. Corajidins fanatische Gesichtszüge. Sein Knurren. Der Wahnsinn seiner Besessenheit. Der Duft nach Minze, der den säuerlichen Atem nicht ganz verdecken konnte. Seine Drohungen. Oh, gütige Ahnen, ich werde für immer gefangen sein in diesem … Messer, die seine Haut aufschlitzten. Die Fragen, Fragen, Fragen des Hexers. Die Quelle, so still, so kühl, so klar. Die Quelle! Sie wollen alles über die Quelle wissen!
Sonnenlicht auf seinem Gesicht, in den Haaren. Der Wind auf seiner Haut. Er trug das Flüstern der Blätter mit sich, die von allem erzählten, was sie wussten, hörten, sahen. Das Klopfen des großen Rothirschherzens, als das Tier über efeuüberwachsene Ruinen sprang. Die kühle Bergluft unter seinen Flügeln, als er mit Adleraugen nach unten sah. Die Befreiung aus der Umarmung des Flusses, um in hohem Bogen durch blendendes Licht zu springen. Seine Kiemen waren geöffnet, und doch konnte er erst wieder atmen, als das Wasser ihn erneut umgab. Mit einem riesigen Hund zu seinen Füßen hütete er seine Herde und spürte die Wärme des Grases zwischen den Zehen. Darunter, in der bedächtigen, friedlichen Dunkelheit der Erde, die Samen …

Die Macht wallte in ihm auf, ein Mahlstrom, der seine Gliedmaßen durchdrang und seinen Geist entzündete. Namen, Orte, Fakten, Gedanken, Erinnerungen und Sehnsüchte, Ängste und Lektionen und Pläne, Gesichter, Gesichter, Gesichter …

»Nein!« Indris verwandelte seinen Geist in ein Labyrinth aus facettierten Mauern und Kristallspiegeln, die Ariskanders Gedanken in spiegelnde Fragmente verwandelten.

»Ariskander! Nein! Ich bin nicht dein Erbe! Ich bin nicht Nehrun!«

»Du *bist* mein Erbe, Indris!« Ariskanders fragmentiertes Gesicht erschien in Hunderten von Facetten. Augen. Lippen. Seine Stimme trieb durch Indris' Geist. »Endlich ein Gelehrtenkönig, um …«

»Ariskander, nein!« Indris verstärkte seine Abwehr. »Du hast keine Ahnung, was du da anrichtest.«

»Wir haben alle übereingestimmt, Indris.« Ariskanders Stimme war das Flüstern des Winds durch Kiefernnadeln. »Vashne, Femensetri, Nazarafine … Far-rad-din. Wir alle haben beschlossen, dass du der Erwählte bist. Es war so vorherbestimmt.«

»Ohne mich zu fragen! Tu das nicht, ich bitte dich.«

»Die Quelle ist bereits in dir erwacht, wie bei allen Gelehrten. Īa ist in deinem Blut, in deiner Seele. Ich muss beenden, was wir begonnen haben. Dafür hat deine Mutter dich zu uns geschickt.«

»Sie hat mich geschickt?« Indris sah auf die wirbelnde Wolke von Ariskanders Geist, die sich um die Fluchtburg in seinem Inneren wand. »Was meinst du damit?«

»Meine Schwester war ein Gefäß, das bereitwillig eine große Last auf sich genommen hat. Deine Mutter hat alles aufs Spiel gesetzt, als sie dich geschickt hat. Sedefke hat vorausgesehen, dass wir eines Tages die Gelehrtenkönige brauchen würden.«

»Ich bin kein Herrscher, Ariskander.« Indris schlang die Arme um seinen Unterleib. Eine Vision entstand in seinem Geist. Da war eine schwangere Frau in einem kleinen Haus an den Ufern des Faladinflusses. Eine Katze streckte sich auf der kleinen Veranda, und ihr Schwanz klopfte auf die verwitterten Holzbretter. Indris spürte, wie das Baby in ihm/ihr trat. Er konnte die starken Töpferhände seines/

ihres Mannes auf seinem/ihrem Bauch fühlen. Hörte den klaren Tenor seiner Stimme, als er für seine Frau und sein Kind sang. Macht durchströmte ihn, eine entsetzliche Hitze in seiner Seele, die durch seine Glieder nach außen sickerte. »Warum willst du alles riskieren, um einen Mahjirahn auf den Thron zu setzen?«

»Weil Shrīan von Mitgefühl, Weisheit *und* Stärke regiert werden muss, nicht nur von einem Wesenszug. Wir brauchen dich, wenn wir überleben wollen. Einst gab es eine Zeit, als jeder Rahn ein Gelehrter war. Es war eine bessere, ausgewogenere, kultiviertere Zeit. Auf seine Weise hatte Corajidin recht. Er hat Sedefkes Lehren studiert, sie jedoch anders gelesen. Wir müssen zurückkehren zu unseren Ursprüngen.«

»Und zur Zielscheibe des Eisernen Bündnisses werden?«

»Das wird sowieso geschehen. Wie lange könnte Shrīan standhalten, wenn andere seine Macht begehren? Die Gelehrten müssen regieren, damit es nicht die Hexer tun!«

Stärke durchflutete ihn. Schwere, tiefverwurzelte, ewige Stärke. Ein Gefühl der Stille sammelte sich in seinem Geist, die kühle Ruhe der Berge, die einen weiteren von unzähligen Sonnenuntergängen sahen. Indris keuchte auf. Es war keine Freude, sondern ging weit über Freude hinaus. War es Begeisterung, die ihn durchströmte? Fühlte sich so wahres Glück an? So viel Macht! Mit dieser Macht konnte er Kriege beenden, die Hungrigen speisen, Krankheiten heilen! Er konnte derartig große Armeen ausheben, dass niemand auch nur auf den Gedanken kommen würde, sich ihm zu widersetzen. Er konnte die Säulen Īas zum Erzittern bringen, und alle wären viel zu verängstigt, um seinen Frieden zu brechen. Er könnte die Geheimnisse der Zeitalter erfahren, die tief in der Vorzeit vergraben lagen. Nichts wäre ihm unmöglich. Die Stärke der Welt könnte ihm gehören: einem

Gelehrtenkönig, einem Mahjirahn mit einer Macht, wie man sie seit Jahrhunderten nicht mehr erlebt hatte.

Und wenn ein Feind das bedrohte, was er liebte, dann könnte er …

Indris besänftigte seinen Geist. Die Diamantenfacetten seiner Hülle begannen zu fließen, und die Scheitelpunkte verschwanden. Farben und Formen verschwammen. Überall um ihn herum ächzte und knarzte die Struktur seines Geists, während sich die Grenzen auflösten. Er schützte seine Seele mit einer perfekten Kugel aus perlmuttfarbenem Licht, an dem nichts Halt finden konnte.

»Indris!« Ariskanders Stimme war jetzt sanfter, wie fallender Schnee auf Glas. »Bitte, wir brauchen dich.«

»Nein.« Er machte eine umfassende Geste. »Ihr braucht mich da draußen, um genau das zu tun, was ich jetzt mache, damit kein Gelehrtenkönig jemals wieder derartige Macht ausüben muss.«

Ariskanders Seele warf sich gegen Indris' Abwehr. Die Kugel um Indris' Geist begann zu zittern. Risse traten auf, als Ariskander sie wieder und wieder und wieder attackierte. Mit geschlossenen Augen sammelte Indris all seine Entschlossenheit, um Ariskander aus dem Kern seines Geists herauszuhalten. Tränen strömten ihm übers Gesicht, als sich die Ranken der Quelle aus seiner Seele zurückzogen. Die geheiligte Verbindung mit dem Ursprung allen Lebens. Seine neu gewonnene Stärke, die Tiefe des Friedens schwand. Die geliehene Einsicht in die Erinnerungen seiner Vorfahren entglitt ihm, die Wurzeln des neu gepflanzten Baumes starben vorzeitig ab.

»Finde deinen Erben, Ariskander«, flüsterte Indris erschöpft. »Gib deine Macht an jemanden weiter, der weniger Talent zur Zerstörung hat als ich. Heute werde ich vielleicht Blut vergießen müssen, und das ist nicht die passende Art für einen Rahn, um seine Herrschaft zu beginnen.«

Die Schläge gegen seinen Geist wurden schwächer und schwächer und hörten schließlich ganz auf. Ein Wirbel aus Blau und Gold tanzte um sein Bollwerk, das machtvolle Schlagen von Phönixflügeln, dann wurde alles wieder still.

Erschöpft ließ Indris seine Abwehr sinken. Plötzlich sah er wieder die Welt um sich herum. Femensetri kniete vor ihm, die Hände auf seinen Schultern, um ihn zu stützen. Ihre glänzenden Opalaugen schimmerten hell in ihrem alterslosen Gesicht.

Indris schenkte ihr ein schiefes Lächeln. Er öffnete den Mund, um zu sprechen, aber dann …

… öffnete er die Augen und sah Femensetri, wie sie die auf dem Rücken liegende Rosha in den Armen hielt. Jemand hatte ihn auf Decken in die Sonne gelegt und ihm eine aufgerollte Robe als Kopfkissen untergelegt. Stöhnend setzte er sich auf. Gestaltwandlerin lag an seiner Seite. Sie hatte begonnen, den Schaden zu beheben, den sie auf ihrer Reise durch die Rōmarq erlitten hatte. Obwohl sie an manchen Stellen noch gefleckt war, schimmerte sie wieder in einem gesunden Licht. Als Indris seine Hand auf ihren Schwertgriff legte, schnurrte sie leise.

Ekko half Indris auf die Füße. Die anderen Tau-se knieten still in Reihen in der Nähe, die Gesichter auf Tau-se-Art ausdruckslos.

»Wie lange war ich weg?«, fragte Indris besorgt.

»Nur ein paar Minuten.« Der riesige Krieger mit dem goldenen Fell begleitete ihn, als sich Indris erhob und zu Rosha hinüberging. Indris begann, sich an Ekkos ruhige, lakonische Gegenwart zu gewöhnen.

Als sich Indris näherte, hob die Sturmbringerin den Kopf. Eine Mischung aus Ehrfurcht, Wut und Mitleid lag in ihrem Blick. Obwohl Indris der Sturmbringerin keinesfalls gewachsen war, waren die Tage doch vorüber, in denen sie ihn eingeschüchtert hatte. Es war zu viel Blut geflossen, zu viel auch von seinem eigenen, als dass sie jemals wieder zu der Beziehung hätten zurückkehren können, die sie einst hatten. Lehrer und Schüler.

Femensetri legte Roshana vorsichtig ins lange, windgepeitschte Gras. Seine Cousine sah aus, als würde sie schlafen. Roshas Augenlider zuckten unter Visionen, die nur sie sehen konnte. Ihre Stirn war leicht gerunzelt.

»Du bist ein verfluchter Narr, Näsarat fa Amonindris.« Femensetri schüttelte bedauernd den Kopf. »Du hättest so viele Probleme lösen können, wenn du nur getan hättest, worum man dich gebeten hat.«

»Ich frage mich, wie viele Geheimnisse Ihr noch vor mir verbergt.« Indris' Schultern waren vor Erschöpfung nach unten gesackt. »Ihr wisst ebenso gut wie ich, dass ich in der großen weiten Welt von größerem Nutzen bin als auf irgendeinem Thron.«

»Vielleicht«, räumte sie ein. Plötzlich grinste sie, und ihr Gesicht verwandelte sich, wurde wunderschön. »Vielleicht. Obwohl ich dachte, du hättest den Dienst fürs Gemeinwohl hinter dir gelassen?«

»Ariskander hat von meiner Mutter gesprochen«, sagte er abrupt.

»Oh?«, erwiderte sie mit einem argwöhnischen Lächeln.

Indris kaute auf seiner Unterlippe herum, während er seine einstige Lehrerin eingehend musterte. Femensetri starrte unbewegt zurück. Einen Moment verharrten die beiden wie zu einem Standbild erstarrt, dann kniete sich Indris neben Rosha und nahm ihre Hand. Ihre Haut war überraschend heiß. Erinnerungen an das Erwachen drangen durch seine Fingerspitzen und verschwanden so schnell wieder, wie sie gekommen waren. »Ich muss nicht dem

Teshri dienen oder dem Rat der Sēq-Meister, um für Shrīan oder mein Volk von Nutzen zu sein. Ariskander lässt Rosha erwachen?«

»So scheint es. Sie war nicht darauf vorbereitet, aber sie verfügt über einen wachen Verstand und Geistesstärke. Rosha ist die Tochter von Gelehrtenkönigen und -königinnen. Īa schlummert in ihrer Seele, wie in allen Seelen der Näsarats. Ich zweifle nicht daran, dass sie überleben wird.«

»Wie lange dauert es noch, bis sie …«

»Hört auf, über mich zu reden«, beschwerte sich Rosha. »Ich bin wach. Aber es gibt so viel zu … verstehen.« Indris half Rosha, sich aufzusetzen. Als sie die Augen öffnete, waren sie dunkel, beinahe schwarz, durchsetzt von ihrem gewohnten Hellbraun. Ein uralter Ausdruck lag in ihnen, ein Gewicht, eine hintergründige Tiefe. »Wie konntest du das nur ablehnen?«

Indris hustete und wich ihrem durchdringenden Blick aus. Er hätte so viel Gutes tun können mit der Macht, über die Rosha nun verfügte. Nur ein Eingeweihter des *Qefri* konnte die wahre Tiefe der Quelle völlig begreifen oder sich die beängstigende Macht des Erwachens nutzbar machen. Und dennoch war die Welt sicherer, wenn sich die Gelehrten von den Thronen fernhielten. Jedes Mal wenn ein Gelehrtenmonarch das volle Ausmaß seiner Macht eingesetzt hatte, hatte es in einer Katastrophe geendet. Mahj Näsarat fa Amaranjin, die erste avānische Herrscherin des Blütenimperiums, hatte das Zentrum der Seethe-Zivilisation im Marmormeer versenkt. Viele Avān und Menschen, ebenso wie Seethe und Angehörige der anderen Elementarmeister, waren für dieses Allgemeinwohl gestorben. Mahj Näsarat fe Malde-ran, die letzte Herrscherin des Blütenimperiums, hatte viele ihres Volks zu einer Existenz als Untote verdammt, wofür sie seit dem Großen Apostat geschmäht wurde. Die Gelehrten des

Hohen Hauses Näsarat hatten eine recht wechselhafte Vergangenheit, wenn es um das Ausüben von Macht ging.

»Wirst du in der Lage sein, dein Volk zu führen, Rahn Roshana?«, fragte Indris lächelnd.

Roshas Augenbrauen hoben sich, als sie den Ehrentitel hörte. Sie schlug Indris' Hände beiseite, als er versuchte, ihr auf die Füße zu helfen. Rosha schwankte einen Moment und streckte die Arme seitlich aus, um das Gleichgewicht zu finden. Kurz darauf schien sie sich wieder unter Kontrolle zu haben.

»Oberstritter Ekko?«, fragte sie. »Ist die Löwengarde bereit, mir den Diensteid zu schwören?«

»Das ist sie in der Tat, mein Rahn«, sagte er mit grimmigem Stolz.

»Dann lasst uns alles versammeln, was wir haben, einverstanden?«

Indris hörte Beiklänge von Ariskander in der Art, wie sie sprach.

»Wir haben einige Angelegenheiten mit dem Hohen Haus Erebus zu regeln, bevor die Sonne untergeht«, fuhr Rosha fort.

»Das haben wir«, sagte Indris und war mit seinen Gedanken bei seinem vermissten Freund Omen.

Kapitel 32

»Als ich die Dinge losließ, die mich am Boden hielten, meinen Stolz und Hochmut, meine Eitelkeit und Traurigkeit … erst als ich so tief fiel, habe ich erkannt, dass ich fliegen konnte.« Embarenten, Schwertmeister in Hocharden, 369. Jahr der Shrīanischen Föderation

325. Tag im 495. Jahr der Shrīanischen Föderation

Mari kam an großen Säulen aus Marmor und Quarz vorüber, während sie die breiten Stufen hinaufrannte, die sich um und durch den großen Felsausbiss wanden, auf dem das Tyr-Jahavān stand. Oben eilte sie ins Allerheiligste, wo sich Nazarafine gerade an den Teshri wandte.

Die Feyassin, die die Mitglieder des Teshri schützen sollten, und eine Mischung aus Ekkos Löwengarde und Kembes Tau-se-Kriegern standen alarmbereit am Rande. Einige von Roshas Weißpferden waren um das Amphitheater herum postiert. Die übrigen sicherten die kleinere Treppe, die Femensetri ihnen verraten hatte und die durch das Zentrum des Tyr-Jahavān und unterhalb der Stadt verlief.

Die Quorum-Steine, die die *Yamire* der Hundert Familien in Schwarzweiß zeigten, flackerten in mattem Licht. Ihre Bilder ruckelten in dem gestreiften Quarz. Femensetris Sēq hatten eilig die Nachricht an so viele sympathisierende Ohren wie möglich hinausgesandt. Trotzdem erkannte Mari viele Verbündete ihres Vaters unter den Gesichtern.

Nazarafine stand in der Mitte des Amphitheaters neben Femensetri. Rosha saß auf einer Bank neben Vahineh, die die Augen weit aufgerissen hatte und auf blutigen Fingernägeln kaute. Soweit Mari erkennen konnte, kämpfte die Frau noch immer mit ihrem Erwachen. Dem schnellen Wechsel ihres Gesichtsausdrucks und der Haltung nach zu schließen, kämpfte jeder ihrer Ahnen darum, in ihrem Geist aufzuflackern. Manche Rahns – vor allem jene, die ohne Vorbereitung erwacht waren – überlebten die Erfahrung nicht oder wurden wahnsinnig.

Narseh saß in ihrer graugrünen Rüstung kerzengerade da. Ihr strenges Gesicht zeigte keinerlei Ausdruck. Ziaire stand ganz in ihrer Nähe, außerdem eine Reihe von *Yamiren* der Hundert Familien, die Far-rad-din hatten entmachten wollen. Viele Teilnehmer dieser Teshri-Sitzung waren entweder von ihrem Vater gekauft worden oder wankelmütige Wähler.

»Wir sind Eurem Aufruf gefolgt, Sprecherin«, ertönte das spröde Echo Hadis in seiner Kristalllinse. Er war einer der *Yamire* der Erebus-Präfektur. »Was gibt es so Eiliges, dass Ihr uns derartig kurzfristig zusammengerufen habt?«

»Danke für Eure schnelle Reaktion.« Die Sprecherin verneigte sich. »Ich habe diese Notsitzung des Teshri einberufen, um über zwei Absetzungsanträge abzustimmen, die sich beide gegen den Asrahn-Erwählten Erebus fa Corajidin …«

»Lächerlich!«, rief Hadi scharf. »Was ist das für ein Unfug?«

»Lass sie ausreden, Hadi«, ertönte das glasklare Echo von Iraj, einem Unterstützer Vashnes aus der Selassin-Präfektur. »Nazarafine ist sowohl Volkssprecherin als auch Rahn. Etwas mehr Respekt, bitte.«

»Warum beantragt Ihr, den Asrahn-Erwählten abzusetzen, Sprecherin?«, fragte Bijan aus der Näsarat-Präfektur über den Lärm der anderen Mitglieder des Parlaments hinweg. »Ihr schlagt da eine sehr schwerwiegende Maßnahme vor. Ich hoffe, Ihr könnt uns die nötigen Beweise vorlegen.«

Ziaire trat vor. »Wir haben Augenzeugenberichte von Vashnes Erben.«

»Eine derartige Aussage ist in einem Gebietertribunal nicht zulässig«, erklärte Hadi hämisch. »Der Übergang der Erinnerungen von Rahn zu Rahn während des Prozesses des Erwachens ist nicht immer frei von Störungen, vor allem, wenn das Ereignis traumatisch ist.«

»Wir haben auch den Augenzeugenbericht von Oberstritter Ekko von der Löwengarde der Näsarat«, schnappte Rosha. »Und jetzt, Hadi – wenn du und alle anderen, die von Corajidin gekauft wurden, für einen Moment den Mund halten würden – dann könnte die Sprecherin ihren Bericht vielleicht beenden.«

Mari verzog das Gesicht, als Hadi und etliche andere protestierten. Rosha würde sich mit ihrer Art keine Freunde machen. Sie schien noch immer mit dem Aufruhr ihres Erwachens zu kämpfen.

»Mich haben die Beweise überzeugt«, sagte Nazarafine fest. »Genügend überzeugt, um euch alle zusammenzurufen. Es gibt mehrere Anschuldigungen, die wir belegen werden, die schwerwiegendsten sind jedoch Hochverrat, Verschwörung zum Hochverrat und Königsmord. Abschriften der Berichte wurden an Gebietermarschall Kiraj aus der Familie Masadhe gesandt.«

Kirajs hoheitsvolles geisterhaftes Bild nickte höflich.

»Lächerlich!«, schnappte Hadi.

»Daran ist nichts Lächerliches.« Femensetri wandte sich an das gespenstische Bild von Hadi, das in zerkratzten Glaswolken schwebte und von matten Lichtstreifen durchzogen war wie eine Wintersonne. »Der Asrahn-Erwählte hat nicht im Interesse Shrīans gehandelt.«

»Durch seine unmittelbaren Handlungen«, Nazarafines Stimme war tonlos vor unterdrücktem Zorn, »ohne die Billigung des Gerichtsmarschalls, hat Corajidin den Tod unseres Staatsoberhaupts, seiner Frau und des zweiten Sohns verursacht. Außerdem hat er Rahn Ariskander und Pah Daniush entführt.«

»Dann mögen die Zeugen dieser Verbrechen sprechen!«, forderte Hadi.

Mari machte Rosha ein Zeichen, und die Rahn der Näsarat kam so leise herüber, wie ihr das in ihrer Rüstung möglich war. »Was gibt es?«, flüsterte sie.

»Truppenbewegungen in der Stadt. Soweit wir wissen, bleibt die Erebus-Armee in ihrem Lager außerhalb der Stadt. Es gibt vier Kompanien mit Iphyri, außerdem die Anlūki und einige *Nahdi*, die in unsere Richtung marschieren, zweifellos unter dem Kommando meines Bruders. Wie lange dauert es noch, bis hier eine Entscheidung fällt?«

»Vielleicht länger, als wir erwartet haben.« Rosha sah über die Schulter zurück zu Nazarafine, die im Tyr-Jahavān auf und ab schritt und ihre Vorwürfe gegen Corajidin vorbrachte. »Ehrlich gesagt bezweifle ich, dass wir die Zeit und die nötige Anzahl von Leuten haben, um siegen zu können.«

»Ich kann bezeugen, dass mein Vater …«

»Nazarafine lässt das nicht zu«, sagte Rosha und verzog das Gesicht. »Sie will nicht, dass du in die Sache verwickelt wirst, die Ahnen mögen wissen, warum.«

»Wenn ich euch schon nicht mit mehr Leuten aushelfen kann, dann könnte ich euch wenigstens Zeit verschaffen«, murmelte Mari. »Lass nicht zu, dass die Sprecherin aufhört, bevor die Angelegenheit in unserem Sinne entschieden ist, hast du verstanden? Sonst war das alles umsonst, und ich fürchte die Zukunft, in die mein Vater uns führen wird, wenn wir scheitern.«

»Femensetri hat beschlossen hierzubleiben, nur für den Fall. Als Gelehrtenmarschall kann sie nichts unternehmen, außer wenn es um die Verteidigung des Teshri geht.«

»Ich hoffe, das ist eine unnötige Vorsichtsmaßnahme.«

»Das tun wir alle. Aber die Streitkräfte deines Vaters sammeln sich noch immer.«

Wie sie befürchtet hatte, schien ihr Vater ihre Warnung ignoriert zu haben.

Kapitel 33

»Wie kann ich eine Nation des Gewissens führen, wenn ich nicht von meinem eigenen geleitet werde?« Palatin Navaar von Oragon, 495. Jahr der Shrīanischen Föderation

325. Tag im 495. Jahr der Shrīanischen Föderation

»Was meinst du damit, sie sind nicht da?« Corajidin fühlte das Blut in seinen Schläfen pochen. Die Luft in seiner Amtsstube war erstickend. Obwohl Wolfram die Wunde an seinem Bein geheilt hatte, fühlte Corajidin den tiefen Schmerz noch immer.

»Guita, die Matriarchin der Familie Parje-Sin, hat die Oberschicht Amnons zu einem Fest außerhalb der Stadt eingeladen.« Wolfram stützte sich auf seinen verkohlten Stab. Er fischte ein gefaltetes Stück Pergament aus den Falten seiner Robe. »Die Einladung verspricht ein paar vergnügliche Tage in Guitas Landvilla. Ihre Gäste wurden gestern Abend von einem Vergnügungsschiff in Amnon abgeholt.«

»Ich kenne dieses doppelzüngige Miststück«, knurrte Corajidin. »Sie ist eine von Far-rad-dins Halbblutkreaturen und eine alte Freundin von Vashne.«

»Es gibt keine Möglichkeit, dort Kontakt mit ihnen aufzunehmen. Ich habe Boten mit Windbarken losgeschickt, um Eure Verbündeten zurückzurufen, aber das Parje-Sin-Anwesen liegt selbst mit Barke Stunden von hier entfernt.«

»Dann schick jemand anderen!«, donnerte Corajidin. Als

der Schmerz durch seinen Kopf schoss, bereute er seinen Ausbruch sofort. Hastig öffnete er den obersten Knopf seiner Tunika, um sich abzukühlen. »Ich erwarte, dass meine Verbündeten ihren Verpflichtungen nachkommen, auch nachdem sie mein Gold ausgegeben haben.«

»Es ist sinnlos, noch jemanden loszuschicken, und wir haben auch keine weiteren Windbarken.« Wolfram zerknüllte die Einladung mit seiner grobknochigen Hand. »Das Schiff, das wir für die Flucht aus der Rōmarq benutzt haben, fliegt dank Indris kaum noch, und Kasraman hat die andere Barke. Ich habe Euch gewarnt, dass gekaufte Loyalität nur so lange währt wie der Glanz auf den Münzen. Eure Verbündeten sind allesamt Opportunisten.«

»Dann gehen wir zum Tyr-Jahavān und kontaktieren so viele meiner Freunde wie möglich. Wir sollten in der Lage sein, genug für ein Quorum zusammenzubekommen.«

»Belamandris ist vor beinahe einer Stunde aufgebrochen, um den Tyr-Jahavān in Eurem Namen zu sichern.«

Corajidin fühlte, wie sich ihm der Magen umdrehte. Er beugte sich über den Tisch und übergab sich. Erschrocken bemerkte er, dass er eine Mischung aus Blut und Gallenflüssigkeit erbrochen hatte. Der Geschmack war widerwärtig. Als er Luft holte, ließ ihn der Geruch seiner eigenen Körpersäfte auf dem Boden erneut würgen. Wolfram kam um den Tisch geknarzt und half Corajidin zur Couch hinüber. Als er Corajidin die Hand auf die Stirn legte, ihm in die Augen sah und seinen Puls maß, war der Blick des alten Hexers besorgt.

»Es geht Euch schlechter, mein Rahn«, murmelte Wolfram. »Euer Herz schlägt zu schnell, und Ihr habt Fieber. Es widerstrebt mir, das zu sagen, aber vielleicht sollten wir uns zurückziehen und morgen kämpfen?«

»Nein!«, stöhnte Corajidin unter Schmerzen. »Es gibt kein Morgen für mich!«

»Dann gestattet, dass Euch meine Verbündeten helfen!«, drängte Wolfram. »Gebt ihnen, was sie fordern, dann werden sie Euch heilen.«

»Das ist der springende Punkt, oder?« Corajidin krümmte sich auf der Couch, und seine Finger verkrampften sich zu Klauen. Wolfram nahm Corajidins Hände und massierte die Muskeln, bis er die Finger wieder strecken konnte. »Ich habe gefragt, aber ich kenne den Preis für meine Heilung nicht. Was wollen deine Hexerfreunde? Sie sagen es nicht.«

»Für den Moment reicht es ihnen schon, dass ein Asrahn ihrer Sache wohlwollend gegenübersteht. Einer, der sich dem Teshri und den Sēq widersetzen wird. Es liegt im Interesse meiner Verbündeten, dass Ihr am Leben bleibt.«

Belamandris kam zur Tür herein und rannte zu seinem Vater, der sich auf der Couch krümmte. »Vater! Was …«

»Warum bist du hier?«, fragte Corajidin. »Du solltest den Tyr-Jahavān halten.«

»Unsere Feinde waren nicht untätig, während wir unterwegs waren«, erwiderte Belamandris. »Das Tyr-Jahavān wurde besetzt. Ich habe die Farben der Hohen Häuser Näsarat und Sûn gesehen, außerdem die der Familie Bey. Die Kammern werden gut bewacht, und sie werden nicht leicht einzunehmen sein.«

»Du bist der Witwenmacher!«, sagte Wolfram ungläubig. »Du wirst doch sicher …«

»Die Feyassin sind ebenfalls dort«, sagte Belamandris tonlos. »Vater, ich rate dir zu einem Notfallplan.«

»Ich befehle dir, das Tyr-Jahavān einzunehmen und zu halten!«, knurrte Corajidin. Sein Sichtfeld verschwamm, und Belamandris' Gesicht wurde zu einer Schliere aus sonnenhellem Gold. Er streckte die Hände aus und legte sie auf Belamandris' Schultern. Sein Gesicht fühlte sich taub an, und seine Worte kamen nur undeutlich hervor. »Tu es für mich, mein wunderbarer Sohn. Du bist der Einzige, dem ich jetzt noch vertrauen kann.«

Belamandris verneigte sich vor seinem Vater. »Wenn das dein Wunsch ist, werde ich ihn dir nicht verweigern. Ich schlage vor, du bringst dich in Sicherheit, bis die Angelegenheit erledigt ist.«

»Warte!« Wolfram hob die Hand. »Können deine Streitkräfte das Tyr-Jahavān einnehmen? Sprich offen.«

»Es ist besser, wenn die Anlūki meinen Vater in Sicherheit bringen«, sagte Belamandris geradeheraus. »Wenn wir das Tyr-Jahavān einnehmen, welchen Nutzen sollte es für Vater in seinem derzeitigen Zustand haben? Selbst mit der Kampfkraft der Iphyri und unserer *Nahdi* wird der Kampf viele Leben kosten, und er wird auch nicht schnell vorüber sein. Weder die Feyassin, die Näsarats, die Tau-se noch Siamaks Ritter aus den Marschen sind leichte Gegner. Und dann ist zweifellos auch noch der Gelehrtenmarschall unter den Verteidigern.«

»Nun gut.« Corajidins Stimme klang blechern in seinen Ohren. »Wenn meine Verbündeten im Teshri von hier aus nicht erreichbar sind, können sie auf anderem Wege erreicht werden. Die Iphyri und unsere *Nahdi* sollen das Tyr-Jahavān wie geplant angreifen. Schickt Oberstritter Nadir eine Nachricht, er soll die Besten von unserer Führerschaft nehmen und alles Militär, das er auftreiben kann, und an Bord der *Kunst der Vergeltung* gehen. Sie sollen uns beim Parje-Sin-Landsitz treffen.«

Wolfram rutschte auf seinem Stuhl herum. »Was ist mit den Schätzen, die in den Kellern lagern? Wir dürfen sie nicht verlieren, nicht nach all den Mühen.«

»Nimm mit, was du kannst, Wolfram. Unsere Zukunft liegt vielleicht in unseren Funden.«

»Was ist mit Mari?«, fragte Belamandris.

»Sie hat ihre Wahl getroffen«, sagte Corajidin bitter.

»Und die Villa?« Belamandris wandte sich mit besorgtem Gesicht zur Tür.

»Brenn sie nieder«, befahl Corajidin. »Lass nichts zurück, das unsere Pläne verraten könnte.«

»Kannst du fühlen, wo Omen ist?«, fragte Shar. Sie spähten über das Dach der Villa zu den Anlūki hinüber, die die versengte Windbarke bewachten.

Indris grinste beim Anblick des verkohlten Haufens. Teile des Schiffs waren abgefallen, verbrannt oder zerbrochen. Die Sturmräder im Bug drehten sich nicht gleichmäßig, während sich der Disentropiestrom schwach über die kreiselnden Bronzeschalen verteilte. Fransige Stränge aus seidenweichem Licht jagten durch den Bootskörper. Er bezweifelte, dass die Windbarke sehr weit kommen würde. Selbst jetzt noch zersetzte die Entropie langsam das zerstörte Himmelsschiff.

»Ich bin mir nicht sicher«, sagte er nachdenklich. »Ich kann die Gegenwart des Hexers und viele andere Höhen und Tiefen aus Entropie und Disentropie fühlen. Die Ahnen mögen wissen, was hier vorgefallen ist.«

»Wahrscheinlich Blutmagie«, brummte Hayden angewidert. Er umklammerte sein Bolzengewehr. »Angothisches Tier!«

»So etwas wie Magie gibt es nicht«, murmelte Indris beinahe reflexartig. Er lächelte seine Freunde entschuldigend an. »Wirklich, es stimmt. Es gibt sie nicht. Alles hat seinen Grund oder seine Ursache.«

»Wie willst du hineinkommen?« Shars Augen leuchteten gelb im Nachmittagslicht, ihre Pupillen waren nicht größer als Stecknadelköpfe.

»Leise hinein und leise hinaus, wie immer«, grinste Indris.

»Dieses ›Immer‹ endet für gewöhnlich ziemlich laut.« Sie lächelte ebenfalls.

»Und normalerweise wird am Ende einer von uns hinausgetragen«, gluckste Hayden.

Shar tätschelte Haydens Hand, bevor sie geschmeidig auf die Füße kam. Sie schlich zu einem verschmutzten Dachfenster hinüber. Langsam öffnete sie das Fenster, dann ließ sie sich hinunterfallen. Nach ein paar Sekunden vollkommener Stille folgten Indris und Hayden ihr.

Sie gelangten in einen staubigen alten Raum auf der Nordseite. Die Wände und die Decke zeigten Spuren von Wasserschäden und rochen modrig. Die hölzernen Dielen waren von zahllosen Jahren in der Sonne ausgebleicht, die Fenster schmutzig und mit Spinnweben überzogen.

Shar lauschte an der Tür, dann öffnete sie sie und gab den anderen ein Zeichen, ihr zu folgen. In Wahrheit hatte Indris keine Ahnung, wo sie Omen gefangen hielten. Er musste sich auf die Wirbel und Strömungen der Disentropie konzentrieren, die das Geistergefäß verursachte. Es gab einige ungewöhnlich starke Gezeitenkräfte der Disentropie, doch das war alles, wonach er sich richten konnte.

Der Nordteil des Hauses war größtenteils verlassen. Es gab nur wenige Soldaten; die Leute, denen sie aus dem Weg gingen, schienen meist Diener zu sein. Sie schlichen eine enge Treppe hinunter, ohne jemanden anzutreffen. Schließlich erreichten sie eine alte Holztür, die von Spinnweben und Staub bedeckt und offensichtlich seit Jahren nicht mehr geöffnet worden war. Shar strich die Spinnweben mit der Hand beiseite und öffnete sie behutsam, doch trotz ihrer Vorsicht kratzte die Tür über den rauen Steinboden. Angeschlagene Öllampen hingen an verrosteten Ketten von der Decke eines engen Lagerraums. In der Luft hing der Geruch nach lange verrottetem Fleisch, und Hayden hielt sich angewidert die Nase zu. Die Tür auf der anderen Seite des Lagerraums hing in den Angeln. Durch die Lücke konnten sie einen schwach beleuchteten Keller sehen. Er erstreckte sich weit in die Dunkelheit, die nur durch tanzende Pailletten aus Laternenlicht unterbrochen wurde.

Indris führte sie hinaus. Der Ort roch nach Fäkalien mit einem Nachgeschmack von Blut, der tief in seiner Kehle haften blieb. In zahlreichen offenen Kammern waren Folterinstrumente zu sehen, außerdem Holztische, Hand- und Fußfesseln, das düstere Glühen scharfer Instrumente und große dunkle Schränke, die man lieber gleich geschlossen ließ.

In der Mitte des Kellers befand sich eine weite Kammer. Er öffnete sich dem *Qefri*. Rohe disentropische Energie wirbelte durch die Kammer, ätherisches Wasser, das einen unsichtbaren Abfluss umkreiste. Die Strömungen wurden durch kleine Leinensäcke unterbrochen, die an neu wirkenden Seilen von den freigelegten Deckenbalken hingen. Indris fühlte, wie ihm die Kälte übers Rückgrat kroch. Er hatte so etwas schon zuvor gesehen, in dem angeblich verlassenen Steinhexenzirkel von Felvyrden in Angoth.

Shar hatte den Ausdruck in seinem Gesicht bemerkt. »Was ist los?«, murmelte sie.

»Kannst du die runterschneiden?«, flüsterte er. Ein *Serill*-Messer tauchte in ihrer Hand auf, eine geschmeidige Bewegung des Handgelenks, dann hielt sie einen der Säcke in der Hand.

Sie öffnete den Leinensack und zeigte ihn Indris. Darin befanden sich Späne aus dunklem blauschwarzem Stahl zwischen dicken Körnern geschwärzten Sands. »Was ist das?«, fragte Hayden.

»Ein Entropischer Sammler«, erwiderte Indris düster. »Man macht ihn aus Spänen salzgeschmiedeten Stahls und dem Sand ausgebrannter Mandalas. Er absorbiert und annulliert Disentropie. Es gibt Relikte aus dem Erwachten Imperium, die als *Ahoujai* – oder Becken – bekannt sind und das Gleiche bewirken. Leute, die so etwas tragen, sind immun gegen die Wirkungen des *Qefri*. Für jemanden wie mich ist ein *Ahoujai* wie Fesseln aus salzgeschmiedetem Stahl.«

»Ich nehme mal an, das alles ist nicht zum Spaß hier«, murmelte Hayden.

»Nein. Jemand hat hier etwas sehr Machtvolles versteckt.« Shar trat mit dem Stiefel gegen die Wände der Kammer. »Es gibt nur einen Weg herauszufinden, was es war.«

Indris ging zu der soliden Holztür hinüber. Sie war verschlossen, was ihn nicht überraschte. Die unmittelbare Nähe des Entropischen Sammlers zerrte an seinem Geist, und er hatte Mühe, sich zu konzentrieren. Er wandte sich zu Hayden um, der einen Dietrich aus den Tiefen seines Hirschlederhemds hervorholte. Der Scharmützler bearbeitete das Schloss mit geschickten Fingern, und ein paar Sekunden später war das ersehnte Klicken zu hören.

Mari tänzelte zurück und wich dem Schlag eines *Nahdi* aus, der in den Diensten ihres Vaters stand. Die Stufen des Tyr-Jahavān waren von Toten übersät. Viele von ihnen gehörten zu denen, die versucht hatten, das Tyr-Jahavān mit Gewalt einzunehmen, doch es waren auch Feyassin in ihren weißen Umhängen darunter, die mit dem Gesicht nach unten in ihrem eigenen Blut lagen.

Mari kauerte sich hin, wirbelte herum, schnitt durch Rüstung und Oberschenkel. Ihr Feind schrie auf und brach zusammen. Sie kreiselte wieder nach oben. Ihr Schwert flog, jagte, landete zwischen Nacken und Schlüsselbein. Noch bevor ihr Feind am Boden aufschlug, war sie schon weitergesprungen. Mit einer raschen Bewegung schlug sie einen Armbrustbolzen aus der Luft, schleuderte ihn zurück und traf einen *Nahdi* ins Auge.

Einen Moment stand sie still, als kein weiterer Feind auftauchte. Es schien, als wären viele der *Nahdi* ihres Vaters für den Überfall auf das Tyr-Jahavān eingesetzt worden. Natürlich könnte ihr Vater leugnen, dass sie auf seinen Befehl gehandelt hatten. Die Iphyri aber waren eine andere Sache. Eine ganze Kompanie von ihnen stand groß und prachtvoll im Hof des Tyr-Jahavān, mit stampfenden Hufen.

Mari sah zu Oberstritter Qamran hinüber. Der Mann tänzelte zwischen seinen Feinden hindurch, sein Schwert nicht mehr als ein verschwommener Umriss. Sein Schild dröhnte unter den Schlägen von Schwertern, Äxten und Pfeilen. Ihr Vater hatte vermutlich nicht damit gerechnet, dass er die Ernennung der Feyassin zur Teshri-Wache schon so bald bereuen würde. Im Augenwinkel nahm Mari eine Bewegung wahr. Sie trat einen Schritt zurück, als ein abgetrennter Kopf die Treppe hinunterhüpfte, durch die Luft kreiselte und schließlich feuchtdumpf auf die Pflastersteine prallte.

»Pfeile!«, brüllte einer ihrer Kameraden.

Die Feyassin gruppierten sich zu einer Formation, die sich »Die Muschel« nannte. Mit hoch erhobenen Schilden bildeten sie eine Kuppel aus ramponiertem Metall. Mari suchte hinter einer Säule Deckung, und Pfeile schwirrten durch die Luft, genau an der Stelle, wo sie sich gerade noch befunden hatte. Sie hörte das Eisenhagelklappern der Pfeile, als sie auf Metall trafen. Ihren eigenen Schild hatte sie verloren, er war von der Streitaxt eines *Nahdi* in zwei Teile gespalten worden.

Sie beobachtete den Tumult mit scharfem Blick. Viele gute Leute waren gestorben. Noch mehr würden sterben, darunter höchstwahrscheinlich auch sie. In Wahrheit hatte sie auf geborgte Zeit gelebt, seit Vashne getötet worden war. Dies war ein Weg, wie das Universum ihre Schuld eintreiben konnte. Mari würde allerdings dafür sorgen, dass die Welt sich an ihren Tod erinnerte.

Sie sah vier andere Feyassin an, als sie einen Ersatzschild aufhob. Sie lächelten einander zu, dann stürzten sie in Formation die Treppe hinab. Wie ein einziger Körper sprangen sie hoch über die *Nahdi* hinweg, die bei ihrem Anblick zusammenzuckten. Sie landeten auf sicheren Füßen in den Trümmern von Rüstungen und Waffen, Fleisch und Blut. Rücken an Rücken, die fünf Zacken eines Sterns, entfesselten sie das Chaos. Mit einer Geschwindigkeit, die aus langer Übung geboren war, schlugen sie zu, dann wandten sie sich nach links. Schlugen erneut zu, bewegten sich, griffen an. Die Formation drehte sich um ihr Zentrum. Maris Klinge schien bei jedem Aufprall zu singen, während ihr Schild protestierend dröhnte. Sie gab einen Befehl, und in rascher Folge stiegen sie vier Stufen hinauf. Die Feinde gerieten aus dem Gleichgewicht. Köpfe, Hände, Arme, Beine wurden abgetrennt.

»Qamran!«, schrie Mari, als ihre Position sie vom Kampf wegrotierte. Der Oberstritter sah sie mitgenommen an. Er wusste ebenso gut wie sie, dass es kein Entrinnen gab. Sie konnten ihr Leben so teuer wie möglich verkaufen, das war alles. »Lass zehn Feyassin hier! Nimm den Rest und mach dich bereit, mit Ekko die Mitglieder des Teshri zu verteidigen!«

»Aber …«

»Nichts aber!« Sie würde bald wieder in den Kampf zurückrotieren. Zu ihrer Rechten fiel einer der Feyassin, sein Brustpanzer war mit Blut verschmiert. Ein anderer nahm seinen Platz ein. »Wir können die Treppe halten.«

Als sie sich mit blitzender Klinge zurück ins Schlachtgewühl warf, hörte sie seine Antwort nicht.

Kapitel 34

»Erst das Scheitern im Unglück und der Verlust geliebter Wesen lassen uns erkennen, was wir für selbstverständlich hielten. Wenn wir die Augen offen halten, lernen wir mit jedem Verlust mehr über uns selbst und erlangen im Gegenzug Weisheit.« Aus Die Samen vom Baum des Wissens, *von Mahram-shar, Magnat der Sēq und Erzgelehrter. 767. Jahr des Erwachten Imperiums*

325. Tag im 495. Jahr der Shrīanischen Föderation

Corajidin schlurfte, so schnell er konnte, durch die langen Gänge der Villa. Er trug Ariskanders und Daniushs Köpfe in Leinensäcken bei sich. Belamandris führte ihn; die rubinroten Schuppen seiner Rüstung leuchteten im Sonnenlicht, das durch die großen Schlüssellochfenster hereinströmte. Im Gegensatz zu ihm wirkten die tödlichen Anlūki dunkel, wie eine Mischung aus getrocknetem Blut und Schatten. Der Hexer humpelte langsam mit seinen knarzenden Beinschienen und dem klackenden Stab vorwärts.

»Ich hole den Geisterritter«, sagte Wolfram. »Er weiß vielleicht, wie wir Euch helfen können.«

»Wenn du hier erwischt wirst«, sagte Belamandris scharf, »weiß niemand, was passieren wird.«

»Was wir gefunden haben, ist unersetzlich«, erinnerte ihn Wolfram. »Die Schicksalsmaschine ist hier, habt Ihr das schon vergessen?«

Corajidin stand neben dem Hexer, der nach altem Räucherwerk, Moschus und getrocknetem Blut stank. »Hör auf ihn, mein Sohn. Wolfram, beeil dich!«

»Gebt mir fünfzehn Minuten.«

»Belamandris, gib dem Hexer fünf deiner Anlūki mit. Das wird die Sache beschleunigen.« Corajidin hielt inne und krümmte sich vor Schmerz. Belamandris blickte seinen Vater stumm an.

»Danke.« Wolfram humpelte mit den Anlūki im Gefolge davon.

»Vater, schaffst du es bis zur Windbarke, oder sollen wir jemanden rufen, um …«

»Ich lasse mich nicht tragen!«, sagte Corajidin barsch.

Er schleppte sich weiter, obwohl seine Gliedmaßen ihm nicht mehr richtig gehorchten. Seltsam, diese Stille, als würde die Stadt den Atem anhalten. Er misstraute der Stille grundsätzlich. Für ihn lauerten in ihr die Halbwahrheiten in den Aussparungen zwischen Aufrichtigkeit und Lügen.

»Belamandris?« Sein Sohn sah ihn an. »Lass deine Soldaten die Feuer legen. Geh leise und vorsichtig vor, aber sorge dafür, dass das Gebäude bis auf die Grundmauern niederbrennt. Wo ist Thufan?«

»Ich habe Befehl gegeben, ihn zur Barke zu bringen.« Belamandris sah seinen Vater an, der keuchend an der Wand lehnte. Corajidin sah nicht mehr als einen goldgefärbten Umriss in der Dunkelheit, als sein Sohn näher trat.

»Stütz dich auf mich. Ich bringe dich zum Schiff.«

»Was ist das?«, fragte Hayden, als sie in die verschlossene Kammer einbrachen.

Es war ein breiter Raum mit Stufen, die zu den Zimmern darüber führten. Auch hier standen Kisten in unterschiedlichen Größen herum, von denen viele geöffnet worden waren. Bücher, Schreibtafeln und Pergamente waren ordentlich aufgestapelt oder in Regalen einsortiert. Die Luft war trocken, roch aber trotzdem nach alter, feuchter und verrottender Vegetation.

In der Mitte der Kammer befand sich eine riesige Armillarsphäre. Sie war größer als ein erwachsener Mann und aus ineinandergelagerten Ringen konstruiert, die aus matter Bronze, Messing und verschiedenfarbigen Goldlegierungen bestanden. Indris fühlte sich an die Sternenuhr erinnert, allerdings war hier ein Metallgestell in der Mitte aufgehängt, an dem sich Zahn- und Schwungräder, Kurbeln und Hebel befanden. Das Gerät war mit einer dicken Schicht alter Erde überzogen. Schriftzeichen markierten in unregelmäßigen Abständen die Innenseiten der Räder. Er fühlte die Gezeitenenergie, die von dem Apparat ausging. Die Räder drehten sich beinahe unmerklich aus eigenem Antrieb.

Shar näherte sich mit ausgestreckter Hand, um die Maschine zu berühren, doch Indris packte sie am Handgelenk. Shars gelbe Augen weiteten sich vor Überraschung, dann kratzte sie die Spitze eines ihrer langen Ohren. »Es ist also gefährlich?«

»Ich glaube, das ist eine Schicksalsmaschine«, warnte Indris. »Oder zumindest der Großteil von einer; anscheinend fehlen ein paar Teile. Wir müssen sie mitnehmen.«

»Wenn du das sagst, wirst du schon deine Gründe haben. Und ich will gar nicht mehr über dieses Ding da wissen.« Hayden sah sich in der Kammer um. »Aber wir sind wegen Omen hier. Und wie sollten wir dieses Ding überhaupt losschrauben? Ist ja nicht grade ein Spielzeug.«

»Wir müssen sie mitnehmen, sichern oder zerstören«, sagte Indris entschlossen. »Eine andere Möglichkeit gibt es nicht! Sie darf unter keinen Umständen in die falschen Hände geraten.«

»Und mit falschen Händen meinst du …«

»Beinahe jeden«, erwiderte er ruhig. Schicksalsmaschinen waren glücklicherweise selten. Die einzigen, von denen er wusste, waren von den Sēq in den Gewölben Amarqas weggeschlossen worden. Allerdings ging das Gerücht, dass es noch eine in der Verbotenen Stadt Qahavel gab. »Wer auch immer es schafft, dieses verfluchte Ding zum Laufen zu bringen, kann sich durch endlos viele Zukunftsmöglichkeiten graben, durch unendliche Schicksalsvarianten. Und dann ist nichts mehr unmöglich für ihn.«

»Können wir sie zerstören?«, fragte Shar.

»Wahrscheinlich, aber wir müssten zuerst die Entropischen Sammler loswerden, und …«

»… sobald du das machst, kriegt es der Hexer mit«, beendete Hayden den Satz für ihn. »Womit Omen noch immer ihr Gefangener wäre.«

»Wir können wegen der Maschine zurückkommen, Indris«, schlug Shar vor.

Plötzlich wurde die Türe oben an der Treppe geöffnet. Indris, Shar und Hayden blickten überrascht auf und sahen in das ebenso entsetzte Gesicht Wolframs. Eine Gruppe Anlūki stand hinter dem Angothischen Hexer. Ihre Hände fuhren zu ihren Schwertgriffen.

Indris zog Gestaltwandlerin. Tragödie flog in Shars Hand, und Hayden hob sein Gewehr. Indris' Stimme brach beinahe, als er den Großen Ruf anstimmte.

Wolframs Stab traf den Boden wie ein Donnerschlag. Holzteile erhoben sich aus den Dielenbrettern und nahmen die Form von Wurfpfeilen an. Sie schossen vor, und …

Die Disentropie zersplitterte und wurde von den Entropischen Sammlern in unterschiedliche Richtungen gezerrt. Indris' Ruf verhallte. Wolframs Dornen des Urbaums fielen auseinander. Die beiden *Ilhennim* starrten sich einen Moment lang an, dann rannte Indris mit Shar an seiner Seite die Treppe hoch.

Wolfram kroch rückwärts und knurrte: »Tötet sie!«

Hinter ihnen donnerte Haydens Sturmgewehr. Ein Bolzen schlug in Wolframs Schulter, und der Hexer brüllte vor Schmerz auf. Er fiel zu Boden, die Augen geweitet vor Unglauben. Die Anlūki griffen in Zweiergruppen an.

Indris landete einen tiefen Schlag mit Gestaltwandlerin. Der Anlūki parierte, und Metall traf auf Metall. Der Gegner trat mit dem Fuß zu. Indris wich zur Seite aus, packte den Knöchel des Mannes und zog. Der Anlūki verlor das Gleichgewicht und fiel nach vorne. Erneut donnerte das Sturmgewehr. Der tote Anlūki stürzte klappernd die Stufen hinunter, während schon ein anderer seinen Platz einnahm.

Shar und Indris woben ein glitzerndes Netz aus Glas und Stahl. Die Schwerter flogen. Hoch, tief. Sie schwangen in weiten Bögen, stießen zu und wurden abgewehrt. Eine Schwertspitze zischte vorbei und strich über Shars Wange. Indris fühlte, wie ein Schwertstreich ihn am Handrücken traf.

Ein weiterer Anlūki brach mit durchschnittener Kehle zu Indris' Füßen zusammen. Ein riesiger Krieger kam herangestürmt, und erneut drangen Fleisch und Stahl auf Indris ein. Er wurde von den Füßen gehoben, sprang und fiel zugleich zurück. Mit der Ferse rutschte er über eine Stufe, dann über noch eine. Langsam verlor er das Gleichgewicht. Das Schwert des letzten Anlūki zielte auf seinen Bauch …

… und wurde von Shars schlanker Klinge aus blauweißem Glas abgeblockt. Licht tanzte in Wellen über ihre Waffe. Indris fiel nach hinten, und sein Rücken schlug auf den Stufen auf, während er nach unten stürzte. Er sah, wie der Anlūki Shar mit einer Armbewegung von der obersten Treppe fegte. Sie taumelte, dann krachte sie gegen die harten Holz- und Metallkanten eines Kistenstapels.

Der Anlūki raste die Treppen hinunter, und …

Plötzlich tauchte ein roter Fleck auf der Stirn des Mannes

auf, und sein Körper fiel nach vorn. Indris kroch hastig aus dem Weg, als der Krieger auf den Boden schlug.

»Große Männer«, schnaubte Hayden. Er stieg über Indris hinweg und ging zu Shar, die fluchend inmitten zersplitterter Kisten saß. »Sie halten sich für verdammte Unsterbliche. Erinnert ihr euch an Morne Falkenwald, bei diesem Handgemenge in Somanjara? Ich hab mich oft gefragt, wie der große Kerl es geschafft hat, so oft heil und in einem Stück davonzukommen.«

»Er versteht sein Handwerk eben verdammt gut«, erwiderte Indris und stöhnte leise, während er aufstand. »Shar?«

»Ich bin in Ordnung«, sagte sie, als Hayden ihr auf die Füße half. »Allerdings hätte ich eine weichere Landung vorgezogen.«

Die drei Gefährten rannten die Treppe hinauf und gelangten in einen großen Raum, der in ein Privatgemach verwandelt worden war. Ein großes Bett mit vergilbtem Leinen beherrschte die eine Wand. Außerdem gab es Arbeitstische und Bücherborde. Es sah so aus, als wäre der Raum eilig geräumt worden. Eine Blutspur führte über abgetretene Teppiche und aus dem Zimmer hinaus.

»Es überrascht mich, dass Wolfram geflohen ist«, bemerkte Shar.

»Salzgeschmiedeter Stahl«, brummte Hayden. »Mein letzter. Ich habe ihn aus einem von den Bolzen gemacht, mit denen Corajidin auf Indris geschossen hat.«

»Wolfram wird also nicht so schnell zurückkommen.« Indris war erleichtert.

Ein großes Tuch verdeckte mehrere Gegenstände. Hayden zog das Tuch beiseite und enthüllte Sturmpistolen und -gewehre, Rüstungen aus *Serill* und Waffen, außerdem gläserne Schreibtafeln, die mit den filigranen Bildzeichen der Seethe beschrieben waren. Es gab kunstvolle Gerätschaften aus Bronze und Messing und das glänzende *Kirion*, Silber und Uhrwerke von Handwerkern der Avān aus dem Leuchtenden Zeitalter in den Glanzzeiten des Erwachten Imperiums.

»Indris!« Shar stand neben dem schimmernden Herz des Geistergefäßes, das in mattem Jade, Smaragdgrün und Gold leuchtete. Ranken aus Farbe und Form bewegten sich wellenförmig über die Oberfläche, wie ein Oktopus aus Licht.

»Omen?«, fragte Indris, als er näher trat. »Bist du da drin?«

»Der Hexer versuchte, mich zu befragen, über dies und das und wenn und wann. Er will nach etwas jagen, das er niemals werden kann – ein schwacher Schatten besserer Männer.« Omens Stimme klang düster. »Natürlich bin ich hier, Indris. Wo sollte ich sonst sein?«

Hayden lachte und wischte sich gleichzeitig die Tränen aus den Augen. Shar sah ihn mit schiefem Lächeln an. »Wir werden ihn raustragen müssen«, stellte sie fest.

»Würdest du ihn bitte mit Hayden hinausbringen?« Indris' Stimme verriet keinerlei Regung. Corajidin musste ganz in der Nähe sein. Indris fühlte die Macht des *Jahirojin* in seinen Knochen, spürte, wie sein Herz schneller schlug. Obwohl er wusste, dass sein Geist manipuliert wurde, schien es seiner Seele nichts auszumachen. Schlimmer noch – sie wollte dazu genötigt werden, Schaden anzurichten. Indris versuchte, sich zu beherrschen, doch der Zwang war schwer fassbar. »Ich habe noch etwas zu erledigen. Corajidin muss aufgehalten werden.«

»Nicht jetzt, Indris.« Shar schüttelte den Kopf und legte ihm die Hand auf den Arm.

»Corajidin und Wolfram können hier und jetzt aufgehalten werden. Du verstehst nicht, wozu Roshas *Jahirojin* mich zwingt!«

»Wir haben erledigt, weswegen wir hergekommen sind.

Wir haben einen Freund gerettet. Wenn dieses Ding im Keller wirklich das ist, was du vermutest, können wir es nicht hierlassen. Und wir können es nicht ohne deine Hilfe wegbringen. Lass den Erebus ziehen! Sie sind viele, und du bist nur einer.«

»Ich bin ein Sēq«, sagte Indris, als wäre das Erklärung genug.

»Du *warst* ein Sēq.« Shars Haut schimmerte wie die Sonne, die durch den Nebel drang. Ihre Augen waren von einem so leuchtenden Zitrin, dass sie hypnotisch wirkten.

»Sie hat recht, Indris«, sagte Hayden ruhig.

»Ich habe dich nie um irgendetwas gebeten, Indris«, drängte Shar. »Aber tu diese eine Sache für mich, bitte. Nicht aus Pflicht oder Ehre, nicht um dein Leben zu verkaufen oder Hunderte zu retten. Tu es einfach für mich … weil dein Tod mehr ist, als ich ertragen könnte.«

Mari zog sich den Pfeil aus der Schulter, dann schleuderte sie ihn die Treppe hinunter. Der Geruch nach vergossenem Blut – ihrem eigenen Blut und dem der Verletzten und Toten – hing ihr in der Nase. Alles tat ihr weh, von den Knien bis zu den Handgelenken. Sie spürte die Wucht ihrer Schwerthiebe, das Trommeln der Schläge auf ihrem Schild, die ständige Bewegung, den rauen Atem in der Lunge, das Hämmern des Bluts in ihrem Kopf. Sie spürte tiefen Schmerz in ihrem Herzen, als ihre Kameraden einer nach dem anderen fielen, bis sie völlig allein war.

Aber welche Wahl hatte sie? Ihrem Vater zu folgen? Der Teshri brauchte die Chance, ihren Vater aus seiner einflussreichen Position zu entfernen. Sie brauchten die Zeit, die sie ihnen verschaffen konnte, sonst würde ihr Vater den lange verbannten Hexern den Weg in ihre Regierung öffnen.

Sie hatte immer gewusst, dass ein gewaltsamer Tod auf

sie wartete. Die Stufen, die sich zum Tyr-Jahavān hinaufwanden, waren von Leichen übersät – ein surrealer Anblick im hellen Sonnenlicht und der frischen Brise. Mari hatte wenig zu bereuen. Sie hätte mehr lieben und mehr geliebt werden sollen, ein weiteres Glas Whisky mit Honig genießen oder ein letztes Mal den süßen Rauch einer Pfeife einatmen. Sie hätte Indris sagen sollen, dass ihre leidenschaftlichen Nächte ihr niemals etwas bedeuten hätten dürfen, obwohl sie wider Willen tiefere Gefühle für ihn empfand.

Sie wollte sich hinsetzen und ihren müden Körper ausruhen. Doch wenn sie das tat, würde sie vermutlich nie wieder aufstehen. Wenn sie schon nicht in den Armen eines Liebhabers starb, dann würde sie stehend sterben, mit einem Lächeln auf den Lippen und einem Schwert in der Hand.

»Es ist vorbei«, erklärte ein junger Feyassin. Mari kannte nicht einmal seinen Namen. Er war einer der neuen Rekruten, die Qamran angeworben hatte. Der Kriegsdichter lehnte mit dem Rücken an der Wand. Seine weiße Robe war stellenweise mit Blut getränkt und sein Schild völlig verbogen, aber es sah immer noch besser aus als Maris, den sie nach dem letzten Zweikampf weggeworfen hatte. »Die Iphyri werden bald hier sein, und es gibt niemanden mehr, der sie aufhalten kann.«

»Wir beide sollten doch genug sein.« Mari lachte leise unter Schmerzen.

Der junge Krieger lachte ebenfalls und begann dann zu husten. Frisches Blut befleckte seine Lippen. Er sah Mari ruhig an. »Ich bin froh, dass ich dich noch kennenlernen durfte. Du bist nicht so, wie sie sagen.«

Mari zuckte die Schultern. »Die Leute sind oft nicht so, wie man sie darstellt. Wie heißt du?«

»Dayr, von der Familie Qanakkale.«

»Aus der Selassin-Präfektur? Nahe der Grenze zur Taumarq?«

»Du kennst uns?« Er klang ebenso erfreut wie überrascht.

»Ich kenne euch. Dein Vater hat dem meinen bei beinahe jeder Angelegenheit im Teshri heftig getrotzt. Grüß ihn von mir, wenn du das nächste Mal mit ihm sprichst.«

»Das werde ich«, erwiderte Dayr lächelnd. Das Klirren von Rüstungen erklang auf den Treppenstufen unter ihnen. »Obwohl das vielleicht warten muss, bis ich ihn an der Seelenquelle treffe.«

Sie streckte und dehnte ihre Muskeln. Es gab keinen Grund, weshalb dieser Junge sterben sollte. Nicht, wenn er die Möglichkeit hatte, ein Leben jenseits der zerstörerischen Machenschaften ihres Vaters zu führen.

»Unsinn, Dayr.« Sie sah über die Schulter. Die Iphyri würden innerhalb weniger Minuten hier sein. »Warum gehst du nicht los und erstattest Oberstritter Qamran Bericht? Mit etwas Glück hat der Teshri seine Entscheidung jetzt getroffen.«

»Aber …«

Mari unterbrach ihn mit einem Lächeln. Bald würde ihr Schicksal sie einholen. Sie hatte genug gewartet. »Geh. Ich komme schon zurecht.«

Sie wandte sich wieder den Stufen zu. Die Iphyri mochten groß und stark sein, dafür war sie kleiner und schneller. Ein Rasiermesser gegen plumpe Hämmer. Eine gegen viele, für viele. Sie würde so sterben, wie ein Kriegsdichter sterben sollte.

Mari stellte sich aufrecht hin und klärte ihren Geist von Zorn, Furcht und Zweifel. Mit dem Gesicht zur Sonne entwarf sie ihre eigene Totenklage, denn es würde niemanden geben, der sie sterben sah.

Versteht, was ich geworden bin,
Und lasst die Leute davon singen.
Eines unter vielen Blättern,
die noch vor Wintereinbruch fielen.
Vermisst mich nicht, ich bin zufrieden.
Der Tod ist eins von vielen Dingen.

Kritisch musterte sie die Waffen der Gefallenen. Die Schilde und einige der Schwerter waren zerbrochen, die Rüstungen gespalten. Ein paar waren aber noch zu gebrauchen, also wählte sie ein zweites *Amenesqa* und machte sich bereit.

Der erste Iphyri tauchte auf.

Mari atmete tief ein. Ihr Kriegsschrei war ein ohrenbetäubender Ruf, der aus den Tiefen ihrer Seele kam. Die Iphyri blieben wie betäubt stehen, als sie sich ihnen entgegenwarf.

Ihr letzter Gedanke war, dass sie ihr Zaudern bereuen würden. Wenn auch nicht lange.

Corajidin sah zu, wie orangegelbe Flammen an den Mauern des Hauses leckten. Selbst vom Deck der Windbarke aus konnte er die Hitze des Feuers fühlen. Es war im Erdgeschoss jedes Gebäudeteils gelegt worden, sodass sich die drei Geschosse schon bald in ein unlöschbares Flammenmeer verwandeln würden. Der Geruch nach Holzrauch wirkte seltsam heimelig. Er erinnerte ihn an die tiefen Winter in Erebesq, wo in mannshohen Kaminen monatelang Feuer brannten.

Thufan saß auf einem zusammengerollten Seil und beobachtete Belamandris mit seinem Metallauge, das im Schatten seines Gesichts glühte. Die Armbrustpistole lag in seinem Schoß, während er mit der Hakenhand gekringelte Holzspäne aus dem Deck schnitzte. Der *Kherife* bemerkte, wie Corajidin ihn anstarrte, und starrte ausdruckslos zurück.

Die Fenstergläser im zweiten Stock explodierten. Rauch drang heraus, ein wehendes Banner, das sich im Nachmittagshimmel verflüchtigte. Im Erdgeschoss wurde eine Tür aufgerissen, und Wolfram taumelte auf seinen kaputten Beinen so schnell heraus, wie er konnte. Rauch umhüllte ihn. Der Hexer war blutüberströmt, das Gesicht bleich unter dem Gewirr aus Haaren und Bart. Er hustete, während er versuchte, die Windbarke so schnell wie möglich zu erreichen.

Auf ein Zeichen von Belamandris hin rannten zwei Anlūki los, um dem Hexer zu helfen. Die beiden Krieger schleiften den alten Mystiker förmlich an Bord.

»Wo sind unsere Schätze, Wolfram?« Corajidins Stimme zitterte.

Wolfram wälzte sich auf dem Deck, die Zähne vor Schmerz zusammengebissen. Der Hexer riss den Stoff seiner Robe beiseite und enthüllte ein blutiges Loch, das in das faltige Fleisch getrieben worden war. Die andere Hand krallte sich krampfhaft ins Deck.

Belamandris ging zur Reling hinüber. Corajidin nahm den resignierten Ausdruck auf dem Gesicht seines Sohnes kaum wahr.

»Also ist es schließlich doch so weit«, sagte Belamandris.

»Was siehst du, mein Sohn?«

»Indris.«

Indris hörte das Röhren des Feuers, das Splittern von Fensterglas. Aus dem Augenwinkel sah er den Rauch, der in verspielten Ringen und Spiralen in den Korridor drang. Shar fand eine Büchertasche unter Wolframs Habseligkeiten und brachte das Geistergefäß darin unter.

»Kannst du das Feuer nicht aufhalten?«, fragte Hayden. »Und den Teil des Gebäudes hier schützen?«

»Nicht, solange die Entropischen Sammler so nahe sind«, erwiderte Indris.

»Ich kann sie weit genug wegbringen«, sagte Shar zuversichtlich.

»Tu das bitte. Und nimm Hayden mit.«

Seine beiden Freunde nahmen Omen und liefen die Treppe hinunter. Indris wartete, bis ihre Schritte verhallt waren, dann rannte er in die Richtung, die Wolfram eingeschlagen hatte. Gierige Flammenzungen leckten an den Holzbalken und wanden ihre geschmeidigen Bahnen um den Stein, der sich langsam schwärzte. Überall war Rauch, und die Hitze war erdrückend. Seit seiner Zeit auf den Graten fürchtete er allerdings weder Hitze noch Flammen. Sein linkes Auge wurde warm, blieb aber trocken; nur das rechte begann im Rauch zu tränen. Farben und Umrisse veränderten sich. Alles wurde schärfer, Entfernungen schienen keine Rolle mehr zu spielen. Er konnte die Unterschiede in der Hitze erkennen, ebenso wie das subtile Spiel des Rauchs in der Luftströmung.

Er fühlte bereits, wie die Wirkung der Entropischen Sammler schwächer wurde. Shar und Hayden hatten die Sammler zweifellos schon losgeschnitten und einen Weg aus den Kellern heraus gefunden. Nun, da die Sammler ihn nicht mehr störten und er die Nähe Corajidins spürte, war der Drang, den Mann zu verfolgen, überwältigend. Indris fühlte den Zwang des *Jahirojin,* das Bedürfnis, Roshas Rache auszuführen. Trotz seines Trainings als Gelehrter und unter Aufbietung aller Willenskraft war der Ruf schwer zu ignorieren. Er war ein Stich, den er nicht kratzen konnte, eine nervtötende Melodie in seinem Kopf, das Schmerzen alter Narben im Winter. Es war gegenwärtig und wirklich und strömte in seinem Blut.

Stimmen flüsterten in seinem Kopf, forderten seine Fügsamkeit, seine Kapitulation vor ihrem unsterblichen Willen. Er zog Gestaltwandlerin. Sie begann für ihn zu singen, besänftigte seinen Geist, hüllte ihn in einen Chorgesang, der die Stimmen des *Jahirojin* übertönte.

Indris sah sich um und stellte überrascht fest, dass er in dem offenen Türeingang zum Innenhof stand, zu dem er offensichtlich auf widerstrebenden Füßen gelaufen war. Er sah auf und erblickte die Windbarke, die unsicher und mit protestierend brummenden Sturmrädern in der Luft schwebte.

Belamandris sprang geschmeidig über die Reling. Er kam auf Indris zu, die Hand am Griff seines *Amenesqa*. Indris schlug einen Bogen zur Seite, und die beiden Männer kamen aufeinander zugewirbelt, unerbittlich voneinander angezogen.

Doch es war nicht Belamandris, den Indris stellen wollte. Das *Jahirojin* verlangte nach Corajidin. Doch wie sollte er dem einen oder dem anderen entgegentreten und danach Mari in die Augen sehen? Die beiden Krieger blieben wenige Meter voneinander entfernt stehen, die Füße schulterbreit aufgestellt, die Körper nach vorne geneigt.

»Letztes Mal habe ich dich unterschätzt«, sagte Belamandris mit ruhigem Lächeln. »Ich neige nicht dazu, den gleichen Fehler zweimal zu machen.«

»Das hast du bereits, als du heruntergestiegen bist, um zu kämpfen.« Indris nickte zu der Windbarke. Er warf einen Blick auf Corajidin, der sich zur Reling geschleppt hatte. Der Mann sah erbärmlich aus. »Du hättest in der Sekunde fliehen sollen, als du mich gesehen hast.«

»Dann tanzen wir, du und ich?«

»Was ist mit Mari?«, fragte Indris. »Einer von uns wird sterben, und der andere wird sie verlieren. Ich habe keinen Anlass, gegen dich zu kämpfen. Das hatte ich nie, Witwenmacher.«

»Du lässt zu, dass ich meinen Vater in Sicherheit bringe?«, fragte Belamandris überrascht.

»An jedem anderen Tag nein«, erwiderte Indris offen. Er sah sich im Innenhof um. Flammen leckten aus den meisten Fenstern, und Rauch umhüllte sie. In der Zeit, die er gebraucht hätte, um gegen Belamandris zu kämpfen, hätte sich das Feuer längst auf andere Gebäude ausgebreitet. Hier ging es um mehr Leben. Die Macht des *Jahirojin* drohte, die Führung in ihm zu übernehmen. »Wenn ich einen Mann töten muss, dann will ich selbst darüber entscheiden. Außerdem weißt du so gut wie ich, dass dein Vater nicht mehr lange zu leben hat. Ein guter Sohn würde dafür sorgen, dass sein Vater Frieden findet.«

»Du hast überraschende Seiten, Näsarat fa Amonindris.« Der Witwenmacher lächelte beinahe. »Wir werden niemals Freunde sein, aber ich werde deine Gefälligkeit nicht vergessen.«

Belamandris wandte sich wieder in Richtung Windbarke. Ein dumpfer Laut ertönte, und er hielt inne. Dann machte er einen Schritt nach vorn und wandte sich mit verblüfftem Gesichtsausdruck zu Indris um. Indris sah die Befiederung eines Armbrustbolzens aus Belamandris' Kehle ragen. Der Witwenmacher griff nach oben, während er zusammenbrach. Ein gurgelnder Laut entrang sich seiner Kehle.

»Ein Sohn für einen Sohn, Corajidin!«, ertönte Thufans Schrei. Er hielt die Armbrustpistole fest in der Faust, während er sich über die Reling der Windbarke beugte.

Mari taumelte von der Gewalt des Schlags, der ihr Kinn getroffen hatte. Es fühlte sich an, als hätten sich ihre Zähne gelockert. Sie stieß mit der Wand zusammen, spürte jedoch kaum den Schmerz des Aufpralls. Ihr Körper war an einem Punkt angekommen, wo sie Schmerzen ohnehin kaum mehr wahrnahm.

Die Mauer explodierte auf Höhe ihres Kopfes, und Steinsplitter regneten herab, als ein *Kucheti* hineinschlug. Sie warf sich zurück. Mittlerweile hatte sie zwei Schwerter zerbrochen, aber das Relikt ihrer Namensschwester war noch ganz. Die Klinge in ihrer rechten Hand allerdings war zur Hälfte abgebrochen.

Mari stieß dem nächststehenden Iphyri das gezackte Halbschwert ins Gesicht. Zerbrochen oder nicht, die Klinge war noch immer tödlich.

Die Leichen von mehr als einem Dutzend Iphyri lagen unter ihr auf den Stufen. Nach jedem Zweikampf musste sie sich einen weiteren Schritt die Stufen hinauf zurückziehen. Die Zahl der brutalen Pferdemänner schien kein Ende zu nehmen. Obwohl sie in ihren Ohren vor allem das Rauschen des Bluts und ihren rauen Atem hörte, vernahm sie immer noch das dröhnende Gewieher der Iphyri von unten. Es klang ein wenig wie das irrsinnige Gelächter schweratmiger alter Männer.

Sie schwankte. Eines ihrer Knie zitterte; nicht in dem Bein, das aus einer Schwertwunde blutete, sondern bei dem mit der klaffende Wunde am Schienbein und den gebrochenen Knochen im Fuß. Sie konnte nur noch verschwommen sehen. Glücklicherweise waren die Iphyri große Zielscheiben.

Ein weiterer Pferdemann kam die Stufen heraufgestürmt. Mari hatte keine Kraft mehr für kunstvolle Schwerthiebe. Sie schwang ihr ziemlich abgestumpftes Schwert und holte sich Kraft aus ihren Handgelenken, Knien, Oberschenkeln und Hüften. Leitete sie durch Rücken, Brust, Unterarme und Hände. Die Klinge traf das Kinn des Iphyri, schnitt weiter nach oben und spaltete Gesicht und Gehirn. Der Iphyri brach zu ihren Füßen zusammen, und der nächste Pferdemann hinter ihm schlug mit den Hufen aus. Er traf Mari an der Brust und ließ sie schwanken. Sie schlug auf ihn ein, noch während sie flach auf dem Rücken landete. Ihre Klinge durchschnitt die Kehle des Iphyri. Mit ihrem getrübten Sehvermögen war der nächste Pferdemann, der heranpreschte, kaum mehr als ein dunkler Fleck vor dem bleichen Himmel.

»Nein!«, kreischte Corajidin.

Er sah, wie die Anlūki auf Thufan zupreschten. Der Mann hatte seine Position gut gewählt, denn jetzt ragte er bereits über Corajidins kraftlosem Körper auf.

»Im Tod treffen wir uns wieder!«, zischte Thufan.

Er hob die Hakenhand und schlug zu. Corajidin hatte das Gefühl, von einem Hammer in der Brust getroffen zu werden.

Die Farben der Welt verblassten. Das Licht schien scharf und viel zu weiß zu sein, verströmte jedoch keine Wärme. Schwarze Schatten klafften auf und gaben ihm ein Zeichen, sich in ihre dunkle Umarmung fallen zu lassen. Er konnte nicht mehr atmen. Seine Hände griffen nach seiner Brust. Alles war voll Blut und verschwamm vor seinen Augen. Wolken aus schwarzem Rauch, drei Schatten aus grauen Flammen, das Weiß, Weiß, Weiß des Sonnenlichts, das sich in den gezackten Splittern zerbrochener Fensterscheiben widerspiegelte.

Corajidins Kopf rollte zur Seite, als einer der Anlūki Thufan erreichte. Er hörte Thufans rasselndes Lachen, das sich in ein schrilles Kreischen verwandelte, während der Anlūki ihn niedermetzelte. Andere Anlūki sprangen über die Reling, und ihre Schreie drangen wie aus weiter Ferne an sein Ohr.

Er lag auf dem Rücken, und das weite Himmelsgewölbe schien so nahe, dass er es beinahe mit den Händen hätte berühren können. Überall um ihn herum ertönten Rufe, aber die Wörter ergaben keinen Sinn. Er versuchte sich umzusehen, erkannte jedoch nicht mehr als verschwommene Flecken aus Licht und Dunkelheit. Er ließ die Gedanken schweifen und dachte einen Moment an …

Indris beachtete die Anlūki nicht weiter, die gekommen waren, um ihren toten Herrn zu holen. Sollten sie Belamandris mitnehmen und mit den Ehren bestatten, die er verdient hatte.

Mit Gestaltwandlerin in der Hand schritt Indris in die Mitte des Innenhofs. Springbrunnen plätscherten inmitten breiter Teiche. Ein abgedeckter Brunnen stand zwischen eingetopften Birkenfeigen. Er schirmte seinen Geist gegen das Drängen des *Jahirojin* ab und erforschte mit seinen Sinnen die Umgebung der brennenden Villa. Es herrschte ein Chaos aus Rauch und Flammen, und das Feuer begann, sich auf die anderen Villen und umstehenden Häuser auszubreiten.

Eine Mauer in seiner Nähe ächzte und stürzte dann in sich zusammen. Flammen und Rauch wallten um ihn herum auf. Indris sprang zur Seite. Der Schutt riss ihn von den Füßen, und er wälzte sich zwischen glühenden Backsteinen, die seine Haut versengten.

Er sprang wieder auf und öffnete sich dem *Qefri*.

Der Vorsatz bildete einen Gedanken, der zu Zahlen wurde, geordnet in parallele und serielle Formeln. Eine nach der anderen sortierte, bewertete, verwarf er blitzschnell die Möglichkeiten. Mit scharfen, hackenden Bewegungen durchtrennte er die Verbindung zwischen den brennenden Bereichen des Gebäudes und den noch unversehrten Häusern. Schutt stürzte zwischen Wolken aus Staub herab. Steinsplitter schossen als Querschläger durch die Luft und schnitten ihm Wange und Stirn auf.

Indris fühlte, wie er schwächer wurde. Heute hatte er zu viel auf sich genommen. Selbst mit Gestaltwandlerins Hilfe fühlte sich seine Disentropische Färbung wie Sonnenbrand auf der Haut an. Mit seinem inneren Auge sah er das Glühen in seiner Seele. Er fiel auf die Knie, die Hände um Gestaltwandlerins Griff geklammert. Sie zitterte leicht unter seiner Berührung. Licht sprühte in Funken von ihrer Klinge, und die Schatten blühten tief im Metall. Indris biss die Zähne zusammen und zwang seinen arg mitgenommenen Verstand, das Ganze trotz des Geraunes des *Jahirojin* zu Ende zu denken.

Berechnungen flackerten durch seinen Geist. Die Zahlen erschreckten ihn, sie gaben ihm Antworten, die er gar nicht wollte. Er formulierte das Problem neu, suchte auf anderem Weg nach dem gewünschten Ergebnis. Ein starker Wirbel bildete sich über der brennenden Villa. Langsam zunächst, kaum mehr als ein bloßes Umwälzen der rauchgefüllten Luft, eine träge Drehung. Doch von Sekunde zu Sekunde wurde er schneller, und ein Trichter öffnete sich in das weite Gewölbe des Firmaments. Sein Gesicht fühlte sich geschwollen an, und das Blut pulsierte in seinem Kopf. Als der den Wirbel benutzte, um die Luft aus den brennenden Gebäuden zu saugen, erschienen schwarze Punkte in seinem Sichtfeld.

Er sah nach oben auf den wirbelnden Trichter aus Orange, Rot und Gelb. Die Flammen stiegen spiralförmig nach oben, eine feste Masse aus Hitze, Licht und Farbe. Doch noch immer tanzten die Flammen auf den Dächern und den langen Fensterbrettern. Ihm wurde schwarz vor Augen.

Aber erst als die letzte der Flammen erloschen war, gab er seine Konzentration auf. Die Luft kam brausend zurückgeströmt. Indris fühlte den Aufprall, als er mit dem Gesicht voran auf die Fliesen des Innenhofs schlug.

Mari hielt die Augen weit geöffnet, als der Iphyri sein *Kucheti* hob. Sie wollte den Schlag sehen, der sie töten würde.

Ein Aufblitzen aus Blau und Gold zog an ihren Augen

vorüber. Dann noch einmal, und noch einmal, bis sie nur noch flackernde, verschwommene Umrisse sah, die über sie hinwegsprangen. Die Geräusche der Umgebung drangen zu ihr, als wäre sie am Grunde eines Brunnens. Grunzlaute. Kreischen. Das Klirren von Metall auf Metall. Gebrüll.

Dann wurde sie von starken Armen hochgehoben. Sie fühlte, wie sie davontrieb, als sich ihre Augen endlich schlossen.

Kapitel 35

»Vergesst das Unrecht, das euch quält, das Seele und Stolz verblendet. Keine Gerechtigkeit liegt im Tode und kein Trost, wenn das Leben von Söhnen und Töchtern endet. Niemand hält die Tränen auf, und alle Freude erlischt, denn das ist des Schicksals Lauf.« Aus der Ballade Roter Morgen, *von der Todessängerin Shar-ferrayn. 495. Jahr der Shrīanischen Föderation*

335. Tag im 495. Jahr der Shrīanischen Föderation

Femensetri stand auf einem Balkon im Hai Ardin, der über Amnon blickte. Der Himmel war voller Papierdrachen, die wie Laternen leuchteten. Sie trieben in der Meeresbrise, und jeder von ihnen trug eine Botschaft von Angehörigen an ihre Ahnen, an Familie und Freunde, die vor ihnen zur Seelenquelle gereist waren. Femensetris schöne Augen leuchteten.

»Gedenkt Ihr gerade der Verstorbenen?«, fragte Indris, der mit Shar, Ekko und Hayden näher trat. Ekko ragte hoch auf in seiner Rüstung und der Kleidung eines *Jombe*. Nach seiner Begegnung mit Dingen, die er zuvor für reine Legenden gehalten hatte, hatte er seinen Posten bei der Löwengarde aufgegeben, um mit Indris zu reisen.

»Es wären zu viele, derer man gedenken müsste«, sann sie. Sie sah die kleine Gruppe lächelnd an. »Wer so lange lebt wie ich, vergisst ein paar der Namen. Lasst euch nicht von den Dichtern zum Narren halten; es geschieht tatsächlich.«

»Ich habe vorhin gesehen, wie Nazarafine mit Siamak

sprach.« Indris stellte sich neben seine alte Lehrerin. »Gibt es irgendetwas, worüber wir uns Sorgen machen müssten?«

»Gibt es das nicht immer?«, gluckste Shar.

»Für den Moment scheinen wir in Sicherheit zu sein«, sagte Femensetri seufzend. »Nazarafine unterstützt Siamak, damit die Familie Bey den Status eines Hohen Hauses wiedererlangt. Es ist Jahrhunderte her, seit die Bey einen Rahn hervorgebracht haben. Er verdient es, und Far-rad-din würde sich freuen, glaube ich.«

»Es ist jetzt zehn Tage her. Welche Neuigkeiten gibt es von unseren Nachbarn?«, fragte Indris.

»Palatin Navaar hat erklärt, dass er uns freundlich gesonnen ist. Für den Moment. Und was das Eiserne Bündnis betrifft: Sie haben zweifellos ihre Spione, so wie wir auch. Ich habe Nachrichten an unsere Gesandtschaften in den Ländern des Eisernen Bündnisses geschickt und ihnen versichert, dass alles unter Kontrolle ist.«

»Ich schätze, das werden sie nicht so leicht schlucken«, stellte Hayden fest. »Schließlich haben sie nicht gerade viel Vertrauen zu uns.«

»Wir stecken so oder so noch in der Klemme«, erklärte Femensetri düster. »Corajidin ist verschwunden, aber immer noch ein Rahn. Wir haben mit Roshana und Vahineh zwei neue und unerfahrene Rahns in unseren Reihen, die womöglich noch nicht einmal überleben. Du hast mir noch nicht erzählt, was zwischen dir und Corajidin vorgefallen ist, Junge.«

»Wie geht es Vahineh?«, fragte Indris ausweichend.

Femensetris Gesichtsausdruck verfinsterte sich. »Ihre Persönlichkeit wurde durch das Erwachen zersplittert. Es ist kaum zu begreifen, wer sie gerade ist. Vielleicht erholt sie sich, aber die Frau war niemals dazu bestimmt, diese Last zu tragen. Wir könnten jetzt Far-rad-din gebrauchen.«

»Far-rad-din ist ein guter Mann, Femensetri.« Indris blickte hinaus auf den von Nachtlichtern erhellten Dunstschleier Amnons. »Aber er hat recht. Der Hochadel hat sich viel zu leicht gegen ihn gewandt. Es ist eine Schande, er wäre ein guter Asrahn geworden.«

»Das würde niemals geschehen.« Femensetri klang traurig. »Weder Shrīan noch das Eiserne Bündnis sind bereit, einen Seethe als Herrscher einer Nation zu akzeptieren. Wenigstens hetzt er uns nicht zur Vergeltung die Seethe auf den Hals. Bereitest du immer noch diese Reise vor?«

»Nach Avānweh?«, fragte Indris. »Ja. Sassomon-Omen braucht einen neuen Körper. Außerdem ist das Fest zur Jahreswende in Avānweh ein ziemliches Spektakel, und ich bin neugierig, was bei der Versammlung des Hochadels passiert. Nachdem Vashne tot und Corajidin verschwunden ist, würde es mich nicht überraschen, wenn viele imperialistische Verbannte versuchen, ihren Platz in der Gesellschaft zurückzuergattern. Wie Shar schon sagte: Es gibt immer etwas, worüber man sich Sorgen machen sollte.«

»Du kehrst also zum Orden zurück?« Femensetri hustete und spuckte aus. »Ich wusste, dass du nicht auf Dauer fernbleiben würdest. Du bist ein Sēq, durch und durch.«

»Bleibt auf dem Teppich«, sagte Indris trocken. »Ich bin immer noch mein eigener Herr.«

»Du hast deine Sache gut gemacht, Junge.« Femensetri legte ihm die Hand auf die Schulter. »Obwohl du Corajidin hättest töten sollen, als du …«

»Wartet!«

»Lass mich ausreden!« Sie legte ihm die Hand über den Mund. »Es wird Probleme geben, weil du ihn hast entkommen lassen. Er stellt noch immer eine Gefahr für uns alle dar. Allerdings war dieser Flug der Galeere über die Rōmarq und das Aufspüren der Schicksalsmaschine ein Meisterstück. Bist du sicher, dass du nicht zu den Sēq zurückkehren willst? Du könntest der jüngste Meister werden.«

»Danke für dein Vertrauen, aber nein.« Indris neigte den Kopf. Es gab viele Dinge, zu denen Indris imstande war; und Femensetri durfte niemals davon erfahren. »Mir geht es gut, so wie ich jetzt bin.«

Femensetri lächelte. »Du bist vielleicht mein großartigster Schüler.« Sie beugte sich vor und schloss ihn in die Arme. Indris war überrascht von diesem unerwarteten Ausdruck der Zuneigung. Als sie wieder sprach, war es ein Flüstern, das nur für ihn bestimmt war. »Außerdem weiß ich immer, wo ich dich finde, falls ich dich brauche.«

»Wegen meiner Mutter.« Indris zog sich ein Stück zurück und sah seine einstige Lehrerin an. Etwas, das Ariskander gesagt hatte, hallte noch immer in seinem Geist wider. »Was verbirgst du vor mir?«

»Es gibt vieles, das ich dir nicht erzählt habe«, gab die Sturmbringerin zu. »Einiges, weil du es nicht zu wissen brauchst. Anderes, weil du es selbst herausfinden musst.«

»Und der Rest?«

»Ah«, seufzte sie, »bei dem Rest habe ich deiner Mutter das Versprechen gegeben, es nicht zu verraten.«

Indris ging die sanfte Steigung des Zephyrberges hinauf. Hunderte Menschen knieten im Gras, die Gesichter sepiabraun erleuchtet von den Flammen, die in den Alabaster- und Kristallblumenschalen auf den Sockeln im Garten der Steine flackerten. Einige wandten sich um und sahen ihn an – ein einsamer Wanderer in abgetragener Robe, das verhüllte Schwert auf dem Rücken. Einige blickten ihn finster an, als er vorüberging, und er sah Gesten zum Schutz vor dem Bösen. Einige spuckten ins Gras, um ihn und seine gewalttätige Lebensweise zu verfluchen. Die Leute hatten geliebte Angehörige verloren; er nahm ihnen ihren Zorn nicht übel.

Indris erklomm den Hügel und folgte dann dem schmalen Steinpfad zum Lotushaus. Als er die Türe erreichte, hielt er inne. Sie war offen, wie immer, doch wie immer ließen ihn seine Füße im Stich. In Wahrheit hatte er bereits oft vor dieser Tür gestanden, die Hand am Messinggriff. Er hatte den Windspielen öfter gelauscht, als er zählen konnte: weiße, geflochtene Lederbänder, bestickt mit Kügelchen aus gelb glasiertem Ton in der Form von Bienen, die in der Brise schaukelten. Und jedes Mal war er wieder gegangen.

»Ich komme mit dir, wenn du willst«, murmelte Shar hinter ihm.

Indris sah seine beste Freundin über die Schulter an. Er hatte im Laufe der Jahre so viel von ihr verlangt. Nicht ein Mal hatte sie sich beklagt oder ihm etwas verweigert. Egal, ob sie ihr Leben damit in Gefahr brachte, Shar-fer-rayn war an seiner Seite gewesen, selbst als es keinen vernünftigen Grund dafür gegeben hatte.

»Das fände ich gut, danke«, half Shar ihm aus, als er weiter schwieg, und nahm ihn an der Hand; doch es war Indris, der schließlich den ersten vorsichtigen Schritt hinein machte.

Zusammen folgten sie der Spirale der Gedenkmauer mit ihren unzähligen Namen, doch er hatte nur Augen für einen: Anj-el-din. Wie alle Namen auf der Mauer war er aus winzig kleinen *Ilhen*-Splittern zusammengesetzt und schimmerte wie ein Stern in Strahlen aus blassem blauweißem Licht.

»Ich hätte nicht gedacht, dass es so …« Indris' Augen brannten. Er fühlte einen Schmerz in der Brust, den er sich sonst nur gestattete, wenn er allein war und die Erinnerung ihn überwältigte. Er drückte Shars Hand. »Weißt du, ich habe mich nie von ihr verabschiedet«, murmelte er.

»Vielleicht wird es Zeit, dass du es tust«, sagte sie behutsam. Sie nahm sein Gesicht in beide Hände, und ihre schönen Juwelenaugen sahen in die seinen. »Du trägst eine so schwere Bürde. Die Last der Trauer für die Leben, die du nicht retten konntest, und die Last der Schuld, weil du am Leben bist und sie nicht. Du tötest dich von innen, und es ist schecklich, dir dabei zuzusehen. Du bist der beste aller Männer, Näsarat fa Amonindris, warum kannst du das nur nicht begreifen?«

Indris zitierte ein Gedicht, das er vor vielen Jahren geschrieben, aber nie beendet hatte.

Wir wollten ein Leben führen, frei gewählt,
Und wussten doch um die Vergeblichkeit unserer Träume.
Am Tag, als du gingst, ertrank ich im Bedauern,
Besessen von Nichtigem, verneigte ich mich vor der Leere.
Und mit leerer Seele blieb ich mittellos,
Beherrscht von seichten Träumen, von denen ich glaubte,
sie wären ich.

»Ich liebe sie so sehr, Shar«, murmelte er. »Ich glaube, das werde ich immer. Als wir entkamen und ich feststellte, dass sie verschwunden war, wusste ein Teil von mir, dass sie … ich habe es erst geleugnet. Ich habe dich überallhin geschleift, um nach ihr zu suchen. Aber jetzt, mit Mari …«

»Tu's nicht«, brachte sie ihn zum Schweigen. »Hast du denn gar nichts gelernt in deiner Zeit mit den Seethe? Schuld und Melancholie sind das Gift des Geistes.«

»Dann habe ich mich an die Ahnen gewandt«, flüsterte er. »Ich habe ihnen alles versprochen, wenn ich nur Anjs Stelle im Tod einnehmen könnte …«

»Ich war dabei.« Sie hielt ihn fest. »Aber deine Liebe ist nicht die erste, die vor ihrer Zeit enden musste.«

»Es ist so viel passiert.« Er streckte die Hand aus und berührte behutsam den schimmernden Namen.

»Sag es nicht mir, Indris.« Shar trat leise zurück. »Sag es ihr.«

Indris sank in sich zusammen. Er drehte sich um und setzte sich mit dem Rücken zum Obelisken, während er darum rang, die Gedanken, die er viel zu lange in sich verschlossen gehalten hatte, in Worte zu fassen.

»Ich habe dich vermisst«, begann er zögernd. Indris räusperte sich, dann setzte er erneut an. »Es gibt Zeiten, in denen ich glaube, ich könnte ohne dich nicht atmen. Kaum ein Tag ist vergangen, an dem ich nicht an dich gedacht und gehofft hätte, dass du dort, wo du jetzt bist, glücklich wärst. Es ist schade, dass du heute Nacht nicht hier bist, Anj. Die Leute tanzen. Es ist eine wunderbare Nacht zum Tanzen, und ich weiß, dass du es liebst … Erinnerst du dich daran, wie wir uns zum ersten Mal getroffen haben? Der Geruch und die Geräusche und der Geschmack dieses Fests; ich hatte mir so sehr gewünscht, der Morgen würde niemals dämmern.«

Er stand auf und blickte den Obelisken an. Etwas Befreiendes lag in seinen Worten, etwas Geheiligtes in der Gefühlsäußerung. Indris sprach stundenlang und erzählte viel von dem, was in seinem Leben seit ihrer Trennung passiert war. Er erinnerte sich daran, wie sie alberne Dinge getan und darüber gelacht hatten. Scherze, die nur wenige andere Leute witzig gefunden hätten. Er entschuldigte sich für alte Zankereien, nach denen sie still in ihre Winkel des Hauses gegangen waren, um vor sich hin zu brüten, bis sie sich unvermittelt in der Mitte wiedergetroffen hatten, mit Entschuldigungen auf den Lippen. Und er weinte. Wegen all der Dinge, die er nicht gesagt hatte. Wegen all der Dinge, die er nicht getan hatte. Wegen der kleinen und simplen und unschuldigen Dinge, die sie von ihm gebraucht hätte. Dinge, die er ihr so gern gegeben hätte, aber er hatte es nicht geschafft.

Hin und wieder sah er hinüber zu Shar, die geduldig auf ihn wartete.

Indris legte die Stirn an den Obelisken. »Von dem Moment an, als ich dich sah, hat mein Herz dir gehört. Die Welt war hart zu uns, doch das ist jetzt vorbei. Ich kann nicht bei dir sein, und das tut mir leid. Ich weiß, ich habe versprochen, dir zu folgen, wenn du gehst. Aber das kann ich nicht. Lass mich dir also einen Gutenachtkuss geben, meine wunderschöne Frau, und dir Frieden wünschen. Denk freundlich an mich.«

Er berührte den Obelisken mit den Lippen. Jetzt fragte er sich, warum er so lange nicht den Mut aufgebracht hatte herzukommen.

Shar fasste seinen Ellbogen und führte ihn aus dem Lotushaus und hinunter durch die Freudenlieder, die aus dem Garten der Steine aufstiegen. Die vertrauten Gestalten von Ekko und Hayden standen am Fuße des Hügels.

»Und wohin jetzt?«, fragte Shar.

»Avānweh. Aber erst muss ich noch nach jemandem sehen.«

»Wo bin ich?«, fragte Mari. Ihre Stimme klang benommen in ihren Ohren, die Worte undeutlich. Sie öffnete die Augen. Das Licht versengte ihre Netzhaut und sandte Funken des Schmerzes durch ihren Kopf. Rasch kniff sie die Augen wieder zu.

»Du bist in den Heilergärten des Hai Ardin«, antwortete eine krächzende Stimme. »Allerdings werden wir dich anderswo unterbringen, sobald wir das Gefühl haben, dass es dich nicht umbringen wird.«

»Wie lange …?«

»Zehn Tage.« Mari hatte Hände auf ihrem Körper gefühlt,

auf ihrem Gesicht und an Armen und Beinen, doch das war nur eine entfernte Wahrnehmung gewesen. Es fühlte sich an, als wäre ihr Körper in dichte Lagen aus Seide und weichster Baumwolle gewickelt worden. »Und du bist noch nicht über den Berg.«

»Der Teshri …?«

»Alle sind in Sicherheit, dank dir.«

»Und mein Vater?«

»Ruh dich aus, Mari. Du warst heldenhaft genug.«

Mari wollte erneut sprechen, doch die Anstrengung, die richtigen Worte zu suchen und sie dazu zu bewegen, ihren Mund zu verlassen, schien zu groß. Vielleicht war ein bisschen Ruhe …

Als Erstes roch sie den Lavendel in der Luft, und am Rande des Lavendeldufts erhaschte sie den schwachen, essigähnlichen Geruch der keimtötenden Mittel, Räucherwerk aus Jasmin und den Duft des Meers. Der Wind flüsterte irgendwo ganz in der Nähe, und ganz leise rauschte das Schilf. Sie hörte das Rascheln der Blätter und ferne Musik, gefärbt von Traurigkeit. Seethe-Stimmen, die sich in atemlosem Gesang über den metallischen Lauten der Sonesettes erhoben, den tiefen Tönen der Theorben, Trommeln und Kahiflöten.

Obwohl sie die Worte nicht verstand, brachten die Lieder sie beinahe zum Weinen. Zu müde, um die Augen zu öffnen, rollte sie sich erneut zusammen und …

Mari öffnete die Augen und blickte in das weiche *Ilhen*-Licht ihrer Laube. Über ihrem Kopf verdeckten die Schatten der Blätter mehr als die Hälfte des Himmels, und der Rest war größtenteils vom glanzvollen Ahnenschleier überzogen, dessen lange Falten aus nebelhaftem, gelbem und rotem Licht mit sternenhellen Perlen aus Granat, Saphir, Bernstein und

Diamant bestickt waren. Aus der Mitte der tiefen Kapuzenform starrte das Auge in blauweißem Leuchten auf sie herab.

»Du hast Glück, dass du noch am Leben bist.« Indris schloss leise das Buch, in dem er gelesen hatte. »Obwohl du vermutlich anderer Meinung sein wirst, wenn erst die Wirkung der Lotusmilch nachlässt.«

»Ich bin schon öfter verwundet worden.« Mari versuchte sich aufzusetzen, hatte aber nicht genügend Kontrolle über ihre Gliedmaßen. Ihr Oberkörper war in Leinenstreifen gewickelt, die mit geheimen Symbolen bemalt waren. Mit zitternden Händen hob sie das Leintuch hoch. Ihre Beine und ihr rechter Fuß waren ähnlich umwickelt. Mari bemerkte, dass ihre beiden Arme in der gleichen Farbe bemalt waren, und ein Band aus glänzenden Steinen war um ihr Handgelenk befestigt. Jeder der Steine leuchtete in einem schwachen Karneollicht. »Aber ich war trotzdem immer froh, dass ich noch am Leben war. Was für eine Art von Behandlung ist das?«

»Etwas, das ich von den Y'arrow-te-yi gelernt habe«, sagte er mit einem schiefen Grinsen, das sie ziemlich anziehend fand. Der Wind spielte mit seinem widerspenstigen Haar. Sie wollte die Hand ausstrecken und ihm die Strähnen aus den Augen streichen. »Du wirst feststellen, dass deine Verletzungen rascher als erwartet heilen werden, aber für ein paar Wochen wirst du noch schnell ermüden.« Er nahm ihre Hand in seine, und sie spürte die festen Muskeln unter seiner Haut. »Du hast dich eine ganze Weile am Rande der Seelenquelle herumgetrieben.«

»Was ist passiert?«, fragte sie. »Ich erinnere mich, dass mich die Iphyri verdroschen haben, aber dann … ist alles unscharf.«

»Soweit ich weiß, haben du und eine kleine Zahl der Feyassin die Treppe zum Tyr-Jahavān gehalten, während Nazarafine versucht hat, den Teshri von der Schuld deines Vaters zu überzeugen.« Er schenkte ihr einen bewundernden Blick. »Du hast dich gegen mehr als zweihundert *Nahdi* behauptet, die für deinen Vater gekämpft haben. Und dann hast du trotz deiner Verletzungen ganz allein mehr als dreißig Iphyri getötet. Ekko und die Tau-se sind schließlich trotz der Proteste Roshas heruntergekommen, um dir beizustehen. Vielleicht hatte ich doch Glück, dass ich nicht im *Hamesaad* gegen dich gekämpft habe.«

»Es wäre eine Schande gewesen«, sagte Mari ironisch. »Was ist mit meinem Vater und meinem Bruder?«

Indris lehnte sich in seinem Stuhl zurück und blickte nachdenklich auf Amnon hinab. »Das Quorum hat sich gegen einen Schuldspruch deines Vaters gesperrt.«

»Und was geschieht jetzt?«

»Nazarafine hat es darauf ankommen lassen und ein Veto ausgesprochen. Sie hat deinem Vater den Posten als Asrahn-Erwählter entzogen und ihm die Herrschaft über Amnon aberkannt. Der Teshri hat sich empört, schließlich aber für eine Herrschaft des Gebietertribunals bis zur nächsten Versammlung des Hochadels gestimmt. Sie hat darum gebeten, dass bei der nächsten Versammlung seine Nominierung als Asrahn für unzulässig erklärt wird, bis die Vorwürfe gegen ihn richtig bewertet und ein Urteil gefällt werden kann. Dem Antrag wird vielleicht stattgegeben.«

»Wo ist er?«

»Das wissen wir nicht.«

»Und was ist mit mir?«, fragte sie leise. »Ich gehöre nicht mehr zur Familie Erebus.«

Indris lachte; es war ein helles und befreites Lachen. »Mari, nach dem, was du da getan hast, will bestimmt niemand, dass du gehst.«

Und was ist mit dir? Sie wollte die Frage so gern stellen. *Willst du, dass ich bleibe? Haben wir beide eine gemeinsame Zukunft, nachdem sich jetzt die Aufregung gelegt hat und wir sein können, was auch immer wir sein sollten?* Doch die Worte wollten ihr nicht über die Lippen kommen.

»Es tut gut, das zu hören.« Sie hatte sich immer gefragt, wie es wäre, sich von ihrem Haus abzusetzen; doch nun spürte sie, dass sie noch nicht wirklich bereit war für den Gedanken, tatsächlich allein zu sein.

Indris sah ihr tief in die Augen. »Nazarafine war sehr beeindruckt von dir, und Femensetri und Rosha ebenfalls. Es gibt viele Leute, die in deiner Schuld stehen, Mari. Lass es sie zurückzahlen, du hast es verdient.«

»Das ist ein guter Rat.« Die anderen kümmerten sie nicht. Nur einer. Der eine, der tatsächlich gar nichts von ihr wollte. Sie wollte ihn in die Arme nehmen, ihn in ihre Laube ziehen und mit ihm zusammenliegen, erschöpft und glücklich. Die Vertrautheit zweier Körper, Finger, die über Haut strichen. Die Schwingungen seiner Stimme wahrnehmen, wenn sie das Ohr gegen seine Brust presste. Das Schlagen seines Herzens hören.

»Ich werde anderswo gebraucht. Im Moment.« Er beugte sich vor und küsste sie auf die Stirn. Verweilten seine Lippen etwas länger? Verloren sich seine Finger in ihrem Haar? »Aber ich komme wieder.«

Sie griff nach oben und zog ihn zu sich herab. Ihre Lippen begegneten seinen und öffneten sich, um ihn zu schmecken. Um eine Erinnerung zu haben, an die sie sich halten konnte, bis er wiederkam.

Sie sah zu, wie er ging – ein Schatten in der Dunkelheit, der sich immer weiter entfernte. Mari lächelte. Sie trennten sich so, wie sie sich getroffen hatten. Zwei Wesen in der Dunkelheit. Er winkte zögernd, dann war er verschwunden.

Kurz darauf kamen Nazarafine und Ziaire sie besuchen. Mari hatte Mühe, die Augen zu öffnen. Sie verpasste den

Großteil des Gesprächsanfangs, schaffte es jedoch zu nicken; sie hoffte, es wirkte wie eine geistreiche Antwort auf ihre Fragen.

»Du hast kein Wort von dem verstanden, was wir gesagt haben, oder?« Ziaire beugte sich vor und blickte sie mit ihren lebhaften grünen Augen an. »Sollen wir später wiederkommen?«

»Nein«, log Mari müde. »Verzeihung. Bitte, was habt Ihr gesagt?«

»Wir haben darüber gesprochen, was wir mit dir machen sollen, meine Liebe.« Nazarafine lehnte sich mit apfelroten Wangen auf der Couch zurück. Vielleich lag es an der Wirkung der Lotusmilch, aber Mari meinte, ein schelmisches Funkeln in den Augen der älteren Frau zu sehen. »Du hast da etwas Unglaubliches vollbracht. Du weißt es zwar nicht, aber die Troubadoure schreiben bereits Balladen über dich, die Dichter verfassen Sonette, und ehrfürchtige Männer schreiben Liebesbriefe.«

»Offensichtlich diejenigen, die mich noch nicht kennen«, gluckste Mari. »Ich habe nur getan, wofür ich ausgebildet wurde.«

»Wenn das der Fall gewesen wäre, hättest du dich an die Seite deines Vaters gestellt, und die Angelegenheit wäre anders ausgegangen.« Ziaire glättete das Laken rund um Maris Füße, bevor sie sich auf das Feldbett setzte. Die Kurtisane sah strahlend aus in ihren Schichten aus jade- und smaragdfarbener Seide, die mit gelben Schmetterlingen bestickt war. Es war das erste Mal, dass Mari sie in anderen Gewändern als den blassen Roben ihres Ordens sah.

»Du hast ein großes Risiko auf dich genommen, um uns zu helfen«, ergänzte Nazarafine. »Außerdem hast du alles geopfert, um uns an den Punkt zu bringen, an dem wir jetzt sind. Wir wissen gar nicht, wie und wo wir anfangen sollen, dir zu danken. Allerdings können wir dir etwas zurückgeben.«

»Wie meint Ihr das?«

»Es geht um etwas, von dem wir denken, dass du es gut machen würdest«, sagte Ziaire lächelnd.

Nazarafine legte ein glänzendes Holzkästchen in Maris Hände. Mari fingerte am Verschluss herum und öffnete es. Darin befanden sich auf einem Polster aus weißer Seide zwei weißgoldende Lotusblumen-Abzeichen: die Rangabzeichen des Oberstritters der Feyassin.

»Aber Qamran …«

»… ist ebenfalls der Meinung, dass es keinen besseren für den Posten gibt«, sagte Ziaire.

Mari fühlte, wie ihr Herz heftig in der Brust schlug. Sie berührte die Abzeichen vorsichtig mit der Fingerspitze, als müsste sie sich erst davon überzeugen, dass sie wirklich vor ihr lagen. Als sie aufsah, grinsten sie Nazarafine und Ziaire an.

»Du hast einen Eid als Feyassin geschworen, Mari«, erklärte Nazarafine. »Ich finde, es stand dir gut zu Gesicht. Vielleicht solltest du das als eine unverfälschtere Form des Dienstes betrachten, bei dem mehr als nur ein Leben auf dem Spiel steht, wenn du scheiterst. Bist du interessiert?«

»Interessiert?« Mari konnte ein breites Grinsen nicht unterdrücken.

Nazarafine nahm Maris Hand in die ihre. »Komm nach Avānweh, sobald du wieder gesund bist. Es wartet viel Arbeit auf dich, um die Reihen der Feyassin wieder aufzubauen, und wir haben nur wenig Zeit. Kannst du dich also mit deiner Genesung etwas beeilen?«

»Das werde ich«, versprach Mari.

Kapitel 36

»Wir verschmelzen die zahllosen Fehler und Niederlagen in unserem Leben zu einer Art Golem, einer Kreatur aus zusammengehefteten Albträumen, Halbwahrheiten und Täuschungen. Wir bedecken diese Chimäre mit der verschlissenen Haut unserer Erfolge und nennen sie Vorsehung. Und mit viel Glück wird sie die Macht haben, das Schicksal zu vernichten, denn niemand außer mir soll meine Zukunft bestimmen!« Aus Zunehmende Finsternis *von Erebus fa Corajidin. 495. Jahr der Shrīanischen Föderation*

335. Tag im 495. Jahr der Shrīanischen Föderation

Er saß in der Morgensonne auf einem antiken Thron auf Rasenflächen, die einen kleinen Palast umgaben. Der Palast lag in der Nähe der malerischen Stadt Shenhe-am'a-Djin in den Bergen der Erebus-Präfektur. Er hatte längst ausgedient, und die alte Farbe schälte sich von dem wurmzerfressenen Holz wie Schorf von einer Wunde. Aus der Ferne ertönten dumpf die Jubelrufe seiner Anhänger. Der bleierne Himmel über ihm war leer, bis auf die aufgedunsenen grauen Wolken, die regenschwer über ihm hingen. In der Luft lag der Geruch nach heraufziehenden Stürmen.

Seine leere Hand lag im Schoß gekrümmt. Getrocknetes Blut verkrustete jede Falte in seiner Haut. Es verwandelte die Nagelhaut in blutige Mondsicheln, in die Hörner eines Miniaturbullen, der den Stierkämpfer aufgespießt hatte. Die andere Hand war mit eiter- und blutbefleckten Verbänden umwickelt. Seine Brust schmerzte noch immer von der Verletzung, die ihm Thufan in seinem Hass zugefügt hatte. Obwohl die Knochen wieder heil waren und die Haut sich geschlossen hatte, sodass nur noch eine leichte Rötung zu sehen war, schmerzte es noch immer. Jeder Atemzug war eine Höllenqual.

Immer wenn er die Augen schloss, sah er Thufans wahnsinniges Gesicht.

Als er ein Rascheln im langen Gras hinter sich hörte, wandte Corajidin den Kopf. Das trockene Knarzen von Beinschienen, Eisen, Leder und Holz ertönte bei jedem humpelnden Schritt. Der Stab, auf den sich der Angothische Hexer stützte, war geschwärzt und verkohlt. Viele der Lederstreifen, der Bronzebänder und der gekrümmten alten Sargnägel waren entweder geschmolzen oder weggebrannt. Eine große schlanke Gestalt, die in einen Kapuzenumhang aus hypnotischen silbernen und schwarzen Fäden gehüllt war, folgte in seinem Schatten. In dem spärlichen Licht, das unter die Kapuze drang, konnte er erkennen, dass es sich um eine Seethe-Frau handelte. Ihr folgten wiederum drei winzige Gestalten, die zu ihren Füßen herumkrochen. Sie waren nicht deutlich zu erkennen, aber der Geruch nach parfümierter Fäulnis, so süß wie der Duft toter Blumen, drang in Corajidins Nase.

Belamandris hätte hier sein sollen, attraktiv und aufrecht, das Gegenteil von Wolfram. Doch sein schöner Sohn lag unter einem Bewahrungstuch, gefangen zwischen den herzzerreißenden Momenten von Leben und Tod. Wolfram konnte ihn nicht heilen, und Corajidin konnte ihn nicht gehen lassen.

»Ist es so geschehen, wie du es mir vorausgesagt hast, Hexer?«, fragte Corajidin.

»Ich habe Euch gesagt, Euer Volk würde sich an Euren Namen erinnern, großer Rahn.«

»Was hat das Quorum entschieden?« Corajidin sah das Gedränge der Frauen und Männer der oberen Kasten, seine Verbündeten, unter ihnen die Führer von Handel und Gewerbe aus den Hundert Familien von Shrīan. Sie entfernten sich von der Villa, die Köpfe gesenkt, um sich nicht Corajidins Unmut zuzuziehen.

»Ihr seid der Hüter Eures Volkes, das ist Eure Bestimmung«, intonierte Wolframs schöne Stimme. »Egal, was die Gebieter sagen, Shrīans Führer werden Euch zum Asrahn wählen, wie ich Euch versprochen habe!«

»Aber wenn das geschehen soll, muss ich am Leben bleiben, Wolfram.« Corajidin hörte einen schwachen zwitschernden Laut. Eine Windböe enthüllte einen Teil der Gesichtszüge der drei ... Dinger, die Wolframs Helferin folgten. Es waren drei kleine Frauen, deren Augen zugenäht waren. Ihre gekrümmten gelben Nägel klackten aneinander wie die Kauwerkzeuge von Insekten, und ihre Münder öffneten sich zu einem schattenhaften, zahnlosen Grinsen. Corajidin sah ihre grauen Zungen, die mit Ringen aus geschwärztem Stahl durchbohrt waren. Feiner gelblicher Staub bedeckte ihre Haut und wirbelte um sie herum.

»Was das betrifft ...«, sagte die Seethe mit heiserer Stimme und schlug Kapuze und Umhang zurück. Ihre Weste, die Kniehosen und Zehenstiefel waren ausgefranst und mit Leinenstreifen notdürftig zusammengebunden. Ihr Gesicht, das er erschrocken erkannte, war von herber Schönheit. Allerdings wurde es von einem grünen Stein verunziert, der unheilvoll in der Mitte ihrer Stirn glänzte wie eine infizierte Wunde. Geschwärzte Adern, die sich düster von der blassen Haut abhoben, schienen strahlenförmig daraus zu wachsen. Sie holte eine Ampulle mit einer Flüssigkeit hervor, die sie Corajidin entgegenhielt. »Zu Ehren des Bündnisses zwischen den Seelenhexen und dem Asrahn Shrīans. Es wurde aus der Essenz der Quelle destilliert. Möge es Euch von Nutzen sein.«

»Ich kenne dich«, flüsterte Corajidin. Er nahm die Ampulle mit zitternder Hand. »Du bist …«

»Ich war Anj-el-din, Tochter Far-rad-dins aus der Dinma-Truppe.« Ihr Lächeln enthüllte ihre schwarzen Zähne. »Meine Meister aus der Ödnis haben mir gezeigt, dass es wichtigere Dinge als Namen gibt. Wie zum Beispiel, was mächtige Freunde füreinander tun können. Also, warum erzählt Ihr mir nicht, was Ihr erreichen wollt, großer Corajidin?«

Corajidin öffnete die Ampulle und nippte an dem lebenserhaltenden Inhalt. Es schien, als würde er noch eine Weile am Leben bleiben. »Alles. Ich will alles.«

HANDELNDE FIGUREN

Indris Avān. Pahmahjin Näsarat fa Amonindris, ehemaliger Ritter des Gelehrtenordens der Sēq. Lebt jetzt als *Daimahjin*, als Söldner und Kriegsmagier. Befehligte einst die *Nahdi*-Kompanie der Unsterblichen Gefährten. Auch bekannt unter dem Namen Drachenauge, Geisterbändiger und Diamantenfürst. Trägt das Seelenschwert Gestaltwandlerin.

Shar-fer-rayn Seethe. Kriegssängerin der Rayn-ma-Truppe und scheinbar das letzte überlebende Mitglied ihrer Familie. Trägt das Drachenglasschwert Tragödie. Traf Indris in den Sklavenbergwerken Sorochels, aus denen sie gemeinsam flohen. Reist nun mit Indris.

Hayden Goode Mensch. Ein Viehtreiber, der jetzt als Abenteurer lebt. Einst Scharmützler für die Unsterblichen Gefährten, nun ein Gefährte Indris'. Guter Schütze.

Sassomon-Omen Nomade. Wurde während des Niedergangs des Erwachten Imperiums zum Geisterritter. Der ehemalige Künstler und Philosoph kämpfte als Infanterist bei den Unsterblichen Gefährten, reist jetzt jedoch mit Indris.

Femensetri Avān. Sēq-Meister und Gelehrtenmarschall von Shrīan. Ehemalige Lehrerin von Indris, auch bekannt unter dem Namen Sturmbringerin.

Hohes Haus Näsarat

Ariskander Avān. Rahn Näsarat und Gebieter des Wandels bei der Schlacht am Bernsteinsee. Rahn der Näsarat-Präfektur und Präfekt von Narsis.
Nehrun Avān. Pah Näsarat und Ariskanders Erbe.
Roshana Avān. Pah Näsarat und Kommandantin der 1. Weißpferd-Kompanie der Kataphrakten.
Tajaddin Pah Näsarat. Ariskanders drittes Kind.
Ekko Tau-se. Oberstritter der Ersten Kompanie der Löwengarde. Befehligte die Expedition, die Far-rad-din nach seiner Flucht aufspüren sollte.
Mauntro Tau-se. Majorsritter der Ersten Kompanie der Löwengarde.
Maselane *Yamir* der Familie Ashour und Generalsritter der Phönixarmee der Näsarat.

Hohes Haus Erebus

Corajidin Avān. Rahn Erebus der Erebus-Präfektur und Präfekt von Erebesq.
Yashamin Avān. Corajidins dritte Frau und einstige *Mehoureh* des Perlenhauses.
Kasraman Avān. Pah Erebus und Corajidins Erbe. Von Wolfram als Angothischer Hexer ausgebildet. Sohn von Corajidins erster Frau Laleh.
Belamandris Avān. Pah Erebus, der Witwenmacher genannt, Anführer der Anlūki. Corajidins zweiter Sohn, geboren von Corajidins zweiter Frau Farha.
Mariam Avān. Pah Erebus, Bluttänzerin und die Königin der Schwerter genannt. Marschallsritter der Feyassin. Tochter von Corajidins zweiter Frau Farha.
Farouk Avān. Corajidins Neffe und Adjutant.
Thufan Avān. *Yamir* Charamin und Corajidins *Kherife-*

General und Führungsoffizier des Geheimdienstes. Präfekt von Jafke.
Armal Avān. Thufans Sohn.
Wolfram Mensch. Angothischer Hexer, der ursprünglich in die Dienste von Corajidins Großvater trat, Rahn Erebus fa Qarnassus. Berater Corajidins. Kasramans Lehrer in den Hexenkünsten.
Brede Mensch. Einst eine Bibliothekarin der Sēq, die von den Angothischen Hexen gefangen genommen wurde. Jetzt Wolframs Lehrling.

Hohes Haus Selassin

Vashne Avān. Rahn Selassin und Asrahn von Shrīan. Präfekt von Qeme.
Afareen Avān. Rahn Selassin und Frau von Vashne.
Daniush Avān. Pah Selassin und Vashnes Erbe.
Hamejin Avān. Pah Selassin und Vashnes zweiter Sohn.
Vahineh Avān. Pah Selassin und Vashnes einzige Tochter. Drittes Kind von Vashne und Afareen.
Sadra Mensch. Vahinehs Waffenmeister.
Chelapa Avān. Oberstritter der Feyassin.
Qamran Avān. Oberstritter der Feyassin.
Mehran Avān. Leutnantsritter der Feyassin.

Hohes Haus Sûn

Nazarafine Avān. Rahn Sûn und Volkssprecherin. Präfekt von Qom Rijadh.

Hohes Haus Kadarin

Narseh Avān. Rahn Kadarin und Marschallsritter von Shrīan. Präfektin von Kadarahat.

Hohes Haus Din-ma – Die Din-ma-Truppe der Seethe

Far-rad-din Seethe. Rahn Din-ma, entmachtet während der Schlacht am Bernsteinsee. Einstiger Präfekt von Amnon.
Ran-jar-din Seethe. Pah Din-ma. Far-rad-dins Erbe.
Anj-el-din Seethe. Pah Näsarat. Far-rad-dins Tochter und Indris' vermisste Frau.

Hohes Haus Näsarat (Pashrea)

Malde-ran Avān. Mahjiran von Pashrea und Mahj des Schattenimperiums. Auch bekannt als die Schattenherrscherin. Präfektin von Mediin.
Kemenchromis Avān. Sēq-Meister-Magnat und Erzgelehrter. Zwillingsbruder Femensetris. Rajir der Schattenherrscherin.

Die Hundert Familien

Bijan Avān. Ein Verbündeter von Vashne und Ariskander.
Chanq Avān. *Yamir* Joroccan und tief verstrickt ins organisierte Verbrechen. Ein Verbündeter Corajidins.
Hadi Avān. Anhänger Corajidins.
Iraj Mensch. Verbündeter von Vashne und Ariskander.
Kiraj Mensch. *Yamir* Masadhe und Gebietermarschall von Shrīan. Anhänger von Vashne und Ariskander.
Siamak Avān. *Yamir* Bey und Schutzritter der Rōmarq.
Teymoud Avān. Handelszunftgenosse und Anhänger Corajidins.

Zendi Avān. *Yamir* Bajadeh. Betreibt Bordelle in Konkurrenz mit dem Perlenhaus. Anhänger Corajidins.
Ziaire Avān. *Yamir* Manshira, eine der Perlenköniginnen und gefeierte *Mehoureh* des Perlenhauses.

Andere

Kapik Kriegsführerin der Fenlinge.
Karoyi Feyhe (Meeresmeister). Ausbilder im Gelehrtenorden der Sēq.
Kembe Tau-se. Patriarch der Tau-se-Stämme und Schutzherr von Taumarqan.
Navaar Avān/Mensch. Hoher Palatin von Oragon.
Sedefke Avān. Gründer des Gelehrtenordens der Sēq. Entdeckte den Prozess der Seelenverbindung mit dem Bewusstsein Īas, auch unter dem Begriff ›Erwachen‹ bekannt.
Skavi Schamane der Fenlinge.

GLOSSAR

Ahoujai Medaillons, Amulette oder Schmuck aus salzgeschmiedetem Stahl und dem Sand ausgebrannter Mandalas. Wird als Schutz vor den Auswirkungen des *Qefri* eingesetzt.

Ajamensût Krieg der Langen Messer.

Amenesqa Ein Wort aus dem Hochavān, das »lange Welle« bedeutet. Von amen (lang) und esqa (Welle). Bedeutet auch langes Schwert, da »esqa« eine Doppelbedeutung hat. Eine Bezeichnung für das gebogene Einhandschwert der Pashreaner und Shrīaner.

Asrahn Oberster König oder Königin von Shrīan.

Erwachen Ein Prozess, der einen Rahn mit dem Bewusstsein und Geist Īas verbindet. Bisher gelang das Erwachen nur den Monarchen der Seethe und Avān.

Daimahjin Söldner-Kriegsmagier, meist Gelehrte, manchmal auch ein Hexer, der keiner Schule und keinem Zirkel angehört. Ausgesprochen selten und daher immer sehr begehrt.

Dionesqa Wort aus dem Hochavān, das »große Welle« bedeutet. Von dion (groß) und esqa (Welle). Bezeichnet das gebogene zweihändige Schwert der Pashreaner und Shrīaner. Eine seltene Waffe, die normalerweise nur von ausgewählten Mitgliedern der schweren Infanterie benutzt wird.

Disentropie Die Macht der Schöpfung, die von den Gelehrten durch die Formeln des *Qefri* beeinflusst wird. Auch Hexer machen sich die Disentropie mit ihren eigenen Geheimmitteln zunutze. Der Einsatz von Disentropie verursacht den schnellen Verfall der Materialien, mit denen sie in Kontakt kommt, lebende Körper eingeschlossen. Für die Konstruktion geheimer Gerätschaften, die von Disentropie angetrieben werden, benutzt man im Allgemeinen Metalle mit langsamerer Verfallszeit.

Entropie Die Geschwindigkeit, mit der alle Gegenstände und Lebewesen verfallen. Disentropie zehrt Rohmaterialien auf und beschleunigt damit deren Verfallsgeschwindigkeit. Dies zeigt sich durch Begleiterscheinungen wie drastische Hitzeentwicklung, Oxidation oder andere Formen der Auflösung des umgebenden Materials.

Hyarji Das Stigma. Eine physische Manifestation, die bei den mächtigsten der alten Gelehrten und Hexer auftrat.

Ilhennim »Erleuchtet«, die alte Bezeichnung für Mystiker – sowohl Hexer als auch Gelehrte. Der Begriff bezieht sich auf jede ausgebildete Person, die imstande ist, Disentropie zu beeinflussen.

Jahirojin Eine eingeschränkte Version der alten Blutflüche der Erwachten Rahns. Mit diesen Flüchen kann ein Feind belegt werden; die Auswirkungen rangieren zwischen dem Unvermögen, gewünschte Ziele zu erreichen, über Tod bis hin zur vollständigen Zerstörung eines Hauses oder einer Familie. Sie müssen von einem mächtigen Gelehrten getragen werden.

Jûresqa Wort aus dem Hochavān, das »kurze Welle« bedeutet. Von jûr (kurz) und esqa (Welle). Ein Begriff für das gebogene Kurzschwert der Pashreaner und Shrīaner.

Kajesqa Begriff aus dem Hochavān, der »Seelenwelle« bedeutet. Von kaj (Seele) und esqa (Welle). Bezeichnung der Seelenklingen, die von den Rittern des Gelehrtenordens der Sēq geschmiedet und im Kampf eingesetzt werden.

Krysesqa Hochavān. Das Wort bedeutet »schnelle Welle«.

Von krys (schnell) und esqa (Welle). Bezeichnet das pashreanische und shrīanische gebogene Langmesser.
Mahj Herrscher oder Herrscherin. Die letzte Mahj der Avān ist Mahj Näsarat fe Malde-ran, Rahn von Pashrea und Mahj des Erwachten Imperiums. Jetzt herrscht sie als Mahj über das Schattenimperium, zu dem letztendlich auch noch Pashrea, Shrīan und Tanis gehören, wenn diese Nationen auch von anderen Königen (Rahns) der Avān regiert werden.
Mahjirahn Gelehrtenkönig oder -königin.
Mehoureh Goldgefährtin des Perlenhauses. Eine wertvolle Kurtisane, die nur von den oberen Kasten und den wohlhabendsten Mitgliedern der Gesellschaft in Anspruch genommen werden kann.
Pah Prinz oder Prinzessin.
Pahmahjin Gelehrtenprinz oder -prinzessin.
Qefri Sammlung disentropischer Effekte, welche die Gelehrten zu beherrschen lernen. Dazu gehören die Geheimen Formeln und auch die besondere Wahrnehmung der Gelehrten, die es ihnen ermöglicht, entropische und disentropische Effekte zu sehen.
Rahn Erwachter König oder Königin in einer von Avān regierten Nation.
Sende Sammlung von Grundsätzen, Maßnahmen und anderen Verhaltensregeln, mittels derer die Avān ihre sozialen Beziehungen regeln.
Shan Inoffizieller Titel, der von den Anführern einflussreicher Stämme oder Clans benutzt wird. Vor allem gebräuchlich bei den Bergstämmen der Mar Jihara, Mar Ejir, Mar Silin, Mar am'a Din und der Mar Shalon. Manchmal wird er auch von wohlhabenden Familien mit einer militärischen Tradition verwendet.
Sût Wort aus dem Hochavān, das »Messer« bedeutet.
Yamir Anführer einer der Hundert Familien.

Yûqari Die »Geschickte Klinge«. Philosophie der Irreführung und Verschleierung, mittels derer ein Ziel erreicht werden soll, ohne sich dem Gegner direkt zu stellen.

KULTUREN

Avān Eine Rasse, die von den Seethe in Torque-Spindeln erschaffen wurde: eine Mischung aus Seethe, Menschen und Raubtieren. Die Avān wurden ursprünglich während des Blütenimperiums als Friedenshüter eingesetzt, erhoben sich jedoch gegen die Seethe. Die Avān befreiten die Menschheit daraufhin allerdings nicht aus ihrer Knechtschaft, sondern benutzten die Menschen im darauffolgenden Millennium erneut als Vasallen. Dann wurde das Erwachte Imperium durch eine Revolte der Menschen gestürzt.
Drachen Eine der Natürlichen Meisterspezies, auch als die Feuermeister bekannt. Sie selbst nennen sich die Hazhi. In der modernen Welt werden sie nur selten gesichtet, denn sie verschlummern einen Großteil der Zeit im Großen Traumzustand; nur ein geringer Anteil der Population befindet sich jeweils im Wachzustand.
Feyhe Eine der Natürlichen Meisterspezies, auch als Meeresmeister bekannt. Man weiß nur sehr wenig über sie. Es wird behauptet, dass sie in ihrer natürlichen Form leuchtend bunten Kraken mit zehn Tentakeln ähneln. Sie sind imstande, eine Reihe simpler, aber auch komplexerer Formen anzunehmen.
Herū Eine der Natürlichen Meisterspezies, auch als die Erdmeister bekannt. Sie sind ein zurückgezogenes Volk; angeblich sehen sie wie eine Kreuzung zwischen einem großen Gorilla und einem Wolf aus, mit scharf geschnit-

tenen, unbehaarten Gesichtszügen. Gerüchten zufolge sind sie nicht aggressiv, solange sie nicht provoziert werden.

Menschen Auch die Sternengeborenen genannt. Die bevölkerungsreichste Spezies auf Īa. Einst arbeitete die Menschheit als Vasallen für das Blütenimperium der Seethe – und danach für das Erwachte Imperium der Avān – doch heute sind sie unabhängig. Die größte Menschenfraktion in Südost-Īa ist das Eiserne Bündnis. Es umfasst Atrea, Jiom, Imri, Manté, Orē und Angoth.
Ansonsten leben Menschen in beinahe jeder Nation.

Nomaden Die Unsterblichen oder Untoten. Im Allgemeinen haben sie keine physische Form, sie müssen sich eine Hülle suchen, wenn sie mit der physischen Welt in Kontakt treten wollen. Die Avān, die ihre Ahnen verehren, betrachten die Nomaden als Ketzer, obwohl diese einst ebenfalls Avān waren. Sie bewahrten sich die Kultur der Avān zu den Zeiten des Niedergangs des Erwachten Imperiums.

Rōm Auch die Zeitmeister genannt. Die Rōm gingen den Natürlichen Meisterspezies voraus. Über das Haiyt-Imperium der Zeitmeister ist nur wenig dokumentiert. Bekannt ist, dass das Haiyt-Imperium mit dem Verschwinden der Zeitmeister von Īa endete. Warum, weiß man nicht.

Seethe Eine der Natürlichen Meisterspezies, auch Windmeister genannt. Gründer des Blütenimperiums. Eigentlich sind sie unsterblich, können jedoch an Krankheiten oder durch Gewalteinwirkung zugrunde gehen. Wenn die Seethe ausgewachsen sind, durchlaufen sie eine physiologische Verwandlung: Ihre Knochen werden dünner, und ihnen wachsen Flügel. Die Älteren unter den Seethe sind flugfähig. Sie leben und reisen in großen Familienverbänden, die sich Truppen nennen. Man trifft sie in vielen Städten im südöstlichen Īa an, obwohl die meisten in den schwebenden Himmelsreichen wohnen, die, von den Winden getrieben, um die Welt schweben.